## Premier cercle

Décembre couvait tout un lot de senteurs d'allégresse et de bamboche, c'est dire que l'attente qui gisait au fond de nos cœurs ne pouvait plus être défaite : elle tigerait dans le même ballant que l'éphémère fleuri-noël et ses lianes bruissantes de mauve.

Car une certitude s'était ensouchée dans la chair même de la négresse nubile — la seule qui comptât pour nous —, défiant de son regard-matador (lorsqu'elle était en ses fureurs) la hautaineté de Joséphine de Beauharnais qui fut Impératrice des Français.

# 1

Ce fut un véritable crève-cœur pour Ancinelle Bertrand que de ne pouvoir se rendre à ce rendez-vous si prometteur d'heureuseté que lui avait baillé l'avant-veille monsieur Jean, à l'Allée des Soupirs, en plein mitan de la place de La Savane. Elle avait franchi une à une les étapes secrètes (car connues des seuls nègres) qui conduisaient à cette touffeur de tamariniers, poiriers-pays et pieds de coco nains, que la mulâtraille, prétentieuse comme à son habitude, avait décrétée le repaire des plus infâmes péripatéticiennes et des joueurs de grains de dés au rasoir facile.

D'abord et pour un, le quinquagénaire l'avait fait asseoir sur un banc de marbre, à l'ombre de cet arbre imposant qu'elle eut vite fait de baptiser « Tamarinier des aveux » en son for intérieur, et lui avait douciné les oreilles de paroles qu'on aurait juré trempées dans du miel :

« Mademoiselle Ancinelle, je cours après votre belleté depuis des siècles de temps et j'ai usé tellement de souliers que le Syrien Mehdi Aboubaker m'a inscrit sur la liste de ses clients définitifs. »

A moins que, fou comme il était de ce poète dénommé Saint-John Perse (fou de la bonne qualité de folie, oui !), il ne lui eût murmuré avec gravité :

« Et moi, comme l'épervier des grèves, j'ai couvert de mon ombre tout l'éclat de ton corps. »

En ce temps-là, La Savane et son kiosque à musique arboraient, sur les quatre heures de l'après-midi, moment où toute la ville s'habillait pour la promenade, un étrange et immuable ordre de préséance. Le premier banc était réservé aux « Sénateurs », vieux messieurs aux cheveux vaselinés, qui défaisaient le monde à coups de sentences ampoulées dans un français si-tellement extraordinaire qu'il infligeait des vertiges aux marchandes de pistaches grillées. C'est à cet endroit que le général de Gaulle avait été confirmé dans son poste de président de la République par six voix contre deux un fameux jour de mai 1958. Les deux réfractaires avaient hurlé « Amiral, nous voilà ! » tout au long de la dernière guerre et couvaient une rancune infinissable contre le sauveur de la patrie.

Nul n'aurait osé s'installer sur ce banc, même quand il demeurait vide à cause des réunions mensuelles des Loges maçonniques. Bec-en-Or, tout chef en vagabondagerie qu'il se targuait d'être, ce qui signifiait donc unanimement respecté par la négraille, obéissait à cette loi non écrite. Combien de fois n'avait-il pas gourmandé les bougres insouciants qui y avaient posé les pommes de leurs fesses ? Sans parler du trafalgar qu'il avait déclenché contre le sieur Cicéron, ce jeune nègre pris d'enfollement, qui y avait grimpé un après-midi afin de lire (« Urbi et orbi » hurlait-il) sa « Déclaration universelle de désamour envers la langue française ». Monsieur Jean, pour sa part, rêvait tout haut d'être admis au Sénat, jugeant qu'il remplissait toutes les conditions de respectabilité et d'âge exigées pour cela. Enfin presque, parce qu'il comptait effacer, grâce à Ancinelle, l'infamie du divorce qui ternissait sa réputation.

La jeune femme n'avait jamais eu peur du gris de ses tempes malgré les plaidoiries scandalisées de sa marraine qui l'hébergeait au quartier Volga-Plage dans l'attente que le gouvernement lui alloue un billet pour En France. La bougresse, dénommée Philomène, avait fait un cirque de tonnerre de Brest quand la rumeur lui avait rapporté que sa chabinotte chérie, aux poils plus clairs que du fil de mangue-zéphirine, « allait » — quel autre mot employer, foutre ! — avec un vieux beau de l'Avenue Jean Jaurès, aux Terres-Sainvilles :

« Un forfantier qui se proclame homme de lettres, hon ! »

Elle avait rappelé à Ancinelle que les voyous avaient fait de cet endroit leur terre d'élection à tel point que la maréchaussée ne s'y aventurait qu'en masse et cela lorsqu'elle était contrainte et forcée d'y ramasser le cadavre d'un pauvre diable qu'on avait soulagé de la vie avec un bec de mère-espadon. Arme féroce, imparable, puisqu'en la retirant on s'arrachait nettement-et-proprement les boyaux. Alors, il n'y avait plus qu'à s'allonger à même le sol et à contempler avec terreur le sang qui se dévidait de votre corps à jets continus. Si bien, avait ajouté Marraine Philomène, que les nègres des Terres-Sainvilles sont, en final de compte, pires que ceux de Volga-Plage ou du Morne Pichevin, lesquels utilisent de préférence la jambette effilée qui, plus souvent que rarement, vous laisse quelques grafignages et balafres sur la peau mais pas plus. Devant l'attitude je-m'en-fous-ben de sa filleule, elle avait dû recourir à un argument qu'elle croyait massue :

« Gris en haut, blanc en bas, ma chérie-doudou. Cet homme-là a sûrement les graines fanées et recouvertes de poils blancs. Comment tu veux qu'il te baille une quelconque satisfaction ?

— Personne ne me fera brocanter d'idée ! Ancinelle

Bertrand sera l'épouse de monsieur Jean même si la terre entière doit en avoir la tremblade. »

Par conséquent, cette dernière invoqua la maudition du ciel sur la caboche de ce groupe de jeunes mâles nègres surexcités qui érigeaient un barrage hétéroclite sur la route de Sainte-Thérèse, aux quatre-chemins justement, qui permet de passer de Volga-Plage au Morne Pichevin. D'ordinaire, ils lui voltigeaient des œillades ou des psst-psst, ou bien ils lui inventaient des titres flatteurs afin de lui arracher un demi-quart de sourire du genre « chabine dorée comme un soleil de juillet » ou « petite capistrelle qui marche sans que la terre lui touche le plat des pieds » mais présentement : rien. Rien de rien. Rien même. On aurait juré qu'ils étaient pris d'enrageaison. D'autres ne cessaient d'arriver avec des brouettes pleines de roches, de pans de feuilles de tôle rouillée ou de fûts d'huile qu'ils roulaient à grand fracas sur l'asphalte.

« *Nou kay fann fwa zôt !* » (Nous allons vous exterminer !) braillait l'un d'entre eux qui semblait taillé dans du basalte à cause de la noirceur brillante de sa peau et dont la taille approchait les deux mètres.

« *Sé mésyé blan-an, ranjé kôzôt, fout !* »(Messieurs les Blancs, gare à vous, foutre !) chantaient ses compagnons tandis qu'un petit bonhomme hilare tapait sur une bombe de peinture vide un rythme de bel-air.

La jeune femme ne comprenait pas ce qui se déroulait là sous ses yeux. Elle demeurait plantée, droite comme un bœuf qui vient de boire de l'eau frette, tout-à-faitement incapable de former deux mots et quatre paroles sur ses lèvres. Elle s'aperçut soudain que les poils de ses bras s'étaient hérissés et que son cœur chamadait. Il lui semblait n'y avoir aucune figure familière dans la petite foule, seulement de vagues connaissances sur lesquelles elle ne parvenait pas à mettre un nom. Elle voulut s'approcher de deux femmes-matadors qui gesticulaient sur le trottoir mais leur air furieux l'en dissuada. Il devait être cinq heures à l'horloge de la cathédrale et monsieur Jean s'impatientait sans doute à l'Allée des Soupirs où il était mal vu que l'on drivaille en solitaire.

Outre le regard sévère des Sénateurs, on y était, en ce temps-là, sous la haute surveillance des deuxième et troisième bancs de La Savane : le banc des Syriens et celui des Chaperonnes. A grandes rafales d'arabe, les maîtres du tissu vous décortiquaient une intention ou une posture et s'esclaffaient en d'interminables accolades. De temps à autre, ils savaient y sertir un ou deux mots de créole pour que l'entourage comprenne exactement le sens de leurs propos et force était de les approuver car ils étaient homme de sagesse séculaire. Quant aux Chaperonnes, matrones en madras négligé et en gaules, qui tricotaient d'un air maussade en mâchouillant des sucreries, elles ne semblaient connaître qu'une seule et sempiternelle phrase, « *Hé, ti manzèl, viré ba mwen, souplé !* » (Hé là, mamzelle, faites demi-tour, s'il vous plaît !), laquelle fusait aussitôt qu'une d'entre leurs protégées s'écartait un peu trop du groupe de jouvencelles qui, bras dessus bras dessous, remontait à pas comptés l'Allée des Soupirs tandis qu'un groupe, en nombre égal, de jeunes farandoleurs énamourés, lycéens pour la plupart, la descendait tout aussi lentement.

Peut-être que monsieur Jean, se disait-elle, avait eu l'intuition qu'un empêchement accorait sa venue et qu'il était allé l'espérer au pied du Tamarinier des aveux, là où il lui avait révélé, le mercredi des Cendres, qu'il lui vouait une tendresse débornée. Ancinelle n'avait eu cesse, depuis ce jour-là, de se répéter ses mots — « Je cours après votre belleté depuis des siècles de temps » —, ignorant qu'il s'agissait d'une formule toute faite de ce baliverneur d'Eugène Lamour, la ressassant surtout quand elle se retrouvait seule dans la case après que sa marraine fut partie mener la vie dans quelque caboulot de la Transat, à l'orée du port.

Avant d'avoir croisé son instituteur de monsieur Jean, dans des circonstances telles que la main de Dieu y était pour quelque chose, Ancinelle périssait d'emmerdation à Volga-Plage. Impossible de demeurer à l'intérieur pendant la journée à cause de la chaleur de four à charbon qui se fessait sur le toit de tôle (et aussi à cause de la photographie défraîchie de ce Blanc-France à casquette que sa marraine Philomène avait posée sur l'unique table et qu'elle appelait d'un ton à la fois énigmatique et révérencieux « Papa de Gaulle, celui qui nous a sauvés, nous les nègres, oui »). Dehors, la boue et tout un fatras d'ordures étaient rois des sentiers étroits qui anguillaient autour de l'amoncellement de cahutes en bois de caisse, fibro-ciment ou tôle de fûts où se terraient etcétéra de gens provenant de toutes les campagnes de l'île. De gros cochons-planche, qu'Ancinelle croyait sans maître — notamment un qui avait la corporance d'un jeune bœuf et que tout un chacun nommait avec respect « monsieur Untel » —, se frottaient à vous les jours où la pluie avait fait son intéressante.

Depuis la mort de son amant Amédée Maurille, au cours de la lointaine dernière guerre, Philomène, jadis câpresse féerique, avait abandonné son fief du Morne Pichevin pour Volga-Plage où elle trouva refuge et réconfort. Elle avait planté un magnolia devant l'entrée de sa case. Arbre insolite, diffusant des senteurs capiteuses, plus habituelles des demeures à colonnades des Grands Blancs. Arbre pétri d'inutilité aux côtés des pieds de fruit-à-pain chargés qui montaient la garde derrière la moindre case.

Ancinelle regrettait parfois d'avoir quitté Fond Brûlé, dans la commune de Grand-Anse, où sa mère amarrait des cannes pour un planteur blanc créole. Au moins pouvait-elle s'escamper dans les savanes d'herbe-de-Guinée, courir jusqu'aux ravines ombragées qui bordaient la rivière à la recherche de pommes-roses et dévorer une canne-malavoi juteuse dans la pile que sa mère avait ramenée pour ses bêtes. Quel sacré modèle de couillonnade avait traversé l'esprit de cette dernière ? Quand on lui eut annoncé que l'école était finie pour Ancinelle, elle alla injurier copieusement l'institutrice alors que des années durant, elle lui avait fait cadeau d'ignames de son jardin, de mangues-julie et de toutes sortes d'abondances.

« *Kon sa, i ké montré yich mwen an pli byen !* » (Comme ça, elle enseignera mieux à ma fille !) serinait-elle à son voisinage.

Elle ignorait que des tonnes de gentillesse n'ont jamais réussi à faire une négresse parler français, eût-elle la peau quasiment blanche et les deux côtés de la figure tiquetés de taches de rousseur comme son petit coq d'Inde d'Ancinelle. La maîtresse avait bien tenté de défricher la cervelle de l'enfant, mais il n'y poussait que des halliers frémissants de créole et il devint impératif qu'elle cédât sa place à quelqu'un d'autre puisque à l'époque « l'école était rare », prétendait-on. Ancinelle se prenait à songer que si ça avait été aujourd'hui, où l'on a semaillé des écoles dans les moindres recoins de campagne, peut-être aurait-elle eu sa chance. C'est à savoir si elle n'aurait pas passé son certificat d'études comme son amie Myrtha, la fille de leur plus proche voisine à Volga-Plage, qui paradait dans son fringant uniforme de collégienne du Bassin de Radoub : corsage blanc, jupe écossaise rouge et bleue.

En réalité, elle bénéficiait là encore, sans même le savoir, de quelque protection divine car ladite école, collée au chantier du port où l'on réparait la coque des bateaux de marchandises, n'était qu'une propédeutique au métier de péripatéticienne. Les marins panaméens, libériens, chinois, espagnols ou danois que le désœuvrement taraudait, avaient élu domicile derrière le mur d'enceinte protégeant l'école du Bassin de Radoub. A chaque récréation, ils extorquaient des gloussements aux fillettes contre un sachet de bonbons ou, plus rarement, deux francs et quatre sous de menue monnaie étrangère parfaitement imbrocantable en pays français. Les plus vicieuses d'entre les fillettes avaient creusé un trou dans le mur, à l'abri des cabinets, et marchandaient durement une suce ou une pénétration jusqu'à ce qu'un beau matin leur ventre enflât et qu'on les fichât à la porte. Destinée à laquelle n'échappa point mademoiselle Myrtha, encore que le concubin du moment de sa mère (laquelle les congédiait tous au bout de quatre mois) philosopha qu'elle avait eu la chance exceptionnelle de bailler le jour à un beau petit mulâtre aux cheveux bien plats et non à un négrillon avec du fil de fer sur la tête, qui aurait eu toutes les peines du monde à se débrouiller dans cette chiennerie de vie où il semble que tout ait été conçu pour le bien-être des Blancs et de ceux qui se rapprochent d'eux. Le concubin décida de prénommer l'enfant Gregory, « un nom à dormir dehors » protesta Marraine Philomène, mais que voulez-vous, il était le maître-à-manioc de la case à cette époque-là et, certains soirs, il lui arrivait de monter sur Myrtha après avoir satisfait sa mère. Une fois, il s'était même aventuré jusqu'à Ancinelle qui se dévêtait pour faire un pauser-reins et la chabine ne fut sauvée de justesse que par l'absence de bandaison du bougre, ce qu'il s'empressa de mettre sur le compte du tafia. Personne ne s'était fâché pour ça. Ni Philomène, ni la mère de Myrtha, ni même cette dernière. Au contraire, on avait bien ri de la mésaventure d'Ancinelle et sa marraine lui avait crié qu'elle n'était qu'une vierge bonne à rien que son hymen étoufferait à la longue. La chabine avait courbé l'écale du dos sous l'insulte et s'était réfugiée dans une encoignure du poulailler de Philomène, contre les flancs d'un énorme manguier-bassignac. Vierge ! Autant dire idiote, couillonne à l'émeri, impotente, malpropre en plus. Et dire que sa mère l'avait expédiée à Fort-de-France afin que les coupeurs de canne ne la forcent pas dans les champs, le samedi après l'heure de la paye, lorsqu'ils s'embarquaient dans une espèce de saoulaison sans papa ni manman !

C'est à dater de cette calotte qu'Ancinelle Bertrand décida, avec toute sa force intérieure de chabine, qu'elle trouverait un homme avant le finissement de l'année 1959 et qu'il ne se contenterait pas de jouer au coq avec elle mais l'épouserait à l'église comme quelqu'un de bien. Evidemment, on avait redoublé de rigoladeries dans les cases de Volga-Plage à l'annonce d'un tel défi. Marraine Philomène lançait à la cantonade :

« J'ai une filleule là, messieurs et dames, si je vous dis qu'elle est folle dans le mitan de la tête, eh ben croyez-moi, oui. Elle pense qu'au jour d'aujourd'hui, une femme peut trouver un nègre qui acceptera de l'appeler madame et de lui passer une alliance au doigt. Hon ! »

Aussi chaque fois qu'Ancinelle se rendait à la boutique pour acheter une demi-livre de morue salée ou une chopine d'huile, elle se faisait chiquenauder par la propriétaire, une vieillarde qui traînait avec peine les deux éléphantiasis hideux qu'elle portait aux pieds :

« Hé, mamzelle de Grand-Anse, on a des manières

dans votre famille à ce qu'il paraît. Ha-Ha-Ha ! On ne veut céder sa virginité que contre un titre de mulâtresse, c'est ça, hein ?

— Remarquez, elle a pris ça loin, renchérissait quelque cliente, sa marraine explose en criailleries dès qu'on ose s'appuyer sur son magnolia. »

Ancinelle ne bronchait pas face à ces sarcasmes, pas plus qu'aux insinuations pleines de fiel des maquerelles qui s'agglutinaient autour du comptoir, leur dernier-né sur le bras, uniquement préoccupées de découvrir les affaires d'autrui pour malparler d'eux. C'est pourquoi, dès qu'elle en avait le loisir, elle fuyait le quartier de Volga-Plage et se perdait dans Fort-de-France, tout particulièrement sur La Savane où elle demeurait assise des chapelets d'heures sur un banc à regarder les bonnes promener les bébés des grandes familles dans d'incroyables poussettes aux roues grinçantes. Quand quelque fainéantiseur tentait de faire un brin de causer avec elle, il s'apercevait vite qu'il charroyait de l'eau dans un panier. Elle ne les voyait tout bonnement pas, ces crieurs de magasins de Syriens, ces djobeurs aux manières frustes qui garaient leurs charrettes à bras aux abords du Bois de Boulogne.

Par contre, l'Allée des Soupirs la fascinait avec son monter-descendre incessant de filles et de garçons, drapés dans leur fierté lycéenne, qui jamais ne s'abordaient ni même ne se glissaient un mot doux, voire un mot tout court. Elle repérait les amoureux transis qui, à la fraction de seconde où se croisaient les deux groupes, soupiraient au fond de leur gorge, assoiffés d'un regard de l'élue de leur cœur et ne récoltaient qu'une indifférence appuyée. Dix fois, vingt fois, cinquante fois, le même manège se reproduisait, s'épuisant dans la tiédeur du soir qui montait. Puis, de guerre lasse, les filles regagnaient le banc des Chaperonnes et les garçons celui de La Sorbonne où ils feignaient de se plonger dans l'étude de gros livres ou rédigeaient en six-quatre-deux dissertations et problèmes de géométrie à même leurs genoux.

Autour du kiosque à musique, de véhéments commentaires d'après-match opposaient les supporters nègres du Club Colonial aux mulâtres du Golden Star. Un peu plus loin, près de la Maison du Sport, libre cours était donné au libertinage et l'on pratiquait la coulée d'amour sans la moindre pudeur car ici-là, on se retrouvait entre bonnes, chauffeurs de camion et débardeurs des maisons d'import-export du Bord de Mer. Les ahanements des culturistes de la Société de Culture Physique « La Française » se confondaient avec les gloussements égrillards de ces dames. Le monde tournait sur son corps sans mettre de bâton dans la vie du nègre. Merci Bondieu !

Ainsi Ancinelle espérait cet envoyé du ciel, sachant qu'il viendrait un jour ou l'autre, dût-elle supporter l'attente une charge de temps. Elle s'en allait flâner parfois au Bord de Canal où elle se laissait happer par la chute diaphane de la Fontaine Gueydon, puis entourbillonner par les criaillements des marchandes de poisson qui assaillaient chaque gommier s'approchant du débarcadère. Plus rarement, elle laissait son humeur l'emmener aux Terres-Sainvilles qui étaient séparés de la ville proprement dite par La Levée, boulevard récemment rebaptisé Général de Gaulle sans que les nègres acceptassent d'effacer de leur mémoire, pourtant bien fragile, la première dénomination, surtout pas Ancinelle qu'il agaçait déjà suffisamment. Elle y avait fait la connaissance de spécimens remarquables de l'espèce humaine. En premier lieu, les deux fiers-à-bras du quartier, les ci-devant Bec-en-Or (ainsi désigné parce qu'il s'était fait arracher toutes ses dents pour les remplacer par des dents en or) et

Fils-du-Diable-en-Personne, voleur de première catégorie qui se retrouvait à la geôle au moins trois fois l'an. Les deux compères avaient pour habitude de s'accroupir au ras du caniveau à ciel ouvert qui séparait La Levée des Terres-Sainvilles, pour y déféquer, leurs shorts kaki baissés jusqu'aux chevilles. En plein jour, s'il vous plaît ! La maréchaussée avait beau les verbaliser, ils recommençaient le lendemain à la grande joie d'une égaillée de petites marmailles qui traînaillaient avant d'affronter les coups de règle de leur maître d'école. Ils pariaient des billes ou des noix sur celui des deux fiers-à-bras qui lâcherait son étron le premier. Spectacle désopilant que de voir une douzaine de gamins penchés à même le sol, l'œil rivé à leurs fesses. Quand on sait que Bec-en-Or et Fils-du-Diable-en-Personne en profitaient pour se refiler les dernières bonnes affaires ou préparer quelque mauvais coup, on comprend sans peine que leur évacuation matinale durât parfois près d'une heure et qu'un inévitable attroupement se produisît à cet endroit.

Ancinelle connut aussi, aux Terres-Sainvilles, un jeune mulâtre à l'accent espagnol qui se faisait appeler camarade Angel. Il lui avait rempli la tête de tant et tellement d'explications, toutes plus convaincantes les unes que les autres, qu'elle en avait conçu une haine farouche pour les bourgeois du centre-ville. Le camarade Angel avait une foi inébranlable en un certain Fidel Castro qui, à l'entendre, était en train de chavirer l'injustice dans ce pays de Cuba qu'il affirmait peu éloigné de la Martinique.

Que deviendrait son rendez-vous d'aujourd'hui ? Un manifestant venait d'allumer un feu dans un assemblage de pneus usagés. Une odeur âcre s'en dégageait en même temps qu'une fumée si épaisse qu'on ne distinguait plus rien à deux pas. Ancinelle avait le sentiment d'être projetée dans un rêve de mauvais augure. Les cris des révoltés lui tambourinaient les tempes sans déclencher chez elle la moindre compréhension.

« Blancs assassins ! Nous voulons être maîtres dans notre pays », scandait-on partout.

Elle n'entendit pas l'alerte sifflée par un petit mouscouillon juché sur le toit d'une maison haute-et-basse qui jouxtait l'entrée du port. En un battement d'yeux, elle bascula dans la souffrance et la demi-conscience mêlées. Elle sentit ses os lui rentrer dans la chair et comme une vive brûlure au ventre, mais le contact rugueux de l'asphalte lui sembla paradoxalement apaisant. Elle avait, ô miracle, rejoint l'Allée des Soupirs où monsieur Jean faisait signe au vendeur de snow-balls. Poussant sa caisse bariolée sur laquelle on pouvait déchiffrer « Sinoboles aux sept péchés capiteux. Grenadine et menthe : cinq francs. Orgeat, corrossol, goyave, letchi et groseille : sept francs », le bougre leur souriait jusqu'aux oreilles. Les roues avant de son véhicule ayant appartenu à une brouette et celles de derrière à une trottinette, il menaçait de se renverser à la moindre crevasse. Lui aussi, tout vendeur insignifiant qu'il était, disposait d'un code secret en ce temps où la place de La Savane était encore un lieu de haute convivialité. Fabuleux entremetteur, plus muet qu'un boisbois de carnaval, il insinuait une soudaine bouffée de tendresse aux paumes des jeunes filles auxquelles il offrait, gracieusement en apparence, un snow-ball à la grenadine ou au letchi. En réalité, quelque amoureux lui avait au préalable réglé la somme en lui indiquant d'un geste subreptice du petit doigt celle sur laquelle il avait jeté son dévolu. Là, les Chaperonnes étaient bel et bien amblousées. Elles n'y voyaient que du feu. Voici le code : « snow-ball orgeat » : « je suis noir comme un péché mortel, c'est pourquoi ton teint de sapotille me fait dandiner, alors accorde-moi une faveur » ; « snow-ball groseille » : « rendez-vous derrière le cinéma Pax demain à huit heures », et ainsi de suite.

Ancinelle ne vit pas quel cadeau lui avait porté monsieur Jean mais il la soulevait dans ses bras, l'entraînant à l'abri du feuillage touffu d'un goyavier. Il collait sa bouche sur ses seins sans défaire sa robe et la mordillait avec ferveur, la gratifiant d'une appellation extravagante qu'il avait dû découvrir dans l'un des dictionnaires poussiéreux de la bibliothèque Schoelcher.

Il lui demandait, comme à chacune de leurs rencontres :

« Ancinelle, viens vivre aux Terres-Sainvilles, nous serons plus proches l'un de l'autre. J'ai une bonne amie-ma-cocotte, madame Villormin, qui se fera un plaisir de t'héberger. Tu ne t'ennuieras pas, elle possède quatre jeunes filles de ton âge... »

Soudain, une violente douleur : un pied botté lui écrasa la poitrine, le cou, puis les cinq doigts de sa main gauche. Une voix d'Européen hurla :

« Au fond là-bas ! Tirez dans le tas, les gars, feu à volonté, nom de Dieu ! »

Une vieille couvrit les ordres du gendarme de la voix déchirante d'une personne à qui on vient de voler son enfant. Puis, plus rien. Monsieur Jean souriait sans plus toucher le corps parfumé à l'essence de vétiver d'Ancinelle. Il avait même remis ses lunettes fumées qui le faisaient ressembler au jazzman Ray Charles et s'était inexplicablement croisé les bras. Elle voulut lui mignonner le menton mais sa poitrine était si lourde qu'elle n'aurait même pas pu remuer le couvercle de ses yeux. Une immense lassitude s'était brusquement emparée d'elle et la maintenait roide, étalant une sorte de baume sur les échappées de douleur qui émanaient de son épaule droite. Des bruits de fusil montaient maintenant à l'assaut de son esprit qui refusait de distinguer autre chose que la suave Allée des Soupirs où des amoureux enlacés (des adultes ceux-là) peuplaient les racines échassières des tamariniers sans âge.

Puis du sang. Le sol maquillé de sang. Tout un flot de sang qui se dévidait partout. Dans les dalots, sur les trottoirs, aux façades des maisons, le long des poteaux électriques. Il venait engoncer une entêtante moiteur entre la figure d'Ancinelle et l'asphalte chaud car il était midi et elle en avait d'un seul coup pris conscience. Monsieur Jean lui avait baillé rendez-vous à « douze heures tapantes », comme il disait dans sa parlure raffinée qui ne cessait d'émerveiller la chabine. Il ne faisait rien comme le commun des mortels et n'était pas vulgaire au point d'entraîner Ancinelle à l'Allée des Soupirs au moment où les bonnes se faisaient prendre tout-debout contre le tronc des poiriers-pays à l'approche de la brune du soir. Il ne lui avait pas proposé neuf heures non plus, puisqu'à cette heure-là, l'endroit devenait le royaume des femmes-de-tout-le-monde, négresses violemment fardées et lotionnées qui affectaient de parler l'anglais-banane pour se faire passer pour des Sainte-Luciennes ou des Barbadiennes afin que leurs clients ne découvrent point qu'ils avaient affaire à des mères de marmaille d'ici-là même, cherchant, pathétiques, leur boire-manger du lendemain matin.

Ancinelle tressautait. La statue de Joséphine Bonaparte, qui irradiait de sa blancheur immaculée le mitan de La Savane, lui souriait. La chabine esquissa un sourire à dix francs mais ses lèvres demeuraient cousues ou plutôt comme si elles avaient été maintenues par des pinces à linge. Alors elle eut honte d'elle et se dit « Joséphine doit me considérer comme une sacrée mal élevée ». Elle essaya de déplier son genou de dessous son ventre sans y parvenir. Un silence grandiose, une paix sans limites, recouvrait à présent les êtres et les choses. Les hommes blancs, armés de fusils, s'étaient figés et ne braillaient plus. Les roches qui se fracassaient contre les maisonnettes et les bouteilles incendiaires qui explosaient autour avaient cessé leur désordre. Monsieur Jean s'en était allé. Il ne lui avait pas dit au revoir. Ni même précisé quel jour ils se rencontreraient de nouveau ni quoi que ce soit. Ancinelle ne comprenait plus. Son amour enflammait jusqu'à la racine de ses ongles et voilà qu'il n'y avait plus personne pour lui tenir les mains. Elle appela le nom de sa mère. Elle entrevit, à l'en-bas de ses paupières boursouflées, Cicéron, jeune homme à l'insolence lyrique, qui arrachait sa chemise et s'avançait vers les gendarmes en psalmodiant une réclame de cinéma :

*« Je suis Attila, fléau de Dieu*
*Plus sanguinaire que Hitler*
*Plus dépravé que Lucrèce Borgia*
*Plus sadique que César Borgia*
*Plus ambitieux que Bismarck*
*Plus féroce que les cannibales*
*Je suis Attila...* »

Son front s'étoila de rouge et il fut aussitôt enveloppé dans un nuage de fumée et de détonations. Détournant les yeux, Ancinelle aperçut le journaliste Romule Casoar qui lisait à haute voix un carnet de notes en avançant, insoucieux de la mort, en pleine échauffourée :

« Messieurs, la Martinique, isle française depuis l'an de grâce 1635, est un pays sacrément important. Cette année quatre éminentes personnalités nous ont visités : l'actrice Martine Carol, le grand-duc et la grande-duchesse Wladimir de Russie et l'explorateur Paul-Emile Victor. »

Ancinelle ressentit tout le poids de ses yeux et voulut dormir. Le monde entier a perdu sa quille, songea-t-elle. Un Européen à la figure barbouillée de sang se pencha sur elle et posa sa main gantée à hauteur de son cœur.

« Celle-là, faut l'embarquer à l'Hôpital Colonial. Elle a l'air de vivre toujours, chef. »

Midi tapa douze fois à l'Allée des Soupirs ou peut-être bien cinq heures de l'après-midi...

## 2

Monsieur Jean suscitait honneur-et-respect chez tous les bougres des Terres-Sainvilles sans exception (même le quimboiseur Grand Z'Ongles, à ce qu'il paraît, celui-là même qui fut contraint par le Diable, avec lequel il s'était alliancé, de se pendre à l'aide d'une corde fabriquée avec sept cravates de couleurs et de tissus différents) et cela bien qu'il refusât de révéler le restant de son titre. Le mystère dont il entourait ses origines déchaînait l'imagination des femmes désœuvrées qui lui avaient déniché quatre noms de famille plausibles : Victorien parce qu'il avait le nez légèrement crochu ; Malseau parce que sa peau noire rappelait celle des nègres-bleus de Saint-Anne ; Francis-Louison à cause de sa politesse exquise, et Gros-Désir. Pour cette dernière attribution, seule Mathilde Villormin, la marchande de bonbons de la rue Pierre et Marie Curie, avait une explication. Elle refusait toutefois de la révéler autrement que sous la forme d'un petit sourire ambigu qui permettait de deviner d'un seul coup que cela entretenait quelque rapport avec l'outillage sexuel du quinquagénaire. Quand on lui décryptait sa mimique, elle protestait la main sur le cœur :

« Moi-même, messieurs et dames ! Moi-même, vous me voyez encore dans cette bacchanale à mon âge. Eh ben Bondieu-Seigneur-La Vierge Marie-Tous les saints du ciel ! »

La franche vérité c'est que Mathilde s'était éprise en secret de celui qui venait lui acheter au devant-jour deux morceaux de gâteau au coco sans prendre de crédit et qui ne tempêtait pas quand elle ne disposait pas de monnaie, ce qui était chose fréquente à cette heure-là. Au début, monsieur Jean l'intimidait à cause de sa réputation de grand-grec qui savait broder un français orné de mots longs comme le Mississippi. Elle baissait les yeux en le remerciant, lui glissant à mi-voix :

« A bientôt, monsieur le directeur...

— Je ne suis pas directeur, rétorquait-il avec gentillesse, instituteur, pas plus. Et encore ! Instituteur mis à pied et sans solde, ma bonne dame ! »

Cette révélation mit un terme à tout un frémillement de rumeurs selon lesquelles si un homme de ce rang-là vivait au beau mitan de la gueusaille, c'était par propension à la perversité et non par obligation. Car comment qualifier d'autre quelqu'un qui griffonnait (sur du vieux papier) des poèmes pendant des heures entières, attablé chez le Chinois, et les déchirait tous sans exception ? Sans doute avait-il commis un crime inavouable quelque part. Crime que son administration avait dû taire avec soin puisque Radio-bois-patate n'en avait jamais eu vent. D'où provenait-il ? Personne ne le savait et personne n'aurait osé le lui demander, sauf peut-être la marchande de bonbons, mais sa témérité ne s'aventurait pas si loin. Chaque jour, elle grappillait pourtant une miette de sa vie et recollait le tout au fur et à mesure pour en faire une raconterie échevelée qui lui rameutait bon nombre de clients en mal de maquerellage. Elle avait même instauré une espèce de concours où elle gagnait à tous les coups. Par exemple, elle lançait à cet escogriffe de Désinor qui travaillait à la mairie et se prenait pour un monsieur :

« Quoi qu'il en dise, rien n'oblige monsieur Jean à habiter les Terres-Sainvilles alors qu'est-ce qu'il cherche ici-là ?

— Au centre-ville, on n'a pas de gâteaux frais à quatre heures du matin, Man Mathilde.

— Sacré flatteur va ! Bon... c'est certainement l'une des raisons mais écoutez-moi bien, les amis, monsieur Jean a déserté le centre-ville parce qu'on n'y trouve que des noms de rue de bourgeois : Lamartine, Victor Hugo, Saint Louis et toute la bande, tandis que chez nous autres, on nous a baillé ceux de défenseurs du peuple comme Robespierre ou l'Ouvrier Albert. Moi-même j'habite rue Pierre et Marie Curie et lui, il loue à l'avenue Jean Jaurès.

— Tu crois ? Arrête de nous bassiner avec tes couillonnades, négresse ! Moi, j'ai ma case à la rue Marat et je n'ai foutre pas connaissance que ce bougre-là ait jamais fait quoi que ce soit pour nous, non. D'abord qui c'est ce Marat ? Quelqu'un le sait-il ici ?

— Je parierais plutôt que monsieur Jean a quelque maudition dans son corps », intervint une acheteuse.

Néanmoins la révélation de Mathilde Villormin s'incrusta dans les esprits et on en déduisit que monsieur Jean devait être soit communiste soit franc-maçon (mais plutôt franc-maçon car on ne le voyait guère se mêler de politique).

A l'heure vespérale, celle où les chauves-souris entamaient leurs ballets au-dessus des toits, il se vêtait d'un costume d'alpaga blanc, d'un chapeau en feutre légèrement élimé et muni d'une canne à pommeau, il se rendait au Cercle Martiniquais, haut lieu de l'intelligentsia de couleur, rival du Cercle des Blancs, qui se trouvait situé au Bord de Mer. Arpentant avec une lenteur étudiée l'interminable boulevard Jean Jaurès, il ne se souciait pas de qui lui cédait le passage ou qui hochait respectueusement la tête en sa direction. Sa première halte était pour une pacotilleuse qui tenait boutique de tout ce que l'archipel des Antilles fabriquait comme colifichets : fer à défriser les cheveux crépus, pommade pour s'éclaircir le teint ou guérir les piqûres de bêtes à mille pattes, culottes protectrices contre les assauts des incubes, bracelets en vrai et faux or de Cayenne, coutelas de Saint-Domingue. Identifiée comme étant Sidonise Vincent dans les îles françaises, Shirley Vindgrave dans les îles anglaises, Sylvia Menendez y Carvajal dans les îles espagnoles et Samantha quelque chose (d'imprononçable) dans les îles hollandaises, elle baragouinait toutes les langues de ces contrées et en possédait, par on ne sait quel miracle, tous les passeports. Aussi était-elle plus fréquemment en voyage qu'au comptoir du « Trouve ton Bonheur » où elle se faisait seconder par une jeunotte du Pont de Chaînes si-tellement timide qu'on l'avait surnommée mamzelle La Mangouste.

Monsieur Jean ne pénétrait jamais dans ce capharnaüm. Il tapotait trois fois le rebord de la fenêtre et si personne ne réagissait, il savait que La Mangouste était seule et qu'elle avait dû se terrer derrière quelque amas de pots de chambre en émail de Bénézuèle. S'il entendait « Hombre, como está usted ? Ha, mi nonm mwen an mi ! La petite santé, ça va, mon cher ? I haven't seen you for ages, darling », il comprenait que son traditionnel cadeau l'attendait : un paquet de tabac à chiquer de Curaçao, et quand il eut fait la connaissance d'Ancinelle Bertrand, quelque bout de popeline ou de taffetas. En contrepartie, il complimentait la pacotilleuse sur la splendeur de ses formes qu'il détaillait d'un regard faussement intéressé. Puis, il déclarait :

« Hon ! Un jour, un jour, ma chère !... un jour, je vous forniquerai tant et tellement que tout Fort-de-France va demander pardon.

— Annou fé'y, non ! Don't you know I loved you at first sight, man ?... Allez, qu'est-ce que vous attendez, monsieur Jean ? Je n'ai pas de dettes envers les gens de cette foutue ville. Sylvia Menendez y Carvajal es un ave, hombre. Je vais, je viens, je repars. »

Dans les premiers temps, ce marivaudage avait provoqué un véritable branle-bas de combat chez toutes les maquerelleuses des Terres-Sainvilles, quartier où les langues des femmes rivalisaient (à l'époque) de saleté avec le plat des pieds des nègres vagabonds. On apprit vite cependant qu'à cinq heures vingt au plus tard, notre homme devait continuer sa route s'il voulait arriver à l'heure au Cercle Martiniquais, lequel avait fait de la ponctualité la condition sine qua non de toute admission en son sein. Passé cette heure fatidique, l'horloge de la cathédrale faisant foi, sa lourde porte en mahogany massif ne s'ouvrait plus et, au bout de deux retards consécutifs, le malotru était mis en quarantaine par ses pairs jusqu'à ce qu'il admette qu'il valait mieux pour lui qu'il se fasse oublier un an ou deux. Ou alors qu'il offre un paquet d'argent aux œuvres sociales du Cercle dont s'occupaient les dignes épouses de ces messieurs, bien qu'elles ne fussent pas admises dans l'enceinte de cette grosse bâtisse gironde dont la blancheur blessait les yeux en plein jour.

Comme monsieur Jean n'avait pas la certitude

qu'on le cooptât une seconde fois, lui à qui le serveur ne faisait jamais de sourires à cause de la noirceur de son épiderme — le Cercle Martiniquais était mulâtre — et n'ayant pas, en outre, les moyens de débourser quoi que ce soit, fût-ce au profit de l'orphelinat de l'Espérance, il ne pouvait se permettre de prolonger son causer avec la pacotilleuse du 67 de l'avenue Jean Jaurès. En cas d'exclusion, il devrait, en outre, rengainer ses prétentions à être admis au banc des Sénateurs sur La Savane, idée qui lui était parfaitement insupportable.

La traversée de La Levée lui était une rude épreuve à cause de la sortie des bureaux. Les jeunes prêleurs à cravate en profitaient pour exhiber Simca Aronde, Renault Quatre-Chevaux et Fiat 600, toutes voitures européennes qui envahissaient présentement le pays au grand dam des habitués des immenses Dodge ou Chevrolet d'avant-guerre. La seule voiture non américaine encore utilisée était la Traction-avant et justement monsieur Jean en possédait une qui avait roulé à l'alcool de canne à sucre au temps de l'Amiral Robert. Il ne la sortait que le jour de l'an pour aller embrasser incognito sa vieille mère à Marigot-Bellevue, et le lundi de Pâques pour emmener sa logeuse et sa progéniture déguster le matoutou-crabes à l'Anse-à-l'Ane. Même Ancinelle Bertrand n'y était jamais montée.

De mémoire de maquerelleuse des Terres-Sainvilles, monsieur Jean ne fut en retard qu'une seule et unique fois dans sa vie : le jour où ce damné quimboiseur de Grand Z'Ongles décida, par on ne sait quel hasard, de sortir exactement à l'heure où l'instituteur descendait l'avenue Jean Jaurès. On connaissait les habitudes du manieur d'herbes maléfiques, on savait qu'il ne pointait le nez dehors qu'en plein midi, heure diabolique s'il en est puisque celle où les enfants pouvaient disparaître à tout jamais, leur chair innocente étant fort appréciée (prétendait Radio-bois-patate) dans les sacrifices indiens pratiqués au quartier d'Au Béraud. On faisait donc place nette devant Grand Z'Ongles. Les ruelles des Terres-Sainvilles se vidaient en six-quatre-deux, on fermait la bouche aux radios qui crachotaient leurs éternels calypsos et merengués, et on faisait le guet à l'abri des persiennes. Grand Z'Ongles avait dérobé une canne de bedeau qu'il moulinait devant lui, la cognant par terre tous les trois pas, le tout accompagné de « Hoon ! » terrifiants. Quelques bougres courageux passaient à grand ballant en voiture, lui criant :

« *Gran-Zonng, isalôp ki ou yé, Bondyé ki nan syèl ka atann ou pou sa menyen tjou'w ba'w !* » (Grand Z'Ongles, salopard, le Bondieu t'attend au ciel pour te faire la peau !)

Le nègre-griffe brandissait sa canne, mû par une colère sans nom, et vociférait quelques imprécations dans un idiome inconnu par ici, « sans doute africain » accusait la logeuse de monsieur Jean, toujours prompte à dénigrer cette race dont elle affirmait ne pas posséder la moindre goutte de sang.

Où se rendait ainsi en cette fin d'après-midi l'ami du démon ? Plusieurs versions furent proposées dont les trois plus plausibles semblent être les suivantes. D'abord et pour un, il se dirigea vers la place de l'Abbé Grégoire, s'assit sur un banc, jouant le rôle de celui qui médite. Puis, d'un bond, il grimpa quatre à quatre le parvis de l'église attenante et malmena la porte que l'abbé avait fait clore avec soin.

« *Wouvè ! Wouvè la ba mwen, souplé !* » (Ouvrez ! Ouvrez-moi donc !)

Lentement, très lentement, on vit le lourd battant gauche s'entrebâiller. Grand Z'Ongles acheva de l'ouvrir d'un coup de pied théâtral et pénétra dans l'église. Il se rendit tout droit au bénitier où il remplit une fiole, non sans avoir bu deux pleines gorgées d'eau dans le creux de ses mains. Il avala de la clinquaille que des fidèles y avaient lâchée en guise de remerciement pour quelque vœu que Dieu avait exaucé et, ne pouvant la déglutir, ressortit la tête roide, le cou démesurément allongé tel un coq de combat qui venait d'être atteint par un coup d'éperon. A ces moments-là, mort à l'impudent qui oserait ne point s'écarter de sa route, oui ! Il vous trucidait d'un seul regard sans vous toucher ni vous manier, et c'est de cette façon qu'Auguste Saint-Amand, négociant mulâtre d'excellente réputation (il convient d'y insister) qui sortait du boxon de la rue Marie Curie, tomba raide mort à l'instant où il bataillait avec sa braguette. La maréchaussée conclut à une congestion et classa l'affaire, mais n'est-ce pas une bande de sacrés couillons qui ne saisissaient rien à nos mœurs. Naturellement, elle ne remarqua même pas qu'au cours de l'enterrement, Grand Z'Ongles s'était affiché en tête du cortège, entre la veuve éplorée et la péripatéticienne qui avait accordé au bougre de Saint-Amand son ultime joie terrestre. La photo, en première page de *L'Information,* en était pourtant la preuve irréfutable puisque les plus experts d'entre les vieux-corps des Terres-Sainvilles décelèrent que l'œil gauche de Grand Z'Ongles était fermé, ce qui prouvait que c'était là l'arme du crime. Le sieur Cicéron, fils d'Alcide Nestorin, cet instituteur qui avait enjambé le canal de la Dominique pour aller guerroyer dans les Forces Françaises Libres et qui n'adressait la parole à personne à cause de l'interdiction formelle de son épouse laquelle se prenait pour une bourgeoise, décréta du haut de sa savantise que cela était dû au flash du photographe et à rien d'autre. Mais monsieur n'avait pas toute sa tête, pauvre diable : des fois, il « partait » selon l'expression de Bec-en-Or, et il était vain d'essayer de le raisonner. Sa mère lui avait enseigné le latin à l'âge de cinq ans, lui interdisant formellement de prononcer le moindre mot de créole et l'avait, à seize ans, ses deux bachots en poche, expédié à Bordeaux pour y faire sa médecine, qu'il abandonna quatre ans plus tard. Revenu avec un chargement de livres blancs dans la tête, il épatait tout bonnement la négraille par la belleté de ses avocasseries. Il s'était autoproclamé défenseur de la race noire, humiliée depuis l'époque biblique où Cham avait été chassé par son père et séparé de ses frères Sem et Japhet. Mais quand on le raillait ou l'interbolisait trop, il brisait ce qu'il rencontrait sur son passage et on était contraint de l'enfermer d'urgence à l'hôpital pour bougres fous de Colson.

Selon une autre version, Grand Z'Ongles avait une touche au Trouve ton Bonheur et avec qui, devinez ? Avec mamzelle La Mangouste en personne ! Alors que la plupart des magasins s'empressaient de baisser leur grille raide-et-dur, sauf ceux des Syriens chez qui il happait au passage qui une chemise en kaki qui un bout de toile en guise de dîme, l'étroit couloir de la pacotilleuse demeurait ouvert. Le quimboiseur y pénétrait prestement et, attrapant la vendeuse par une aile, la renversait sur le comptoir, lui baillant ce qu'elle pouvait supporter, la pauvresse. Elle se mettait à crier son plaisir aussi fort que la sirène municipale et les bondieuseuses et autres ravets d'église balbutiaient avec frénésie des dizaines de « Je vous salue Marie » afin de chasser les effluves de stupre loin du quartier. Une petite marmaille, qui s'était aventurée à scruter ces ébats à travers les planches rongées par les poux-de-bois de l'arrière-boutique, en fut quitte pour une flambée de boursouflures sur le corps qui mirent des mois avant de s'estomper.

Or donc, la sortie opérée par Grand Z'Ongles, quelle

que soit l'explication qu'on ait pu avancer, avait provoqué le bec coué des Sainvilliens. Les passants brocantèrent de trottoir avec brusquerie quand ils se rendirent compte de qui venait en face d'eux. La tremblade, voire la cacarelle, déforma leurs traits. Bientôt le quimboiseur eut pour lui tout seul le trottoir de droite de l'avenue Jean Jaurès et monsieur Jean ne pouvait que buter sur lui. A moins que...

Le quinquagénaire ne remua pas d'un poil. Il observait Grand Z'Ongles dans le blanc des yeux sans mollir d'une maille pour lui et continuait d'avancer au rythme qui avait toujours été le sien depuis douze ans, autant dire avec une nonchalance distinguée. Les violents coups de canne de bedeau du malfeinteur ne semblaient pas l'impressionner. Au contraire, monsieur Jean jouait avec sa canne à pommeau à la manière des gandins du siècle dernier, un quart de sourire aux lèvres. Le monde fut tout bonnement stupéfié par un tel événement. Les maquerelleuses demeuraient plantées sur le trottoir de gauche, l'encombrant de leurs grosses fesses matées ou s'éventant de leur mouchoir de tête qu'elles avaient défait sous l'emprise de l'angoisse. La championne en médisance des Terres-Sainvilles, Cécilia Saint-Hilaire (dont la fille Ginette devait rapidement prendre la relève), celle qui savait pour quelle raison untel avait calotté sa femme-concubine à deux heures du matin et quel modèle de vagabond avait engrossé la fifille de treize ans du mécanicien, ne dénichait pas un petit morceau de parler sous sa langue sale. Elle avait beau se mettre les poings sur les hanches, carrer sa croupière, elle ne faisait guère plus d'effet qu'une dinde qui aurait eu un œuf de travers. Elle ne pouvait que balbutier « Woy-woy-woy », ce qui en langage policé signifiait « Mince alors ! » La pacotilleuse Sidonise Vincent se grima, pour sa part, en Sylvia Menendez y

Carvajal pour tenter de donner le change à Grand Z'Ongles qu'elle soupçonnait de vouloir visiter manzelle La Mangouste. Elle habla sans discontinuer en espagnol avec ces grands gestes burlesques qui caractérisent nos voisins :

« *Hijo de puta ! Que quiere usted en mi almacen a esta hora de la tarde ?* » (Fils de pute ! Que cherches-tu dans mon magasin à cette heure de l'après-midi ?)

Les deux hommes continuaient d'avancer l'un vers l'autre sans qu'aucun d'eux donnât l'impression de vouloir éviter l'affrontement. A deux mètres, vingt-trois centimètres et sept millimètres et demi de l'instituteur, Grand Z'Ongles, furieux de ce qu'il considérait comme un inadmissible défi, allongea l'index sur monsieur Jean (celui d'entre ses doigts qui arborait l'ongle le plus démesuré) et lui intima l'ordre suivant, en l'accompagnant d'un rictus sibyllin :

« *Doubout la épi anchouké anlè kò 'w, sakré popilè ki ou yé !* » (Prends racine là où tu es, espèce de téméraire !)

L'incantation n'eut d'effet, prétend la rumeur populaire, que sur la dame Cécilia qui vit tiger entre ses orteils d'horribles racines de figuier-maudit qui investirent le trottoir, puis l'asphalte, creusant des trous d'eau saumâtre (notre ville fut bâtie sur une mangrove), agressant la devanture des boutiques, fifinant à travers les trous de serrure. La maquerelleuse se débattait comme une possédée mais sa robe et son corsage brodé ne furent plus qu'un souvenir et on la découvrit en hausse-seins rose et en combinaison vaporeuse, la peau recouverte de feuilles. Personne ne tenta quoi que ce soit pour lui venir en aide. Elle avait enfreint un interdit plus vieux que le marquis d'Antin, celui qui veut qu'une femelle qui a ses menstrues ne doit jamais s'approcher de quelqu'un qui travaille de la main gauche comme c'était le cas du quimboiseur des Terres-Sainvilles. Le pire, messieurs et dames de la compagnie, c'est que la bougresse ne portait pas de culotte sous sa combinaison. On eut le temps d'apercevoir sa grosse foufoune barbue d'où suintait un sang rosâtre sur ses cuisses boudinées mais avant qu'on pût péter de rire, elle s'était muée en un beau figuier-maudit aux branches majestueuses qui se moquait du vent.

Quelques mois plus tard, la municipalité fit installer un banc à ses pieds ainsi qu'une plaque sur son tronc avec l'inscription « Cour Karl Marx », sans doute pour amadouer les communistes dont les Terres-Sainvilles étaient devenues une manière de fief. Quoique évitant ce piège avec hauteur, ces derniers n'en étaient pas moins très fiers de voir que les prolétaires ne venaient jamais pisser contre l'arbre alors que toutes les autres places de l'En-Ville étaient d'insupportables pissotières, voire dans certains cas, d'infects cacatoirs. En fait, cette attitude diantrement insolite n'avait rien à voir avec une quelconque révérence envers l'auteur du *Capital*. La raison en était bien plus terre à terre : chaque fois qu'un individu s'avisait d'ouvrir sa braguette contre l'arbre, la dame Cécilia se réveillait de sa léthargie végétale pour se moquer de lui en ces termes :

« Eh ben ! Eh ben ! Foutre que tu as un petit lapin, mon nègre ! Comment tu fais pour contenter ta femme ? Je comprends pourquoi elle t'encornaille avec le premier venu dès que tu as le dos tourné. »

Nul ne désirant subir pareille avanie, la Cour Karl Marx demeura toujours d'une propreté rarissime jusqu'à ce qu'on s'avisât, au tournant de l'an 1960, qu'elle n'avait de place que le nom et qu'il était plus logique d'y installer un parking. La dame Cécilia mourut une deuxième fois sous la charge d'un bouteur et c'est à dater de ce jour, un samedi-gloria, qu'on y entend le gémissement déchirant d'une parturiente qui ne peut mettre bas. De fait, Dame Cécilia fut aussi bréhaigne au cours de son existence tant humaine qu'arborescente (Ginette n'étant en fait qu'une fille adoptive). Mystère du destin, c'est au même endroit qu'au quatrième ou cinquième jour du couvre-feu, le lycéen Janon fut abattu sans sommation à la mitraillette par une horde de C.R.S. déchaînés. On l'entendit voltiger un à-moué-à-moué déchirant dans la noirceur de la nuit :

« L'esclavage a été aboli en 1848, bande de chiens-fer ! »

Puis, plus rien. Son sang macula les racines du figuier-maudit, dériva dans le dalot et coloria les voyages d'urine que les riverains y déversaient. Un C.R.S. prétendit avoir reçu un pot de chambre sur la tête et tira une rafale à travers la mince cloison d'une case : deux enfants passèrent du sommeil à la vie éternelle devant leurs parents abasourdis. Le chef de la horde hurlait dans un porte-voix :

« Eteignez les lumières ! Couvre-feu ! Couvre-feu ! »

Mais voici la troisième version de la rencontre inopinée entre monsieur Jean, l'instituteur suspendu de ses fonctions, et Grand Z'Ongles, le quimboiseur dont la renommée avait franchi les frontières de la Martinique puisque des richards accouraient de Miami et de Caracas pour le consulter, la plupart du temps des paraplégiques auxquels il baillait le don de se mouvoir en un battement d'yeux. Même ce Blanc-France sceptique de Jacquou Chartier, qui fréquentait les nègres sans faire de comparaison, avait été forcé de reconnaître que derrière la formidable misanthropie affichée par le quimboiseur se cachait un réel pouvoir de modifier le cours des choses. N'avait-il pas poussé l'audaceté à inviter ce dernier à boire un sec chez le

Chinois, ignorant que sous l'ongle démesuré du malfeinteur, un infime poil de bambou, glissé subrepticement dans son verre, pouvait mettre une terminaison brutale à son existence ? Pourquoi Grand Z'Ongles l'avait-il épargné, cela fait partie des mystères, des « émerveillations » préférons-nous dire (ô lecteur d'ailleurs, pardonne-nous notre parlure vieillotte !), que Solibo et les conteurs de sa qualité se plaisaient à nous divulguer au cours des veillées où les nègres tenaient la mort en respect.

Ainsi, lorsque monsieur Jean et le quimboiseur furent à deux doigts de se toucher, ils se figèrent à une maille l'un de l'autre et s'affrontèrent à coups d'yeux méchants pendant etcétéra de jours. Prenant appui, l'un sur sa canne de bedeau, l'autre sur sa canne à pommeau d'argent, ils adoptèrent la posture de ceux qui ont l'éternité devant eux plus un bon bout de temps en supplément. Les autorités municipales tardèrent à s'apercevoir que l'avenue Jean Jaurès était anormalement désertée et qu'un formidable silence couvrait le quartier des Terres-Sainvilles. C'est la migration des chiens vers le marché aux légumes qui leur mit un zinzin dans l'esprit et, décontenancées devant l'étrangeté de cette situation, elles alertèrent la résidence préfectorale. Le maître des lieux se tira d'affaire en faisant remarquer que, n'étant plus gouverneur, il avait été dépossédé de ses prérogatives régaliennes d'antan et ne pouvait donc prendre aucun édit contre le stationnement canin. Alors, livrés à leur sort, les Sainvilliens rasaient les murs, n'émettant que des bribes de paroles.

Quel regard finirait par manger l'autre ? Telle était la question qui taraudait les esprits car, de toute évidence, il était douteux qu'une accordaille pût être trouvée entre les deux majors. La marchande de bonbons, Mathilde Villormin, eut une idée de génie : elle loua les services de deux batteurs de tambour, l'un du Morne des Esses, l'autre de nulle part, qui, à leurs moments perdus, plumaient les amateurs de combats de coqs des gallodromes d'En-Ville. Une nuit, ces bougres-là levèrent un modèle de bel-air qui enflamma les jambes des plus décaduits d'entre nous. Leurs mains voletaient sur la peau de cabri, plus trépidantes que les ailes de l'oiseau-mouche, et leurs têtes renversées halaient des éclats de lune dans une pâmoison du tonnerre de Dieu.

Nous veillâmes à distance respectueuse la joute au damier qui ne manquerait pas de s'instaurer entre Grand Z'Ongles et monsieur Jean. Des paris se faufilaient sur nos lèvres aller-pour-virer : selon la logeuse de monsieur Jean (laquelle se prétendait caraïbesse), son locataire cachait deux cuisses redoutables sous son pantalon de flanelle si bien que Grand Z'Ongles et sa maigreur auraient du mal à le soulever de terre ; mais l'opinion générale ne baillait pas cher de l'instituteur car que pouvait sa vaillantise devant les charmes maléfiques du quimboiseur ? On imaginait déjà le déroulé de la jambe gauche de Grand Z'Ongles qui chercherait un seul et unique impact chez son adversaire, à savoir le fil de son cœur. Il s'agit d'un lien ténu, dissimulé dans le renflement de la poitrine, qui tient notre corps amarré à la vie et dont les docteurs blancs (et même noirs, oui ! et même ce raté de Cicéron, oui !) niaient l'existence. Quand vous leur assuriez qu'« Untel a pété le fil de son cœur », ils vous dévisageaient d'un air réprobateur et vous refusaient le permis d'inhumer. Ce qui fut le cas pour la fillette du mécanicien, baptisée par Marraine Philomène, qui, selon eux, aurait mis fin à ses jours en avalant un tube de Rubigine, chose qu'ils auraient soi-disant découverte après lui avoir fait subir toutes sortes de simagrées à la morgue de l'hôpital colonial.

Chacun supputait la parade qu'offrirait monsieur Jean. Sans doute une feinte de côté, le corps légèrement cassé, suivie d'un envol de son dos de pied à la gorge de Grand Z'Ongles pour lui faire demander pardon. Lorsque le bel-air se mua en lente reptation sous les doigts des tambouriniers, on sut que l'affrontement mortel ne pourrait plus être différé. Nul ne peut ici-là dérespecter la loi du tambour. Or, incroyable défi à nos coutumes, aucun des deux belligérants ne bougea. Le tambourinier de nulle part, une sorte de géant connu sous le nom de Malaba, fit son instrument parler français et, au son grave qui s'en dégageait, on sut qu'il avait été fabriqué avec la peau d'un cabri mâle. On entendit ce son guerrier jusque sur les hauteurs du Plateau Didier, affirmèrent les bonnes des Blancs créoles, chose qui mit ces derniers en émoi puisque des carabines et des pistolets furent brandis aux fenêtres de leurs villas.

En fait, la raison de ce vacarme était plus que banale, triviale même : un homme, en bonnet de nuit, faisait une saccade de bras d'honneur (geste récemment inauguré dans notre île) en direction des spectateurs du bel-air tout en égrenant une tralée d'injuriées inaudibles. Lorsque Malaba cessa à son tour son invocation, tout le monde reconnut ce couillon de Vincent Ramirez, spécimen remarquable de cette nouvelle marque de Blancs qui avaient déferlé ces temps derniers parmi nous et qu'on appelait les « Pieds-Noirs » sans que quiconque sût pourquoi. Ces messieurs-là parlaient plus haut et plus fort que les nègres dans la rue, riaient aux éclats, se tapaient dans le dos et lançaient de tonitruants « bicots » que personne ne comprenait non plus. Nous n'avions, d'ailleurs, jamais entendu causer cette manière de français-là, même si, par instants, elle nous rappelait celle de nos Italiens ou nos Syriens. Ils achetaient tous les magasins qui étaient en proie à des difficultés et les rendaient florissants en moins de temps que la culbute d'une puce, grâce aux irrésistibles « mon frère » dont ils affublaient les plus en-chien de leurs clients. A la longue, on finit par les oublier, ces bougres, vu que le pays avait déjà ingurgité tant et tellement de races, d'ethnies, de peuplades et autres, qu'une de plus ou de moins ne changeait rien à l'affaire. Ils devinrent, malheureusement, de plus en plus arrogants, oubliant le temps où ils halaient leurs grosses valises fatiguées à travers l'En-Ville, quémandant une location. Ils avaient, en outre, la calotte aussi facile que l'injuriée et, plus souvent que rarement, provoquaient des bagarres généralisées dans les cabarets.

Aussi la foule se détourna-t-elle de monsieur Jean et de Grand Z'Ongles (ce qui reporta sine die leur affrontement) pour s'occuper de compère Ramirez. On le laissa déblatérer tout son saoul puis on envahit sa maison et on l'emmena au-dehors, en pyjama, foutre ! en dépit des criailleries de son épouse dont on découvrit, non sans stupeur, les jambes poilues.

« Tirez-lui les bottes qu'on voie ses pieds ! »

Cet ordre émana d'on ne sait qui. Alors chacun vit que Ramirez dormait avec des bottes militaires aux pieds (et un pistolet sous son oreiller, ajouta un voleur), sans doute pour cacher son infirmité.

« Faites vite, non, les hommes ! s'impatientait une femme devant l'embarras de celui qui tentait de délacer les bottes.

— Faut qu'on voie la noirceur de ses pieds. Ça doit être une punition de Dieu ! fit quelqu'un.

— Mais non ! intervint une voix docte, il s'agit, n'est-ce pas, sûrement d'un phénomène analogue, quoique inverse, à celui de nos albinos, n'est-ce pas ?

— Bon-bon, monsieur n'est-ce-pas, mais dis-nous pourquoi ce sont seulement leurs pieds qui noircissent et pas tout leur corps ? Nos albinos ont toute la peau peinturée en blanc, non ? »

Le docte personnage s'avoua vaincu et ne souffla plus un seul mot. On charroyait Ramirez, qui gueulait comme un cochon à l'approche de Noël, vers le canal Levassor. La foule avait grossi car en passant sous les fenêtres des rares Sainvilliens à dormir, Eugène Lamour lançait :

« Venez voir un miracle, messieurs et dames, un Blanc qui a les pieds noirs ! »

Une chanson s'improvisa, aussitôt reprise par des dizaines de poitrines :

> « *Ramirèz, fidji'w blan, pyé'w nwè*
> *Sa ou fè Bondyé kon sa, monchè ?* »

> (Ramirez, t'as le visage blanc mais les pieds noirs
> Qu'as-tu donc fait au bon Dieu, mon brave ?)

Monsieur Jean tenta en vain de raisonner le monde mais personne ne voulut entendre ses explications car le tafia avait commencé à circuler de bouche en bouche sans que les négresses fussent en reste. Dix, quinze mains fébriles avaient tiré sur les solides lacets des bottes de Ramirez qui s'étaient inextricablement emmêlés dans la bousculade. Il avait cessé de gigoter et regardait la foule, les traits déformés par l'épouvante. Il ne fut pas balancé dans le canal comme il se l'imaginait, mais juché de force sur le parapet qui le surplombait et sommé d'ôter ses foutues bottes.

Il prit tout son temps pour retrouver les bouts des lacets, ses doigts tremblants lui servant d'alibi jusqu'à l'instant fatidique où il lui fut demandé — sans discussion, oui ! — de se débotter une fois pour toutes. Un silence maréchalesque se fit dans la foule où mille paires d'yeux éclairaient comme des bêtes-à-feu, avides de pouvoir témoigner dans les années à venir d'un phénomène qu'ils savaient, en leur for intérieur, rarissime. La première botte glissa par terre dans un bruit sourd. Une main rapprocha la torche en bambou du pied de Ramirez. La seconde botte prit le même chemin, toujours dans la même absence de réaction. Une main effleura prestement la cheville du Pied-Noir. Une autre grafigna le dos du pied. Une négresse-matador en tâta la plante à l'aide d'une épingle à cheveux. Puis, un à un, les gens s'en allaient, bras ballants, une déception du tonnerre de Brest sur leur figure.

« Les Blancs-France nous ont couillonnés une fois de plus... murmura Bec-en-Or.

— Couillonnés même-même-même ! » appuya Eugène Lamour, le Don Juan.

Quand Ramirez se retrouva seul dans les ténèbres du Bord de Canal, il ne sut plus quoi dire non plus. Son lot de jurons habituels semblait s'être dissipé dans la frayeur de sa courte odyssée. Alors il rit, il rit, il rit, se promettant d'en plaisanter avec l'un des rares hommes de couleur à entretenir amicalité avec lui, le distingué journaliste Romule Casoar. Puis, il reprit à pas mesurés le chemin de son domicile en savourant la fraîcheur de l'alizé. A l'avenue Jean Jaurès, il buta sur monsieur Jean et Grand Z'Ongles qui devisaient en grande pompe. Il s'approcha d'eux pour demander du feu. Il entendit des pans de leur causement.

« Je porte dans mon cœur une certaine Ancinelle, disait le quinquagénaire, comment faire pour me l'attacher à vie ?

— Hon ! La femme est une créature volatile, cher monsieur. Volatile et surtout... déraisonnable », répondit le thuriféraire du Diable.

Découvrant Ramirez, monsieur Jean le saisit par le revers du pyjama et lui murmura avec hargne ces vers de Saint-John Perse :

« Etranger dont la voile a si longtemps longé nos côtes (et l'on entend parfois de nuit le cri de tes poulies), nous diras-tu quel est ton mal, et qui te porte, un soir de plus grande tiédeur, à prendre pied parmi nous sur la terre coutumière ? »

Lorsque, à son tour, le quimboiseur Grand Z'Ongles alluma la cigarette de Ramirez avec la seule braise de ses yeux, ce dernier eut un soudain regain de frayeur et s'escampa dans la ruelle conduisant à l'arrière-cour de sa maison. Le lendemain, il fit courir le bruit suivant dans sa communauté :

« Les bougnoules, z'étaient des fils de pute mais ces négros, qu'esse qui sont mabouls, ma parole ! »

La guerre entre les Mabouls et les Pieds-Noirs fut déclarée deux jours et demi après cette noble appréciation...

## 3

Ancinelle O, ma main veut s'égarer sous l'échancrure de ton hausse-seins qui gifle le velouté de ta peau avec son armature de fils et de pressions. Ma main, ô fébrile...

Monsieur Jean, je vénère chaque mot qui sort de votre bouche. La seule ombre de votre corps arraisonne chacun de mes gestes.

Quand tu es collée contre moi, petite chabine, ta sueur enflamme le marbre du banc des Enamourés et je sens le monter-descendre de ton jeune ventre sous ta robe de popeline.

Vous m'avez révélé, ici-là même, sur La Savane, que nous étions destinés à miganner nos deux vies — plus intimement que la pulpe d'avocat pilée dans la farinemanioc —, malgré la longueur de temps qui les séparent, et que cela était marqué de toute éternité dans les diaprures du ciel.

Tes genoux frémissent contre les miens, Ancinelle, tellement que je ne sais si je dois les écarter maintenant ou attendre le jour où notre fusion se produira à l'Allée des Soupirs.

Monsieur Jean, j'ai fait tout mon possible pour vous rejoindre mais les rues étaient devenues des ravines de sang. Je glissadais partout, sur le dos, sur la figure, sur les coudes et je ne pouvais m'arrêter. Les murs des magasins étaient maculés de rouge au hasard, comme si un bougre fou de la trempe de Cicéron les avait barbouillés dans un accès de délire. Pourtant, je hurlais votre nom, je proclamais « J'aime ce nègre-là, oui ! », et personne ne voulait m'ouvrir le passage comme si ma voix ne portait pas plus haut que les barricades, comme si mon désir ne pesait pas plus lourd qu'un rêve. Eux, empanachés dans leur révolte, ils ne prenaient même pas ma hauteur, ils continuaient à voltiger des roches, des bouteilles de rhum vides, des caisses. Ils brandissaient des coutelas. Devant nous, les Blancs-France s'étaient figés dans des postures féroces et allongeaient froidement la gueule de leurs fusils sur nos cœurs. Il tiraient, ils tiraient, ils tiraient. Je me répétais au-dedans de moi la recommandation du camarade Angel : « Chasse la peur à grands coups de pieds ! » Mes oreilles éclataient et je n'avais cesse de me dissoudre dans un fifinement de sang chaud, espérant qu'au finissement de ce charroyer-aller, vous me prendriez les mains pour que nous migrions ensemble, oiseaux anodins, le plus loin possible.

Ancinelle O, petite chabine piquante, j'adore la rousseur de tes cheveux tortueux qui inondent mon épaule d'un flot de suavité. Tes doigts frêles se serrent, nerveux, dans les miens et tu ne sais pas encore pourquoi, même si ce sentiment n'a rien à voir avec la craintitude. Il me semble t'avoir toujours connue : il y a une dévalaison de carêmes et d'hivernages que je t'entretiens de propos apparemment dénués de sens. C'est cela l'amour.

Pardon pour moi, monsieur Jean ! Ce matin, je me suis levée de plus bonne heure que l'oiseau-pipiri pour driver tout-partout à Volga-Plage. Deux pêcheurs venaient de rentrer de Miquelon et déchargeaient, à Coco L'Echelle, sans brocanter le moindre causement, des bonites, des thons, des coulirous et surtout des raies-wakawa qui tournoyaient avant de retomber sur le sol comme des paravirets. Je les ai regardés comme des envoyés du ciel quand j'ai surpris cette charge de candeur sur le pourtour de leurs yeux. Chacun de leurs gestes diffusait une paix foudroyante. J'ai soudain compris que l'amour dont vous m'honoriez était fait de la même pâte de doucine. Alors je me suis précipitée derrière la case de Marraine Philomène et me suis ablutionnée à l'aide d'une demi-calebasse en faisant attention à ne point dérailler son sommeil, car elle s'était couchée fort tard la veille, sans même ôter sa robe de cérémonie. Elle avait encore baptisé une marmaille, persuadée qu'à son cinquantième titre de marraine, les portes du Paradis lui seraient définitivement ouvertes. L'eau de la jarre avait un goût délicieux de pluie nocturne. Je l'ai frottée contre ma peau en songeant au souffle de votre bouche.

Avant toi, Ancinelle, je n'ai connu que des ébauches de passion. Les femmes qui ont partagé ma couche voulaient me noyer dans la spirale de leur forcènerie. Il fallait bien que je joue avec elles le jeu du désir comme je mangeais chaque jour, en feignant grand appétit. Nous n'étions point dupes de ce faire-semblant mais nous savions que la vie a un endroit et qu'elle a un envers. Celle que j'ai choisie pour épouse la première fois n'a pas plu à ma mère. Claire-Elise avait trop de gammes dans sa démarche pour ne pas être déshonnête et se fardait trop toute la sainte journée pour que je ne la surprenne pas en train de se vautrer entre les jambes de Julien, mon meilleur compère. Nous n'avons pas fait de cirque inutile. Elle a amarré ses paquets sans oser supporter mon regard et est partie pour un pays espagnol où elle avait de la famille, Panama, me semble-t-il. Quant à ce cocagneur de Julien, hon ! Il m'a fui comme un crabe-c'est-ma-faute dans toutes les rues d'En-Ville alors que je ne lui demandais pas de comptes ni ne lui tenais grief de cette chiennerie. La honte le ravagea tant et tellement, prétendit-on, qu'on retrouva son corps flottant à l'embouchure du canal Levassor, parmi les carcasses de bœufs relâchées par l'abattoir municipal. J'avais vingt-quatre ans sur ma tête et je faisais classe à l'école primaire de l'Ermitage.

Monsieur Jean, sache qu'ils n'ont pas daigné m'ouvrir le passage : ils s'acharnaient au contraire à me le barrer avec tout ce qui leur tombait sous la main. Ils m'aspergeaient d'injuriées sauvages parce que je ne les aidais pas à haler les poteaux électriques qu'ils avaient abattus. Ils m'ont traitée de femelle folle, de putaine, de zombie, de négresse sans tétés ni bonda.

Ancinelle chérie, la sueur qui perle à tes aisselles illumine tes poils de chabine dorée. Leur odeur âcre tisonne mes reins. Ma grande envie est de passer l'après-midi et toute la nuit à y renifler la sève de ton corps. Je déteste l'affreux sentir-bon à quatre sous avec lequel tu essaies de la masquer. Ma deuxième épouse se baignait à l'eau de Cologne qu'elle achetait par bouteilles de deux litres chez le Syrien Aboubaker, aussi n'ai-je jamais pu expériencer sa vraie chaleur. Nous nous sommes démariés l'année même où le prêtre du Lamentin, sa commune natale, nous avait unis. Ma mère a explosé : « Maudition sur vos têtes, foutre ! » Mes collègues m'ont reproché d'être un nègre prétentieux qui voulait toujours légaliser ses liaisons pour ressembler aux Européens. Cela n'était pas encore entré dans les mœurs de céans. Il fallait se contenter plus modestement de mettre une-deux-trois négresses en case, sans jurer fidélité à aucune d'elles et leur faire une tiaulée de marmailles pour qu'elles restent tranquilles. Je ne voulais pas adopter le comportement des planteurs békés, protestais-je. Ces messieurs-là passent leur temps à semailler des petits mulâtres dans le ventre des négresses et cela ne leur a guère porté bonheur. Mes collègues me traitèrent de communiste et me rangèrent dans la catégorie des négligeables et des zéros devant un chiffre. Je n'ai pas porté le chagrin de leur amicalité disparue, pas plus que je ne me laissais chiquetailler par mes échecs amoureux à répétition. J'avais la quasi-certitude qu'un beau jour, je te rencontrerais. Il n'y avait qu'à me vêtir d'une immense cargaison de patience et je serais récompensé. Merci donc à celle qui t'a baillé la vie, ma chabinotte adorée !

Les nègres révoltés (mais pourquoi ?) avaient édifié des murs de colère partout où je tentais de trouver une brèche pour vous rejoindre. Renéville était la proie des flammes. La route de Kerlys flamboyait de bouteilles de pétrole allumées et devant la Transat, l'enfer était descendu sur terre : les gendarmes blancs achevaient les blessés de balles de revolver dans l'oreille et palanquaient les cadavres dans la darse après les avoir dépouillés de leurs hardes. J'ai compté six corps de jeunes mâles-nègres, nus, allongés quant à-quant, la figure défoncée, méconnaissables, et leurs mères de s'approcher d'eux en levant leurs robes à hauteur de leur nombril, croyant que leur ventre flasque amadouerait la hargne des fusils.

Ancinelle, bouche tes oreilles aux paroles en sucre saucé dans du miel de ce malplaisant d'Eugène Lamour et tourne le dos aux litanies de cadeaux qu'il dépose sur le pas de ta porte. Sais-tu d'où provient sa richesse à ce bougre-là, hein ? C'est une richesse malement acquise dont tu te dois de savoir l'origine. Voici le comment du pourquoi : cela se passe au cours de cette guerre qui mit à genoux notre mère la France. Tu n'avais pas encore vu le jour et ta marraine Philomène, je m'en souviens, n'était qu'une maigrezoquelette qui vendait des balais-coco à la Croix-Mission. On nous avait affublés d'un amiral du nom de Georges Robert qui passait son temps à faire défiler des marins dans les rues. Des énergumènes qui s'imbibaient de tafia à la moindre occasion et cherchaient toujours quelque gourmage avec nous autres, les nègres. Pendant ce temps, les Blancs-pays s'acoquinaient avec les équipages des sous-marins allemands qui rôdaillaient autour de notre île, prêts à couler nos navires marchands. C'est la raison pour laquelle nous fûmes contraints de marcher nu-pieds dans la poussière (ou bien recouverts de morceaux de pneus de camion) et d'inventer le sel et l'huile.

Dans la commune de Trinité, au lieu-dit Brin d'Amour, vivait une famille de békés qui ravitaillait en fuel et en vivres un sous-marin allemand caché à l'Anse Azérot. Les nazis faisaient surface de nuit et étaient convoyés en cabrouet jusqu'à la Grand Case des Destouches, où la maîtresse de maison leur organisait des bamboches à cracher-du-feu. Nos ennemis dévoraient les quartiers de veaux, les côtelettes de mouton, les ignames, les patates douces, les mangues que le planteur avait réquisitionnés dans les environs. A minuit, les serviteurs avaient ordre de leur apporter des dames-jeannes de rhum qu'ils avalaient au goulot en beuglant des « Heil Hitler ! » et d'autres expressions indéchiffrables qui faisaient tressauter la valetaille, laquelle était entièrement acquise à la cause gaulliste. Quand ces salopards étaient saouls, ils sautaient sur les négresses qui étaient forcées de se réfugier dans les halliers, puis ils s'attaquaient aux hommes — car cette race n'a point peur d'être traitée de ma-commère, hon ! Il faut dire que ces Allemands-là avaient des braquemarts de mulets et abandonnaient les victimes de leurs assauts dans des mares de sang. Parfois, quand tous les serviteurs, hommes et femmes, avaient eu la chance de disparaître, le maître de maison leur offrait sa femme. Ne ris pas ! Je ne te bassine pas avec des exagérations, Ancinelle. Dans ce cas, les Allemands se montraient plus attentionnés et leur orgie durait jusqu'au devant-jour.

Cette ignominie aurait pu continuer longtemps si Maurice des Etages, le chef des gaullistes martiniquais, un sacré morceau de mulâtre qui avait le verbe haut et un courage à toute épreuve, n'avait pas fait dénoncer les Destouches sur les ondes de la B.B.C. On prétend qu'il avait même réussi à avertir les Américains que le carburant qu'ils concédaient avec parcimonie à l'Amiral Robert, lequel le redistribuait encore plus chichement à la Marine, sa préférée, à l'Armée, aux Grands Blancs et à quelques nègres de couleur membres des Volontaires de la Révolution Nationale, eh bien que ce carburant était purement et simplement fourni aux submersibles ennemis. On affirme que l'Amiral avait fait de vifs reproches aux Destouches mais que ceux-ci n'en continuaient pas moins leur manège en sourdine. Le comité de des Etages décida donc de condamner André Destouches à mort. Tout était prêt pour l'enlever sur la route du Robert où il se rendait une fois par semaine pour contrôler la bonne marche d'une de ses plantations de canne : le sac en guano et les roches de rivière bien rondes pour le lester lorsque le corps serait balancé aux flots rageurs de la côte Atlantique.

Or, tu le sais, Ancinelle, dans notre pays, les langues s'échappent vite, elles glissent, dérapent et tout finit par se savoir grâce à Radio-bois-patate. L'unique Blanc-pays gaulliste de la Martinique, un nommé Raymond de Lagrange-Chancel, décida qu'il ferait justice lui-même, ne pouvant accepter qu'un membre de la Caste soit dérespecté par un homme de couleur. Il avait beau être aussi attaché à l'appel du 18 juin que Maurice des Etages, il existait tout de même une loi tri-séculaire à ne pas transgresser, sinon où irait-on ? Une nuit, armé d'un colt, de Lagrange-Chancel se rendit à cheval à Brin d'Amour et pénétra dans la chambre du couple pro-allemand après avoir escaladé la toiture de la véranda. Ils dormaient enlacés d'un sommeil angélique. De Lagrange-Chancel arma son colt et le posa contre la tempe d'André Destouches qui se réveilla brusquement à l'instant même où sa cervelle vola en éclats. Il eut le temps de s'agripper aux cheveux de son exécuteur tandis que son épouse poussait un hurlement terrifiant qui obligea ce dernier à lui loger une balle dans la cuisse. Aucun domestique ne vint au secours du couple, persuadé qu'il était occupé à ses habituelles débauches. Au matin, la nounou des enfants trouva Jéhanne Destouches étendue sur sa descente de lit, ayant perdu une charge de sang. André Destouches, pour sa part, reposait sur son lit d'un sommeil qui pouvait passer pour celui du juste. La maréchaussée de Trinité, celle de Fort-de-France, les services de renseignement de la Marine, la police militaire, tout ce beau monde s'escrima à découvrir le pourquoi du meurtre et l'identité de celui qui avait laissé quelques cheveux blonds entre les doigts recroquevillés d'André Destouches. Le lendemain, vers dix heures, le sous-marin allemand se résolut à faire surface à l'Anse Azérot, son commandant ne comprenant pas la raison pour laquelle son excellent ami, Herr Destouches, n'était pas venu le ravitailler la veille au soir. Le long cigare de métal demeura immobile pendant trois jours au vu et au su des pêcheurs. Les vieilles femmes marmonnaient des prières entrecoupées de chimériques :

« Bondieu-Seigneur-La Vierge Marie, faites que les Allemands ne s'emparent pas de notre petit pays ! »

Maurice des Etages prit donc le relais de De Lagrange-Chancel puisque au cinquième jour, un avion de guerre américain tournoya au-dessus de l'anse, obligeant le sous-marin à plonger-descendre de toute urgence. Mais il était trop tard : la mer devint une nappe d'huile jonchée de débris de métal et de paquets d'ordures. On attendit au bord du rivage que la mer nous renvoie quelque objet de valeur car, en cette époque de privations, tout objet, même un simple canif, valait son pesant d'or. Hélas, rien ne réémergea, hormis le corps d'une sorte de géant pâle que l'on ensevelit à même la plage sans avertir les autorités.

Pourquoi ressassez-vous tous « au temps de l'Amiral Robert » ? Vous n'avez que cette expression à la bouche, Marraine Philomène, Man Villormin, Jojo Coiffeur et maintenant vous, monsieur Jean ? J'ai dix-neuf ans et je ne connais rien à vos vieilleries. Je n'ai pas connu la guerre et je ne souhaite pas la connaître. Tout ce que je sais c'est que vous habitez mon cœur, Amiral Robert ou pas Amiral Robert !

Chabine chérie, pardonne-moi de remonter si loin mais il faut que tu comprennes pourquoi Eugène Lamour peut se permettre tant de largesses à ton égard. N'écoute pas les gens qui goguenardent sur son compte en disant qu'il possède un pied d'argent qu'il lui suffit de secouer quand besoin s'en fait sentir. Dès que la guerre fut terminée, le chef de la caste blanche, cet Henri Salin du Bercy qui t'a déjà fait parvenir plusieurs commissions sucrées, hon ! Qu'il prenne garde à moi celui-là ! Eh ben, il s'était mis en tête de découvrir coûte que coûte l'identité de l'assassin d'André Destouches. Lamour avait la réputation d'être le meilleur brigadier de la maréchaussée de Trinité si bien que Salin du Bercy loua ses services. Et puis le temps chassant le temps, on n'en entendit plus parler. Toujours est-il qu'on vit tout soudain le sieur Lamour acheter terrains, maisons, voitures et consorts bien qu'il ne possédât pas un sou vaillant. Comment tu interprètes ça, Ancinelle ? Pour moi, c'est clair : Lamour avait découvert l'assassin d'André Destouches et pour le faire coudre sa bouche, Salin du Bercy l'a baigné d'or et d'argent. Voilà l'explication ! Pourquoi la Caste n'a-t-elle pas puni de Lagrange-Chancel ? Pourquoi n'a-t-elle pas livré son nom à la vindicte publique ? C'est déconnaître les mœurs fermées de nos Blancs créoles. Ils sont tous apparentés les uns aux autres et quand ils s'entre-tuent, c'est un cousin qui porte la main sur un cousin, un demi-frère qui éclabousse son propre sang, tu vois. Ils édictent leurs propres lois et regardent de très haut celles du gouvernement. De Lagrange-Chancel a dû être puni d'une façon ou d'une autre mais ne me demande pas, à moi nègre, comment. Tu te rends compte que l'un d'eux s'est exilé du jour au lendemain à Miami ou en Argentine ; ou bien qu'il devient minable géreur sur une habitation reculée ; ou pire, qu'il épouse un laideron. A toi alors de faire travailler ton esprit. Le plus souvent, c'est vrai, nous ne nous préoccupons pas de leurs gredineries et nous avons foutrement raison puisque les nôtres sont suffisamment compliquées comme ça. Tu sais maintenant d'où Eugène Lamour, qui prétend te courtiser, tire son trésor, à toi de voir si tu continueras à accepter ses présents.

Monsieur Jean, laissez-moi vous parler de la guerre que moi, j'ai vécue : le commissariat du Pont Démosthène était en feu et le Blanc-France Jacquou Chartier a failli être lapidé sous mes yeux. Quelle vilainerie ! Malaba, ce nègre si taciturne qui est bien l'unique à ne m'avoir jamais proposé d'ouvrir le quartier de mes jambes pour lui, avait pris la tête des bougres enragés et disposait les fûts d'huile et les énormes roches qui servaient à bloquer les rues. Quand nous nous sommes entrevisagés, il m'a crié comme ça : « Retourne vitement dans ta case ! Ils viennent de tuer un lycéen près de la Cour Perrinon. Nous allons chercher son corps pour le porter à travers la ville. Tout le monde verra comment les Blancs nous traitent. » Je l'ai supplié : « J'ai mon homme qui m'espère à l'Allée des Soupirs. Cela ne peut attendre, il faut que je passe. Fais une faveur pour moi. » Il n'a pas voulu céder, le bougre, me suspicionnant de je ne sais quel forfait. Il m'a repoussée sans ménagements et a ordonné à ses compagnons de se préparer à lancer leurs bouteilles incendiaires sur La Levée. La nuit s'est illuminée d'une gerbe d'explosions. Les balles ricochaient sans pitié sur les devantures pourtant closes des cases-à-rhum du quartier La Transat. J'avais un sacré modèle de peur dans ma chair. Mes genoux flageolaient. Je criais ton nom dans la nuit folle de hurlements et de sang. Quelle pouvait bien être la cause de ce déchaînement de colère ? Je l'ignorais.

Ancinelle, permets que je te brosse un autre portrait d'Eugène Lamour. Il a un atelier de belles paroles sous sa langue mais n'est rien de plus qu'un petit comique. Tu n'étais pas née que monsieur hantait les cinémas d'En-Ville, surtout le Bataclan, à la recherche d'aventures faciles. Comme, à l'époque, les films étaient muets, il les commentait à haute voix et se taillait un vif succès auprès des négresses qui ne savent pas coller deux mots de bel français. A l'entracte, il montait sur l'estrade et accompagnait l'orchestre chargé de dispenser un peu de musique avec des chansons en espagnol qu'il avait sans doute apprises à force de fréquenter Sidonise Vincent, tu sais, cette pacotilleuse de l'avenue Jean Jaurès, aux Terres-Sainvilles, qui se fait appeler aussi Sylvia Menendez je ne sais quoi et qui possède la boutique au Trouve ton Bonheur. Lamour s'enorgueillissait d'une voix prestancieuse. Ça, rien à dire ! En tout cas, affirmer le contraire serait mentir sur la vérité. Déjà tu peux te rendre compte qu'il est beaucoup plus âgé qu'il n'en a l'air. Il déclare partout trente-six ans mais je suis certain qu'il en détient presque cinquante comme moi. Si sa figure est lisse et sa dégaine juvénile, c'est qu'il n'a jamais sué de sa vie. Jamais ! Le seul job qu'Eugène Lamour ait jamais vraiment exercé (celui d'enquêteur municipal n'étant qu'une sinécure) est celui d'enjôleur de ces dames. C'est bien simple, regarde-le, tu verras qu'il tire un petit miroir de sa poche toutes les cinq minutes pour arranger l'embusqué-méchant de ses cheveux. Il se prend pour Eddie Constantine, le couillon ! Mais laisse-moi continuer, chère, je peux témoigner de mes deux yeux quand la réputation de ce baliverneur a été brisée nettement-et-proprement. Depuis ce jour-là, elle n'a eu cesse de dégringoler. On venait d'installer le cinéma parlant à la Martinique, je m'en souviens. Eugène Lamour qui s'était amouraché d'une bâtard-Syrienne de Saint-Pierre avait déserté Fort-de-France depuis deux mois. Quand il eut sucé son os jusqu'à la moelle comme à son habitude, il regagna les Terres-Sainvilles plus fringant que jamais. Il avait dû se servir en linge chez le père de la fille, car il se pavanait en veste de velours rouge brique et en pantalon de flanelle blanche. Son entrée au Bataclan fit sensation. Je vivais encore avec ma deuxième femme et j'ai deviné, à la légère crispation de sa paume, que l'entrée du baliverneur avait fait chamader en elle quelque corde sensible. Il avait jaugé la compagnie d'un regard suffisant et s'était assis aux côtés d'une splendeur de mulâtresse qui noyait son chagrin d'un quartier-maître de la *Jeanne d'Arc* dans la bière Lorraine. Lamour était gonflé d'importance car il savait que l'attention de tout le monde convergeait sur sa personne. Hé-hé ! Ne voilà-t-il pas que le cowboy Custer apparut sur l'écran sans crier gare, dirigea son pistolet sur nous et tira bam ! bam ! bam ! Eugène Lamour plongea sous sa banquette en hurlant :

« *Way ! Mi i tjwé mwen kouman ! Sa mwen fè'y, non ?* » (Ouaille ! Il m'a tué ! Qu'est-ce que je lui ai fait, bon sang ?)

Un éclat de rire torrentiel secoua la salle de cinéma. La mulâtresse, furieuse d'être associée à cet imbécile, se leva et quitta la salle. Il fallut envoyer deux costauds à la recherche de Lamour qui s'était agrippé aux barreaux de sa banquette et tremblait dans sa culotte. Ha-Ha-Ha ! Fallait visionner ça, Ancinelle ! Le cinéma était désormais dans la salle et plus personne ne s'occupait de ce qui se déroulait sur l'écran. Lamour braillait pendant qu'on essayait de l'extirper de là, ses entrailles tordues par la peur :

« J'ai rien fait à ce type et pourtant il veut me descendre ! »

Sais-tu en final de compte qui l'a tiré de cette inconfortable posture ? Ziguinote. Hé oui, le couli mendiant, le fossoyeur si dénigré du cimetière des riches. Il s'est accroupi dans la travée, a grommelé quelque chose à l'oreille de Lamour et, à notre vif étonnement à tous, on les a vus sortir l'un derrière l'autre, pareils à des automates. C'est de ce jour-là que la cote de notre Don Juan a commencé à baisser et aujourd'hui, monsieur est obligé de promettre aux filles des promenades dans sa Plymouth décapotable pour parvenir à les décider, voiture soit dit en passant qui ne démarre qu'une fois sur quatre et surtout pas en saison d'hivernage. Lamour est un bougre fini, je te dis ! Cette Plymouth-là, c'est encore toute une histoire, hon ! Mais elle est si graveleuse, ma chère Ancinelle, que je crains qu'elle ne t'écorche les oreilles.

Monsieur Jean, je vous le jure sur la tête de ma mère, sur celle de ma marraine Philomène de Volga-Plage, j'ai vu le cadavre du lycéen allongé sur le trottoir, près de la Cour Perrinon. Quelqu'un qui le connaissait dans la foule a déclaré qu'il avait pour nom Marajo. Dix bras l'ont soulevé au-dessus de nos têtes et sa figure d'ange qui n'a pas vécu s'est tournée de mon côté. A cette seconde-là, j'ai pensé à sa mère, je me suis sentie sa mère et un ouragan de détresse a fait hoqueter ma poitrine. Les gens criaient : « Ils massacrent nos enfants maintenant ! » Deux messieurs, vêtus de costumes de drill blanc, s'interposèrent. Ils ne voulaient pas qu'on emmène le cadavre à travers les rues. L'un d'eux se présenta comme l'adjoint au maire et tint une plaidoirie qui accora net le ballant des porteurs. Moi qui ne m'intéresse pas aux politicailleries, j'ai retenu chacun de ses mots. Je les ai gravés dans ma mémoire. Voici :

« Je vous en prie, déposez ce corps. Déposez-le !... Des provocateurs ont voulu entraîner la municipalité dirigée par le Parti Progressiste Martiniquais dans l'aventure. Un certain camarade Angel parcourt les rues, distillant les graines de l'anarchie. Chers amis, ne tombons pas dans leur piège. Ils n'attendent qu'un faux pas de notre part, ils nous guettent dans l'ombre prêts à attiser le feu... je vous en supplie, déposez-le...

Mes amis, je voudrais que l'on distingue clairement deux phases dans les événements qui bouleversent notre ville actuellement. D'abord, une saine révolte populaire provoquée par un acte de racisme caractérisé, un manque de respect flagrant envers un membre de notre race. Ensuite, le maintien artificiel de cette révolte par des gens qui ne veulent pas le bien du peuple. Oui, des ennemis du peuple : U.N.R., Communistes, Socialistes et Préfecture, tous unis contre notre municipalité et notre parti... qu'on recouvre son visage d'un mouchoir ! Qui a un mouchoir propre ?... Mes amis, Aimé Césaire est à Paris, il multiplie les interventions à l'Assemblée nationale afin que le gouvernement accède à nos desiderata. Ne lui compliquons pas la tâche avec des actes inconsidérés ! »

Une femme a hurlé du plus profond d'elle-même un coup d'injuriée que je ne puis répéter. Les nègres ont continué à scander leurs cris de guerre et le cadavre de Marajo, brandi par une forêt de mains, a commencé à arpenter la rue de la République. Pour la première fois, je me sentais emportée par une bouffée de colère qui hérissait tous les poils de ma peau. J'ai enlevé mes souliers à talons aiguilles et j'ai amarré ma robe plus haut sur mes hanches. Des jeeps de gendarmes passaient en crissant des pneus, tous phares allumés, et ces messieurs déchargeaient leurs fusils en l'air afin de nous remplir de craintitude. Chez moi, elle s'était brusquement évanouie à la vue du corps du lycéen et de sa chemise maculée de sang. J'avoue humblement que je ne songeais plus à vous, monsieur Jean. J'avoue que j'avais oublié notre rendez-vous à l'Allée des Soupirs car chaque battement de mon cœur ne réclamait qu'une chose : vengeance !

Ancinelle, lorsque Cicéron se plante à l'en-bas de ta fenêtre le matin pour te lire ses élucubrations, ce n'est pas pour te dérider seulement mais pour porter des banderilles au mur d'indifférence que tu ériges entre lui et toi. Sous son désamour de la langue française, trop hautement affiché pour être sincère, s'embuscade une passion dévorante pour toi.

Monsieur Jean, le cadavre du lycéen gravitait au-dessus de nos têtes tel un astre mort et nos hélerà-moué s'engloutissaient dans le fin fond de nos gorges. La danse des flambeaux calottait les façades closes des magasins de Syriens contre lesquels se fracassaient sans mollir les grenades qui font pleurer. Un bougre hurlait : « *Annou brilé komisarya Lakwa-Misyon !* » (Brûlons le commissariat de la Croix-Mission !) Des armes avaient fait leur apparition. Toutes sortes d'armes : des fleurets, des jambettes effilées, des becs de mère-espadon, des piquois, des coutelas, des rasoirs, des barres à mine, des bouteilles enflammées et des gourdins. Soudain, l'autre bougre de la mairie, celui qu'on prétendait être un docteur, a pris la parole et son éloquence a fait descendre le pauvre Marajo des épaules des nègres exaltés. Je ne peux pas rapporter exactement ses propos, ce que je sais c'est qu'ils étaient empreints d'une belleté extraordinaire. Autour de moi, on s'extasiait : « *Woy-woy-woy ! Mi fwansé déwô mi !* » (Sacrébleu, quel beau français il cause là !) Il a prononcé aussi cette phrase qui est restée prisonnière de mon esprit :

« Citoyens, écoutez-moi... quant aux aventuriers de la politique qui ont fait si bon marché du sang du peuple, le stigmate qu'ils portent désormais rendra plus facile la tâche de ceux qui doivent les identifier et les combattre pour que notre peuple puisse accéder à une condition meilleure avec le minimum de souffrances et de peine. »

Il a ajouté : plus de morts inutiles. Il a répété : il faut que le calme revienne à Fort-de-France ! Il a supplié : nos ennemis héréditaires, les Blancs-pays, esclavagistes non repentis, se réjouissent de ces débornations. Il a tempêté : si vous aimez Césaire, épargnez-lui de nouvelles émotions. Il a dit, il a répété, il a supplié, il a tempêté tant et tellement que la dépouille de Marajo a été redéposée à l'endroit même où la mort l'avait frappé. Je sanglotais de colère rentrée, je trépignais pieds nus sur l'asphalte humide. J'ai alors pensé à vous qui deviez m'attendre en vain à l'Allée des Soupirs et j'ai quitté la foule pour me rendre sur La Savane par la rue Ernest Renan. Un chien-fer dormait, paisible, sur le banc des Sénateurs. Cette partie d'En-Ville semblait étrangement sereine mais dès que j'ai bordillé le Bois de Boulogne, j'ai entendu un concert de hurlements au Carénage. Là, près d'une centaine de manifestants tentaient d'assiéger le Fort Saint-Louis où s'étaient réfugiés les C.R.S. Un immense camion, bourré de gendarmes, leur bloquait le passage. Je n'ai pu résister à la tentation de me joindre à nouveau à mes frères. Pardonnez-moi, monsieur Jean. Le major du Morne Pichevin, ce Rigobert qui injurie parfois le Bondieu quand le rhum lui a monté à la tête, m'a saisi le bras et m'a annoncé d'une voix sinistre :

« Lorsque nous aurons fendu le foie de la soldatesque, nous allons nous occuper des Pieds-Noirs. Moi, j'ai déjà réservé les graines de Ramirez et de Hanoun pour les couper. Tchlak ! »

Des voitures capotées dans les caniveaux brûlaient dans l'obscurité. Décembre ne ressemblait plus à décembre. La douceur des alizés ne mignonnait plus notre peau moite d'exaspération. Noël n'embaumait plus l'air de ses effluves de feuilles de Bois d'Inde et de clous de girofle. Et puis, une seule rumeur interminable et déchirante a parcouru nos rangs et nous a secoué les boyaux : un autre jeune venait d'être assassiné. On répétait son nom partout : Jules Betzi. Nous avons rallié La Transat où il avait été fauché par une tralée de balles en folie. Carmélise, la mère d'etcétéra d'enfants, pourtant si désabusée et résignée devant les mauvaisetés de son existence de putaine de la Cour Fruit-à-Pain, se lamentait :

« Depuis que le monde est monde, il n'y a eu que trois hommes véritables sur terre : Jésus-Christ, Victor Schoelcher et Papa de Gaulle. Je sais que le fils de Dieu condamne ces scélérats qui éteignent toute lueur dans les yeux de nos enfants. Je suis sûre que celui qui a arraché les chaînes des chevilles de nos ancêtres doit se retourner dans sa tombe. Mais Papa de Gaulle, qu'est-ce qu'il pense de tout ça, hein ? Est-ce que c'est en son nom que ces bêtes enragées-là se croient autorisées à ravager notre Noël comme ça ?

— Non ! Tout ça, de Gaulle l'ignore ! a lancé un homme, haletant d'émotion. Je vous en prie, n'envoyez pas de paroles inutiles sur le compte d'un nègre qui a sauvé la France ! »

Les gendarmes, persuadés que les gens du Morne Pichevin voulaient incendier le dépôt d'essence de la Marine, avaient tiré dans le tas. Betzi s'était traîné jusqu'aux quarante-quatre marches reliant le Pont Démosthène au Morne Pichevin et les avait grimpées une à une, insoucieux des interdits ou des recommandations liés à chacune d'elles. Gageons qu'il a dû s'éterniser sur la septième marche, celle du malheur, car lorsque nous sommes passés, elle était la plus teintée du rouge de son sang. A la trente-troisième marche, celle de la mort subite dans la fleur de l'âge, j'ai distingué les empreintes de ses dix doigts comme dans une ultime supplication. Son corps était lové au pied de la croix qui surplombe les quarante-quatre marches et d'où l'on découvre La Savane et la Baie des Flamands d'un seul tenant. Le camarade Angel tenait une plaidoirie trépidante et, malgré sa barbe de bois-campêche, malgré ses yeux cernés, il émanait de lui une juvénile puissance que je me surpris à aimer sur-le-champ.

Pardonnez-moi, à nouveau, monsieur Jean. Ce n'était pas de l'infidélité mais de la foi. Nous tous présents, nous avions foi en lui. Nous ne voulions plus écouter ces politicaillons à cravate qui nous demandaient d'apaiser notre soif de justice. Lui, il parlait de jour neuf, d'égalité entre les hommes et entre les hommes et les femmes, de révolution, d'un nègre vaillant nommé Fidel Castro et de tas d'autres choses dont je n'ai conservé que le souffle si emballant. Son regard couvait une fièvre qui irriguait nos veines d'un sang indomptable. Même la mort nous semblait sublime, désirable pour tout dire. La colère qui étreignait les nègres autour du cadavre de Marajo à la Cour Perrinon s'était muée ici, à l'en-haut de ce Morne Pichevin que l'on accuse d'être le haut lieu de la fripouille, en un enthousiasme libérateur. Il nous semblait que la ville d'en-bas, cette ville rectiligne, otage du couvre-feu, cette ville mulâtre engoncée dans sa prétention et sa petitesse d'âme, que cette ville-là nous appartenait désormais. Ou plutôt qu'il ne tenait qu'à nous de l'investir et de jeter à bas ses faux-semblants et ses immeubles en ciment armé. Une foultitude de nègres descendus du Morne Vannier, de Moutte, de Renéville, de Sainte-Thérèse et de Volga-Plage nous avait rejoints et nous nous sentions invulnérables. Les mots du camarade Angel nous insufflaient une hardiesse qui nous exaltait. Il a révélé qu'un stock d'armes modernes était à notre disposition dans une cache de la Pointe La Vierge et qu'il nous fallait d'abord assaillir les places fortes de l'ennemi : les forts Desaix et Saint-Louis, les casernes Gerbault et Gallieni et la gendarmerie de Fort-de-France. Après cela, tout ne serait qu'un jeu de marmaille. Il nous a pressés de transporter le corps de Betzi et c'est Marraine Philomène qui l'a recueilli. Elle a assuré qu'elle le veillerait toute la nuit. Nous suivions déjà le camarade Angel quand tout a basculé. Il a suffi d'un rien, d'une parole malencontreuse de sa part et notre ballant s'est refroidi. Nous étions pareils à des roches qui, au mitan du gros soleil de onze heures, reçoivent l'inattendue calotte d'une avalasse de pluie. Nous nous sommes tus. Chacun s'est dévisagé et quelqu'un lui a demandé de répéter ce qu'il venait de proférer d'un ton si péremptoire. Je me souviens qu'à cet instant, des flammes gigantesques s'élevaient au-dessus de la ville, tout en bas de La Levée, laquelle, depuis l'éminence où nous nous trouvions, ressemblait à un serpent endormi. Le camarade Angel a répété sa phrase :

« Fidel Castro nous a baillé l'exemple, camarades. Depuis trois mois, il met en déroute les forbans qui suçaient le sang du peuple cubain. La Havane est en fête ! Le peuple a pris sa destinée entre ses mains. N'écoutons plus de Gaulle, ce nègre nous couillonne ! Il ne cherche qu'une chose, camarades, une seule : perpétuer le colonialisme aux Antilles. »

Le vacarme de la révolte semblait s'être dissipé. Plus personne n'entendit le chuintement des balles ni ne s'inquiéta de l'avancée des incendies. La figure d'Angel avait perdu toute grandeur. Il insista :

« Debout camarades ! L'heure de nous-mêmes a sonné.

— Qui es-tu pour salir ainsi le nom de De Gaulle ? a fulminé un bougre.

— Je suis un nègre martiniquais tout comme vous autres et ce que je sais c'est que le peuple cubain est le frère du nôtre. Les Trinidadiens et les Jamaïcains le sont aussi et...

— Paix-là, foutre ! Tu entends ? a hurlé le bougre. Je ne suis pas de la même nation que ni ces Espagnols ni ces Anglais-là ! Les premiers, hon ! qui les connaît mieux que moi ? Je leur achète des coqs de combat depuis vingt ans. Ils ne sont que des champions en hâbleries, des experts à vous soutirer de l'argent ; quant aux seconds, ils sont pires : une bande de fainéants et de voleurs. Moi, je suis un nègre français, et je veux le rester ! »

Nous avons tous crié la même chose. Nous avons bousculé le camarade Angel. Nous l'avons conspué quand il a tenté de reprendre la parole et il a dû dévaler les quarante-quatre marches, la queue basse, l'air hagard, désespéré. Ses proches compagnons d'armes semblaient également déboussolés. Sans doute a-t-il dû piler les marches terribles qui vous conduisent droit à l'anéantissement de soi. Sans doute...

Ancinelle, tous les hommes sont à tes pieds de Volga-Plage à Pointe La Vierge. De Kerlys à Marigot-Bellevue. De Morne Pichevin à Pont des Chaînes. Même ce Malaba qui a le propos si avare t'appelle « ma chabine aux yeux verts dix-sept carats ». Justin Villormin, l'éclopé de la guerre d'Algérie, quoique les fellaghas lui aient démoli sa raison, t'évoque toujours dans ses délires. Cicéron, à qui la même mésaventure est arrivée mais à cause de l'abus de livres de médecine trop savants, ne jure que par toi dès que je ne suis pas dans les parages. Et Jojo Coiffeur ! Et Grand Z'Ongles le maléfique ! Et Ziguinote qui ensevelit les morts ! Et Henri Salin du Bercy tout chef de l'aristocratie blanche qu'il est ! Tous, je te dis bien tous, te promettent le bonheur éternel alors que moi seul suis capable de te conduire sur les traces de l'heureuseté car le bonheur est une idée et un mot d'Européens. Le bonheur est trop vaste pour les nègres. Ses contours sont trop flous, sa chair trop ineffable. Ce qu'il nous faut à nous ce sont des morceaux de joie goulûment savourés au mitan d'une succession de déveines. Le nègre est né sous le signe de la déveine. Je gouaillais ma vieille mère analphabète quand elle essayait de m'en convaincre, fort que j'étais de mon brevet d'instituteur et de mon savoir. Elle m'avertissait sans arrêt :

« Tu peux vivre ton corps comme tu veux, mon nègre, mais un jour la vie te demandera paiement. »

Et elle avait foutre raison. Plusieurs fois la vie m'a demandé paiement et je me suis retrouvé les poches vides, le cœur labouré par la désespérance ou le désamour. C'est pourquoi je te presse de me rejoindre au plus vite à l'Allée des Soupirs afin que nous mettions un terme à nos atermoiements respectifs et que nous décidions une fois pour toutes de coller nos vies ensemble. Faisons vite, la vie ne nous attend pas. Le temps est si pressé que nous ne sentons pas nos membres canir de vieillesse.

Monsieur Jean, vous êtes à la fois un père, un frère et un amant pour moi. Vous m'avez promis de m'emmener à Paris. Quelle plus belle offrande peut-on faire à une femme ? Or, j'ai gravé dans ma tête l'image des corps disloqués de Marajo et de Betzi et je ne parviens pas à m'en défaire. Même cette rigolarde de Mathilde Villormin ne peut me dérider car elle aussi a vu, et son rire se fane maintenant sur ses lèvres. Je ne suis pas une liseuse comme vous, mais expliquez-moi pourquoi on a tout fait pour étouffer la colère du peuple. Même vos amis communistes prêchaient l'apaisement et dénonçaient l'aventurisme du camarade Angel. Le monde qui se respecte s'est donc lavé les mains et ce sont les fils de la négraille et eux seuls qui ont péri. Expliquez-moi pourquoi. Ah ! Je sais, au moins ont-ils eu l'insigne honneur d'avoir été enterrés au cimetière des riches...

# 4

Le Blanc-pays Henri Salin du Bercy, seigneur de la plaine du Lareinty et administrateur de l'usine à sucre du même nom, avait acquis deux modèles d'habituances que la guerre elle-même ne parvint pas à briser. La première consistait à aller à la pêche avec son chauffeur tous les dimanches après-midi, sur le coup de trois heures, même s'il savait qu'en période d'hivernage, jeter une ligne à la mer revenait à semer des paroles au vent. Il s'était imposé ce rite l'année du Tricentenaire du rattachement de la Martinique à la France, en 1935, lorsqu'il comprit, à la démarche claudiquante du vieil Honoré de Saint-Méry qui présidait aux cérémonies dans la ville du Lamentin, que le bougre serait bientôt contraint de lui céder sa place de chef de la Caste. Jusque-là, Henri Salin du Bercy avait mené une existence de bambocheur effréné, d'amateur de combats de coqs et de trousseur de ces mulâtresses de petite vertu qui paradaient à la brune du soir au quartier Calebassier, prêtes à vendre de la croupière à tout venant contre espèces trébuchantes. Mais à la différence des autres jeunes békés, notamment le fils d'Honoré de Saint-Méry, il prenait grand soin de ses propriétés, son père étant décédé alors qu'il n'avait que dix-huit ans et, très vite, il fut admis dans le cercle très fermé des Grands Blancs. Pas une décision de quelque importance qui ne se prît sans son aval, même si certains tiquaient à cause de son extrême jeunesse. Comme, en plus, il était un redoutable bretteur et n'hésitait jamais à provoquer en duel les politiciens de couleur qui insultaient la Caste dans leurs journaux, tout le monde avait fini par admettre qu'un jour prochain, il mènerait la colonie.

Pour de bon, Saint-Méry père ne survécut pas aux

dévergondations qui accompagnèrent les festivités du Tricentenaire. On l'enterra la semaine suivante, un vendredi de beau matin selon la tradition de la noblesse coloniale, et quand l'heure de présenter les condoléances fut venue, Henri Salin du Bercy se plaça d'instinct dans la rangée des parents bien qu'il n'eût aucun lien familial direct avec le défunt. A leur manière de lui serrer la main, il comprit que pas un Blanc créole, pas un mulâtre d'En-Ville, pas un nègre d'habitation, pas un Indien coupeur de canne à Beauchette, pas un Syrien colporteur de tissus ou un Chinois, ne s'aviserait désormais de contester sa suprématie. Mieux, ce couillon de Gustave de Laguarrande qui marchait une main devant-une main derrière, c'est-à-dire sans un sou vaillant, en profita pour lui demander une faveur : qu'il lui accorde la main de sa cousine, Emilie, laquelle était tellement laide qu'elle avait interdit les miroirs dans ses appartements (à ce que prétendait sa valetaille). Henri Salin du Bercy décréta un « Je verrai ça » très solennel qui ravit le prétendant. Ce dernier ne manqua pas de chanter ses louanges au cours des interminables parties de poker qu'il disputait avec la jeunesse dorée ou les aigrefins des bars à billard de la Croix-Mission.

D'autres personnes en déveine tentèrent leur chance auprès de lui : l'avocat mulâtre Maurice Berteau souhaitait qu'on lui laissât la mairie du Saint-Esprit contre un vote les yeux fermés au Conseil Général pour toutes les subventions que demanderaient les usiniers blancs et les planteurs ; un nègre septuagénaire, mystérieux dans ses manières, lui remit simplement un mot sur lequel Henri lut à la dérobée : « Honoré de Saint-Méry et moi, on a aimé la même femme. »

Que voulait-il, ce bougre-là ? Pourquoi remuer les gravats de leurs rêves à une heure où la mort clôturait définitivement l'existence de l'un des soupirants ? Résultat de toutes ces multiples requêtes, notre homme était perdu dans une telle charge de calculations qu'il en oublia d'écouter l'oraison funèbre qui le désignait on ne peut plus clairement comme le nouveau chef de la Caste. Aujourd'hui qu'il avait presque atteint l'âge auquel Honoré de Saint-Méry trépassa, il se demandait avec curiosité quels éloges on inventerait pour camoufler ses péchés et surtout qui on choisirait à sa suite, vu que le monde avait les pieds à la place de la tête depuis que le pays avait cessé d'être une colonie, qu'on ne savait plus qui commandait à qui. Les gens de couleur s'étaient emparés de la quasi-totalité des charges électives, cantonnant désormais les békés dans le seul import-export. Dès qu'un homme de la race supérieure tentait de s'élancer en politique, il prenait l'envol sous une déflagration de paroles parmi lesquelles l'accusation de pétainisme pendant le temps de l'Amiral Robert faisait figure de détonateur. Alors pêcher le dimanche après-midi lui permettait de soliloquer en philosophe des champs sur les macaqueries du destin.

La seconde manie d'Henri Salin du Bercy lui vint dans la fleur de l'âge, lorsqu'il fut bien assis et reconnu comme premier exportateur de sucre et de rhum vers Bordeaux et Le Havre. Il passait en revue ses pièces de canne sur son fameux cheval blanc, devant lequel les nègres devaient se déchapeauter même s'il broutait seul dans une savane. Aussitôt qu'il apercevait une petite négresse à son goût en train d'amarrer des bottes de canne, il hélait son commandeur :

« Ecoute, mon vieux, tu n'as pas honte de jeter en plein soleil une chair si fraîche, des seins si bien debout, hein ?

— Mais, patron, c'est sa mère qui veut qu'elle...

— Paix là, foutre ! Depuis le temps, tu ne sais pas

que ce genre d'oiselles se trouve mieux dans ma maison que dans la canne. Allez, tire-la de là ! »

Le seigneur du Lareinty dévirgina de la sorte la plupart des capistrelles du Lamentin, de Trou-au-Chat, de Rivière-Salée et des alentours avec la bénédiction de leurs génitrices, assez fières de savoir qu'un jour elles pourraient promener un petit-fils à la peau sauvée de la noirceur. Il se trouva vite à la tête d'une famille-dehors d'une quarantaine, au bas mot, de rejetons mulâtres et s'en vantait partout pour qu'on n'oubliât point de lui bailler la respectation que méritait un tel exploit. La nounou de ses enfants légitimes révéla pourtant que monsieur avait un drôle de vice, celui de couvrir les fillettes de sa maisonnée lorsqu'elles n'étaient point lavées et sentaient la sueur à trois pas. On en riait dans les cases, on haussait les épaules devant ce que tout un chacun considérait comme une excentricité de Grand Blanc. Leurs loufoqueries n'étonnaient plus personne. Le propriétaire de l'habitation La Monnerot, au François, un nommé Fénelon de Prévardier, se dénudait au mitan de la nuit pour observer les étoiles à la lorgnette, juché sur le faîtage de sa maison. Un autre, sans doute plus dérangé d'esprit encore, se faisait poser des ventouses sur le dos sans qu'il fût atteint d'aucune grippe, par une haridelle ordinairement employée aux cuisines. Un autre, enfin, abbé de son état, avait grimpé à la tête du plus haut piton du Carbet pour y planter une croix afin que Dieu pardonne définitivement aux Blancs-pays les horreurs commises pendant l'esclavage. Salin du Bercy n'était donc pas le moins du monde le plus bizarre d'entre ses pairs.

Cependant, sa carrière de fornicateur de négresses nubiles fut brutalement stoppée à Rivière-Pilote par un bandit appelé Beauregard, alias Petit Jules-César. La guerre avait entamé sa course là-bas, en Europe, depuis un certain temps et la France vivait dans les ténèbres. L'île était cernée par en dessous. Une nuée de sous-marins allemands étaient embusqués à son entour, émergeant de temps à autre pour effrayer les pêcheurs dans leur langue affreuse. Par en haut : des croiseurs américains pointaient leurs tourelles dans la baie des Flamands, parés à nous bombarder. Quant aux îles qui nous entouraient, la Dominique et Sainte-Lucie, pas la peine d'en parler puisque les Anglais s'en servaient comme d'un étau pour nous priver d'huile, de sel, de morue, de beurre rouge et de toile. Certes, la Caste avait regagné un peu de sa grandipotence d'antan grâce à l'Amiral Robert. Les politiciens de couleur avaient dû rengainer leur éloquence et leur superbe pour filer doux. Les mairies leur avaient été enlevées d'autorité et confiées à des membres de la race supérieure. Désormais, Jean de La Valmenière régnait à Fort-de-France et Henri Salin du Bercy au Lamentin, ville où le chancre du bolchevisme, pour reprendre les termes du journaliste Romule Casoar, s'était développé avec une rapidité prodigieuse.

L'autre côté de la médaille était bien entendu moins réjouissant. Les milliers de tonnes de sucre et de bananes, les fûts de rhum et le cacao ne pouvaient plus être expédiés dans la mère-patrie ni vendus à d'autres pays. Il avait fallu se restreindre sur tout et les nègres pleuraient misère dans les cases. On se tourna vers le chef de la Caste qui calcula toute une nuit dans sa tête et finit par se souvenir d'une expérience qu'il avait découverte lors d'un voyage en Amérique du Sud. Ayant constaté que ce qui déplaisait le plus aux békés c'était d'avoir à circuler exclusivement à cheval à l'instar de n'importe quel quidam de couleur, il lança l'idée du carburant à l'alcool de canne à sucre. L'Amiral, qui pourtant ne le supportait pas, fut obligé de reconnaître que Salin du Bercy avait trouvé le moyen pour la

Martinique de se passer des livraisons, d'ailleurs dérisoires, des Américains.

Se rendant à la pêche en cette période troublée, le chef de la Caste remarqua une négresse sublime qui sarclait de l'herbe-de-Guinée au bord de la route coloniale de Mare Capron. Il ordonna à son chauffeur de s'arrêter et contempla la créature près d'une heure de temps, commentant le balancement de ses hanches à haute voix. Puis, il descendit d'un pas seigneurial, se couvrit le chef de son casque colonial blanc et appela la campagnarde d'un ton qui ne souffrait aucune réplique. Elle ne se retourna pas et continua à manier sa faucille avec la même fascinante dextérité. Deux bottes d'herbe avaient déjà été empilées. Salin du Bercy croisa le regard incrédule de son chauffeur et héla à nouveau la femme. Point de réaction. Pour prévenir la colère de son patron qu'il savait en général dévastatrice, le chauffeur s'approcha de l'entêtée et lui cogna l'épaule. Quand elle se redressa et lui fit face, le bougre se retrouva paralysé nettement-et-proprement. La sarcleuse était un homme. Un homme aux yeux terribles dont on aurait juré qu'ils avaient puisé leur incandescence dans le soleil de midi. Il attrapa le chauffeur à la gorge et s'écria :

« Disparais de ma vue, petite graine de chien que tu es ! On ne dérange pas Beauregard, le maître des savanes et le souverain des mornes. Je n'ai pas de chaînes à mes pieds comme vous autres, et d'abord, je crache sur vos putaines de mères, bandes de vers de terre ! Allez, échappe ta carcasse avant que je ne t'étripe ! »

Il se campa devant un Salin du Bercy abasourdi et soutint son regard sans ciller jusqu'à ce que le Blanc créole baissât le sien.

« Qui a claironné partout que les yeux des békés brûlent ceux des nègres, hein ? Quel regard est plus vaillant que celui de Petit Jules-César Beauregard ? »

Salin du Bercy, si prompt d'ordinaire à cravacher les nègres impudents, ne put qu'esquisser un misérable sourire qui se voulait conciliant mais qui n'amadoua aucunement le bandit de grand chemin. Dans le coffre à gants de la De Dion-Bouton, il cachait bien un revolver, mais la limousine était trop éloignée pour qu'il eût la possibilité de s'en emparer. Il sortit une bourse de sa poche et demanda :

« *Konmen ou lé ?* » (Combien tu veux ?)

Un formidable paraviret lui rougit les deux côtés de la figure et avant qu'il ne reprît tout à fait ses esprits, le nègre l'avait déjà agenouillé et lui avait plaqué la gueule de son fusil de chasse rouillé sur le front. La boue du chemin souilla son pantalon en drill, le dernier qui lui restât, en tout cas le seul présentable. Il observa le guenilleux et ne put, à l'orée de la mort, réprimer un fou rire nerveux : l'homme était couvert d'un invraisemblable harnachement fait de sacs de farine-France, de filets de pêche et de feuilles de bananier sèches ; sur son dos, il charroyait une lourde besace d'où émergeaient un moignon de coutelas, quelques timbales fabriquées avec des boîtes de lait en poudre, une pelote de gros fil et un bec de mère-espadon. Il était tout à la fois ridicule et terrifiant. D'ailleurs, il succomba à son tour à l'hilarité de Salin du Bercy et, se saisissant de la bourse, il en éparpilla le contenu dans le fossé. Il déclara que pour lui, Petit Jules-César, l'argent ne représentait que du caca de chien et la race des Blancs-pays moins que du caca de chien. Souriant, il choisit posément une balle dorée dans son ceinturon et la mit sous le nez du féodal.

« Celle-là est pour toi, je l'ai taillée moi-même dans l'or d'un collier que j'ai volé dans le salon d'un mulâtre, au bourg de Cul-de-sac. Tu auras une mort en or, compère. Ha-Ha-Ha ! Vous les békés, vous nagez dans l'opulence, il est donc normal que vous terminiez votre vie dans la somptuosité, hein ?

— Beauregard, nous sommes deux hommes bien debout dans leurs culottes, exige de moi ce que tu veux et je l'exécuterai, foi d'Henri Salin du Bercy ! »

Le nègre-marron parut hésiter. Il jeta un regard circulaire sur les Grands Fonds où la nuit commençait à planir, une nuit couleur de bagasse. Il arma son fusil et intima au béké l'ordre de fermer les yeux. Un silence curieusement bienfaisant s'installa sur la route déserte de Mare Capron.

« Du Bercy, je ne veux plus que tu touches à mes femmes. Plus jamais ! Toutes les négresses, les mulâtresses, les chabines et les coulies de ce pays sont la propriété de Petit Jules-César et de lui seul. Sans elles, il y a belle heure que la maréchaussée m'aurait déjà cerné. Sans les calebasses de manger qu'elles m'apportent en secret sur les hauteurs du Morne Gommier, il y a longtemps que la faim m'aurait épluché la peau. Je suis le père de vingt petits Beauregard qui demain demanderont des comptes à tes descendants et alors on verra bien si Dieu se mettra du côté de la justice ou du vôtre, comme il l'a fait jusqu'à présent. Sache, si tu l'ignores encore, que Beauregard n'a peur de personne, qu'il est invincible, invisible et doué d'ubiquité. Ce ne sont pas des billevesées de vieille femme superstitieuse mais la franche vérité. Je te gracie pour cette fois mais cette balle en or t'est réservée. Cela signifie qu'à la prochaine incartade de ta part, je saurai te trouver là où tu te caches et cette fois-là, je te ferai péter la cervelle comme une goyave mûre. Compris ?... Garde les femmes blanches, elles sont tiennes et nous, les nègres, nous ne te les disputerons pas, moi le premier. Un jour viendra où ta race ne gouvernera plus cette terre et moi, je serai empereur de la Martinique. Sache que je descends en ligne directe de Soulouque Ier d'Haïti ! »

Beauregard lui commanda de se dévêtir, ne lui laissant que son casque, et disparut dans les halliers avec ses vêtements. Toute la Caste se gaussa, sous cape, de la mésaventure d'Henri Salin du Bercy, notamment ceux qui ne le portaient pas dans leur cœur, comme l'administrateur de la sucrerie de Cul-de-sac chez qui il fut bien obligé de se réfugier et d'emprunter du linge. Sans tarder, il donna l'ordre d'organiser une battue, bien que la maréchaussée de l'endroit se fût déjà résignée à ne plus pouvoir accorer la dérade de ce nègre-marron que tout un chacun savait doué de pouvoirs surnaturels à l'égal du célébrissime Grand Z'Ongles d'En-Ville. Ce qui veut dire qu'il n'était pas un simple quimboiseur mais un véritable mentor. L'administrateur de l'usine tenta de dissuader Salin du Bercy, arguant que la plupart de ses gens étaient éreintés après une dure journée de coupe de la canne et surtout qu'il n'y avait pas de chemin (tout juste une trace où on ne pouvait avancer qu'en file indienne) menant au repaire de Petit Jules-César. Le chef de la Caste péta une de ses mémorables colères :

« Je ne veux pas que vous prononciez ce mot-là devant moi ! Comment un nègre peut-il s'arroger le titre de Jules-César ? Vous êtes devenus fous ou quoi ? J'exige quinze bougres avec des flambeaux, cinq tireurs à cheval et au moins deux gendarmes. De suite ! »

Il fallut bien s'exécuter. A huit heures du soir, l'expédition était parée. Le directeur de l'usine trouva un prétexte crédible pour se défiler mais le géreur et les économes de l'habitation Grands Fonds furent tirés de leur sommeil pour courir les bois qui étaient en plus infestés de serpents fer-de-lance. Ils en étaient à leur trente-douze millième battue et maugréèrent contre le patriarche du Lamentin sans être en mesure de lui dire en face leur façon de penser. Ce dernier n'avait que méprisation pour les petits békés dont les noms n'arboraient même pas de particule, la plupart du temps. Il se munit de son revolver et prit la tête de la marche, ce qui rassura tout le monde. L'équipée avançait avec peine à flanc de morne dans la nuit dense que perçait le caquètement désagréable des cabris-des-bois. A un moment, ils rencontrèrent une mare minuscule au bord de laquelle s'abreuvait un crapaud jaune si-tellement monstrueux qu'ils le confondirent de prime abord avec une tortue-môlôcôye. D'une seule voix, les trois premiers porteurs de flambeaux s'écrièrent :

« *Mi Boriga !* » (Voilà Beauregard !)

Ils lâchèrent tout et abandonnèrent le reste de la troupe en dépit des fulminations du chef de la Caste. Même le géreur et les économes, tout blancs qu'ils étaient, semblaient hésiter. Alors Salin du Bercy mit la bête en joue et tira deux coups d'affilée. La mare s'assécha aussitôt et le crapaud disparut. Un grand éclat de rire tonitruant descendit de la voûte des arbres dans un grand chavirer-tomber. Salin du Bercy visa au-dessus de sa tête, vidant son chargeur.

« Patron, ça ne sert à rien, lui souffla timidement l'ultime porteur, Beauregard se rend invisible quand il veut...

— Couillonnades ! Et puis je n'ai pas peur de ses diableries, moi. En avant !

— Monsieur du Bercy, la trace s'est effacée, fit le géreur, il nous faudra en tailler une autre au coutelas maintenant. Ce bandit connaît le Morne Sulpice comme sa poche, il peut nous massacrer à n'importe quel moment. Il n'hésitera pas, je vous assure. »

Du Bercy scruta la touffaille sombre qui leur faisait face et admit que le bougre avait raison. Un instant, il caressa l'idée d'y mettre le feu mais jugea qu'avec le vent qui déboulait dans la coulée, les champs de canne de l'habitation Grands Fonds seraient ravagés en un battement d'yeux. Alors un événement extraordinaire se produisit et ce n'est pas de la raconterie délirante de nègres imbibés de rhum puisque trois Blancs, le géreur et les deux économes de l'habitation Grands Fonds, en furent les témoins : du Bercy se délesta de son barda et partit seul — oui, seul, messieurs et dames ! — à la recherche de Petit Jules-César. Il franchit la mare asséchée et se perdit dans les bois. Comme par instinct, ses compagnons de battue levèrent les yeux au ciel mais la lune était voilée d'un halo de brouillard et les étoiles étaient absentes.

« *Si zôt wè i pa déviré avan dé zè di maten, nou ka bay désann, lézôm* » (Si jamais il ne revient pas avant deux heures du matin, on redescend, les gars), fit l'un des économes d'un ton peu rassuré.

Henri Salin du Bercy ne dévira pas avant le devant-jour. Il avait gagné les hauteurs du Morne Sulpice et plus il montait, plus il avait le curieux sentiment que la tête de la montagne se plaçait hors de sa portée. Il comprit qu'en final de compte, il s'agissait d'une ruse de Beauregard. Ce dernier était, pourtant, véritablement effrayé, autant que le premier jour, celui où il avait incendié sa case et foutu une balle à sa putaine de femme pour la punir de son infidélité. Il se rappelait chaque mouvement de ses jambes et de ses bras, les morsures des branches et des lianes au Morne Gommier, l'inquiétant sifflement des bêtes-longues qui accompagnaient sa fuite. Sa première nuit de marronnage avait été une épreuve sans nom. Il lui semblait que la nature entière s'était liguée contre lui et il avait froid dans la nervure même de sa carcasse. Il s'était appuyé contre le tronc d'un arbre qui se révéla être un fromager et en fut chassé par le ballet des zombis ailés qui y préparaient leurs maléfices. Il courut en tous sens, enjamba des ravines obscures, escalada des mornes inconnus où la roche était à fleur de terre, se perdit dans des savanes désertées où il entendait des bœufs-Portorique mugir, sans les voir. Il avait peur-peur-peur. Il invoqua Dieu, la Vierge Marie et toutes qualités de Saints pour n'obtenir qu'un silence hostile qui l'oppressa encore davantage.

Cette nuit, il retrouvait la même peur incontrôlable de son début de marronnage car ce Blanc-pays qui s'avançait à sa rencontre avait (supposait-il) les mains nues. Tant qu'on le pourchassait avec des fusils et des chiens, Beauregard se sentait tout-à-faitement à l'aise mais à présent, il devinait que son adversaire disposait d'un de ces redoutables garde-corps que l'on fabrique dans les îles anglaises d'alentour et qui non seulement vous rendent invincible mais paralysent votre ennemi dès qu'il approche. Ou alors d'un produit quelconque sorti de l'imagination fantastique des Blancs-France, lequel produit venait certainement d'arriver en Martinique. Réfugié dans les hauts depuis cinq années, rien d'étonnant à ce qu'il n'en ait point entendu parler. Pourquoi cette satanée Loulouse qui aimait tant se lover entre ses jambes ne l'avait-elle pas prévenu ? A savoir si, au fond, mamzelle ne souhaitait pas sa perte malgré toutes ses minauderies.

Quand Salin du Bercy héla : « *Boriga, sôti la ou yé a si ou ni dé grenn, fout !* » (Beauregard, montre-toi si tu as des couilles, foutre !), il sut qu'il était perdu et fit un au nom du Père vitement-pressé. Puis, il ôta de sa besace les deux bouts de bois sacrés qu'il avait sculptés à partir de l'écorce d'un gommier rouge et sur lesquels il avait reproduit les pétroglyphes caraïbes qu'il avait découverts par pur hasard à Sainte-Luce. Grommelant une prière en langage bossal pour implorer la miséricorde des divinités amérindiennes et africaines, il frotta les bois l'un contre l'autre avec l'énergie du désespoir. Le Blanc-pays avançait toujours sur lui, guidé par un sens extraordinaire de l'orientation, les sourcils empreints d'une détermination en laquelle Beauregard, qui avait appris à voir dans l'obscurité la plus épaisse, déchiffra de la haïssance comme seul un planteur béké peut en nourrir. Une immense lassitude s'installa sur les épaules du nègre-marron. D'une seule chiquenaude, le destin venait de lui insuffler le dégoût de l'existence errante qu'il était contraint de mener pour échapper au bagne et à la guillotine, puisque de multiples condamnations de cette sorte avaient été prononcées à son encontre, tant au tribunal de la ville de Cul-de-sac qu'à celui de Fort-de-France.

Il s'accroupit et traça sur le sol humide les signes qui détournent le poursuivant de son but. Rien à faire : le béké se dirigeait toujours droit sur lui, bien que Beauregard changeât sans cesse de cache. Le bandit de grand chemin arma son antique fusil avec la balle en or qu'il avait réservée pour l'instant fatidique où ceux d'en bas le coinceraient dans ses derniers retranchements. Tout à l'heure, quand il sarclait de l'herbe à Mare Capron pour le bœuf de Mina, l'une de ses femmes-concubines, il avait bluffé : cette balle en or était pour lui et pour lui seul. Ainsi se retirait-il de la vie en grande pompe. Une sérénité sans mesure imprégna ses doigts, puis ses mains et son corps tout entier. Il eut une pensée pour toutes celles qui l'avaient épaulé durant sa drivaille au mépris des menaces des autorités et retrouva sur ses lèvres la succulence de la petite échappée-coulie de Sainte-Luce qu'il allait rejoindre à la nage, une fois la nuit tombée, depuis la plage de l'Anse Poirier. Il se cala contre le tronc du pied de chacha contre lequel il aimait rêvasser lorsque le sommeil se faisait rare et attendit. Le béké s'arrêta, ne le voyant toujours pas (quoique devinant sans doute sa proche présence), et s'écria, les mains en porte-voix :

« *Boug ! Sôti la, nou ni palé pou nou palé, fout !* » (Homme ! Sors de ta cachette, nous avons à causer sérieusement, foutre !)

Beauregard le mit en joue. Son doigt frémissait sur la gâchette. Il avait son adversaire en pleine face, là où il n'y a point de réchappe. Mais, ô miracle, l'arme releva insensiblement son canon au moment du tir et la balle perça en deux endroits le casque de du Bercy. Le nègre-marron lâcha son arme et se croisa les bras. Il n'y avait aucune parade contre la fatalité. Son heure dernière était arrivée. Le Blanc-pays disposait d'un avantage sur lui, cette protection redoutable, et personne, pas même le Diable, ne pouvait le démolir. Oui, il n'y avait personne qui pouvait le boiter dans son avancée triomphale. En désespoir de cause, Petit Jules-César se propulsa sur lui, l'attrapant par la gorge. Ils roulèrent dans le faire-noir des halliers, soudés l'un à l'autre comme qui dirait deux amants, et lorsqu'ils furent arrêtés par les roches d'une ravine, le nègre-marron avait toujours le dessus. Aucun d'eux n'avait poussé le moindre cri ni le plus ténu gémissement. Une rage frette les labourait et leur baillait un regain de forces chaque fois que l'un d'eux en manquait. Henri Salin du Bercy put ainsi cogner la cabèche de son adversaire par quatre fois à l'aide de la crosse de son revolver. Sans autre succès qu'un sinueux filet de sang qui se mit à balafrer l'une des tempes du nègre-marron. Tous les deux éprouvaient le poids de la nuit sur leurs écales, une nuit impénétrable et lourde, inhumaine presque, à cause de l'indistinction du ciel et de la terre. Un vent sourd montait d'en bas, chargé des embruns de la baie de Cul-de-sac et raboté par les contreforts orgueilleux du Morne Gommier.

Inexplicablement, Beauregard ne parvenait pas à resserrer ses mains sur le cou du descendant d'esclavagiste, lui qui n'avait pas eu à ce jour une once de pitié pour ses poursuivants de quelque complexion qu'ils fussent. Le béké l'observait sans ciller, épuisé certes mais calme, si-tellement calme qu'on l'aurait dit indifférent. Puis, de manière tout aussi incongrue, ils pétèrent de rire tous les deux en même temps et se rassirent côte à côte. Ils ne brocantèrent pas une seule miette de parole pendant un temps indéfinissable. Beauregard chercha son paquet de cigarettes Mélia dans un recoin de sa besace et n'en trouva qu'une seule. Il sourit, la cassa en deux parts égales et en offrit une à Salin du Bercy qui dit merci à un nègre pour la première fois de sa vie (aux approchants de la soixantaine). Ils savourèrent longuement leur moignon de cigarette puis le béké demanda comme s'il parlait à un vieil ami :

« *Lannuit-tala sé an lannuit ba soukliyan, sa ou di ?* (Cette nuit, les esprits volants doivent être les rois, non ?)

— *Ou pé di sa !* (Pour sûr !)

— Beauregard, je suis venu te dire de ne pas te rendre. Ne sursaute pas, ceux d'en bas ne m'ont pas chargé d'une autre mission que de te tuer mais maintenant, je mesure ton courage. Tous ces bois, ces serpents...

— Dites bêtes-longues...

— Toutes ces bêtes-longues et puis ce silence, cette solitude sans limites. Oui, foutre ! Pour pouvoir supporter tout ça, il faut un homme qui mérite le titre d'homme. Je n'en ai pas rencontré beaucoup dans notre colonie. Ailleurs oui, à Puerto Rico, en Colombie, aux Etats-Unis. J'y ai fréquenté des gens qui avaient soif de conquérir, de se dépasser, qui vivaient avec des rêves grands comme des maisons dans leur tête. Ici, personne ne nourrit de rêve qui soit noble. Nous sommes de petits hommes dans un petit pays. Tous : Blancs, Noirs, mulâtres, Indiens. Tous ! »

Beauregard grattait d'un geste machinal le nombril de la terre. Le Blanc créole sourit et ajouta :

« Tu as raison, il faut l'aimer, cette terre. Sa petitesse n'est pas responsable de la nôtre, j'en conviens...

— Pourquoi vous me parlez comme ça ? attaqua le nègre-marron. Votre loi m'a condamné deux fois à mort, une fois à perpétuité et une fois au bagne de Guyane parce que j'ai voulu corriger cette femme qui a cycloné ma vie. Pauline, c'est son nom, Pauline Beauregard, hon !..., elle m'encornaillait avec Gouyer, le petit géreur de merde de l'habitation Grands Fonds. »

Le Blanc-pays lui tint le poignet et il sentit son souffle court contre sa figure. Il pouvait à nouveau le terrasser et le voltiger dans une ravine isolée sans que quiconque puisse rien faire pour le protéger. Sur la tête de ce morne, il était vraiment le maître de toutes choses, Petit Jules-César en personne, et ce Salin du Bercy, tout premier Grand Blanc de la Martinique qu'il était, n'y disposait d'aucune autorité. Pourtant il se retint et dégagea sa main. Il voulait rester seul à présent. Cet entretien insolite n'avait que trop duré. Comprenant à demi-mot son désir, du Bercy se redressa, épousseta son pantalon et lui dit d'un ton grave :

« Beauregard, ne te rends jamais ! Prends mon arme, elle pourra t'être utile. Qui sait ? Ils ne vont pas te laisser une seconde de paix jusqu'à ce que tes os pourrissent au soleil. Ce jour-là, songe à moi, tu te sentiras plus fort. Adieu !

— Adieu ! Mais sache que Beauregard est immortel ! Immortel ! »

Le chef de la Caste blanche redescendit sur l'habitation Grands Fonds, retrouva son chauffeur et sa De Dion-Bouton. Il continua son périple jusqu'à Saint-Anne où il aimait pêcher. Il ne fournit aucune explication aux békés de Cul-de-sac qui n'osèrent pas lui en demander, croyant qu'il était revenu bredouille. Toujours est-il que cette rencontre le hanta des années durant, surgissant parfois au détour de certains rêves du petit matin, altérant sa raideur envers certains nègres fainéants de ses domaines. Aussi ne paniqua-t-il point lorsque, près d'une décennie plus tard, sa voiture fut à nouveau stoppée par des nègres, en pleine ville cette fois, à hauteur de la Transat. Une volée de pierres en avait volatilisé les vitres, l'une d'entre elles lui malmenant l'estomac. Il ignorait de quoi il retournait puisqu'il venait de passer près d'un mois sur son habitation de Beauchette, au Lamentin, afin de régler les ultimes préparatifs du repiquage d'une nouvelle variété de canne à sucre qu'il avait importée de l'île de la Trinité.

Des hordes de nègres, flambeaux en bambou haut dressés, parcouraient les ruelles du quartier Sainte-Thérèse en chantant et en hurlant. A aucun moment Salin du Bercy ne fut effleuré par la peur. Même quand il aperçut une Dauphine Renault renversée dans un dalot d'où s'extirpaient avec peine un couple d'Européens et leurs deux enfants. Le chef de famille tentait de grands gestes désespérés et inutiles afin de protéger les siens des coups de roche. Partout, la négraille lançait :

« Blancs dehors ! Blancs, laissez-nous notre pays ! »

Une femme vêtue d'une gaule, les cheveux en parfait désordre, les yeux enflammés, pathétique et pourtant belle, allait-virait d'un manifestant à l'autre en suppliant :

« Baillez-moi un prénom qui sied aux gens de maintenant ! J'ai baptisé vingt-trois enfants sans que quiconque vienne décontrôler mon choix et puis voilà qu'aujourd'hui, plus personne ne veut de moi. Carmélise préfère priver sa dernière petite marmaille de baptême, plutôt que de faire appel à mes services. Mon amie-ma-cocotte Juliana du Bord de Canal agit pareil. Sachez que mon nom est Marraine Philomène et celui de la toute première que j'ai portée sur les fonts baptismaux, Ancinelle Bertrand, la chabine aux yeux verts dix-sept carats comme dit Malaba... Ecoutez-moi ! J'ai beau proposer : Thélianise ! Elles rigolent de ma tête. Emmeline ! Elles haussent les épaules. Herminie ! Elles font un "tchip" magistral entre leurs dents. Amanthe ! Almaïde ! Ambroisine ! Justina ! Antoinise ! Donatienne ! Théodora ! Irmice ! Stella ! Toussine ! Siméone ! Alexina ! Nicoline ! Anastasie ! Faustine ! Emérante ! Antonine ! Edmonise ! Rien à faire, elles ne veulent pas m'entendre les bougresses. Elles prétendent que ce sont des noms à dormir dehors qui confortent les Blancs-France dans l'idée que nous sommes des arriérés. »

Les hommes l'écartaient d'une bourrade tandis que les femmes lui ricanaient à la face. Salin du Bercy semblait hypnotisé par ce spectacle. Il demeurait immobile au mitan du déchaînement populaire, ses vêtements kaki donnant l'impression d'être outrageusement propres. Deux nègres foncèrent sur lui et entreprirent de le rouer de coups. Avant qu'une grappe d'autres agresseurs ne lui sautent dessus, il cria en créole :

« *Man sé an bétjé kréyôl manmay !* (Je suis un Blanc-pays, les amis !)

— *Sa ki'w ?* (Qui es-tu ?) demanda quelqu'un sur un ton péremptoire.

— *Sé mwen ki mèt lizin Larenti a.* (Je suis le propriétaire de l'usine du Lareinty.)

— *Eskizé,* patwon (Excuse-nous, patron), fit la même voix, celle d'un homme costaud aux muscles saillants et durs comme du bois-gayak, nou *pa té wè sé'w ki té la. Annou, ba'y pasé !* » (On t'avait pas reconnu. Allez, ouvrez-lui le passage !)

Soudain, un bougre géantissime s'approcha du groupe qui entourait le chef de la Caste et, se plantant devant celui qui s'était excusé, le toisa avec férocité puis lui balança une égorgette digne d'un maître-major. Il regarda ensuite le béké de haut en bas et lui déclara :

« *Wou taa, ou pé di ou fini bat !* (Toi, mon vieux, sache que tu es arrivé au terminus !)

— Malaba... commença Salin du Bercy d'une voix basse, *pa di mwen sé'w ka palé kon sa jôdijou, ébébondyé ?* (Malaba... est-ce bien toi qui tiens un tel langage aujourd'hui ?)

— *Chapé... chapé kô'w !* » (Va t'en... va t'en !) marmonna le nègre.

Des cornes de camions de pompiers hululaient depuis le Pont Démosthène. La nuit était constellée de jets de bouteilles enflammées. Une case était la proie des flammes à l'entrée du quartier Eaux-Découpées. Henri Salin du Bercy essuya du revers de sa manche un filet de sang qui lui coulait sur l'une des pommes de sa figure et remonta dans sa voiture qu'il tenta en vain de mettre en marche. Quelqu'un brandit une manivelle sortie d'on ne savait où et spontanément se mit en devoir d'actionner le moteur de la voiture de du Bercy. Ce dernier grimpa à bord d'un air rasséréné et fit un bref salut aux nègres qui l'encerclaient. Malaba hocha la tête et entraîna sa troupe sur un autre front, celui du Pensionnat Colonial où une fournée de gendarmes avait pris position, le bruit ayant couru que les émeutiers cherchaient à violenter la fine fleur des écolières d'En-Ville.

« Ce soir, pas question que je rentre au bercail, déclara à haute voix le chef de la Caste en buvant au goulot une demi-bouteille de rhum qu'il ôta de dessous son siège. Je vais au boxon, tonnerre du sort !... »

## 5

Monsieur Jean avait toujours tenu sa poésie secrète en dépit des sollicitations qui d'Ancinelle Bertrand qui d'Eugène Lamour, lequel espérait en grappiller quelques vers sublimes qui eussent pu lui permettre de parfaire son art de la conquête féminine. L'instituteur mis à pied préférait se montrer sous le jour d'un zélateur de Saint-John Perse dont il pouvait réciter par cœur « Eloges » et « Anabase ». Si bien que d'aucuns le soupçonnaient de s'inventer de toutes pièces ces cahiers remplis de poèmes qu'il affirmait cachés à l'en-bas de son matelas (chose que refusait d'infirmer ou de confirmer sa logeuse, cette prétentieuse aux soi-disant ancêtres caraïbes). Cicéron avait coutume de s'esbaudir sur son passage de la sorte :

« Il n'existe qu'un seul poète dans ce pays-là et c'est monsieur Aimé Césaire. Les autres, pff ! Ils ne font que baigner dans la poétaillerie. »

Le jeune homme espérait ainsi vexer le quinquagénaire pour l'obliger à dévoiler ces textes mystérieux que tout un chacun, fût-il le plus illettré qui soit, rêvait d'entendre. Mais rien n'y faisait : monsieur Jean demeurait fort secret et cousu sur le chapitre de ses activités littéraires. Une seule personne faisait mine de ne pas s'y intéresser le moins du monde, une personne qui n'était pas native de céans, ce Blanc-France de Jacquou Chartier qui fréquentait de manière si assidue la boutique du Chinois. Il jouait aux dominos avec les débardeurs, vidait punch après punch avec les saoulards des Terres-Sainvilles, chiquenaudait Ismène, la fille métisse du patron de l'endroit, corrigeait les devoirs de ses élèves du Séminaire-Collège mais jamais au grand jamais, il ne prenait langue avec monsieur Jean. Ils se saluaient d'un bref coup de tête et chacun gagnait sa table habituelle, attentif cependant aux faits et gestes et surtout aux propos de l'autre.

C'est par conséquent l'étrangeté de cet ultime décembre de la décennie 50 qui finit par rapprocher ces deux êtres visiblement en quête d'un ailleurs d'eux-mêmes. Un soir, Jacquou et Jean se retrouvèrent tout seuls, cela pour la première fois, et Chine, maugréant « La vie est raide ces temps-ci ! Raide ! », leur offrit une pleine bouteille de vermouth avant de s'éclipser dans son arrière-boutique. Dans un premier temps, les deux hommes affectèrent de s'ignorer superbement. Jacquou était plongé dans la lecture d'un livre tandis que Jean jetait des regards distraits par la fenêtre qui donnait sur l'avenue Jean Jaurès, tout en faisant craquer ses phalanges sous l'effet de l'ennui. Il s'était servi d'une bonne rasade de vermouth et il lui fallait bien tendre le restant de la bouteille à l'Européen. Longtemps, il espéra que Chine ou sa fille réapparussent mais un silence pesant régnait dans la boutique comme si ceux-ci étaient allés se coucher. Il était presque neuf heures du soir, il est vrai. Surmontant sa gêne, Jean s'avança avec lenteur vers la table de Chartier et lui déclara d'un ton abrupt :

« La bouteille est à vous ! »

Il l'avait laissée sur sa propre table. Que cet Européen ne s'imaginât pas qu'il le servirait ! Chartier sursauta, plongé qu'il était dans sa lecture. Un sourire timide se profila sur ses lèvres et il voulut faire un geste de dénégation avant de se risquer à dire :

« Il me semble... que ce soir nous pourrions faire table commune, cher monsieur ?

— Eh ben... puisque c'est vous qui le proposez, je n'y vois pas d'inconvénient.

— Vous êtes sûr que je ne vous dérange pas ?

— Pas le moins du monde ! Et puis je n'ai pas consommé toute la part de vermouth qui me revient. Ha-Ha-Ha ! »

Le rire de Jean était un peu forcé mais dénotait tout de même l'envie d'échapper à la solitude. Jacquou ne se fit donc pas prier et, sans que quiconque en fût témoin, une amicalité formidable commença à se nouer entre les deux hommes, sentiment que tacitement ils n'ébruitèrent point par la suite. D'ailleurs, ils ne se parlaient qu'aux rares moments où la boutique de Chine se trouvait vide de tout client. Les autres jours, afin de donner le change, ils feignaient de s'apostropher et de s'engueuler de leurs tables respectives, sur d'obscurs sujets tenant à la grammaire et au langage créole. Jean questionnait son nouvel ami de façon quasi obsessionnelle sur le pays, sur la Martinique et ses travers. Sans cesse il redemandait :

« Vous aimez ici ?

— Aimer est un terme un peu galvaudé mais... je répondrai oui.

— Rien ne vous embête ?

— De quoi voulez-vous parler exactement ? »

Le quinquagénaire cherchait ses mots comme s'il craignait que Chartier ne se méprît sur le fond de sa pensée. Les plis qui lui couvraient soudain le front étaient la preuve d'une intense cogitation. Monsieur

Jean était un homme prudent. Il n'allait pas critiquer son pays devant le premier Européen venu, encore que s'agissant du professeur du Séminaire-Collège, il dût reconnaître que le bougre s'était parfaitement acclimaté. Ne murmurait-on pas qu'il entretenait compagnie charnelle avec une petite indienne du quartier Au Béraud ?

« Monsieur Chartier... Vous serez, comment dirais-je, d'accord avec moi pour reconnaître que... qu'ici... la vie, l'existence plutôt est plus brutale, plus caricaturale qu'en Europe...

— Continuez...

— Ici, on ne prend pas le temps qu'il faut pour faire les choses, on n'a pas la patience d'attendre. C'est ça que j'appelle brutalité, vous voyez ? »

Chartier s'efforça de masquer sa perplexité derrière un air bonhomme et chercha une réponse intelligente.

« Ici, comme vous dites, on est en Amérique...

— Et alors ?

— L'Amérique n'a pas eu le temps de gestation dont a bénéficié l'Ancien Monde. Tout s'est précipité... la destruction des autochtones, l'arrivée de Blancs au départ quasiment tous ruffians, la mise en esclavage des Nègres arrachés à leur patrie, le servage des Hindous et des Chinois... Tout ça s'est entrechoqué, bousculé, chahuté, d'où peut-être le côté caricatural qui vous pèse tant. »

Jean demeura silencieux un bon morceau de temps. Il semblait hypnotisé par les lueurs blafardes d'un poteau électrique planté au ras de la boutique de Chine. Sous son coude, il tenait fermement une espèce de grand cahier à couverture cartonnée bleue que Chartier ne lui avait jamais vu auparavant. Il ressemblait à quelqu'un qui était sur le point de prendre une grave décision.

« J'ai... j'ai besoin d'un autre oxygène, finit-il par lâcher.

— Oh, moi, je me contente bien de celui d'ici. Il ne faut pas regarder l'Amérique avec un œil européen sinon, vous avez raison, les choses et les gens prennent des proportions, je ne dirais pas caricaturales, ce n'est pas le mot...

— Grotesques !

— Voilà ! C'est cela. Grotesques... Et puis je crois qu'au départ, il y a un problème de langage. Nous parlons peut-être les mêmes langues mais nos langages diffèrent assez profondément. Les mots d'Europe ont été, eux aussi, précipités dans le maelström américain. Ils ont été bousculés... mais moi, je vous le répète, cela ne me dérange pas du tout. Au contraire ! »

Au bout de semaines d'accointance à l'insu des habitants des Terres-Sainvilles, Jean finit par s'ouvrir à Chartier. En fait, il accepta de lui lire un de ses poèmes, non sans lui avoir seriné une bonne vingtaine de fois :

« Pour moi, la poésie, ça doit servir à échapper à la brutalité d'ici, à la caricature... la poésie est un remède à la caricature américaine... »

Le quinquagénaire prévint Chartier que la sienne n'évoquait que la nature ou presque, les forêts intouchées par l'homme surtout qu'en ces lieux-là, qu'il fréquentait sans qu'on le sache autour de lui, rien ne souffrait le grotesque.

« Je n'aime pas qu'on dise la forêt primaire. Le mot "primaire" est équivoque. Je lui préfère de loin "primordial". La forêt primordiale !

— Lisez, cher maître ! rigola Chartier.

— Bon... eh ben, je me lance, compère... Le titre en est "Les trois cascades". Voilà ce que ça donne :

« *Promesse soudaine d'eau*
*La carte indéchiffrée des fromagers déroule l'impassible*
*dedans le roulis vert des grives*
*dessus le ramage rarissime du carouge*
*Chemin muletier*
*à fêlure d'âme d'où semble se précipiter la mer frontalière,*
*si haletante à l'en-haut du monde*
*mais pâmée à l'en-bas du Prêcheur*
*Chemin du mitan de forêt*
*sous le front tatoué des xamanas, caciques de chacun de nos pas jusqu'à Grand-Rivière*
*(comptables sévères de nos songes aussi...)* »

Jean s'arrêta comme pour solliciter un jugement de la part de son auditeur. Ce dernier se servit une rasade de ce vermouth que Chine avait pris l'habitude de déposer sur leur table chaque fois qu'ils se retrouvaient seuls tous les deux. L'homme était, à l'évidence, en proie à une légère ébriété. Il se leva et alla s'appuyer au chambranle de la porte d'entrée, le regard perdu dans le désert de l'avenue Jean Jaurès. Une meute de chiens sans maître la descendit à grand fracas, provoquant des salves d'injuriées de gens qui avaient du mal à trouver le sommeil. Ce spectacle nocturne avait toujours fasciné Chartier, non pas le fait que ces animaux-là se déplaçassent en bande, ni même qu'ils le fissent la nuit mais parce qu'ils semblaient obéir à une loi secrète qui leur imposait un immuable trajet. Leur chef devait, selon toute probabilité, se cacher pendant le jour au quartier Trénelle puisque c'est de là que la meute déboulait en direction du Pont de Chaînes. Inexplicablement, elle faisait un détour par le cimetière des pauvres avant de regagner la place de l'Abbé Grégoire, celle qui fait face à l'église des Terres-

Sainvilles, place dont elle faisait plusieurs fois le tour avant d'occuper (le mot n'était pas exagéré) toute la largeur de l'avenue principale du quartier où Chine avait sa boutique :

« Monsieur Jean, venez voir... fit Chartier.

— Ça vous amuse ?

— Pas le moins du monde. Je voulais vous montrer quelque chose... observez bien leurs manigances. Je vous jure que ces chiens se parlent, qu'ils se consultent, qu'ils plaisantent. C'est clair ! Tenez, regardez les deux qui sont en tête ! N'aurait-on pas dit deux chefs de guerre ? Voyez-vous, mon cher Jean, c'est encore un aspect de votre Amérique. Ici, on ne parvient pas totalement à domestiquer les animaux. Dans cette bande, il y a pourtant un bon tiers qui vit chez l'habitant, hein ?...

— Je sais... ma logeuse en possède un. Dès que le noir tombe, le bougre fait le nègre-marron. »

Se rasseyant, Chartier s'épongea le front qu'il avait couvert de sueur en dépit de la petite freidure qui montait sans doute du canal Levassor. Il tapota le cahier bleu de son ami avant d'ajouter :

« C'est cela qu'il faut tenter d'écrire... cette errance organisée, cette folie qui n'est pas la folie ordinaire que décrivent nos livres européens. Là-bas, en Europe, nous sommes parvenus à transformer la plupart de nos chiens en garçonnets sages, même si de temps à autre l'instinct réclame ses droits et provoque des drames. Ha-Ha-Ha ! A la limite, il n'y a guère plus de différences entre chiens et chats...

— Je ne vois guère le rapport avec la littérature, Chartier. »

Ismène, la fille du Chinois, apparut en chemise de nuit, comme dans un rêve. Elle avait les yeux bouffis de sommeil, les cheveux en bataille.

« Messieurs, je suis désolée. Papa vous dit qu'il ferme. Bonne nuit !

— Ah non ! s'exclama l'Européen. Non, non et non ! Tenez, mademoiselle, assoyez-vous avec nous et écoutez-moi ça, je vous en prie. Monsieur Jean est un fabuleux poète, ce n'est pas une légende comme trop d'entre vous l'imaginent. C'est du vrai de vrai ! Monsieur Jean, continuez... »

Le ton était sans réplique possible et l'illumination qui couvrit tout soudain la face d'Ismène subjugua le quinquagénaire. Il pencha la tête sur son texte et le lut sans qu'aucun souffle de voix sortît de sa bouche. On aurait juré qu'il récitait quelque prier-Dieu.

« Monsieur Jean écrit de la poésie sylvestre ! » cria Chartier, fin saoul à présent.

*« Promesse, soudain, de trois eaux*
*gravée sur le ventre de la falaise*
*ô immémoriale*
*Les roches ralentissent la rivière-à-galets et défient notre ballant,*
*nous instillant parfois découragement de monter vers le plus absolu du balisier*
*Trois cascades*
*Coucoune que nul n'a dévirginée*
*ruisselante de la sueur sauvagement diaphane*
*des dieux amérindiens*
*O promesse*
*dilaté désir de retrouver sous la troisième cascade*
*le cri primal*
*Polissoir bienfaisant de nos songes*
*Le lac qui orne votre pied a couleur d'inouï*
*Trois cascades*
*Serrure d'Eden qui jamais pour nous ne s'ouvrira*
*Comme le son du requiem doit être bel et beau*
*par-devers vous ! »*

Chartier se dressa et se mit à applaudir bruyamment. Monsieur Jean et Ismène demeuraient encabanés, l'un dans sa timidité, l'autre dans son ahurissement. Des pas nerveux firent résonner l'escalier de bois qui conduisait à l'unique étage de la boutique. La boule de suif qu'était Chine se profila derrière le comptoir, tourbillonna autour des deux clients tardifs et les flanqua dehors :

« Et dire que je croyais avoir affaire à deux nègres respectables ! C'est de cette manière que vous faites l'école à nos enfants, tonnerre du sort ! Rentrez chez vous, eh ben bon Dieu ! Ismène, va te coucher, je vais fermer. »

Chartier tenta en vain d'obliger Chine à écouter un autre poème de monsieur Jean mais le boutiquier ne voulut rien entendre. Il fut obligé de bousculer l'Européen et se confondit en excuses. Dans la rue, un jeune nègre avançait, hiératique, une pancarte haut levée au-dessus de sa tête mais le peu de lumière empêchait qu'on puisse déchiffrer ce qu'il y avait écrit.

« Cicéron Nestorin, viens donc écouter de la poésie, mon fils », le gouailla Chartier.

Le jeune homme ne semblait pas avoir entendu. Il continuait son défilé solitaire, l'air très pénétré de l'importance de son acte. Alors Chartier éclata de colère :

« Jean, votre poésie qui ne sait pas parler des hommes, de leurs actes et de leurs folies, de leur détresse et de leurs amours, à quoi sert-elle ?... Vous ne répondez rien. Hon ! Mon cher, la poésie en Amérique ne sait parler que des pierres, de la mer, du soleil, des montagnes, des grands espaces. Elle est incapable d'évoquer le grotesque américain. Oxygène ? Pff ! Vos poètes préfèrent l'air pur de la nature, comment dites-vous, intouchée, voilà, intouchée par l'homme au lieu de s'immerger dans la puanteur du quotidien. »

Monsieur Jean ricana en boutonnant le col de son paletot. La freidure de décembre était parfois porteuse de grippes et de pneumonies féroces. L'avant-veille, deux bébés étaient morts de la coqueluche faute de médicaments adéquats. Radio-Martinique avait larmoyé longtemps sur cette tragédie.

« Que faites-vous du *Cahier d'un retour au pays natal* de Césaire ? assena-t-il vengeur.

— Du grand art, du très grand art ! Mais le grotesque américain n'y apparaît aucunement. On n'y voit qu'une misère très universelle et le Fort-de-France que décrit Césaire pourrait être n'importe quel township sud-africain, n'importe quels bidonville africain ou casbah nord-africaine. Rien de très spécifique en dépit du génie littéraire de l'auteur. Mon cher Jean, je crois qu'en fait seul le roman a le pouvoir d'appréhender ce grotesque, enfin je veux dire la prose... »

Ils firent quelques pas vers les quarante-quatre marches menant à Trénelle. Des cantiques de Noël s'élevaient d'une case délabrée violemment éclairée par trois lampes Coleman. Désignant du doigt le groupe de jeunes gens qui s'y pressaient, Chartier dit :

« Fête-t-on Noël de la sorte à Bethléem ? Ou même dans le Berry...

— Ou dans votre Vendée natale.

— Oui... je crois que nous nous comprenons. Si je ne craignais pas les formules, je dirais que le grotesque est la version insulaire du baroque américain. L'Amérique s'est exacerbée dans ses îles parce qu'à cause de la petitesse, les êtres et les choses se sont entrechoqués avec plus de violence que sur la terre ferme. Quand on compare un Blanc créole martiniquais avec son homologue louisianais ou brésilien par exemple, on comprend tout de suite la différence. Le planteur continental vit à plusieurs kilomètres des cases à nègres tandis que son alter ego insulaire est à portée de voix de ses serviteurs...

— A portée d'odeur surtout, renchérit le quinquagénaire, nos Blancs faisaient construire les baraquements d'esclaves sous le vent, et non pas au vent, afin que la fétidité qui s'en dégageait ne chatouillât pas leurs augustes narines. Tiens, cette idée me plaît, Chartier. Au fond, Henri Salin du Bercy, tout richissime qu'il est, nage en plein grotesque ?

— Il est le grotesque personnifié, vous voulez dire ! »

Les deux hommes partirent d'un rire carnassier. Chartier, dont la plupart des élèves étaient des rejetons turbulents ou attardés de békés, ne portait guère la Caste dans son cœur. Quant à monsieur Jean, il avait intercepté avec irritation divers messages que du Bercy avait fait tenir à Ancinelle Bertrand par le truchement de vieilles négresses qui travaillaient sur son habitation du Lamentin. La nuit était claire. Ils décidèrent de s'asseoir au beau mitan des quarante-quatre marches. La ville, en bas, semblait tout d'un coup presque humaine. Les cases faisaient l'effet de maisons de poupée.

« Si... si vous continuez à vivre ici, demanda Jean, c'est que quelque part, le grotesque...

— Ne me dérange pas ? Hon ! Parfois, il m'insupporte, parfois seulement... La plupart du temps, il me donne le sentiment de vivre la vie deux fois plus vite, deux fois plus fort. Qu'on s'entende bien : "grotesque" n'a aucunement un sens péjoratif dans ma bouche. Disons qu'il désigne une certaine démesure du réel insulaire. C'est d'ailleurs la disproportion entre cette démesure permanente et l'exiguïté de l'île qui crée ce grotesque. »

Ils se séparèrent lorsqu'une soudaine déchirure du ciel projeta sur la terre une ondée glaciale, l'Européen continuant à escalader les quarante-quatre marches, le Martiniquais les redescendant. Mais en un rien de temps, le premier rejoignit le second, tout haletant, le visage plus pâle qu'un linge de première communion :

« Il y a un cercueil... un cercueil là-haut... qui barre ma route. »

Monsieur Jean se dérida franchement cette fois-ci. Il saisit son compère par le bras et lui dit :

« Est-ce que je dois continuer à écrire de la poésie ? Oui ou non ?

— Mais... mais bien sûr ! J'ai été très dur tout à l'heure parce qu'il ne faut jamais vanter les premiers textes d'un poète. »

Ils remontèrent l'escalier, chacun sur ses gardes. Parvenus à la dernière marche, point de cercueil ! Chartier ne savait quelle contenance adopter. Peut-être, songeait-il, que l'abus de vermouth commençait à lui jouer des tours.

« Et vous ? demanda monsieur Jean. Vous écrivez vous aussi ?

— Oui. De la prose uniquement. Je m'essaie à un roman mais je suis loin d'être satisfait de moi.

— J'aimerais bien vous lire un de ces jours.

— On verra... »

Monsieur Jean repartit vers les Terres-Sainvilles pour de bon cette fois-ci. Il était à la fois ravi et perplexe. Il serra son cahier bleu contre lui et songea à Ancinelle qui, à l'heure qu'il était, devait chercher à s'endormir au côté de sa marraine Philomène (laquelle était somnambule) au quartier Volga-Plage, à l'autre bout de la ville. Il se jura de lui écrire un poème d'amour, fût-il grotesque. Ainsi parviendrait-il, peut-être, à la convaincre de venir vivre au quartier des Terres-Sainvilles.

## Deuxième cercle

Le sang incandescent qui se dévide dans les dalots de l'En-Ville teinte le destin des nègres d'un sacré modèle de désespoir. Ceux qui croyaient pouvoir cheminer paisiblement aux côtés de leurs rêves éveillés se trouvent contraints avec brutalité de brocanter de gamme et de dièse.

L'heure semble être venue de peser le poids de vérité de chaque existence en supputant par avance, les doigts noués par la tremblade, que tout cela (ce qui veut dire l'emphase et la prestance) n'est que de la paille de canne brûlée face au simple courage qui permet de monter à l'abordage de chaque jour que Dieu veut bien nous bailler.

Et sachez qu'ici-là, cela s'appelle « avoir du cœur »...

# 6

Parvenu à l'âge où s'effrite en chacun d'entre nous l'illusion de l'immortalité, Jean Symphorien s'acheta une cravate rouge vif chez le Syrien Aboubaker et prit sa carte à la Fédération Communiste de la Martinique. Il mettait ainsi un terme à une légende tenace autant qu'inexacte qui voulait qu'il ait été le bambocheur-roi du Select-Tango, haut lieu du cha-cha-cha et de la mazurka créole dans les années 20. En réalité, dès qu'il fut reçu à l'Ecole Normale, chose qui combla d'aise sa mère qui avait transporté toute sa vie de lourds paniers de charbon du marché aux poissons jusqu'au ventre des paquebots transatlantiques, il décida de trouver femme. Jean était un personnage réfléchi qu'on eût juré bâti dans un tout autre moule que celui du tempérament créole.

L'année de leur premier poste, ses condisciples de basse extraction s'empressèrent tous de chercher une compagne au teint clair parmi leurs collègues (en ce temps-là, les laïcs ne se mariaient qu'aux laïcs) pour s'en mordre les doigts en moins de temps que la culbute d'une puce. Lui, il avait longuement calculé dans sa tête, sourd aux admonestations de sa mère que la gloire de son unique fils avait gonflée de rêves outranciers. Sa décision prise, à savoir se trouver une âme sœur de bonne qualité mais dans la négraille et nulle part ailleurs, il se mit à hanter les bals de fêtes patronales, les remue-derrière d'après-baptême et toutes les occasions qu'inventent les sans-le-sou pour se frotter les uns aux autres. Evidemment, il n'avait pu éviter les fastes du Select-Tango où même certaines sommités de la mulâtraille venaient s'encanailler les soirs de carnaval.

Sa mère et lui occupaient une case en fûts d'huile à Marigot-Bellevue, quartier excentré de Fort-de-France qui commençait à peine à se constituer. Chaque matin de son enfance, Jean avait regardé l'impressionnante falaise à laquelle leur existence était adossée et s'était juré qu'il la franchirait pour gagner le monde de ceux qui ont droit à l'honneur et à la respectation d'autrui. Le garçon ne s'ennuyait pourtant pas dans ce lieu de débarquement de mazout et de kérosène, autour duquel une grappe de pêcheurs hardis s'étaient hâtivement implantés, en dépit d'innombrables contraventions municipales et des menaces du béké propriétaire des lieux. Il suffisait d'un fût crevé ou d'un éboulement de rochers pour qu'explose cet entrepôt à ciel ouvert. C'est de cette proximité permanente de la mort que Jean Symphorien avait acquis la pondération qui avait toujours fait l'étonnement de ses maîtres d'école. Sa mère, ses voisins, les rares marmailles qui venaient jouer dans le quartier étaient par contre de parfaits inconscients. Ils transmuaient la peur secrète qui leur fourgonnait les entrailles en de brusques accès de rage suivis de longues périodes d'abattement au cours desquelles il était tout-à-faitement vain de leur arracher un demi-quart de parole.

Le nommé Ziguinote, ci-devant fossoyeur du cimetière des riches, un Indien qui vivait seul dans une anfractuosité de la falaise qu'il avait tapissée de planches de bateaux pourries, se faisait régulièrement saccader par le mal-caduc. La mère de Jean était l'unique âme compatissante qui acceptait de lui poser des compresses d'huile camphrée sur l'estomac toute la nuit et pour récolter quoi, s'il vous plaît, au devant-jour :

« Sacrée modèle de putaine de négresse aux fesses bombées, fous-moi le camp de devant chez moi ou bien je mets tes tripes à blanchir au soleil là même, oui. »

Et Ziguinote d'empoigner son coutelas et de poursuivre la malheureuse dans le dédale des grosses citernes rouges jusqu'à ce que Jean s'interpose à coups de roches, sans pitié aucune. A ce moment-là, quelqu'un d'autre du quartier recueillait l'infortuné couli à la figure sanguinolente et tenait à haute voix toute une plaidoirie sur la méchanceté naturelle de la race des Symphorien qui bouleversadait le cœur du négrillon. Jean se réfugiait alors dans la gaule, moult fois rapiécetée de sa mère, qui écaillait, d'un air calme, une demi-calebasse de poissons-coulirou, et il lui posait une tralée de questions auxquelles elle était incapable de répondre. Heureusement, la mer se faisait si souvent rageuse qu'il était vain d'essayer de brocanter le moindre causement. Il partait arpenter cette mince langue de terre qu'était Marigot-Bellevue, coincée entre les flots imprévisibles et noirs de mazout d'un côté et un amas de rochers de l'autre, partageant parfois le repas des équipages américains ou espagnols, dont les barges stationnaient à quelques encablures de la côte. Il n'apprit vraiment à respecter sa mère qu'à l'époque de l'Amiral Robert, découvrant en elle une mâle-négresse que les hommes tenaient désormais en solide admiration.

Un jour, la sirène de la ville corna avant midi, ce qui signalait généralement quelque incendie ou l'approche d'un cyclone, or ne voilà-t-il pas qu'elle ne s'arrêta qu'au bout d'une demi-heure. Les habitants de Marigot-Bellevue sortirent en toute hâte du quartier et se massèrent sur le pont de l'abattoir dans l'attente qu'on leur révélât l'origine de cet émoi. Les gens du Bord de Canal, pour leur part, allaient et venaient, leur sauvagerie habituelle muée en un sourcillement indéchiffrable. La mère de Jean passait de l'un à l'autre en les suppliant :

« *Sa ki fèt ?* » (Que se passe-t-il ?)

Ils l'écartaient sans ménagements et mataient des fioles de tafia dans leur gorge avec avidité. Les femmes étaient prostrées à la devanture des cases, leur chapelet à la main. Un vieux-corps unijambiste avait revêtu son uniforme et ses médailles de la guerre de 14 et criait :

« Aux aaar-mes citoyen-en-ens !

— *Konpè, fèmen djèl ou, non ! Ou konpwann ou pé fè djendjen épi an bagay kon sa ?* (Compère, ferme-la, tu penses qu'il y a de quoi rire de la situation ?) s'écria une femme en bigoudis qui pleurait.

— Femelle sentie, va te laver avant de m'adresser la parole ! Messieurs et dames, écoutez Hector Janville qui a combattu à la bataille de la Marne. Il connaît cette race d'Allemands-là par cœur. C'est une bande de nègres lâches, de nègres traîtres, de nègres sans papa ni manman. Ils t'attaquent quand ils sont sûrs que tu ne peux pas riposter mais aussitôt que tu pointes tes orteils, ils mettent un de ces courir à terre que tu n'aperçois même pas la fumée de leurs fesses. Aux aaar-mes citoyen-en-ens ! »

La mère de Jean serra fort son garçon dans sa jupe et murmura :

« Seigneur, on n'a pas déjà assez de déveine comme ça sur nos têtes. Comment je vais remplir le ventre de mon fils à présent ? Comment ? »

Ce qui fait qu'elle répondit « Oui, compère » au sourire viveur que lui adressait le boucher du Grand Marché à chacune de leurs rencontres. Il se sentit dès lors autorisé à venir lui rendre visite deux fois dans la semaine, en général au finissement de l'après-midi. Dès qu'il montrait sa tête de mangouste sur le qui-vive (il traficotait de la viande de bœuf qu'il abattait en-bas-feuilles au bord de la rivière Monsieur), sa mère baillait un sou à Jean en le pressant d'aller cueillir des jujubes à Plateau Fofo.

C'est en cette occasion que le garçon fit la connaissance d'un bougre étonnant dénommé Julien Dorival, alias Lapin Echaudé à cause du tiquetage de rousseurs qui décorait la pâleur de sa figure. Il s'était établi à Marigot-Bellevue depuis peu et n'adressait que le bonjour-bonsoir au voisinage. On en déduisit qu'étant un chabin, ce qui veut dire d'une race violente et nerveuse, aucune femme ne voulait s'établir en case avec lui car monsieur ne paraissait pas manquer d'argent malgré son piètre accoutrement en sac de farine-France. Un jour, il héla Jean pour l'aider à barrer l'un de ses coqs de combat qui s'était échappé dans le dédale de cuves et de fûts à pétrole du quartier. Lorsqu'il constata que le garçon s'exécutait de bonne grâce, il se prit d'étonnement. Il l'entraîna derrière sa case où il avait aménagé une minuscule cour en terre battue encombrée d'une demi-douzaine de calloges contenant chacun un coq.

« Celui-là c'est Eperon d'Enfer, fit-il, un coq-calabraille qui a pété le fiel à bon nombre de coqs espagnols. Il s'est déjà gourmé partout, au Lamentin où le béké Salin du Bercy possède un élevage de soixante bêtes et quelques. Au Vauclin, au Gros-Morne où un nègre-soubarou du quartier Petite-Lézarde terrorisait le monde depuis le temps du marquis d'Antin ; sans compter ici même, en ville. Là, c'est Attila, un coq-ginga. Il n'a pitié de personne, non.

Quand il déraille l'adversaire, il n'entend rien du tout... »

Jean prit l'habitude, à l'insu de sa mère, de venir regarder Lapin Echaudé entraîner sa petite armée. Petit à petit, ce dernier l'initia à tous les vices des amateurs de gallodromes (raser les cuisses des volatiles au tesson de bouteille, préparer le migan de sirop-batterie, maïs et pine de tortue-carette qui leur servait de nourriture, faire semblant de sucer l'éperon où on avait dissimulé une goutte de poison à base de manioc) et, quelques jours après le grand dérangement causé par la sirène annonciatrice de la guerre, le chabin l'emmena avec lui. En chemin, le garçon lui demanda ce qu'il pensait de la guerre. Il haussa les épaules.

« Cette guerre, je l'ai annoncée, moi Julien Dorival que tu vois là devant toi. Personne n'a accordé foi à mes présages. On n'a pas cru non plus ce nègre du Morne Pichevin qu'on appelle Rigobert. Pourquoi ? Parce qu'on est des cacas de chien, on est couillons comme nos deux pieds, on ne sait pas lire ce qui est marqué sur une feuille de papier et notre bouche écorche le français. Mais, tu vas voir, mon nègre, quand ils vont commencer à purger et à prendre du fer, tu vas voir comment ils vont se mettre à chigner dans nos oreilles. Hon !... »

Les cris et le sang du gallodrome n'impressionnèrent nullement Jean. Dès lors, le chabin lui confia deux d'entre ses coqs et lui remit une assez forte somme d'argent, « parce qu'un homme qui est homme peut marcher les deux bras ballants mais pas avec des courants d'air dans les poches ». Jean creusa un trou dans le plancher de la case de sa mère et y cacha tout ce qu'il gagnait.

Bientôt, la guerre prenant du ballant en Europe, la vie devint raide. On ne leur fit plus crédit à la boutique du Bord de Canal où ils effectuaient leurs emplettes et, d'ailleurs, il n'y avait presque rien à acheter. La mère de Jean bougonnait la nuit :

« Attendez que les Allemands s'emparent du pays, vous allez voir ! Tout est réservé aux Blancs-pays et aux mulâtres. Nous, les nègres, il ne nous reste plus qu'à attraper des merles à la glu. Dieu n'a pas dit ça, tonnerre de Brest ! »

L'unique arbre à pain de Marigot-Bellevue, naturellement rabougri à cause de la proximité de la côte, fut ravagé en cinq sec. On se tourna vers la mer mais cette salope de Blanc-France d'Amiral Robert fit interdire la pêche, à cause des jeunes nègres qui en profitaient pour s'escamper en dissidence et rejoindre ainsi, à la Dominique et à Sainte-Lucie, les Forces Françaises Libres. On connut presque la famine. La mère de Jean se souvint qu'elle avait un restant de famille à la campagne de Bezaudin, dans le nord du pays. Elle amarra ses paquets au mitan de la nuit afin qu'elle ne se fasse pas repérer par la Milice. Partout en effet, des traîtres dénonçaient leur propre frère. Untel avait écouté les radios anglaises : un mois de geôle. Un autre avait injurié la mère du maréchal Pétain : trois mois. Pour les fautes plus graves, on vous internait carrément au camp de Balata où l'air froidissait tant et tellement qu'on sentait ses os se décoller de sa chair. La mère de Jean ne parvint pas plus loin que la plaine de l'Acajou car son amant, le boucher, s'imaginant qu'elle partait faire la vie avec un rival, signala ses activités hostiles à la Révolution Nationale, aux sbires de la maréchaussée. On l'inculpa, faute de mieux, de « déplacement nocturne » et on chercha à appréhender Jean. Par bonheur, il avait déserté sa case et s'était réfugié chez son protecteur, Lapin Echaudé. Les gendarmes fouillèrent tout le quartier sauf chez l'éleveur de coqs de combat lequel, rouge comme un piment, aiguisait un bec de mère-espadon à la devanture de sa case. La férocité du chabin servit de bouclier à Jean qui le considéra dès lors comme un père, ce père qu'il n'avait justement pas connu et dont sa mère refusait de lui révéler l'identité. Elle affirmait ne pas savoir qui c'était, ayant fréquenté plusieurs hommes différents au cours du mois où son ventre le conçut.

Vivant chez Lapin Echaudé, Jean découvrit que celui-ci était aussi le crieur le plus respecté de Fort-de-France et que son mutisme n'était dû qu'au fait qu'il s'égosillait toute la sainte journée sur le trottoir d'un magasin de Syrien pour gagner sa vie. Il sombra du même coup dans une vénération débornée pour le chabin. Il venait parfois l'écouter envoyer ces belles paroles fleuries qui émerveillaient tant les chalands. Mais l'heureuseté de cette nouvelle vie se mua vite en cauchemar.

Lapin Echaudé avait lui aussi décidé de partir ! Il répétait que « la guerre n'est pas faite pour les chiens » en roulant des cocos-yeux terrifiants. Il se décida le jour où son compère Marcellin Gueule-de-Raie fut arrêté par les Volontaires de la Révolution Nationale, soupçonné qu'il était d'avoir versé du sel devant l'Amirauté, à la faveur d'une nuit sans lune, ce qui signifie, au regard de nos mœurs créoles, « Fous le camp ! » De ce jour, l'Amiral Robert fit supprimer toute distribution de sel bien que tout le monde sût que les arrivages américains étaient destinés à l'ensemble de la population. Evitant toute effusion, le chabin serra longuement la main de son fils adoptif et lui murmura avec une simplicité touchante :

« *Fè sa ou ni pou fè !* » (Fais ce qu'il te semble devoir être fait !)

Le crieur s'embarqua sur un gommier à la Pointe Simon, en compagnie de trois autres dissidents, et on n'entendit plus jamais parler de lui. Même après la guerre, son nom ne fut pas cité sur les listes des héros de céans que l'on gravait au frontispice des monuments aux morts. C'est à se demander si un être portant le titre de Julien Dorival dit Lapin Echaudé, éleveur de coqs de combat et crieur émérite, avait jamais existé. Toujours est-il que le lendemain de son départ, Jean courut déterrer le paquet d'argent qu'il avait accumulé dans les gallodromes et s'empressa de faire libérer sa mère en graissant la patte d'un maquereau du quartier l'Ermitage qui travaillait pour les Services de renseignements de la Marine. Loin de le remercier, la vieille femme (elle avait pris dix ans d'âge en quatre mois) éclata en sanglots :

« Comment on va faire maintenant, mon fils ? Au moins là-dedans, on me baillait chaque matin un demi-pot de farine de manioc et quelques pois rouges. Regarde notre case, il n'y a plus que des toiles d'araignées et des ravets dans tous les coins...

— On va se débrouiller », fit le garçon d'un ton énigmatique.

Il se rendit dans la cour de Lapin Echaudé et considéra la maigreur des coqs de combat qu'il ne gavait plus qu'avec des brigeaux et de rares poissons-pisiettes qu'il ramassait près des cases aux agrès du Bord de Canal. Les larmes aux yeux, il procéda au sacrifice de chacune des bêtes et contenta des semaines durant sa mère qui ne lui posa aucune question.

Entre-temps, elle s'était fait inscrire à la mairie pour obtenir des bons de rationnement et s'intégrait aux queues interminables qui s'étiraient devant les boulangeries ou les magasins de toile, pour finir par devenir une vraie championne en la matière. Récupérant, en effet, toutes sortes de vieilles hardes et de haillons-cabane pour se confectionner un magnifique ventre de femme enceinte, elle s'en affublait avant de prendre place dans les queues. Ainsi elle pouvait devancer tout le monde, même ceux qui espéraient une demi-livre de viande de cochon salé depuis trois heures du matin. Quand d'autres femmes enceintes, vraies ou fausses, l'avaient précédée, elle simulait quelque mal-caduc à grand renfort de « Mon Dieu-Seigneur-La Vierge Marie, protégez cet enfant innocent qui bouge en moi », et se retrouvait invariablement la première quand le boutiquier ouvrait ses portes. Elle fit même la queue pour certains habitants de Marigot-Bellevue contre une part de leur ration. Pour ne pas se faire repérer, elle variait ses stratagèmes à l'infini : par exemple, elle s'attachait le pied comme si elle avait une plaie inguérissable et boitillait. Puis, se plaçant normalement dans la queue, elle s'arrangeait, au cours des bousculades qui se produisaient aux approchants de l'heure d'ouverture, pour se faire cogner le pied par son devancier. Elle poussait une de ces hurlées que, pauvre diable, on ne pouvait que lui proposer de passer avant les personnes valides. C'est à dater donc du temps Robert que Jean tomba lui aussi d'admiration pour sa mère qu'il avait toujours, en son for intérieur, considérée avec condescendance.

Cependant, il ne faut pas prendre cette raconterie pour argent comptant puisque, ici-là, rien n'est totalement vrai, même si tout est souvent entièrement faux. Si le Blanc n'a qu'une seule parole, ça c'est son affaire ; le nègre, lui, en possède plusieurs et c'est cela qui lui a permis de survivre jusqu'à aujourd'hui. Il n'est point expert en duplicité, comme le racontent les vieilles chroniques coloniales, mais tout bonnement acharné à trouver une voie, une trace qui lui permettrait de sortir une fois pour toutes de la déveine. Aussi court-il sur le compte de monsieur Jean un autre dire moins élogieux (et c'est pourquoi on le sert en maintenant la bouche sous le bras).

On prétend qu'au moment où la guerre péta et où ce

chien-fer d'Hitler obligea notre mère-patrie La France à s'agenouiller, Jean venait de réussir le certificat d'aptitude d'instituteur à l'Ecole Normale de Croix-Rivail et ne fréquentait plus guère Marigot-Bellevue depuis un certain temps. Il avait, ô inexplicable, réussi toutes ses classes, décroché tous ses examens, alors que personne dans son entourage ne savait coller deux mots de français, et voilà qu'il était en passe de devenir un monsieur. Sa mère paradait dans le quartier en lançant à chaque pas :

« Mon fils a obtenu son brevet, oui ! »

De là proviendrait l'extrême mansuétude dont ont toujours fait preuve à son égard les services municipaux chargés de démolir les cahutes illégales du quartier. Le propriétaire de l'endroit, un béké à ce qu'il paraît, bien que nul n'ait jamais vu l'ombre de sa figure par ici, exigeait qu'on laissât son terrain libre pour que monsieur y construise ses énormes cuves rouge brique. A cette époque, Jean camaradait avec un certain Eugène Lamour, enquêteur municipal à ses heures perdues mais surtout grand maître en subornement des jeunes filles de bonne famille, mulâtresses à longs cheveux de la rue Victor Hugo et Lamartine, auxquelles il contait fleurette le dimanche au sortir de la messe, quand elles s'achetaient des gâteaux et des pâtés-cannelle à l'étal des marchandes fripées et obséquieuses qui s'installaient sur le pourtour de la cathédrale. Le bougre avait une expression fétiche qui faisait mouche à tous coups : « chérie-doudou-darling ». Il prononçait cette suite de mots français-créole-anglais avec une telle doucereuseté, qu'aucune de ces demoiselles ne résistait à ses avances. En deux temps trois mouvements, l'affaire était réglée :

« Comment tu t'appelles, chérie-doudou-darling ?

— Elodie, monsieur... (Ou Béatrice ou Eugénie ou Marie-Emilie.)

— Tu as une petite bouche qui dit mordez-moi, une chair de sapotille parfumée...

— C'est vrai ?

— Ah ! chérie-doudou-darling, je tremblote d'amour pour toi. Tu as deux petits seins qui piquent ton corsage et clament caressez-moi, s'il vous plaît, nous sommes plus fermes que la pulpe de l'abricot.

— Aïe ! Vous êtes un poète... je suis pressée, ma mère m'attend...

— Non-non-non ! Manman attendra, chérie-doudou-darling. Vous ferez bien deux pas en ma compagnie sur La Savane. L'endroit est si romantal et sentimentique, n'est-ce pas ? »

Eugène Lamour charroyait la belle à l'Allée des Soupirs où, après trois baisers goulus, il la coquait debout contre le pied du flamboyant qui en gardait l'entrée. Parfois, la robe blanche se tachait de sang et la fille pleurnichait doucement comme un chien battu, mais le baliverneur (autrement dit le Don Juan dans la parlure des Blancs-France), aucunement ému, la ramenait sans ménagements près du kiosque à musique et lui ordonnait les dents serrées :

« Allez, cours chez toi ! N'oublie pas que tu t'es blessée en tombant. »

Jean était estomaqué par un tel manque de scrupules et ne parvenait pas à imiter son ami. Les mots restaient accorés dans le fond de sa gorge, en dépit des belles résolutions que lui avait fait prendre Lamour. Ce dernier ne perdait pas une occasion de le dérisionner.

« Tu vois, à quoi te sert toute l'instruction dont on t'a bourré la cervelle, hein ? Tu es incapable de faire une seule phrase, comme qui dirait un bougre qui a peur de la grammaire. Tu vas finir vieux garçon, si tu continues comme ça.

— Eugène, je ne cherche pas une femme seulement

pour lui monter sur le ventre, je veux trouver quelqu'un que j'aime et qui réponde à mes sentiments.

— Pff ! Paroles inutiles que tout ça ! Amour et provisoireté, c'est du pareil au même et ne crois pas que je m'avance dans un combat sans bâton, mon cher, je sais de quoi je parle puisque j'en porte le nom. La femme est une faiseuse d'emmerdations, un être infiable, une vagabonde. Elle n'aime rien tant que de se faire prendre dans la posture du chien qui pisse. Va te cacher dans les halliers de l'Allée des Soupirs et ouvre grands les yeux, tu me diras si je mens ! »

Jean repoussait du pied les roches qui se présentaient devant lui, mi-agacé mi-atterré, puis il lâchait sur un ton de défi :

« Tu agis comme un géreur d'habitation. Moi, je suis certain que je finirai par trouver une femme à ma pointure. Dussé-je attendre l'âge de cinquante ans !

— Hé, tu m'accables de trop bel français, monsieur de Marigot-Bellevue ! Tu finiras par avoir ta place sur le banc des Sénateurs, mon bougre. Si tu causais pareil avec les femmes, il y a longtemps que tu en serais pourvu, foutre ! »

Or, il se trouve que le sieur Eugène Lamour, dont l'inassiduité au Service d'enquêtes municipales était devenue légendaire, avait une autre spécialité : il venait d'acquérir le poste d'ouvreur au cinéma Bataclan des Terres-Sainvilles après qu'il se fut accoutumé au cinéma parlant, et bien entendu après que le cowboy Bob Custer lui eut tiré dessus à bout portant. Certains films étant joués huit ou dix fois d'affilée (faute pour le propriétaire de s'être assuré d'un approvisionnement régulier), il finissait par les connaître par cœur et ne résistait pas à emplir chaque séance de ses commentaires tonitruants. Il laissait son poste à son jeune frère et s'asseyait dans la salle à côté de quelque négresse solitaire qu'il avait au préalable repérée et lui racontait chaque scène ou lui énonçait chaque réplique avant que celle-ci n'apparaisse à l'écran. Tous ses voisins de rangée en profitaient et avaient ainsi le sentiment de voir deux fois le film tout en ayant payé pour une seule séance. Et quand l'acteur principal (« le maître-pièce », disait-il) embrassait l'actrice principale (« la femme du maître-pièce »), il en profitait pour tenir sa voisine et lui fourrer sa langue dans la bouche, pratique tout à fait inconnue à la Martinique, surtout dans la gueusaille qui constituait l'essentiel de la clientèle du Bataclan. Esbaudie, la négresse s'abandonnait à lui, ou plus exactement à ses mains qui farfouillaient aller-pour-virer entre ses cuisses. Au mot fin, il l'entraînait, avec une prestesse devenue légendaire, dans un hangar proche du quartier Au Béraud où étaient garés des taxi-pays, et la « découcounait », ce qui signifie — puisqu'il faut bien tout expliquer, tonnerre de braise ! — qu'il la défonçait à l'aide de son pilon. Jouissant à la fois des mulâtresses du centre-ville et des négresses bleues des bas quartiers, il n'y avait guère que les coulies qu'il dédaignait, non par rejet de cette race-là mais simplement parce qu'il portait foi en la croyance selon laquelle les poils du sexe des femmes indiennes étaient aussi coupants que des lames-gillette. Il initia donc tout naturellement Jean (qu'il appelait ironiquement « Jean de Marigot-Bellevue ») à la pratique de la drague cinématographique, sans obtenir meilleur succès. Ebloui par les scènes à l'eau de rose qui défilaient devant lui et semblaient préfigurer le jour béni où son tour viendrait de saisir dans ses bras une femme dont la belleté le disputerait à celle de Lauren Bacall, Jean en oubliait la fille à côté de laquelle Eugène Lamour l'avait obligeamment placé. Bien entendu, le film terminé, il n'avait plus aucun moyen de la harponner et attendait, piteux, sur l'un des bancs de marbre de la place de l'Abbé Grégoire, que son compère eût consommé la sienne.

*« Ou sé an makoumè oben ki sa ? »* (T'es pédéraste ou quoi ?) s'énervait Lamour.

C'est pourquoi, en achetant un matin *Le Rénovateur,* Jean eut la bonne surprise de constater qu'il y avait au moins quelqu'un qui désapprouvait tout ce méli-mélo. Romule Casoar, que beaucoup de gens bien établis craignaient comme la peste, fulminait, en effet, dans son éditorial contre les agissements de Lamour et de ses compères :

*« Nous adjurons les spectateurs du parterre du Bataclan de ne pas hurler durant la projection de la partie dialoguée des films, car s'ils ne s'intéressent qu'à l'action, les autres, eux, s'intéressent au dialogue sans lequel le film n'a aucun sens. Lorsqu'il y a des étrangers à côté de nous, nous avons honte pour nos compatriotes. Qu'ils se comportent ailleurs comme des sauvages, ça c'est leur affaire, mais qu'ils respectent le droit de ceux qui ont payé pour entendre et voir. Et si ces étrangers disaient que nous ne sommes pas mûrs pour les films parlants ? »*

Or donc, l'arrivée de l'Amiral Robert, petit cousin du maréchal Pétain, et son cortège de souffrances de toutes sortes priva le baliverneur de ses centres d'activité habituels : le Bataclan ferma ses portes. La Savane et sa tendre Allée des Soupirs devinrent le lieu de rendez-vous des marins blancs de la *Jeanne d'Arc,* de l'*Emile Bertin,* de l'*Estérel* et des autres bateaux que la guerre avait bloqués dans la rade de Fort-de-France. Ils y venaient cuver leur rhum et s'offrir, pour deux francs et quatre sous, les péripatéticiennes les plus vermineuses de la ville. Très vite, ils devinrent indésirables car ils avaient calotté l'une des déesses de ces lieux, Ginette, réputée pour faire la chose en chantonnant. Ces messieurs prétendaient se soulager sans payer, oui ! On les avait fait déguerpir comme des mangoustes dans les quarante-quatre marches, hon !

Tandis qu'Eugène Lamour en était presque réduit à quémander un quignon de pain aux chiens, Jean, promu instituteur suppléant à l'école primaire de Tivoli, paradait en costume de lin blanc. Les rôles étaient désormais inversés et l'ex-timide prenait un visible plaisir à gourmander le Don Juan. Il critiquait sa mise jadis si soignée et le mettait au défi de dégarer la moindre poulette. Hélas, les « doudou-chérie-darling » ne marchaient plus ! Personne n'avait la tête à baliverner, hormis cet illuminé qui hantait le Morne Pichevin à la recherche d'une femme-de-tout-le-monde appelée Philomène. Eugène Lamour avait pris un rhum sec avec lui tout à fait par hasard Aux Marguerites des Marins, un cabaret à cocottes qui faisait face à la Transat, et cet Amédée Mauville, qui se prétendait professeur de latin au lycée Schoelcher, lui avait bassiné les oreilles avec sa « négresse féerique ». Décidément, cette guerre avait provoqué de drôles de dérangements.

C'est pourtant cette rencontre qui devait, quelques mois plus tard, plonger Jean dans le plus profond désarroi et lui ramener les pieds sur terre. En effet, une dame d'âge incertain, quoique plus très jeune, de la bourgeoisie noire, l'avait mis sous sa coupe. Elle dirigeait une des sections les plus importantes des « Cadettes de la France » et l'avait embauché, sous le prétexte qu'elle avait besoin de quelqu'un pour lui relire les nombreuses allocutions qu'elle prononçait à chaque fête organisée par les pétainistes. Jean dut donc disserter sur l'héroïsme de Jeanne la Pucelle, bailler en exemple l'intrépidité de Du Guesclin, exalter la vaillantise du navigateur d'Esnambuc lorsqu'il prit possession de notre île, en dépit de la férocité des tribus caraïbes, et diverses autres macaqueries du même genre. La nuit, en experte qu'elle était, la dame, qui relevait d'un récent veuvage, lui prodiguait un plaisir rare tout en se gaussant de ses pudeurs. Elle lui dénicha une place au sein des Volontaires de la Révolution Nationale et parla d'épousailles une fois la guerre achevée.

Jean n'éprouvait rien pour elle mais prenait un double plaisir à se laisser manipuler et à en remontrer à Eugène Lamour. Cependant, au plus obscur de lui-même, il commençait à sentir un étrange sentiment de dégoût de soi, alimenté par les rumeurs de dissidence ou les arrestations de ses camarades de promotion. Il savait confusément qu'il était assis sur une planche pourrie et qu'un jour ou l'autre, il se retrouverait les quatre fers en l'air. Ou plus raidement, le bec à l'eau. Quand on annonça le suicide d'Amédée Mauville à la radio, il ne put contrôler ses nerfs. Il éprouvait une étrange fraternité entre ce fils de la mulâtraille et lui, sûrement parce que le bougre avait déserté les siens de façon si radicale. La trajectoire de leurs existences avait été inverse mais lui, Jean, savait qu'ils avaient été modelés dans la même pâte.

« Nous aurions pu être de vrais amis... » murmura-t-il à Eugène Lamour lorsqu'il le retrouva dans un bouge infâme du quartier de Sainte-Thérèse où l'on s'éclairait à la bougie.

« Tu es venu m'annoncer quoi ?

— *Ejèn, ou toujou té an frè ba mwen...* (Eugène, tu as toujours été un frère pour moi...)

— *Hon !... palé palé'w non !* (Hon !... eh ben, vas-y, cause !)

— L'Amiral Robert n'est qu'un bourreau... un... scélérat... une salope... » fit Jean en pleurant toute l'eau de son corps.

Les vieux tafiateurs, qui attendaient le délestage pour regagner leurs cases sans être repérés par la Milice, pétèrent brusquement de rire. Eugène ne put s'empêcher de les imiter. La patronne du bar, saisie d'une générosité subite, offrit une tournée de cœur de chauffe. L'instituteur pétainiste se retrouva saoul comme un vieux macaque et improvisa un chanter séditieux où le nom de De Gaulle revenait trente-douze mille fois. Eugène l'épaula jusqu'au boulevard de La Levée, le seul où l'éclairage public fonctionnait à cette heure tardive de la nuit, et lui souhaita bonne chance. Une Traction-avant noire glissa sur le bitume recouvert de rosée sans faire ces pétarades si caractéristiques des véhicules roulant à l'alcool de canne.

« Sans doute un docteur, songea Eugène, ou alors un officier ou peut-être l'Amiral Robert lui-même... hé, Jean, notre maître après Dieu vient de passer. »

Le jeune homme ramassa des roches dans un dalot et, courant après le véhicule, se mit à l'assaillir en hurlant des « Vive de Gaulle ! » effrayants. Eugène Lamour s'escampa et fut fort étonné d'apprendre le lendemain que l'instituteur avait été nommé au poste de directeur de son école, le tenant du titre ayant été incarcéré pour activités franc-maçonniques. Dès lors, les deux compères ne se fréquentèrent plus jusqu'à la fin de la guerre, moment où la bonne fortune de Jean se retrouva en poudre. On le suspendit de ses fonctions. Sa dame des « Cadettes de la France » le mit dehors et s'empressa de le remplacer par un beau mulâtre gaulliste. Sa propre mère, qu'il avait plus ou moins négligée du temps de sa splendeur, lui fit de gros yeux. Et même quelques nègres, qui avaient réchappé à la dissidence et revenaient bardés de médailles, voulaient prendre sa tête. Jean se retrouva alors seul, ce qui s'appelle être seul. Il regagna un temps Marigot-Bellevue où il réaménagea la case de Lapin Echaudé, son père nourricier. Dès minuit, un bruit sourd montait de la cloison de la chambre et ne cessait qu'à l'arrivée du devant-jour. Jean ne mit guère de temps à comprendre qu'un zombi (sans doute celui du crieur) lui en voulait. Il abandonna l'endroit pour retourner chez sa mère mais celle-ci le fit disparaître comme de l'éther en hurlant :

« Tu es un grand bonhomme à présent, cherche une case où tu pourras rester, mon bougre ! Laisse-moi me débattre dans ma vieillesse en paix, s'il te plaît ! »

Si bien que Ziguinote, le fossoyeur indien, prit en pitié celui qu'il considérait comme un grand-grec. Il lui indiqua une chambre à louer aux Terres-Sainvilles, dans un petit meublé où d'autres êtres en perdition avaient eux aussi trouvé un provisoire refuge (tel le camarade Angel, une grappe d'années plus tard).

## 7

Le boxon de la rue Marie Curie (jadis Pierre et Marie Curie mais trois plaques apposées coup sur coup avaient été soulagées du premier prénom, avec un ciseau d'ébéniste, avait précisé l'enquête municipale) ne recevait qu'une clientèle sélecte : mulâtres exerçant leurs talents au barreau de Fort-de-France, médecins nègres en voie de déplébéisation, Syriens et Chinois vicelards et Blancs créoles hors caste. Il avait pris le relais de l'établissement tenu par la célébrissime Loulouse Labrador au centre-ville, fermé au lendemain de la guerre après que des scandales à répétition eurent terni sa réputation. La Labrador recrutait carrément dans le vivier bourgeois du Pensionnat Colonial, jusqu'à ce qu'un honnête greffier de la place y butât sur sa propre fille au moment où il s'apprêtait à la déshabiller dans le demi faire-noir des pièces camouflées par de lourds rideaux rouges qui, dit-on, ravissaient tant le peintre Gauguin.

Auguste Saint-Amand, médaillé de guerre et négociant en morue salée, lentilles, pois rouges, saindoux, riz américain et queue de cochon salé, était l'un des clients les plus assidus de Marie Curie comme l'appelaient en toute simplicité ses habitués. Ce nom s'appliquait autant à la bâtisse coloniale en bois à trois étages, munie d'une cour intérieure et d'un bassin miniature où croissaient des plantes aquatiques, qu'à la mère-maquerelle qui la dirigeait. D'ailleurs, la plupart des habitants du quartier étaient tellement persuadés que c'était là son véritable nom qu'ils avaient induit l'enquêteur municipal Eugène Lamour sur une fausse piste en lui jurant sur la tête de leur marmaille que la tenancière ne pouvait qu'être l'entêté effaceur du prénom Pierre. Il convient de préciser que madame Villormin n'affichait pas ouvertement son douteux négoce : la devanture avait l'aspect d'une tranquille pâtisserie où rivalisaient bonbons-cheval, zaccharies, pains aux raisins et pâtés-cannelle.

Marie Curie était au demeurant une accorte cabresse qui s'esbaudissait des racontars de son jaloux voisinage et accueillait toujours Auguste Saint-Amand comme un prince. Quand il sonnait à la porte, tous les jours de la semaine, hormis les lundis et jours fériés, cela vers les deux heures de l'après-midi, elle interrompait sa sieste pour venir lui ouvrir. Elle prenait soin d'enfermer ses quatre jeunes et ravissantes filles dans sa chambre à coucher de peur que Saint-Amand ne les confondît avec ses pensionnaires à la jambe légère. Le débarrassant de son panama et de son éternel sac où il serrait sa recette du jour, elle le conduisait dans un petit salon frais au carrelage d'argile. Elle mettait le ventilateur en marche et lui faisait la conversation avec une exquise patience quoiqu'ils n'aient rien à se dire. En fait, Saint-Amand était pratiquement le seul à parler et n'évoquait jamais que son principal souci, à savoir la concurrence acharnée que lui opposaient les Blancs créoles du Bord de Mer, vexés qu'un homme de couleur tentât de rivaliser de puissance avec eux. Quand le mulâtre lâchait d'un ton monocorde « le fort Saint-André aura neuf jours de retard », elle savait qu'il était à nouveau la victime d'une manœuvre pour le mettre en rupture de stock. Ne pouvant lui être d'aucun secours sur ce plan-là, Marie Curie faisait mine de compatir à sa douleur en se dessinant dix mille plis au front.

Saint-Amand avait choisi de manière délibérée l'heure où il était sûr et certain de ne rencontrer aucun membre de sa famille ou de la gent mulâtre. D'ailleurs, la seule vue d'un client, même inconnu de lui, le paralysait et l'empêchait de consommer « la chair de prune de Cythère de mademoiselle Lina ». Il devait alors se contenter de la regarder faire ses ablutions dans le bassin à grandes boquittes d'eau savonneuse et supporter les petits rires égrillards des autres femmes-matadors qui gîtaient aux étages.

L'année 1959 avait mal débuté pour lui, tant sur le plan commercial que sur celui de ses amours de boxon. Ainsi, le premier mardi de l'an, alors qu'il apportait un gros bouquet de bougainvillées à sa préférée, il fut contraint de répondre aux questions imbéciles de l'enquêteur municipal Lamour. A la fois étonné et ravi de le trouver en un tel lieu, ce dernier n'allait pas laisser passer sa chance de grafigner l'honneur d'un bourgeois que l'on savait un opposant de longue date à la municipalité en place. Saint-Amand ne nourrissait aucune conviction profonde mais s'était inscrit au parti gaulliste, l'U.N.R., afin d'amadouer les Blancs créoles et de leur démontrer qu'il ne désirait pas, contrairement aux communistes et progressistes, les bouter hors de l'île. Tentative purement chimérique, lui expliqua monsieur Jean après son admission au banc des Sénateurs, puisque la Caste n'a jamais eu qu'une seule et unique patrie : l'argent.

« N'oubliez pas, mon cher, que lorsque la Révolution française décida d'abolir l'esclavage, les Blancs martiniquais préférèrent mettre l'île sous la coupe des Anglais bien que ces derniers fussent les ennemis farouches de la France à l'époque. »

L'enquêteur municipal Eugène Lamour était en train de cuisiner la mère-maquerelle lorsque quatorze heures sonnèrent à l'horloge du salon. La femme se tortillait sur sa chaise, incapable d'envoyer le bougre à la balancine puisque la fermeture de son établissement (clandestin) ne tenait qu'à une simple signature du secrétaire de mairie. En plus, la pâtisserie qui lui servait de couverture risquait, elle aussi, d'en faire les frais.

« Madame Curie, reprenait-il pour la combien énième fois, les deniers publics ont été gaspillés à quatre reprises pour apposer une plaque dans votre rue et...

— Ce n'est pas ma rue ! J'y habite, c'est tout.

— Certes ! Mais la plaque est placée sur la façade de votre maison, vous en conviendrez, chère madame, et d'aucuns affirment que vous faites gratter son inscription. Pouvez-vous m'expliquer les raisons d'un tel vandalisme ? »

Evidemment, l'enquêteur faisait exprès de fourgonner la mère-maquerelle dans le but qu'elle lui accorde le droit de se soulager dans son boxon sans débourser un liard. Comme il ne parvenait pas à trouver les termes qui lui auraient permis de formuler sa requête de façon purement administrative, c'est-à-dire sans se compromettre, il jouait au sourd et à l'aveugle avec Marie Curie, ne désespérant pas qu'en final de compte, elle lui fasse d'elle-même la proposition. Il attendait ce moment-là avec une exaltation difficilement contenue. D'abord et pour un, il feindrait de refuser, prendrait le masque de la vexation, parlerait de tentative de corruption de fonctionnaire pour finir par accepter en lui répétant haut et fort « parce que c'est vous, madame Curie, parce que vous êtes une citoyenne réputée pour son sens civique ». Mais la femme ne saisissait pas où il voulait en venir et le faisait languir, ce qui s'appelle languir. A la mairie, on avait demandé à Eugène Lamour de classer l'affaire pour s'occuper davantage des mauvais payeurs d'impôts locaux, pourtant il laissait croire à Marie Curie que de lourdes sanctions étaient envisagées à son encontre et cela au plus haut niveau.

Quand il découvrit donc, ce mardi de l'an 59 commençant, que le sieur Saint-Amand avait ses petites habitudes dans le boxon, il craignit un instant que son stratagème ne fût éventé. D'emblée, la tenancière aborda l'énigme de la disparition du prénom Pierre avec le nouvel arrivant, comme si elle l'avait fait quérir expressément pour cela. Rusé en diable, Saint-Amand plongea à pieds joints dans l'embellie qu'elle lui tendait mais se ligota, hélas, lui-même.

« Monsieur l'officier municipal, argumenta-t-il, l'âme de notre peuple est impénétrable, vous ne sauriez l'ignorer. Je suppose qu'ils ont confondu Pierre et Marie avec leurs homologues de la Sainte Bible.

— Je ne vous suis pas très bien.

— Oui... heu... il se pourrait qu'ils aient mal déchiffré le mot "Curie" et l'aient confondu avec celui de... "Curé"... » balbutia le mulâtre en prenant soudainement conscience qu'il racontait n'importe quoi pour essayer de faire oublier sa présence en ce lieu de dépravation.

L'enquêteur sourit. Il gratta sa fine moustache avant de griffonner quelques bribes de phrases sur un calepin. Visiblement, il n'allait pas faire de cadeau à un ennemi du peuple tel que le négociant.

« Très intéressante votre hypothèse... très-très intéressante... mais dites-moi, à supposer qu'ils aient fait une telle confusion, vous ne croyez pas qu'ils auraient plutôt effacé "Marie". "Pierre Curé", ça fait plausible... tandis que "Marie Curé", avouez tout de même que c'est pour le moins curieux... en tout cas, hautement improbable... »

Saint-Amand rougit et ne sut plus quoi inventer. Il maudissait la tenancière de l'avoir transformé en grand couillon devant cet inutile d'employé municipal qui voulait péter plus haut que ses fesses et dont les seules capacités unanimement reconnues étaient celles d'enjôleur de donzelles. La mairie de Fort-de-France est un repaire de parasites, clamait Saint-Amand sur les tréteaux électoraux. Lui qui savait trouver les mots qui font vibrer les boyaux du petit peuple, lui qui, devant ses pairs de la petite-bourgeoisie foyalaise, savait enfiler des phrases qui raffermissent l'amour de la mère-patrie (chose si décriée de nos jours), le voilà ridiculisé devant un bougre qui n'avait probablement pour tout bâton de maréchal qu'un vulgaire certificat d'études primaires. Quelle misère, foutre !

On présentait Saint-Amand comme un manieur d'argent, uniquement préoccupé d'écouler ses caisses de morue salée ou ses fûts d'huile, aussi ne perdait-il aucune occasion de démontrer qu'il avait de la culture dans sa caboche. Il s'offrait spontanément pour discourir lors des distributions de prix, des vins d'honneur ou des dîners de fiançailles, et recueillait un énorme succès. On l'avait pressenti comme adversaire d'Aimé Césaire aux élections municipales mais il avait refusé, jugeant qu'il n'avait pas encore « assez de grammaire sous sa langue » pour rivaliser avec le chantre de la Négritude. Le bas peuple ne colportait-il pas que celui-ci avait découvert une faute dans le dictionnaire ? Un nègre qui prenait les Blancs en flagrant délit d'incorrection langagière était intouchable. Monsieur était tout bonnement digne de l'Académie française puis du Panthéon. Mais il était sûr que son heure viendrait, foi de Saint-Amand ! Sa famille avait été l'une des plus brillantes du Saint-Pierre de l'ancien temps et son grand-père l'un des fidèles lieutenants de l'avocat Marius Hurard, héraut du républicanisme mulâtre. Son père, qui avait émigré à Fort-de-France trois ans avant l'éruption de la montagne Pelée à cause d'une providentielle (et provisoire) faillite, lui avait suffisamment répété que la classe mulâtre avait vaincu celle des Blancs créoles par le Verbe avant tout. Il avait certes fallu de l'argent, du courage (à cause des défis en duel), de la ruse et de l'inflexibilité mais, en définitive, c'est l'éloquence qui lui avait permis d'avoir le dernier mot.

Saint-Amand n'était pas encore un tribun accompli, mais il était en chemin de le devenir. On en eut la preuve éclatante lors de l'incident qui opposa à Paris un groupe d'étudiants antillais à des excités du mouvement fasciste Jeune Nation. L'affaire avait fait grand bruit dans l'île et déjà les communistes tentaient d'en tirer profit en dénonçant pêle-mêle le colonialisme, le racisme, le capitalisme et le gaullisme. Le fils aîné de Saint-Amand faisait partie des quatre étudiants les plus sévèrement bastonnés. Gérard était un svelte jeune bougre qui avait passé d'une manière plus que brillante ses deux bachots au lycée Schoelcher et aurait pu faire n'importe quel type d'études avec un égal succès. Son père, patriote mais pas fou, avait choisi pour lui : ce serait la médecine. En effet, seuls les étudiants de cette discipline étaient automatiquement dispensés d'effectuer leur service militaire en Algérie où se déroulait une guerre sans-maman. Afin de ramener cet incident à de plus justes proportions, celle d'une banale « échauffourée entre carabins » comme l'affirmait Radio-Martinique, les dirigeants de l'U.N.R. avaient décidé d'organiser une conférence publique depuis le balcon d'un de ses sympathisants à l'avenue Jean Jaurès. Saint-Amand fut le principal orateur d'une soirée troublée par des injures, des jets de pierre ou de bouteilles et des battements de tambour de gens de gauche survoltés.

Il s'était enfermé dans son bureau du Bord de Mer une journée entière pour rédiger un discours qu'il voulait être le « la » de sa future carrière de député-maire du chef-lieu. Armé du Littré, d'un Grévisse passablement écorné et du *Génie du christianisme* de Chateaubriand dont son père lui avait recommandé le style, il écrivit deux feuillets qu'il ratura mot par mot jusqu'à en arriver à la pure quintessence de sa pensée. Satisfait de sa personne, il se rendit à quinze heures au boxon Marie Curie et fit commettre des folies de son corps à Lina. Pour la première fois, la mère-maquerelle entendit jaillir des râles de plaisir de la chambre de sa pensionnaire. Le soir même, Saint-Amand devait épater le monde avec la plaidoirie qui suit :

« Mesdames et messieurs,

« N'attendez pas de moi de prise de position politique. Nous sommes ici entre Français de toutes couleurs, de toutes opinions, de toutes origines, également anxieux des dangers qui menacent la liberté humaine et l'intégrité de la Patrie.

« N'attendez pas non plus de moi, dans l'indignation du moment, des blasphèmes contre la France. Libre à d'autres intellectuels de haut vol d'oublier ce qu'ils doivent à la culture française de liberté, d'humanité, d'universalité ; de négliger cet enrichissement pour n'affecter que de retenir uniquement leur origine africaine, ingrats envers la nourrice insigne de leur esprit et de leur cœur.

« Moi, je ne renierai jamais, même lorsqu'elle s'égare, la dette de reconnaissance que j'ai contractée envers la France. Je n'oublierai jamais que de la première, de l'humble école enfantine, aux facultés les plus grandioses, mon enfance et ma jeunesse ont été nourries, bercées par la plus noble personne morale sur terre. Je n'oublierai jamais que, seule dans le monde, la France, ignorant la couleur de la peau, l'origine ethnique, les caprices de la géographie, a offert aux enfants des territoires d'outre-mer des mesures d'adoption égales à celles des fils de la chair et du sang... »

Pour de bon, les envolées de Saint-Amand mirent un terme à la controverse et notre homme n'écouta que d'une oreille distraite la version des faits que lui exposa Gérard revenu en août pour les vacances. Il ne se rendit pas compte que son fils, qu'il avait pris soin d'élever dans un cocon de conformisme, avait glissé, au contact des réalités métropolitaines, dans la révolte pure et simple. Gérard ne prit aucune part aux divertissements de la jeunesse dorée de Fort-de-France, notamment aux bals où les familles fomentaient unions matrimoniales et alliances commerciales. Il tomba par hasard sur les dix feuillets historiques de son père et manqua d'étouffer de colère. Il demeura plusieurs jours sans manger et sans se laver, cloîtré dans le galetas où il s'était aménagé un bureau encombré de livres. Ses parents le crurent amoureux et ne s'occupèrent pas de lui. N'était-ce pas de son âge ? Madame Saint-Amand continua d'inviter ses amies à prendre le thé à cinq heures de l'après-midi, tandis que Monsieur naviguait entre ce qu'il nommait « mes quatre points cardinaux » : son commerce, le banc des Sénateurs, le boxon Marie Curie et le Cercle Martiniquais. Tout roulait pour le mieux dans le meilleur des mondes. Quant aux frères et sœurs de Gérard, ils étaient embarqués dans des surprises-parties, des barbecues et des parties de plage sans fin du côté des Salines. L'étudiant en médecine attendit un week-end au cours duquel ses parents étaient partis pour leur résidence secondaire de l'Anse Cafard pour disparaître Dieu sait où.

Comme il n'avait laissé aucune lettre d'explication, on le crut victime soit d'un accident, soit d'un assassinat dans l'un des caboulots plus ou moins malfamés de la Transat dont il s'était entiché. Aucune des recherches entreprises ne bailla le moindre résultat. Au fil des jours, Saint-Amand en vint à se résigner et dut apprendre à se morfondre en sourdine, c'est-à-dire sans que la bonne marche de sa maison de négoce en soit affectée. On le voyait quitter son bureau et déambuler, songeur, entre les piles de caisses de morue et les sacs de lentilles, indifférent aux marques de déférence des débardeurs. Puis, il se tenait un siècle de temps sur le pas de sa porte, le regard vissé sur le miquelon de la mer. Il fallait que l'un de ses pairs du Cercle Martiniquais passât par hasard pour l'ôter à son immobilité de momie. Dans ce cas-là, il esquissait un pauvre sourire et marmonnait un « *Man la* » (Ça va) sans conviction. La mulâtraille le prit en pitié et craignant qu'il ne bascule dans la déraison, décréta un branle-bas général afin de dénicher en quelle contrée était allé s'égarer son rejeton. Cela mit bien quatre années. Quatre longuissimes années au cours desquelles Saint-Amand ne surnagea que grâce à l'affection que lui bailla la tenancière de Marie Curie et sa chère Lina aux jambes sublimes, fluides fusains de cannelle, dont la seule fragrance avait le don de l'enivrer.

Tout tourment trouvant toujours son finissement, ce fut la pacotilleuse des Terres-Sainvilles, la nommée Sidonise Vincent, autrement dite Sylvia Menendez y Carvajal, qui en fut l'auteur. Les îles et leurs détours secrets étaient sa patrie. Aujourd'hui elle se rendait en bateau à Curaçao, demain vous pouviez la voir en route pour la Jamaïque ou pour Saba à bord d'une avionnette quelconque. Ses paniers regorgeaient toujours de merveilles toutes plus extraordinaires les unes que les autres et rien d'étonnant à ce que son magasin, Au Trouve ton Bonheur, rivalisât avec ceux des Syriens et des Italiens qui pourtant ont le sens du commerce dans les veines. Elle avait un jour négligemment glissé à la mère-maquerelle de Marie Curie à qui elle avait coutume de rapporter du taffetas américain des îles Vierges :

« Je sais où le fils de ton monsieur mène la vie... »

Marie Curie ne la prit pas au sérieux et six bons mois s'écoulèrent avant que Sylvia Menendez, de retour d'un autre périple à travers l'archipel, ne lui répète la même chose. Ou plutôt cette dernière lui déclara tout de go :

« Gérard Saint-Amand vit à Santo-Domingo avec une femme-matador... »

Le père du jeune homme ne crut pas un mot de cette révélation et s'imagina une espèce de complot entre Marie Curie et la pacotilleuse pour lui extorquer de l'argent. Il perdit à nouveau cinq bons mois quand cette dernière lui rapporta une missive laconique qui lui arracha les larmes les plus sincères qu'il ait jamais versées de sa vie :

« Vais bien. Ne cherche pas à en savoir plus. »

La fine écriture torturée était indéniablement celle de Gérard. Aucun doute là-dessus. Sylvia lui conta par le menu à quel point son fils s'était entiché de la plus belle fille de Santo-Domingo. Une femme d'une belleté telle que tous les mâles du pays, à commencer par le président de la République en personne, désiraient faire sa conquête (« A côté d'elle, votre fameuse Ancinelle Bertrand n'est qu'une marie-souillon »). Fruit du mélange explosif entre les races hispano-mauresque et yorouba avec un zeste d'amérindien, elle était séquestrée par ses parents dans une immense hacienda du centre de l'île où elle n'avait contact qu'avec des coupeurs de canne haïtiens et sa nounou dominguoise. Du lever du jour au serein, des nuées de prétendants défilaient aux abords de la plantation pour lui jouer des sérénades ou lui réciter des poèmes. Un Don Quichotte avait voulu forcer l'entrée à cheval mais avait été définitivement arrêté dans l'allée centrale à coups de mousqueton. Son corps avait été laissé en pâture à une compagnie de molosses car, précisa Sidonise Vincent, vous ne connaissez pas ces pays-là, ces pays espagnols ou anglais des alentours : la férocité y règne en maître. Quant aux îles hollandaises, hon, n'en parlons même pas ! Vous pouvez faire le signe de croix d'être français, je vous l'assure. Là-bas, il n'y a pas de loi. La loi c'est celle du plus riche, les pauvres valent autant que des vers de terre. Une fois l'an, le jour anniversaire de l'indépendance de Santo-Domingo (« que je préfère appeler "Dominicanie", comme le font les Haïtiens »), son père la promène en carrosse sur Calle Amerigo Vespucci, le boulevard maritime de la capitale, une sorte de jetée semblable à notre Bord de Mer, quoique etcétéra de fois plus vaste et plus charmeuse. Ses soupirants, mais aussi tout ce que l'endroit compte de mendianneurs, de fainéantiseurs, d'unijambistes, de joueurs de loterie-borlette, de zélateurs du vaudou et même d'aveugles, oui ! même d'aveugles, car ce jour-là, par un phénomène inexpliqué, ils recouvrent la vue juste le temps de voir sa belleté fifiner devant leurs yeux, tout ce monde-là s'assemble dès la veille pour l'espérer. Moi-même, j'ai déjà endolori mon dos sur le ciment d'un trottoir, couvert de déchets de bananes et de mangues, exprès pour être de la bamboche, mais j'avoue que je ne recommencerai pas : son charme est celui de la Diablesse. D'ailleurs, c'est ce qui a foudroyé Gérard Saint-Amand. Quand je lui ai demandé pourquoi il gaspillait sa santé à rêver à cette fille que les propres habitants du pays ne pouvaient aborder, il m'a rétorqué avec sa fierté naturelle de mulâtre martiniquais (une fierté donc teintée de suffisance) : « J'aime la lointaineté de son regard. » Voici de quoi vit ton fils ! Apparemment de seule passion, puisqu'il est aussi maigre qu'une mante religieuse. Si tu veux, je peux lui porter de tes nouvelles mais inutile de lui envoyer des lettres. Il ne les lira pas. Il est trop absorbé par elle. Chaque minute de sa vie, chaque seconde, lui est consacrée. Rassure-toi, il n'est pas le seul dans ce cas. La différence avec ses frères en démangeaison amoureuse, c'est qu'il n'a pas une famille autour de lui pour le sustenter ou brocanter son linge lorsqu'il tombe en hardes. Saint-Amand, si tu veux un conseil, mon bougre, continue à faire ta politique et à mener ton commerce sans manger ton âme en salade. Ton fils ne mourra pas, le feu qui bout au-dedans de son corps ne s'éteindra pas de sitôt, je le jure sur la tête de ma défunte marraine.

De ce jour, Saint-Amand fut habité par une perplexité débornée. Il cessa de siéger au banc des Sénateurs, sans explications. On le rencontrait en des endroits où jamais les gens de son rang ne mettaient les pieds. Il discutait avec les marchandes de poisson près du canal, envoûté par leur langue ordurière. Il passait des heures à regarder les joueurs de quine au Bois de Boulogne et éclatait de rire en compagnie des péripatéticiennes descendues à l'Allée des Soupirs le soir venu. Il prenait des blagues aux abords du cimetière des riches avec Ziguinote, le fossoyeur des riches. Il payait des tournées générales chez Chine, aux Terres-Sainvilles, et semblait frappé d'amicalité pour Cicéron, ce petit bougre qui avait perdu la raison à force d'étudier la médecine en France. Il négligeait sa Lina au boxon Marie Curie et lui préférait une chabine obèse et vulgaire qui remuait sa cargaison de fesses comme si elle était agitée par un cyclone permanent. Plus souvent que rarement, il chavirait, saoul comme ça s'écrit, dans quelque dalot du quartier Sainte-Thérèse où son second fils, le si ombrageux Frédéric, venait le haler à des heures impossibles de la nuit. Ses adversaires politiques le tournèrent en dérision dans une chanson de carnaval qui sonna le glas de ses ambitions municipales (et donc sénatoriales car son but ultime était d'aller couler des jours tranquilles au Palais du Luxembourg, même s'il ne l'avait jamais avoué à qui que ce soit). Malheur pour lui, Sylvia Menendez y Carvajal ne lui avait pas tout révélé, craignant que le fil de son cœur ne pète sous le choc de certaines incongruités. Il dut attendre encore près d'une demi-année avant de savoir le fin du fin. De prime abord, cela avait tout l'air d'une couillonnaderie ou d'une légende fabriquée par des esprits entafiatés à longueur de journée :

« La fille au regard lointain qui tisonne le cœur de ton fils, sais-tu pourquoi elle refuse d'accepter tout hommage ? Sais-tu pourquoi, outre les richards dominicains, elle a rebuffé un milliardaire mexicain, un caïd de la maffia de Floride et un prince arabe dont le yacht faisait croisière dans la mer des Caraïbes ? Personne n'arrive à franchir la barrière de son intimité ! Eh oui, n'ouvre pas tes yeux de dix-sept largeurs, c'est la franche vérité que Sidonise Vincent te dévide là, mon nègre. Pourquoi irais-je t'embrouiller avec des affabulations, alors que tu es déjà tant et tellement dans le noir ? Dès l'âge de seize ans, son père s'est empressé de la caser avec le neveu d'un ministre, lequel n'a pas pu consommer le mariage le mois d'après et récolta l'excommunication de la Sainte-Eglise (ils adorent Jésus en Dominicanie et suivent ses préceptes à la lettre, ce n'est pas comme nous autres ici-là). Le père de la belle s'est tourné vers un planteur opulent que le veuvage avait pris en traître et bien qu'il fût habitué à coquer de force les coupeuses de canne à même l'herbe piquante des savanes, il dut déclarer forfait. Deux mariages dans la même année et deux démariages, cela commençait à déplaire sérieusement aux autorités politiques et à la hiérarchie catholique. Partout, et surtout dans la presse, on protestait : "On va nous prendre pour ces sauvages d'Haïtiens, si ça continue !" L'actrice principale, imperturbable, ajouta un troisième larron à son palmarès au mois de décembre de la même année et, comble de l'indécence, célébra ses épousailles le vingt-quatre avec un déploiement inouï de chevaux, de feux d'artifice, de bals publics et privés, de distributions de ripailles à cinquante kilomètres à la ronde. Hélas ! Le jeune et talentueux chanteur de fandango, qui avait pris la relève des deux premiers infortunés, prit ses jambes à son cou le soir même de la noce à cause, dit-on, d'une fracture de la verge. Ha-Ha-Ha ! Remis de ses émotions quelque temps après, il tira une chanson satirique de sa mésaventure et se fit expulser, le gouvernement ayant jugé que ce descendant d'immigré canarien, qui ne s'était pas encore fait naturaliser, avait ridiculisé l'honneur national dominicain. La raison des deux démariages, puis du troisième, fut donc livrée à la pâture publique, obligeant les deux premiers maris malheureux l'un à se suicider, l'autre à entrer dans une abbaye, et contraignant du même coup le père de la fille à l'enterrer vivante sur une hacienda reculée. Comment s'appelle cette créature ? Je ne saurais te le dire tellement ses soupirants ont enseveli son nom sous un déluge de "colibri magique qui frétille à l'aube", de "fleur de balisier qui fait rougir les astres" et j'en passe. Vous connaissez ces Espagnols, hein ? Personne ne peut rivaliser avec eux en matière de hâbleries. Si, ça me revient, Anna-Maria ou Anna-Lydia, quelque chose dans ce genre-là... Donc Gérard espère qu'un jour il lui sera permis de relever le défi et il est prêt à attendre le temps qu'il faudra, c'est pourquoi, Saint-Amand, mon cher, reprends l'allée droite de ta vie au lieu de divaguer partout comme un bouvard qui a pété sa corde. Ton fils va mieux que toi. »

Le négociant en vint peu à peu à fréquenter le boxon uniquement pour grappiller quelques nouvelles fraîches de son fils de la bouche d'une Sidonise de plus en plus moqueuse, sinon cynique. Elle y revendait sa pacotille en se moquant de l'ingénuité des péripatéticiennes. Il sursautait lorsque le téléphone venait à sonner, croyant à un appel de Dominicanie, mais il dut admettre que la pacotilleuse n'avait pas transmis le numéro de l'endroit à Gérard afin de garder un pied sur lui. Les rares fois où la tranquillité quasi monacale de Marie Curie était dérangée par le téléphone, c'était quand le chef de la race supérieure, monsieur Salin du Bercy, appelait pour qu'on lui prépare sa chambre. Cette dernière était située au troisième et dernier étage; tout au fond du couloir, et ne servait qu'aux ébats du Grand Blanc. Il ne prenait jamais la hauteur du cheptel de la mère-maquerelle et préférait amener ses petites négresses bleues, dont la seule vue horrifiait ces dames. Au début, chacune avait tenté de l'aguicher mais en pure perte. Henri Salin n'aimait ni les lèvres fardées ni le parfum de Paris ni même les dessous affriolants.

Dès que Saint-Amand apprenait la venue du hobereau, il détalait sans demander son reste, chose qui lui fut impossible ce fameux 22 décembre de l'année 59 où, sans crier gare, les nègres mirent la ville en feu. Il trouva refuge dans la chambre de Lina et observa les opérations à travers les persiennes. Le Grand Blanc était inexplicablement seul cette fois et ses vêtements étaient déchirés ! Il avait même une entaille sanguinolente à l'épaule. Il était encochonné comme quelqu'un qui s'est roulé dans la boue et une partie de sa joue droite semblait tuméfiée. Il jurait à la manière des nègres d'habitation, l'air encoléré et à moitié ivre :

*« Mennen an vè wonm vini ba mwen, souplé ! »* (Qu'on m'apporte un verre de rhum !) gueula-t-il à l'adresse de la tenancière.

Emue de la nouvelleté de la situation, elle s'oublia et lui servit du Courville. Salin du Bercy semblait prêt à tout défoncer autour de lui. Il s'empara de la bouteille et l'envoya valdinguer contre le petit bassin de la cour intérieure.

*« Ou pa sav bétjé pa ka bwè Kouvil, ou pa sav sé Néson nou ka bwè, fout ! »* (Vous ignorez que nous, les békés, nous ne buvons pas de rhum Courville mais seulement du Neisson !)

Manque de chance, Marie Curie Villormin ne disposait pas de cette qualité de tafia-là et se confondit en excuses plates qui eurent le don de déchaîner du Bercy. Au-dehors, on entendait des giclées de balles et des vagues de cris dont il était difficile de déchiffrer la signification. Auguste Saint-Amand se mit à tremblader comme un petit garçon, déclenchant un fou rire chez Lina qui était aussi niaise que jolie. Il eut l'envie d'enjamber la fenêtre et de s'échapper par les toits mais les bruits montant de l'avenue Jean Jaurès l'en dissuadèrent. Il ferma la chambre de Lina à double tour et, halant une lourde commode créole, il la plaça contre la porte. La putaine le regardait faire, incrédule, et n'arrivait pas à retrouver son sérieux. Voilà que l'homme qu'elle avait considéré comme quelqu'un d'important pendant près de dix ans d'affilée, ce riche négociant mulâtre à l'élégante parlure, devenait subitement un manicou apeuré. En bas, le Blanc-pays hurlait à présent :

« *Man lé an fanm ! Ba mwen an fanm, fout ! An madigwàn !* » (Je veux une femme ! Qu'on me baille une femme, foutre ! Une salope !)

En cette veille de Noël, seules Lina et une ribaude défraîchie d'origine colombienne étaient restées au boxon. Le choix était donc des plus limités et, en plus, la mère-maquerelle ne savait comment faire comprendre à Saint-Amand qu'il lui fallait déguerpir. Déjà Salin du Bercy montait l'escalier en se servant d'impressionnantes rasades de rhum à même la bouteille. Il cognait aux portes de toutes les chambres et les ouvrait sans attendre de réponse, la vue des lits bien faits et des rideaux tirés augmentant sa fureur.

« Où sont-elles ? Où les as-tu cachées, hein ?

— Elles sont parties passer Noël en fa... famille... il n'y a qu'Isabel ici... » bredouillait Marie Curie.

« *Ba mwen wè'y !* » (Fais-moi la voir !)

L'Espagnole devait bien accuser quarante-cinq ans, si ce n'est davantage. Ses dents étaient complètement noircies par le tabac qu'elle fumait sans discontinuer lorsqu'elle se retrouvait seule. Marie Curie prétendait qu'elle avait été abandonnée à Fort-de-France dans les années 30 par un paquebot colombien sur lequel elle s'était embarquée clandestinement. Sa chevelure chevaline et noire de jais avait causé la ruine des péripatéticiennes de la Cour Fruit-à-Pain jusqu'à ce qu'elle se fasse déclasser par une sacrée câpresse dénommée Philomène, une femme féerique, qui s'habillait toujours d'une robe moulante à paillettes bleues. Isabel aurait fort bien pu se contenter de la seconde place au sein de la ribaudaille du Pont Démosthène mais, comme tous ceux de sa race, elle faisait preuve d'un sens de l'honneur et d'un orgueil incommensurables. Elle ne supporta donc pas cet affront et se retira du monde en offrant ses services à Marie Curie où elle se mit à empâter sous l'effet de l'alcool et des cigarettes à bout filtre. Henri Salin du Bercy parut se dessaouler quand il découvrit cette loque humaine. Elle ne cessait de lui sourire, tout en caressant d'un geste qui se voulait langoureux son oreiller. Sans même parlementer, elle commença à défaire son corsage, révélant deux gros seins laiteux et flasques couverts de morsures.

« *Pyès pa !* (Non !) articula péniblement le Blanc-pays qui semblait être en proie à une soudaine rêverie.

— Revenez dans deux jours, peut-être que... hasarda la tenancière.

— Dans deux jours ? C'est quoi dans deux jours ? Nous sommes le 22 décembre et c'est là, maintenant même, que je veux avoir satisfaction. »

Au même instant Lina, sans doute émoustillée, cogna de toutes ses forces sur la porte de sa chambre, aussi n'entendirent-ils pas les C.R.S. forcer l'entrée du boxon après les trois sommations d'usage. Du Bercy fit voler le frêle barricadement installé par Saint-Amand d'un coup d'épaule herculéen. Pris de panique, le négociant se résolut à tenter une escampette par la fenêtre qui s'ouvrait sur la cour intérieure, déchirant au passage son pantalon et brisant dans le même ballant sa montre à gousset en or. Au moment même où il atterrit lourdement sur le ciment, les C.R.S. grimpaient quatre à quatre l'escalier menant au premier étage et butèrent sur une Marie Curie épouvantée par une telle zigzaguée de péripéties. Ils lui passèrent les menottes en exigeant qu'elle leur dévoile la cachette des manifestants. Juste à l'instant où Auguste Saint-Amand ouvrait le lourd battant de l'entrée du boxon, Salin du Bercy renversait Lina sur le ventre pour lui faire subir le sévice de Sodome sans même avoir pris le temps de se défaire de son pantalon. Quand Saint-Amand parvint sur le trottoir et se mit à respirer un bon coup, conscient d'avoir échappé au scandale du siècle, le Blanc-pays se déversait dans la péripatéticienne et bramait rituellement :

« *Mi an tjou'w !* » (Attrape !)

Le négociant mit quelques secondes à réaliser que l'avenue Jean Jaurès était devenue un vrai champ de bataille. En bas, vers le Pont de Chaînes, la négraille déchaînée voltigeait des roches et des objets enflammés tandis qu'en haut, vers le boulevard de La Levée, une meute de gardes mobiles tirait au jugé. La fumée des grenades écorcha ses yeux et il se mit à tousser comme un poitrinaire. Il était incapable d'avancer ou de reculer. Pendant ce temps, les C.R.S. enfonçaient ce qui restait de la porte de la chambre de Lina et tombaient d'ébahissement devant les fesses velues de Salin du Bercy qui entre-temps avait retourné la jeune femme pour lui placer les jambes sur ses épaules et la pilonnait à grands « Han ! Han ! » qui faisaient vibrer les persiennes. Le capitaine des C.R.S. ne savait que faire, il demeura planté là comme un poteau tandis que dans la rue, juste sous la plaque où un sinistre individu avait raboté le nom de Pierre Curie au burin, Auguste Saint-Amand se tenait le ventre, incrédule devant le sang bouillonnant qui en dégoulinait. Lui qui avait toujours imaginé que la mort était un passage douloureux n'avait même pas senti les sept balles de mitraillette qui venaient de le percer de parque-en-parque. Il tomba à genoux et esquissa une parole puis s'effondra sur la chaussée. A l'intérieur du boxon, le chef des C.R.S. se ressaisit et cria :

« Ça suffit ! Rhabillez-vous, monsieur ! »

Salin du Bercy se retourna avec lenteur, sabre au clair, se servit une rasade de rhum et la recracha au visage du bougre en hurlant :

« Je suis Henri Salin du Bercy, petite couille de chien que tu es ! Je vais te faire dégrader dès demain matin. Tu auras affaire directement au gouverneur.

— Monsieur du Bercy, fit l'autre, penaud, je ne vous avais pas reconnu. Je ne suis arrivé dans l'île que depuis mars dernier et je...

— Ha-Ha-Ha ! Et qu'est-ce que tu fous là avec tes zouaves, hein ?

— Nous recherchons une bande de voyous qui cassent les vitrines des magasins depuis ce matin, surtout le nommé Fils-du-Diable-en-Personne ainsi qu'un révolutionnaire qui se fait appeler camarade Angel. On les a vus pénétrer ici.

— Eh ben cherchez, mon brave ! Cherchez ! »

Le Blanc-pays semblait rasséréné. Il trempa une serviette dans l'eau d'une bassine qui traînait sur la table de nuit et se mit à rattacher son pantalon. Lina, toujours nue, s'était recroquevillée derrière le lit. Marie Curie, abandonnée menottes aux mains au bas de l'escalier par les C.R.S., pleurnichait à petites larmes nerveuses.

« Hé les femmes, je vais faire un petit pauser-tête dans ma chambre là-haut. Prévenez-moi quand mon chauffeur sera là. Il doit venir me prendre sur le coup de huit heures », lança Salin du Bercy.

Il grimpa d'un pas lourd au dernier étage, ouvrit sa

chambre avec sa clef personnelle et s'assit sur son lit. Décrochant le téléphone, il chercha de longues minutes dans sa tête le numéro de la résidence préfectorale.

« Salin du Bercy à l'appareil, qu'on me passe le gouverneur... ben oui, quoi ! Le préfet si vous y tenez... c'est urgent, j'attends... allô, c'est moi. Je proteste solennellement contre l'incurie de vos gendarmes et... comment ? Vous êtes le secrétaire général de la Préfecture ?... Je n'ai qu'à demander audience. Vous vous foutez de moi, mon vieux ? Je vais en toucher deux mots au ministre des Colonies et vous comprendrez votre douleur. Je vous ferai sauter... ah comme ça, je préfère. Vous voyez que ça vaut mieux pour vous de vous montrer poli. Je vous appelle pour vous signaler qu'un complot castriste est en préparation pour installer le communisme en Martinique. Il faut procéder à des arrestations dès demain matin. Je vous enverrai une liste. Allez, bonsoir, monsieur le secrétaire du gou... du préfet ! »

Salin du Bercy regarda longuement le tableau qu'il avait fait accrocher au mur : une maladroite reproduction de *La Jupe relevée* de Fernand Leboucher. Puis, il grogna de satisfaction et s'endormit sur le rebord du lit. Il n'entendit même pas les cris de colère et le fracas des armes qui montaient de la rue.

## 8

Le premier incident qui dérangea la tranquillité immémoriale de La Savane peut paraître dénué d'importance au regard de la raison universelle, mais il en déclencha une série d'autres qui, tous aussi imprévisibles qu'inarrêtables, finirent par allumer d'étranges braises au cœur des nègres de Fort-de-France. Il se présenta de la manière suivante : monsieur Jean, qui était (enfin !) reçu au banc des Sénateurs lorsque Auguste Saint-Amand présidait quelque réunion politique hors de la ville, avait cru bon d'y emmener ce jacassier de Jacquou Chartier dans l'idée (inavouée) de montrer à ces messieurs de la mulâtraille que, tout noir d'ébène qu'il était, il possédait d'excellentes relations dans le milieu européen. Or, de mémoire de Foyalais, le banc des Sénateurs n'avait jamais accueilli le moindre représentant de cette espèce-là, hormis le père Mariot qui s'était si bien acclimaté qu'il portait tout le temps un chapeau-bakoua, parlait couramment le créole, avait épousé une mulâtresse et surtout tenait hardiment les rênes de l'équipe de football du Golden Star.

Que reprochait-on aux Européens ? D'être toujours vêtus à la négligée, c'est-à-dire en short et socquettes, qu'ils affirmaient mieux adaptés à notre latitude, les insolents, et surtout sans cravate. De parler d'une façon inélégante et argotique, parfois insultante à l'égard de la bienséance grammaticale, eux qui n'avaient même pas l'excuse d'être journellement embourbés dans un patois comme la populace d'ici. De dévoyer, en final de compte, les jeunes filles de bonne famille lors du bal de la Philo à la Maison des Sports ou celui des élèves et anciennes élèves du Lycée de Jeunes Filles, où la tenue exigée, prévenait le carton d'invitation, était « violette et mimosa — tous les tons du jaune et du mauve ». Ils promettaient monts et merveilles — mariage plus voyage en France —, forçaient la muraille de pudeur érigée avec patience par les Chaperonnes et se faisaient muter dans l'Hexagone dès l'instant où un père outragé leur faisait annoncer par câblogramme qu'ils avaient engrossé sa fille.

Le fameux jour où Jacquou Chartier se présenta sur La Savane, lui qui ne fréquentait que le banc des Bourelles, négresses qui vivaient à l'occasion du commerce de leurs corps et de menus trafics la plupart du temps, il brisa le rituel des dignes Sénateurs. D'ordinaire, ces derniers faisaient les cent pas à l'Allée des Soupirs, avant l'arrivée des lycéens, les mains derrière le dos, ôtant de temps à autre leur montre à gousset d'un geste ostensible et lorsque, à vue d'œil, le quorum était atteint, on les voyait soudain converger vers leur banc et s'y disposer selon un ordre strictement établi. D'abord les docteurs avec leurs nœuds papillons noirs, les seuls auxquels on accordait le droit à une certaine originalité, ensuite les avocats et les dentistes, généralement munis de cannes richement décorées, et ensuite les professeurs, les notaires et les négociants. Ils demeuraient un long moment avant d'ouvrir les débats, le regard rivé au banc des Bourelles et, cinquante mètres plus loin, celui de la Chienaille (où s'assemblait tout ce qui se ressemble en matière de vagabonds et de djobeurs) comme s'ils voulaient s'imprégner de leur propre supériorité. Monsieur Jean avait préparé une magnifique tirade de Saint-John Perse afin de présenter son invité :

« Et toi plus maigre qu'il ne sied au tranchant de l'esprit, homme aux narines minces parmi nous, ô très Maigre ! ô Subtil ! Prince vêtu de tes sentences ainsi qu'un arbre sous bandelettes... »

Il n'eut pas le loisir d'ouvrir la bouche puisque ce mal éduqué d'Européen, sans même attendre le discours d'ouverture du président de séance (ce jour-là le docteur Bertrand Mauville, frère de feu Amédée Mauville), se lança dans une apologie frénétique de la Martinique. Il ne s'était même pas assis à l'emplacement réservé aux néophytes, sur le banc de marbre à double dossier, qu'il gesticulait avec passion sous le nez des

Sénateurs. Cols durs, manchettes et lavallières se cintrèrent. Le docteur Mauville dut rengorger, lui aussi, à son grand agacement, les phrases ronflantes qu'il avait préparées, en français académique s'il vous plaît, seule langue admise sur le banc des Sénateurs, hormis quelques incises en créole mulâtre pour mieux nuancer tel ou tel point. Le sujet en était pourtant de la plus haute importance puisqu'il concernait la guerre d'Algérie. Il les avait apprises par cœur et s'entraînait à les répéter dans sa tête :

« Mes chers amis,

« Je ne vous ferai pas l'injure de vous rappeler que notre pays, La France, mère des Arts et des Lois, est un Empire qui comprend à ce jour onze millions de kilomètres carrés dont il faut, hélas, soustraire depuis peu l'Indochine et peut-être l'Algérie si des mesures énergiques ne sont pas rapidement prises afin de mater la révolte des Barbaresques... »

Atterré par la malconduite de Chartier, monsieur Jean feignit d'être absorbé par ses pensées quand son regard tomba sur un miracle de jeune femme, aux cheveux couleur de flammes, qui déambulait bras dessus bras dessous avec trois autres mamzelles, à l'Allée des Soupirs. Un groupe de garçons émoustillés la remontait en sens inverse et chaque fois qu'ils croisaient celui des filles, tout un gloussement de soupirs (tendresse-passion-folie-débornation) jaillissait de leurs poitrines. Le miracle ne daignait pas s'émouvoir de ces assauts répétés, le vert étourdissant de ses yeux n'offrant aucun signe de douceur. L'une de ses amies, qui était enceinte-gros-boudin, lui chuchotait de temps à autre à l'oreille la description des soupirants en gloussant comme un coq d'Inde. Monsieur Jean eut un assèchement terrible de la langue. Il était comme hypnotisé par la démarche aérienne de la chabine et sa main se crispait avec nervosité sur sa canne à pommeau d'argent. Un nom accourut sur ses lèvres : « Azyadé ! » Ce personnage de Pierre Loti le hantait depuis des années.

« La Martinique est plus vaste que l'Europe, plus profonde que l'Afrique, plus mystérieuse que l'Asie, messieurs ! s'enflammait Chartier. Oui, cela peut vous sembler une élucubration d'Européen dont le cerveau a été ramolli par la chaleur des tropiques. Détrompez-vous ! Cette minuscule langue de terre réunit en elle les quatre continents car il n'y a guère que l'Océanie qui n'ait pas contribué à sa formation. J'affirme qu'elle est plus vaste que l'Europe parce que du Finistère à Moscou, vous ne rencontrez qu'une seule et même civilisation à quelques variantes près. Le catholique romain qui pénètre dans une église orthodoxe au moment de l'office ne change pas d'univers religieux, il est simplement dépaysé tandis qu'ici, cinq religions s'entremêlent, souvent chez un même individu. Tel qui va se confesser à Jésus le matin peut participer à une cérémonie hindouiste l'après-midi et aller consulter un sorcier nègre le soir. N'est-ce pas proprement fabuleux ? Des dieux qui n'auraient jamais dû se rencontrer, au grand jamais ! dialoguent en permanence. Mariémen, la déesse hindoue, fait des sourires équivoques à saint Michel, lequel rêve de terrasser les esprits africains tels que Maskilili ou Ti-Sapotille. Cela pendant que dans l'entresol de leurs magasins, les Syriens invoquent, agenouillés, le nom d'Allah. »

Les lunettes, mal arrimées, d'un Sénateur lui tombèrent sur les genoux. Un autre fit un geste désespéré en direction de ses pairs puis s'épongea le front de son mouchoir brodé. Au banc des Syriens, on s'amusait très fort de cet intermède insolite et Moriello, cet Italien qui vendait de si rutilantes chaussures qu'on gaspillait des heures à baver devant sa vitrine sans pouvoir entrer puisque trop de zéros s'alignaient derrière le premier chiffre des prix affichés, s'esclaffait sans retenue :

« *Mamma mia, che coglione !* »

Doumit, le plus nabab d'entre les Levantins, tressautait de son énorme bedondaine qu'il caressait avec ses mains baguées à chaque doigt. Monsieur Jean n'eut pas conscience que tous les regards convergeaient vers lui, étant donné qu'il était responsable d'avoir introduit ce malotru sur La Savane à une heure où il fallait à tout prix respecter les préséances. Que cet Européen vienne y rôdailler tôt le matin, au moment où elle était quasi déserte, passe encore ! Qu'il s'y rende la nuit afin de dénicher quelque bougresse de mauvaise engeance, rien de plus compréhensible, mais à quatre heures de l'après-midi, il y avait une respectation à avoir, tonnerre du sort ! Les nègres savaient qu'ils devaient se contenter des trois bancs réservés à la Chienaille, les aventurières de celui des Drôlesses et ainsi de suite. Pour tout dire, il n'y avait que deux races à ne jamais se mêler à la comédie vespérale de La Savane : les coulis parce qu'ils y étaient interdits de séjour vu qu'on les rangeait, à l'époque, plus bas que les crapauds ladres, et les Blancs créoles parce qu'ils ne supportaient pas l'odeur forte de ces mulâtres, Syriens, Italiens, Chinois et nègres qu'ils fourraient tous dans le même sac. Certes, on y admettait les Européens à condition qu'ils se contentassent de photographier les statues de l'impératrice Joséphine et du comte Beslain d'Esnambuc. Mais ce Jacquou Chartier-là foutait un désordre inouï dans tout ça et il n'y avait personne pour le faire tenir en respect, même pas son compère Jean.

Ce dernier fit un signe au vendeur de snow-balls et lui en paya deux au letchi en lui glissant une parole subreptice. Scandale, mesdames et messieurs ! Un Sénateur qui dégustait un snow-ball, on n'avait jamais assisté à semblable spectacle. Les Chaperonnes écarquillaient leurs coco-yeux, assoiffées de comprendre les tenants et aboutissants d'une telle attitude. Chacune d'elles se mit à surveiller sa jouvencelle pour le cas où une commission lui serait transmise. Ces demoiselles avaient ordre de la remettre illico presto à leurs protectrices ou sinon finies les promenades à l'Allée des Soupirs. Elles respirèrent quand elles virent la caisse à snow-balls s'arrêter à hauteur d'Ancinelle Bertrand. Au banc des Bourelles, toute une bacchanale de racontars se déchaîna aussitôt et Germaine Saint-Hilaire, dont le métier semble être de médire d'autrui, traduisit :

« Sinobole au letchi : la flamme qui m'habite est aussi pure que ta chair et plus rare que les saisons où ton arbre baille ses fruits. »

Démangées par la jalouseté, les drôlesses éructèrent des « *Sa ki taa ?* » (Qui c'est celle-là ?) et des « *Ga fidji tikté kon an fig miy'la !* » (Regardez-moi son visage taché de rousseurs !), qui atteignirent les oreilles d'Ancinelle comme un essaim de mouches-à-miel. La chabine ne broncha pas. Très sereine, elle continua sa promenade au bras de Myrtha et d'une autre négresse de Volga-Plage et quand elle passa au ras du banc des Sénateurs, elle fit l'offrande de son regard vert à monsieur Jean en plus de son magnifique sourire virginal. Jacquou Chartier, quant à lui, continuait sa démonstration :

« La Martinique est la championne du Divers, comme le dit Victor Segalen, elle brasse religions, langues, cultures, races dans un prodigieux maelström qui préfigure le monde de demain. L'homme moderne sera créole ou il ne sera pas, je vous dis !... Il faut jeter à bas la statue de l'Universalité, qui n'est que le masque de l'intolérance occidentale, et promouvoir la

Diversalité, messieurs. La Martinique est un grand pays parce qu'elle est diverselle...

— Cher monsieur, entreprit le docteur Mauville, je ne saisis pas bien le sens de cette... de, comment dirais-je... de ce panégyrique. Votre philosophie nous dépasse, je dois avouer. Vous savez, nous sommes beaucoup plus terre à terre que cela. Mon père avait une maxime qui me semble convenir tout à fait à notre singularité : si la France, disait-il, est la fille aînée de l'Eglise, la Martinique, elle, est la fille aînée de la France. Voyez-vous, je préfère m'en tenir à cela, fût-ce moins subtil que ce que vous venez de nous exposer, cher monsieur. »

Un cri interrompit ces brillantes spéculations. Un cri de femme non loin de la statue de Joséphine. Tous les Sénateurs se levèrent d'un bond. Trois Chaperonnes fondirent sur leurs protégées respectives. Monsieur Jean courut à leur suite, frappé par une étrange prémonition. C'était le fier-à-bras du Bord de Canal, le maroufle Bonda Mézanmi, qui tentait d'assauter Ancinelle, laquelle se débattait en lui distribuant force calottes et coups de bol de genoux. On voyait les deux pommes des fesses du bougre complètement à l'air pour la raison que, dès qu'il achetait un short (ou le volait), il s'empressait de découper deux grands ronds à hauteur de son postérieur pour rivaliser avec Bec-en-Or qui n'en ôtait qu'un seul.

Personne ne venait au secours de la pauvresse. Au contraire, les bancs de la Chienaille s'esclaffaient ou battaient des mains, surtout le second qui se trouvait être le quartier général du Don Juan Eugène Lamour. N'écoutant que sa passion flambant neuve, monsieur Jean, malgré sa cinquantaine bien sonnée, attrapa Bonda Mézanmi par le collet et lui cogna la tête avec sa canne à pommeau d'argent. Le voyou en resta le bec coi. Voilà que les nègres de bien, costumés et cravatés, rasés de près, souliettés et lotionnés, se battaient à présent ! Eût-il eu affaire à n'importe quel adversaire de son rang qu'il lui eût balancé une formidable égorgette mais là, il se contenta de balbutier « Le monde a changé, oui ! » et lâcha les bras d'Ancinelle Bertrand. Puis, il l'injuria à la façon rituelle de tous les vagabonds foyalais :

« *Fout fès fanm Fdfwans fann fon !* » (Foutre que les fesses des femmes de Fort-de-France sont fendues au fond !)

Le combat ayant avorté, chacun regagna son banc sans plus s'occuper de la jeune femme. Au banc des Syriens, Aboubaker, qui tenait magasin de toile à l'avenue Jean Jaurès, pétarada une longue enfilade de phrases auxquelles ses congénères répondirent par un hochement grave du chef. Monsieur Jean tendit à Ancinelle un mouchoir et lui proposa de la raccompagner chez elle, cela dans l'indifférence générale. A dater de cet instant, un amour gigantesque se mit à fleurir entre ces deux êtres si différents.

Mais il convient de ne point oublier le second incident sérieux qui, ce même jour, vint troubler la quiétude de l'agora de Fort-de-France : la macaquerie de Cicéron Nestorin devant le monument aux morts. Bien sûr, on avait l'habitude de déchiffrer les pancartes que le médecin raté promenait tout au long des rues parce qu'elles tançaient nos travers les plus vilains. Combien d'entre nous n'ont-ils pas été heureux de lire un jour :

« IL Y A BELLE HEURE QUE LES NÈGRES
N'ONT PLUS ENVIE DE TRAVAILLER
(L'ESCLAVAGE LES A-T-IL FATIGUÉS ?) »

A partir de l'Abolition, en effet, nous avions commencé à chercher du travail à coups de roche. Habiles depuis l'enfance à pourchasser les chiens à l'aide de cette arme, nous visions avec aplomb toute possibilité de gagner deux francs et quatre sous à la sueur de notre front. Il faut préciser que nous n'aimions plus les travaux que l'En-Ville nous présentait, tels que tailler les haies d'hibiscus au fronton des maisons cossues ou ramasser les pots de chambre pour les camions de tinettes. La vie était devenue un tourbillon et nous n'avions plus la sensation d'avancer. Plus nous nous épuisions à grimper le morne, plus nous avions l'impression de rester à la même place. Nous avions tous approuvé Cicéron le jour où il avait affiché :

« POURQUOI LES BÉKÉS ABOLISSENT LES USINES ?
POURQUOI CHERCHENT-ILS À TUER LE TRAVAIL ? »

Pour de vrai, les bourgeois accusaient les nègres de fainéantise mais, dans le même temps, ils les enfermaient dans la calloge du désespoir.

Cicéron se mit donc au garde-à-vous pendant trois semaines devant le monument aux morts. La main droite figée dans un salut militaire impeccable, il fixait celui-ci sans que ni la pluie ni le soleil ni la froidure du serein ni les aboiements des chiens errants ni les exclamations des joueurs de sèrbi au Bois de Boulogne ni les gloussements des maquerelleuses au banc des Bourelles ni les pétarades d'arabe ou d'italien ni les philippiques des Sénateurs, ne le fissent tressauter. La maréchaussée municipale lui dressa un procès-verbal ; son père, Alcide Nestorin, le fameux dissident, vint l'exhorter à recouvrer sa dignité ; Bec-en-Or tenta de le dérider en étalant à quelques centimètres de son nez sa denture aurifère ; et puis des tentatives-des tentatives, messieurs et dames, cela en pure perte. Le bougre s'était arrimé un carton énigmatique sur la poitrine où l'on pouvait lire :

« Un grand philosophe a dit que l'âme humaine est un puits insondable. Inutile donc de nous perdre en conjectures. La raison de tout cela nous sera tôt ou tard révélée », conclut Jojo Coiffeur.

Un matin, Cicéron sortit de sa posture marmoréenne et, ôtant des feuillets couverts de gribouillis de la sacoche bourrée de dictionnaires dont il ne se séparait jamais, il s'écria :

« Déclaration de désamour envers la langue française :

« Oyez ! Oyez ! Bonnes gens de la Guadeloupe et messieurs de la Martinique ! Oyez, peuples de l'univers entier qui avez été soumis à l'emprise malfaisante des mots venus d'ailleurs, à leur ténébreuse beauté, à leur insupportable présence en plein cœur de nos pensées les plus secrètes, je suis venu, moi Cicéron Nestorin, vous délivrer du mal. Je suis venu clamer à la face du soleil — et ce n'est point jactance vaine — ce que nous gardons scellé depuis des siècles de temps à l'envers de notre esprit. Je vous ai mandé céans afin de vous porter des paroles de réconfort, des paroles de guerrier. J'ai surmonté l'effroi qu'inspire le génie de leurs grandes belles phrases longues comme le Mississippi.

« Il m'est sensible que vos yeux s'écarquillent d'incrédulité et de pitié à mon endroit parce que vous craignez que je ne sois quelque bouffon échappé d'une cour de zombis. Je vous comprends ! Moi aussi, pendant un trop grand concours d'années, j'ai souffert de la présence du Blanc dans ma plus stricte intimité. Dans ma tête, je luttais pour qu'aucun mot français ne lugubre dans mes veines, n'interfère dans mes pensées car j'avais le sentiment d'être habité par quelque espion intérieur, quelque cheval de Troie qui me dérobait ce que j'avais de plus mien. C'est la vérité vraie : lorsque leurs mots se sont fichés en nous, nous ne sommes plus seuls avec nous-mêmes. Leurs mots convoient des régiments de sons, d'images, des compagnies de phrases qui avancent au-dedans de nous au pas cadencé et, final de compte, nous cernent. Au plus noir de la nuit, quand nous nous retrouvons en notre for intérieur, avec juste la rumeur lasse du monde qui filtre par les persiennes de nos chambres, nous désirons très fort soupeser nos vies et supporter les intempéries de l'âme et du corps à l'aide de mots qui nous soient propres, qui ne sentent pas leurs rires, leurs joies, leurs colères, leurs maussaderies. Et nous nous enfonçons avec délectation dans le créole, aventuriers fous qui ouvrons des traces à la machette dans la plus vierge des forêts. Nous rêvons avec notre parlure créole, nous glissons sur le dos de feuilles sèches de cocotier comme dans le jeu d'enfants appelé *"kalibantjo"* et cette doucine-là, aucun de leurs mots — ni glissade, ni plongée — ne pourra jamais nous bailler la sensation inouïe que recèle le mot indompté, sauvage, nègre-marron, le mot créole. Nous tombons au fin fond de nous-mêmes, ivres et essoufflés de tant d'audace. Sachez-le ! Les mots sont semblables aux êtres humains. Ils possèdent chacun une odeur particulière, un teint qui leur est propre. Ils sont vivants, chacun d'eux mène une vie souterraine en nous qui, chaque fois que nous cessons de nous mouvementer, de nous égosiller en pure perte, de nous embarquer dans des querelles sans fin pour un petit brin de pouvoir, chaque fois que nous nous arrêtons pour entrevisager l'insignifiance de notre destinée, eh ben les voilà qui réapparaissent, qui ressurgissent à l'en-bas de nos rêves, au détour de nos intuitions, vives arêtes ou tendres pelages, et nous irriguent de leur vaillance.

Nous avons survécu à tout, traversé l'esclavage, les cyclones, les guerres et la déveine éternelle par la grâce des mots créoles. Le conteur des veillées mortuaires a su dompter l'effronterie de la mort en chevauchant le flot saccadé de sa parole. Où sont nos maîtres de la parole du temps de l'antan ? Où, en quel lieu gisent leurs trésors langagiers ? Bonnes gens de la Guadeloupe, messieurs de la Martinique, je suis venu vous délivrer de la stupéfaction dans laquelle nous ont plongés trois siècles et demi de parler français. Je vais briser le miroir ensorcelant dans lequel votre esprit est retenu prisonnier. Il m'a été confié pour mission de délivrer le créole, de cisailler les fils invisibles qui ligotent cet oiseau-mensfenil qui rêve de voler au plus près des astres. Oyez ! Oyez ! Peuple des Antilles, n'usez plus impunément du langage français ! »

Il fallut l'intervention énergique de l'autorité militaire, à la veille des cérémonies du 14 Juillet, pour arracher Cicéron à sa posture martiale. On l'interna un mois durant à l'hôpital psychiatrique de Colson, ce qui permit à notre raminagrobique bourgeoisie de dormir sur ses deux oreilles. Ouf ! Plus de pancartes vengeresses où ce disciple de la négraille honnie les sarcasmait ! Au moins pourrait-on se promener l'esprit tranquille sur La Savane, sans avoir cet œil de Caïn en face de soi.

Or, justement, un dernier incident se produisit de façon si inopinée que certains en gardent aujourd'hui encore un souvenir incrédule. Pourtant, on n'avait pas rêvé : les Pieds-Noirs réclamaient un banc à eux. Et sur lequel ces bougres-là jetèrent-ils leur dévolu ? Sur celui des Sénateurs ! Sans doute parce que le plus majestueux des tamariniers de la place de La Savane l'ombrageait.

Cela avait commencé par un trafalgar sur l'un des bancs de la Chienaille où le sieur Vincent Ramirez et son bon compère Simon Hanoun avaient tenté de prendre pied. Bec-en-Or et Fils-du-Diable-en-Personne, qui y discutaient de toute éternité du partage de leurs femmes, trouvèrent un jour leurs places occupées par ces messieurs. Médusés, les deux vagabonds contemplèrent l'invasion sans donner le sentiment qu'ils pouvaient riposter, ce qu'ils firent lorsque Eugène Lamour, du second banc de la Chienaille, se mit à les traiter de ma-commères. Fils-du-Diable-en-Personne brandit sa célèbre jambette, qui avait fait courir plus d'un major à la vitesse d'une mèche au cours des fêtes patronales, et cria :

« Vous n'êtes pas gênés ? Retirez vos pieds de là !

— Je suis sur un lieu public, déclara Hanoun en se dressant sur ses ergots, ce banc est un banc public et jusqu'à preuve du contraire, nous vivons en république, alors va te faire voir chez les Grecs, bicot ! »

D'un bond, Bec-en-Or et Fils-du-Diable-en-Personne happèrent l'avorton olivâtre et l'envoyèrent valdinguer dans l'herbe à la grande joie des habitués de La Savane. Vincent Ramirez gueulait :

« Retournez grimper à vos baobabs en Afrique ! Vous n'êtes bons qu'à ça. »

Les deux Pieds-Noirs battirent en retraite, chamboulant au passage le sage ordonnancement des deux groupes de filles et garçons qui faisaient leur parade amoureuse quotidienne à l'Allée des Soupirs. Hanoun rentra tête baissée dans la caisse à snow-balls qu'il démantibula. Il avait détruit, sans le savoir, l'un des repères secrets des lieux. Le lendemain, une des Chaperonnes s'installa en tant que marchande de sorbets au coco et, bien entendu, il ne fut plus question d'envoyer le moindre signal à quelque donzelle par son truchement. Les lycéens en vinrent à détester les Pieds-Noirs dont ils se mirent à boycotter les magasins de vêtements. Il n'y eut guère que le journaliste Romule Casoar pour les plaindre dans *Le Rénovateur* :

« *Serions-nous des sauvages ?*

« *Hier après-midi, en plein cœur de notre bonne cité de Foyal, planétairement réputée pour la civilité et l'aménité de ses habitants, un groupe de traîne-savates et de gueusards, originaires de ce quartier sans foi ni loi que sont les Terres-Sainvilles, ont agressé sans raison deux Européens qui venaient y prendre le frais. Quand on sait que les victimes sont deux honnêtes commerçants chassés d'Algérie par la barbarie fellagha, on ne peut qu'être écœuré et exhorter une fois de plus nos concitoyens à dominer leurs bas instincts.*

« *Savent-ils seulement que s'ils s'en étaient pris à la grande-duchesse et au grand-duc Wladimir de Russie, que j'ai eu récemment l'honneur d'accueillir, ils auraient pu non seulement créer un incident diplomatique mais déclencher une troisième guerre mondiale ?*

« *La Martinique est une terre de vieille civilisation française, malheureusement habitée par encore trop de gens qui en démolitionnent les règles les plus élémentaires.* »

Comme si Casoar les avait regonflés, les Pieds-Noirs revinrent à quinze le surlendemain et occupèrent le banc des Sénateurs. Ils étaient tout bonnement impressionnants avec leurs treillis, leurs gros ceinturons, leurs godillots noirs parfaitement cirés et leurs casquettes de paras. Un notaire de la rue Schœlcher faillit tomber du haut-mal et fut pris d'une crise de hoquets incontrôlables. Il fut recueilli par les Syriens qui lui aménagèrent un bout de leur banc et se mirent à l'éventer à l'aide de leurs journaux à la drôle d'écriture en pattes de mouche qu'ils s'obstinaient, Dieu sait pourquoi, à lire à l'envers. Auguste Saint-Amand, qui se présenta juste après lui, demeura bouche bée et, chose inouïe, s'approcha du premier banc de la Chienaille pour demander à un nègre :

« La guerre est déclarée ou bien quoi ? »

Il y croyait visiblement et, pour le faire tourner en bourrique, la négraille inventa un communiqué de la radio selon lequel l'Allemagne avait de nouveau envahi la France. Le fils d'Hitler, ajouta Eugène Lamour, a pris le pouvoir à Berlin en vue de réunifier les deux morceaux d'Allemagne avec la complicité des Russes. Il faut dire que notre baliverneur avait acquis une vaste culture depuis qu'il buvait des secs chez Chine avec Jacquou Chartier. N'écoutant que les intenses vibrations de sa fibre patriotique, le négociant se précipita chez lui et enfila sa vareuse de sous-lieutenant sur laquelle les ravets et les mites avaient entamé un festin depuis qu'il ne la dépoussiérait plus pour participer aux commémorations de l'armistice, sa jambe atrophiée par une déflagration d'obus, en 14-18, ne lui autorisant plus de longues stations debout. Il obligea son épouse à grimper au galetas pour lui prendre un fusil antédiluvien qu'il avait rapporté de la guerre et ordonna à son fils Frédéric de le démonter afin de le remettre en état de marche. Il était en proie à un sacré modèle d'excitation et jurait entre ses dents :

« Sales boches, vous allez voir ce que vous allez voir ! »

Il réapparut donc une heure plus tard, en grande tenue, place de La Savane, la poitrine constellée de médailles et le calot avantageux. Les Sénateurs, pour une fois au grand complet, étaient embarqués dans une dispute homérique avec les Pieds-Noirs qui refusaient de leur rendre leur place. Le docteur Bertrand Mauville vociférait, rouge comme un coq. Il se tenait à distance respectueuse des Pieds-Noirs, esbroufeur qu'il était :

« Vous avez déjà tenté l'an dernier un putsch contre la République, piétinant le principe qui veut qu'elle soit une et indivisible, et vous avez failli déclencher une guerre civile entre Français. Il a fallu tout le courage du général de Gaulle pour arrêter les généraux factieux et félons ainsi que les énergumènes de l'O.A.S. Et voilà qu'aujourd'hui, vous venez foutre à nouveau le bordel dans un pays qui est français depuis trois siècles et demi et dont les fils ont versé leur sang pour la patrie à chaque conflit mondial !

— La ferme ! ripostait Ramirez soudain impressionnant dans sa tenue de parachutiste, vous n'avez que ce mot-là à la bouche, vous les négros : De Gaulle ! De Gaulle ! Papa de Gaulle ! On n'en a rien à foutre de cet enculé qui est en train de brader l'Algérie aux fellouzes. Il ne représente que les lâches et les capitulards !

— Tu peux aller te faire mettre ton de Gaulle où tu veux ! » glapissait Hanoun.

Jamais les tamariniers centenaires de La Savane, ainsi que les quatre palmiers royaux qui faisaient une garde impériale à la statue de Joséphine Bonaparte, n'avaient supporté semblable boulvari. De mémoire d'arbre, les injures n'avaient jamais fusé que plus bas, tout au fond de la place, aux bancs des Bourelles et de la Chienaille. Saint-Amand, interloqué, se sentit tout à coup ridicule dans son accoutrement de sous-lieutenant de la coloniale. Pourtant, en tant que président du « Sénat », il se devait de redresser au plus vite la situation sous peine de se déconsidérer à jamais et de ne plus pouvoir mettre les pieds sur La Savane, sa seule distraction avec le boxon Marie Curie. Il s'avança courageusement au-devant de l'escadron de Pieds-Noirs et leur déclara :

« Messieurs, vous êtes peut-être de bonne foi et vos revendications sont sûrement légitimes, mais il faut que vous compreniez qu'étant les derniers arrivés sur cette île, vous ne pouvez pas vous arroger des droits qui lèsent les populations qui y résident depuis la nuit des temps. Une telle injustice n'est pas supportable.

— Ecoutez, mon vieux, je commence à en avoir marre de ce baratin, éructa Ramirez, là-bas, en Algérie, on nous a raconté qu'y avait d'abord les bougnoules et eux y voulaient pas s'pousser ! Ici, on nous dit qu'y avait d'abord les négros et eux non plus, y veulent rien entendre. Où c'est qu'on ira alors ? »

Pendant tout ce temps, monsieur Jean avait disparu de La Savane et consolait Ancinelle Bertrand sur le quai de La Française. La jeune fille, qui avait eu une grosse émotion lors de l'importunation de Bonda Mézanmi, éprouvait une sensation de bien-être inconnue d'elle. L'ombre protectrice du quinquagénaire lui rappela la toile d'araignée qui s'était tissée au-dessus de son lit la veille et qui lui avait fait croire à quelque quimbois. Marraine Philomène l'avait aussitôt rassurée :

« Araignée du soir, signe d'espoir
Araignée du matin, signe de chagrin. »

La baptiseuse avait donc vu juste. Monsieur Jean n'était pas un vulgaire muscadin : il prit la main d'Ancinelle et y déposa un chaste baiser. Ils se laissèrent emplir par le ressac une charge de temps avant de regagner La Savane où la guerre entre les Sénateurs et les Pieds-Noirs s'était, ô miracle, apaisée.

C'est à compter de cet incident qu'on comprit que ces derniers n'étaient que des bougres à grands mouvements mais petits coups de bâton. En effet, l'un après l'autre ils se levèrent et repartirent en colonne par deux d'où ils étaient venus. Il est vrai qu'entretemps, toute la ville s'était rassemblée autour d'eux et que certains avaient déjà sorti leur coutelas dehors « pour leur éplucher les fesses », comme lançait à la cantonade Fils-du-Diable-en-Personne. Toujours est-il que les envahisseurs ne revinrent plus troubler l'ordonnancement de La Savane. Seule la fille aînée de la tenancière du boxon des Terres-Sainvilles, négresse à présages, ronchonna :

« *Pli ta, pli tris !* » (Le pire est devant nous !)

Peu de gens notèrent que ce fut en cette occasion-là que Jacquou Chartier, dont les belles envolées avaient été méjugées, et le camarade Angel établirent une manière de connivence, chose surprenante puisque le mulâtre à l'accent espagnol ne cessait de déblatérer sur la mauvaiseté des Blancs-France au bistrot de Ho-Chen-Sang. Il est vrai que Jacquou n'était pas un Blanc-France comme les autres...

## 9

Quand les chiennes du Pont de Chaînes et de Trénelle entraient en saison, elles dévalaient les Terres-Sainvilles à la brune du soir et s'attroupaient, sans qu'on ait jamais pu expliquer pourquoi, devant la véranda de Justin Villormin. L'invalide de guerre mettait une sacrée tonnerre de mine sur son front et, arrêtant de boissonner, il voltigeait une tralée d'imprécations sur la meute avant de retomber dans son hébétude habituelle. Sa mère venait arroser le minuscule carreau de glaïeuls qui tentaient désespérément de survivre aux gaz d'échappement et aux agressions de la marmaille des alentours. Avant de rentrer dormir, elle s'emparait de la chopine de tafia que Justin tenait entre ses jambes et, sans un mot, lui posait un baiser sur le front. Les vieux-corps qui se rendaient à la place de l'Abbé Grégoire pour brocanter, dans un créole énigmatique, leurs souvenirs du temps de l'antan, s'arrêtaient tous à la hauteur de Justin pour lui bailler une parole gentille à laquelle le bougre ne daignait jamais répondre. Une seule fois, on l'avait entendu bougonner :

« Ne bêtisez pas avec moi, non ! »

Mais c'était là propos rapporté du mécanicien de l'avenue Jean Jaurès et l'on savait pertinemment que monsieur et la menterie étaient comme qui diraient deux frères jumeaux.

Depuis qu'il était revenu d'Algérie en mai 1959, après quatre ans d'une guerre au cours de laquelle il avait perdu un bras et l'usage de sa virilité, Justin ne faisait plus cas de l'espèce humaine. Le quartier avait voulu honorer son héros en lui préparant une bamboche historique. Les autorités militaires du fort Desaix avaient prêté la fanfare et celles de la mairie une estrade ainsi que des haut-parleurs. On avait confié à monsieur Jean le soin de fabriquer une plaidoirie dans ce luxuriant français de France qu'il maniait si bien. L'abbé des Terres-Sainvilles avait pour sa part promis de bénir la cérémonie. Evidemment, le gouvernement n'avait pas jugé bon d'avertir les Martiniquais que les héros qu'il leur renvoyait étaient quasiment tous des éclopés. On ne s'en avisa qu'à la dernière minute en interdisant aux familles l'accès du port où deux camions militaires prirent en charge Justin Villormin et ses compagnons qu'ils débarquèrent comme de vulgaires paquets de hardes sales dans leurs quartiers respectifs. Malgré tout ce catimini, une ovation formidable accueillit le Sainvillien dès que le sergent blanc l'eut aidé à descendre les trois marches du camion. Ce dernier lui avait fourgué dans le même temps un drapeau bleu-blanc-rouge dans l'unique main qui lui restait. Justin ne reconnut personne, même pas ce pantin de mardi-gras qui prétendait être sa mère et qui lui faisait des flaflas à n'en plus finir. Foutre que la guerre a dû être raide pour qu'il sombre ainsi dans l'oubliance, commentait-on dans la foule. Deux bougres le hissèrent sur l'estrade où un trône rudimentaire l'espérait. Son uniforme et ses médailles produisirent tant d'effet que personne ne s'aperçut de l'infirmité du Fabrice del Dongo créole.

Le restant de cet épisode emprunte en général deux traces légèrement divergentes. La première d'entre elles mène tout droit à monsieur Jean qui, cravaté et laineté, brandissait les papiers d'un discours qui promettait d'être retentissant. Un silence s'était établi avec la brutalité d'un coup de roche car chacun désirait entendre du français, messieurs et dames. Conscient de l'importance de son rôle, le laïc trembladait de façon imperceptible à la lueur des torches de bambou qui aidaient le falot lampadaire public à claircir l'endroit.

« Français, Françaises, commença le quinquagénaire, nous voici réunis ce soir afin de rendre un solennel hommage à la glorieuseté de l'un des fils les plus éminents des Terres-Sainvilles, quartier que certains esprits malintentionnés et négrophobes s'acharnent à décrire comme le plus mal famé de notre bonne ville de Fort-de-France : j'ai nommé l'adjudant-chef Justin Villormin (applaudissements plus deux évanouissements féminins à cause de la chaleur du français)... ceux qui ont eu l'insigne chance de le connaître dans sa prime jeunesse affirment qu'il fut toujours et en tous lieux un garçon d'une exceptionnelle braveté. N'a-t-il pas été l'un des premiers à défier les interdits du sinistre Amiral Robert et à s'échapper en dissidence pour y rejoindre le général de Gaulle ?... (Applaudissements plus crise d'hystérie d'un jeune homme qui s'enfuit en hurlant *« ô Woy-woy-woy ! »* tellement les phrases du plaidoirier l'avaient subjugué...) Et je n'ai nul besoin de vous remémorer, chers compatriotes, combien fut risqueux l'enjambement du canal de la Dominique sur ces frêles esquifs que nous appelons gommiers ! Eh bien, loin de s'avachir dans une confortable retraite, Justin Villormin a une fois de plus répondu présent à l'appel de la mère-patrie, à notre mère-patrie la France (applaudissements)... lorsqu'en l'an de grâce 1954, les fellaghas ont entrepris de la dérailler. Justin s'est alors réengagé tandis que d'autres plus jeunes fuyaient la conscription comme des capons. Que la vergogne défigure à jamais leurs générations à venir, traîtres qu'ils sont ! Et Justin a débarqué chez les Arabes, et Justin les a combattus les armes à la main au cœur du djebel, et Justin a déjoué leurs ruses de renard et... (applaudissements...) mesdames et messieurs, Français, Françaises, le nègre que vous voyez devant vous là ce soir est un héros de la Patrie : il a été décoré par le général Salan lui-même sur le forum d'Alger ! »

Le grain des yeux de Justin avait conservé une fixité déroutante pendant toute la démonstration de monsieur Jean. On crut qu'il était sous le coup de l'émotion, qu'il couvait un falle frette ou quelque sentiment du même genre, mais quand il fut convié à s'adresser à ses concitoyens, il se redressa subitement, s'avança en titubant sur le devant de l'estrade et dévoilant le bras qui lui manquait, cria dans une langue étrange et gutturale :

« *Enaaldine ou-mek !* »

Les nègres applaudirent, croyant à quelque défi guerrier et la bamboche prit son ballant. Le héros, qui n'avait eu cesse de tafiater depuis le devant-jour, s'effondra de tout son long aux pieds de sa mère.

L'atroce vérité ne fut révélée que quatre jours plus

tard par ce voleur de Syrien de Mehdi Aboubaker qui tenait boutique de toile à l'avenue Jean Jaurès. Monsieur déclara à qui voulait l'entendre (et supporter la cavalcade de « r » dont il parsemait ses phrases) que Justin avait tout bonnement dit aux Sainvilliens d'aller coquer leurs mères ! Eh oui, d'aller baiser leurs mères, saperlipopette ! Le monde ne désenragea pas pendant des mois et fit tout son possible pour enterrer dans les mémoires Justin-un-bras-zéro-graine, comme on le sobriqueta à la suite d'une indiscrétion d'une péripatéticienne du boxon de sa mère. De ce jour, l'adjudant-chef se cloîtra sur sa véranda d'où il regardait le va-et-vient des automobiles avec une obstination dérangeante. On décida alors de l'oublier tout-à-faitement (sauf le camarade Angel) et c'est à ce moment-là que débuta l'étrange conciliabule canin aux abords de sa maison.

Toutefois, un deuxième chemin s'ouvre dans cette histoire, beaucoup plus farfelu que le précédent mais si-tellement plus beau ! Le commencement en est pourtant fort logique : il était, en effet, peu probable qu'on ait désigné monsieur Jean pour prononcer l'éloge de Justin Villormin, maintenant que tout un chacun savait qu'il avait été un suppôt du régime vichyste. Les gaullistes du quartier n'auraient jamais permis semblable ignominie. Encore moins les communistes qui attendaient de voir à quelle aune mesurer les convictions de leur nouvelle recrue. Il y a tout lieu de penser donc que le retour au pays du dérailleur de fellaghas s'effectua sans tambour ni trompette. Sans glorieuseté en tout cas. La guerre d'Algérie était bien trop lointaine pour nous inquiéter et, comme elle ne menaçait pas le territoire français lui-même, nous l'assimilions à ces révoltes sporadiques qui secouaient nos champs de canne à la veille des récoltes. Et puis, contrairement à l'autre guerre, la vie continuait à battre sa misère par ici. Les bateaux et l'avion hebdomadaire (qui avait remplacé le désuet hydravion qui nous charmait si fort) continuaient à maintenir le cordon ombilical entre la mère-patrie et nous. Nulle menace de restrictions ou de rationnement alimentaire en perspective. Certes, de temps à autre, on voyait untel ou untel revenir avec un œil ou un bras en moins ; parfois même les familles recevaient un beau cercueil décoré d'oriflammes mais il n'y avait là rien qui pût nous inquiéter durablement.

Aussi Justin ne rencontra-t-il qu'une indifférence malplaisante autour de lui, même de la part de ses plus proches amis d'enfance, et finit par s'accointer à la meute de chiens qui occupait les Terres-Sainvilles à la tombée de la nuit. Une fiole de tafia sous le bras, il les haranguait depuis sa véranda et les chiens, loin de détaler ou de couvrir le son de sa voix de leurs aboiements, l'écoutaient comme jamais aucun être humain ne l'avait fait à ce jour. Il avait surnommé le chef de la meute Ben Amar et deux autres qui semblaient l'escorter, Ben Ali et Ahmed Weld-Zidi. Il leur distribuait des morues salées entières qu'il achetait chez Chine et leur faisait boire des bombes d'eau mélangées à du vin chimique. Même Grand Z'Ongles, tout grand maître en démonomanie qu'il était, évitait de s'aventurer trop près de la case de l'adjudant-chef quand il tenait ses étranges conférences. Or, si les Sainvilliens avaient fait preuve d'un peu de perspicacité, ils auraient compris que quelque chose d'exceptionnel se produirait avant que l'année ne s'éteigne. La soudaine amicalité entre les chiens-fer et les chiens créoles, due au seul talent oratoire de Justin, constituait un indiscutable présage car, comme dit le proverbe, « quand les animaux s'unissent c'est que les hommes ne tarderont pas à s'entre-déchirer ». Au début, les chiens créoles avaient ruadé devant la perspective d'avoir à renifler les génitoires de leurs ennemis héréditaires.

Un négrillon du quartier jurait avoir surpris la conversation ci-après entre Ben Amar et l'adjudant-chef Justin Villormin. Le chien créole avait solennellement déclaré :

« Homme, on a déjà eu assez de mal comme ça pour que vous, les bêtes à deux pattes, vous acceptiez notre présence. Vos marmailles ne cessent de nous harceler à coups de roches alors que nous ne leur avons rien fait et tu voudrais qu'en plus nous acceptions de...

— Paix là ! Si les chiens-fer ont perdu leurs poils c'est parce qu'ils ont été terrifiés devant le Diable. Est-ce que vous savez quelle figure a un zombi, hein ? Dès que vous en prenez l'odeur, on vous voit, vous les chiens créoles, courir de travers en couinant et vous réfugier derrière nos cases, une tremblade du tonnerre dans vos fesses. Et est-ce que vous savez pourquoi les chiens-fer ont perdu la faculté de japper ? C'est parce qu'ils ont voulu dévoiler la présence du Diable et que celui-ci leur a cloué sa haïssance au fond du gosier. Voilà ! Moi, je vois des zombis partout dans ce pays-là. Ils marchent dans nos rues, ils grimpent sur nos toitures, ils jacassent dans nos têtes-calebasse sans discontinuer, ils volent les richesses de notre terre et nous ne remuons pas un poil d'yeux. Bientôt, ils vont nous trucider les uns après les autres. Ça oui, je le prémonitionne ! »

Lorsque enfin le pacte d'alliance fut scellé entre le général Ben Amar de la compagnie des chiens créoles et chien-fer Numéro 1, son homologue, il fallut bien faire appel au service d'hygiène municipale. Des cacas de chien envahissaient les trottoirs et les devantures des magasins, tant et tellement que les éboueurs indiens renoncèrent à les enlever. La municipalité fit dresser un procès-verbal à l'encontre de madame Villormin, cela sans succès. L'enquêteur municipal Eugène Lamour lui infligea une-deux-trois amendes, toujours en vain. Un conseiller proposa d'envoyer une escouade de fainéantiseurs municipaux munis de piques afin de décimer la meute, malheureusement, les élections cantonales de juillet approchant à grands pas, tout le monde avait déjà été réquisitionné pour le porte-à-porte dans tous les quartiers plébéiens de Fort-de-France. Justin n'évita donc l'internement à l'hôpital psychiatrique de Colson que grâce à une indiscrétion d'une des membres du groupe de prières que dirigeait sa mère à l'église Saint-Antoine des Terres-Sainvilles. La paroissienne en question avait happé cette information par hasard, dans un couloir de la mairie où elle attendait d'être reçue par le responsable du Service des Indigents : le parti de monsieur le maire avait besoin de militants dévoués. Aussitôt, madame Villormin entama une opération de diversion en annonçant urbi et orbi qu'elle mettait son corps et son âme au service intégral d'Aimé Césaire, de son parti et donc de la municipalité foyalaise.

« Ne me surnommez plus madame de Gaulle ! demanda-t-elle aux clients de sa pâtisserie. J'ai divorcé de lui depuis le jour où il m'a rendu un fils bancroche, mesdames-messieurs. Est-ce qu'un papa qui se respecte agit de la sorte, hein ? »

Au même moment, l'En-Ville était saisi par les premiers signes de la frénésie électorale et il se murmurait un peu partout que cette fois-ci, le Nègre Fondamental serait déboulonné de son piédestal. Celui qui avait brillamment exigé dignité pour la couleur noire de notre peau, la crêpelure de nos cheveux, la cambrure de nos reins et l'épaisseur de nos lèvres, avait outrepassé ses droits : il était devenu désormais un ennemi juré de notre mère la France. Un ennemi d'autant plus dangereux que depuis qu'il avait rendu sa carte du Parti Communiste Martiniquais suite aux événements de Budapest, on avait bien du mal à percer ses intentions. Auguste Saint-Amand, le négociant mulâtre qui rêvait de le remplacer, avait averti la tenancière du boxon :

« Madame, vous allez perdre votre clientèle du jour au lendemain. Ce monsieur Césaire que désormais vous honorez de votre soutien n'est qu'un roi Makoko en puissance...

— Un roi Makoko ?

— C'est bien ça, très chère. Un potentat africain refoulé jusqu'à présent ! Un despote qui usera du vaudou pour nous imposer ses lubies obscurantistes. Avec Césaire, la Martinique deviendra fatalement un royaume nègre et sera, à l'instar d'Haïti, mise au ban des nations civilisées. »

Madame Villormin prit un bon paquet de jours pour réfléchir à l'affaire. Elle était la proie d'un cruel dilemme mais, final de compte, elle jugea que le sort de son fils était primordial, en tout cas valait bien d'encourir le risque d'être transformée en sauvagesse africaine. On la vit vendre le journal *Le Progressiste,* au porte-à-porte, tout au long de l'avenue Jean Jaurès et même, ô folie, le proposer au quimboiseur Grand Z'Ongles dont la seule politique qui l'ait jamais préoccupé était celle des Ténèbres Extérieures. Elle harcela Sidonise Vincent et La Mangouste afin qu'elles s'inscrivent sur les listes électorales. La première avait toujours refusé toutes les pressions :

« Je suis espagnole, minaudait-elle d'ordinaire, je ne comprends rien aux démêlés d'ici-là. Et puis qui sait si le jour du vote, je ne serai pas à Barbade ou à la Jamaïque ? »

Madame Villormin l'attaqua de front. Il n'y avait pas d'espagnole qui tienne ! Sylvia Menendez y Carvajal, c'était de la magouille pour les pays d'en-dehors.

Shirley Vindgrave et Samantha Wiitgenst des faux-semblants pour la négraille anglaise et hollandaise des alentours. Fais attention que tu ne retrouves pas des morceaux de charbon de bois à la place du Trouve ton Bonheur, menaça la pâtissière-tenancière de boxon. La pacotilleuse se rendit à ce dernier argument prononcé d'un ton sans appel. Quant à La Mangouste, elle fut sommée de s'exécuter :

« Suis-moi immédiatement, jeune fille ! On va s'inscrire à la mairie. Une bonne citoyenne doit voter ou alors on s'occupera de tous les bébés qu'elle a eus dans le ventre et fait disparaître au bout de quatre mois. »

La vendeuse du Trouve ton Bonheur avait été moult fois enceinte de Grand Z'Ongles et avait eu recours aux herbes-moudongues d'une nettoyeuse de matrice du quartier Au Béraud que le pape Jean XXIII en personne avait excommuniée (au dire de Radio-bois-patate). La Mangouste ne voulait pas d'un enfant dont le père était l'ami intime du démon. Elle s'inscrivit sous son nom et accepta en outre de voter pour Hortense Ladouceur, décédée le 22 janvier 1934, pour Marie-Clémence Suréna, décédée le 16 août 1947, et, si elle en trouvait le temps, les queues devant les bureaux de vote étant fort longues, pour la ci-devant Anastasie Rosemain dont les services municipaux avait perdu toute trace depuis le temps de la Madone du Grand Retour. Aux Terres-Sainvilles où cette citoyenne exerçait la profession de repasseuse, on avait hésité à pénétrer dans sa case désertée jusqu'à ce qu'un cyclone en ouvrît toutes grandes portes et fenêtres et qu'on découvrit qu'il n'y avait plus rien à l'intérieur : pas une chaise, pas un lit, pas un pot de chambre, pas une décoration sur les cloisons. Et pourtant nul ne l'avait entendue démaisonner, cette bougresse-là ! A en croire Ziguinote, le fossoyeur du cimetière des riches, Anastasie Rosemain avait obtenu une grâce de la Madone, celle d'être métamorphosée en nuage :

« Comment donc ? Vous ne vous rappelez pas combien de fois elle nous bassinait les oreilles avec ses histoires qu'elle aurait voulu dormir sur le dos d'un nuage pour oublier les emmerdations de l'existence ? »

L'explication avait paru convaincante à tout le monde, ou presque, mais présentement La Mangouste était envahie d'un doute affreux : et si Anastasie descendait de son nuage pour venir lui tirer les orteils la nuit ? Madame Villormin balaya ses hésitations en l'embarquant avec Justin dans la chaleur de la campagne électorale. Ils battirent désormais à trois les quartiers plébéiens de Trénelle, Pont de Chaînes, Ermitage et Bord de Canal, un gros paquet de *Progressiste* sous le bras. Madame Villormin cognait à chaque porte d'un coup de poing plein de détermination, La Mangouste fourguait le journal au premier visage qui se présentait dans l'encadrement et Justin tendait le plat de la main en ânonnant :

« Ça fait quatre francs tout rond. »

Aucun individu sensé n'aurait osé opposer la moindre résistance à un tel commando en dépit de sa mine disparate. La plantureuse dondon aux cheveux amarrés d'un madras rouge et vert, la fluette jeune fille aux yeux furtifs et l'ancien combattant d'Algérie claudiquant n'eurent aucun mal à écouler la moitié des exemplaires disponibles pour l'En-Ville. Si bien qu'à l'heure du collage des affiches, on fit appel « à leur science de l'endoctrinement et à leur courage face aux coups bas portés par un adversaire haineux », selon l'expression d'un haut dignitaire du parti césairiste. La pâtissière portait le pinceau, La Mangouste les affiches et cet éclopé de Justin le seau de colle. L'enquêteur municipal Eugène Lamour, ayant mis ses pulsions fornicatoires en veilleuse pour l'occasion, assurait leur protection rapprochée, muni d'un pistolet d'alarme qu'il dut utiliser à maintes reprises, notamment lorsqu'une équipe de colleurs adverse fondit sur le commando pour le mettre en pièces. Madame Villormin récolta une aile de nez pétée, La Mangouste trois côtes enfoncées et Justin un œil au beurre noir. Vaillamment, ils reprirent leur parcours du combattant, tapissant de manière systématique les affiches d'Auguste Saint-Amand du beau visage souriant du Nègre Fondamental.

Monsieur Jean, qui voulut émettre quelques timides protestations au nom du Parti Communiste, fut houspillé de verte façon par la pâtissière :

« A la campagne, c'est pire et vous ne dites rien ! La gauche n'a pas le droit de coller d'affiches au Saint-Esprit. A Marigot, le maire en place a installé des patrouilles armées qui promènent des chiens-loups dans les rues. Tout près de nous, à Schœlcher, les urnes sont bourrées à l'avance. »

Si bien que le matin du vote, elle proposa de placer son fils dans l'urne, oui, au beau mitan de l'urne du quartier le plus peuplé de bourgeois, celui du Centre-Ville. On s'était étonné du volume considérable des urnes mais les césairistes arguèrent qu'ainsi faites, elles ne risquaient pas d'être transportées par des provocateurs au moment du dépouillement, chose qui se produisait plus souvent que rarement, il faut l'avouer. Justin était recroquevillé à l'intérieur, une bouteille d'eau de Didier à ses pieds ainsi que deux zacharies pour lui accorer l'estomac. Il avait pour mission d'ouvrir les enveloppes et d'y mettre des bulletins « Césaire » à la place des « Saint-Amand ». Sa mère avait fait percer un trou derrière l'urne, du côté que le président du bureau de vote masquait de son corps, et quittait son siège d'assesseur de temps à autre pour venir lui bailler deux petits mots d'encouragement.

L'adjudant-chef Justin Villormin, héros de la guerre d'Algérie, connut au fond de ce cercueil les moments les plus drolatiques de son existence terrestre. Lui qui avait perdu sa joie de vivre depuis qu'il avait été fauché par une grenade fellagha découvrait la sottise, la duplicité, la colère, l'ingénuité, la bravacherie de ses compatriotes au fur et à mesure que les enveloppes se mettaient à l'ensevelir. Il devait réprimer d'intenses fous rires quand il découvrait que nombre de bulletins « Césaire » avaient été surchargés de la mention « + De Gaulle » ou « De Gol aussi » d'une écriture malhabile. Il manqua de périr étouffé quand la photo du général jaillit d'une enveloppe, probablement découpée dans un journal d'En France, entouré d'un cœur tracé au stylo-bille rouge, ou quand une électrice en colère avait glissé la missive suivante en guise de bulletin :

« Fils-du-Diable-en-Personne, n'oublie pas que tu m'as mis deux garçons dans le ventre ! Tu ne leur as jamais offert ne serait-ce qu'une graine de mangot et ils vont pieds nus à l'école. Quand tu les rencontres dans la rue, tu ne leur dis pas bonjour, ça c'est des mœurs de scélérat ! Je demande à Papa de Gaulle par la présente de prendre ton serrage fort. Salutations distinguées. »

Les assesseurs de la partie adverse commencèrent à s'inquiéter des bruits bizarres qui émanaient de l'urne et l'un d'eux demanda qu'à la clôture du scrutin elle fût ouverte en présence de la maréchaussée. Madame Villormin les voua aussitôt aux gémonies :

« Si quelqu'un veut sortir d'ici les deux pieds devant, il n'a qu'à le dire tout fort ! Il y a six coutelas effilés, trois becs d'espadon-mère et etcétéra de jambettes et de rasoirs qui attendent de taillader les fesses des ennemis de la démocratie, foutre ! »

L'assesseur le plus curieux se tint désormais coi et le vote se poursuivit sans incident notoire jusqu'au moment où Justin reçut sur le crâne le texte qui suit :

« **LETTRES PATENTES DU ROI,**

***« Pour permettre aux Négocians de Languedoc de faire le Commerce de Guinée.***

***Données à Paris, au mois de Janvier 1719.***

*Louis, par la grâce de Dieu, Roi de France et de Navarre : A tous présens et à venir ; SALUT. Le défunt Roi notre très-honoré Seigneur et Bisayeul, ayant par Lettres Patentes du mois de Janvier 1685, établi une Compagnie sous le titre de* **Compagnie de Guinée,** *pour faire, pendant l'espace de vingt années, à l'exclusion de tous autres, le Commerce des Nègres, de la poudre d'or et de toutes les autres marchandises qu'elle pourroit traiter ès côtes d'Afrique, depuis la Rivière de Sarralionne inclusivement jusqu'au Cap de Bonne-Espérance, avec plusieurs privilèges et exemptions, et entr'autres celle de la moitié des droits d'entrée sur les marchandises de toutes sortes qu'elle feroit apporter des Pays de sa concession et des Isles de l'Amérique pour son compte. Et par nos Lettres Patentes du mois de Janvier 1716, nous aurions permis à tous les Négocians de notre Royaume, de faire librement à l'avenir le Commerce des Nègres, de la poudre d'or, et de toutes les autres marchandises qu'ils pourroient tirer des côtes d'Afrique, depuis la Rivière de Sarralionne inclusivement, jusqu'au Cap de Bonne-Espérance, à condition qu'ils ne pourroient armer, ni équiper leurs Vaisseaux que dans les Ports de Rouen, la Rochelle, Bordeaux et Nantes.* »

Une colère blanche s'empara de l'adjudant-chef qui se mit à défoncer l'urne de l'intérieur. Il se mit à hurler : « Ouvrez ! Ouvrez-moi, l'esclavage est revenu ! »

D'un bond, madame Villormin fit clore les portes du bureau de vote et renvoya les électeurs qui espéraient leur tour. Le président du bureau plongea sur l'interrupteur et éteignit les lumières. Eugène Lamour dégaina son pistolet d'alarme et hurla :

« Haut les mains ! Tout le monde couché par terre, les mains sur la tête ! »

Justin défonçait l'urne à grands coups de genoux et de coude, complètement surexcité. Il voltigeait des nuées de bulletins en tous sens. Sa voix aiguë tympanisa de terreur les assesseurs adverses toutes tendances confondues : l'assesseur gaulliste de Saint-Amand se blottit dans les bras de l'assesseur communiste ; l'assesseur socialiste enfouit sa tête sous la jupe de l'assesseuse des non-inscrits, laquelle égrenait un chapelet en toute hâte. Ce boulvari permit à Justin de s'escamper par une fenêtre (le bureau de vote étant une salle de classe) et à madame Villormin de rassembler les bulletins, de recoller les planches de l'urne nul ne sut jamais comment, et de refaire la lumière en s'exclamant, un calme olympien sur la figure :

« Comment, messieurs et dames, vous avez eu peur d'un anolis qui est tombé dans l'urne, eh ben-Bondieu ? Tenez, le voici ! »

Et de brandir le cadavre d'un petit lézard vert par la queue d'un air triomphal. Le calme revint aussitôt, on procéda au dépouillement et le parti du Nègre Fondamental l'emporta à quatre-vingt-seize pour cent dans ce bureau-là, ce qui valut à madame Villormin les compliments appuyés des hiérarques du parti à l'annonce de ce score faramineux.

Cicéron avoua plus tard, à la boutique de Chine, qu'il avait glissé dans l'urne un extrait du Code Noir, sinistre règlement datant de 1685, qui déclinait point par point les moyens de la traite des nègres, le type de rapports que devaient entretenir maîtres et esclaves aux Isles Françoises de l'Amérique. Toujours est-il que la municipalité oublia l'affaire des chiens du jour au lendemain, lesquels avaient cessé entre-temps leur curieux manège, et que plus personne ne parla de mettre la camisole de force au héros d'Algérie.

Justin Villormin, revenu à sa posture statuesque à la devanture de sa maison, mais privé de sa compagnie chiennine, maugréa :

« Le plus bel se cache à l'en-bas de la baille, citoyens ! Nous sommes en mai, attendez l'arrivée de décembre et vous verrez des avalasses de rouge se dévider dans les dalots de Fort-de-France ! »

(Prophétie par laquelle il annonçait huit mois à l'avance le grand tuage d'hommes de Noël.)

## 10

Moi-même, Ancinelle Bertrand, moi, la négresse campagnarde, descendue dans l'En-Ville, dont on jalouse si fort les pavaneries, je suis devenue leur souffre-douleur. On n'aura cesse de vous le répéter : Cette négresse-là, elle a la langue plus effilée qu'une lame-gillette depuis qu'elle loge chez madame Villormin, aux Terres-Sainvilles. On ajoutera : Elle est devenue comme qui dirait une bourelle ou en tout cas sur le chemin de le devenir, forcée qu'elle est de côtoyer les pensionnaires du boxon, surtout cette mamzelle Lina si capiteuse qu'elle fit perdre la raison au négociant Auguste Saint-Amand.

Pourtant, l'idée d'abandonner Marraine Philomène

et ses folies de baptêmes à répétition, d'oublier le quartier Volga-Plage, où tout un chacun me prenait en bonne passion, m'avait été imposée par monsieur Jean. « Je te veux au plus près de moi à présent », n'avait-il cesse de me marteler chaque fois que nous nous rencontrions à l'Allée des Soupirs. « Ma chère amie Villormin cherche une personne de qualité pour l'aider à entretenir son établissement, car ses filles sont des fainéantes qui ne pensent qu'à peinturlurer leurs ongles avec du cutex rouge. Elle sera une manman pour toi, tu ne seras pas son esclave. Je te le promets ! » Pauvre Marraine Philomène, pardonne-moi de t'avoir abandonnée, oui ! Comment, en effet, résister aux poèmes stupéfiants qu'il me récitait ? Bien forte eût été celle qui eût résisté devant de tels versets :

« *Et après eux s'en vinrent les grands Protestataires — objecteurs et ligueurs, dissidents et rebelles, doctrinaires de toute aile et de toute séquelle ; précurseurs, extrémistes et censeurs — gens de péril et gens d'exil, et tous bannis du songe des humains sur les chemins de la plus vaste mer : les évadés des grands séismes, les oubliés des grands naufrages et les transfuges du bonheur...* »

Il faut ajouter que la décision de monsieur Jean avait été précipitée par le fait de m'avoir vue sortir de la bibliothèque Schœlcher avec ce beau mulâtre, fort secret et cousu sur le déroulé de sa vie, que tout le monde appelait le camarade Angel. Quand ce dernier parlait en espagnol avec la pacotilleuse Sylvia Menendez y Carvajal, à la devanture du Trouve ton Bonheur, on aurait juré que ces deux-là n'étaient point des natifs-natals de la Martinique. Pourtant, la trafiqueuse de colifichets n'était que Sidonise Vincent et lui, je ne savais encore qui vraiment. Ils prenaient plaisir à l'espagnol comme d'autres aux grains de dés ou aux combats de coqs.

Mais monsieur Jean se trompait : il n'y a jamais eu ne serait-ce que l'approche d'un désir charnel entre le camarade Angel et moi. Il m'expliquait le sens des choses, longuement, patiemment, comme il le faisait avec tous les Sainvilliens de sa connaissance. Il parlait de justice sociale, de liberté, de révolution et déjà, tout un groupe de jeunes nègres désœuvrés le tenait en vénération.

J'évitais de passer sur le trottoir qui borde la bibliothèque Schœlcher car ce bâtiment étrange me faisait peur. Je l'observais parfois de loin, depuis mon banc habituel de La Savane, enviant les lycéens qui, après leur parade amoureuse à l'Allée des Soupirs, leurs rigolades et leurs chahutages entre les bancs de marbre, se paraient soudain d'un masque de sérieusité comme s'ils s'apprêtaient à pénétrer dans un temple. Untel relaçait ses souliers, l'autre rebouclait son cartable ou époussetait le col de sa chemise. Les filles se défardaient avec du papier journal et faisaient disparaître au fond de leurs poches anneaux trop voyants ou bagues de fantaisie. Et lentement, sans bousculade aucune, la bouche close, ils franchissaient les lourdes grilles de fer au-delà desquelles, après un escalier aux marches brèves, on distinguait une demi-pénombre mystérieuse. J'avais l'impression qu'ils étaient comme avalés par une caverne dont ils ne ressortiraient jamais et m'étonnais de les voir toujours vivants, plus gais qu'avant leur entrée, me semblait-il, quelques heures plus tard.

Le camarade Angel m'avait surprise béate devant la bibliothèque une après-midi que l'envie d'y pénétrer s'était faite plus taraudante que d'habitude. Il eut un discret sourire et me dit : « Elle n'est ni en bois ni en tôle ni en fibro-ciment ni en ciment. Ça t'intrigue, hein ? Elle est faite en fer oui, tout en fer, Ancinelle. Elle a d'ailleurs été construite par le même architecte qui a planté la tour Eiffel au mitan de Paris. Suis-moi, l'en-dedans est aussi fascinant que l'en-dehors. » Je refusai et me réfugiai très vite sur La Savane. Mon cœur fut sur le point de défaillir. Le camarade Angel ne se découragea pas pour autant. Il m'eut un peu par la persuasion, un peu par la traîtrise car il me happa le bras et m'y entraîna, un jour où je tanguais d'ennui sur La Savane.

Je fus plongée dans un monde cent fois plus sépulcral que celui de la cathédrale où madame Villormin m'obligeait à l'accompagner à la messe de six heures du matin. La nef était un cercle parfait rempli d'immenses bancs d'acajou sombre où des têtes par dizaines étaient penchées sur des ouvrages dont la blancheur des pages créait des sortes de taches de lumière dans la demi-pénombre finalement douce et apaisante. Aurais-je jamais pu imaginer qu'il existât dans l'En-Ville un lieu, un seul, où le silence le plus absolu était maître-à-manioc ? Un lieu que la fureur des rues avoisinantes n'atteignait point, que la chaleur accablante du carême avait épargné. Les murs de fer semblaient monter jusqu'au ciel et étaient tapissés de rangées interminables de livres à l'allure imposante. « Ils sont tous reliés, me murmura le camarade Angel en me faisant asseoir, c'est encore une tactique de la bourgeoisie pour éloigner les prolétaires de la lecture. Moi-même, je n'ai jamais pu m'y faire. »

Des employés en blouse grise s'affairaient sans un bruit sur de fragiles coursives en fer, pareils à des hannetons, descendant et remontant des ouvrages par des escaliers en colimaçon. Tout en haut étaient apposés de grands noms inconnus de moi : MONTESQUIEU — RABELAIS — CONDORCET — VOLTAIRE — PLATON — MONTAIGNE. Une sourde terreur commença à imprégner la racine de mes cheveux et, devinant que j'étais sur le point de m'enfuir à toutes jambes, le camarade Angel eut un geste sacrilège qui, curieusement, m'apaisa net : il posa ses lèvres sur mon bras un demi-quart de seconde et se replongea dans la lecture d'un volume si énorme qu'il me semblait qu'il faudrait la vie entière pour l'achever. Je déchiffrai son titre : *Le Capital*. J'attendis une heure, deux heures, trois heures, je ne sais plus, qu'il eût achevé de prendre ses notes, mais je cessai d'être figée en découvrant qu'ici aussi, comme à l'Allée des Soupirs, quoique de manière encore plus feutrée, régnaient d'insolites coulées d'amour. Sur la barre qui servait de repose-pieds, des lycéens caressaient leurs voisines avec leurs godillots noirs tout en feignant d'être absorbés par leur lecture. Des lycéennes griffonnaient des missives sur des bouts de papier qui circulaient de banc en banc et arrivaient, sans erreur apparente, à leurs destinataires alors que personne ne parlait à personne et que leurs gestes de facteur s'exécutaient avec habileté au moment même où celui-là empruntait une gomme à son voisin ou s'étirait jusqu'à la rangée qui se trouvait derrière son dos. De solides champions en macaquerie ! Et dire que les chaperonnes badgeulaient en toute tranquillité sur leur banc de La Savane avec la conscience du devoir accompli !

Au sortir de la bibliothèque Schœlcher, nous tombâmes nez à nez avec monsieur Jean qui se rendait au Cercle Martiniquais, sur le Bord de Mer. Nous n'avions pas rendez-vous ce jour-là et je vis une saupoudrée de peine ternir son regard. Le camarade Angel, qui avait la conscience tranquille, combien qu'il n'eût que médiocre estime pour mon amant, l'accueillit d'un sourire engageant et l'entretint de poésie, sujet qu'il savait lui tenir à cœur. Peu de gens prenaient au sérieux la seconde passion de monsieur Jean, excepté moi bien sûr. Certes, nul n'ignorait qu'il vénérait un bougre nommé Saint-John Perse dont il avait la manie de citer les textes mais à part Jacquou Chartier, le camarade Angel et moi-même, personne n'avait jamais lu ni entendu les vers saisissants qu'il alignait de son écriture appliquée d'ancien instituteur sur un vieux registre de comptabilité récupéré dans l'arrière-boutique de Ho-Chen-Sang, dit Chine. « Des riens ! Ce sont des riens ! » protestait-il avec modestie quand je l'interbolisais pour qu'il m'en lise un. Le camarade Angel s'enrageait contre ceux qu'il appelait « les poètes de colibris et ciel bleu » et réclamait une poésie qui pût exalter le courage du peuple. Il critiquait en particulier Victor Duquesnay que monsieur Jean défendait, quoique assez mollement. Je buvais leurs discussions. Tant de livres dans une seule et même tête, comment était-ce possible ? « Je ne remets pas en cause le talent de Duquesnay, de Thaly et des autres, s'enflammait le révolutionnaire, ce que je leur reproche c'est d'une part de ne jamais évoquer la misère du peuple et d'autre part d'être complètement européens dans leur inspiration. Duquesnay est doué, je ne le nie pas, mais que signifie par exemple "les flamboyants pleurent en flocons de sang" ? — L'image est magnifique, protestait monsieur Jean. — Certes ! rétorquait le camarade Angel, mais Duquesnay voit la chute des fleurs du flamboyant avec les yeux d'un visiteur européen, sinon il n'emploierait pas l'image du flocon. Cette image évoque la neige et je ne crois pas que la plupart d'entre nous ici aient jamais vu un flocon. — J'admets, j'admets mais baille-moi une autre image, compère », lui faisait monsieur Jean, et le camarade Angel de dévier la conversation avec subtilité...

A l'époque où je vins habiter chez madame Villormin, les coulis étaient des chiens ou presque. Personne n'avait encore eu la curieuse idée de les qualifier d'Indiens. Je m'en souviens fort bien. Ma nouvelle mère, que n'avaient pas encore enrichie le commerce de bonbons et celui de la chair fraîche, veillait sur le chemin qui passe au ras de notre demeure et quand cette race luisante-là (la dernière après les vérats, aux dires des nègres) s'y faufilait, croyant à une embellie, elle bondissait de derrière le fût d'huile qui nous recueillait l'eau du toit et les faisait prendre l'envol à coups de roches et d'« Allez laver les fesses de vos mères, sacrés coulis malpropres qui puent le pissat ! »

Monsieur Untel, par contre, avait droit à une révérence empressée. Ma mère d'adoption lui déposait une casserolée de bananes naines avec une queue de morue salée et attendait avec déférence qu'il eût fini de manger. Et puis, toujours d'assez loin, elle lui demandait comme ça en français :

« Monsieur Untel, on a fini ? Son ventre est plein ? »

Le cochon mastodonte grognait en remuant les oreilles et continuait sa drivaille sans un regard pour nous. Alors ma mère, abandonnant toute débonnaireté dès qu'il avait cessé d'être en vue, hélait tout fort :

*« Ki tan Bondyé ki nan syèl ké fè fimèl tjo-tala pèd chimen isiya, tonnan di sô ? Nou pa za asé an banbanm kon sa ? »* (Quand donc Dieu va-t-il nous débarrasser de ce cochon-là ? On n'est pas déjà assez dans la misère comme ça ?)

Elle parlait, elle parlait, elle parlait. On aurait juré une crécelle du vendredi-saint, oui. Son quatrième concubin, Marcellin Gueule-de-Raie, qui fut crieur pour cet Italien de Pozzo di Borgo et dont on susurrait qu'il n'avait plus toute sa vigoureusité, pauvre bougre, à cause de sévices que la police de l'Amiral Robert lui avait fait subir, prenait tout ça à la rigoladerie. Il lançait à l'animal de sa voix de stentor :

« Accourez-accourez, monsieur Untel ! Tous les trésors de l'Orient sont à vous : vestes en velours de Vénétie, soieries de Chine impériale, chemises kaki de l'Inde ! Allons-allons, cher maître, cinquante francs la cravate, ça ne vous effraie pas, hein ? Entrez-entrez ! »

Si ma mère et lui ne s'étaient pas encore embringués dans la saoulaison, ils chaviraient dans les bras l'un de l'autre en faisant les clowns. Plus souvent que rarement, le crieur voulait haler le cochon à l'intérieur de notre case en lui saisissant les oreilles. Ma mère déversait une tonne de coups de balai-bambou sur l'écale de son concubin, jusqu'à ce que tout le quartier soit rameuté. La logeuse de monsieur Jean était la première à accourir, une sollicitude feinteuse peinte sur la figure, et égrenant son chapelet à haute voix devant les deux batailleurs, elle les sermonnait, au nom de la Vierge Marie, de Jésus-Christ, de saint Michel et de sainte Bernadette, de mettre un terme à leur cirque. Toutefois, le lendemain, elle était la première à faire courir le bruit que ma mère avait esquinté son homme parce qu'il avait couru la gueuse, ce qui est bien sûr d'une fausseté dépassée. Marcellin Gueule-de-Raie, le crieur, n'avait qu'une seule et unique amante : la Parole. Outre la logeuse de monsieur Jean, tous les fainéantiseurs qui traînaillaient d'ordinaire chez Chine déboulaient dans notre petite cour, celui-ci s'esclaffant, celui-là faisant force commentaires oiseux sur l'issue du gourmage ou proposant un moyen plus ou moins farfelu de l'arrêter. Cicéron, le petit nègre fou dans le mitan du crâne, comptait les rounds en gratifiant ma mère du surnom de Joe Louis et mon beau-père de Ray Sugar Robinson.

« Qui prend les paris ? Trois cents francs sur Joe ? Ziguinote, qu'en dis-tu ? » braillait-il.

Or, s'il y avait un homme parmi toute cette compagnie de nègres inutiles, c'était bien lui, Ziguinote, l'Indien qui gardait le cimetière des riches contre les dévaliseurs de tombes et les quimboiseurs qui maléficiaient avec des ossements humains. Je n'avais cessé de l'admirer, en dépit des cochonneries que l'on colportait sur lui. Quand il m'arrivait de le croiser dans la rue, je retournais sur mes pas et me mettais à le suivre, sans trop savoir pourquoi. Il avait une démarche légèrement claudiquante qui provoquait les quolibets des garnements mais de cela, il ne se souciait guère. Il avançait la tête haute, très digne dans ses vêtements coupés dans des sacs de farine-France et me conduisait, sans qu'il le sache, dans une douce rêverie. Je traversais les rues, indifférente aux voitures, oubliais de saluer les balayeuses auxquelles ma mère préparait tous les jours des gamelles et l'on venait lui bailler des avertissements du genre : « Tu as une fillette de seize ans là, surveille-la car elle n'a pas toute sa tête, non ! » Je crois avoir flambé d'amour pour Ziguinote, même si personne ne s'en est jamais aperçu. A commencer par lui. Il savait trouver les mots qu'il fallait pour séparer mes parents, bien qu'il fût un être peu loquace. Il s'avançait au-devant d'eux, quitte à recevoir deux bonnes calottes, voire un coup de pied dans le tibia, et leur disait d'une voix sérénissimement calme :

« Hé, la famille Villormin, comment vous ne voyez pas que la société écarquille les yeux sur vos macaqueries ? Où sont donc passés votre honneur et votre respectation ? »

Comme par enchantement, mes parents cessaient de se gourmer et regagnaient la case d'un air penaud. Ziguinote m'intimait l'ordre d'aller leur quérir une boquitte d'eau à la fontaine afin qu'ils se débarbouillent et ne bronchait pas devant les récriminations des fainéantiseurs, surtout de cet enjôleur d'Eugène Lamour (il veut de ma chair fraîche, mais rien pour lui, foutre !) qui lui criait à la figure :

« *Sa ou fè a ? Ou pa wè ou tjwé siléma san péyé nou*

*an, sakré chenfè ki ou yé !* » (Qu'as-tu fait ? Tu ne vois pas que t'as supprimé notre cinéma-sans-payer, espèce de salaud !)

Après cette période de déchéance dont je ne connais que des bribes, Man Villormin s'établit pâtissière par-devant et mère-maquerelle par-derrière, ce qui lui apporta fortune immédiate. Les Villormin devinrent l'une des rares familles respectables de ce quartier de Terres-Sainvilles, que les gens de bien accusaient d'être le paradis des voyous.

C'est donc au cours d'une après-midi où j'arpentais le même trottoir que Ziguinote qu'éclata l'échauffourée qui devait embraser le Noël de l'année 1959. Pourtant, il n'avait pas pour habitude de drivailler au centre-ville ni à La Savane car, au tout début de son arrivée à Fort-de-France, révèle Radio-bois-patate (que nous préférons appeler « Radio-bombe-sirop » à Terres-Sainvilles), il s'était aventuré près de l'Allée des Soupirs d'où une grappe de vagabonds l'avait fait disparaître en gueulant à ses trousses « Couli-mangeur-de-chien ! » Le Bord de Canal et le Pont Démosthène étaient donc ses lieux de prédilection.

Une curieuse rumeur nous happa au détour de la rue Victor Hugo et nous aperçûmes une foultitude de gens surexcités qui hurlaient, poings levés, le regard ennuagé d'un courroux presque démentiel. Moi, je me dis aussitôt : « Ils n'en ont pas trouvé. Il n'en reste plus. » Car la nouvelle avait couru la ville depuis la veille, secouant même les plus sceptiques d'entre nous. Une proche voisine avait décrété froidement : « Ce n'est pas possible » et était retournée préparer l'amidon pour les bassines de linge qu'elle lavandait, tous les jours que le Bondieu faisait, pour des grandes familles du Bord de Mer. Marcellin Gueule-de-Raie qui était juste passé, comme il le faisait une fois par mois, pour voir si ma mère n'avait pas intronisé un autre homme dans la case, s'était écrié : « Couillonnades ! » mais d'une façon si peu convaincante que chacun savait qu'il serait l'un des tout premiers à courir acheter le produit. Mes quatre sœurs (elles acceptèrent de bonne grâce que je fasse partie de la famille) jubilaient dans de grands trémoussements de croupière et l'aînée vantardisait : « Je vais bientôt ressembler à Martine Carol, oui ! Déjà que j'ai sa bouche... » Toutes les négresses des Terres-Sainvilles avaient rangé ces fers chauds qui leurs cassaient les cheveux à chaque défrisage pour soulever leur matelas et y prendre le madras noué dans lequel elles serraient leurs petites économies. « *Sa ké chè !* » (Ça coûtera cher !) serinait-on puisqu'il s'agissait d'une pommade américaine et qu'en plus, elle n'était vendue que dans un seul magasin. Eugène Lamour acheva de balayer les craintitudes des sceptiques en lisant à haute voix l'annonce parue dans *L'Information* :

« Une bonne nouvelle.

« Nous apprenons l'arrivée à la Martinique d'un produit "Miracle" pour la coiffure des cheveux crépus et cassants.

« Ce produit "Miracle", qui supprime la pénible et ennuyeuse corvée du démêlage et de la coiffure quotidienne des crépus, contient des ingrédients régénérateurs du cuir chevelu.

« De plus, il défrise à merveille les cheveux les plus crépus et les rend absolument plats et lisses.

« Le stock étant très limité, vu l'énorme demande, les personnes intéressées sont priées de s'adresser à "Vianna", 105, rue Ernest Renan. »

Moi, Ancinelle Bertrand, je n'ai jamais rêvé de ce genre de choses. Je me dis que si le Bondieu nous a créés, avec les cheveux en grains de poivre, c'est qu'il aime nous contempler ainsi. Pourquoi vouloir se mettre en zombi pour avoir des cheveux d'huile ? Pourtant, je dois avouer que lorsque je vis mon aînée secouer la tête de droite à gauche d'un air faussement nonchalant et agiter ainsi un paquet de cheveux libres de tout entortillement, j'eus une chatouillade au cœur. Je crus un instant que sa belleté avait augmenté, mais toute la famille mit un sacré modèle de rire par terre et elle cessa nettement-et-proprement de faire son intéressante pour nous : elle était tout le portrait d'une chauve-souris qui venait d'être trempée par la pluie. La pauvresse s'enferma dans notre galetas et ne voulut plus en sortir. On fut obligé de lui porter des assiettées de migan de fruit-à-pain dont nous faisions notre ordinaire depuis quelque temps.

C'est Eugène Lamour qui mit tout le monde d'accord. Il décréta que mon aînée avait utilisé une trop forte dose de « Miracle » et « Regardez mes cheveux, messieurs et dames, si ce n'est pas de la soie pure. Allez, touchez-les, vous verrez ! » Et pour dire la franche vérité, l'enjôleur n'avait plus son bois de campêche sur la tête. Plus un seul petit zéro. Que des fils souples et luisants, longs comme des lianes. Les femmes tombaient en pâmoison devant lui et, si je n'avais pas eu Ziguinote dans mon cœur, je crois que, moi aussi, j'aurais cédé à ses sempiternelles avances.

Ziguinote, l'Indien aux cheveux naturellement plats, n'avait pas ce genre de soucis. Il ne semblait même pas s'apercevoir de nos bêtiseries. On aurait dit que son regard portait plus loin, beaucoup plus loin, que notre horizon. Aussi m'attendais-je à ce qu'il brocantât de chemin, ce jour de décembre, devant cette foule enragée qui commençait à cogner sur les vitres et les toits des voitures. Au contraire, il demandait « *Sa ki ni ?* » (Que se passe-t-il ?), sans que quiconque trouvât le temps de lui bailler réponse.

Nous nous trouvions près de l'Hôtel de l'Europe, un endroit fréquenté uniquement par les Européens et les nègres argentés. Parfois, le dimanche après-midi, quand ma mère n'avait pas assez pour payer les six places de cinéma au Pax (car elle ne voulait qu'on n'assiste qu'à des films religieux comme *Les Dix Commandements* ou *Samson et Dalila)*, elle nous emmenait faire un brin de promenade sur La Savane. Elle nous habillait proprement, nous mettait des papillotes en ruban dans les cheveux et nous demandait de ne pas parler créole parce qu'une salissure comme ça ne devait pas sortir de la bouche de jeunes filles pauvres mais bien élevées (elle prononçait « éluvées » pour faire distingué). Devant l'Hôtel de l'Europe, mes sœurs et moi jetions des regards furtifs, quoique inquisiteurs, aux Blancs et nous les trouvions curieusement rouges. Sans doute la chaleur et le rhum. Le patron de l'établissement était un Européen qui, à sa manière de parler — il se servait du beau français de là-bas et non de ce français démodé en usage chez nous —, nous faisait rire avec son tablier blanc autour des reins. Il était pour nous tout-à-faitement honteux qu'un homme, à moins qu'il soit un ma-commère, s'affichât dans cette tenue. Justement, il tentait ce jour-là de parlementer avec la foule qui lui lançait sans discontinuer des « Salopard ! » ou des « Raciste ! » tonitruants. Tout ce vacarme n'avait donc aucun rapport avec le produit « Miracle ».

J'étais à deux doigts de toucher Ziguinote et c'était la première fois qu'il m'arrivait de l'approcher d'aussi près. La négraille qui ne cessait de grossir nous entourbillonna et un bougre gros-gras-vaillant expliqua au fossoyeur entre deux quintes de toux : « Y'a un Métropolitain tout à l'heure là qui a fait marche arrière blo ! sans regarder, ces gens-là se croient dans leur pays, oui, et alors il a maté la Vespa d'un docker, un bon bougre qui reste à Volga-Plage, avec qui je joue aux dominos sur La Savane le samedi de beau matin.

Le Blanc-France n'a pas demandé une miette de pardon, non ! On est des chiens ici, on peut cracher sur nous comme si on était en Afrique, quoi ! Heureusement, le docker n'a pas accepté ça, c'est un nègre qui a du sentiment dans son corps, il n'est pas prêt à baisser sa culotte face à un étranger. Il a engueulé le Blanc-France, il lui a dit pourquoi tu voltiges ma Vespa et puis tu ne me bailles même pas un mot d'excuses. Tu vois que je suis en train de la ramasser et tu continues à faire vroum-vroum avec ton embrayage exprès pour m'envoyer de la fumée dans les narines. Je ne suis pas ton chien. Je n'ai pas été baptisé en même temps que toi que je sache. Qu'est-ce qui te prend de me considérer comme ton camarade. Hon ! Le Blanc-France a crié plus fort que lui, je te dis ! Il a fait au docker comme ça, va chier ailleurs, la rue appartient à tous les citoyens. Si tu ne voulais pas que je cogne ta Vespa, tu n'avais pas à la garer si près de mon garde-boue. Allez, dégage ! Manman, le temps de finir de lâcher ces insultes-là, le docker avait volé sur lui et lui avait balancé une égorgette. Le Blanc a chaviré sur le trottoir, il a hélé retourne en Afrique, espèce de macaque ! Et quand le docker lui a envoyé son pied dans l'estomac, il a eu le temps de l'attraper et d'envoyer le nègre prendre un envol du tonnerre dans le dalot. Son linge était mouillé de haut en bas. Alors mon compère a compris que trop bavarder n'est pas bon, c'est agir qui compte. Il a remis son corps debout et a foncé sur le Blanc-France tête baissée à la manière d'un bœuf-Portorique. Boudouf ! Le Blanc-France s'est plié en deux par terre et c'est la maréchaussée qui l'a sauvé du massacre. Le patron de l'Hôtel de l'Europe les avait appelés à la rescousse car il ne pouvait supporter plus longtemps de voir un nègre malmener un frère à lui. La maréchaussée, tu les connais, foutre ! Malgré que c'est des nègres pareils à nous autres, ils préfèrent toujours défendre les Blancs. Ce vérat de Sauvestre qui a obtenu l'autre jour le grade de maréchal des logis a fait ceinturer le docker par quatre de ses gardes-caca et il a dit vous n'avez pas honte, monsieur. Dans trois jours à peine, c'est Noël, les gens préparent déjà leur liqueur de schrub et leur boudin, les enfants chantent des cantiques, on aligne des lumières multicolores pour décorer les rues, bref c'est le triomphe de la joie et vous avec votre Vespa, est-ce qu'elle est assurée d'ailleurs, il faudra que vous me montriez les papiers, vous ne trouvez rien de mieux à faire que d'installer ici, en pleine rue passante, aux abords du somptueux Hôtel de l'Europe en plus, le triomphe de la haine. Non ! Non ! Non ! Dieu n'a pas dit ça, tonnerre de Brest ! Je vais vous faire enfermer dare-dare si vous ne faites pas des excuses polies au monsieur dont vous venez d'enfoncer l'estomac. Et que ça saute, bordel ! Le docker qui a une force terrible puisqu'il soulève des papa-caisses toute la sainte journée, a envoyé les gardes-caca embrasser les fesses de la poussière et le maréchal des logis a dû dégainer son pistolet pour que le bougre stoppe sa chevauchée fantastique. Le docker a crié comme ça je ne connais pas ton bordel, le seul bordel que je fréquente c'est le Marie Curie et là, on n'accepte que les gens comme il faut, pas les brutes de votre acabit qui sont prêtes à foutre une balle dans le ventre de quelqu'un qui n'a fait que réclamer son droit. Hé-hé ! Le maréchal des logis s'est mis dans une colère épouvantable, il a dit regardez-moi comment se comporte un Martiniquais, messieurs, j'ai honte ! Pour un petit choc de Vespa sans cabossage ni grafignage de peinture, il fait tout un trafalgar. Demain matin, quand le Blanc rentrera dans son pays et révélera qu'on a une comportation de sauvages, on va trouver la vie drôle. On va se plaindre, ah ils sont racistes ! ah ils sont ceci ! ah ils sont cela ! mais tout le monde aura oublié que ça provient tout bonnement de la maléducation d'un nègre de céans. La politesse, monsieur ! La politesse et puis c'est tout, c'est ça qu'on vous demande, oui. C'est si difficile que ça, hein ?

« Chose bizarre, le Blanc-France s'est avancé, toute rancune avalée, sur le docker et lui a serré la main. Il a dit ce n'est rien, monsieur l'agent, juste une petite incompréhension passagère. D'ailleurs, j'invite monsieur à boire un verre avec moi et figure-toi que tous les deux sont partis bras dessus bras dessous alors que moi et les autres nègres qui avions accouru, nous étions parés pour écorcher ce Blanc-là comme il le méritait.

« Hé-hé ! Tandis qu'on pensait que la zizanie avait trouvé un aboutissement et qu'on discutaillait pour le plaisir sur le trottoir, une quinzaine de C.R.S. a foncé sur nous à coups de matraques et de grenades qui font pleurer. Personne ne les avait entendus arriver, non. Ils se sont mis à semer du bâton sur nous, alors, nous, on n'est pas une bande de capons, on a riposté d'arrache-barbe avec tout ce qui tombait sous nos mains. Des chaises ont volé, des roches ont fracassé des casques, des jambettes et des rasoirs sont sortis dehors et ont flangué des figures, des bouteilles à moitié pleines ont tapissé la rue. En une fraction de seconde, ces sacrés C.R.S. que Radio-Martinique nous présente toujours comme des hommes pleins de braveté ont battu en arrière comme des crabes-c'est-ma-faute. Le temps que je te dis ça, Fils-du-Diable-en-Personne leur barrait déjà l'autre côté de la rue, deux becs de mère-espadon à la main. Ouaille-ouaille-ouaille ! Fallait voir ça, oui ! Déjà écrabouillés par nous, les C.R.S. ont fait caca sur eux quand le bandit a surgi dans leur dos. Encore une fois, ils ont été sauvés par le patron de l'Hôtel de l'Europe. Il avait appelé la gendarmerie et là, ils étaient trop nombreux pour nous, on a été obligés de laisser partir les C.R.S. qui sont rentrés la queue entre les jambes dans leur caserne du Fort Saint-Louis.

Quand tout ça s'est fini, on découvre monsieur Salomon, un instituteur bien tranquille, affalé sur sa table, sa bière "Lorraine" renversée sur la nappe. On se précipite, on voit une tache de sang sur sa chemise. Les chiens de C.R.S. ont tiré à balles réelles et nous, on était tellement échauffés qu'on ne s'en est pas rendu compte. On a amené monsieur Salomon à l'hôpital colonial, pauvre bête ! Et maintenant, on s'occupe de ce traître de patron de l'Hôtel de l'Europe. A présent, il va connaître la hauteur de son combat. »

Ziguinote écoutait ce récit effréné en hochant la tête et moi, pour ne pas me faire piétiner, j'attrapai le pan de son vieux paletot élimé. La négraille nous entraîna dans le bar de l'hôtel où elle entreprit de tout casser. Fils-du-Diable-en-Personne est monté sur le comptoir et a hurlé *« Pa kité ayen doubout ! »* (Détruisez tout !) Lui-même a saisi les flamboyantes bouteilles de whisky, de cognac et de gin qui s'alignaient sous le grand miroir du bar et a défoncé ce dernier. Deux bougres démantibulaient les tables tandis qu'une grappe d'autres pétaient les chaises, tout cela dans un impressionnant voucoume. Pourtant, Ziguinote demeurait froid, sérieux comme une tête de pain rassis même. Le démolissement a duré jusqu'à la brune du soir. Quand nous sommes partis, l'Hôtel de l'Europe était en poudre. Il n'y a pas d'autre mot.

Instinctivement, Ziguinote me prit la main (sans même me jeter un regard ou me demander mon nom) et me conduisit comme un père dans les rues mal éclairées. Je ressentis un bien-être inconnu et voulus que cet instant-là dure à jamais. Je n'entendais que par intermittence les commentaires contradictoires des gens autour de nous. Une seule chose dont je me souvienne clairement : Fils-du-Diable-en-Personne insistait auprès de chacun. « Ce n'est pas fini, les hommes ! Il faut que les Blancs déguerpissent du pays. Ils ont peur de nous, vous l'avez bien vu. Ce soir, rendez-vous à minuit au cimetière des riches ! » La fesse trouée de son short kaki reflétait une soudaine et surprenante dignité.

A un moment, une femme lança à Ziguinote : « Couli, foutre que tu as une mignonne petite demoiselle ! » et Ziguinote de me dévisager, élargissant les yeux un bon paquet de temps, avant de répondre à la maquerelleuse que j'étais sa nièce. C'est à compter de ce soir-là que je pris l'habitude d'appeler le fossoyeur Tonton Ziguinote malgré les railleries de mes sœurs. Il me raccompagna jusqu'à chez moi. Tout le monde dormait sans inquiétude. Il y avait tant de marmailles du quartier qui allaient et venaient à la maison que personne ne s'était aperçu de mon absence. Je me jetai tout habillée sur le lit, où trois de mes sœurs étaient vautrées et respiraient la bouche ouverte, à cause de la froidure de l'hivernage qui vous bouche le nez la nuit.

Au matin, ma mère adoptive entendit les nouvelles à la radio et se mit à déblatérer contre les nègres fainéants qui pillaient les affaires d'autrui. « Qu'ils s'approchent d'ici, ils verront à qui ils ont affaire ! » Or, nous ne possédions presque rien. Ni argenterie ni meubles de valeur. Seul le lit à colonnes en mahogany massif, héritage d'une aïeule, aurait pu intéresser un éventuel chapardeur, mais il était bien trop encombrant à déménager. Ses vendeuses de croupières, avec lesquelles elle nous avait interdit de fraterniser, s'étaient murées dans leur chambre. Elle oublia vite ses récriminations pour envisager, à l'aide de mes sœurs, les préparatifs de la bamboche de Noël. Elle avait envoyé mon petit frère casser une grosse branche de filao dans le parc d'une villa de béké à Didier et semblait très fière de son sapin de Noël. Pourtant, elle n'avait aucun cadeau à y accrocher, même pas d'ampoules colorées. Elle comptait et recomptait l'argent qu'elle avait placé dans un pot en fer-blanc pour savoir si elle en aurait suffisamment pour acheter les cinq kilos de cochon qu'elle avait réservés depuis six mois auprès du mystérieux Nègre-Indien auquel elle avait loué un débarras dans l'arrière-cour. « Malaba est un bougre qui n'est guère causant, disait-elle à mon aînée, mais il sait élever des animaux. C'est un natal de la campagne, oui. » L'une de mes sœurs avait eu l'assurance d'une marchande du Vert-Pré qu'elle lui apporterait ce matin-là un pot de pois d'Angole ainsi qu'une igname-chacha. Avant de s'en aller au marché, elle nous proposa de goûter à la liqueur de sirop de groseilles qu'elle avait préparée à son réveil. Ma mère en prit dans un doigt de rhum, nous dans un verre d'eau : un pur délice ! Ensuite, tout le monde se mit à cantiquer à tue-tête :

> « *Michaud veillait ! Michaud veillait !*
> *La nuit dans sa chaumière.* »

Aux approchants de onze heures du matin, j'en profitai pour filer au cimetière des riches. J'eus la joie de recevoir le premier bouquet de fleurs de ma vie : Tonton Ziguinote m'avait cueilli des fleuri-noël. Il ne me demandait toujours rien, alors que j'étais sûre et certaine qu'il ignorait mon identité. Il se contentait de sourire et de me pincer les joues avec gentillesse. De temps à autre, il propretait le pourtour des caveaux à l'aide d'une pelle ou rangeait les cénotaphes que le vent avait renversés. Quand la sirène municipale corna midi, il m'entraîna dans un caveau aussi grand qu'une maisoncèle et me fit partager son repas : une livre de pain accompagnée d'une boîte de sardines à l'huile. Comme il voyait que je n'avais cesse d'observer le cénotaphe du caveau, il se fit un plaisir de satisfaire ma curiosité : « C'est madame de Laguarrande, une vieille békée créole qui est morte à quatre-vingt-dix-neuf ans. Depuis l'âge de cinquante ans, elle avait fait préparer cette tombe et tous les jours, sauf le dimanche, elle venait faire un petit tour pour voir si tout était prêt à l'accueillir. Elle ne voulait pas voir une branche d'herbe autour de sa tombe ni un seul grain de poussière à l'intérieur. Elle passait sa main sur les murs pour détecter l'humidité et tous les mois, il fallait lui repeindre entièrement le caveau. Elle ne m'a jamais gratifié d'un sou ! J'avais beau protester que j'étais employé municipal et non valet des Laguarrande, elle ne voulait rien entendre. Elle me baillait des ordres et j'étais bien obligé de m'exécuter afin de ne pas subir ses jérémiades le lendemain matin. Mon collègue du cimetière des pauvres, Lapeau Légume, me fout à la fête, il prétend que jamais une vieille toquée n'aurait agi comme ça avec lui. Hon ! Je m'étais dit au début que si elle prêtait tant attention à sa tombe c'est que quelque maladie inguérissable menaçait son existence. Je n'avais donc qu'à prendre mon mal en patience. Va croire ça, ma fille ! Madame de Laguarrande a pris soixante, puis soixante-dix, puis quatre-vingts ans, moi-même qui étais entré jeune homme dans la fonction de fossoyeur, j'ai eu le temps de devenir un vieux-corps qu'elle m'accablait d'emmerdations encore. Je l'ai vue enterrer tous les békés de son âge, puis d'autres qui étaient plus jeunes qu'elle et enfin — ce n'était pas trop tôt — mourir. Comme elle avait épousé son cousin, de vingt ans son cadet, pour une question de terres, me semble-t-il, j'ai longtemps cru qu'elle se faisait accompagner par son fils. Ah, ils sont drôles ces Blancs-pays ! Ils ne font rien comme nous. Le jour où enfin elle a dit adieu à la vie,

Nicolas de Laguarrande, son mari, était aux anges, radieux quoi ! Je me rappelle qu'il est venu seul un matin et m'a dit d'un ton jovial en me glissant un billet de mille francs tout neuf : "Nous ne comptons plus sur madame. Elle va passer dans la journée. Pas plus tard que ce soir, en tout cas. Tout est prêt ?" Pour de bon, on a baillé ses avis d'obsèques le lendemain et figurez-vous qu'à l'enterrement, Nicolas arborait une figure de désolation. Hypocrite va ! Regarde bien cette femme, ma petite, était-elle plus heureuse que moi dans la vie pour se préoccuper chaque matin de l'endroit où elle serait ensevelie ? Je ne crois pas. Ce n'est pas la richesse qui fait l'heureuseté. Je ne suis pas né fils de madame de Rothschild et pourtant mon âme a toujours été claire. La clairete d'âme, fifille, voici ce qu'il te faut rechercher si tu ne veux pas te débattre aller-pour-virer dans la désespérance et l'insatisfaction. La clairete d'âme... »

Je buvais les paroles de Ziguinote, ma main serrée dans la sienne. On prétendait qu'il faisait du quimbois avec les os des morts, qu'il était tafiateur, qu'il était fou, que son sexe était ravagé par la vérette, qu'il enlevait des enfants pour les sacrifier dans des cérémonies de bondieu-couli et patati et patata. Tout ça n'était qu'un lot d'abominables calomnies. Il se comportait comme un vrai père, alors qu'il n'avait jamais eu ni femme ni progéniture.

C'est vers le mitan de l'après-midi qu'un brouhaha interrompit notre causer. Nous sortîmes du caveau et nous vîmes des individus qui escaladaient en hâte le mur d'enceinte et se cachaient derrière les tombes. Des coups de fusil éclatèrent sur La Levée et de la fumée épaisse de pneus que l'on brûle commença à se répandre partout. Des femmes hurlaient à la Croix-Mission comme si elles allaient accoucher. J'étais tout-à-faitement terrifiée. Ziguinote m'entraîna à nouveau dans le caveau des Laguarrande où, à notre grande stupéfaction, Fils-du-Diable-en-Personne remplissait de pétrole une vingtaine de bouteilles vides. Bec-en-Or leur mettait des mèches. Ils ne prirent pas notre hauteur. Nous entendions le bandit bougonner entre ses dents : « Vous tuez les gens, eh ben on va vous faire la peau ce soir ! » Ziguinote et moi comprîmes tout de suite que la guerre de l'Hôtel de l'Europe avait repris.

Le soir de décembre tomba comme une roche alors qu'il était à peine plus de cinq heures de l'après-midi. Cette fois-ci, j'étais sûre que ma mère s'apercevrait de mon absence, car c'était le jour où je lui taillais les ongles des pieds et lui passais du vernis dessus. Du vernis mauve parce que, paraît-il, ça éloigne les hommes qui ne cherchent qu'un petit brin de plaisir.

Je me mis à trembloter et Ziguinote, voyant que j'étais terrorisée, me serra contre lui. Un homme apparut à la porte du caveau et cria aux deux autres : « *Nou paré kon sa yé a* » (On est prêts). Il brandissait une torche de bambou. Du sang dégoulinait sur son tricot de peau sans que je puisse distinguer, à cause du faire-noir, où il avait été blessé exactement. Il demanda aux autres ce que nous faisions là mais Ziguinote m'entraîna sous le mur du cimetière qui faisait face à la Croix-Mission. En un battement d'yeux, nous assistâmes à un formidable voltigeage de bouteilles enflammées contre un bâtiment, qui, je l'appris bien longtemps après, était le commissariat central de Fort-de-France. Le feu avait commencé à l'embraser et la corne d'un camion de pompiers déchirait l'air depuis les bords du canal Levassor. Le cimetière s'était brusquement peuplé de vivants exaltés qui amassaient des pierres ou déversaient des dames-jeannes de pétrole d'une camionnette bâchée. Cicéron était des leurs. Quand il nous vit, il s'approcha et nous déclara d'un ton solennel : « La révolution est en marche ! Que chacun s'arme ! Le géant Malaba, véritable Robespierre, a pris la tête d'une compagnie de miséreux et d'exploités qui ont incendié tout à l'heure le commissariat du Pont Démosthène. Les gardes-caca se sont échappés comme des poules qui ont senti une mangouste. Ha ! Ha ! Ha ! Ceux qui croient que c'est une simple révolte de nègres affamés se trompent : le camarade Angel, un grand-grec qui a participé à la révolution cubaine, nous baille sans arrêt des conseils. Il lance des roches comme nous, oui. Ces salopes de C.R.S. se sont barricadés au Fort Saint-Louis et n'osent pas mettre le petit orteil dehors. Ils se font protéger par la police et la gendarmerie, eux les artabans qui ont l'habitude de casser du nègre à la moindre occasion. Vive la Révolution ! Même Michel Debré, leur Premier ministre, ne pourra pas l'arrêter ! D'ici quelque temps, Dieu merci, on ne parlera plus français dans ce pays. »

Pourtant, Cicéron ne se battait pas. Il voguait d'un groupe à l'autre pour leur prodiguer ses encouragements. Sur le boulevard de La Levée, des jeeps circulaient à une vitesse folle, leurs phares exagérément allumés. Des hommes en descendaient et tiraient des rafales de balles et de grenades qui font pleurer à l'intérieur du cimetière des riches. Je commençai à tousser et ma gorge me brûla. Ziguinote me hala dans le caveau des Laguarrande une nouvelle fois et sur quel spectacle sommes-nous tombés, messieurs et dames ? Sur Fils-du-Diable-en-Personne qui défonçait la dalle menant aux cercueils à l'aide d'une pioche. Ziguinote plongea sur lui pour la lui arracher : « Comment, tu ne respectes pas le repos des morts ? Tu n'as pas peur qu'ils viennent te tirer les pieds dans ton sommeil ? » Mais le bandit le repoussa brutalement et continua sa besogne. Il menaça de me fendre la tête en deux, si le fossoyeur continuait à le faire chier. « Tu cherches quoi ? » lui demanda Ziguinote d'une voix vaincue. « Tu l'ignores d'après toi, hein ! Tu ne sais pas que les riches et les békés se font enterrer avec tous leurs bijoux ? C'est à toi, vieux malfeinteur, que je vais apprendre ça ? Cette Laguarrande a purgé quatre générations de nègres et doit bien posséder une montagne d'or dans son foutu cercueil, je parie. Les békés sont les rois de l'avarice, ils laissent juste le minimum à leurs descendants : une maison et des terres. Le reste, l'argenterie, les bagues, les colliers, tout ça, ils l'embarquent avec eux sous terre. Je mens ? Vas-y, dis-le que je mens !... tu vois, toi-même tu sais que le cimetière des riches n'a pas volé son nom. Ha ! Ha ! Ha ! » Ecœuré, Ziguinote préféra affronter les gangsters qui sévissaient à l'extérieur du cimetière au lieu de supporter une telle profanation. Mais au moment où il m'entraînait au-dehors, Fils-du-Diable-en-Personne le bouscula par terre et lui intima l'ordre de se tenir coi.

« Si tu t'avises d'aller raconter ce que t'as vu ce soir, je te démolis, compris ! » fit le fellagha.

Fils-du-Diable-en-Personne avait acquis son surnom au cours d'une mémorable messe du 1er mai à la cathédrale Saint-Louis (du moins est-ce l'une des versions les plus couramment admises). Ce jour-là, tous les travailleurs accouraient avec leurs outils pour les faire bénir. On n'y rencontrait que d'honnêtes charpentiers, de braves bouchers, d'alertes et habiles maçons et, bien sûr, tout un tas de vrais et faux mécaniciens en bleu de chauffe. Les voitures américaines commençant à céder le pas aux voitures françaises, les grands-grecs en carburation et amortisseurs commençaient à s'embrouiller ou à travailler au jugé. Toujours est-il que les vauriens, les joueurs de sèrbi et de bonneteau, et les fainéantiseurs qui surveillent le monde pour lui dérober son bien, évitaient comme la peste cette commémoration. C'est pourquoi tout un chacun ouvrit des yeux de grenouille quand on vit le sieur Drancy débarquer en plein mitan de la messe, tout de blanc vêtu, rasé proprement contrairement à ses habitudes et multipliant les signes de croix tout en cherchant une place pour s'asseoir. En plus, le bougre portait une espèce de sac en guano dont personne ne put deviner le contenu. Il finit par s'installer au premier rang avec ceux qui s'apprêtaient à communier malgré l'air courroucé des deux prêtres qui aidaient Monseigneur Varin de la Brunelière à célébrer la messe. Il ne fit aucun esclandre. Il s'agenouilla au bon moment, répondit amen à l'unisson avec les autres et réussit à se faire oublier quand, au finissement de la cérémonie, l'un des prêtres déclara :

« Levez vos outils très haut que Monseigneur les bénisse ! »

Truelles, pinces, marteaux, rabots, équerres et scies se dressèrent d'un seul coup. Seul Drancy s'empêtrait dans la ficelle qui amarrait la gueule de son sac pour, en final de compte, en ôter un coq de combat — hé oui, un magnifique coq-paille — qu'il brandit triomphalement à la figure de l'archevêque qui goupillonnait avec parcimonie son eau bénite. L'ecclésiastique ne se démonta pas pour autant. Il continua à officier dans l'allée principale et, arrivé sur le parvis, il frappa la dalle de sa crosse et lanca :

« Mes frères, cet homme est le fils du diable en personne, prions pour qu'il s'écarte de la maison du Seigneur ! »

Ma mère prétend que c'est de ce jour que Drancy abandonna le métier d'amateur de combats de coqs pour celui d'assassineur et de bourse-ou-la-vie. Radio-bombe-sirop affirme pourtant que le bougre avait commencé à rapiner bien avant cet événement.

Qui croire ? Fils-du-Diable-en-Personne avait déjà fait cinq fois de la geôle pour avoir commis deux meurtres, trois viols et un nombre incalculable de larcins de toutes sortes. Il parvenait chaque fois à couillonner les juges blancs en feignant de ne pas comprendre leurs questions et menaçait l'interprète d'une voix doucereuse de lui couper les deux graines lorsqu'il sortirait. Quant au jury, il lui disait qu'il ne perdait rien pour attendre. Aussi récolta-t-il souvent des peines inférieures aux exactions qu'il avait commises et bénéficiait de libérations anticipées pour bonne comportation. Ma mère adoptive qui l'avait eu, je crois, pour amant, avait conclu un jour :

« Cet homme-là, hon ! Il n'est respectable qu'enfermé dans une geôle. »

Quand Fils-du-Diable atteignit donc le cercueil de madame de Laguarrande, il eut un léger frémissement et Bec-en-Or, son complice, ne put s'empêcher de reculer d'un pas. Pris d'une excitation muette, il se mit à l'éventrer en dépit de la dureté de son bois de courbaril. Il perça le zinc avec un ciseau et tomba à la renverse quand il reçut la figure ridée mais intacte de la vieille békée au mitan de la sienne.

Ici mon esprit s'embrouille et je ne me souviens plus s'il surmonta sa peur et lui ôta son collier en or, ses anneaux et ses bagues, plus un ravissant petit coffret qu'elle tenait entre ses mains croisées sur son ventre. Il se peut fort bien que cela se soit passé ainsi et que la rumeur propagée par Radio-bombe-sirop, selon laquelle le cercueil s'enfonça floup ! dans le giron de la terre, soit parfaitement infondée. Infondée mais pas du tout invraisemblable au regard de ce qui arrive aux détrousseurs de tombes. Le cercueil de madame de Laguarrande a fort bien pu tourner sur lui-même à droite et à gauche, et descendre de dix bons mètres sous terre. Cela n'a pas dû forcément faire capituler un bougre de la carrure de Fils-du-Diable-en-Personne. Son complice et lui ont très bien pu continuer à creuser pour atteindre leur but et, arrivés à sa hauteur, le cercueil a dû répéter la même comédie et ainsi de suite jusqu'à ce que l'on ne distingue plus les deux hommes des fourmis qui gîtent dans les entrailles de la terre. Sans doute sont-ils remontés avant d'être engloutis...

Je revois l'en-dehors du cimetière où la guerre s'était amplifiée entre-temps car la corne des camions des pompiers faisait un seul ouélélé à travers la ville. Cela a duré jusqu'aux aurores et lorsque, épuisée, je suis rentrée chez moi, ô miracle, nul ne s'était aperçu de mon absence.

Comme je l'appris plus tard, l'émeute, menée par ce campagnard énigmatique de Malaba, avait enlianné qui ma mère qui mes sœurs et mon petit frère qui notre voisinage dans les rues. Mon aînée se vantait d'avoir défoncé la tête d'un C.R.S. avec un manche de pioche. Une autre de mes sœurs avait collecté toutes les vieilles bouteilles de rhum ou de bière Lorraine qui drivaillaient dans les dalots sales — lieux qu'elle avait pourtant en horreur — et n'avait eu cesse d'approvisionner les hommes des premiers rangs qui y ajoutaient une mèche et un peu de pétrole pour en faire des armes redoutables. Ma mère, excitée comme pas une, semblait avoir retrouvé une verdeur de jeune capistrelle et disait en sautillant : « *Man pa sav poutji nou ka goumen men sèl bagay man konnèt sé ki man fouté bon wôch nan tjou sé vyéblan-an.* » (J'ignore pourquoi on se bat mais ce que je sais c'est que j'ai bombardé les Blancs à coups de pierres.) Elle m'appela pour lui tailler et peinturer les ongles des pieds, se demandant à voix basse quel manger elle mettrait aujourd'hui à cuire dans son canari. La journée fut d'ailleurs d'un calme surprenant. On n'entendit aucun coup de feu et on ne constata aucun carrousel de jeeps de gendarmes.

J'avais laissé Ziguinote au cimetière des riches quand je finis par comprendre qu'il y avait provisoirement élu domicile. Je l'imaginais se promenant seul à travers ses allées désertées, insouciant de la vie et de la mort, soliloquant comme à son ordinaire à propos de sa jeunesse passée dans le nord de la Martinique. Tout l'après-midi, je restai plantée derrière une persienne pour tenter d'apercevoir ne serait-ce que son ombrage mais je ne réussis qu'à surprendre un étrange conciliabule entre le quimboiseur Grand Z'Ongles et une patrouille de Blancs peu amènes. Il avait de loin la posture d'un maître d'école. Quand ces derniers tirèrent, il cogna sa canne de bedeau par terre trois fois et devint transparent (ou alors les balles traversèrent son corps sans lui causer le moindre grafignage). Stupéfaite et effrayée à la fois, je plongeai derrière notre maison où il y avait une courette au centre de laquelle se dressait un mandarinier et m'installai à ses pieds. Dans notre chambre, la ritournelle de Noël *Joseph, mon cher fidèle* m'emporta peu à peu dans un assoupissement bienfaisant.

Monsieur Jean, excuse-moi si ma parole est embrouillée. Je ne suis pas allée longtemps à l'école des Blancs...

## Troisième cercle

Ils nous imposent la noirceur de la nuit au beau mitan du jour et paradent dans nos rues armés de leur seule déraison. Nos vagues de colère s'épuisent une à une contre leurs boucliers telle une rumeur de tonnerre dans le lointain.

Les maisons en flammes et les détonations des fusils nous brouillent l'ordre des jours : hier, vingt-deux décembre, se mêle dans notre tête à après-demain, vingt-quatre, et ainsi de suite.

Aux Terres-Sainvilles où l'on reçoit la splendeur conique des Pitons du Carbet dès qu'on ose lever en l'air le grain des yeux, seuls les chiens-fer ont désormais droit de cité.

Pourtant Noël est là avec son ciel opalin dispensateur de tant et tellement de tendresse.

## 11

A l'époque où le professeur Jacquou Chartier fréquentait le caboulot de Ho-Chen-Sang, dit Chine, sa verve intarissable de Blanc-France avait damé le pion aux beaux parleurs des Terres-Sainvilles, à commencer par Eugène Lamour, lequel, sans doute pour justifier son patronyme, mettait un point d'honneur à courtiser toutes les gourgandines qui butaient sur son chemin. Radio-bombe-sirop ne prétendait-elle pas que monsieur avait réussi à coquer La Mangouste dont le giron n'avait pu être forcé à ce jour que par les seuls maléfices de Grand Z'Ongles ? Toujours est-il que les tafiateurs et autres bambocheurs invétérés du quartier avaient organisé une espèce de réunion afin de régler le cas de ce bailleur d'emmerdations de Chartier. Quand il se mettait à discourir, les femmes se pâmaient, la marmaille cessait de criailler et les vieux-corps grommelaient :

« Quelle loquence, tonnerre de Brest ! »

Les hommes donc étaient ceux qui passaient pour couillons et ça, ils ne pouvaient l'admettre bien que ce Blanc-là semblât fait d'une autre engeance que ses congénères. On imagina d'abord de lui bailler une commission pour la Barbade (pays où l'on soigne à la perfection l'hydrocèle), de lui lancer un coup de citron sur (méthode des nègres des bois tout-à-faitement imparable), de lui glisser un poil de bambou dans le verre de décollage au mabi qu'il venait prendre le matin chez le Chinois en grande amicalité avec les djobeurs du Bord de Canal et les éboueurs coulis, de réciter sur sa tête, et toutes sortes de macaqueries usagément en honneur ici-là.

Les jours où monsieur Jean se trouvait chez Chine, les deux bougres s'enrôlaient dans de véhémentes discussions dont la négraille ne comprenait que des brins. En effet, bien qu'enseignant le latin et le grec au Séminaire-Collège où les Blancs-pays terraient leurs rejetons peu doués pour les études, Chartier vouait un culte étonnant au créole qu'il refusait de considérer comme un vulgaire patois. Il l'avait d'ailleurs appris en six-quatre-deux jusqu'à se permettre, malgré son accent hideux, des rigoladeries qui laissaient le monde tout bonnement pantois. Monsieur Jean tombait en fureur chaque fois que le Blanc-France l'apostrophait ainsi :

« Donc, mon cher ami, vous persistez à nier la splendeur secrète de cet idiome...

— Foutaises ! Foutaises que tout ça !

— Ah non ! Vous vous trompez, mon vieux. Je m'y connais un peu en matière de langues et je vous assure que la vôtre est... comment dirais-je... succulente. Elle a conservé précieusement tout un lot de vieux mots français des seizième et dix-septième siècles : "bréhaigne", "hallier", "falle", "bailler", "fiole" sans compter les parlures normandes qui y foisonnent. Mélangez-moi ça avec des sonorités et des formes africaines et vous obtenez cet élixir verbal qu'est le créole.

— Vous exagérez là ! Hé Chine, sers-nous deux vermouths, s'il te plaît. Tenez, asseyons-nous à cette table... voyez-vous, Chartier, ma religion est faite en la matière depuis ma plus tendre enfance. J'étais un négrillon à demi-affamé qui se rendait nu-pieds à l'école et à qui ses maîtres reprochaient quotidiennement ses cheveux crépus. Jeune homme, j'ai dû batailler comme un coq-calabraille pour me faire admettre par la société. Ça, vous n'avez pas expériencé de telles avanies, hein ? Vous n'avez jamais subi l'arrogance des mulâtres de la rue Victor Hugo... Si j'ai réussi à devenir instituteur, c'est grâce à la langue française, c'est elle qui m'a sauvé, si je puis m'exprimer ainsi, et vous voudriez qu'au jour d'aujourd'hui, je lui crache dessus... »

Chartier souriait tout le temps. Il en aurait fallu beaucoup plus pour le décontenancer. Les curés du Séminaire-Collège avaient renoncé au bout de quelques semaines à le tancer sur ses convictions socialistes, car, même s'il avait collé le portrait de Léon Blum sur son bureau, il était devenu le meilleur professeur de son établissement. Ils avaient essayé de le coincer sur ses fréquentations, un rapport de police ayant fait état chez lui de comportations insolites pour un Européen : il allait au vice, aussi bien à l'Allée des Soupirs qu'au boxon Marie Curie. Chartier avait ridiculisé ses collègues ecclésiastiques au cours d'une réunion où ils s'apprêtaient à lui porter, d'après eux, l'estocade.

« Si je comprends bien, dans cette bonne île française depuis 1635 avait-il conclu avec fiel au terme d'une brillante défense, seuls les gens de robe ont le droit de faire des enfants hors mariage sans subir les foudres de monseigneur l'évêque. »

Tous ceux qui avaient engrossé une de leurs paroissiennes courbèrent l'échine, ravalant leurs griefs de peur que Chartier ne les dénonçât en public. Aussi son procès tourna-t-il court, au grand dam du vicaire supérieur. Depuis lors, les autorités du Séminaire-Collège lui fichaient une paix royale bien qu'à chaque rentrée scolaire, monseigneur Varin de la Brunelière demandât sa mutation au ministre de l'Education nationale (parce que « ce prétendu enseignant et libre penseur possède une bibliothèque personnelle d'ouvrages sataniques : François Villon, Barbey d'Aurevilly, Sade, Nietzsche entre autres »). Depuis que la Martinique avait cessé d'être, officiellement du moins, une colonie, un beau jour de 1946, ce genre de requête n'allait plus de soi. Chartier aurait pu enseigner au lycée Schœlcher ou dans quelque autre école républicaine mais il se considérait comme un éclaireur aux avant-postes de la lutte contre l'obscurantisme et le racialisme. Sa joie consistait à ferrailler jour après jour contre les inepties que ses collègues inculquaient à des élèves qui étaient censés être, à l'époque et pour la plupart d'entre eux, la relève de la Caste.

« Ce que je vous reproche, disait-il fréquemment à monsieur Jean, c'est d'accepter un système injuste, absurde même. D'abord, je ne vous ai jamais demandé de jeter la langue française aux orties. Je serais bien mal placé pour formuler une semblable exigence d'ailleurs ! Ma préoccupation est la suivante : comment faire pour que l'homme martiniquais progresse sans cesser d'être lui-même ? En niant le créole qui a nourri vos jeux et vos rêves, vous vous mutilez inutilement, cher ami. Et puis, au fond, je reste persuadé que la haine du créole n'est qu'un aspect de la négrophobie et...

— Je vous arrête, Chartier ! Césaire, je ne le lis pas tous les jours, alors ne me bassinez pas avec ses théories, sa Négritude et ses machins. Qui arrive à le lire ici ? Ni les vieux nègres des champs de canne, ni les bourgeois ni même les grands-grecs, sauf trois ou quatre, ne parviennent à décrypter son charabia surréaliste. Moi, je suis plutôt un fervent de Saint-John Perse : "Chante, douceur, à la dernière palpitation du soir et de la brise, comme un apaisement de bêtes exaucées. Et c'est la fin ce soir du très grand vent. La nuit s'évente à d'autres cimes. Et la terre au lointain nous raconte ses mers." N'est-ce pas sublime ça, Chartier ?

— Je ne faisais pas allusion à Césaire tout à l'heure. D'ailleurs, il va dans votre sens, il écrit un sacrément bon français ! André Breton n'a-t-il pas proclamé avec exaltation qu'il le maniait comme il n'y a plus aucun Blanc pour pouvoir le faire aujourd'hui ? Quant à ce descendant de colons de Perse, je serai encore plus réservé à son égard. »

Lorsque monsieur Jean se tenait le bec coi et faisait tourner la bouteille de rhum sur elle-même en observant fixement ses rotations, le monde savait que ce bougre de Blanc-France de Chartier l'avait coincé une fois de plus. On n'avait pas bien suivi le fil de leur débat mais on avait senti à une certaine lourdeur de l'atmosphère que quelque chose qui n'était pas à l'avantage du quinquagénaire venait de se produire. Ce dernier se levait, serrait la main de son interlocuteur, lâchait de la menue monnaie sur le comptoir de Chine et sortait dans le silence le plus total. Chartier prenait alors à son compte toutes les consommations des fainéantiseurs qui traînaient dans le bistrot depuis le devant-jour et s'encanaillait en créole avec eux jusqu'à midi s'il n'avait pas cours dans la matinée.

Certains jours, Romule Casoar venait aux nouvelles, bien qu'il dénigrât les Terres-Sainvilles dans les salons huppés où il était parfois reçu à souper. Tout le monde se détournait de lui, sauf Chartier avec lequel il avait réussi à établir une sorte de modus vivendi plus ou moins précaire à force de contorsionner sa carcasse dégingandée devant lui. Casoar éprouvait une haïssance faramineuse pour ceux qu'il qualifiait de « moscoutaires » et on l'avait vu gambader de joie le soir de décembre 1956 où la radio nous avait appris qu'Aimé Césaire venait de démissionner du Parti Communiste. Tout en connaissant pertinemment les opinions de Chartier, il se flattait, on ne sait trop pourquoi, de le compter au nombre de ses amis. En général, il obligeait celui qu'il qualifiait plaisamment de latiniseur à lui bailler son avis sur l'éditorial qu'il comptait publier la semaine suivante.

« Je passe trois nuits entières à le peaufiner, mon cher, prétendait-il en agitant son punch. Je ne suis pas de ces anti-français qui pissent sur la grammaire et rédigent à la va-vite... au fait, en parlant d'excréments, accepteriez-vous que je vous livre la première mouture de l'ambroisie qui coule sous ma plume ?

— Faites donc, murmurait le Blanc-France comme subjugué par la drôlerie du personnage.

— Bien-bien... voilà... nous aimons les belles poitrines, mais il y a des moments où nous ne les regardons même pas. C'est lorsque l'exhibitrice jette dans le caniveau le contenu d'un seau hygiénique. Ce fut le cas l'autre matin, devant le Palais de Justice. Nous longions la rue Perrinon lorsqu'une femme, complètement dépoitraillée, sortit d'un corridor pour lancer ses excréments dans le canal où l'eau stagnait. Si nous étions de la police, nous la verbaliserions pour jet de matières fécales et attentat à la pudeur... alors est-ce saignant ? »

Chartier haussait avec grossièreté les épaules, le plantait là et se rendait chez sa maîtresse indienne à Au Béraud, apparemment insensible aux regards de braise des mâles de sa race qui, accroupis dans la fange du quartier, mâchonnaient leur désespérance toute la sainte journée. La femme, Julianise, fille d'un prêtre du culte indien, le recevait avec des débordements de câlineries que personne n'eût pu soupçonner d'elle. Elle ne lui demandait jamais rien : ni cadeaux, ni argent, ni promesse de mariage, seulement de belles paroles. Elle aimait l'entendre prononcer pour elle toute seule ce beau français brodé qui était le sien et le percevait sous les traits des héros de romans-photos italiens (qu'elle appelait « journaux d'amour ») avec lesquels elle décorait les parois de sa case. Chartier fréquentait aussi Marie Curie pour se distraire de la mélancolie naturelle de son Indienne. Là, il choisissait en général les négresses pur-sang à la jovialité contagieuse, négligeant mulâtresses et chabines dont raffolaient les clients distingués.

Pourtant, la maestria de Chartier commença à agacer le monde et on souhaita le mettre au pas une fois pour toutes, c'est-à-dire à l'égal de chacun. On décida de l'affubler d'un sobriquet qui mettrait un terme à son emphase et rabattrait son foutu caquet. Il n'y a rien que le nègre craint plus qu'un petit nom : « Tête Coton » s'il a des poils blancs sur la cabèche ; « Patte crochue » s'il boitille ; « Tiqueté Coq d'Inde » s'il a la figure barbouillée de taches de rousseur ; « Gueule de requin » s'il a mis ses dents à la banque. Il tempête au début, fait du cirque mais, au fil du temps, il devient un gentil garçon qui ne s'avise plus jamais de faire l'intéressant avec autrui. Cela marcherait-il sur un Européen ?

Rigobert, l'ex-fier-à-bras du Morne Pichevin, qui était parfois en dérade aux Terres-Sainvilles, croyait à une médecine plus efficace, celle qui consistait à barrer le prétentieux dans une ruelle sombre et à lui semer des coups sur l'écale du dos. Mais il évoquait là une époque révolue où un seul froncement de sourcils de sa part faisait courir n'importe quel impudent plus vite qu'une mèche allumée dans les quarante-quatre marches menant au Morne Pichevin. Ziguinote, le fossoyeur indien, qui avait hérité du nom créole des tapes qu'on lui fichait sur la tête dès qu'il passait au ras d'un nègre, aurait bien voulu qu'on hèle la colère du dieu Madévilin sur le Blanc-France mais le père de Julianise était le chef du bondieu-couli de Fort-de-France. Chacun donc se rallia à la proposition de la marchande de bonbons, Mathilde Villormin, qui enrageait de voir Chartier humilier l'être qu'elle chérissait en secret. Elle n'avait pas compris qu'entre les deux compères, il existait un accord tacite ou plutôt que leur comportation relevait d'une sorte de marivaudage intellectuel qui ne prêtait pas à conséquence. Comme tous les gens de céans, elle prenait leurs chamailleries livresques pour une véritable guerre.

D'après Mathilde, il fallait à tout prix dérisionner l'habitude qu'avait Chartier de parler comme un perroquet-répéteur. Un soir plein de fraîcheur, on se réunit donc place de l'Abbé Grégoire et l'on mit son intelligence en commun afin de le sobriqueter. Chacun eut son mot à proposer que l'on examina avec le plus grand soin : blablateur (la logeuse de monsieur Jean), jaspineur (la mère-maquerelle), hâbleur (la pacotilleuse), baragouineur (Jojo Coiffeur), bavardeur (Ziguinote), paroleur (Ho-Chen-Sang, dit Chine), jargonneur (le Syrien Mehdi Aboubaker, à qui on avait baillé cette appellation à son arrivée dans notre pays, et qui en avait réchappé du seul fait que ses innombrables clientes s'enivraient du nom si évocateur de « La Syrie » que tout le quartier finit par lui accorder à l'unanimité), jacoteur (Bec-en-Or), bagoulard (Siméon, le fils de la logeuse de monsieur Jean), brimborioneur (Ancinelle Bertrand), plaidoyeur (Cicéron mais monsieur ne se doucinait-il pas dans la folie depuis qu'il avait raté sa médecine à Bordeaux ?) et puis clapotier, caquetier, et des mots par grappes, des dévalaisons de mots à dormir dehors — car le Martiniquais est un grand fabriqueur de mots, oui ! — sur lesquels personne ne parvint à s'entendre lorsque minuit moins le quart sonna à l'église Saint-Antoine des Terres-Sainvilles.

« Tout ça, c'est des paroles de nègres incultes, ruminait Lamour, c'est pas du vrai français, je vous dis. Monsieur Jean, vous qui avez fait classe avant guerre, vous au moins pourriez nous guidonner, non ?

— Bien sûr ! intervint une maquerelleuse, allez chercher votre dictionnaire, hé ben Bondieu !

— Mesdames et messieurs, fit le quinquagénaire pour desserrer l'étreinte, vous vous imaginez donc que le dictionnaire comporte des injures ? Vous croyez que le français est une langue sale comme le créole alors ? »

Le monde demeura interloqué. Un siècle de temps s'écoula dans une attente lourde de malaise. De l'autre côté de la rue, une meute de chiens musardait près d'une bombe d'ordures. A minuit pile, Grand Z'Ongles déboucha de la rue Emile Zola sans sa canne de bedeau, sa démarche empreinte d'une étrange hâtiveté.

« *Tjenbwazè-a sôti pwan tjèk fanm* (Le quimboiseur vient d'abuser d'une femme dans son sommeil), conclut quelqu'un dans l'obscurité.

— Vous croyez à ce genre de sornettes ? » fit monsieur Jean.

Ancinelle qui ne faisait pas grand bruit dans ce genre d'assemblée se fâcha tout net.

« D'accord mais dites-nous au moins comment appeler quelqu'un qui parle-qui-parle-qui-parle comme un jouet auquel on a baillé chaîne ? » exigea-t-elle.

Monsieur Jean paraissait troublé pour la première fois depuis son installation dans le quartier. Lui qui en remontrait à tous ces marmiteux des Terres-Sainvilles et auquel les mulâtres du centre-ville avaient été contraints d'ouvrir les portes du Cercle Martiniquais puis d'accorder une place au banc des Sénateurs, il se trouvait ce soir-là plus inutile qu'un zéro devant un chiffre. Il fouilla désespérément dans sa mémoire et ne dénicha qu'une paire de mots, une misérable petite paire sans odeur et sans saveur : bavard et loquace. Il savait qu'il déclencherait un frémillement de rires s'il osait les mettre dehors, étant donné le goût invétéré des nègres de céans pour le français plein de gamme et de dièse. La mort dans l'âme, il préféra passer pour un ignare et ce petit procureur d'emmerdations de Jacquou Chartier, auquel personne n'avait réussi à trouver un sobriquet, continua à parader jusqu'à ce jour de décembre où, embesogné dans l'émeute, il faillit faire une croix sur sa vie.

Au troisième jour (ou alors était-ce au quatrième ?), les gens avaient déserté les rues car les képis rouges tiraient sans sommation, même en dehors du couvre-feu. Seul Grand Z'Ongles continuait d'arpenter l'avenue Jean Jaurès à l'heure qui était coutumièrement la sienne. Les claquements de bottes de la soldatesque semblaient l'indifférer. Le quimboiseur faisait halte devant la porte close du Trouve ton Bonheur : Sidonise Vincent, dite Shirley Vindgrave alias Sylvia Menendez, s'en était allée chercher sa pacotille sous des cieux plus paisibles. La Mangouste, quant à elle, s'était réfugiée dans son antre du Pont des Chaînes. Grand Z'Ongles demeura donc là comme un couillon.

*« A laj mwen, zôt konpwann man pé tjenbé an bann san ladjé'y déwô, sakré isalôp ki sôt yé ! »* (A mon âge, vous pensez que je peux supporter de bander sans pouvoir décharger, espèce de salauds !) gueulait-il à l'endroit de chaque patrouille qu'il croisait.

Rue de la Commune de Paris, un sergent prit le parti d'en ricaner et lui demanda :

« Hé, quel âge tu as, négro ?

— Soixante-sept ans en montant, petit polisson ! Je

peux encore grimper sur ta chienne de mère si sa coucoune n'est pas trop fanée. Tu es d'où, toi ? De Bretagne ? De Normandie, hein ?

— La ferme ! Qu'est-ce que tu fous là d'abord ? Papiers !

— *Ga sa tibolonm, man sé pé papa'w alô pa djè fè leston-mak anlè mwen, ou tann mwen di'w !* » (Ecoute, morveux, j'aurais pu être ton père, alors ne crois pas que tu vas m'intimider grogna le quimboiseur en pointant son ongle démesuré sur le nez du sergent.

Trois képis rouges lui déchargèrent des rafales à bout portant, mais les balles traversèrent le corps de Grand Z'Ongles sans le grafigner le moins du monde et se perdirent dans le mur d'une école. Les traces qu'elles y dessinèrent étaient le portrait du geste cabalistique que le quimboiseur traçait devant les téméraires qui ne brocantaient pas de trottoir dès qu'ils l'apercevaient. On essaya en vain de les effacer au mitan de l'année 1960 mais elles demeurèrent longtemps l'unique témoignage des forcèneries du sanglant décembre précédent. A cet endroit, la municipalité, de guerre lasse, finit par apposer une peinture murale d'inspiration négro-surréaliste qui s'écailla à l'endroit même de l'impact des balles. Maudition ou pas, le sergent fut dégradé et muté hors de la Martinique pour avoir ordonné d'ouvrir le feu en plein jour et sans raison puisqu'il était incapable de présenter le cadavre du vieux nègre énigmatique qui l'avait soi-disant défié. Après cinq morts (dont deux officiels seulement), la consigne était d'apaiser les esprits avant que les partisans de Fidel Castro n'enflamment l'ensemble de l'île.

Le jour de son exécution, Grand Z'Ongles sembla avoir retrouvé une seconde jeunesse. Il flâna dans toutes les rues des Terres-Sainvilles, cognant à nos persiennes avec sa canne ensorcelée et nous gouaillant ainsi :

« *Zôt ka séré men li, Gran-Zonng, i pa-a séré, fout !* » (Vous vous terrez mais lui, Grand Z'Ongles, il ne se terre pas, foutre !)

Par conséquent pour en revenir à Jacquou Chartier, Radio-bois-patate affirma que monsieur, se croyant protégé par sa blancheur, déambulait en toute tranquillité sur La Levée. Il revenait du Morne Pichevin où il était allé douciner son corps auprès d'une péripatéticienne qui l'avait pressé d'éviter à tout prix la septième des quarante-quatre marches. Ou alors de prononcer une conjuration, que bien évidemment il refusa d'apprendre. C'était un de ces jours de décembre qui déployait ses armoiries sous la tendresse bleue du ciel à tel point que les manguiers centenaires qui bordaient l'avenue semblaient étreints d'une sourde jubilation. Chartier ne remarqua pas l'inhabituelle quiétude des lieux, les mains dans les poches, guilleret et tout ébahi d'avoir entendu la péripatéticienne lui sortir une pensée philosophique presque dans les mêmes termes que Schopenhauer. Alors qu'il lui faisait part de sa colère devant les morts de la veille, elle avait souri avant de lâcher :

« Pourquoi craindre la mort ? Après tout, mourir c'est retourner au vaste néant qui a précédé notre naissance. Or, ce néant-là ne nous effraie pas. Pourquoi ? »

Une grappe de nègres montait la garde derrière un barrage fait de troncs pourris, de vieux pneus et de fûts d'huile. Reconnaissant Malaba, Chartier s'avança vers eux sans aucune gêne. Une volée de coups de bouteilles l'assaillit en pleine figure, lacérant ses pommettes. Le temps de crier, trois bougres étaient déjà sur lui et le bastonnaient avec rage. Il parvint à se redresser et à dire :

« Malaba, tu ne me reconnais pas ? C'est moi, ton compère Jacquou...

— *Man pa ni konpè blan !* (Je n'ai pas d'ami blanc !) rétorqua le géant.

— *Péla, chenfè ki ou yé !* (Tais-toi, salopard !) hurla un bougre hors de lui, *konpè C.R.S. ou ka tiré anlè jenn man-may.* » (Tes amis les C.R.S. tirent sur nos enfants.)

Une jeep providentielle passa et recueillit le blessé. Le barrage ne tenta pas d'opposition. Après quatre jours et quatre nuits d'affrontements, les deux camps s'observaient. On emmena Chartier chez le médecin de garde, Bertrand Mauville, un chabin-rouquin qui avait été un suppôt du régime de l'Amiral Robert et qui, depuis la fin de la guerre, essayait de se faire oublier. On prétendait même qu'il avait pris sa carte à l'U.N.R. et, qu'un jour ou l'autre, monsieur se présenterait à une élection sous l'étiquette gaulliste. Il semblait réjoui de la mésaventure du professeur du Séminaire-Collège, en tout cas très averti de ses fréquentations plébéiennes.

« On récolte ce qu'on a semé, hein ? fit-il au bout d'un moment.

— Je ne vous suis pas...

— Penchez la tête à gauche... là, comme ça... ça vous fait mal ?... eh bien, quoi ! Vous répandez des idées révolutionnaires du matin au soir, vous vilipendez les capitalistes comme vous dites dans tous les bars de Fort-de-France et vous voudriez que votre grain ne germe pas. Hou la-la ! Sacrée entaille ! Ils auraient pu vous massacrer, les voyous. Heureusement, vous avez été tiré de ce guêpier par ces forces de l'ordre sur lesquelles vous avez l'habitude de cracher. »

Malgré la douleur, Chartier sentit une profonde colère monter en lui. Si quelqu'un avait semé les germes d'une quelconque révolte, c'étaient bien des êtres équivoques de l'espèce du docteur Mauville. Des serpents qui changaient de peau au bon moment et cela en toute impunité. Chartier décida de ne pas répondre, feignant d'être absorbé par le bandage que lui posait le médecin. Des exclamations enfantines se firent entendre dans la pièce qui était juste au-dessus du cabinet. Un adulte vraisemblablement battait des mains.

« Mes gosses... expliqua Bertrand Mauville, depuis hier, ils veulent ouvrir à tout prix leurs cadeaux de Noël. Au fait, vous connaissez mon épouse ?

— Je n'ai pas eu cet honneur...

— Qu'à cela ne tienne, écoutez, je vous invite à dîner ce soir. On n'est que le 23, ça ne vaudra pas le repas du réveillon mais tout de même, j'ai une bonne qui fait des merveilles, vous verrez.

— Je crains de ne pas...

— Ttt ! Pas de ça, mon vieux ! J'ai l'esprit large, moi. Oubliez ce que je vous ai reproché tout à l'heure. Pure taquinerie, mon cher. Après tout, nous sommes entre gens de bonne compagnie, mon épouse est angevine... une femme très douce, très sensible, vous verrez. »

Après les rudes émotions de la journée, Chartier se laissa faire. Au salon, encombré de fauteuils de cuir dans lesquels on avait l'impression de s'immerger, une femme blonde, plutôt quelconque, l'accueillit avec affabilité. Deux garçonnets habillés comme des petits princes gigotaient au pied d'un sapin de Noël parsemé d'ampoules multicolores. Chartier ne savait pas quoi dire. Il scruta la bibliothèque de son hôte d'un œil professionnel : Chateaubriand, Taine, Paul Bourget et, ô miracle, *La Nausée.* Bertrand Mauville mit un disque de Verdi sur un gramophone datant des années 30 et lui servit, sans prendre son avis, un verre de kirsch. Son épouse prit des nouvelles de la santé de Chartier sur un ton de pure politesse et s'éclipsa.

« Le bonheur, c'est quoi pour vous ? » lui demanda le docteur qui avait ôté ses lunettes et ressemblait tout d'un coup à un vieil homme très fatigué.

Chartier ne sut que répondre. Dehors, dans le lointain, ils entendirent l'éclat de coups de feu.

« La question a l'air saugrenue en de pareilles circonstances mais j'y insiste : êtes-vous heureux, monsieur Chartier ?

— Cela dépend.

— Je veux dire comment parvenez-vous à trouver le ressort qui vous permet de supporter la... comment dire... la pesanteur de chaque jour. Allons, ne tournez pas autour du pot, un philosophe comme vous doit bien avoir la réponse ?

— Je ne suis pas vraiment philosophe, j'enseigne un peu de philosophie, ce qui est fort différent et en plus à des élèves qui n'ont ni la volonté ni l'intelligence de mettre en doute mes propos.

— Je vois... »

Bertrand Mauville sombra dans un délire alimenté par les verres de kirsch qu'il avalait d'un trait comme si cela avait été du rhum. Il expliqua qu'assumer la condition de sang-mêlé était très difficile à moins d'adopter ce cynisme permanent qui avait été le sien avant la mort de son frère Amédée. Depuis que les colons avaient forcé leurs esclaves, leurs rejetons bâtards n'avaient cessé de trahir leurs mères et d'aspirer à la noblesse supposée de leurs pères.

« La bâtardise, mon cher monsieur, voilà notre principal handicap. Les grèves dans les champs de canne, les licenciements sur le port, la lèpre, les carences alimentaires, tout ça, c'est du vrai. Je ne le nie pas. J'ai des clients dans les quartiers populaires que vous fréquentez mais faisons une supposition. Imaginons que cela soit un jour résolu, croyez-vous sincèrement que ce pays-là parviendra jamais à trouver sa boussole ? Nous sommes les déchets de l'humanité... prostituées de La Rochelle, criminels et voleurs expédiés aux isles, esclaves africains, meurs-la-faim hindous et chinois, Syriens et Italiens chassés de leur pays par la misère. Et maintenant voici venue la racaille pied-noire d'Algérie ! Où trouver de la grandeur dans cet amalgame douteux ?

— Dans le métissage ! s'exclama Chartier dont c'était une idée fixe. Justement le métis, né sur place, le créole, est le fondateur d'une grandeur neuve, américaine, si vous préférez.

— C'est vous qui le dites. Le métis créole au contraire est la quintessence de toutes ces bâtardises accumulées. Le bâtard en chef en quelque sorte. »

Une bonne, couleur d'ébène, qui rasait les murs, vint disposer le couvert sans faire tinter une seule cuillère comme si on lui avait intimé l'ordre d'être la plus transparente possible. A l'étage, la femme de Mauville chantonnait délicieusement une ronde de son terroir :

*« Approchez, mé chars enfants*
*Pis m'écoutez un p'tit mouman,*
*C'est demain qu'arrive la fête*
*La fête à monsieur le Curé.*
*Il faut que tertou on s'apprête*
*Pour aller la guy souhaiter*
*Prends ben vite, té, ma Fanchon,*
*Tout ton pu biau cotillon... »*

Chartier ressentit, pour la première fois depuis son arrivée à la Martinique, une fulgurante nostalgie de sa Vendée et chercha vainement un air de chez lui dans les recoins de sa mémoire. Il en eut un sur le bout des lèvres mais il était obstinément barré par un air créole, celui qu'affectionnait Julianise quand elle lui lavait son linge (le lundi uniquement selon une ancestrale habitude de nos campagnes, au Bassin de Grosse-Roche). Le docteur dodelinait de la tête, happé par une demi-somnolence. Malgré les brûlures qui lui agaçaient le visage, Chartier se leva de son fauteuil, prêt à partir, insoucieux de l'impolitesse d'un tel geste. Il demeura figé un bon paquet de temps, accablé par l'imposant silence qui régnait dans la maison. Il distingua sur une petite table une feuille couverte de cette écriture illisible si caractéristique des disciples d'Hippocrate mais en plus torturée. Il déchiffra, non sans difficultés :

« *RAPPORT DU DOCTEUR MAUVILLE AU TRIBUNAL D'INSTANCE DE FORT-DE-FRANCE AU SUJET DU PRÉVENU JÉRÔME LAVENEAU ACCUSÉ DE CONDUITE EN ÉTAT D'IVRESSE ET D'HOMICIDE INVOLONTAIRE.*

« Le dolichocéphale a, dans son cerveau, cent soixante-deux centimètres cubes de matière cérébrale en moins que le brachycéphale. C'est un instinctif et un passionné, un obsédé sexuel. Chauffard, il est irrespectueux de la vie de ses passagers. Incapable de maîtrise sur les plans physique, mental et émotionnel, sur la route, il se croit un héros ou un demi-dieu. Il excelle dans l'art de l'épate, du cabotinage et du "m'as-tu-vuisme". Ses gènes, ses chromosomes, ses amibes, ses mutations sont trop du premier jet, son histamine et son potassium, insuffisamment dilués, font de lui un crétin congénital. Hansénien, porteur de tréponèmes, de bacilles de Koch, disciple de Bacchus et souvent blessé de Vénus, il est toujours à la merci d'une secousse vasculo-circulatoire ou neuro-végétative ; le trachome, le glaucome, la diplopie souvent l'habitent... »

Ecœuré, Chartier cessa de lire et fila au-dehors où la noireté du ciel l'étreignit à la gorge. Il avançait au ras des magasins de Syriens, l'œil aux aguets à chaque mouvement d'ombres. Une tiédeur secrète de l'air lui mignonnait la peau, lui baillant une sensation de bien-être qui lui fit oublier ses blessures. A cause du choc, il n'avait pas médité sur son agression du matin mais, en son for intérieur, il savait que le moment était venu d'admettre la vérité : ces nègres qu'il avait côtoyés depuis quatre ans, dont il maîtrisait la langue, avec lesquels il avait partagé ripailles et ribaudes, ces nègres-là avaient tenté de l'assassiner. Oui, de l'assassiner ! Pourtant, impossible de dire qu'ils n'avaient pas été sincères avec lui au moment des bamboches.

« Sincères dans l'amitié, sincères dans la haine... » marmonna-t-il, perplexe.

A la Croix-Mission, face au cimetière des riches, il remarqua le corps d'un homme roulé en boule dans un sac de guano. Il voulut s'en approcher mais se retint, l'endroit étant à découvert. Selon toute vraisemblance, cette personne venait d'être abattue. Victime, assurément et pas peut-être, des C.R.S. ou de quelque milicien pied-noir. Chartier saliva de dégoût. Une frissonnade courut le long de sa colonne vertébrale. Soudain, le corps bougea et une voix caverneuse lui lança :

« Couvre-feu ! Couvre-feu, mon brave ! Qu'est-ce que vous foutez là à cette heure de la nuit ? Depuis que les Blancs ont commencé à nous tirer dessus comme des merles, même les zombis ont peur de mettre le nez dehors. Ha ! Ha ! Ha !

— Qui... qui êtes-vous ? demanda Chartier en s'avançant avec précaution.

— Ah ! Qui ne me connaît, mon cher ? Le trois mille sept cent quarante-deuxième descendant de la lignée de Cham, le futur berger de la douzième tribu perdue d'Israël, le prophète du retour dans notre mère l'Afrique, le champion en éloquence qui porte le même nom que Cicero... »

Il n'eut pas le temps de finir sa phrase qu'un carrousel de jeeps, tous phares allumés, déboucha de la caserne Gallieni. Faisant un croche-patte à Chartier, il le plaqua au sol à côté de lui. Les gendarmes ralentirent au rond-point de la Croix-Mission, scrutant sans doute les alentours. Une torche balaya la façade dépeinte des bars à billard, courut le long du mur d'enceinte du cimetière des riches pour se figer sur les deux corps, immobiles sur le pan de trottoir. Deux gendarmes jaillirent de leurs véhicules, mitraillettes au poing, en hurlant :

« Debout ! Dos au mur, allez, grouille !

— Ils remuent pas, sont p'tête crevés, chef...

— On va voir c'qu'on va voir », fit le premier en balançant un coup de pied dans les côtes de Cicéron qui se tordit de douleur mais ne se releva pas pour autant.

« Eh ben, tu vois, y sont pas plus crevés qu'toi, Marchoux ! Hé, les négros, savez pas qu'il est interdit d'circuler. Z'avez vraiment envie d'bouffer du pissenlit par la racine ?

— Moi, je circule ? Où voyez-vous que je circule ? » protesta Cicéron.

— Joue pas au con, tu veux...

— Messieurs, m'est avis que vous interprétez abusivement le décret de monsieur le préfet. Il a interdit de circuler la nuit, pas de dormir par terre. Je ne circule pas davantage que le tamarinier que vous voyez là-bas, aussi j'exige, en mon nom et en celui de mon ami, le strict respect de nos droits constitutionnels.

Fouillez-moi, si vous voulez, je n'ai ni arme blanche ni arme à feu.

— C'est qu'y cause, l'bonhomme... Ha ! Ha ! Ha ! Ma foi, t'as fichtrement raison, négro, tu n'contreviens pas à la loi.

— Chef, ces types-là s'foutent de notre tronche, on les boucle ou quoi ?

— Bof ! Laisse tomber, Marchoux ! On va pas se casser la nénette pour deux métèques complètement bourrés. Si t'avais envie de ramasser des clodos, t'aurais dû t'engager dans la police municipale de Brive-la-Gaillarde, mon pote. Allez, on s'tire ! »

Cicéron secoua Chartier qui était transi de peur. Il s'aperçut que le Blanc-France portait plusieurs pansements et voulut savoir le pourquoi du comment, chose qui déchaîna chez lui des gloussements ironiques. Il l'entraîna à l'intérieur du cimetière des riches où, affirmait-il, Ziguinote disposait d'un caveau bourré de bouteilles de rhum offertes en guise de pourboires par les familles des décédés à particule de la colonie (ou du département comme on dit de nos jours). Vrai de vrai qu'on avait un sacré tonnerre de Dieu de malaisance à s'habituer à cette nouvelle dénomination.

« C'est comme pour les francs que le gouvernement a brocantés l'autre jour, dit Cicéron, maintenant, on ne s'y retrouve plus avec les nouveaux billets. »

Chartier, qui en avait trop vu en une seule journée, gardait la bouche cousue, lui qu'on accusait d'être un jaspineur, un jargonneur, un hâbleur, un blablateur et quoi encore. La somptuosité des tombes le décontenança quelque peu. De rutilantes plaques en marbre proclamaient : « Famille Mérieux de Saint-Méry », « Famille Cheynier de Reynaud » ou plus prosaïquement « Famille Saint-Char » ou « Roy-Calixte » ou « Yang-Shen ». Blancs créoles, mulâtres et Chinoispays réunis coude à coude pour le repos éternel, loin des nègres et des Indiens que l'on enterrait à même la terre au cimetière des pauvres, par-delà le canal Levassor.

« Pour trouver cet imbécile de fossoyeur ça va pas être facile, monsieur le professeur. A l'heure qu'il est, le bougre doit écluser dans le vestibule d'une de ces masures. Ha ! Ha ! Ha ! En tout cas, pas question de redévirer dehors, sinon demain matin, Ziguinote aura deux clients de plus. »

Ils déambulèrent dans les allées proprettes sans succès. Chartier proposa à Cicéron de se reposer contre une tombe colossale dont la blancheur perçait le faire-noir qui pesait sur la ville. Il voulait comprendre.

« Cicéron, tu as étudié en métropole, tu sais ce que c'est que le racisme, le colonialisme et tout ça... dis-moi un peu...

— Vas-y, parle !

— Je veux dire... est-ce vrai que toute cette folie meurtrière a été déclenchée par un banal accrochage entre un automobiliste européen et un nègre à Vespa ?

— C'est ce qui se dit.

— Mais, bon sang, soixante dockers ont été licenciés en mai, personne n'a remué le petit doigt, à part la protestation normale de la C.G.T.M. En plus, les békés ont importé deux cents coupeurs de canne saint-luciens pour remplacer les Martiniquais, ça n'a pas bouleversé le pays. Je n'oublie pas ceux qui triment pour trois fois rien à la Margarinerie Martiniquaise, à la Brasserie Lorraine et dans les magasins d'import-export du Bord de Mer. Je pourrais citer mille exemples autrement plus graves qu'un accident de la circulation.

— Mon cher, le nègre est imprévisible, sache-le. Vos prévisions mathématiques, vos déductions cartésiennes et tout le bazar : à fiche au panier quand il s'agit de nous ! Le nègre est une bête de somme, il accumule, il accumule, il accumule misères sur misères, vexations sur vexations, sans broncher et puis, un beau jour, tu le vois ruer comme un cheval fou parce que tu l'as regardé de travers. Voilà !

— La goutte qui fait déborder le vase, si je comprends bien.

— Pas si simple, vieux frère ! Pas si simple ! Ici, vous êtes dans un pays où les arbres parlementent entre eux et où les chiens ne se contentent pas d'aboyer. L'île, elle-même, interpelle son socle. »

Un ahanement régulier interrompit leur causement. Ils sautèrent sur leurs pieds d'un même élan. Cela provenait du seul bout de terrain vague du cimetière. Ils s'en approchèrent sur la pointe des orteils, les oreilles et les yeux ouverts de dix-sept largeurs. Ce qu'ils finirent par découvrir statufia le Blanc-France et engrossa Cicéron d'un nouveau rire dévastateur : Ziguinote caressait avec application le cadavre d'une jeune femme...

## 12

La race des chiens-fer, si honnie, prit sa revanche sur les chiens créoles et les nègres au cours des deux jours qui précédèrent la Noël. Ils étaient les seuls êtres animés à pouvoir se déplacer en toute impunité à travers la ville et ne s'en privaient pas. On les voyait s'arrêter devant les cadavres pestilentiels des premiers et ricaner en douceur (puisqu'ils sont dépourvus de la faculté d'aboyer), leur peau bleuâtre et luisante diffractant la lumière du soleil. Or, avant que la colère irraisonnée de ces messieurs les Blancs-France ne s'abattît sur l'écale de nos dos, les chiens-fer vivaient dans la terreur la plus absolue. Nous les poursuivions à coups de roches, ou au coutelas, nous les traquions dans les halliers de Trénelle et de l'Ermitage où l'on supposait qu'ils avaient leur repaire. Quand l'un d'eux se trouvait cerné, nous n'hésitions pas une miette de temps à lui fendre le foie nettement-et-proprement. Le mot « chien-fer » lui-même évoquait la hargne.

Seuls des bourgeois dérangés en cajolaient quelques-uns dans leurs villas du Petit Paradis depuis le jour où un anthropologue américain de passage les avait qualifiés à la radio de « chiens du Mexique ». Certaines négresses ancestrales aussi en possédaient, notamment la logeuse de monsieur Jean, parce que cette race de chien au pelage métallique avait le don de voir les zombies. Comme la prétendue Caraïbesse craignait que son mari, qu'elle avait fait disparaître dans des circonstances mal éclaircies, ne revînt lui demander des comptes, elle amarrait l'animal au pied de son lit à colonnes. Pendant la journée, elle lui baillait sa liberté pour qu'il ne procure aucune emmerdation à ses locataires, non sans l'avoir frotté à l'huile de ricin pour qu'il n'attrape pas la gale. Or, depuis que le couvre-feu avait été institué, il ne rentrait plus le soir et la logeuse était devenue inconsolable. Elle demeurait accoudée à sa fenêtre dans le noir, essayant de deviner, parmi les ombres furtives qui s'y faufilaient, la silhouette de son protégé. Elle devint si-tellement chimérique qu'elle improvisa un chant d'amour blessé qu'elle n'hésitait pas à lancer à l'approche du bruit de bottes des patrouilles de C.R.S. Ainsi récolta-t-elle sa mort d'une balle au mitan du sein gauche le vendredi précédant la naissance du Christ. Elle ne s'effondra pas pour autant. Au matin, monsieur Jean la salua d'un geste de la main. Ho-Chen-Sang, dit Chine, l'informa qu'il n'avait plus ni lentilles ni pois rouges et que ses caisses de queue de cochon salé diminuaient de manière dramatique. Jacquou Chartier ôta son chapeau quand il passa au ras de sa fenêtre. Cicéron lui tint une plaidoirie insensée depuis le trottoir d'en face comme à l'ordinaire.

« Madame, je vous salue bien bas. J'espère que vos rêves n'ont pas été troublés par le coassement de leurs mitraillettes. Elles ont chanté toute la nuit dans ma cabèche et j'ai dû descendre leur demander silence, oui. Ils tiraient sans regarder sur tout ce qui bougeait, en hurlant des injures. Des bougres tout bonnement effrayants ! Enfin... heureusement que nous autres, on est encore là. Beaux yeux à ceux qui verront l'année prochaine ! comme dirait ma grand-mère. Au fait, votre chien n'est toujours pas rentré ? »

Quant à Ziguinote, il courba l'échine afin de ne pas sentir le poids du regard méprisant de la logeuse sur sa peau. Elle ne souffrait pas les Indiens et ne se gênait pas pour faire savoir qu'elle ne craignait aucunement les cérémonies du Bondieu-couli que le père de Julianise organisait en plein Au Béraud depuis quelques années. Pourtant, gonflé d'importance à cause de la mission d'ensevelissement que lui avait confiée le capitaine et surtout très satisfait de s'être vengé de mamzelle La Mangouste, il osa soutenir les yeux de la logeuse. Leur fixité le cloua sur place. Plusieurs personnes passèrent dans la rue, lui lançant :

« Eh ben, mon Dieu, tu as pris racine sur le trottoir ou bien quoi ? »

Ziguinote était prisonnier des pupilles de verre de la logeuse dont pas un seul poil d'yeux ne bougeait. Une bondieuseuse prit pitié de lui aux approchants de midi et alla lui déposer un cierge à l'église des Terres-Sainvilles. A six heures, le couvre-feu le surprit au même endroit. Une grappe de chiens-fer, qui avait déboulé des halliers du Pont de Chaînes, le renifla une heure durant, hésitant à le mordre Dieu sait pourquoi. Un à un ils levèrent leur jambe et lui pissèrent dessus. Vers sept heures, Malaba, à la tête de sa bande de nègres sans peur et sans reproche, lui cria de se joindre à eux. Ils portaient d'énormes flambeaux en bambou qui créaient des tressautements de lumière au long des ruelles à cause du vent de décembre. Deux ou trois roulaient des fûts d'huile cabossés qui serviraient à constituer des barrages avec des roches et des planches arrachées aux masures. Ce soir-là, plus aucune vocifération ne monta braver la mort, cette grande inutile qui avait déjà sarclé tant de jeunes vies en quatre jours. Malaba n'avait pas emmené son fameux tambour qui savait parler et bailler des ordres aux quatre coins de la ville. Négligeant le vieil Indien, sa troupe et lui s'avancèrent au-devant de leur destin au croisement du boulevard de La Levée et de l'avenue Jean Jaurès.

C'est donc monsieur Jean qui, ayant bravé l'interdiction de circuler pour aller « rendre service » à madame Villormin (elle qui attendait son machin depuis si-tellement d'années !), dans un même ballant réussit à réveiller Ziguinote et découvrit l'atroce vérité concernant sa logeuse. Il pressa l'Indien d'aller quérir la marchande de bonbons et courut à l'étage, où ses pas lourds sur le plancher provoquèrent la chute du cadavre. Il transporta la défunte sur un cosy et chercha une lampe à tâtons. Une colère froide le faisait transpirer dans le plat de ses mains. Il venait de prendre conscience du fait qu'il n'avait pas pris au sérieux les événements qui agitaient la ville depuis qu'un couillon s'était accroché à Vespa avec un automobiliste métropolitain. Il s'était tenu trop à l'écart de la révolte et se sentait un peu responsable de la mort de cette femme. Il se souvint que la cellule Kamenev ne s'était pas réunie depuis trois semaines.

Madame Villormin ne parut pas avant le devant-jour. Sa rue avait été le théâtre d'affrontements sans merci entre les gendarmes blancs et la bande de Malaba. Rapetissée derrière une persienne, elle avait vu ce dernier défier seul les fusils, buste nu, ruisselant de sueur. Sa taille, que l'obscurité rendait encore plus impressionnante, insufflait du cœur aux autres nègres. Sa voix couvrait les éclats des balles et des bouteilles de pétrole allumées qui voltigeaient dans les airs comme de fugitifs météores.

Au début, quand elle avait accepté de lui laisser la jouissance d'un pan de son jardin et qu'il y avait construit un semblant de case à l'aide de quatre feuilles de tôle ondulée, elle n'avait vu en lui qu'un géant aussi doux qu'un petit mouton. Il faut dire que Malaba était la plupart du temps taciturne et fort peu enclin à parler de son passé, même quand il avait avalé quatre ou cinq pétards d'affilée chez Chine. Il était arrivé sans crier gare l'année d'avant, celle où le général de Gaulle avait enfin pris en main le gouvernail de notre mère la France, et bras ballants, il avait demandé un à un aux habitants du quartier s'ils voulaient l'héberger. Comme il refusait de révéler son titre ainsi que l'endroit où il avait grandi, on crut avoir affaire à quelque mauvais vivant qui fuyait la vengeance de ceux qu'il avait dérespectés. Seule la marchande de bonbons eut pitié de son désarroi, car elle avait immédiatement lu dans son regard une charge de bonté à nulle autre pareille. Chose ô combien rarissime dans un pays où il n'y a pas plus scélérat que le nègre, oui ! Elle l'emmena derrière sa case, dans le petit jardin en friche qui bordait une minuscule cour intérieure grossièrement pavée comme il en existait dans toutes les demeures respectables des Terres-Sainvilles. Un cochon-planche amarré au tronc d'un tamarinier des Indes se vautrait dans la poussière, visiblement assoiffé. Toujours sans découdre sa bouche, l'étrange bougre (qui accepta par la suite qu'on le surnomme Malaba) s'empressa de lui remplir une boquitte d'eau tout en lui flattant le groin.

« Il ne sera pas bon pour ce Noël-ci, lâcha-t-il sans se retourner.

— La peau de fruit-à-pain, c'est tout ce que j'ai pour le nourrir, fit madame Villormin.

— *Pa pè !* » (Ne vous embêtez pas pour ça !)

Le repaire de Malaba faisait donc face à la fange où gîtait le cochon depuis sa naissance ou presque. Chaque matin, le jeune homme se rendait à la fontaine, y faisait des voyages d'eau afin de propreter l'animal. Sur quatre roches, il faisait cuire une bombe de légumes qu'il ramassait au marché ou de fruit-à-pains doux qu'il allait gauler du côté de Trénelle. En trois mois, le cochon tripla de grosseur et Man Villormin ne tarissait pas d'éloges sur son pensionnaire malgré les sous-entendus égrillards de ses amies-ma-cocotte et des pensionnaires de son boxon. Ah, celles-ci le trouvaient costaud, bien debout sur ses jambes, beau de profil et propre de vêtements. Et si jeune, hon ! Si-tellement jeune ! La marchande de bonbons ne relevait aucune de ces allusions et se contentait de réclamer les cotisations de la tontine qu'elle dirigeait depuis bientôt deux décennies. Avec elle pas question de coquiner ou de dire « Demain, je te règle ! » ou des couillonnaderies de cette sorte. Au moindre faux pas, elle vous remboursait les sommes que vous aviez déjà économisées et vous rayait de sa liste. Il ne vous restait donc plus qu'à attendre un enterrement de troisième classe, sans fleurs ni couronnes, sans sermon ni orchestre funèbre. Pire : sans escorte. Or, vivre comme un chien, passe encore ! Le nègre en a pris l'habitude puisque Dieu lui-même est contre lui (n'a-t-il pas, cette salope, baillé la richesse à ces messieurs les Blancs et l'instruction à ces prétentieux de mulâtres ?) mais au moins pouvait-il espérer quitter cette terre avec tous les honneurs. Ça, les Blancs n'y pouvaient rien. L'enterrement est une chose sacrée que les lois divines n'ont pas le pouvoir de réglementer autrement que d'une manière très générale. Pour ce qui concernait les détails, les embellissements, si l'on veut, les gammes et le dièse, les costumes trois-pièces noirs et les chapeaux melons, les corbillards mauves et tout le reste, les nègres avaient, si l'on ose dire, carte blanche et ne s'en privaient pas. A tel point que les Grands Blancs avaient fini par ne plus se faire inhumer que le matin et sans fanfare, s'il vous plaît. Autant leur vie avait été grandiose et bambocheuse, autant leur mort était discrète. D'ailleurs, leurs serviteurs nègres et leurs travailleurs casés n'étaient pas autorisés à pénétrer dans l'église lors de la messe d'enterrement. Ils attendaient patiemment la sortie du corps sur le parvis de l'église, morne alignement de figures résignées qui ne feignaient même pas la tristesse, foutre ! puisqu'elle est marquée sur eux depuis des siècles de temps.

Aux Terres-Sainvilles donc, les habitants avaient élu madame Villormin cheftaine de leur tontine, parce qu'elle était la seule à savoir gribouiller des traits sur la feuille blanche d'un cahier et qu'on savait qu'elle ne gaspillerait pas l'argent qui lui était confié. A ce propos, Radio-bois-patate affirme que notre pacotilleuse, Sylvia Menendez de son nom espagnol, n'a pu ouvrir son magasin qu'à l'aide de la caisse d'une tontine qu'elle avait détournée au Vauclin bien avant la guerre, à une époque où la raideur des tribunaux ne s'étendait pas si au sud de notre pays. On prétend aussi qu'elle fut la maîtresse du bandit de grand chemin Beauregard qui défia la maréchaussée dans les mornes boisés de cette région. Aucun farfouillard ne devina jamais qu'elle avait été, au début du siècle, dans le nord de l'île, à Basse-Pointe, la concubine de Ziguinote. Cela était trop peu vraisemblable, même pour notre imagination délirante de Créoles. Elle était la seule d'ailleurs à se moquer complètement d'être enterrée comme une reine et se gaussait des nègres qui chaque premier du mois se rendaient chez madame Villormin, trente francs roulés en boule dans un morceau de papier, pour lui remettre leur cotisation. De retour de voyage, la pacotilleuse venait lui rendre une visite pour savoir les dernières nouvelles et connaître les goûts des jeunesses en matière de tissu et de bijoux. A ce qu'il paraît, les mamzelles préféraient maintenant la mode de Paris qu'elles trouvaient dans le journal *Nous Deux* et méprisaient les crèmes à joues de Porto Rico, les fers à défriser les cheveux de Trinidad, les culottes bouffantes de Saint-Domingue et les corsages brodés de Sainte-Lucie. Il arrivait à La Mangouste de n'avoir pas une seule cliente dans l'après-midi. Madame Villormin taquinait Sylvia Menendez ainsi :

« Tu es venue me porter ta part ? Enfin, une négresse qui aura un beau sermon le jour de son enterrement. Ha ! Ha ! Ha !

— Moi-même, chère ! Si le père André devait raconter ma vie, je crois qu'il s'étranglerait en chaire, pauvre bête.

— C'est pourquoi tu ne te confesses jamais alors ?

— Me confesser ! Mais pour quoi faire, chère ? Le Bondieu me gratifie de l'absolution sans confession, oui. Il veille sur moi nuit et jour. Ce n'est pas de blagues ! Combien de fois j'ai traversé le canal de la Dominique sur un gommier par mauvais temps, combien de fois les Tontons-Macoutes m'ont arrêtée à la douane de Port-au-Prince, et pourtant tu me vois là devant toi, bien portante ! C'est pas la volonté du Très-Haut, ça ? »

Les membres de la tontine apposaient une croix à côté des gribouillis que madame Villormin leur désignait comme étant leur nom et repartaient gonflés d'importance quand ils avaient économisé suffisamment pour bénéficier d'un enterrement de première classe. Ce fainéantiseur et gaspillard d'Eugène Lamour, par exemple, avait mis un sacré bout de temps avant de passer de la troisième à la seconde classe et c'est à ce stade que la mort l'avait barré. Bien fait pour ce baliverneur ! Ziguinote, lui, était un cas à part. Il ne cotisait que pour dix francs parce qu'en tant que fossoyeur il s'était lié d'amicalité avec Monseigneur lequel n'officiait que pour les personnes disposant d'un caveau au cimetière des riches. Chine, le père de Lamour, monsieur Jean, La Mangouste, tout ce monde-là était en règle. Ainsi donc lorsque madame Villormin vit un flot de sang jaillir de la poitrine de Malaba, elle prit soudainement conscience qu'elle ne lui avait jamais proposé d'adhérer à sa tontine, vu qu'il n'était qu'une terre rapportée, un nègre-emmené-par-le-vent, pas un natal des Terres-Sainvilles. Pourtant, elle l'avait surpris plusieurs fois en train de prier. Non point une prière chrétienne mais quelque chose d'inconnu qu'il marmonnait, tandis qu'il cognait en sourdine son tambour. Quand elle avait accepté qu'il s'installe dans sa cour, Malaba charroyait un gros baluchon sur son dos auquel elle ne prêta pas beaucoup d'attention. Comme elle se défendait de pénétrer dans sa cahute de tôle, elle mit du temps à découvrir l'objet de sa passion. Ce bougre-là, en effet, ne courait pas la ribaudaille comme les nègres de son âge. Il ne sifflait pas les filles et ne leur lançait pas des paroles coulées dans du miel. Aussitôt son travail fini (il avait trouvé un remplacement de djobeur au marché, « en attendant mieux », précisait-il), il regagnait son antre, toujours très silencieux et mystérieux. Chiquetaillée par la curiosité, madame Villormin avait été maintes fois tentée de l'espionner par quelque interstice mais elle craignait les réactions de Malaba depuis qu'il avait assommé d'un seul coup de poing un charbonnier qui lui avait secoué son sac vide sur lui par mégarde. Quand elle commit cette indiscrétion, elle fut si surprise de ce qu'elle découvrit qu'elle faillit tomber du haut-mal : Malaba mignonnait le bord d'un tambour comme s'il s'était agi du corps d'une femme. Il passait ses mains avec tendresse sur la peau tendue qu'il martelait prestement par moments. Parfois, il se couchait sur l'instrument et lui murmurait quelque chose d'inaudible. Elle voyait frissonner les muscles de son dos. Ensuite, il entreprenait de jouer un air au rythme diabolique et s'arrêtait net, insatisfait.

« *Ba mwen son-an, non !* » (Baille-moi le vrai son !) s'exclamait-il.

Certaines fois, elle le voyait démonter le tambour pour le régler sans qu'il obtienne le résultat escompté. Emue par une telle patience, elle pénétra dans sa case sous le fallacieux prétexte qu'elle l'avait entendu gémir. A son grand étonnement, Malaba la reçut très civilement et ne fit aucune difficulté pour lui montrer son tambour. Elle effleura son ventre avec une circonspection qui fit rire le jeune homme. Il déclara que le tambour avait été maudit par les Blancs pour la seule raison qu'il permettait aux nègres de se rassembler tout en fortifiant leur courage.

« Le tambour c'est la chose des vieux nègres mal élevés qui ne savent pas parler français, hon !... aujourd'hui, on préfère l'harmonica, la mandoline, le piano et ce tuyau en fer bizarre là, comment ça s'appelle encore ?

— Le saxo... répondit Man Villormin en souriant.

— Eh oui, le saxo. On a oublié notre musique et tout le monde a l'oreille collée à un poste de radio pour écouter du jazz. Musique de Blancs, je vous dis ! »

Malaba parla plus en trois heures qu'au cours de l'année écoulée. On eût dit qu'il n'attendait qu'une occasion de s'épancher. Man Villormin succomba au charme de ses raconteries, stupéfaite devant tout le lot d'extravagances qu'avait été l'existence de son hôte lorsqu'il coupait la canne sur l'habitation Acajou, au Lamentin. Le jeune homme avait la dent très dure contre les nègres de l'En-Ville qu'il traitait de macaques apprivoisés ou de chiens sans graines. La marchande de bonbons comprit que le bougre n'avait eu cesse d'observer le petit monde des Terres-Sainvilles et qu'il avait parfaitement cerné les contours de chacun. Pour lui, Eugène Lamour n'était qu'un parfait inutile toujours occupé à arranger l'embusqué de ses cheveux à l'aide d'un miroir de poche, quand il n'astiquait pas sa Plymouth décapotable dans laquelle il charroyait ses conquêtes. Malaba, qui ne se vêtait qu'en toile kaki, affichait le plus souverain mépris pour les pantalons en tergal du Don Juan. Concernant monsieur Jean, c'était un hypocrite. Son bonjour n'était pas vrai. S'il fréquentait la gueusaille alors qu'il était maître d'école, c'est que le gouvernement lui faisait expier quelque salopeté qu'il avait dû commettre du temps de l'Amiral Robert. Maintenant, il se disait communiste et faisait semblant de cracher sur l'église, or il payait sa tontine. Il acceptait la cour que lui faisait Man Villormin pour bénéficier d'une allongeaille sur le gâteau qu'il achetait le matin, mais tout le monde savait qu'il se promenait bras dessus bras dessous avec une petite capistrelle de Volga-Plage du nom d'Ancinelle Bertrand. Quand ils passaient à l'Allée des Soupirs, on aurait juré le roi Béhanzin et sa première épouse. Cicéron, lui, avait lu trop de livres alors que le nègre n'a pas besoin de la science des Blancs laquelle ne vaincra jamais la mort.

« Avec mon tambour, je voyage au pays de Guinée où nous retournons rejoindre nos ancêtres quand la vie nous a quittés. Quand je cogne dessus, je ne sens plus le poids de mon corps, j'oublie la déveine qui déraille cette île depuis le commencement des temps, je nargue la faim, je toise la soif, je défie le temps. Je suis cent et quelquefois plus vieux que la personne que tu as devant toi là. Et ça les Blancs n'ont jamais pu le supporter ! C'est pourquoi ils ont pourchassé les tambours et ceux qui les fabriquaient jusqu'à ce qu'il n'en reste plus qu'un ou deux au fin fond des bois. Les mulâtres eux, parce qu'ils vivent à la ville et s'habillent comme les Blancs, haïssent le tambour car chaque fois qu'ils l'entendent, ils sentent remuer en eux l'allant nègre qu'ils répriment de génération en génération. Mais vous, les nègres de la ville, foutre ! Vous êtes encore plus bas qu'eux ! Vos imitations ne sont que de la charognerie. Votre français est parsemé de cahots et vos cheveux partent en capilotade parce que vous les martyrisez pour les rendre plats. Madame Villormin, la nuit est à terre. Rentrez dormir, vous allez attraper un chaud-froid si vous attendez plus longtemps. »

Man Villormin garda le secret de son hôte. Elle ne le considéra toutefois plus comme l'innocent jeune homme des premiers temps. Elle lui adressait la parole avec une révérence tellement saugrenue qu'elle fit redoubler les racontars à leur égard. Monsieur Jean se vexa un peu, bien qu'il eût assez d'expérience pour deviner que les rapports entre la marchande de bonbons et l'apprenti djobeur ne relevaient point du commerce des sens. Il ne manquait pourtant pas de la gouailler lorsqu'il trouvait qu'elle le servait avec trop d'indifférence ou de désinvolture.

« Sers-moi le morceau que tu aurais baillé à Malaba.

— Ha ! Ha ! Ha ! Ce n'est pas du gâteau que je lui baille, plaisantait-elle, c'est mieux que ça. »

Monsieur Jean se rappela que la cellule Kamenev avait rangé Malaba et d'autres bougres du même acabit parmi les « incontrôlables et les provocateurs ». Il se demanda avec un léger pincement au cœur dans quelle emmerdation l'apprenti djobeur finirait par mettre la pâtissière-mère-maquerelle un jour ou l'autre. Pour l'instant, il se contentait de haranguer ses compagnons de labeur à l'heure de la sieste, encore que personne des Terres-Sainvilles n'ait jamais assisté à la scène, mais ça deviendrait plus grave forcément avec tous ces licenciements qui renforçaient les rangs du « lumpen-prolétariat anarchiste », comme le disait Arnaud Nicomède, le secrétaire général du Parti Communiste. Il ne savait pas à quel point son pressentiment était justifié puisque quelques mois plus tard, Malaba se trouva à la tête des émeutes nocturnes qui dévastèrent Fort-de-France. Emeutes que le Parti fut forcé de soutenir, quitte à en apparaître comme l'instigateur.

Or donc, pour retrouver la droite trace de ce récit, Man Villormin, qui avait pleuré son compte de pleurer sur la mort supposée de son cher Malaba, ne fut pas étonnée le moins du monde lorsque Ziguinote vint lui annoncer celle, bien réelle celle-là, de la logeuse de monsieur Jean. Elle vérifia machinalement sur son cahier à quel point en était la défunte et annonça :

« Enterrement de deuxième classe avec sermon. »

Puis, elle renvoya l'Indien et attendit que le soleil commençât à légiférer sur la ville pour se décider à rejoindre l'homme qu'elle aimait en secret depuis tant d'années. Si ça n'avait été que pour cette ronchonneuse qui faisait l'intéressante parce qu'elle disposait de cinq chambres à louer dans sa grande bâtisse en bois décrépite que lui avait léguée un sien amant de la haute société (pour la remercier de trente-deux ans de bons et loyaux services au cours desquels pas une fois elle ne chercha noise à l'épouse légitime), Man Villormin ne se serait pas déplacée. Après tout, elle n'était pas la seule laveuse de morts du quartier ! Mais, en dépit du risque encouru (un camion-benne avait enlevé les corps des manifestants abattus sur les cinq heures du matin), elle voulait à tout prix voir dans quel intérieur vivait monsieur Jean, comment était fait son lit, s'il avait des livres empilés sur sa table de nuit et une penderie démontable — comme c'était la mode — pour son linge. Peut-être pourrait-elle enfin l'inviter à partager sa maison puisque rien ne garantissait que les héritiers continueraient à louer les chambres dans les mêmes conditions. Décidée à saisir sa chance, la marchande de bonbons descendit quatre à quatre l'escalier de bois qui menait au rez-de-chaussée et buta sur le corps d'un homme qui baignait dans son sang. Malaba ! Elle s'empressa de le retourner et aperçut deux larges trous rouges au niveau de son abdomen ainsi qu'une plaie largement ouverte à l'épaule. Elle essaya de le tirer par le bras mais ne parvint qu'à faire gémir le colosse. L'idée lui vint de bander son ventre à l'aide d'un drap mais Malaba lui murmura :

« *Tanbou-a.* » (Le tambour).

Elle demeura interloquée. Les yeux du blessé avaient perdu de leur aspect vitreux et insistaient sur la requête. Elle se rendit dans la case en feuille de tôle, accueillie par les grognements du cochon qui n'avait pas mangé depuis deux jours. Le tambour était caché sous une sorte de bâche. Elle le souleva avec la même douceuseté qu'elle aurait montrée envers un nourrisson, évitant de le faire résonner par mégarde. Dès que Malaba vit la peau de cabri, il sembla reprendre des forces. Sa main droite, maculée de sang, gratta le dos de l'instrument puis tapota les cordes qui l'enserraient. Dans un effort surhumain, l'homme se redressa à moitié en s'appuyant sur le tambour et se tournant vers Man Villormin, il balbutia avec un pauvre sourire :

*« Ay chaché an dôktè ba mwen ! »* (Va me chercher un docteur !)

Dehors, un vieux soleil méchant fessait une chaleur épouvantable sur l'asphalte désert. Pas une automobile. Très peu de passants. Des restes de pneus et de caisses calcinés dans les dalots. Quelques façades vitrées de magasins de Syriens pulvérisées. Man Villormin avait pris une résolution rapide : elle irait quérir le docteur Bertrand Mauville qui avait une dette envers elle. En effet, c'est elle qui lui avait révélé que son frère Amédée vivait en concubinage avec une péripatéticienne de la Cour Fruit-à-Pain appelée Philomène, une câpresse comme on en voit deux dans un siècle. Alors qu'on avait recherché Amédée partout, qu'on était sur le point de faire reconnaître sa mort par les autorités, Man Villormin qui était une cliente du docteur Mauville lui souffla le fin mot de l'affaire. A l'époque, il ne lui avait donné que des boîtes de médicaments en guise de récompense, boîtes dont elle ne put se servir puisqu'elles étaient marquées en américain.

Une patrouille de C.R.S. la dépassa sans s'arrêter. D'instinct, elle fit mine de claudiquer et se voûta les épaules. Une sensation d'étrangeté émanait de la ville. On n'aurait jamais dit que le soir de Noël était pour le lendemain. Arrivée près du cinéma Pax, elle vit Cicéron et quelques autres drivailleurs de rue qui ramassaient en toute hâte de vieux papiers qu'ils fourraient dans leurs poches. N'étaient-ils pas devenus fous à cause de ce décembre qui tournait à l'envers sans bailler d'explications ?

« Hé, la mère ! fit Cicéron, t'as tes papiers ?

— ............

— Les hommes, admirez l'étonnement de cette bonne dame !... Ingénue qui promènes ta vie sur le boulevard des ténèbres, prends garde à tes os !

— *Ou vini dèkdèk ?* (Tu es devenu fou ?) répondit Man Villormin plutôt agacée.

— Que non ! Moi, Cicéron, fils de Cham, prophète d'Israël et nègre de la Martinique, je proclame que ce sont les Blancs qui ont perdu la raison. Ne voilà-t-il pas qu'ils exigent que nous marchions à présent avec nos papiers ? Ha ! Ha ! Ha !

— Prends du papier, la mère », lui fit un bougre en lui tendant une feuille salie du journal *Justice.*

La bande l'entoura, dansant une sarabande autour d'elle et lui enfourna une vitesse de papier dans toutes les poches de sa jupe et de son corsage. Elle avait beau hurler que Malaba était grièvement blessé, que la mort le guettait, qu'il fallait lui quérir un docteur sans délai, que ceci, que cela, les bonshommes n'entendaient rien. Quand ils arrêtèrent leur cirque, une symphonie de détonations avait commencé place de La Savane. Diverses sortes de fusils produisant des éclats différents, et comme cadencés, parlaient à jets continus. Une femme ouvrit sa fenêtre, les yeux exorbités, et hurla avant de se barricader à nouveau :

« Jésus-Marie-Joseph, aidez les nègres qui n'ont jamais fait de méchancetés à personne sur cette terre ! »

Cicéron éclata de rire et ouvrit sa braguette pour pisser à même le trottoir. Ses compagnons ainsi que

Man Villormin semblaient hypnotisés par la longueur de son braquemart.

« Il faisait deux mètres vingt-trois la dernière fois que je l'ai mesuré. Ha ! Ha ! Ha ! »

Puis il le secoua et l'enroula très posément autour de sa taille. Sa figure adopta un air sérieux. Il prit la femme par le bras et lui dit :

« Allons voir ton Malaba ! S'il n'a pas encore rendu tout son sang, je pourrai faire quelque chose pour lui. N'oublions pas que j'ai étudié quatre ans la médecine à la faculté de Bordeaux ! »

La marchande de bonbons les suivit comme une automate. Elle sentait son esprit geingôler dans sa tête, se muer en une niche de poux-de-bois qu'on venait de tisonner. L'avenue Jean Jaurès lui parut interminable. Elle ne remarqua même pas l'arrogance des chiens-fer qui déambulaient en fanfarons sur la chaussée, au beau mitan des gravats. Elle sursauta lorsqu'elle vit un long filet de sang sur le pas de sa porte, laquelle était curieusement entrouverte. Dans le corridor, une petite mare de sang achevait de sécher. Malaba et son tambour avaient disparu ! Les bougres se tournèrent vers elle, pleins de suspicion. Cicéron grimpa à l'étage et revint bredouille. Un des hommes alluma une Bastos, en tira deux bouffées coup sur coup et la passa à un autre. Man Villormin se sentit défaillir. Elle s'appuya sur son escalier de bois et posa son front sur ses mains, un paquet de larmes lui labourant la figure.

« Les amis, laissons-la à son chagrin. Malaba a dû retourner en Guinée puisque tel avait toujours été son rêve », déclara Cicéron.

Le soir même, la marchande de bonbons brûla son cahier de tontine à l'aide d'une flamme de bougie et résolut de rembourser tous les membres de la confrérie aussitôt que cette chiennerie de guerre qui régnait au-dehors aurait cessé...

## 13

Au cimetière des riches, des décennies de grandeur s'effilochaient à mesure que les camions de C.R.S. y déchargeaient leurs cadavres de nègres va-nu-pieds. Le fossoyeur demeurait ébahi devant une situation aussi inédite qu'incomprenable. Il avait été réquisitionné par un capitaine pour creuser une fosse commune dans l'ultime carreau de terre encore libre, cela bien qu'un panneau en bonne et due forme indiquât « Famille Bon Saint-Val ». Ziguinote n'avait pas touché une goutte de tafia depuis l'hécatombe de la rue Louis Blanc, non par une soudaine volonté d'abstinence mais parce que ce foutu couvre-feu l'avait surpris avec cette jeunôte d'Ancinelle Bertrand au beau mitan du cimetière où il avait été contraint de passer la nuit. Il avait cru pouvoir regagner son antre de Marigot-Bellevue le lendemain matin mais une noria de jeeps et de half-tracks l'en dissuada nettement-et-proprement.

D'ailleurs, sur le coup de neuf heures, des rafales zébrèrent la Croix-Mission, atteignant parfois les dômes des tombes les plus élevées. Des cris de femmes apeurées avaient également déchiré la claireté du jour frêle de décembre. Le couli courut se cacher dans la dernière demeure de cette Blanche créole qui l'avait traité toute sa vie comme un esclave. Il s'agissait d'une véritable maisonnette tout en ciment, munie d'un magnifique portail en fer forgé. A l'intérieur, la statue de la Sainte Vierge trônait sur un petit autel décoré de fleurs artificielles et de bougies à moitié consumées. Ziguinote s'accroupit sur le carrelage noir et blanc pour attendre la fin des hostilités. Le manque de tafia lui chavirait l'esprit si bien qu'il ne savait plus quel jour de la semaine on était. Il avait même commencé à voir trouble et des larmes coulaient sans raison sur les deux pommes de sa figure. Il avait froid, alors qu'au-dehors le soleil pétait de vaillantise. Quand une voix européenne le héla à l'entrée du cimetière, il se leva tel un automate et chercha sa pelle rouillée.

« Hé Moutama, où t'es, vieux bouc de mes deux ?

— *Mi mwen... mi mwen, misyé...* » (Me voici... me voici, monsieur.)

Le capitaine rigolait dans sa barbe rouge en mâchouillant un cigare éteint. Il paraissait être la proie d'une excitation que rien n'aurait pu contrôler. A l'entrée du cimetière, deux gendarmes halaient, étrangement silencieux, trois corps méconnaissables de la benne d'un camion. Parmi eux, celui d'une jeune femme aux cuisses fermes qui avait rencontré son destin, sans doute en allant quérir une boquitte d'eau à la fontaine du marché aux poissons. Sa tête avait été défoncée au niveau du nez et n'était plus qu'une boule sanglante hérissée de cheveux défrisés couverts de poussière. Le fossoyeur reconnut La Mangouste, cette salope de petite femelle qui le rudoyait quand il passait devant le Trouve ton Bonheur. Ah certes ce n'était pas tant ses injures qui le froissaient ! « Couli mangeur de chien », « couli balayeur de dalots » et le restant, il s'y était habitué depuis l'époque où le diable lui-même n'était qu'un jouvenceau. Mais que La Mangouste, personne si effarouchable, trouvât du courage quand il s'agissait de le dérisionner, lui et sa race, ça non, non et non, il ne pouvait le supporter !

« Tu t'grouilles ou quoi, bordel ? On en a encore des

crevures de ton espèce à ramasser dans c'te putain de casbah ! » gueula le capitaine.

Le fossoyeur tira les cadavres des deux autres (apparemment des hommes) à l'intérieur du cimetière des riches et en referma la lourde barrière. Il jeta un regard las au carreau de terre vierge qui avait été improvisé fosse publique et s'empara de sa pelle posée contre une tombe.

« *Landjèt sa pito !* » (Merde alors !) grommela-t-il.

Puis il se rassit à côté des cadavres et se mit à savourer une cigarette Mélia, les yeux mi-clos. Après tout, ils pouvaient attendre à présent ! Ça leur apprendrait d'ailleurs à être trop pressés : Radio-Martinique avait dit et redit que le monde ne serait autorisé à mettre le nez dehors qu'au lendemain de la fête de la Nativité. Ils ne comprenaient donc pas le français, ces trois couillons-là. Il remarqua la culotte rose de La Mangouste qui semblait d'une propreté qui jurait avec le reste de ses vêtements. Il lui glissa la main entre les cuisses et se mit à lui mignonner son dos de mandoline.

« Si tu prétends ne pas aimer ça, petite capistrelle, c'est que tu joues un rôle. Qu'est-ce que ce quimboiseur de Grand Z'Ongles te faisait d'autre pour que tu acceptes de paillarder avec lui autant ? Hein, dis-moi un peu, ma bougresse. Ha, sacrée patate ombragée que la tienne, oui ! »

Délaissant La Mangouste, Ziguinote entreprit de faire boire une rasade d'eau de pluie aux deux cadavres d'hommes. Il braillait :

« *Sa ki non zôt ? Zôt pa ni non kon sa yé a !* » (Comment on vous appelle ? Z'avez pas de nom à ce qu'il paraît !)

Pour dire la franche vérité, notre homme n'avait jamais eu peur de la mort à cause d'un événement extraordinaire auquel il avait assisté à Hauteur-

Bourdon, dans la commune de Basse-Pointe, à une époque où son âge approximatif devait être dix ou onze ans. Ses parents étaient un curieux couple d'immigrants indiens, qui n'avait pas été recruté dans les comptoirs français de Pondichéry, Karikal et Chandernagor. Aussi ne parlaient-ils pas un traître mot de tamoul mais bien une langue tout en chuintements qu'ils désignaient sous le nom de télougou. Sur l'habitation, leurs propres compatriotes tamouls les tenaient à l'écart et parfois même se moquaient d'eux. Les tâches les plus répugnantes (nettoyer les fosses à purin) ou les plus périlleuses (couper la canne à l'endroit où la plantation bordillait la forêt et où les serpents-fer-de-lance menaient grand train) leur étaient réservées. Ils supportèrent ces vilenies jusqu'au jour où le nègre qui tenait la boutique de l'habitation leur refusa une chopine d'huile au soir d'une rude journée de travail, alors que la saison du carême était dans sa plénitude.

« Rien qu'avec vos prichi-chuicham-suissississassam, vous nous enflez les oreilles alors ! Vous ne pouvez pas parler comme tout le monde, tonnerre de Brest ! On en a assez de vous ici, retournez dans votre pays de sales coulis malpropres, hon. »

Les parents de Ziguinote courbèrent l'écale sous l'insulte et sortirent de la boutique sans faire de trafalgar, accompagnés par les quolibets des autres coupeurs de canne, parmi lesquels se trouvaient deux ou trois Indiens tamouls. Rentrés dans leur cahute, ils méditèrent une vengeance exemplaire contre Gros-Sirop, le boutiquier, renommé pour être un grand flatteur de békés. Ils savaient que le bougre se rendait à l'un des bassins de la rivière pour y barrer des écrevisses-z'habitants, dont il gratifiait toutes les semaines la femme du béké. Les deux Télougous l'y espérèrent un jour, armés d'une massue et d'un piquois. La mère de Ziguinote feignit de se baigner nue, faisant virevolter de temps à autre sa lourde chevelure de soie qu'elle savait fasciner les nègres. C'est au moment où Gros-Sirop emprisonna ses seins entre ses grosses pattes qu'il reçut le coup qui devait provoquer sa mort. Pourtant, le père de Ziguinote n'avait voulu que lui infliger une bonne correction. L'enfant, qui avait suivi ses parents à l'en-bas des feuilles, lut un effroi sans nom sur leur figure lorsqu'ils tentèrent de relever le boutiquier. Ils étaient bons pour le lynchage sur la plantation et, si jamais ils en réchappaient, pour la prison à vie, ou pire, la guillotine. Mais le père de Ziguinote reprit rapidement ses esprits et retourna en Inde demander conseil à ses ancêtres. Il faisait partie du petit groupe d'initiés qui savait prononcer les incantations et accomplir les rites qui vous font, une heure, un jour ou un mois (mais là, c'est exception !), quitter cette terre souillée des isles de l'Amérique et rejoindre les temples sacrés de l'Uttar-Pradesh.

Il sauta par-dessus le bassin et disparut dans les airs, tandis que sa femme s'asseyait sur une roche de rivière en chantonnant une complainte chargée d'angoisse. L'attente dura si-tellement de jours qu'un jeune pied de prunes-moubin, qui levait au contrefort du bassin, eut le temps de fleurir deux fois et d'offrir au courant des grappes de fruits odorants. Quand le père de Ziguinote revint, à cheval sur un arc-en-ciel, les ancêtres lui avaient indiqué un stratagème : il ramassa des mottes de terre près du cadavre qui n'avait pas pourri (encore un mystère !) et façonna un homme en terre sur lequel il souffla après lui avoir récité des prières dans les deux oreilles. Puis, il saisit sa femme, sa massue et son piquois et regagna à bride avalée la plantation.

Ziguinote, serré dans les halliers, vit alors le cadavre de Gros-Sirop remuer légèrement. A chaque mouvement d'un de ses membres, celui qui lui correspondait chez l'homme de terre s'effritait pour disparaître dans la rivière. C'était un spectacle étonnant que de voir transmuer les uns après les autres ses bras, ses jambes, son ventre, enfin sa tête. Quand il n'y eut plus qu'un simple amas de sable à la place de la statue, Gros-Sirop avait complètement retrouvé ses esprits et se déraidissait comme quelqu'un qui vient de faire un pause-tête réparateur.

« *Woy ! Eti man yé a, Bondyé-Senyè ?* » (Zut ! Où est-ce que je suis, Bondieu-Seigneur ?)

Il se gratta une pomme-de-fesse, incapable de prendre une décision. La fiole de tafia qu'il transportait toujours dans sa poche arrière avait disparu, c'est donc l'esprit tout embarbouillé qu'il suivit la trace qui conduisait à l'habitation. A son arrivée, une grappe d'ouvriers agricoles étaient en grande discussion avec le géreur, une sorte de Blanc-pays osseux à la garganette proéminente (chose que les Blancs-France nomment pomme d'Adam). Ils parlaient de lui. Etonné, Gros-Sirop s'écria :

« *Mi mwen wi !* » (Hé, me voilà !)

L'endroit se vida en moins de temps que la culbute d'une puce. Les nègres, apparemment terrorisés, s'escampèrent derrière la bâtimentée en pierre qui servait de hangar à outils. Seul le géreur demeura planté comme un poteau, une lueur de férocité dans le regard.

« Gros-Sirop, je te retire la jouissance de la boutique. Tu disparais comme ça, sans avertir quiconque, et tu laisses mes gens sans manger. Où étais-tu ?

— Patron, je ne comprends pas...

— Ah oui, eh ben, moi, mon vieux, je comprends. Je t'avais bien averti qu'il te fallait arrêter de boissonner. Demain, tu retournes dans la canne. Va voir le commandeur, il est déjà au courant. »

Alors Gros-Sirop s'agenouilla comme un enfant coupable aux pieds du géreur et le supplia de ne pas le renvoyer en enfer. Il était d'accord pour payer sa faute (encore que quelques misérables petites semaines d'absence ne lui parussent pas si grave qu'on le prétendait) mais il ne voulait plus serrer le manche d'un coutelas dans le plat de sa main. Ça jamais ! Qu'on le mit à ferrer des mulets, qu'on l'envoyât nettoyer les immenses cuves fumantes de la distillerie ou même qu'on le plaçât aux cuisines comme une femelle, passe encore, mais qu'il retrouve les morsures des fourmis rouges, des feuilles de canne et du soleil sur sa peau, il ne pouvait l'imaginer. Le géreur le dévisagea avec une méprisation sans nom et lâcha :

« *Sé adan kann-lan ou ka viré !* » (Tu retournes dans la canne !)

Radio-bois-patate affirme que Gros-Sirop demeura agenouillé sur la terre jaune de la cour jusqu'au serein et que sa femme ainsi que trois de ses filles nubiles vinrent le haler à la maison. Là, il se coucha tel un nègre grosso-modo sur son lit et ne se leva pas pendant neuf jours. On lui fit ingurgiter de l'herbe-à-tous-maux, du chenille-trèfle, du remède-guérit-tout, de l'eau bénite. On lui frotta le corps au tafia camphré. On lui posa des ventouses sur le dos. On mit une paire de sangsues à lui sucer le mauvais sang sur les cuisses. En désespoir de cause, on fit appel au père de Ziguinote dont la réputation de guérisseur commençait à s'établir dans les alentours. L'Indien télougou vint, exigea de rester seul avec le malade et, se penchant sur son oreiller, lui glissa en ricanant :

« Prichi-chuicham-suississaram... Ha-Ha-Ha ! »

Puis, il sortit brusquement de la chambre et déclara à la famille :

« Vous m'avez mandé trop tard. La mort vient de

barrer monsieur Gros-Sirop. Condoléances, la société, condoléances... »

On déclara, au cours de sa veillée, que le boutiquier avait pris chagrin de la boutique où il trônait au mitan de ses sacs de pois rouges ou de riz et ses caisses de morue salée. Le nègre, oublieux de nature, ne chercha même pas à percer les raisons de l'absence de Gros-Sirop et ne remarqua point que désormais ce vieux couli télougou, si différent des autres, parlait français sans dire « le » pour « la ». En réalité, l'Indien avait réussi à l'arracher à sa mort au bord de la rivière pour l'emmener la rencontrer dans son lit, à la manière d'un vrai chrétien.

Pendant tout le temps durant lequel le nègre-soubarou avait reposé sur la feuillée tapissant le bordage de la rivière, Ziguinote s'était approché de lui et avait de la sorte apprivoisé la mort. D'abord et pour un, il avait tapoté avec précaution la peau glacée du cadavre jusqu'à ce que la sensation qu'il en retirait ne soit plus celle du frisson dégoûté. Il avait ensuite joué avec les doigts et les orteils pour comprendre leur rigidité de roche. Il avait interrogé les grains d'yeux afin de lire, à travers leur fixité, tous les regrets terrestres du bougre. Ainsi avait-il découvert avec stupeur que ce boutiquier que l'on croyait d'une scélératesse dépassée tant il faisait de profitations sur les négresses en fleur, les éclopés et les coulis, recelait une formidable soif de tendresse. Jamais de sa vie, il n'avait approché l'heureuseté. Il avait traîné sur l'habitation parmi les chiens quand il se retrouva orphelin à sept ans et le monde l'injuriait chaque fois qu'il demandait une demi-calebasse de riz arrosé d'une goutte d'huile. Il allait complètement nu, à part un bout de toile rapiécetée qu'il s'amarrait autour des reins. Jamais il ne trouva une bonne âme pour s'apitoyer sur son sort et à mesure qu'il devenait un bougre gros-gras-vaillant à mesure les femmes s'écartaient de sa personne, refusant de brocanter la moindre petite parole avec lui. Pas étonnant qu'on l'ait trouvé un jour en train de saillir une vache à Savane Rollin et qu'on se soit mis à colporter sur sa tête toutes sortes de malparlances. Sa chance naquit, ô paradoxe, de sa mise à l'écart puisque le béké en fit son maquereau et son homme de main. Il accompagnait son maître partout et veillait sur lui lorsqu'ils avaient à emprunter des chemins infestés de bourses-ou-la-vie et autres maraudeurs.

Gros-Sirop qui n'avait jamais eu de titre (ni sur un quelconque registre de baptême ni à l'état civil) apprit l'art de flatter les Blancs et fut dès lors redouté par tout un chacun. Une fois, il jeta son dévolu sur l'épouse d'un meneur de cabrouet qui ne pouvait pas faire de marmaille. Le béké arrangea l'affaire pour lui malgré les pleurnicheries de la femme et les timides protestations du mari. Gros-Sirop construisit une case non loin de l'écurie où il soignait Ventre-à-terre, le cheval du béké, et se mit à enceinter sa concubine année après année. Elle lui bailla dix-sept enfants, soit cinq garçons et douze filles, dont une bonne partie mourut de coqueluche ou de famine au temps de l'Amiral Robert.

La détresse n'atteignait pas Gros-Sirop. Au contraire, il savourait le fait qu'on l'appelât « monsieur Gros-Sirop » et que plus d'un baissât le regard devant lui. Et puis lorsque, à la mort de la maîtresse mulâtresse du béké, ce dernier lui confia la gérance de la boutique de l'habitation, il se mit à prendre sa revanche sur le monde, « à prendre son serrage » comme il aimait dire.

Alors que la mulâtresse tenait des carnets de crédit, Gros-Sirop qui ne savait ni lire ni écrire notait les achats de ses clients sur les poteaux de la boutique en faisant des entailles dans le bois. Chaque fois qu'on avait cinq entailles, il exigeait son dû et pas question de tergiverser ou de discutailler sinon il vous foutait dehors à coups de pieds. Il possédait une jambette effilée qu'il maniait d'un geste négligent, tout en servant chopines d'huile ou demi-quarts de beurre rouge. Pour effrayer ceux qui ne lui adressaient pas la parole avec suffisamment de déférence, il plantait le couteau dans le comptoir avec une brutalité sans nom et en contemplait, hilare, les vibrations. Il entaillait à son gré, à la tête du client plus exactement, terrorisant surtout les travailleurs indiens, dont la maigrichonnerie effrayante ne laissait présager aucune riposte. Ces derniers avaient bien organisé des cérémonies à la déesse Mariémen pour le boiter définitivement mais monsieur détenait une garde-corps d'une efficacité inouïe qu'il avait acquise, disait-on, à Fort-de-France, des mains d'un quimboiseur redoutable connu pour Grand Z'Ongles. Comme il n'acceptait en plus aucune invitation, il était hors de question de lui fifiner une once de poison dans son verre. Pourtant, dans plus d'une case, des fioles contenant des décoctions de racines de barbadine attendaient depuis un siècle de temps l'instant où il céderait à la tentation de prendre un coup de tafia chez untel ou untel. Il vécut ainsi quarante-huit années d'impunité jusqu'à ce que deux Indiens télougous y mettent fin.

Ziguinote ne révéla jamais à ses parents qu'il avait assisté à leurs simagrées mais il couva en lui, telle une douleur indéfinissable, l'émoi que lui avait causé son premier contact avec la mort. Ses petits compères nègres et coulis, tenus à l'écart des veillées mortuaires comme c'est la coutume, ne comprenaient pas l'espèce de dégoûtation qui s'emparait de lui quand ils abattaient une poule d'eau ou un gibier-gangan annonciateur d'orage. On l'affubla très tôt du sobriquet de « Petit Ma-commère », le plus infamant dont on disposât dans nos contrées en ce début de siècle. Ziguinote devint, en dépit de cela, un bougre jovial, peu tafiateur et pas du tout chercheur de gourmage, ce qui est rarissime chez les travailleurs d'habitation. Il se taillait un joli succès auprès des femmes, sûrement à cause de la pâleur de son teint de Télougou, et cela sans forcer, sans déployer des trésors de belles paroles zailleuses. Il était devenu gardien de bœufs, travail qui convenait à son tempérament folâtre et à sa connaissance du moindre recoin des mornes et des coulées de Basse-Pointe, Macouba et du nord de Grand-Anse. Il avait pourtant failli perdre la vie quelques années après l'incident qui mit un terme à celle de Gros-Sirop. Ses parents disparurent un beau jour sans laisser de traces. Le béké les fit rechercher etcétéra de temps, persuadé qu'ils avaient marronné dans quelque endroit inaccessible comme le Morne Jacob, mais les battues ne baillèrent aucun résultat. Le commandeur d'habitation calotta Ziguinote une matinée entière pour tenter de le faire avouer, sans succès là aussi. Le fringant jeune homme ne savait que répéter comme une crécelle du vendredi-saint :

« *Yo viré an péyi yo.* » (Ils sont retournés dans leur pays.)

Or, on eut beau scruter les listes de rapatriement à l'envers, à l'endroit et en travers, on ne trouva pièce trace de ces foutus « prichi-chuicham-suississaram » de merde. A la longue, Indiens, nègres et Blancs finirent par s'accommoder de l'idée que le couple avait, par quelque machinerie diabolique, enjambé l'Atlantique pour regagner l'Inde. On raconta cela comme une merveille dans les veillées et la notoriété de Ziguinote s'en trouva accrue. C'est pourquoi il dénicha une mulâtresse du bourg de Basse-Pointe, dénommée Sylvanise, qui tenait une mercerie rue Victor-Schœlcher pendant le jour et faisait boutique de ses charmes dès la chute du jour. Sachez qu'elle ne recevait pas n'importe quel vas-tu-viens-tu et professait le plus parfait dédain pour tous ceux qui s'échinaient sur les plantations. Ils pouvaient essayer de se masquer en emprisonnant leurs pieds à chique dans des godillots et en s'aspergeant de sent-bon, mettre du soi-disant bon français dehors et se présenter avec des liasses de billets défroissés au fer à repasser, elle les renvoyait avec des houspillages à faire frémir le Diable. Son arme favorite était son pot de pissat en émail, toujours plein à ras bord, qu'elle n'hésitait pas à voltiger à la figure de ses prétendants les plus impudents. Les vieux-corps qui salivaient sur un banc de l'autre côté de la rue bougonnaient de temps à autre :

« Man Sylvanise ne joue pas, non ! »

Les coulis étant, en ce temps heureusement révolu, la plus infâme des races après les chiens-fer, il était tout-à-faitement hors de question qu'elle livrât sa chair plantureuse à l'un d'entre eux. D'ailleurs, le seul nègre-noir qui accédât à son lit à colonnes en bois de merisier était le contrôleur de la Poste, et encore parce que ce dernier consentait à accepter une clause pour le moins humiliante : ne la rejoindre qu'au plus obscur de la nuit, lorsque seuls les mauvais vivants, les nègres qui se transforment en chien ou en souklian-volants, arpentaient les ruelles de Basse-Pointe. Le bougre, natal du Lamentin, chiait sur lui à chaque fois et arrivait à la porte de Sylvanise en proie à une tremblade sans nom qui faisait péter de rire la mulâtresse.

Cette déshonorance dura un bon paquet d'années car le contrôleur était prêt à vendre sa mère pour avoir le privilège de se frotter à une peau presque blanche. Peu lui importait que Sylvanise fît courir le bruit que « monsieur ne sait rien faire », au moins était-il le seul nègre-noir à lui manier les seins. Comment advint-il qu'un jour elle abandonna ses principes et s'amouracha d'un couli, en l'occurrence Ziguinote ? Ça, personne n'aurait pu le dire avec certitude, et moult raconteries, toutes plus alambiquées les unes que les autres, fleurirent au sujet d'un événement qui, il faut bien le dire, dérangea la tranquillité séculaire de Basse-Pointe.

Dans une première mouture, il est dit que Ziguinote, alias Petit Ma-commère, espéra la mulâtresse au sortir de la messe de neuf heures au cours de laquelle elle communiait chaque dimanche, quoique l'abbé refusât depuis 1937 de lui bailler l'absolution (« seulement l'extrême-onction ! clamait-il à la cantonade, et à l'article de la mort, pas avant ! »). Il avait revêtu un magnifique costume en tergal gris, une cravate rouge et un panama à ruban noir. Plusieurs demoiselles se mirent à suffoquer sur le parvis de l'église, stupéfaites d'une telle prestance, assimilant cet élégant à Satan contre lequel un sermon enflammé venait de les mettre en garde. Sylvanise, qui n'avait pas froid aux yeux, ayant palpé des guilleris de toutes grosseurs et de toutes longueurs dans son existence de putaine, le toisa et carra ses hanches en passant près de lui. Les marchandes de pistaches et de sorbets avaient arrêté de servir la nuée de négrillons babillards et s'interrogeaient à qui mieux mieux :

« *Sa ki boug-taa ?* (Qui est cet homme ?)

— Sans doute un mulâtre d'En-Ville... » hasarda l'une d'elles.

— Mais non, couillonne que tu es, fit sa voisine, ce doit être l'un des fils-dehors du béké de Médrac avec une coulie. Il y en a des tas comme ça à Grand-Rivière et au Morne-Rouge. Ces coulis blancs-là sont encore plus élégants et diéseurs que les mulâtres, oui. »

Insoucieux de la goumandise publique à son endroit, Ziguinote suivit pas à pas Sylvanise, s'arrêtant quand elle acheta son morceau de gâteau au coco des mains de Man Bertide, feignant de regarder dans la vitrine quand elle entra chez Assad le Syrien pour régler la mensualité de la robe en lamé qu'elle achetait à la veille du carnaval, si bien qu'arrivée au marché où l'attendaient sa livre de thon et son paquet de légumes-soupe, Sylvanise se retourna sur Ziguinote et lui demanda s'il avait quelque commission pour elle ou bien quoi. L'Indien, loin d'être désarmé, sourit et on prétend que son sourire, plus doucereux que du sucre trempé dans du miel, embauma le cœur de Sylvanise d'un soudain effluve de tendresse. Elle, la femme raide, la majorine qui tenait tête à tout le monde et critiquait, tançait, dérisionnait, malmenait même autrui, eh ben, oui, elle balbutia :

« Pour... pourquoi monsieur marche après moi, cher ?

— Madame, je suis venu vous dire que je souhaiterais avoir compagnie charnelle avec vous.

— Moi... moi-même ?

— Vous-même. Je n'ignore pas que vous auriez pu être ma mère mais l'amour n'a pas d'âge. Je vous veux pour moi, oui. »

Ainsi s'établirent-ils ensemble au grand ébahissement de la populace laquelle ne comprit pas non plus pourquoi Sylvanise cessa toute relation avec les autres hommes, puisqu'on l'avait toujours connue insatiable. En tout cas, quand l'identité de Ziguinote fut découverte, on eut beau se caler les lèvres de dégoût ou cracher par terre, on dut reconnaître que monsieur savait parler un modèle de français qu'on n'aurait jamais pu trouver à la campagne, ni même d'ailleurs à la ville. Un français-France, quoi ! On conjectura que le béké de l'habitation Hauteur-Bourdon avait dû le prendre en secret sous sa protection et lui avait enseigné la lecture et l'écriture, choses inutiles pour ceux qui sont destinés à couper la canne ou à charroyer la banane. On resta assis par terre quand on s'aperçut que l'heureux garçon, loin d'abandonner l'agriculture et de s'établir en bourgeois, se rendait tous les matins à son travail. Il organisait même des réunions communistes le samedi après-midi chez n'importe qui, fût-il noir ou indien, et tenait des plaidoiries dont on ne comprenait pas la moitié, mais qui devaient être lourdes de sens puisqu'elles vous poursuivaient longtemps après dans votre sommeil. Il vendait aussi le journal *Justice* et le maire finit par le soupçonner d'être l'instigateur des grèves de plus en plus acharnées qui secouaient les grandes plantations du nord. Ce qu'on ignorait par contre, c'est de quoi était faite sa relation avec Sylvanise car madame avait fait retraite du monde et ne vous répondait plus que par oui ou par non quand on venait acheter du fil à coudre dans sa mercerie. Elle n'était plus la même personne, voilà ! Impossible de deviner si elle était heureuse ou chimérique ! Alors on décida que le couli avait fait un charme sur elle pour lui capturer l'esprit et qu'elle n'était plus, pauvre créature, que son esclave.

Une autre version, moins extravagante, datait la liaison incongrue entre le gardien de bœufs et la mulâtresse du bal qui clôturait le troisième dimanche de la fête patronale du bourg de Basse-Pointe. Le premier dimanche était consacré aux nigauderies : courses en sac, mât de cocagne, concours de la chanson créole et dépôt de gerbes au monument aux morts pour la France. Le second revêtait une allure un peu plus sérieuse, puisqu'on voyait s'y affronter les meilleurs danseurs de damier de la région et, tard dans la nuit, les maîtres du sèrbi, le rasoir à portée de main, roulaient les dés au marché. Les amoureux attendaient avec impatience le troisième pour ce fameux bal à la paillote « FLEUR DE CANNELLE » où un orchestre, monté de l'En-Ville pour l'occasion, vous chavirait avec les dernières mazurkas, biguines, merengués et autres calypsos. Si la plupart des enfants naissaient en février ou mars de l'année suivante, il n'y avait pas à chercher d'autres explications que la fornication généralisée à laquelle tout le monde, barbus ou imberbes, mariés ou célibataires, s'adonnait dans les halliers qui bordaient la paillote.

Sylvanise était la reine de ce bal où toutes les vagabondageries étaient permises (alors qu'elle n'était jamais invitée à ceux, éminemment respectables, des sapeurs-pompiers ou de la fête des mères). Elle y arborait un décolleté à dépersuader un abbé de l'existence de Dieu et, à chacune de ses virevoltes au bras de qui se présentait le premier (là, pas de discrimination), exposait la splendeur de ses cuisses. Les femmes légitimes pressaient plus fort leurs maris, les concubines feignaient de se pâmer dans les bras de leurs hommes et les jeunes négresses encore indécises se dépêchaient de jeter leur dévolu sur le premier mâle qui passait à leur portée. Les musiciens accumulaient les fausses notes et le chanteur s'étranglait à demi, passant avec nervosité d'un chaleureux calypso à un boléro plein de langueur. Madame Sylvanise était là, messieurs et dames. Elle était simplement là et le monde s'en trouvait bouleversadé.

En général, les coulis se montraient fort peu à ce genre de manifestations, sûrs et certains qu'ils étaient de tapisser, aussi écarquilla-t-on les sourcils quand Ziguinote fit son apparition peu avant le quart d'heure de charme, autant dire entre onze heures et minuit. Il ignora avec superbe la mulâtresse et réussit à faire d'une négresse-tête-zozo, dont personne ne voulait, sa cavalière favorite. Il dansa avec si-tellement de grâce que les autres femmes baissèrent leur gamme et acceptèrent la main qu'il leur tendait tour à tour.

Quand il eut honoré chacune d'elles (hormis Sylvanise), il revint au laideron à l'instant où les lumières de la paillote s'éteignirent d'un seul coup. On était resté le bec tellement coué devant l'attitude de Ziguinote qu'on avait oublié de préparer ce moment tant attendu, celui où, avec la complicité du faire-noir, on en embrasserait l'élue de son cœur, l'entraînant parfois au-dehors afin de parachever l'affaire. Des tas de bougres se retrouvèrent avec une donzelle dont ils ne voulaient point alors qu'en temps normal ils auraient, à une seconde de l'instant fatidique, voltigé celle-ci et arraché leur dulcinée des bras d'un autre danseur. Seule Sylvanise, scandaleusement dédaignée par Ziguinote, avait prévu son coup. Elle hala la négresse-tête-zozo par les épaules, lui balança un coup de genou en pleine cuisse et se lova contre le couli. Autour d'eux, les gens se mouvaient avec mollesse, peu excités par leurs partenaires, et l'on entendait même certains maugréer contre Ziguinote. Le quart d'heure de charme dura une demi-heure pour la bonne raison qu'une panne d'électricité vint au secours de Sylvanise qui se fit prendre debout, puis accroupie et qui, la lumière revenue, saisit son homme par la main et s'escampa chez elle avec lui au grand dam des autres cavalières.

Nos deux tourtereaux menèrent grand train d'amour jusqu'à la décapitation du béké de Fabrique — un Blanc aussi généreux, on n'en avait pas vu un depuis Victor Schœlcher, oui ! — au cours d'une grève marchante mémorable qui embrasa le pays depuis Dominante, sur les hauteurs de la commune du Marigot, jusqu'aux confins de celle de Macouba. Comment advint cette atrocité, ce n'est pas notre propos de le relater ici. Retenons que Ziguinote fut arrêté avec quinze autres camarades, dont une bonne moitié d'Indiens, et déporté devant un tribunal de Bordeaux.

Les grévistes s'étaient réfugiés dans les bois que la gendarmerie à cheval cerna jusqu'à ce que, tisonnés par la faim, ils s'aventurent dans les savanes et se fassent capturer au lasso. Ziguinote, lui, fut tiré nuitamment de la couche de Sylvanise. On ne l'autorisa même pas à brocanter de vêtements. Il fut amarré en bas de pyjama et traîné à l'arrière d'une jeep où veillaient plusieurs gendarmes aux abois. On se serait attendu que Sylvanise fasse un cirque du tonnerre de Dieu, or la tradition rapporte qu'elle se tint coite et n'eut pas une miette de parole d'encouragement pour son homme qui se débattait et hurlait au secours. On la vit s'accouder à la fenêtre du premier étage de sa maison le lendemain et ne plus en sortir. Son petit commerce fut définitivement fermé et beaucoup se demandèrent de quoi cette drôlesse pouvait bien vivre. Oublieux comme sont les nègres, on l'abandonna à son désespoir en concluant qu'elle vivait de l'air qui court. Parfois, elle se mettait à chanter, à la brune du soir, un chant déchirant qui figeait votre rire sur vos lèvres et vous empêchait de passer la nuit sans une cavalcade de mauvais rêves. Ziguinote ne reparut jamais plus à Basse-Pointe. Sylvanise (ou Sidonise, allez savoir !) finit par émigrer dans l'En-Ville puis dans les îles anglaises où elle prit le nom de Shirley Vindgrave, dans les îles espagnoles, celui de Sylvia Menendez y Carvajal et dans les hollandaises, celui de Samantha quelque chose.

Après une série de péripéties au cours desquelles les seize grévistes de Basse-Pointe furent condamnés à mort, puis à la geôle à perpétuité, puis graciés, Ziguinote perdit le goût de vivre et retrouva l'espèce d'amicalité avec la mort qu'il avait acquise dans sa prime enfance au contact du cadavre de Gros-Sirop. Il fut le seul à ne pas s'effondrer en pleurs lorsque les juges prononcèrent la sentence capitale. Il n'émit qu'un seul désir : être exécuté en Martinique. A leur libération, les seize furent accueillis comme des héros et fêtés à travers toute l'île grâce au Parti Communiste. Ziguinote se distingua à nouveau en refusant de prendre part à la moindre réjouissance et, n'ayant plus de parents à Basse-Pointe, s'acheta, avec l'argent du dédommagement lié à sa grâce, une cahute dans l'En-Ville, au quartier Au Béraud où la race indienne avait élu domicile depuis deux générations. Lorsque cette somme fut épuisée, c'est tout naturellement qu'il alla voir monsieur Mardayé, une sorte de patriarche indien qui régnait en maître sur les services de voirie et de tinette de la ville de Fort-de-France. Si l'on rencontrait tant de coulis balayeurs de caniveaux, c'était grâce à ses bons offices. Ziguinote ne tint pas une semaine dans les différents jobs qu'on lui trouvait et, en final de compte, et par faveur exceptionnelle vu ses mérites passés, on le nomma gardien adjoint du cimetière des riches.

Le titulaire, un nègre rouge peu loquace, l'accueillit de bonne grâce car il était poitrinaire et sentait ses forces décliner de jour en jour. Comme ce qui est destiné à quelqu'un, aucune rivière ne peut le charroyer au loin, Ziguinote finit par hériter du poste quand le nègre rouge s'effondra de tout son long sur le cercueil qu'il était en train de recouvrir de pelletées de terre. La famille du décédé prit ses jambes à son cou et développa ensuite les hâbleries les plus démentes sur ce qui n'était qu'une quinte de toux plus ravageuse que les autres. Le gardien ne trépassa pas le jour même. Ziguinote le transporta dans une tombe monumentale et l'installa sous la protection d'une statue de la Sainte Vierge. Il attendit que le poitrinaire rendît sa bave, son sang et son fiel et quand il fut bien certain de sa mort, il accourut au bureau de monsieur Mardayé où il lui annonça la nouvelle avec une allégresse qui choqua plus d'un.

Les années effacèrent les années. Le temps Robert s'installa, la guerre prit fin et nous devînmes français à part entière. Ziguinote, de plus en plus solitaire, abandonna Au Béraud pour le quartier illégal de Marigot-Bellevue en bordure de mer. Là, il ne chercha même pas à se construire une case en fûts d'huile et en bois comme les autres habitants du lieu. Il dénicha une grotte dans le corps même de la falaise et s'y installa sans aucun meuble ni ustensile de cuisine. Il ne possédait même pas une bobèche pour s'éclairer. Aussi lorsque la fièvre de décembre 1959 s'empara de la ville, il eut un peu plus de travail que d'habitude puisque les riches meurent moins souvent que les pauvres. Il enrageait contre son collègue du cimetière des pauvres qu'il soupçonnait de refuser des corps sous le fallacieux prétexte que cet endroit était surpeuplé. Il songea à s'en plaindre auprès de monsieur Mardayé, puis finit par s'habituer à voir décharger devant sa barrière des grappes de jeunes nègres défigurés. Le jour où on lui confia mamzelle La Mangouste ainsi que deux autres bougres inconnus de lui, il avait projeté de proprepter la tombe des de Fabrique, bien qu'il n'eût aucune certitude que le béké décapité y eût été enterré. Depuis des années, il se promettait d'accomplir ce qu'il considérait comme un geste de réconciliation mais à chaque fois il se trouvait trahi par l'abus de tafia et la fatigue. Maintenant qu'il était bloqué dans le cimetière à cause des Blancs-France qui rafalaient dans les rues sans avertissement, il se sentait prêt à passer à l'action.

Le corps appétissant de La Mangouste devait retarder une fois de plus cette bonne résolution. Il l'avait totalement dénudée et avait entrepris de lui pichonner la pointe des seins qu'elle avait étonnamment larges. Sa peau était encore tiède et flasque. Ziguinote s'allongea sur elle, lui écarta les cuisses et la pénétra d'un coup sec. Il saccada en elle et s'affala sur le gravier à ses côtés. La soirée s'annonçait clémente avec un ciel bleu tendre tiqueté d'ombres d'étoiles. Noël s'infiltrait peu à peu au cœur de chaque chose. Pour la première fois depuis sa mise en geôle forcée au cimetière, il ressentait quelque apaisement. Alors qu'il n'avait pas dormi depuis quatre nuits, il s'étendit sur le gravier, prit la main de La Mangouste dans la sienne pour attendre la venue du sommeil.

Un négrillon solitaire, perché au balcon du troisième étage d'une maison, se mit à chantonner un cantique de Noël :

« *Lève-toi, Jeanneton*
*Que ta sœur te conduise*
*Va-t'en voir ce poupon*
*Fais-lui quelques chemises*
*de lucamane*
*qui soit tout blanc.* »

Ziguinote sourit car l'enfant chantait faux...

## 14

L'Allée des Soupirs, au dire de monsieur Jean, dispensait un oxygène inconnu du restant de la place de La Savane et d'ailleurs de l'En-Ville tout entier. D'où l'entêtement des lycéens à la monter-descendre en brocantant force yeux doux.

« La jeunesse a cette faculté de pouvoir sentir de

manière intuitive certaines essences cachées... » affirmait-il à son compère Jacquou Chartier.

Une fois scellé leur pacte d'amicalité à la boutique de Chine, ils avaient pris l'habitude de se rencontrer sur le banc des Sénateurs après neuf heures du soir, moment où les gens de bien dormaient ou s'interdisaient de se retrouver hors de chez eux. Le quinquagénaire, qui estimait avoir entrouvert le plus intime de lui-même à Chartier, insistait dorénavant pour que ce dernier lui lise un extrait du roman qu'il assurait avoir en préparation. Ce dernier lui opposait une résistance rusée qui, à la longue, finit par faire monsieur Jean douter de l'existence de cette œuvre soi-disant exemplaire du « grotesque » martiniquais.

« L'Européen qui observe votre pays, expliqua un soir Chartier, est tenté de croire qu'il n'y a pas de héros possible dans un tel chaos... je l'ai pensé moi-même au début... au tout début... c'est vrai qu'il est quasiment impossible de décrire un Rastignac créole, par exemple, et de s'attacher cent, deux cents pages durant à ses faits et gestes. Ou alors si on y parvient, c'est au prix d'une... d'une distorsion de la réalité...

— Ah ! Je connais la chanson : le nègre est un velléitaire !

— Vous vous méprenez à nouveau sur le sens de mes propos. Je veux dire que tout un chacun ici est un héros possible de roman. Personne n'est insignifiant car la vie de chacun est comme redoublée par l'effet de grotesque. Il y a comme... comme un excès de vie en chaque être et il suffit de gratter légèrement le vernis du quotidien pour se rendre compte que chacun est le fruit d'une somme incroyable de déraisons, de légendes entremêlées, d'hérédités biologiques et sociales proprement inouïes. En Europe, nos vies sont en un sens plus simples. »

Monsieur Jean s'esclaffa :

« Oh ! Mais vous savez, vous n'avez pas fait une bien grande découverte. Il existe un proverbe créole qui soutient que le nègre est un siècle.

— Voici le titre que je cherchais : "Le nègre est un siècle !" fit le professeur du Séminaire-Collège, bondissant presque du banc de marbre. Merci, cher ami, merci mille fois. C'est bien pour cela qu'il est impossible de s'attacher à un seul et unique héros. Il faudrait un bon siècle pour raconter les méandres de son existence. Ha-Ha-Ha ! Un bon siècle, oui...

— D'où la nécessité de se tourner vers la poésie, rien que la poésie.

— Erreur, mon cher Jean ! Il faut inventer tout au contraire une forme neuve, une architecture disparate qui soit en mesure, comment dire... qui puisse épouser chaque méandre de la réalité sans pour autant prétendre l'épuiser. Il faudrait bâtir le roman créole à l'aide de pans inachevés. Donner à lire un monde hétéroclite, un peu sur le modèle de vos cases créoles. Regardez celles des Terres-Sainvilles ou du Morne Pichevin : deux feuilles de tôle ondulée ici, trois bouts de planche là, quelques briques hâtivement empilées surmontées d'une plaque de fibrociment, le tout colmaté par des feuilles de cocotier sèches ou de lattes de bois-ti-baume.

— Très intéressant tout cela, Chartier. Eh bien, faites-moi donc profiter de quelques pages de votre fameux roman ! »

Le bougre sembla se renfrogner. Paradoxalement, cela lui bailla un air à la fois humble et intimidé, qui lui était peu coutumier. Il prit une profonde inspiration avant de déclarer, hésitant :

« Le camarade Angel pré... prétend qu'il y a plus important à faire dans ce pays qu'écrire des romans.

— Propos d'extrémiste, Chartier. Revenons à notre sujet.

— Nous y sommes en plein. Extrémiste, le camarade Angel ? Je n'en sais rien. En tout cas, il veut mettre de l'ordre dans ce que nous appelons, vous et moi, le grotesque créole. Et puis, il est... sincère...

— Pour nous, au Parti, cet Angel est inconnu et le restera tant qu'il ne dévoilera pas sa véritable identité. Il a l'air d'être en relation directe avec certaines autorités à Moscou mais dans le même temps, il n'a que mépris pour la ligne définie par notre secrétaire général Arnaud Nicomède. Comment justifier une telle attitude ?

— Bonsoir, camarade Jean, vous me décevez. »

Jacquou Chartier se leva brutalement et se dirigea vers la Transat d'un pas frénétique. Il semblait, silhouette blanchâtre dans la nuit d'hivernage, plus dérisoire qu'un zombi en dérade. Monsieur Jean lui emboîta le pas, s'efforçant de dominer le trouble qui l'assaillait. L'Européen fit une halte près d'une grappe de nègres, sans doute des dockers, qui, accroupis, jouaient aux dés à même le sol, éclairés par la seule grâce d'une lampe de poche. Monsieur Jean l'entendit plaisanter avec eux, leur offrir des cigarettes. Puis Chartier, au lieu de prendre la route conduisant au port comme il semblait en avoir eu d'abord l'intention, bifurqua vers l'escalier du Morne Pichevin. Il ne s'était pas aperçu que son ami le suivait et semblait toujours fort agité. A l'instant même où il posa le pied sur la première des quarante-quatre marches, une grosse voix éraillée l'apostropha :

« Hé, Blanc-France ! Il y a des endroits où ceux de ton espèce ne doivent pas aventurer leur carcasse, oui.

— Qui me parle ?

— Blanc-France, foutre que tu as du toupet ! reprit la voix qui provenait d'un escarpement broussailleux auquel l'obscurité conférait une allure inquiétante, pour pénétrer dans mon territoire, il faut payer.

— Combien d'argent ?

— Tout ce que tu as dans tes poches, mon bougre. Tout ! Sinon, foi de Rigobert, on entendra ton nom aux avis d'obsèques à la radio demain de beau matin, oui. Tu as déjà réservé une place au cimetière des riches ? »

Chartier ne put s'empêcher de rire tout haut mais n'avança plus. Monsieur Jean devina qu'il avait la tremblade. Tous deux avaient reconnu la voix de Rigobert Charles-Francis, le major du quartier Morne Pichevin, dont les frasques avaient, au temps maintenant oublié de l'Amiral Robert, défrayé la chronique. Depuis quelque temps, Rigobert vivait comme en marge de la vie. Il ne quittait plus guère l'escarpement de l'escalier aux quarante-quatre marches d'où il semblait contempler l'univers de haut. Chartier tenta de l'amadouer en créole :

« *Ou pa ka rikonnèt mwen, konpè ?* (Tu ne me reconnais pas, compère ?)

— *Ou blenm pasé an patat chodé. Sa ki'w ?* » (T'es plus blême qu'une patate douce bouillie. T'es qui ?)

Le fier-à-bras brandit une impressionnante jambette dont la lame voltigeait de petits éclairs menaçants. D'un bond, il fut sur l'Européen qu'il agrippa au collet et, lui plaçant son arme à hauteur de la pomme d'Adam, hurla presque :

« *Ki nèg ki blan ki sa ou yé a, pa ké ni pasé lanmen !* » (Qui que tu sois, noir, blanc ou autre, il n'y aura pas de quartier !)

Soudain le bougre de Chartier eut une inspiration de génie.

« Qui que vous êtes, vous aussi, sachez que vous avez en face de vous le grand-duc Wladimir de Russie. Mon yacht a fait escale hier matin à Fort-de-France. N'écoutez-vous donc point la radio ?

— ..............

— A genoux, manant !

— Ma... majesté, pa... pardon... » fit le major en s'exécutant dans l'instant qui suivit.

Alors, pris d'une sorte de cacarelle verbale, Rigobert expliqua au faux noble slave les vagabondageries qui secouaient l'existence du nègre sur cette île de la Martinique. Il évoqua la grandipotence du hobereau blanc créole Henri Salin du Bercy et de quelle manière il maltraitait sa valetaille ; s'inquiéta de savoir si Wladimir agissait de la sorte avec la sienne ; dérisionna l'outrecuidance du sieur Fils-du-Diable-en-Personne et celle de son compère, docteur ès larcins, Bec-en-Or, qui s'imaginaient être des fiers-à-bras à l'ancienne tandis qu'ils n'étaient que de piteux détrousseurs de villas ; demanda si, en Russie, on pendait haut et court les bandits de grand chemin ; critiqua avec la dernière des sévérités un certain Eugène Lamour qui trouvait la félicité en dévirginant les jeunes filles en fleur, brisant ainsi leur destinée ; tança le comportement hautain d'un nègre quinquagénaire appelé monsieur Jean, instituteur mis à pied pour nul ne sait quel forfait commis au temps de l'Amiral Robert, cousin du maréchal Pétain, lequel Jean couillonnait, en plus, une innocente chabine au doux nom d'Ancinelle ; sarcasma à propos d'une dame Philomène, négresse féerique qui, au temps de l'antan, avait vendu son devant au plus offrant et qui, au jour d'aujourd'hui, cherchait à traquer le salut de son âme par un délire de baptêmes à répétition. Bref, personne, ni à Morne Pichevin, ni aux Terres-Sainvilles, ni à Volga-Plage, ni à Marigot-Bellevue, ni à Trénelle, ni au Pont de Chaînes, ni nulle part, ne trouva grâce dans la bouche de ce pourfendeur de Rigobert.

Il ajouta, plus calme :

« Grand-duc de Russie, j'aimerais tellement promener mon corps dans votre pays qu'on dit si vaste. Je suis sûr qu'on n'y rencontre pas autant de turpitudes et de lâchetés que chez nous. La neige, que je n'ai vue qu'au cinéma, me fait foutrement rêver. Je sens sa douceur sous mes doigts quand il m'arrive d'être embarqué dans un rêve déborné, les nuits où j'ai mis trop de tafia sur mon estomac. J'imagine des plaines immenses où l'horizon dévore vos yeux. Ici-là, ils butent sans cesse contre tout un alignement de mornes. Notre ciel est toujours brisé, hélas... »

Monsieur Jean avait rejoint Chartier qui ne s'étonna pas de son apparition. Il releva Rigobert et, lui tapotant la joue, déclara :

« En fait, je ne suis pas plus prince que toi-même tu n'es pianiste. Je ne suis que Jacquou Chartier. »

Furieux quoique désemparé, le fier-à-bras brandit à nouveau sa jambette et tira un méchant coup, droit sur le ventre de l'Européen. Monsieur Jean n'eut que le temps de bousculer ce dernier et c'est son bras à lui, l'âme charitable, qui supporta le déchaînement de la lame. Sa chair s'en trouva lardée et la douleur lui arracha quelques cris bien qu'il serrât les dents. Pendant que les deux philosopheurs s'enfuyaient au boulevard de la Levée, ils aperçurent un homme blanc de grande taille, aux favoris extravagants, en tenue chamarrée ornée d'épaulettes et de médailles dorées, qui s'apprêtait à uriner contre le mur du chalet de nécessité du Pont Démosthène. Un sabre, qu'il retenait de sa main gantée de blanc, accentuait la superbe de sa prestance.

« Bonsoir, messieurs. Vous avez le Diable au derrière ? Je suis Wladimir, grand-duc de toutes les Russies et... mais, arrêtez-vous donc un instant que nous causions un peu. Arrêtez-vous, bon sang ! »

Chartier et monsieur Jean durent battre cette nuit-là les meilleurs records des Jeux olympiques de l'ère moderne puisqu'ils atteignirent la Croix-Mission quatre fois plus vite que leur propre ombre. D'un commun accord, ils décidèrent de ne pas évoquer cette bizarre rencontre. Ils s'adossèrent un bon moment au cimetière des riches afin de mettre de l'ordre dans leur esprit.

« Rigobert est un siècle... fit Chartier en s'esclaffant.

— Ha-Ha-Ha ! Et secula seculorum. Amen.

— Final de compte, le camarade Angel a tort, mon cher Jean. Il est important d'écrire des romans dans ce pays. Il est même urgent de s'y atteler car la vie d'ici ne débordera pas éternellement de trop-plein. Elle rejoindra, c'est fatal, le rythme européen, elle sera rattrapée par la logique cartésienne.

— Déjà, nous faisons davantage confiance à Radio-Martinique qu'à Radio-bois-patate ! plaisanta le quinquagénaire.

— Il faut ignorer ceux qui parlent de petitesse, d'insignifiance. La taille n'a rien à voir avec la richesse symbolique. Excusez-moi, mon cher Jean, je pédantise mais je veux dire, par exemple, que je suis absolument fasciné par cet escalier de quarante-quatre marches qui mène au Morne Pichevin. Il a connu tellement de meurtres, de courses folles de majors poursuivis par la maréchaussée, d'embrassades ou de fornications nocturnes, de trahisons, de pactes d'alliance ou d'amitié qu'il peut faire l'objet d'un roman à lui tout seul. A l'île de Sainte-Hélène, où Napoléon a été exilé, il existe un escalier beaucoup plus grand, spectaculaire même, qui grimpe au flanc d'une montagne et qui a fait rêver des générations de poètes européens. L'Echelle de Jacob, ça s'appelle. Joli, non ? Cet escalier possède, tenez-vous bien, mon cher, six cent quatre-vingt-dix-neuf marches. Magnifique, non ? Pas sept cents ! Six cent quatre-vingt-dix-neuf... Eh bien, je suis absolument persuadé que l'Echelle de

Jacob a moins de choses à révéler que l'escalier aux quarante-quatre marches du Morne Pichevin.

— Vous savez être convaincant, Chartier. Hum ! Mais vous aurez beau déployer des trésors d'imagination, je ne me résoudrai pas à abandonner la poésie pour le roman. »

Rentré chez lui, il ne parvint pas à fermer l'œil du restant de la nuit, sans doute parce que peu de temps le séparait du lever du jour. Les objections de Chartier quant à la poésie ne cessaient de le tisonner au plus obscur de lui-même. Il ouvrit son cahier bleu et relut, à mi-voix, d'un ton aussi sardonique que celui du professeur du Séminaire-Collège, l'une de ses dernières créations :

« *Marcher sur le ciel*
*Métisser nos émois aux songes des nuages mauves pourvoyeurs de tant et tellement de tendresse*
*Apprivoiser l'à-pic jusqu'aux entrailles et risquer de plonger-descendre dans la feuillaison des fougères qu'arborent les premiers matins du monde*
*en duo tantôt avec l'orchidée chabinement tiquetée*
*tantôt le mensfenil en quête de nulle autre proie*
*que l'ombre portée des Pitons du Carbet*
*Complices par-delà le temps des nègres en marronnage*
*qui, dans cet instant-là, ne risquaient que de périr*
*d'admiration*
*Arpenter la toiture du monde*
*à genoux, rampant, droitement tendus ou accroupis acharnés à dompter la trace qui myriade vers ce lieu où le Mal n'a jamais accédé*
*En haut, c'est la mer qui est paupière étriquée et la forêt intouchée l'aune de toute démesure*
*et dans la descente au vent né atlantique*
*la si terrifiante et sublime vision de la vulve originelle*

*par-delà toute pudeur*

*Pubis crépu de fromagers enliannés à la feinte enrageaison des ananas-diable*

*(Pourtant le Monde n'est pas si loin : les feuilles des palmistes-montagnes pavoisent en décollage d'hélicoptères*

*ô insensé insolite)*

*Et éternelle la posture de parturiente de la Terre-Mère qui détient prisonniers nos regards et les comble de stupeur*

*Soudain l'envie très raisonnable d'y voltiger son corps verge première*

*dans le fin fond de la fente verte sur tous les tons*

*vert sombre, vert-émotion, vert tendre, vert-sang*

*Vertige délicieux qui étreint notre avancée sur les marches du ciel*

*Pitons, je vous sacre sentinelle de nos emphases*

*N'ayez donc jamais cesse d'offrir aux méritants votre belleté vaginale*

*à ceux qui n'hésitent point à miser le restant de leur vie sur un coup de sèrbi*

*à ceux qui dansent, impavides, sur le tranchant du coutelas dans l'attente d'une étincelle divine*

*à tous ceux qui, comme moi, avaient jusque-là si pesamment vaqué à leur vie, violents et fragiles à la fois*

*Marcher sur le ciel*

*fardé de beau néant.* »

L'insatisfaction que générait en lui une telle démarche poétique lui paraissait à présent d'une évidence foudroyante. S'il appréhendait de montrer ses écrits à Ancinelle et aux autres personnes de son entourage, c'était moins par pudeur ou fausse modestie que parce qu'il avait toujours su, même s'il n'avait jamais voulu se l'avouer, que célébrer le minéral, le végétal, le ciel et ses couleurs, même de manière non exotique comme il croyait le faire, était une fuite, une démission devant la réalité créole et son cortège de grotesqueries. Il venait de comprendre que les héros de la littérature occidentale tels que Lancelot, Werther ou Thérèse Raquin, ne pouvaient pas prendre forme, se corporiser, dans cet univers-là. Ils étaient à la fois trop simples et trop purs, ou plutôt ils étaient supérieurs à leur histoire personnelle tandis que le héros créole, c'est tout le monde et n'importe qui. C'est Rigobert, le major du Morne Pichevin. Ou Ancinelle Bertrand, sa fiancée adorée. Ou Fils-du-Diable-en-Personne, voire même cet insignifiant d'Eugène Lamour. Chez eux, les mille et une péripéties de l'existence, emberlificotées d'inventions ou de croyances insensées, pèsent plus lourd que leur misérable petite personne. Leur for intérieur n'a aucune importance. Chartier avait donc bel et bien raison : Fort-de-France, si loqueteuse qu'elle soit, n'avait guère de similitude avec un township sud-africain ou une casbah arabe où continuent à régner une seule et même logique ancestrale. Pour de bon, Césaire n'avait pas su percevoir le baroque de Fort-de-France, l'extrême puissance de son grotesque, le génie de la case créole qui mêle terre, bois, brique, fibro-ciment et béton.

« Au fond, je préfère le mot chaos à celui de grotesque », se dit monsieur Jean au terme de ses cogitations, terme qui y fut mis par le tambourinement de sa logeuse sur sa porte. La prétendue caraïbesse s'exclamait :

« Eh ben Bondieu-Seigneur ! Où étiez-vous passé hier soir ? Il y a des messages urgents pour vous, oui. »

Elle lui tendit deux enveloppes, dont l'une était plus grande que celles que l'on utilise d'ordinaire pour la correspondance privée, et lui murmura :

« Ah ! C'est une chérie-doudou qui vous envoie ses pensées d'amour, monsieur Jean ?

— Pensez-vous !

— Un jour, faudra qu'on ait un grand-grand causer, vous et moi. Hein ?...

— Avec plaisir, chère madame !

— Tenez ! Je vous ai apporté *Le Rénovateur*. Il vient de sortir. »

Quand il se retrouva à nouveau seul, il se dépêcha d'ouvrir la plus grande des enveloppes. Elle contenait une feuille cartonnée de couleur rouge sang sur laquelle une écriture fiévreuse avait écrit, en lettres capitales :

« CAMARADE, L'HEURE DE LA RÉVOLUTION EST PROCHE.
TIENS-TOI PRÊT À TOUTES LES ÉVENTUALITÉS.
ANGEL. »

Il demeura longtemps songeur. Il avait, en fait, pris sa carte du Parti Communiste davantage par esprit de revanche contre les gaullistes qui avaient, à la Libération, brisé sa carrière d'instituteur, que par réelle conviction. Ce mulâtre à l'accent espagnol possédait un secret mais lequel ? Dans la seconde enveloppe, Cicéron Nestorin avait écrit, de son écriture hiéroglyphique d'aspirant-médecin :

« MONSIEUR JEAN, VOUS N'ÊTES QU'UN MISÉRABLE EXPERT EN RIMAILLERIES, POÉTAILLERIES ET MALHERBERIES. CREVEZ VITE AVANT QUE LE RÈGNE DU NOUVEAU CHAM NE S'ÉTENDE SUR L'UNIVERS. »

Monsieur Jean s'allongea sur son lit et eut curieusement l'envie d'une cigarette. Il parcourut d'un œil distrait la première page du *Rénovateur* et s'arrêta comme d'habitude à l'éditorial de Romule Casoar qu'il savait être haut en couleur. Ce jour-là, il avait pour titre : « *Un prince en goguette* » :

« Sa Sérénissime Altesse, le grand-duc Wladimir de Russie, ignominieusement chassé de son trône par les bolcheviques (lesquels sévissent également dans notre île), est en visite dans l'archipel des Antilles avec sa bellissime, élégantissime et sublimissime épouse. Hier soir, Sa Majesté s'est permis une petite entorse au protocole, à une heure fort tardive de la nuit, en s'escampant à l'anglaise de la munificente réception (à laquelle votre serviteur n'eut pas l'honneur d'être convié) que monsieur le préfet de la Martinique et le général commandant les forces armées des Antilles-Guyane, avaient organisée en son honneur. Sans doute grisé par notre alcool de canne à sucre, qu'il affirma haut et fort valoir toutes les vodkas de son ex-empire, il fut retrouvé au bas du quartier mal famé du Morne Pichevin d'où il ressortit vivant comme par miracle... Il fut aussitôt ramené à de plus nobles occupations grâce à la diligence de notre bonne vieille police municipale qui a su, ce qui est tout à son honneur, garder le secret le plus absolu. Mais, cher lecteur, comme vous le savez, *Le Rénovateur* voit tout, sait tout et dit tout. »

Monsieur Jean songea que Rigobert, auquel quelque boissonnier de la Transat ne manquerait pas de lire cet article, crierait partout qu'il avait dialogué avec le grand-duc de toutes les Russies et qu'il l'avait mis en déroute avec sa seule jambette, cela en toute bonne foi. Décidément, ce Jacquou Chartier avait bien raison quand il évoquait l'enflure naturelle du réel créole...

# 15

Philomène, la marraine d'Ancinelle Bertrand, qui fut, au temps de l'Amiral Robert, une câpresse féerique dont la chair parfumée faisait languir les plus blasés d'entre les mâles, ne parut point affectée par le départ de sa protégée aux Terres-Sainvilles. Elle continuait, imperturbable, à ramasser les roches qui traînaient sur sa route, soucieuse, comme tous les habitants de Volga-Plage, de combler l'immense mangrove sur laquelle ils avaient construit leurs cases. Certains jours d'hivernage, ils avaient de l'eau boueuse jusqu'au ras du genou ; d'autres fois, les frêles pilotis qui soutenaient ces assemblages hétéroclites de planches, de fibro-ciment et de briques où ils entassaient une table, deux chaises et un méchant sommier, menaçaient de s'effondrer sous les coups de boutoir des alizés. Dès les cinq heures du soir, des escadrilles de moustiques assoiffés de sang fondaient sur le premier bout de peau laissé à l'air libre. Si bien que les négresses de Volga-Plage avaient fini par ressembler, ô paradoxe, aux amarreuses des champs de canne à sucre que beaucoup d'entre elles avaient été dans un proche passé, harnachées qu'elles étaient, de la tête aux orteils, de hardes sales et de papier journal.

L'entour de la case de Philomène était l'un des mieux empierrés du quartier grâce à la patience têtue dont elle faisait preuve mais surtout (affirmaient les mauvaises langues) à cause de la manie qu'elle avait de démarcher des baptêmes aux quatre coins de Fort-de-France. La câpresse avait des dons d'infatigable marcheuse.

« On la récompense avec des roches », ironisait-on.

Qui eût cru, en effet, qu'elle passait une bonne partie de la nuit à vendre de la croupière dans une cahute infâme de la Cour Fruit-à-Pain ? Toujours tôt levée, son premier geste d'affection allait vers cet arbre curieux — un magnolia ! — qu'elle s'entêtait à faire pousser dans sa cour. Elle déversait dans ses racines le contenu écumeux de son pot de chambre en gloussant pour un interlocuteur invisible :

« *Pisa lannuit sé pli bon langé !* » (Il n'y a pas de meilleur engrais que l'urine de la nuit !)

Philomène avait pour habitude de converser avec les pans de mur, les ombres, les arbres ou les animaux en dérade. Elle tenait des plaidoiries interminables face à la mer, lui intimant l'ordre de ne pas avancer sans crier gare dans la mangrove de Volga-Plage et pour de bon, les eaux noirâtres semblaient obtempérer, ce qui procurait une embellie à ceux qui n'avaient pas eu le temps de désamarrer leurs cochons et leurs cabris ou bien de sauver le linge qu'ils avaient mis à blanchir sur quelque talus. A ces moments-là, elle houspillait Ancinelle qui se prélassait à l'intérieur de sa case :

« Quelle feignante tu fais ! Un raz de marée pourrait se déclarer que tu serais encore là à feuilleter tes journaux d'amour. C'est ce monsieur Jean qui bourre ton crâne de nigauderies. C'est ça, hein ?

— Tais-toi ! protestait la chabine, je te défends de critiquer mon homme. C'est un nègre de bien, pas un de ces vagabonds que tu fréquentes et... »

Philomène fonçait sur sa filleule et lui fichait une calotte retentissante. Le jeune fille se mettait à pleurer silencieusement, consciencieusement même afin de lui bailler mauvaise conscience et bien entendu, l'instant d'après, la putaine de la Cour Fruit-à-Pain la serrait contre sa poitrine et la couvrait de baisers. Elles demeuraient ainsi enlacées parfois jusqu'à la tombée de la nuit, répondant des « bonsoir ! » mécaniques à leurs voisins. Il y avait toujours quelqu'un pour quémander qui une pincée de gros sel, qui un piment, chacun connaissant le grand cœur de celle que tout Volga-Plage avait fini par appeler « Marraine ». Ce titre n'était d'ailleurs pas usurpé puisqu'elle avait porté sur les fonts baptismaux la plupart des nouveau-nés des environs. Dès qu'elle voyait enfler le boudin d'une femme, elle se liait de soudaine amicalité avec cette dernière, la couvrait de paroles sucrées et de gâteries de toutes sortes, flattait son concubin ou lui offrait son corps plantureux, surtout s'il était l'auteur présumé de cette grossesse. Puis, Philomène allait répétant toute la sainte journée :

« Cette marmaille-là est pour moi, oui ! »

Cette phrase était énoncée non pas comme un souhait mais comme une vérité d'évidence et les plus réticentes des mères, celles surtout qui redoutaient que Philomène ne fût saoule le jour du baptême, n'avaient pas assez de cœur pour lui refuser une telle satisfaction. Qui d'autre que la câpresse prêtait de l'argent à tout le monde, cédait avec facilité robes et chaussures à talons hauts, lavait les morts et prédisait l'avenir sans exiger un sou de paiement ? Le jour de la naissance, la matrone de Volga-Plage était contrainte de l'expulser par la force de la case de la parturiente mais dès les premiers vagissements, Philomène se précipitait à l'intérieur, bousculant concubin et proches parents pour embrasser le nouveau-né à même le ventre de sa mère.

*« Sé pa mwen ki fé'y men fout i bèl ! »* (Ce n'est pas moi qui l'ai mis au monde mais qu'est-ce qu'il est beau !) trépignait-elle de joie, avant de proposer à la cantonade une litanie de prénoms datant du temps de l'antan, prénoms aux sonorités obsolètes que seule la négraille qui n'était pas allée à l'école continuait d'affectionner.

Point d'étonnement donc à ce que Philomène tançât

sa filleule sur la volonté farouche qu'affichait celle-ci de protéger sa virginité jusqu'au mariage. C'était un sempiternel sujet de discorde entre les deux femmes qui, ailleurs, étaient unies dans la même soif de tendresse. Devenue bréhaigne à cause d'un nombre exagéré d'avortements dans son jeune âge, Philomène vivait la maternité par procuration. Quand on l'interrogeait, elle avouait avec une étrange fièvre dans le grain des yeux :

« Même si mon ventre pouvait fleurir, sachez qu'il n'aurait accepté de le faire que pour une seule et unique personne : Amédée Mauville ! Or, le bougre m'a préféré la mort... »

Son désir secret était d'accompagner Ancinelle dans toutes les étapes d'une éventuelle grossesse puisqu'elles cohabitaient dans le même minuscule espace. Peut-être même de l'aider à mettre le bébé au monde sans l'assistance de cette matrone acariâtre qui sévissait depuis la nuit des temps à Volga-Plage et, sans aucune tergiversation possible, d'en être la marraine. Aussi lorsqu'un beau jour, la jeune fille lui déclara qu'elle avait décidé d'aller vivre aux Terres-Sainvilles, chez une certaine madame Villormin, pâtissière de son état, Philomène ne parvint pas à dominer un sanglot. Elle posa la main sur son cœur comme pour l'empêcher de chamader et ne posa aucune question à sa filleule. Elle avait eu le pressentiment de leur séparation aussitôt qu'elle avait aperçu la figure altière de ce monsieur Jean qui se pavanait avec un costume deux-pièces et une canne à pommeau d'argent à l'Allée des Soupirs. Elle avait tourné autour du banc où il s'asseyait, avait épié ses faits et gestes, tenté de décrypter ses propos dans ce français pompeux qui avait le pouvoir de terroriser ceux dont la langue était plus familière du créole. Son idée était faite : cet homme-là lui enlèverait Ancinelle tôt ou tard. Aussi s'employa-t-elle à ce que ce coup du destin se produisît le plus tard possible, multipliant les stratagèmes et les croche-pattes. D'abord, elle avait songé à soudoyer Myrtha, l'amie intime d'Ancinelle, qui s'adonnait depuis le plus jeune âge aux plaisirs solitaires et qui, à quatorze ans, tomba enceinte d'un marin espagnol ou danois pour lequel elle mit au monde un enfant prénommé Gregory (dont, à ce seul nom, on comprend que Philomène ne fut pas la marraine). La sachant vénale, la câpresse lui promit une sorte de pension hebdomadaire, chose qui lui permettrait de satisfaire son insatiable penchant pour le rouge à lèvres et les parfums les plus extravagants.

« Ce nègre-là doit avoir dans la cinquantaine, assura-t-elle à Myrtha. Il est en quête de chair fraîche. En un battement d'yeux, tu peux le faire s'agenouiller devant toi, oui ! »

Les charmes, pourtant indéniables, de Myrtha, son corps pulpeux, l'humidité légère de ses lèvres qui avait le don d'exciter tant les hommes que les femmes, le galbe de ses jambes fermes et puissantes que cachait à grand-peine une jupe dont la taille était un défi à la décence publique, toute cette armada séductrice n'eut pas le moindre effet sur monsieur Jean. La jeune négresse avait eu beau frôler sa proie sur le banc des Bourelles où ce dernier blaguait avec une sienne commère, lui bailler des œillades en rafales à l'Allée des Soupirs et tout un lot d'autres manigances, rien n'y faisait : le regard du bougre demeurait rivé à la seule personne d'Ancinelle Bertrand. Honteuse d'un tel échec (sans doute le tout premier de sa jeune existence), Myrtha se mit à fuir Marraine Philomène qui, en bougresse habituée à affronter les cyclones de l'existence, se résolut à affronter le problème par ses propres moyens. Elle s'y engagea le jour même où éclata la révolte de décembre, au moment où les rues de l'En-Ville se mirent à flamber de toutes parts. Philomène s'en revenait d'une consultation au quartier Au Béraud au cours de laquelle elle avait prédit à une Indienne dénommée Julianise que son amant européen, professeur au Séminaire-Collège, lui demanderait sa main avant la fin de l'année et l'emmènerait vivre avec lui dans ce doux pays de France où personne n'a l'injure facile, où tout le monde se dit bonjour le matin, où chacun mange, s'habille et s'amuse selon ses propres désirs car, avait conclu la câpresse féerique :

« En France, c'est paradis, oui. »

Pour tout paiement, elle n'avait exigé de l'Indienne que de pouvoir ramasser quatre belles pierres rondes qui traînaient aux abords de la case que celle-ci occupait avec une famille si nombreuse qu'il était impossible d'imaginer comment ils s'arrangeraient la nuit pour se dénicher un bout de plancher afin d'y poser leur paillasse. Elle remontait le boulevard de La Levée, son butin enfoui dans un sac en guano, qu'elle portait sur ses épaules, quand une nuée de jeunes gens fort excités la sommèrent de se joindre à eux. L'un d'entre eux, mi-nègre mi-indien, doté d'une taille de géant, commandait aux autres :

« Quand je siffle, vous allumez la mèche des bouteilles de pétrole. Quand je crie "Wé !", vous les voltigez droit devant vous.

— *Nous la épi'w, Malaba !* » (On est avec toi, Malabar !) s'écrièrent les plus énervés parmi lesquels beaucoup avaient déjà ôté leurs chemises qu'ils avaient nouées autour de leurs reins.

Philomène hurla qu'elle n'avait rien à voir avec leurs simagrées, qu'elle n'avait jamais ouï dire qu'un Blanc-France eût renversé la Vespa d'un docker nègre en faisant marche arrière et qu'en plus, il eût abreuvé ce dernier d'injuriées. Non ! Les bagarres qui avaient entraîné la dévastation de l'Hôtel de l'Europe, elle n'en avait pas eu vent et d'ailleurs elle n'en avait cure car la vie avait déjà été assez chienne avec elle comme ça. C'est pourquoi elle refusait qu'on se serve de ses quatre roches si parfaitement rondes en guise de projectiles.

« On voit que vous n'habitez pas dans la boue de Volga-Plage, vous autres, se plaignit-elle. Chaque roche qu'on y dépose, c'est une espérance de bien-être qu'on s'octroie, c'est un peu moins de rhumatismes pour nos jambes, moins de... »

Elle fut interrompue par une rafale de mitraillette qui obligea chacun à se disperser comme il pouvait. Philomène se coucha sur son sac de roches et attendit, les yeux grands ouverts. Il y avait longtemps qu'elle désirait faire l'expérience de la mort, de cette mort qui avait foudroyé en plein vol son archange d'Amédée Mauville. Elle n'entendait plus les cris de douleur, les supplications, le fracas des bouteilles enflammées sur l'asphalte ni le staccato des armes à feu. Le ciel fut décoré de gerbes orangées qui prolongèrent le crépuscule. Elle avait sombré dans une telle extase qu'elle mit un certain temps à se rendre compte qu'un corps était allongé à ses côtés, un corps d'homme, apparemment blessé à hauteur de la poitrine, qui gémissait et dont les doigts étaient agités par un tremblement frénétique. D'un bond, la câpresse se redressa, prête à lui porter secours, lorsqu'elle reconnut les traits arrogants de l'homme qui faisait battre le cœur de sa filleule. Elle demeura interdite un long moment, incapable de prendre une quelconque décision. Une horde de gendarmes blancs cavalcada sur les deux trottoirs de La Levée, matraques haut brandies, prêts à frapper les imprudents.

« Couchez-vous ! » murmura monsieur Jean en saisissant le poignet de Philomène.

Et dire qu'elle l'avait cru à l'article de la mort ! Le bougre feignait tout bêtement d'être hors de combat et espérait le moment propice pour échapper sa peau de ce lieu de folie. Auprès d'eux, des gens réellement blessés gémissaient à fendre l'âme. Philomène se laissa faire et éprouva son souffle viril contre sa joue comme un véritable bain de délicieuseté. Que tout cela ne fût point prémédité en augmentait encore davantage la succulence. Elle finit par se blottir contre sa poitrine et par fermer les yeux, plus réceptive qu'elle ne l'avait jamais été aux bruits qui montaient de cette nuit de décembre. De ses lèvres s'échappa, malgré elle, le nom de l'aimé :

« Amédée... »

Monsieur Jean sursauta à son tour et la dévisagea avec insistance dans l'obscurité. Il avait le sentiment de connaître cette négresse sans pouvoir mettre un nom sur sa personne. Il la trouva élégante, désirable même dans sa robe moulante bleue, couverte de paillettes dorées, si incongrue dans de telles circonstances. Il voulut lui poser une question mais n'en eut pas le loisir car la bande du nègre-indien Malaba avait jailli des cases environnantes et des halliers pour occuper à nouveau le boulevard de La Levée. Cette fois, une rage froide animait la plupart de ces jeunes mâles-bougres qui prenaient chacun à témoin de la férocité des gendarmes blancs et s'exhortaient les uns les autres à lutter, à prendre le chemin de la révolte. Philomène et monsieur Jean ne purent pas brocanter un seul mot. Les bousculades des émeutiers ainsi que leurs criailleries interdisaient tout aparté. Toutefois, ils demeurèrent ensemble, doigts mêlés, se laissant entraîner par la houle des porteurs de bouteilles enflammées et des manieurs de roches. La câpresse abandonna son sac et donc les quatre roches qu'elle se promettait de placer tout à l'entour de son pied de magnolia. Elle vibrait à l'unisson avec monsieur Jean, ravie à l'idée qu'il ignorait sa véritable identité.

« Viens me réchauffer chez moi, parvint-elle à lui proposer sur un ton qu'elle voulait aguichant.

— J'ai un rendez-vous. Dommage...

— Bah ! La personne attendra. Après ce qu'on vient de vivre, nos corps ont bien besoin d'une petite doucine.

— Nous avons frôlé la mort, c'est vrai », fit monsieur Jean, soudain songeur.

Philomène réussit à l'arracher à la foule et à le mener près des quarante-quatre marches conduisant au Morne Pichevin. L'homme semblait partagé entre son désir de l'étendre sur une couche pour la manger toute vivante, selon une expression comique qui avait cours aux Terres-Sainvilles, et la nécessité de se rendre à son rendez-vous au mitan de la place de La Savane, dans une allée qui arborait le titre romantique d'« Allée des Soupirs ». Mais l'instinct fut le plus fort ou alors les formes dodues de la câpresse possédaient un pouvoir d'aimantation auquel il ne put résister. Ils grimpèrent l'escalier quatre à quatre, chacun d'eux prononçant les conjurations liées à certaines des marches, attentifs en tout cas à sauter la trente-troisième, celle de la mort subite dans la fleur de l'âge, celle qu'Amédée Mauville avait pilée, selon toute probabilité, sans se soucier de l'ordre secret des choses, cela à l'époque déjà lointaine de l'Amiral Robert, cousin du maréchal Pétain. Une heureuseté inattendue envahissait à présent Philomène, lui arrachant de petits cris de jouvencelle énamourée. Elle en oubliait même la perversité de son acte c'est-à-dire sa volonté d'entraîner le futur époux d'Ancinelle à commettre avec elle le péché de stupre. Il la plaqua contre une case abandonnée, releva sa robe et fouilla le plus intime d'elle-même avec ses mains. Quand elle sentit la douceur de son index contre sa languette, sa vulve se rétracta avant de l'accueillir avec fougue. Ils se mordillaient la bouche, les épaules, le cou, les cheveux dans une débauche de salive et de larmes de joie. Monsieur Jean tentait pourtant de résister. Il répétait, la voix haletante :

« J'ai un rendez-vous très important aujourd'hui à l'Allée des Soupirs. C'est le plus important de toute ma vie. Laissez-moi partir, je vous en prie... »

Mais il ne faisait rien pour se dégager et au contraire détacha la ceinture de son pantalon tout en continuant à s'abreuver aux seins de la câpresse. Elle l'entoura de ses jambes effilées, aucunement ramollies par les atteintes de la quarantaine et s'empala sur lui d'un coup sec qui ébranla la case déjà mise à mal par les poux-de-bois. Monsieur Jean ne put retenir un grognement de plaisir et, lui posant fermement les mains sur sa taille, il entreprit de la bourrader à grands coups de reins dignes d'un mulet. Philomène n'avait plus tous ses esprits. Un râle presque effrayant s'exhalait du plus profond de sa gorge, entrecoupé d'un mot, d'un seul mot :

« Amédée... Amédée... »

Cette frénésie fornicatrice fut interrompue par la remarque égrillarde d'un bougre qui devait les observer depuis le début des opérations. Rigobert, le major du Morne Pichevin, répétait à l'envi, bien qu'il n'y eût personne pour l'entendre :

« Quel astiquage, mesdames et messieurs ! »

Puis reprenant un ton plus sérieux, il déclara :

« Pendant que vous étiez là à fusionner vos corps, bande de vicieux, la mort frappait au Pont Démosthène. Un lycéen a reçu trois balles en plein ventre. Il a agonisé sur la septième marche. Pauvre petit bougre ! Il n'avait rien fait à personne. »

Aussitôt monsieur Jean repoussa la câpresse et,

sans dire un mot, plongea-descendre dans les quarante-quatre marches. Rigobert ricana :

« T'en fais pas, Philomène ! Il n'atteindra jamais l'Allée des Soupirs. Les gardes mobiles ont installé plusieurs barrages sur La Levée. Seule la mort l'attend là-bas... »

Philomène arrangea ses vêtements, souriante...

## Quatrième cercle

C'est l'heure où les contes tissent insensiblement le drap de la nuit autour d'êtres que nous avons aimés avec passion. Nous nous rions donc de la Mort, nos figures ravinées de larmes.

Mais, en ce temps de maintenant, quelle Parole de céans, aussi triomphant soit son ballant, aussi flamboyant soit son dièse, peut prétendre rivaliser avec la leur ?

## 16

Cicéron était accoutumé à mimer l'acte d'amour avec les mannequins des magasins de Syriens du centre-ville qui tous, sans exception, représentaient des femmes au teint rose, au nez et aux lèvres pincées ainsi qu'à la chevelure d'huile. Il attendait l'heure de la nuit à laquelle les rues devenaient désertes, hormis quelques chiens à la recherche de boîtes à ordures, pour s'approcher des vitrines violemment éclairées et s'y coller de tout son corps tel un lézard-margouillat. A chacune de ces créatures, il avait attribué un petit nom, souvent une appellation d'actrice italienne, très différent de ceux, ô combien inélégants et campagnards, dont nous affublions nos femmes, tels qu'Antoinise, Floriane, Germanise et consorts. Cicéron leur susurrait ses déclarations dithyrambiques à travers la vitre puis une secouade s'emparait de son bas-ventre jusqu'à ce qu'il éjaculât en hurlant :

« Vive Schœlcher-er-er ! » ou parfois « Vive l'Abolition ! »

Du jour où Hussein El-Khouby installa une blonde à la vitrine de l'Orient-Palace, Cicéron en oublia nettement-et-proprement les Gina, Ornella ou Bianca qu'il avait toujours adorées. Même en plein jour, il passait et repassait à la devanture du magasin, lorgnant sa doudou-chérie qu'il rêvait d'approcher pour de vrai mais le crieur du Syrien, un bougre dénommé Marcellin-Gueule-de-Raie, qui avait été torturé aux génitoires avec la dernière des sauvageries par les Services de Sécurité de la Marine au temps de l'Amiral Robert, avait ordre de le tenir en respect. Muni d'un bâton clouté qu'il moulinait dès qu'il sentait le vent de monsieur Cicéron, il tentait dans le même élan de rivaliser avec le porte-voix du magasin d'en face, le Trésor de Damas, dont le propriétaire était à l'évidence un moderniste.

« Chaussettes en nylon à vingt francs la paire ! Pantalons en pur tergal pour hommes à cent trente francs pièce ! Faites vite-dépêchez-vous, mesdames et messieurs, les prix ne vont plus monter-descendre aujourd'hui. »

Un beau matin, prenant son courage à deux mains, Cicéron lui lança de l'autre côté de la rue :

« Et Ingrid, c'est combien ?

— Ingrid ? C'est quoi ça ?... Hé, nègre tombé fou, va chier dans les halliers, va coquer ta mère, fais ce que le zinzin qui gigote dans ta tête veut mais laisse-moi gagner mon pain ou bien je t'esquinte, oui. Tu as compris ? »

L'après-midi, Cicéron revint à la charge en agitant d'un geste négligent un gros billet de mille francs en direction du crieur.

« Alors tu fais toujours le raide avec moi ?

— Ça dépend... qu'est-ce que tu veux ? Ingrid, c'est quoi ? Le costume noir qui est là-bas, c'est ça ? Il est sacrément beau, hein, il pourrait habiller un président de la République...

— Ingrid c'est la femme que tu déshabilles chaque matin », fit Cicéron d'une voix grave.

Le crieur péta de rire, amplifiant la cacophonie de la rue Saint Louis, chose qui attira comme des mouches à miel une grappe de djobeurs désœuvrés, dont le fameux Pin-Pon détenteur d'une charrette à bras remarquablement décorée.

« Compère, offre-nous un petit morceau de ton rire, s'il te plaît, fit-il à Marcellin-Gueule-de-Raie, la vie ne nous en fournit guère l'occasion ces jours-ci.

— Ce nègre-là est... ha-ha-ha ! Ce nègre-là est fou dans le mitan de... ha-ha-ha ! de la tête, les amis. Monsieur veut acheter le mannequin d'El-Khouby. »

Une avalasse de rires noya aussitôt le pauvre Cicéron qui demeurait planté sur le trottoir sans savoir quelle contenance adopter. Il n'était pas si fou que cela, retint Radio-bois-patate, car c'est grâce au rire extravagant qu'il provoqua chez Marcellin qu'on s'aperçut que ce dernier ne méritait plus son surnom. Eh oui, monsieur possédait à nouveau toutes ses dents ! Deux belles rangées de dents en argent qu'il s'était sans doute fait mettre au rythme de deux par année depuis le finissement de la guerre. Toujours est-il que Cicéron espéra la fermeture de l'Orient-Palace aux abords du marché aux légumes où il savait que le crieur venait récolter des ignames et des fruits à demi avariés que les revendeuses abandonnaient à même le trottoir. Il agitait cette fois-ci deux billets de mille francs et c'est pourquoi, final de compte, Marcellin reconnaissant sa sérieusité, lui bailla un large éclat de dents. Les deux bougres s'entendirent en cinq sec : Cicéron viendrait au devant-jour, moment où El-Khouby se reposait de ses interminables parties de cartes avec ses congénères syriens, et aiderait Marcellin à revêtir Ingrid de la robe que l'Orient-Palace promotionnerait dans la journée.

Ainsi Cicéron prit un abonnement matinal à la rue Saint Louis, quitte à se débanquer du maigre argent de poche que lui allouait Alcide Nestorin, son père. Très vite le crieur lui laissa tout le job, préférant cent fois téter la musse de tafia qu'il serrait toujours sous le bras. L'amoureux, quant à lui, mignonnait à deux mains le corps fabuleux d'Ingrid, les yeux tournés à l'envers. Il se frottait contre ses courbes froides avec une sensualité que personne n'aurait pu lui soupçonner, enfouissant sa tête aux courts cheveux grainés entre les jambes du mannequin comme pour s'abreuver de ses effluves. Il la drapait avec si-tellement d'inspiration que les premières passantes de la journée se jetaient sur la robe, laquelle se trouvait marchandée, soupesée, emballée et vendue avant les dix heures du matin. Ravi du talent de son crieur, El-Khouby l'augmenta derechef de trois francs, ce qui représentait une somme considérable dans l'esprit de ces safres de Levantins. Marcellin s'empressait d'aller voltiger la pièce dans le bénitier de la cathédrale, après une oraison confuse, pour que sa chance continue à n'avoir point de dimanche.

Hélas, à la période des avents de l'an 59, tout s'assombrit d'un coup. Rares étaient les gens qui osaient s'aventurer hors de leurs cases en plein jour depuis que les gendarmes ne contrôlaient plus leurs gâchettes. La nuit, les Syriens respectaient strictement le couvre-feu, négligeant leurs vitrines qui n'avaient plus le pouvoir d'aimanter Cicéron. D'ailleurs, ce dernier, eût-il tenu les mitraillettes dans la plus parfaite méprisation, n'aurait pas pu atteindre l'Orient-Palace, sa mère l'ayant enfermé à clef dans un cagibi. Au bout d'une semaine, Cicéron parvint à s'en échapper mais au lieu d'accourir vers Ingrid, il se promena avec une énorme pancarte sur laquelle on pouvait lire (à condition de déchiffrer ses lettres tordues) :

« LE PEUPLE DE LA MARTINIQUE, DESCENDANT DE CHAM ET DEUX MILLE TRENTE-SEPTIÈME GÉNÉRATION APRÈS LES SEPT PLAIES D'ÉGYPTE, DEMANDE AUX BLANCS-

FRANCE DE RETRAVERSER LES MERS PLUS VITE QUE DEUX ET DEUX FONT QUATRE OU SINON REQUIESCAT IN PACE, TONNERRE DU SORT ! »

Il convient de préciser que Cicéron ne dialoguait jamais avec personne en particulier. Il passait ses matinées à développer d'interminables plaidoiries sur la place de l'Abbé-Grégoire devant un public fluctuant, ou parfois (quand l'hivernage nous bassinait de pluies entêtées) sans âme qui vive pour boire ses paroles. Certains jours étaient consacrés à la rédaction, sur de grandes feuilles de carton, de dénonciations de tel ou tel méfait commis par ses concitoyens, de quelque extraction raciale qu'ils fussent. Parfois, il se contentait de ridiculiser un mari aux cornes trop voyantes ou de démasquer la jalousie des fainéantiseurs envers ceux qui avaient réussi à la sueur de leur front. On le craignait par-dessus tout aux Terres-Sainvilles, vu qu'il était natal du quartier et avait tout le loisir d'observer les allées et venues de chacun. Eugène Lamour avait supporté une semaine entière le panneau suivant :

« POURQUOI TRISTAN ET YSEULT SONT-ILS INIMAGINABLES EN MARTINIQUE ? PARCE QUE DES EUGÈNE LAMOUR, SI INJUSTEMENT NOMMÉS, PROMÈNENT TRANQUILLEMENT LEUR GOUJATERIE À LA FACE DU MONDE. »

(Le Don Juan n'avait été sauvé de la risée que par l'inculture littéraire des Sainvilliens.)

Monsieur Jean n'avait pas été épargné :

« PAPA : MARÉCHAL PÉTAIN
MAMAN : AMIRAL ROBERT
BÉBÉ : MONSIEUR JEAN
PREMIER MOT DE BÉBÉ : NOUS VOILÀ ! »

(L'instituteur demeura cloîtré dix jours d'affilée, espérant très fort qu'une automobile finirait par écrabouiller l'impudent.)

Quant à Marie Curie alias madame Villormin, aïe !

> « ARRIVAGE DE VIANDE FRAÎCHE AU BOXON DES TERRES-SAINVILLES :
> CHATTE NOIRE : 100 FRANCS LE KILO
> CHATTE JAUNE : 150 FRANCS
> CHATTE BLANCHE : 200 FRANCS
> CHATTE BLEUE-COUCOUNE-JEX : HORS DE PRIX. »

On avait eu beau demander l'intervention de la maréchaussée, compère Cicéron continuait ses rigoladeries pour la bonne raison que « marcher avec un panneau ne contrevenait pas aux lois », cela d'autant plus qu'il n'était jamais saoul ni n'entravait la circulation. L'intéressé se moquait en plus de ceux qui cherchaient à le faire incarcérer en gueulant :

« La colonie, c'est fini ! On est devenu département français, les amis, vive la République ! Vive de Gaulle ! Ha-Ha-Ha ! »

Quelques jours avant l'explosion de décembre, comme si un pressentiment l'avait inspiré, il s'en était pris au Syrien Aboubaker, un bougre qui n'avait jamais rien fait à personne car, messieurs et dames, fourrez-vous ça dans vos cabèches, il n'y a pas plus généreux que cette race-là quand elle vous a pris en bonne passion. Elle a le cœur aussi vaste que le désert qui recouvre son pays et peut marcher en hardes pour vous faire plaisir. C'est la franche vérité. Parfois, quand les tafiateurs de chez Chine en avaient assez de jouer aux dominos, ils s'asseyaient à même le trottoir, sous la fenêtre du magasin d'Aboubaker et, soit Lamour, soit Ziguinote, soit Bec-en-Or, soit un autre lui lançait pour la combientième fois :

« Parle-nous du pays de ton père. Est-ce vrai que les chameaux savent rire et pleurer, hein ? »

Alors Aboubaker devenait intarissable. Les nègres, bouche bée, rêvaient en plein jour de la Syrie (quel beau nom, Bondieu-Seigneur !). Ils guettaient les femmes voilées aux abords des châteaux, médusés par la noirceur ensorcelante de leurs cils. Ils écoutaient les sons aigus de la flûte du charmeur de serpents sur les places publiques et buvaient du thé à la menthe dans des verres minuscules. Ils remontaient en caravane jusqu'aux portes de Damas, chargés de broderies, d'orfèvreries et de philtres aphrodisiaques qu'on allait remettre au sultan en guise de modeste offrande. Aboubaker augmentait le son du vieil électrophone sur lequel tournait en grinçant un disque d'Oum Kalsoum. La petite compagnie s'abîmait peu à peu dans la rêverie ou s'assoupissait dans la chaleur moite de l'après-midi tandis qu'Aboubaker servait sans discontinuer ses chalands. Nul n'avait donc aucune raison de lui vouloir du tort et on prit fort mal l'animosité de Cicéron à son égard. Le jeune nègre le brocardait ainsi :

« SYRIENS, MENTEURS, VOLEURS, MALPROPRES
RETOURNEZ DANS VOTRE PAYS !
ICI C'EST À MOI ! »

En fait, Cicéron avait ressenti une cruelle décevance lorsqu'il avait appris par on ne sait qui que notre Syrien n'était pas né en Syrie mais bien en Martinique comme n'importe quel nègre d'ici-là. Ses histoires relevaient donc de la menterie (ou plutôt de la « mentaison », comme dirait la logeuse de monsieur Jean qui se croit plus forte en français que le dictionnaire Larousse). L'étudiant en médecine raté grogna un bon paquet de temps :

« Il est bon à tuer, ce bougre-là ! »

Puis il se décida à le clouer au pilori lorsqu'il apprit que, selon la coutume, Aboubaker avait fait venir une fiancée du pays de ses ancêtres. Pourtant le secret avait été bien gardé, si-tellement bien gardé que madame Villormin, avec qui le commerçant avait deux bâtards-Syriens, les plus âgées de ses quatre filles, ne s'était doutée de rien. Elle ne s'en offusqua pas puisqu'elle avait dix ans de plus que lui et qu'elle lui avait ouvert ses intimités dans l'unique but d'avoir des enfants qui ont de « bons cheveux ». Du jour au lendemain, Aboubaker disparut de son magasin, au risque de se dénantir, et le livra à ses vendeuses, des manzelles qui semblaient avoir signé un pacte d'entente perpétuelle avec la nonchalance. Il ferma toutes les fenêtres du second étage de sa maison, ne les ouvrant que fort tard dans la nuit, quand il n'y avait que Ziguinote ou Fils-du-Diable-en-Personne pour rôdailler dans les environs. La négraille se déchaîna :

« Les Syriens, ça fait l'amour à huis clos, je vous dis. C'est pas comme nous qui étalons nos vies sans pudeur aux yeux de la société, commenta doctement Bec-en-Or.

— On prétend que leurs femmes arrivent vierges au mariage, déclara Chine, peut-être est-il en train de vérifier. Sinon, il la renvoie en Syrie !

— Ouais ! Tout ça c'est bien beau, compères, mais comment faire pour qu'on voie sa figure ? s'inquiéta Julianise. On crie déjà qu'elle est mille fois plus belle qu'Ancinelle Bertrand !

— Tu es folle, ma fille ! Plus belle qu'Ancinelle, il n'y en a pas sur terre. Tu peux écrire ça si tu veux, oui », protesta Eugène Lamour.

En final de compte, on décida de ne causer aucune importunation à Aboubaker. Noël avançait à grand vent-grand mouvement et on avait le sirop de groseille et la liqueur de shrub à préparer. Seul Cicéron, grand maître en obstination, refusa de bailler l'absolution à ce menteur de Syrien. Il se posta non loin du magasin quatre nuits d'affilée pour surprendre, qui une parole, qui un soupir, mais un sacré modèle de silence enveloppait l'endroit à son grand dam. Un soir, juste à l'instant où Aboubaker aérait son second étage, Cicéron le héla :

« Hé, La Syrie, tu as fini de chauffer ta jouvencelle ?

— ..............

— Tu as bien entendu, Aboubaker. C'est moi, Cicéron Nestorin qui t'envoie ces paroles, donc si tu ne veux pas que la colère s'empare de moi, apprête-toi à répondre à mes questions.

— *Sa ou... sa ou lé ?* (Que... que veux-tu ?)

— Je n'en veux pas à ton argent. Vous, les Syriens, il vous faut un oreiller plein de pièces de monnaie sans quoi vous ne parvenez pas à trouver le sommeil. Tout le monde sait ça, je n'en veux pas non plus à ta fiancée, cache-la dans ton armoire tant que ça te chantera, je m'en fous-ben. Seulement, je veux que tu me bailles la vérité là même ! »

Un marcou-chat dégringola de la gouttière et s'escampa vers la rue Marat. Aboubaker sursauta et, se penchant par la fenêtre, il murmura :

« Cicéron, on a toujours été de bons zigues, non ? Pourquoi tu cherches maintenant à me procurer des désagréments ?

— Ha-Ha-Ha ! Monsieur joue au minaudier, pauvre diable ! Mais quand il s'agit de couillonner les nègres, il arbore des airs plus farauds, hein ? Trêve de mystifications ! Aboubaker, j'exige que tu me dises sur-le-champ toute la vérité sur la Syrie. Je sais que vous êtes une race totalement infiable mais ce soir, je te tiens ; si tu essaies encore une fois de jouer au compère Lapin, tu es frit !

— Pas ce soir, Cicéron, je suis las...

— Ce soir même, mon bougre ! Ce soir ! Tu sais bien qu'il ne se passe jamais rien dans nos vies, que les Terres-Sainvilles sont irracontables contrairement à ce que croit ce nigaud de Blanc-France de Jacques Chartier. Alors désennuie-moi, foutre ! »

Aboubaker dut s'exécuter. La nuit se fit soudainement fraîche, la lune étant à son décours. La Syrie, en effet, il ne l'avait jamais vue. Elle était un rêve que son père lui avait transmis jusqu'à ce qu'il parte y mourir en l'an 1931. « C'est une habitude des vieux Syriens, Cicéron, comprends-les, ils n'ont jamais pu ensevelir l'image du pays sous la cendre de leur mémoire. Tandis que nous, les Syriens d'ici, nous avons tous notre emplacement réservé au cimetière des riches. Tu n'as jamais vu nos tombes ? C'est parce que notre religion nous l'interdit. Nos corps sont livrés à la terre sans cercueil ni fleurs ni couronnes, dans un simple linceul. Là-bas, au Levant, nous nous débattions dans une misère sans fin et on nous avait promis l'Amérique. Tu comprends ça, Cicéron, l'Amérique ?

« Quand mon père a débarqué ici, il a embrassé le sol car il croyait sincèrement être arrivé en Amérique, celle de New York, je veux dire. Il a vu tous ces arbres, ces fleurs, ces rivières et s'est dit : je suis au paradis. C'est comme ça que j'avais imaginé l'Amérique. Il n'avait que des sandales aux pieds et une valise en carton bouilli à la main. Dedans, le saint Coran, une chemise, un pantalon offert par l'Office d'Emigration à Beyrouth ainsi qu'une lettre de recommandation à Doumit, l'un des Syriens les plus anciennement installés en Martinique. Doumit, pour de bon, était riche comme un nabab et cela rassura encore plus mon père. Dès le lendemain de son arrivée, Doumit lui fournit une brouette et une pile de chemises à vendre au quartier Sainte-Thérèse, chose dont il s'acquitta à merveille bien qu'il ne comprît pas un traître mot de créole. Ses bras dégoulinaient de sueur mais, dès le lendemain, Doumit lui confia un plus gros chargement et l'expédia plus loin, jusqu'au Lamentin, où une nouvelle fois sa science du commerce fit merveille. Au troisième jour, il avait appris suffisamment de créole pour agonir d'injures la mère des négresses qui voulaient lui acheter des robes en popeline pour deux francs et quatre sous. Au bout d'une semaine, il savait commander un punch et en profita pour engloutir un litre de rhum Courville. On le retrouva bavant dans la boue de la place du Calebassier, devenu soudain la risée des pêcheurs. Mais il se révéla un vendeur hors pair et Doumit l'expédia aux confins du pays, à travers les chemins les plus campagnards, là où le nègre ne sait pas parler français et où tu peux l'embobiner flip-flap tellement il ruisselle de gentillesse naïve. Les bourgs lui étaient interdits. On les avait réservés aux Syriens plus anciens et donc plus expérimentés qui se déplaçaient en camionnette, car les bourgadins sont plus difficiles à convaincre que les campagnards.

« Mon père fit donc le tour complet de l'Amérique en deux mois et la trouva bien petite. Il avait imaginé des plaines gigantesques, des montagnes qui accrochaient le ciel et des fleuves vastes comme des mers. Or, de Grand-Rivière aux Salines, de Tartane à Case-Pilote, il ne découvrit qu'un grand jardin certes rutilant, certes féerique mais si peu impressionnant. Il avait fait le tour de la Martinique à pied, poussant sa brouette de linge devant lui, Cicéron, tu comprends ça. Il devait sûrement connaître le pays mieux que n'importe quel nègre des Terres-Sainvilles, je te jure. Avant-hier encore, une marchande de Morne Céron est venue demander de ses nouvelles. Elle voulait le saluer depuis dix ans qu'elle ne l'avait pas vu. Elle lui avait porté un panier plein à ras bord de choux caraïbes, d'ignames et de patates. Tu connais Morne Céron, toi ?... Je parie que non ! C'est dans la commune de Grand-Anse, au nord... tu vois, Cicéron, comment peux-tu dire que je n'ai pas le droit de vivre ici ? Je suis un fils de l'Amérique. De notre petite Amérique que mon père a tant aimée.

« Sais-tu qu'à l'orée de sa mort, il déparlait en créole et que là-bas, à Lattaquié où il est né, ses proches durent faire appel à des Français pour tenter de traduire ses propos. Mais eux aussi s'avouèrent impuissants. J'ai là une lettre de ma tante qui l'atteste, je peux te la montrer si tu veux. Il est mort en 1949, eh bien sache que, vingt ans après son retour en Syrie, il connaissait encore par cœur Fort-de-France, il parlait de La Savane, de l'Allée des Soupirs, du canal Levassor et de ce bar qui se trouve en face de la Transat, comment s'appelle-t-il encore... Aux Marguerites des Marins, c'est ça !... Chaque fois qu'il nous écrivait, il nous demandait des nouvelles de la Maison des Sports où il soulevait des haltères, le dimanche après-midi, avec le père de Fils-du-Diable-en-Personne. Ha ! Tu l'ignorais, ça. Tout le temps qu'il a vécu ici, il m'a toujours parlé de la Syrie et quand il est rentré là-bas, il n'a cessé de radoter sur l'Amérique-Martinique. Il avait donc deux patries et le jour de son départ, avant de monter sur la passerelle qui menait au paquebot *Colombie,* il m'a pris dans ses bras — j'avais vingt-cinq ans, si je me souviens bien — et m'a dit : mon fils, un homme doit être enterré dans la terre où il a vu le jour, c'est pourquoi je pars mais la patrie c'est aussi le lieu qu'a élu son cœur. La Martinique ne s'effacera jamais du mien. *Allah-ou Akbar !...* Cicéron, que me veux-tu à présent ?... Réponds, compère !... »

Cicéron avait disparu. Aboubaker se pencha au risque de se casser le cou et ne vit que la perspective déserte, sous la lueur falote des lampadaires, de l'avenue Jean Jaurès. Il referma avec un soulagement immense les deux battants de sa fenêtre et se recoucha aux côtés de sa fiancée. Il n'entendit pas les sanglots de Cicéron qui s'était tout bonnement recroquevillé sous le porche de son magasin, tel un enfant abandonné. La nuit de décembre distillait une infinie doucine au travers de ses membres. Le médecin raté se sentit lâche, ignoble, veule et se répétait tout bas :

« *Man rayi kômwen.* » (Je me hais.)

Le lendemain, il considéra qu'après avoir fait tant de rodomontades, il ne pouvait plus reculer, aussi composa-t-il son infâme tableau dans lequel il réclamait le départ de la race syrienne. On le mit donc au ban de la société et, chaque nuit, il était hanté par un rêve dont il ne parvenait pas à saisir le pourquoi et le comment. Il était enfant et se baignait avec un autre négrillon aux abords de la rivière Roxelane quand un vieux-corps s'approchait d'eux et leur demandait poliment de l'aider à la traverser. Les deux petits bonshommes l'injuriaient plein leur ventre et Cicéron finissait par lui voltiger au visage :

« Si tu n'avais pas fait du mal dans ta vie, tu ne serais pas devenu vieux. Débrouille-toi tout seul, foutre ! »

Soudain, le vieil homme se transformait en enfant, traversait la rivière et dessinait une espèce de signe dans leur direction : la rivière devenait un fleuve grondant qui envahissait la berge où se trouvaient les deux effrontés. Ils hurlaient de terreur.

« Traversez maintenant ! » s'écriait le magicien en s'esclaffant.

A cette croisée du rêve, Cicéron se réveillait, une boule d'angoisse au fond de la gorge, moins effrayé par l'issue probablement fatale de celui-ci que par son absence de signification au regard de sa vie quotidienne. Il essayait de mettre un visage sur le vieux-corps : Ziguinote ? Grand Z'Ongles ? Monsieur Jean ?

Saint-Amand ? Difficile à dire. Quant au garçonnet qui l'accompagnait, le mystère était encore plus indéchiffrable. Il fit ce rêve vingt jours d'affilée, les vingt jours qui précédèrent justement l'éclatement des émeutes. Journées de l'avent ponctuées des doux cantiques de Noël, des rires des femmes derrière les cases brocantant leurs racontards, d'une certaine fraîcheur de l'air dispensatrice au cœur des hommes d'une frénésie guillerette qui les pousse à siffler-siffler-siffler et quant au bleu tendre du ciel, n'en parlons même pas, car il te fait croire que tu ne vas jamais mourir.

Cicéron déserta les Terres-Sainvilles. Il prit la route des bois de Balata et se perdit dans la touffaille des bambous géants, là où une pluie fifine nuit et jour au mitan de brouillards enivrants. Il avait emporté avec lui un cahier d'écolier et deux crayons noirs qu'il serrait dans son pantalon, tout contre son nombril. Une joie immotivée s'était emparée de lui lorsqu'il se retrouva cerné par la forêt. Une joie insensée. Il se dandinait dans les traces envahies de fougères arborescentes tel un nègre-Congo à qui on venait d'offrir un verre d'orgeat. Sans raison, il se mit à réciter ces vers de Césaire :

« *Le monde assassiné d'ambages, pris dans le filet de ses propres parenthèses*
*nu comme l'eau*
*nu comme le regard inconnu de midi*
*comme le cri et la morsure.* »

Il prit appui contre un pied de balais-onze-heures et reçut la descente de la nuit sur sa figure comme une caresse. Il était pied de bois. Il était racine. Il était feuillage. Il était bête-à-feu. Il était vagissement du vent dans les coulées. Alors il s'accroupit dans l'herbe humide et colla la paume de ses mains sur le couvercle de ses yeux. Son talon gauche se mit à tambouriner le sol d'abord timidement puis avec une frénésie incontrôlable. Cicéron entendit tressauter les veines de la terre. Il entendit chamader le cœur des pierres. Un léger émoi faisait trembloter le bout de ses lèvres et se dresser les poils de ses bras. Puis il entra dans la terre matricielle d'Afrique-Guinée, homme de très haute prestance revenu d'une très longue pérégrination, fardé des poussières de tous les continents, embué des senteurs de toutes les femmes de par le monde. Riche de son allégresse, il était accueilli par les Anciens debout, roides, autour d'un feu qui s'élevait entre trois roches. L'un d'eux secouait une clochette en chantant dans la langue oubliée, celle du Pays d'Avant, et Cicéron comprit la couleur de chaque mot, il maîtrisa la cadence de chaque phrase. Des larmes rafraîchissaient sa peau, des larmes plus lourdes que des siècles. Cicéron leur dit en les saluant :

« Je suis à nouveau parmi vous. J'ai regagné le ventre de ma mère. Pardon pour l'enfant prodigue que je suis ! »

Les Anciens sourirent. Leurs dents étaient noires d'avoir mâché le cola. Ils portaient des scarifications sacrées sur le devant de leurs crânes rasés. Le plus vénérable d'entre eux appuya ses mains sur la poitrine de Cicéron et murmura une prière rapide.

« Maintenant, tu as la force », déclara-t-il.

Au lendemain de sa première nuit dans les bois de Balata, Cicéron fut frappé par une mauvaise fièvre. Ne pouvant plus avancer, il s'installa sous l'ombre protectrice d'un courbaril et entreprit d'écrire le « Cahier de doléances des nègres de la Martinique au peuple de France ». Sur la première page, il rédigea ce qui suit :

« En l'an 7354 après la dynastie d'Aménophis IV, pharaon de l'Egypte nègre et de Nubie, moi, Cicéron Nestorin, arrière-petit-fils d'Africain déporté aux îles d'Amérique, héritier de la douleur, du fouet et du sang, demande solennellement au peuple de France, fils de la Révolution de 1789 et des rédacteurs de la Déclaration Universelle des Droits de l'Homme et du Citoyen, d'entendre les doléances ci-dessous du peuple martiniquais.

« Première doléance : 1 million de Guinéens furent esclavagisés sur cette île et celles des alentours entre 1650 et 1848. Des maris furent arrachés à leurs femmes et à leurs enfants, des guerriers furent affreusement mutilés, des vierges furent vingt fois violées sur les bateaux négriers, des nouveau-nés furent éventrés, je réclame un franc de dommages et intérêts.

« Deuxième doléance : Grâce à leur travail acharné, le café, l'indigo, le cacao et surtout la canne à sucre firent la richesse des ports de Bordeaux, de Nantes, du Havre et de La Rochelle, je réclame un franc pour ces trois siècles de salaires impayés.

« Troisième doléance : Plus de 12 000 soldats antillais ont combattu pour sauver la France, deux fois contre l'Allemagne, une fois contre l'Indochine, une fois contre l'Algérie, je réclame un franc de dommages et intérêts. (Et je ne compte même pas la guerre du Mexique d'où nous revînmes en guenilles !) »

La seconde nuit, Cicéron construisit un abri de branchages et passa son temps à découdre (c'est-à-dire que ses paroles s'effilochaient dans sa bouche telle une toile avariée). A son réveil, il décida de redescendre à la ville et de remettre son « Cahier de doléances » au camarade Angel. Lui seul serait en mesure de les faire aboutir. Lui seul...

# 17

Le devant-dit Eugène Lamour, grand-maître en science amoureuse, récolta la mort de façon suprêmement couillonne au cinquième jour de l'émeute alors même qu'il venait d'empêcher celle de son nouveau patron, le Blanc créole de Surville, gros importateur du Bord de Mer. Le plus injuste dans l'affaire est que notre bailleur de paroles sucrées avait tout fait pour modérer les ardeurs vengeresses de Malaba. Ce nègre-là (en vérité une moitié de Congo pour une moitié de couli) avait déserté l'habitation de Beauchette, au Lamentin, où il tombait une pièce de cannes-malavoi avec la même rage que s'il avait affronté quelque ennemi mortel, et son histoire, bien que cent fois plus compliquée que celle de ses congénères, vaut d'être contée puisqu'il devint le chef des révoltés de décembre.

Malgré les ordres du commandeur, Malaba s'écartait de la ligne d'assaut où les coupeurs de canne, coutelas défiant la naissance du soleil, s'apprêtaient à bourriquer et il s'ensouchait dans une solitude frénétique. On venait de partout contempler ce phénomène. Le maître de la plantation lui-même avait voulu mesurer la hauteur de l'impudence de son employé mais quand il découvrit le formidable voltigeage de feuilles vert moiré qui se produisait tout autour des bras de Malaba, il le fit quérir et lui demanda :

« Tu es en procès avec la canne, mon bougre, ou bien quoi ? »

Malaba le regarda dans le mitan des yeux, faisant mentir, devant les nègres au bec coué, le proverbe selon lequel les pupilles bleues du maître avaient pouvoir de te consumer. Sa bouche ne forma pas un seul brin de parole. Fier mais lointain, il tapotait la lame effilée de son coutelas que d'aucuns prétendaient « montée », ce qui veut dire dans notre parlure « acoquinée avec le Diable ». Car comment expliquer qu'elle tranchait d'un seul ballant quatre ou cinq pieds de canne à la fois ? Comment admettre qu'elle ne se rouillait point alors qu'on n'avait jamais vu Malaba se présenter à la meule de l'habitation ?

« Ce nègre-là a perdu la parole ? D'où vient-il ? fit le Blanc-pays à son commandeur.

— Hon !... il a été amené par le vent, patron. Un jour, il s'est présenté à l'économat et a déclaré que le travail ne lui faisait pas peur. C'est tout...

— Tonnerre de Dieu ! Un nègre à qui le travail ne fait pas peur ! Mais c'est la terre renversée, hé ben-hé ben ! Pourquoi tu ne le fais pas s'occuper de la canne qui pousse à Savane-Mangot, hein ? On verra si monsieur continue à avoir autant d'amicalité pour le travail qu'il le prétend. »

Or Malaba avait déjà usé ses os sur les moindres recoins de l'habitation Beauchette qu'il connaissait désormais mieux que les gens de l'endroit, une compagnie de nègres et d'Indiens hébétés, sauf aux veillées mortuaires pour les premiers et aux cérémonies du Bondieu-Couli pour les seconds. Il avait refusé la misérable case en lattes de bois-ti-beaume qu'on lui avait attribuée et nul ne savait où il gîtait. Dès que le serein tombait, il achetait une roquille de tafia à la boutique de l'habitation, une livre de pain ainsi qu'une boîte de fromage en portions et disparaissait vers la ravine Cachiman, que tout un chacun savait depuis sa plus tendre enfance repaire des serpents-fer-de-lance. Les nègres avaient bien tenté de l'apprivoiser en lui offrant à boire sous la véranda de la boutique ou en lui proposant quelque partie de dominos mais il demeurait plus taciturne qu'une matinée de la Toussaint. Ti Sonson, qui bâtait les mulets, n'avait même pas réussi à faire bouger la moindre parcelle de sa figure alors qu'il était un champion en rigoladeries. Ce fainéantiseur de première qualité avait maintes fois évité le renvoi en faisant s'esclaffer le commandeur, une sorte de mulâtre grosso-modo qui bousculait le monde en jurant à chaque phrase. Même quand les coupeurs de canne avançaient d'arrache-barbe, on l'entendait gueuler :

« Sacrée bande de salopes, vous croyez que le Blanc vous paye pour vous gratter les graines ! Allez, plus vite, par le cul de votre mère ! A midi, je dois livrer six cabrouets à l'usine, patate de vos mères, foutre ! »

Alors Ti Sonson entamait une de ces macaqueries dont il avait le secret, arrachant une succulence inouïe au créole qui provoquait toute une marmitée de rires jusque dans les rangs des amarreuses pourtant trop à l'arrière pour avoir pu saisir l'entièreté de ses propos. Le commandeur relâchait un moment son étreinte et on en profitait pour amarrer son courage une miette de temps avant de repartir à l'assaut des pièces de canne. Seul Malaba ne se déridait pas. Sa silhouette géantesque émergeait de temps à autre d'un amas virevoltant de paille et de feuilles, au mitan duquel son fameux coutelas dégageait une brillance qui ne pouvait être due, disait-on, au seul soleil.

« Ce journalier-là travaille comme dix, bougonnait le commandeur une fois qu'il avait retrouvé son quant-à-soi. Respect et honneur sur sa tête, oui ! »

Hilaire Tersinien était le seul habitant de Beauchette à vouer à Malaba une haïssance débornée, non qu'il rechignât à suivre la cadence du bâtard-couli mais parce que ce dernier faisait ombrage à sa réputation de major de quartier. Avant que Malaba ne débarquât du nord de l'île (« Il est de Grand-Rivière », assurait Tersinien), les femmes ne troussaient pas leur bouche à la moindre remarque de leurs concubins.

Les enfants se gourmaient pour faire les commissions des adultes. Les vieux-corps acceptaient de prêter deux francs et quatre sous à ceux qui avaient gaspillé leur paie hebdomadaire au combat de coqs, et surtout le chapeau-bakoua de tout un chacun se levait avec déférence au passage du major. A la nuit tombée, le dimanche et les autres jours de bamboche, quand béké, économe et commandeur avaient déserté le hameau, Tersinien qui exigeait qu'on lui baille le titre de monsieur (alors qu'il écorchait le français comme un malpropre) était le maître-camp. Il avait gagné ce pouvoir en fessant sur l'écale du dos le légendaire danseur de damier Maxime Saint-Prix qui régnait sur les Roches Carrées, le Morne Pitault et la plaine du Lareinty. La vieillesse étant une chute impitoyable, ce vieux lutteur vivait sur sa seule réputation depuis un siècle de temps, secrètement ravi qu'après-guerre, le gouvernement ait interdit le damier autrement que sous sa forme dansée.

« Divertissement pour ma-commères ! » lâchait Saint-Prix avec morgue quand on l'invitait à rejoindre les jeunes mâles nègres dans le cercle des danseurs.

Tersinien, qui jusque-là n'était qu'un quelconque boissonneur incapable de nourrir la tiaulée de marmailles qu'il avait d'une câpresse (belle à vous péter le fil du cœur) résolut de conquérir sa place. On savait le vieux lutteur de damier de Saint-Prix très friand de femmes qu'il soudoyait grâce à la fortune qu'il avait amassée en vendant des remèdes-de-halliers. Il n'était pas plus docteur-feuilles qu'un autre mais il avait, à l'orée du siècle, suivi un de ses oncles dans ses pérégrinations sur les pentes de Bois-Rouge où, à ce qu'il paraît, poussait l'herbe-à-tous-maux. Il avait retenu quelques noms bizarres de plantes tout aussi bizarres qu'il administrait au gré de sa fantaisie avec le plus parfait aplomb. Si on venait le voir pour une soudaine incapacité à bander, il décrétait :

« Faites bouillir trois feuilles de coton-diable et deux prunes d'Espagne dans de l'huile de ricin et buvez avant de monter sur le ventre de la femme ! »

Pour l'éléphantiasis, il conseillait des cataplasmes à base de chenilles-trèfles, pour la phtisie des respirations de poudre de serpentin-pays et ainsi de suite jusqu'à ce que mort s'ensuive. Ou sinon le malade recouvrait rapidement la santé et Saint-Prix était porté en triomphe. Il se vantait d'avoir parmi ses clients des mulâtres de Fort-de-France et même certains Blancs créoles dont les épouses étaient rongées par le mal de vivre. Toute consultation était payée six sous plus trois sous pour les plantes (plus un sou supplémentaire, si on le dérangeait un dimanche). Depuis qu'un vrai docteur, formé en France, passait à Beauchette une fois par mois, le commerce du major avait sérieusement diminué. Il interbolisait sa femme dans la case toute la sainte journée :

« Les Blancs nous ont mis à l'état de peau desséchée, oui. Au jour d'aujourd'hui, le nègre n'est plus qu'un zéro devant un chiffre. »

D'autres fois, il s'en prenait aux communistes qui venaient tenir des plaidoiries compliquées à la boutique de l'habitation. Il dénonçait au commandeur tous les nègres de Beauchette qui se montraient trop attentifs à leurs arguments et celui-ci leur faisait tenir leur billet-ce-n'est-plus-la-peine du jour au lendemain. Donc lorsque Hilaire Tersinien, jeune bougre plein de dièse et de prestance, accusa Saint-Prix d'être un mâle verrat devant tout le monde, on ne plaignit aucunement ce dernier. Sa tête chenue n'impressionnait plus personne. Tersinien avait soigneusement choisi l'heure de sa bacchanale : au début de l'après-midi de la fête patronale du Lamentin, sur la place du Calebassier. Ainsi son coup de force pourrait être colporté tant à Belem et Croisée-Manioc qu'à la Californie ou à Petit-Bourg de Rivière-Salée. Le monde entier saurait désormais ce qui se serrait derrière l'allure faussement altière de ce chien-fer de Maxime Saint-Prix.

« Quelle est ta race à toi ? demanda donc ce dernier, terrassé par la surprise, à Tersinien, je ne connais ni ta figure ni celle de ta mère et tu te permets d'insulter ma personne.

— Mesdames et messieurs de la compagnie, répéta Tersinien, théâtral, ouvrez vos oreilles, s'il vous plaît : je dis et redis qu'il n'y a pas plus chef-verrat que ce vieux bougre-là.

— Verrat moi ? J'ai dérespecté ta mère ou quoi ? Ce nègre-là est tombé fou dans le mitan de la tête. Ha-Ha ! Qu'on crie une ambulance pour lui et qu'on l'enferme à l'hôpital de Colson.

— Mesdames et messieurs de la compagnie, ne l'écoutez pas ! La folie et moi, ça fait deux. Je suis aussi sain d'esprit que n'importe qui ici et je répète encore un coup que Maxime Saint-Prix est un verrat parce qu'il se cache dans les halliers qui sont aux alentours des cases pour surveiller la toilette matinale des femmes. Voilà l'affaire ! »

Un coup de dos du pied au ras de son nombril obligea Tersinien à coudre sa bouche puis à driver dans la poussière ocre de la place du Calebassier. Dans sa chute, il aperçut la lente remontée d'un gommier sur le canal du Lamentin avoisinant et entendit l'écho d'une conque de lambi qui appelait à la vente du poisson du soir. Quand sa première épaule toucha le sol, il lut *Règlements de compte à OK Corral* à l'affiche du cinéma El Paraiso. A terre même, les quatre fers en l'air, il reçut le bleu du ciel comme une calotte et du sang accourut sur le couvercle de ses yeux. Le monde avait envahi la place du Calebassier, commentant l'événement avec une gravité tranquille. Un seul morceau de parole revenait sur les bouches des nègres :

« Monsieur Saint-Prix ne joue pas, non ! Malgré son grand âge, il ne joue pas ! »

Dans la version la plus couramment admise, le vieux lutteur s'effondra bip aux côtés de son jeune adversaire, une fois son exploit accompli, et ne se releva plus jamais. Son esprit, sa langue et ses membres étaient, de manière incompréhensible, paralysés. On le charroya à l'hospice où il vécut encore trente années puisqu'il bénéficia six fois d'affilée du titre de plus vieux centenaire de la Martinique et eut à chaque fois sa photo dans la presse, entouré du maire du Lamentin et de tout son conseil municipal. Tersinien, quant à lui, personne n'osa le manier. On avait désormais peur d'un bougre de cette qualité qui vous déraillait un homme sans même le toucher et on se mit à le couvrir d'une respectation sans mesure. A son réveil, il était devenu le fier-à-bras le plus craint de cette région du pays car il convient d'indiquer qu'il dormit si longtemps qu'aucun négrillon-sacaboy n'eut pas le courage de s'approcher de lui et de lui crier aux oreilles, croyant avoir affaire à un vulgaire tafiateur :

« Hé, mussieu, debout là ! Les cabrouets de canne vont vous passer sur le ventre, oui. »

Mais Tersinien profita de cet intervalle pour partir dans un rêve long comme le Mississippi au cours duquel il vit à l'avance qu'il abandonnerait sa femme et sa queue de marmaille pour descendre à Fort-de-France, aux Terres-Sainvilles donc, où il ferait la connaissance d'un nègre plein de gamme et de dièse qui l'éblouirait et qui aurait pour titre Eugène Lamour. Selon cette vision prémonitoire, il s'arrouterait au mitan de la nuit d'hivernage, traverserait les chemins boueux de Beauchette et de Belem, poursuivrait par Long-Pré avant d'atteindre Gondeau et, là, sous un gros pied de mangots-bassignac, il attendrait les premières lueurs de l'aube malgré la pluie qui lui rousinerait la figure. Avant d'entrer dans l'En-Ville, il se demanderait s'il ne serait pas opportun qu'il brocante d'identité et se fasse passer pour un bougre de Case-Navire ou de par là-bas. Curieusement, personne ne lui demanderait les raisons de sa soudaine arrivée et il serait adopté sur-le-champ, madame Villormin, la marchande de bonbons lui demandant même de grager de la pulpe de coco sec pour elle en échange du gîte (certes provisoire !) dans l'enclos de sa case. Il aurait l'impression de vivre une existence neuve et éprouverait l'extrême jouissance de n'être quasiment personne. Les mademoiselles ne s'exciteraient plus au seul vonvonnement de sa voix comme jadis à Beauchette et il devrait se satisfaire des étreintes tarifées de quelque péripatéticienne du Bord de Canal. On lui trouverait un job dans les tinettes et il se surprendrait à ne pas détester l'odeur des pots de chambre. Puis Ho-Chen-Sang, dit Chine, le prendrait en bonne passion, si-tellement d'ailleurs qu'il lui proposerait une accordaille plus rémunératrice : voler des poules. Chine les resservirait en bons morceaux fricassés à leurs propres propriétaires dans les jours qui suivraient. Bref, Tersinien deviendrait au fur et à mesure un véritable nègre d'En-Ville, digne d'aller cogner les dominos avec les champions des Terres-Sainvilles ou de rouler les dés au Bois de Boulogne, sur la place de La Savane, avec les plus méchants gredins. Viendrait l'heure où il barrerait un minuscule carreau de terre au pied du Calvaire, à même une ravine qui déborderait à la moindre avalasse et le foutrait du même coup en bêtise. Il construirait sa case planche par planche, d'abord le plancher sur lequel il coucherait à ciel ouvert, puis la façade qui donnerait sur la froidure de la ravine et ainsi de suite, le tout durant trois ans et sept mois et demi d'infinie patience, oui, car le nègre n'est sauvé que par elle, apprendrait-il dans l'En-Ville.

« Patience et puis courage, mon fils ! » lui serinerait matin-midi-soir madame Villormin qui en recelait une sacrée dose puisqu'elle espérait depuis quinze ans au moins que monsieur Jean, le mystérieux maître d'école suspendu de sa charge, finirait par découvrir le brasier d'amour qui rugissait dans son cœur.

Tersinien ne commettrait qu'une seule erreur au cours de son apprentissage, celle de ne pas s'écarter suffisamment vite au passage du quimboiseur Grand Z'Ongles, vu qu'il se croirait, fort de sa victoire extraordinaire sur Saint-Prix, doué d'un pouvoir de mentor. Pourtant, tout un chacun l'aurait prévenu, à commencer par la logeuse de monsieur Jean, pour le compte de laquelle il aurait quelquefois l'occasion d'aller acheter deux kilos de coulirous ou de poissons-volants. En fait, sa rencontre avec la terreur des Terres-Sainvilles serait moins le fruit d'une folle témérité de sa part que le résultat de son ébahissement devant les formes d'Ancinelle Bertrand. La première fois qu'il la verrait dans les deux grains de ses cocos-yeux, remontant l'avenue Jean Jaurès, dans sa robe en taffetas vert, un mouchoir de tête de la même teinte dans les cheveux, il resterait cloué sur le trottoir, plus droit qu'un piquet, et quand elle passerait tout près de lui (sans remarquer son ombrage), il balbutierait :

« Mademoiselle, foutre que votre belleté est belle, tonnerre de Brest ! »

D'où la tralée de rires qu'un propos aussi niaiseux provoquerait chez les fainéantiseurs du quartier et ainsi il ferait la connaissance du beau parleur Eugène Lamour qui lui enseignerait l'art de charmer les femmes en bon français brodé. Il s'étonnerait de voir cinq bagues au doigt du charmeur dont les mains, visiblement, n'avaient jamais manié une pelle ou un coutelas, il s'esbaudirait devant le sent-bon phénoménal dont sa chemise en tergal était imbibée et surtout-surtout-surtout il écarquillerait les yeux à chaque fois que monsieur sortirait un lot de billets craquants de sa poche pour payer une tournée générale chez Chine. Donc, ensouché par la prestance d'Ancinelle, il ne verrait pas venir en face de lui la carcasse maigrezoquelette du dévoreur d'hosties et ne remarquerait même pas que la rue aurait été désertée. Les bruits secs de la canne de bedeau ne l'impressionneraient point, tout entier qu'il serait à savourer les effluves d'Ancinelle, les narines prises d'une légère tremblade. Alors ce qui devait se produire se produirait puisque si, comme le dit la parole, deux montagnes ne se rencontrent pas, eh ben deux obstinations sont vouées au contraire à s'entrechoquer. Grand Z'Ongles lui lancerait, incrédule :

« *Pwan kouri, ti popilè ki ou yé !* (Décampe, espèce de petit téméraire !)

— *Tchip !* répondrait-il d'un air distrait (cliquement des lèvres qui mime le je-m'en-fous-ben dans notre façon de parler, oui).

— *Man di'w mèch !* » (Je te répète de disparaître de ma vue !)

Alors il créerait un précédent inouï aux Terres-Sainvilles en clouant d'impuissance le quimboiseur pendant etcétéra de minutes. En quoi faisant s'il vous plaît ? En déclamant son amour à Ancinelle Bertrand dont il ne verrait déjà plus que la silhouette au loin. Les termes seraient à peu près ceux-ci car il serait vain de vouloir les retranscrire, tant et tellement leur étrangeté embarrasserait le monde :

« Jamais je n'ai vur une madame comme vous et je suis émur tout bonnement quand votre fesse fait flap-

flap à chaque marcher que vous marchez. Je veux que vous sacherez que je vous aime même parce qu'y a une tite frissonnade qui a chatrouillé le nombric de mon âme. »

Ce bougre de Tersinien n'aurait la vie sauve qu'à cause de la jubilation méchante qui secouerait le quimboiseur de haut en bas et désarmerait en quelque sorte les maléfices que son ongle démesuré pointerait déjà à la figure de l'impudent. Si Grand Z'Ongles riait une fois dans sa vie, eh ben ce serait ce jour-là, jour donc ô combien mémorable et qui n'aurait cesse d'être vanté de génération en génération sur les lèvres des nègres des Terres-Sainvilles. Mais Tersinien ne sortirait pas tout à fait innocent de cette rencontre puisqu'il deviendrait désormais un bougre à déveine, ce qui veut dire que tout ce qu'il entreprendrait s'effilocherait sous ses mains au fur et à mesure et tout chrétien-vivant qui s'associerait avec lui subirait le même sort désastreux. Ainsi l'enclos de la case de madame Villormin serait dévasté par une meute de chiens-fer enragés qu'on aurait juré complices des képis rouges qui sillonneraient les rues silencieuses de la ville. Elle lui crierait :

« Va mettre ton corps ailleurs, nègre de la campagne ! Il y a de la place au Bord de Canal ou près de La Grosse Roche de Trénelle. »

Un incendie se déclarerait dans la cuisine de Chine, détruisant nettement-et-proprement tous ses fait-tout, canaris en terre cuite et autres casseroles et il dirait à Tersinien avec son drôle d'accent chevrotant :

« *Konmès poul fini ! Konmès kanna fini ! Tout konmès fini, monboug ! Chin kay woulé anlè pwa kôy atjèlman wè !* » (Plus de trafic de poules ! Plus de trafic de canards ! Plus rien du tout ! Désormais Chine ne comptera plus que sur lui-même.)

Seul monsieur Jean le prendrait en pitié et lui offrirait un sandwich à la morue et un sec de tafia chaque midi dans un débit de la régie jouxtant le marché aux poissons à l'enseigne de « *Boire n'est pas péché* ». En final de compte, il réussirait à s'entendre avec Pin-Pon, l'un des chefs djobeurs du centre-ville, pour le remplacer chaque fois que les rhumatismes fesseraient ce dernier par terre. Avec l'argent que lui bailleraient les marchandes, il terminerait la construction de sa case, se permettant même le luxe insensé de construire la façade d'entrée en fibro-ciment. Il se rappellerait toujours l'ébahissement du Blanc-France Jacquou Chartier lorsqu'il l'inviterait à partager un « féroce » d'avocat avec lui. Le bougre regarderait les quatre murs de la case en murmurant :

« Un pan en bois, un en feuilles de tôle, un en fibro-ciment et au fond le flanc du morne lui-même, fichtre !

— Si le nègre n'avait pas fait le débrouillard dans ce pays, lui dirait-il, y a longtemps que ses os farineraient dans la poussière, va. »

Voilà donc ce que rêva Tersinien lorsqu'il fut étalé sur la place du Calebassier après le coup de pied vicieux de Maxime. Or, tout ça, il ne le vivrait jamais bien sûr. Par un miracle de l'esprit nègre, il n'avait fait que visionner par avance le détail exact des aventures de son futur adversaire Malaba, bougre dont il ignorait à cet instant-là l'existence (et l'eût-il connu qu'il n'aurait jamais soupçonné que ce bâtard-couli voudrait lui ravir son titre de major de Beauchette). Le plus intéressant est de savoir comment Tersinien fut à son tour détrôné par Malaba, futur héros du décembre brisé de l'an 1959, une charge de temps après les événements de la place du Calebassier. En fait, personne n'était arrivé à dépersuader le premier qu'il n'avait conquis son titre qu'à la faveur d'un pur hasard et non en raison d'une quelconque vaillantise de sa part. Il faisait donc le major à Beauchette, violentant les jeunes capistrelles en fleur, se servant d'ignames et de couscouches dans les jardins d'autrui, exigeant de gagner toutes les parties de dominos à la boutique de l'habitation, injuriant la manman de ceux qui ne baissaient pas leurs yeux assez vite quand il débarquait, bref commettant tout le lot habituel de profitations que lui autorisait son grade. Tout roulait à l'aise comme Blaise pour compère Tersinien jusqu'à l'arrivée inopinée de ce dissentieux de Malaba, lequel ne fut accepté que parce qu'il portait en lui une moitié de nègre et une moitié de couli. Les deux peuples de Beauchette ne pouvaient donc le rejeter vu que d'emblée il s'était installé au beau mitan d'eux de par sa physionomie même. Or, jamais il n'épousa leurs querelles. Jamais il n'adhéra aux propos gausseurs des nègres, selon lesquels les Indiens sont plus frêles que des mantes religieuses et qu'il suffit de souffler sur eux pour qu'ils s'écroulent bliguidip. Quant à la dégoûtation des Indiens pour les cheveux grainés, il s'en foutait définitivement. C'est pourquoi Moussamy, le dernier des vieux-corps indiens à parler la langue tamoule, décida, à l'orée du pays de la mort où il s'apprêtait à pénétrer, de lui révéler quelques secrets qui lui seraient d'un secours inestimable en toutes les saisons de son âge (en particulier celles dont avait déjà rêvé Tersinien). Il apprit ainsi à dévier les balles du regard en prononçant une phrase du Ramayana sacré comme si l'ancêtre avait voulu qu'il mène les grèves marchantes qui se déroulaient chaque année au début de la récolte de la canne. Pour de vrai, les gendarmes blancs ne tirèrent jamais sur lui, impressionnés qu'ils étaient par sa taille, qu'il arborait au détour des traces d'où il leur lançait :

« Avancez, si vous avez du cœur, mambleaux de merde ! »

Son pouvoir de multiplier sa taille tout soudain

résultait par contre d'un secret qu'il avait recueilli auprès d'un séancier nègre, jaloux de voir que Malaba ne s'était abreuvé qu'à la source des savoirs indiens. Toujours est-il que sa gigantesque corporance barrait la file de grévistes, à la vue de la troupe embusquée dans des camions, si bien que cette dernière lui prêtait à lui tout seul le déchaînement de leurs cris et faisait donc caca sur elle. Après la grève des coupeurs de canne de mars 1956, on pouvait déjà dire que son aura avait commencé à chiquetailler celle de Tersinien, lequel était toujours opposé à tout soulèvement contre les Blancs créoles même quand il faisait mine de critiquer leurs agissements. Tersinien regrettait de ne s'être pas aussitôt méfié de ce bougre taciturne qui acceptait n'importe quelle tâche sans rechigner. Une subtile métamorphose se produisit dans la comportation des nègres de Beauchette et c'est le fier-à-bras qui en fit les frais. Il aurait déjà provoqué cet étranger depuis longtemps et l'aurait levé-fessé devant tout le monde si ses deux mètres de hauteur ne lui avaient pas baillé une imperceptible appréhension dans la raie du dos. Il se plongeait dans des abîmes de calculs afin de dénicher la meilleure solution pour fendre le foie de ce Malaba une fois pour toutes. D'abord et pour un, il tenta de coquiner le destin en faisant intervenir de Reynaud de Fontvieille, le patron de l'habitation, alors que de toute éternité les Blancs sont toujours restés à l'écart des gourmeries des nègres et des Indiens. Il alla le quérir jusqu'à l'habitation Grand Case un jour que de Reynaud bambochait avec ses cousins de l'endroit. A l'insu donc des nègres de Beauchette, Tersinien se leva ce dimanche-là bien avant le devant-jour et, insoucieux des bourses-ou-la-vie qui hantaient les quatre-chemins, il chemina d'un pas alerte comme quelqu'un qui a un rendez-vous galant. Chance pour lui, son voyage roula bien et, aux approchants de midi, il entendit la musique d'un quadrille endiablé qui vous chaloupait le cœur. Il enfonça son panama orné d'un ruban rouge jusqu'aux oreilles, se dessina une moustache avec de la suie de charbon de bois et s'enroula un large foulard en madras autour du cou. Il ouvrit sa besace et en ôta une mandoline.

Devant leur bâtimentée, les travailleurs de l'habitation Grand Case écoutaient le tintamarre comme prostrés. Pas un qui esquissât un pas de danse ou qui chantonnât un air à la mode. Aussi quand ils virent ce fignoleux de Tersinien apparaître tout soudain, ils crurent avoir affaire à l'un de ces nègres de la ville qui font profession d'amuser le monde et qui touchent grassement sans verser la moindre lampée de sueur.

« Hééé un mandoliniste ! s'exclama un jeune homme.

— Qui va dire ça au patron ? » demanda une matrone.

Elle n'avait pas eu le temps d'interroger du regard la volée de marmailles qui l'entourait que dix voix avaient commencé à s'égosiller :

« Un mandoliniste ! Un mandoliniste ! »

Un béké d'âge mur s'avança vers les cases à nègres, presque en brindezingue à cause du rhum et du champagne qui coulaient à flots depuis la veille. Le devant de sa veste blanche était entaché de graisse et sa braguette était à moitié ouverte. Il riait d'un air mauvais et dévisagea longuement Tersinien en qui il ne reconnut pas son propre nègre-maquereau.

« *An ti môso lanmizik, patwon...* (Un petit brin de musique, patron) susurra Tersinien en grattant sa mandoline.

— *Wè ! Jwé an bèl môso lanmizik nèg ba mwen, konpè. Anni bagay pou dômi yo ka ba nou dépi bomaten-an* » (Bien ! Joue-moi de la bonne musique nègre, compère. On ne nous donne que des machins qui endorment depuis ce matin.)

Les nègres commencèrent à battre leur talon sur le sol, un chant-Congo lugubrant au fin fond de leur gorge. Envoûté, de Reynaud de Fontvieille entama une espèce de remuement grotesque des hanches. Tersinien étreignit sa mandoline et chanta une sirupeuse mazurka créole :

« *Yaya, mwen ni lajan, mwen libèten*
*Mwen ka fè sa ki dan gou mwen*
*Mwen piti bébé, mwen ni grand parad*
*mé ti koud baton, Yaya... !* »

(Yaya, je possède de l'argent, je suis libertin
Je fais ce qui me chante
Je suis un bébé plein de grandes manières
pas bien méchantes, Yaya... !)

Les nègres reprirent la chanson en chœur tandis que les bambocheurs blancs accouraient sur la véranda de la maison du maître, estomaqués du spectacle que leur baillait un monsieur coutumièrement si digne comme de Reynaud de Fontvieille. Tersinien jugea bon de brusquer les choses et enchaîna :

« *Malaba di kon sa sé'y ki métpyès*
*anlè bitasyon Bochèt*
*koté oti tout kalté milatrès*
*ka maché a labadjèt...* »

(Paroles improvisées où il mentait outrageusement sur le compte de Malaba en faisant dire à celui-ci qu'il était le véritable maître de l'habitation Beauchette.)

Le Blanc-pays s'arrêta net, tel un bœuf qui vient de boire de l'eau frette. Tersinien avait déjà enchaîné en reprenant « Yaya » avec un entrain qui fit frétiller les croupières des négresses. Un homme héla la compagnie depuis la maison avec un de ces modèles de cri à vous statufier le sang dans les veines. Un cri venu des profondeurs de l'esclavage qui puait la rigoise et le sang. Un cri que seul pouvait encore prononcer Henri Salin du Bercy, chef de la caste blanche de la Martinique.

« Arrêtez-moi ces babouineries, foutre ! »

Tersinien s'escampa dans un bois tout proche, abandonnant sa mandoline et son panama. Les nègres casés de l'habitation retrouvèrent leurs figures prostrées en un battement d'yeux et de Reynaud de Fontvieille se retrouva tout seul à esquisser un pas de mazurka créole qu'il n'avait pu achever stupéfait de l'immodération de ce bâtard-couli de Malaba. Et voilà qu'il était pris en flagrant délit d'acoquinement avec la négrerie devant ses pairs !

Il enfourcha derechef sa vieille haridelle et rentra dare-dare au bercail. Là, il convoqua tout le monde, servantes, cochers, coupeurs de canne, maréchaux-ferrants et nègres de houe et décréta :

« A partir de maintenant, c'est marche ou crève ! »

Le lendemain matin, dans les champs de canne, chacun comprit immédiatement ce que cela voulait dire. De Fontvieille instaura un quota tout à fait inhumain par tête : quarante piles de vingt-cinq paquets de dix tronçons ! Cela revenait à esquinter les honnêtes travailleurs puisque aucun d'eux ne pouvait tenir un tel rythme. A onze heures du matin, une quinzaine d'entre eux étaient déjà effondrés, bras en croix, dans le fossé entourant la plantation. Lorsque la bourrique se mit à braire pour indiquer onze heures et demie, un seul bougre continuait à coutelasser la canne. Un bougre du nom de Malaba. Tache noire incongrue dans la cruauté de la lumière de carême, il ne regardait ni à droite ni à gauche, il ne prenait pas de pause, il ne touchait pas à sa calebasse d'eau fraîche, non, il coupait-coupait-coupait comme si la pièce de canne et lui avaient été en procès depuis des années. Et la canne tombait drue et la pièce s'éclaircissait à une cadence d'enfer et les attacheuses de canne avaient peine à suivre à l'arrière. Le Blanc-pays caracola un bon paquet de temps autour de l'endroit où se déroulait le miracle (y a-t-il un autre nom pour cela ? S'il vous plaît qu'on nous le baille vite !), sans parvenir à attirer l'attention de Malaba. Il finit par s'immobiliser complètement et l'on pouvait distinguer les rigoles de sueur qui dévalaient sur les deux pommes de sa figure. Il contempla la geste de Malaba jusqu'à l'approche de la brune du soir. Les nègres de l'habitation s'étaient rassemblés sous un manguier non loin de là, impatients d'assister à la confrontation entre les deux maîtres-pièce de Beauchette. Tout le monde avait, dans sa tête, compté les piles de canne abattues par Malaba. Il y en avait déjà quarante-deux et pourtant il restait près d'une heure de travail encore. N'en pouvant plus, de Fontvieille s'écria :

« Holà, mon bougre ! Approche, j'ai à te parler...

— ....................

— Il est sourd ou bien quoi ?

— Patron, c'est vous-même qui avez interdit que l'on brocante la moindre petite parole entre nous tant que notre job n'est pas fini. Si votre loi est abolie, dites-le fort pour que toute l'habitation vous entende !

— Voilà un nègre qui ne sait pas taire sa langue ! Eh ben-eh ben ! Tu crois que tu peux me défier, tu ne sais pas qu'avant que ta mère ne songe à te mettre au monde, j'arpentais déjà cette campagne pour surveiller les nègres. Je suis plus macaque qu'un nègre, figure-toi. D'ailleurs, je t'enlève une journée de salaire !

— J'ai plus que mes quarante piles de cannes... »

De Fontvieille sauta de cheval en ricanant. Il ôta un mètre métallique de sa poche, s'approcha d'une des piles, en arracha une canne, la mesura avant de déclarer :

« Il manque six centimètres à tes tronçons, Malaba. Six centimètres ! Tu m'as volé car ils ne sont pas conformes à la longueur habituelle. Tout ça c'est du travail massacré, tes piles je les ferai apporter aux bœufs tout à l'heure puisque l'usine n'en voudra pas. »

Le Blanc-pays se retourna, triomphant, vers ses employés qui arboraient des têtes funèbres et lança à la cantonade : « Du rhum pour qui en veut ! » Une ruée se produisit jusqu'à la boutique de l'habitation où les bouteilles de Clément et de Courville se vidèrent à même le goulot. De Fontvieille regarda Malaba dans les yeux et cracha sur le sol. Alors le jeune homme baissa la tête et regagna à pas lents sa case de Ravine Cachiman. Il voltigea son coutelas dans les halliers, se passa une demi-calebasse d'eau sur la figure, s'habilla d'un pantalon et d'une chemise kaki flambant neufs et mit le feu à sa demeure. Puis il prit la route coloniale menant à l'En-Ville, un maigre baluchon sur l'épaule, en maugréant :

« Plus jamais la canne ! C'est fini ça, fini tout bonnement ! »

On retrouva le lendemain le cadavre de Tersinien, celui qui avait rêvé par avance la destinée de Malaba, gisant dans un bras isolé de la rivière Lézarde.

Malaba, lui, passa sa première nuit citadine, à la belle étoile, sur un banc de marbre de l'Allée des Soupirs...

## 18

Le siège de la Banque des Antilles Françaises, imposante bâtisse blanche au style faussement dorique, n'était pas gardé. Eugène Lamour n'en crut pas ses yeux. Pas l'ombre d'une jeep ou d'un fusil mitrailleur dans les parages. Il se retourna vers Fils-du-Diable-en-Personne et, à leur ricanement simultané, il comprit que la même idée avait traversé la cabèche du bougre. Ils venaient d'abandonner une compagnie de manifestants qui défilait au pas de course sur La Levée, serrée de près par les forces de répression. Lui, Lamour, parce qu'il avait réussi à aguicher Miss Martinique à force de lui conter des galanteries ; le fellagha, parce qu'il en avait assez de s'égosiller en pure perte alors qu'il n'avait pu voler ou dévaliser qui que ce soit depuis deux bons jours. Les morts de la veille ne semblaient pas les avoir bouleversés outre mesure, quoiqu'ils aient le sentiment tous les deux de vivre un moment extraordinaire de leur existence. Eugène Lamour marmonnait à intervalles réguliers :

« Le monde a chaviré, oui...

— Et dire que jusqu'à aujourd'hui, il ne s'était jamais rien passé dans notre vie ! Même Jacquou Chartier a dû renoncer à écrire son livre sur les Terres-Sainvilles tellement on est banal. Ha ! J'espère que maintenant, il reviendra dessus. Il ne m'aura pas questionné pendant des mois pour rien. Je veux être le premier à figurer dans son livre ! » dit Fils-du-Diable-en-Personne.

La jeune Miss, qui les avait suivis comme une automate, remit ses chaussures à talons hauts puisque apparemment elle n'aurait plus à fuir devant les grenades qui font pleurer. Elle s'appuya sur le bras d'Eugène Lamour qui sentit une sorte d'émotionnement lui lézarder la peau. Il regarda la négresse bleue et demeura une fois de plus interloqué devant sa belleté. Si ce n'était sa couleur, elle aurait laissé Ancinelle Bertrand elle-même loin derrière elle ! Ils rasèrent la façade de la banque, leur dos instinctivement voûté par la peur. Beaucoup de nègres avaient pris congé de la vie à cause de balles perdues depuis le début de la révolte, notamment la logeuse de monsieur Jean qui approuvait si fort le gouvernement et ne jurait que par Papa de Gaulle. A l'autre extrémité, ils retrouvèrent l'ombrage protecteur d'un poteau électrique dont le bec avait été brisé à coups de roches. Fils-du-Diable s'arrêta, les oreilles aux aguets et, n'entendant rien, même pas l'onde lointaine d'une rumeur, s'accroupit en lâchant d'un ton énigmatique :

« *Fôk nou katjilé...* » (Faut voir...)

Il n'avait jamais pris la hauteur de Miss Martinique pour la bonne raison qu'il était intimement convaincu que la femme est un gaspillage de temps. D'ailleurs, il abhorrait la couleur noire et maudissant sa mère de ne l'avoir pas conçu avec un mulâtre ou un béké, il trouvait que cette bougresse-là exhibait son teint avec un peu trop d'assurance, voire même d'insolenceté. Il avait été de ceux qui, en février, à la veille du carnaval, avaient hué le jury du concours Miss Martinique à la salle paroissiale de Kerlys. S'il fréquentait ce genre de manifestations, ce n'était pas par goût du spectacle mais dans l'unique but de repérer les donzelles qu'il harponnerait le mardi gras et charroierait dans quelque case aux agrès de la Pointe Simon pour les coquer tout debout.

Radio-bois-patate affirme que lorsque Fils-du-Diable avait jeté son dévolu sur une jeunesse, au lieu de lui faire la cour, il venait voir ses parents d'un air docte et faisait leur siège jusqu'à ce qu'ils la présentent au concours. Il assurait le père que ce serait un insigne honneur pour lui que d'avoir son nom seriné à la radio et imprimé dans les journaux ; il promettait à la mère monts et merveilles pour sa fille qui deviendrait, assurément et pas peut-être, une actrice aussi célèbre que Martine Carol. Si l'élue avait des sœurs, le fellagha les couvrait de fleurs, de rubans, de sucreries et de belles paroles. Tant et si bien qu'au jour dit, on voyait la jeune fille se pavaner dans le quartier avec un déguisement extraordinaire — papillon de nuit, étoile de mer, reine d'Egypte —, le regard lointain comme si la perspective du voyage à Porto Rico qui constituait le premier prix l'enivrait à l'avance. Puis arrivait l'heure de l'épreuve devant une salle survoltée et un jury concupiscent, les passages en costume créole, en travesti, en vêtement de ville et, clou du défilé, en maillot de bain.

Avant ce jour fatidique de 1959, les négresses avaient la sagesse de ne pas se mêler à ces péripéties où des adeptes sans le savoir du comte de Gobineau pinaillaient sur la droiture ou non de l'arête d'un nez, sur le grain plus ou moins crépu d'un cheveu ou la claireté plus ou moins prononcée d'une complexion. Il n'y avait que les mulâtresses, les chabines et les câpresses qui pouvaient se permettre de faire chiffrer leur belleté. Donc si l'élue de Fils-du-Diable était couronnée, monsieur en recueillait tout le bénéfice : il était le premier arrivé chez les parents pour sabler le champagne et il obtenait du père l'exclusivité de sa fille pour les quatre bals importants du carnaval. Le dimanche gras, il jouait au gentleman, parlait français, s'habillait en costume cravate et l'emmenait au « Manoir » où l'on jouait de la musique latine pour personnes d'un certain âge. Afin d'amadouer le père, il la ramenait à onze heures trente du soir et partait rejoindre quelque bourelle aux fesses matées dans un crânage des Terres-Sainvilles ou de Sainte-Thérèse.

Le lundi gras, Fils-du-Diable-en-Personne se déguisait en masque-malpropre — pyjama déchiré, culotte de femme en guise de bonnet de nuit et pot de chambre d'Aubagne — et le soir, il l'entraînait au Select-Tango où il la chavirait à chaque pas dans le faire-noir du dancing en lui chatouillant la pointe des seins et le galbe des hanches. Valse créole, mazurka, biguine, tout y passait et la Miss revenait épuisée vers les une heure du matin, sans sa culotte que le doucineur lui avait dérobée dans un moment d'ivresse. Elle lui servirait de mouchoir pour le restant de la soirée qu'il passerait à jouer au sèrbi ou aux dominos dans les bouges du Bord du Canal. Mais, messieurs et dames, attention oui ! Quand le mardi gras déployait ses flammèches de rouge à travers les rues, le sort de la Miss était réglé : Fils-du-Diable-en-Personne ne se déguisait pas ce jour-là. Il ménageait ses forces en observant les défilés carnavalesques, assis sur la basse branche d'un manguier, non loin du Pont Démosthène, et ingurgitait de temps à autre, de la façon la plus discrète possible, le contenu d'une fiole violacée. C'était du sirop-pied-bœuf fabriqué au Gros-Morne, un remède pour bander dix fois plus puissant que la décoction de bois-bandé ou l'extrait de pine de carette. Ce sirop-là vous baillait une bandaison de mulet pour tout dire !

Chaque fois que la Miss passait sur son char royal, elle lui voltigeait des regards énamourés ou d'imperceptibles battements de poils d'yeux. Fils-du-Diable-en-Personne ne lui répondait pas. Il l'observait dans le mitan des yeux. Un rictus sauvage déformait ses traits et il ne fallait pas lui monter sur les orteils, sinon, il vous balafrait avec son rasoir-Sheffield. Le soir, il happait la Miss à la descente de son char et lui déchirait son travesti dans l'une des cases secrètes qu'il avait aménagées à la Cour Fruit-à-Pain. Si la fille chignait des larmes d'incompréhension, il la brutalisait en gueulant :

« Le Mercredi-des-Cendres, pas besoin de déguisement ! Tout le monde en noir et blanc et puis c'est tout ! »

Puis il la conduisait dans un bal-chauve-souris, entre Pont de Chaînes et Terres-Sainvilles. Là, dans un vaste hangar arrangé à la hâte pour la circonstance, une centaine de gens se frottaient les uns aux autres au son endiablé d'un orchestre de tambours et ti-bois. L'endroit était à peine éclairé par une misérable lampe Coleman accrochée au plafond et il aurait été vain de tenter d'y reconnaître la figure de quelqu'un. Les couples se faisaient et se défaisaient vraisemblablement dans le plus parfait incognito et seul ce couillon de Blanc-France de Jacquou Chartier se faisait repérer à cause de la couleur emmerdante de sa peau. A trois heures du matin, il devenait presque impossible de remuer tellement les danseurs étaient serrés. Alors on se contentait de se fondre dans la chair de sa cavalière jusqu'au moment où, n'en pouvant plus, certains se frayaient un passage au-dehors à coups de coudes et de pieds et se précipitaient près d'un garage avoisinant où ils donnaient libre cours à leurs appétits.

Retrouvant son gros créole de voyou et ses manières grosso-modo, Fils-du-Diable-en-Personne dévorait sa Miss à moitié habillée et la forçait à boire bière Lorraine sur bière Lorraine. Le rythme infernal de la musique de carnaval semblait s'accorder à la perfection avec le mouvement de ses reins et quand il jouissait, il bramait un « Yéééé-lé ! » qui achevait d'horrifier Miss Martinique. Mais le Mercredi-des-Cendres, hon ! Elle pouvait toujours espérer chez elle, il ne venait pas la chercher car c'était le seul jour du carnaval où il s'amusait vraiment et courait les défilés et autres vidés. Il retrouvait une sorte d'allégresse enfantine et se surprenait à se trouver léger, aérien même, et des larmes sincères lui venaient sur les deux pommes de sa figure lorsque le pantin qui représentait le Roi Vaval se mettait à flamber sur la Baie des Flamands.

Toutefois, la chance n'était pas toujours avec lui. Plus souvent que rarement, il arrivait que sa protégée ne fût pas couronnée. Il avait eu beau s'esquinter les cordes vocales au fond de la salle, traiter les jurés de têtes de concombre et de ma-commères, soudoyer une bande de jeunots qui faisait péter des boules puantes au passage des rivales de celle qu'il avait choisie, rien n'y faisait : la demoiselle était renvoyée à ses torchons et à ses serviettes. Alors Fils-du-Diable-en-Personne accourait chez les parents de la malheureuse avant tout le monde et tenait une plaidoirie où grandiloquence et menterie faisaient bon ménage, promettant de faire annuler l'épreuve dès le lendemain sur intervention du gouverneur (ou plus tard, du préfet), menaçant de convoquer en duel au pistolet le président du jury et insinuant que la candidate défaite avait pu être l'objet d'une cabale (« le voisinage est si-tellement mauvais de nos jours... »). Puis, il obtenait le droit de la consoler le soir même en la conviant à un bal soi-disant mulâtre au quartier Petit-Paradis (« Chez un couple de maîtres d'école, oui... ») et lui glissait au doigt une bague de fiançailles en chrysocale à la grande joie des parents complètement amblousés. En fait, tout ce cinémascope se terminait sur une caisse dans le calme nocturne du port. Embusqués derrière les bâtiments de la Compagnie Générale Transatlantique, des compères à Fils-du-Diable-en-Personne attendaient patiemment leur tour de grimper sur le ventre nubile de la Miss ratée, moyennant un beau billet de mille francs que le maquereau s'empressait de chiffonner en boule et de glisser dans ses chaussettes. Quand la jeune fille avait subi ce qu'elle pouvait supporter d'outrages, il l'embarquait sur son dos comme un vulgaire sac de choux de Chine et la déposait sur le pas de la porte de ses parents où on la découvrait au matin complètement hébétée et divaguante, ressassant une étrange histoire de bateau assailli par une nuée d'oiseaux marins affamés. Soit elle se remettait dans la journée et repartait courir son carnaval tranquillement, s'offrant au premier venu dans les parages de l'Allée des Soupirs, soit elle déraillait dans sa tête et était parée pour l'hôpital psychiatrique de Colson. Dans tous les cas, Fils-du-Diable-en-Personne demeurait sain et sauf car n'ayant pas d'adresse fixe, c'était peine perdue de lui expédier la maréchaussée aux fesses, surtout en cette période de déchaînement populaire.

Ainsi donc l'élection-surprise de cette négresse bleue de Myrtha interloqua-t-elle Fils-du-Diable-en-Personne. Quand on annonça le tour de piste de chaque candidate et qu'elle fut la troisième à venir faire admirer son travesti de danseuse sévillane, cela déclencha un tollé général parmi les spectateurs qui se mirent à hurler :

« *I two nwè ! I two nwè !* » (Elle est trop noire !)

En cinq sec, la moitié des sièges fut dévastée et la manifestation ne tourna pas court uniquement parce que Myrtha eut la présence d'esprit d'abréger son passage. Au premier rang, Eugène Lamour, monsieur Jean, Cicéron, Jojo Coiffeur et bien d'autres qui étaient venus soutenir Ancinelle Bertrand en étaient tout bonnement estomaqués. Lamour faisait les cent pas dans la travée, prenant le public à témoin dans d'impressionnantes envolées de manchette :

« Chers compatriotes, on veut nous faire retourner à la barbarie. Oui, des gens malintentionnés ne songent qu'à nous faire marcher à quatre pattes ! Pas plus tard que jeudi dernier, qu'est-ce que Gaumont-Actualités nous a montré au cinéma Bataclan, hein ? Quoi ? Un ministre-bozambo, un ministre-Congo, messieurs et dames, un ministre-Béhanzin, oui ! Ha ! Ha ! Ha ! Fallait le voir, ce macaque habillé, faire son intéressant près de notre Premier ministre, Michel Debré ! Non-non-non ! Le monde est fini, les amis. Fini !... et le plus comique dans tout ça, c'est quand l'huissier a dit tout fort : monsieur le ministre d'Etat Houphouët-Boigny. Ha ! Ha ! Ha !... le bougre a mis ses gros yeux dehors pour nous, messieurs et dames, quel modèle de nègre noir, foutre !... maintenant, on veut nous imposer une négresse comme reine de la Martinique !

— *Ou fout ni rézon !* » (T'as fichtrement raison !) lançait-on çà et là dans le public.

Ancinelle, la chabine solaire, parut comme dans un rêve. Un silence respectueux accompagna sa prestation, aussitôt suivi d'une volée d'applaudissements quand elle fit sa révérence. Deux mulâtresses et une câpresse bien en chair vinrent solliciter les suffrages d'un jury complètement désarçonné. Lorsque Myrtha revint en maillot de bain, il ne fit plus aucun doute qu'elle venait d'enfoncer ses concurrentes car on n'avait jamais vu une femme aussi en formes (« Malgré son nez bombé » cria quelqu'un) depuis un bon siècle de temps. Les zélateurs d'Ancinelle partirent avant la proclamation des résultats, véritablement atterrés. Romule Casoar étouffait de colère et rédigea sur-le-champ, dans le blogodo des huées et des gesticulations, son éditorial (incohérent pour une fois) du lendemain qui requérait l'approbation unanime de tout ce que l'île comporte d'âmes bien pensantes :

« Myrtha Lorsan, consciente qu'elle était la seule négresse des seize concurrentes, ne s'attendait pas à être élue, malgré la perfection de son galbe. Il est vrai que la beauté grecque n'est plus un critère et qu'une blanche ne vaut plus deux noires. Toujours est-il que les résultats du concours furent contestés par ceux qui estiment que Mademoiselle Lorsan n'est pas le reflet de la beauté classique martiniquaise et qu'une chabine, une câpresse et même une mulâtresse, eussent mieux représenté la race martiniquaise reconnue métissée. La Martinique, en effet, n'est pas l'Afrique noire, ni même la Guadeloupe. C'est un kaléidoscope de races, un pays sans folklore ethnique. »

Suite à cette élection inattendue, Fils-du-Diable-en-Personne avait donc pris la ferme décision de ne plus se mêler à ces concours qu'il s'imaginait désormais truqués. D'ailleurs, tout de suite après le carnaval, son programme d'action était en général fort chargé puisqu'il s'occupait de l'argenterie des villas du Plateau Didier en même temps que d'un trafic de cigarettes américaines avec la pacotilleuse Sidonise Vincent, alias Sylvia Menendez y Carvajal, alias Shirley Vindgrave, alias Samantha machin. Le hasard fit qu'au deuxième jour de l'émeute, celui où le commissariat du Pont Démosthène fut incendié, il buta dans les quarante-quatre marches sur Ancinelle et Myrtha qui marchaient bras dessus bras dessous, en devisant d'un air grave. Fils-du-Diable-en-Personne, qui était bien le seul homme d'ici-là à ne s'être pas amouraché de la chabine, bien qu'il eût pris des paris sur son élection ratée, lui montrait quand même une certaine déférence. Il éprouvait une grande respectation pour quelqu'une qui préférait suer chaque soir sur un livre et une pile de cahiers, aux cours d'adultes des Terres-Sainvilles, au lieu de se contenter de vendre sa chair comme toutes ces Carmélise, Philomène, Anita et consorts. Cela ne l'empêchait pas de se méfier au plus haut point de cette grande-grecque.

« Tu connais cette négresse-là ? commença-t-il avec timidité.

— Myrtha ? Mais nous sommes comme peau et chemise, compère ! Je ne l'emmène jamais dans votre quartier parce qu'elle ne supporte pas la vagabondagerie.

— Quoi ? Les nègres des Terres-Sainvilles sont plus vagabonds que ceux de Volga-Plage ? Tu oublies que vous habitez dans la boue, que vos ruelles ne sont pas cimentées, qu'une voiture ne peut pas y croiser une autre tellement elles sont étroites. Et toutes vos cases qui ne sont jamais finies, hein ? Tous ces morceaux de tôle, ces briques montées à moitié qui n'arrivent jamais à...

— Compère, tuons ce causer, s'il te plaît. Il ne sert à rien de nous chamailler quand les Blancs massacrent les nègres. »

Tous les trois s'embarquèrent alors dans une manifestation qui stationna des heures devant la préfecture avant de parcourir le centre-ville où des voitures furent renversées et brûlées. Fils-du-Diable-en-Personne put admirer la hardiesse de cette négresse de Myrtha et sa belleté, oui, sa belleté du tonnerre de Dieu que rehaussait l'éclat intermittent de l'électricité publique. Quand les C.R.S. chargèrent à l'angle des rues République et Victor Hugo, elle ne dévira pas en arrière à grand ballant tel un crabe-c'est-ma-faute mais enleva ses talons hauts et les lança à la figure des assaillants. Une sueur fine perlait sur ses tempes, diadème éphémère qui lui donnait l'air d'une princesse d'Afrique-Guinée. Fils-du-Diable-en-Personne réalisa soudain qu'elle était une reine ou plutôt qu'elle descendait en ligne directe de ces gynécées qui avaient été razziés et transbordés de ce côté-ci de l'Atlantique. Il eut honte d'avoir sifflé son élection et comprit, qu'à beau dire-à beau faire, il n'y a pas plus belle femme au monde qu'une négresse noire comme un péché mortel. Quand ils atteignirent la Cour Perrinon, le corps ensanglanté d'un jeune homme était soulevé de terre par une forêt de mains. La rage faisait tressauter les corps raidis des manifestants qui refusaient d'écouter les admonestations d'un conseiller municipal. Aussitôt, Myrtha se précipita dans la foule et toucha le front du cadavre avec une douceur qui arrêta un instant son chaloupement. Elle murmura :

« Pauvre petit bougre... »

Fils-du-Diable-en-Personne fut fléché au mitan du cœur par un sentiment qu'il n'avait jamais expériencé à ce jour (à l'âge de quarante-trois ans donc), quoiqu'il en ait toujours rêvé : l'amour. Cette étrange sensation le laissa pantois. Il regardait tout ce lot de gesticulations autour de lui avec une sorte de calme souverain et se sentait tout d'un coup plus libre qu'il ne l'avait jamais été de sa vie. Libre en tout cas de la haine d'autrui qui l'habitait continuellement depuis ses mésaventures guadeloupéennes qui valent bien le détour.

En ce temps-là (était-ce à l'époque du marquis d'Antin ou à celle, bien plus proche, où monsieur Bon fut emporté avec son parapluie jusqu'à la margelle des cieux par une soudaine déraisonnée du vent ?), les Blancs créoles charroyaient de pleins bateaux de nègres martiniquais pour la coupe de la canne sur leurs plantations de Guadeloupe. En Martinique, ils les remplaçaient par des nègres barbadiens, réputés plus travaillants, d'où s'est enracinée chez nous la race des Bridgetown, Griffith, Middleton et Steward. A ce jeu de dames, auquel semblait prendre plaisir, entre autres, Henri Salin du Bercy, le nègre Bridgetown (devenu bien plus tard Brinton dans le jargon de nos officiers d'état civil) se retrouva casé sur l'habitation du Lareinty en lieu et place de Fils-du-Diable-en-

Personne, lequel fut expédié à Sainte-Rose, en Guadeloupe, affublé du titre de maréchal-ferrant.

Est-ce en fait à cette occasion que ce dernier perdit son nom et acquit ce sobriquet effrayant ? Nul ne le sait et d'ailleurs le bougre entretient un savant mystère à ce sujet, roulant de gros yeux chaque fois qu'un impudent tente de lever un coin du voile. Toujours est-il qu'arrivé dans cette île immense, quand il la mesurait à la sienne, notre homme se sentit tout-à-faitement à l'aise et décida de s'y ensoucher pour le restant de ses jours. Le maître de l'habitation Belle-Ravine, un Blanc martiniquais hargneux, exilé là-bas parce que cadet de famille — pauvre diable ! —, ne demandait pas mieux. Il se sentait en sécurité du seul fait d'être entouré de nègres qui parlaient le même créole que lui car il n'avait jamais pu s'accommoder des sonorités, qu'il jugeait sauvages, du dialecte guadeloupéen. Il prit Fils-du-Diable-en-Personne en bonne passion et en fit son homme de main, son confident, son maquereau, son pourvoyeur de négresses et son quimboiseur. Pour cette dernière activité, le nègre martiniquais, ne possédant aucune des qualifications requises, fit appel à un centenaire qui gîtait dans la montagne des Deux Mamelles. Son antre était une grotte naturelle creusée au pied d'une chute d'eau où s'ébattaient des Mamans-d'Eau, créatures mi-femmes mi-poissons, dont le chant a le pouvoir d'enivrer les simples mortels et de les entraîner au fond du bassin, hilares presque d'accueillir ainsi la mort. Le contrat que Fils-du-Diable-en-Personne avait passé avec le centenaire était clair : le devineur lui révélait le destin du béké de Belle-Ravine en manipulant quelque vêtement récemment porté par celui-ci tandis qu'en retour, le maréchal-ferrant lui ramenait des fibres d'hymen. Cela l'obligeait à rôdailler nuitamment dans toutes les cases de son habitation et celles des environs, de s'y introduire à la façon des incubes, de soulever les robes de mauvaise toile des négresses nubiles, d'écarter leurs cuisses avec moult précautions et d'introduire son petit doigt dans leur fente afin d'y prélever le précieux élixir. Car le centenaire en faisait une boisson dont il prétendait qu'elle le ferait atteindre l'âge de Moïse et bien au-delà, foutre !

Malheur pour Fils-du-Diable-en-Personne, les jeunesses encore pourvues de ce voile sacré étaient plus que rares pour la bonne raison que le maître de l'habitation ainsi que tous les nègres valides passaient leur temps à les chevaucher à même l'herbe-à-grattelle des champs de canne fraîchement coupés. Le maréchal-ferrant écuma des mois durant Sainte-Rose, Le Lamentin, Baie-Mahault et Petit-Bourg et s'arrêta, épuisé, à Goyave, quand une idée de génie germa dans son esprit pourtant perpétuellement embarbouillé par le tafia : il fourguerait de la toile d'araignée à ce couillon de centenaire qui n'y verrait que du feu. Les cuisinières de Belle-Ravine ne comprirent pas pourquoi il interdisait désormais à qui que ce soit de faire la chasse à ces tenaces bestioles. Tout fier de lui, Fils-du-Diable-en-Personne enveloppait leur fil dans une feuille de chou Caraïbe et se rendait à dos de mulet jusqu'au refuge du vieux nègre maléfique. Celui-ci dépérit du jour où Fils-du-Diable-en-Personne brocanta la fibre d'hymen contre la toile d'araignée et, juste avant de rendre l'âme, il trouva assez de force pour jeter la maudition sur sa vie entière. Pour de bon, l'habitation Belle-Ravine se mit à péricliter : des champs de canne furent ravagés par d'inexplicables incendies, bœufs et mulets crevaient d'une cacarelle bleuâtre qui leur tordait les boyaux des heures durant, et les travailleurs la désertaient, préférant louer leurs bras à des plantations plus prospères. Le béké entra dans une colère ravageuse. Il cinglait de sa badine la figure de son confident qu'il avait élevé au grade de commandeur deux mois auparavant et jurait les grands dieux qu'on ne l'y reprendrait plus à faire confiance à des nègres, fussent-ils originaires comme lui de la Martinique.

Fils-du-Diable-en-Personne évita l'exécution un 12 du mois de mars de l'an de grâce 1952 (ou c'est l'année d'après, peu importe !) grâce à la mulâtresse qui lui accordait ses faveurs au devant-jour après avoir épuisé le béké au cours de la première moitié de la nuit. Elle lui déclara froidement :

« Echappe-toi très vite ou bien il te fera pendre par les deux graines ! »

Notre bougre ne fit ni une ni deux, il fila comme une mèche à travers champs de canne, jardins d'ignames et de malangas, pièces de banane-plantain et s'engouffra dans la forêt pour ne redescendre qu'aux approchants des maisonnées de Capesterre. Là, il s'installa à l'Habituée, au lieu-dit Zombi Perdu, où il se construisit une paillote sommaire sous un pied d'ylang-ylang dont l'odeur capiteuse berçait ses songes. Les natifs-natals de l'endroit étant sacrément hospitaliers, il trouva vite à s'embaucher sous un nom d'emprunt dans un moulin-à-manioc. Peu de temps après, il fut intégré à un orchestre campagnard où ses dons de joueur de cha-cha impressionnèrent le monde. Il était celui qui lançait les commandements pour le quadrille tandis que violons, tambours basques et accordéons organisaient le rythme. Il fallait entendre le déroulé de sa voix :

*« Allemande à gauche*
*La demie gauche*
*Croisez-moi les huit*
*Décroisez-moi les huit*

*Pantalon quatre premiers, en avant !*
*On demande la ritournelle tout de suite*
*En arrivant, moulinez pour les dames*
*Joignez les mains*
*Envoyez pour la chaîne des dames*
*Déchaînez la main*
*Envoyez pour la promenade*
*Allez !* »

L'effronté Martiniquais baillait là les ordres pour la figure dite du « pantalon » de la danse haute-taille, parfaitement inconnue en Guadeloupe, mais personne ne rechignait. Aucun tambour basque ne réprimandait le faux pas de quelque cavalier et l'on entendait plutôt murmurer ici et là :

« Pour un Martiniquais, c'est un brave bougre quand même, O-O ! »

L'orchestre prit tant et tellement d'ampleur qu'on le fit mander partout à travers la Basse-Terre dès que des épousailles ou des réjouissances quelconques venaient à mettre un baume au cœur des nègres. Notre homme avait complètement oublié le sort que lui avait jeté le centenaire de la montagne des Mamelles et s'enivrait de son succès. Il trouva même une accorte négresse de Fond Cacao pour l'héberger dans sa case et lui faire deux jumeaux gros-gras-vaillants. Le malheur devait frapper une nouvelle fois à sa porte en 1955 et lui faire perdre sardines et carengues.

Voici comment la prédiction du centenaire des Deux Mamelles trouva à se réaliser : sa concubine, qui était originaire de l'île de Terre-de-Bas des Saintes, lui demanda d'y aller jouer pour la noce d'un sien cousin qui était demeuré longtemps célibataire et qui, à l'âge des cheveux gris et du souffle court, avait décidé de se bailler une manière de respectabilité. Fils-du-Diable-en-Personne fut enchanté à l'idée de traverser la mer avec tout son orchestre et, au matin du départ, premier levé, il fit le tour des cases pour réveiller son accordéoniste, son violoniste, ses tambouriers. Le char à bœufs accomplit un voyage mémorable entre Fond Cacao et l'embarcadère de Trois-Rivières car les musiciens ne purent s'empêcher de jouer pour tromper la chaleur. Malgré les cahots, Fils-du-Diable-en-Personne envoyait de sacrés coups de cha-cha qui contraignaient les négresses des champs à relever leurs robes pour esquisser deux-trois pas de danse. Courbés dans leurs jardins créoles, les hommes souriaient en levant haut leur chapeau, certains lâchant :

« Respect pour vous, messieurs ! »

Tout au long du mauvais chemin de pierre, la musique se moqua de cette déveine qui gangrène le destin du nègre depuis qu'on l'a arraché à sa Guinée natale pour l'ensoucher ici-là. Au bord de mer, le canot qui devait les emmener était invisible. L'orchestre attendit sur le quai un bon paquet de temps puis, de guerre lasse, Fils-du-Diable-en-Personne avisa un patron-pêcheur de Terre-de-Haut à qui il promit une forte somme s'il acceptait de les faire traverser. Il faut savoir que cette race de nègres-là descend en ligne directe des Bretons, dont ils ont conservé (sacrés bougres malins !) la peau blanche tannée par le sel marin ainsi que les yeux bleus, et qu'elle hait tendrement ses congénères de l'île d'en-bas au teint plus sombre et aux cheveux en grains de poivre. A force de parlementer, le Saintois se laissa convaincre et l'orchestre s'embarqua, semaillant sur l'écale de la mer la même doucine bambocheuse du petit matin. La mer était parfaitement étale et le dos du morne du Chameau dessinait un grain de beauté sur la figure du ciel. A quelques encablures de l'île de Terre-de-Bas, le pêcheur déclara qu'il n'allait pas plus loin et jeta l'ancre dans l'attente que quelqu'un les aperçoive de la côte et vienne quérir l'orchestre. Fils-du-Diable-en-Personne eut beau supplier « C'est pour des épousailles extraordinaires qu'on nous espère, ne faites pas languir les mariés. Un jour comme ça, il n'y en a pas deux dans la vie », le pêcheur ne voulut rien entendre. Il sortit sa pipe et, lui tournant le dos, se mit à scruter le miquelon de la mer.

Pendant ce temps-là, la maudition faisait son œuvre souterraine. D'un seul coup, la mer, pourtant sans rides, bomba son écale et voltigea hommes, instruments et victuailles par-dessus bord. Les musiciens firent de leur mieux pour sauver leurs instruments au risque de se noyer jusqu'à ce qu'une âme charitable de Terre-de-Bas vienne à la rescousse. Quand ils débarquèrent, on leur fit fête car la noce avait déjà commencé et l'épuisement gagnait les joueurs de cartes et de dominos. Le marié fit une accolade interminable à Fils-du-Diable-en-Personne et le força à ouvrir le bal avec la freluquette qu'il s'était choisie. Puis, l'orchestre au complet arracha aux corps des invités des déhanchements inouïs, fruits d'années de privations. Rhum, cognac, chaudeau coulaient à flots. Six cabris rôtissaient dans une cour de terre battue derrière la salle de bal, tandis que d'énormes faitouts révélaient l'odeur irrésistible du colombo de riz. A minuit, le marié s'effondra de tout son long sur le parquet et son âme monta tout droit en Galilée. Aussitôt le Martiniquais fut accusé de ce gravissime malheur et fut pourchassé à coups de roches dans les bois. Il s'y terra jusqu'à deux heures du matin et, prenant son courage à deux mains, retourna sur les lieux de la noce où, prostrés, les invités ne prirent pas sa hauteur, ne l'ayant pas reconnu. Comme par enchantement, le sourire revint sur toutes les lèvres et les plaisanteries grasses fusèrent à chaque devinette lancée par le conteur. On oublia la Mort et l'on fit fête à la Parole,

Fils-du-Diable-en-Personne retrouvant toute son aura. Aussitôt que le soleil pointa sa calebasse jaune du côté de l'île de la Dominique, la mariée poussa un hurlement de douleur si-tellement déchirant que personne n'aurait soupçonné qu'il pût émaner d'un corps aussi menu. Son doigt désignait le Martiniquais. Comprenant qu'il allait se faire étriper sur place, notre bougre sauta par une fenêtre, courut jusqu'à la plage et se jeta dans l'eau. Il nagea jusqu'à Marie-Galante où il passa la nuit. Au matin, il se fit embarquer sur un gommier dominicain et gagna ainsi la ville de Roseau où il végéta deux mois durant, apprenant tous les vices des nègres anglais. Puis, à la veille d'être arrêté et pendu selon les lois de Sa Majesté britannique pour l'assassinat d'une rombière anglaise, il finit par atteindre Saint-Pierre de la Martinique. Il y commit divers délits qui l'obligèrent une nouvelle fois à émigrer, cette fois dans le quartier populaire des Terres-Sainvilles à Fort-de-France.

Ce fameux soir de décembre 1959, il était donc partagé entre son désir de s'attaquer à la Banque des Antilles Françaises et l'étrange sentiment qui montait en lui à cause de cette Miss Martinique d'un nouveau genre. Devinant son désarroi, Ancinelle Bertrand lui sourit et lui dit :

« Fais tes affaires, mon nègre, on surveille la rue pour toi. »

Fils-du-Diable-en-Personne sollicita un regard approbateur de la part de Myrtha mais la reine de belleté n'avait pas saisi de quoi il retournait. Des détonations sporadiques crevaient la nuit du côté du boulevard de La Levée tandis que des lueurs d'incendie embrasaient la Pointe Simon. Les deux jeunesses frissonnèrent et se serrèrent instinctivement l'une contre l'autre. Le fellagha, décidant de les ignorer, ôta une barre à mine de dessous son paletot élimé et entreprit de démantibuler l'une des fenêtres du premier étage de la banque. Le grillage sauta avec une dérisoire facilité. Après un dernier regard circulaire, le bougre pénétra pour la première fois de sa vie dans ce qu'il appelait un temple de l'argent, lieu réservé aux mulâtres, aux nègres argentés et bien entendu aux Blancs créoles. Le désordre qui y régnait le surprit : des liasses de billets en monticules inégaux encombraient la vaste pièce où un petit bureau surmonté d'une machine à écrire simulait vaguement l'ordre. Fils-du-Diable-en-Personne qui était un assidu des films policiers du Bataclan n'en crut pas ses yeux. Ainsi donc, dans ce pays, les banquiers ne cachaient même pas leur trésor dans des caves aux coffres-forts blindés. Une joie enfantine s'empara de lui et il se mit à gigoter au beau mitan des piles de billets qu'il renversait au passage. Retrouvant tout à coup son calme, il détacha les deux sacs en guano qui lui entouraient la taille et se mit à les bourrer d'argent avec une telle fébrilité qu'il déchirait certains billets. Quand il réenjamba la fenêtre, les deux bougresses avaient disparu.

« Salopes ! » marmonna-t-il en gagnant en toute hâte le Bois de Boulogne.

Il cacha son butin dans une anfractuosité de rocher, à l'Allée des Soupirs, au pied d'un poirier-pays vénérable et, s'allongeant en chien de fusil entre ses racines, y accueillit le sommeil pour se réveiller dans une geôle de la gendarmerie, menotté de près. Trois hommes blonds, une bière à la main, discutaient avec acharnement dans une pièce attenante. Fils-du-Diable-en-Personne ne parvint qu'à saisir des bribes de leur conversation car ils utilisaient un modèle de français inconnu dans nos contrées. Il ressentit une méchante douleur dans le bas du dos qui se propagea en ondes fulgurantes à travers tous ses membres : il avait peur. Oui, peur ! Lui qui, depuis l'épisode des épousailles de Terre-de-Bas, n'avait jamais éprouvé un tel sentiment. Bien au contraire, sa seule vue inspirait à autrui tremblade et appréhension. Un hurlement monta d'une autre partie du bâtiment où le fellagha était encagé et, là même, il reconnut sans aucun doute possible la voix d'Ancinelle Bertrand. Si la femme-fleur exutoirait une telle détresse c'est que ces chiens-là devaient la battre comme un lambi. Il cogna contre la porte de sa geôle :

« Lâchez-moi, je n'ai rien fait ! Ouvrez !

— La ferme, négro ! hurla l'un des blonds en lui soufflant la fumée de sa cigarette dans le nez par la meurtrière.

— On va te les guillotiner, mon cochon ! » ricana un autre.

Le troisième s'empara des trois bouteilles de bière et disparut. Un concert de cris féminins accompagna les ricanements des deux autres.

« Ti conné Tizi-Ouzou, mon frrrère ? reprit l'homme à la cigarette. C'est dans le djebel, en Kabylie, ha-ha-ha ! Pays de crouilles, de fellouzes et d'arbiques. Six ans que j'me suis tapé ce foutu bled de merde ! Qu'est-ce que j'me suis farci comme fatmas. Ya-Allah comme y disent ! Tu réponds, Bamboula ?

— *Ladjé mwen !* (Lâchez-moi !)

— Cause toujours, mon pote ! On s'occupera de toi dans un instant, fit l'autre gendarme, t'auras ta bouteille dans le cul comme les deux pouffiasses qu'on a ramassées ce soir. Tous des communistes, voilà ce que vous êtes !

— Je ne suis pas un communiste, protesta Fils-du-Diable-en-Personne.

— Et ta sœur ! Bel-Kacem en Algérie, Ho-Chi-Minh en Indochine, Fidel Castro à Cuba, tout ça c'est un vaste complot communiste mondial. Vous êtes tous à la solde de Moscou, vous voulez détruire l'Occident chrétien mais nous, les défenseurs de la Croix, on veille. La Martinique ne sera pas un nouveau pion communiste. D'ailleurs, c'est pas un hasard que vous ayez choisi la veille de Noël pour lancer votre insurrection. Dis donc, toi, tu connaîtrais pas un gars qui se fait appeler camarade Angel des fois ?

— *Man pa konnèt ayen adan sa !* » (Je ne comprends rien à vos histoires !)

Les hurlements reprirent de plus belle. Les deux gendarmes quittèrent la pièce en éteignant l'électricité. Fils-du-Diable-en-Personne demeura rivé à la meurtrière un siècle de temps, incapable de remettre du calme dans ses idées. Il se laissa glisser contre le sol humide de sa geôle et pleura doucement jusqu'à ce que le sommeil s'empare de lui à nouveau. Un rêve merveilleux le visita, un rêve ancien, très ancien, qui l'avait déjà habité en maintes occasions au cours de sa vie : il était blanc. Blanc de figure, blanc de mains, blanc de pieds, blanc de dos, blanc de ventre. Un sentiment d'heureuseté totale l'irradiait. Il marchait dans un pays inconnu, ocre et vert, fait de collines arrondies et de savanes infinies. Nulle part il ne distinguait d'habitations ni de places publiques ni d'édifices du gouvernement ni d'églises. Seulement de l'ocre et du vert tendre partout, même dans le ciel. Il n'avait cesse de regarder sa peau, de la toucher, de la mignonner et à chaque instant cette profusion de blancheur lui baillait une sorte d'exaltation débornée qui le poussait à marcher-marcher-marcher. Curieusement, il ne rencontrait jamais âme-qui-vive : ce paradis semblait vide d'êtres humains et d'animaux, hormis de fugaces chevauchées, dans le lointain, de quadrupèdes orangés. Le rêve finissait en général par une baignade dans un bassin d'eau glacée qui procurait à Fils-du-Diable-en-Personne une félicité sans nom. A son réveil, il passait une journée fantastique tellement il se sentait sûr de lui dans tout ce qu'il entreprenait. Mais cette fois-là, c'est un coup de pied botté dans les côtes et les coups de gueule d'un des trois gendarmes blonds qui le ramenèrent à la réalité.

« Allez, ouste ! Du vent, négro, on a assez vu ta tronche. Allez, dégage, j'vais quand même pas t'porter le p'tit déjeuner au lit. »

Fils-du-Diable-en-Personne sortit en titubant de la gendarmerie. La douceur de la journée de décembre — ciel sans nuage, petite brise de l'alizé — le figea un moment sur le trottoir. Il songea à Ancinelle Bertrand et surtout à Miss Martinique. Son coup de foudre pour cette dernière, loin de s'être évanoui, n'avait fait que s'approfondir en lui davantage en dépit des événements de la veille. Il eut envie de crier « Myrtha ! Myrtha, où tu es ? » mais aucun son ne parvenait à tiger de ses lèvres. Il observait comme hébété le va-et-vient des voitures dont il remarqua l'allure inhabituellement lente. Au coin de la rue Perrinon, il aperçut une jeep de C.R.S. qui montait la garde. Il dévira de route et se dirigea vers les Terres-Sainvilles. Le cimetière des riches lui fit l'effet d'un véritable champ de bataille. Des bouteilles, des roches, des morceaux de planche, des chaises brisées jonchaient les tombes. Fils-du-Diable-en-Personne sonna chez la logeuse de monsieur Jean. Il était sûr que l'instituteur saurait le renseigner sur ce qu'il était advenu des deux femmes. Personne ne répondit à son appel. La porte était fermée raide-et-dur. Il se plaça depuis le trottoir d'en face, prêt à réitérer ses « Hello, la maison, y a quelqu'un ? » quand la statue aux yeux vitreux de la logeuse caraïbesse, accoudée à sa fenêtre, le médusa. La rue était vide. Personne avec qui partager son trouble. Un moment il voulut se rendre chez madame Villormin mais se ravisa et retrouva comme un automate le chemin du bistrot de Chine. Ho-Chen-Sang propretait ses tables à l'aide de ses deux filles, de ravissantes bâtard-chinoises auxquelles leurs longues nattes donnaient l'air de libellules. Fils-du-Diable-en-Personne s'assit sans saluer personne et Chine, aussi émotionné que lui, déposa un verre et une bouteille d'absinthe devant lui.

« On est quel jour, hein ? finit par demander le fellagha.

— Quel jour ?... demain, c'est Noël, je crois...

— Où sont les autres ?

— Des gens ont été tués hier soir... j'espère que Cicéron ne fait pas partie du lot. Hé, Ismène, apporte un plat de macadam pour monsieur !... Un bruit court comme quoi Malaba a reçu deux balles en plein cœur...

— Et le camarade Angel ?

— Angel ? Disparu !... disparu, oui... »

Fils-du-Diable-en-Personne mangea en silence, oubliant même de pimenter son repas. Il surmontait petit à petit le désarroi qu'avait fait naître en lui la folle journée de la veille. Tout à l'heure, il se rendrait sur La Savane où il déterrerait les sacs de billets qu'il avait volés et la première chose qu'il ferait serait de louer une maisonnette à Redoute, quartier où nul ne le connaissait. Là, il tenterait de refaire une nouvelle vie, plus stable, plus respectable, il chercherait une femme, sans doute Myrtha, pour jeter les bases d'une lignée inédite de nègres n'ayant pas froid aux yeux mais doués pour les bonnes manières et la savantise. Ils sauront davantage que signer leur nom, se murmura-t-il, ils liront des livres. Pas trop quand même, pour que leur tête ne déraille pas comme celle de Cicéron Nestorin. Et puis, ils épouseront des mulâtresses pour éclaircir la race un peu car à trop rester dans la nègrerie on finit inévitablement dans la foutrerie. Sur ces entrefaites, un individu hagard fit son apparition. Il avait la chemise déchirée en plusieurs endroits et sa barbe naissante accentuait la fatigue de ses traits. C'était le camarade Angel. Il hésita avant de s'asseoir à la table de Fils-du-Diable-en-Personne, se servit un verre d'absinthe et lâcha :

« Tu avais foutre raison, il n'y a rien à faire avec les nègres. Rien !

— Tu as des nouvelles de nos compères ? » demanda Chine.

Le mulâtre haussa les épaules. Il se prit la tête dans les mains et s'enfonça dans un abîme de calculation. Fils-du-Diable-en-Personne ne savait comment réagir puisque ce bougre-là avait toujours refusé de prendre sa hauteur. Ne mettait-il pas en garde ceux qu'il appelait « les honnêtes travailleurs » contre le fellagha ? Ne tenait-il pas de grandes plaidoiries où il prétendait que « le vol ne résout rien ! Il s'agit d'une fente laissée volontairement ouverte par la bourgeoisie pour détourner les prolétaires du véritable combat révolutionnaire. Ceux-ci n'ont pas à voler ce qui leur appartient. Toute cette richesse, ces limousines de békés, ces grosses villas de mulâtres et de Syriens, c'est le produit de notre sueur. Nous devons les revendiquer comme un droit, non les dérober à la sauvette. » Fils-du-Diable-en-Personne était sur le point de lâcher une raillerie quand le camarade Angel déclara à nouveau :

« Ancinelle Bertrand est à l'hôpital Clarac à l'heure qu'il est. Elle a été torturée... TOR-TU-RÉE ! vous m'entendez ?... et nous, qu'est-ce qu'on fait ?

— Myrtha, où est-elle ? s'inquiéta le fellagha d'une voix tremblante.

— Je n'en sais rien. Elle ne faisait pas partie de notre cellule que je sache.

— Votre cellule ?

— Oui... la cellule Kamenev. Je peux tout vous dire

maintenant. Il n'y a plus une graine d'espoir, tous les partis de gauche ont trahi le peuple martiniquais, y compris les communistes... Au fait vous avez entendu la plus belle ? Ils ont annoncé à la radio ce matin que des gens ont dévalisé la Banque des Antilles Françaises. Et vous savez ce que ces couillons-là ont emporté ?... Des billets qui ne sont plus valables, des billets estampillés "Banque de la Martinique" qui ont été retirés de la circulation depuis juin dernier. Le prolétaire sera toujours ridiculisé dans ce pays, toujours ! »

Tandis que Chine s'esclaffait, Fils-du-Diable-en-Personne, atterré, s'était levé. Ses rêves s'effondraient d'un seul coup. Le monde devenait un vaste gouffre. Ces chaises, ces tables, ce bistrot n'existaient plus. Chine et le camarade Angel n'étaient plus que des ombres flottantes qui encombraient sa vue. Il sortit en se cognant au comptoir puis à une caisse de « Royal Soda » placée sur le seuil. Dehors, les rues étaient toujours silencieuses. Un négrillon traînait une énorme branche de filao qui servirait à fabriquer un sapin de Noël. Il sautillait tout en chantonnant le célèbre cantique :

« *Michaud veillait, Michaud veillait*
*La nuit dans sa chaumière.* »

Fils-du-Diable-en-Personne s'assit sur le rebord du trottoir et s'écria :

« *Landjèt manman lavi !* » (Merde pour la vie !)

## 19

*Notes du camarade Angel au Komintern sur la situation de l'île de la Martinique (section Amérique centrale-Caraïbes)*

**Mars 1959**

J'ai regagné comme convenu mon pays à l'insu des autorités coloniales françaises et suis immédiatement entré en contact avec le camarade Miguel Hernandez du consulat du Venezuela à Fort-de-France. Il m'a paru très sûr comme agent de liaison. Je lui ai fait part de mon intention de créer un groupe clandestin qui agirait de manière parallèle au Parti Communiste de la Martinique, lequel me semble quelque peu empêtré dans un légalisme et un patriotisme pro-français inquiétants. J'attends donc des directives à ce sujet.

J'ai choisi de m'installer dans le quartier des Terres-Sainvilles où vit un embryon de classe ouvrière urbaine : mécaniciens, dockers, manutentionnaires, employés de brasserie, etc... Partout ailleurs, à Trénelle, à Morne Pichevin, à Sainte-Thérèse, au Bord du Canal, on a affaire à un lumpen-prolétariat difficilement malléable qui grossit de jour en jour à cause de la fermeture des usines sucrières. La rapine et la prostitution semblent être les principaux moyens d'existence de cette population.

Le camarade Miguel Hernandez m'a remis les fonds nécessaires au « déploiement de mes activités » comme il dit. Je ne pourrai toutefois vous faire un compte rendu détaillé des sommes que j'aurai engagées avant six mois au moins car j'ai le sentiment d'être très surveillé et j'ai grand-peine à maintenir secrète ma véritable identité. Pour l'heure, je suis censé subsister grâce aux cours particuliers d'espagnol que je donne à des lycéens de la petite bourgeoisie.

Je n'ai pas encore trouvé le temps d'approcher le camarade Georges Mérancier que l'on dit fort occupé par ses fonctions de responsable à la propagande du Parti. On ne m'avait pas prévenu qu'il exerçait aussi un mandat de conseiller général. J'ai appris récemment que tous ceux qui ont fait leurs études à Moscou se réunissaient chez lui le deuxième samedi du mois et qu'ils étaient désignés sous le sobriquet de « Négrovitch » par les autres membres du bureau politique.

Je ne me rappelle avoir rencontré aucun d'entre eux au cours des huit mois que j'ai passés en 1957 à l'Université Patrice-Lumumba. J'ignore pour l'instant quelle est la position des « Négrovitch » par rapport à la politique menée en ce moment par la direction du Parti. Il me semble qu'ils devraient être les plus sensibles à l'urgence d'une décolonisation rapide de la Martinique.

Je ne suis pas encore en mesure de vous faire une analyse sérieuse de la situation politique et économique du pays car en douze ans d'absence, bien des choses ont changé. A première vue, la caste blanche créole, en dépit de la crise sucrière, réussit à maintenir son hégémonie triséculaire sur l'ensemble de la société. La transformation de la Martinique en département français n'a pas sensiblement modifié cet état de fait.

**Pour la Révolution mondiale**
**Camarade ANGEL.**

[Carnets intimes.

Trouvé cette phrase de Pavese : « On ne se tue pas par amour d'une femme. On se tue parce qu'un amour, n'importe quel amour, nous révèle dans notre nudité, notre misère, notre absence de défense, notre néant. » Me hante toujours le souvenir d'Anna-Lydia. Comme une blessure jamais refermée. Problème : comment trouver les mots qui, sans grandiloquence aucune, pourront traduire ce que je ressens ?

Une femme, c'est un pays. Chaque fois que l'image d'Anna-Lydia ressurgit en moi, je sens l'odeur de Saint-Domingue. Odeur cruelle, fauve, sensuelle. Posséder une femme, c'est posséder son pays. Je n'aurais peut-être jamais dû quitter la calle Amerigo Vespucci.

Ici, en Martinique, je ne vois plus les femmes. Leur allant m'est étranger. Elles me semblent si transparentes parfois que je n'ai même plus envie de répondre à leurs invites. Il y en a bien une, Ancinelle Bertrand, qui transporte des effluves de rêve sous la semelle de ses souliers, mais le vert de ses yeux me pétrifie.

La maison où j'habite possède trois étages en bois vermoulu. Ma logeuse, une opulente câpresse acariâtre, traite ses locataires comme de la marmaille bonne à être journellement rabrouée. Nous courbons l'échine plus par lassitude que par crainte. Un seul d'entre nous, monsieur Jean, quinquagénaire portant beau, s'escrime à riposter à ses jérémiades. On dit qu'il se serait récemment inscrit au Parti, mais j'en doute. Personne ne sait de quoi il vit au juste, on le dit instituteur mais il n'exerce pas, alors qu'il est loin de l'âge de la retraite.

Curieux : j'établis plus aisément une complicité avec les oisifs qu'avec les vrais travailleurs des Terres-Sainvilles. Le Don Juan du quartier, Eugène Lamour, me tient souvent sous son charme. Je comprends qu'aucune donzelle ne lui résiste. Malgré la défiance que j'éprouve à l'égard de ce gangster de Fils-du-Diable-en-Personne, je ne peux résister non plus à l'envie de lui serrer la main lorsqu'il entre au bistrot du

Chinois. Une telle détresse traverse parfois son regard. S'en rend-il même compte ?

Me sens parfois très seul. Me promène le long des berges malodorantes du canal Levassor, endroit où la brièveté des crépuscules m'est le plus supportable. J'ai des envies de rejoindre le Bord de Mer et de jeter un œil au magasin de mon père. Sans doute doit-il, comme à son habitude, trôner sur le seuil pour saluer ses connaissances. Ai aperçu l'autre jour mon frère Frédéric dans une Peugeot 203 grise. Toujours les traits aussi ombrageux. Pourtant jamais au plus profond de moi je ne me suis senti aussi proche de lui.

La Révolution peut-elle être le but de toute une vie ?]

**Avril 1959**

J'ai procédé à diverses investigations au cours du mois écoulé qui m'ont révélé que la plantocratie se porte toujours comme un charme. Onze Blancs créoles possèdent des plantations cannières ou bananières de plus de cinq cents hectares chacune. Parmi eux, trois, dont le tristement célèbre Henri Salin du Bercy, règnent sur plus de mille hectares. C'est énorme à l'échelle d'un petit pays tel que la Martinique.

Les travailleurs de la canne, quoique bien encadrés par la C.G.T., demeurent les plus exploités. Ils votent en masse pour le Parti qui détient six municipalités et ont une grande conscience de classe. Cependant, il paraît moins aisé de les faire accéder à une conscience nationale ou inter-caraïbe. Suite à l'enfermement que nous subissons, les couches populaires ne connaissent qu'un pays, la France, dont la Martinique est en quelque sorte l'appendice naturel. Haïti, Cuba, l'Amérique du Nord ou du Sud semblent être à des années-lumière d'ici.

Peu de gens ont entendu parler de Toussaint Louverture ou de José Marti. Le nègre anglais et espagnol est maintenu en suspicion. Je trouve d'ailleurs que le Parti ne fait pas suffisamment preuve d'esprit internationaliste et qu'il demeure fermé aux graves problèmes qui secouent l'archipel. J'ai évoqué cette question avec le camarade Mérancier qui me réclame de la prudence. « Prudence-prudence-prudence ! » tel est son leitmotiv. L'affrontement de classe entre les travailleurs des campagnes et la caste blanche créole est la principale préoccupation du Parti. Pourtant, il faut se demander si ce prolétariat rural, maintenu dans l'arriération culturelle et miné par le conservatisme inhérent aux gens de la terre, a réellement vocation à prendre la tête de la Révolution martiniquaise. Ne faudrait-il pas en revenir aux grands principes léninistes et s'appuyer sur le prolétariat urbain de Fort-de-France, fût-il peu nombreux ?

La récolte de sucre de canne approchera les 90 000 tonnes cette année, soit une légère amélioration par rapport aux années précédentes, mais il y a de la grogne chez les moyens et petits planteurs qui sont presque tous des hommes de couleur. En effet, le prix du sucre martiniquais n'est pas fixé au départ du wagon de l'usine, comme pour la betterave, mais à son arrivée au port de débarquement dans la métropole. D'où un manque à gagner considérable. Le contingentement du rhum ne plaît pas non plus à certains distillateurs blancs créoles. Il y a donc des facteurs objectifs qui pourraient permettre d'établir une stratégie d'opposition plus affirmée face au pouvoir français en place en coordonnant ces différents mécontentements. Ou, en tout cas, en planifiant l'heure où ils seront amenés à exploser. J'espère que vous m'indiquerez la meilleure voie à suivre, eu égard à la situation internationale et à la nécessaire protection de ce bastion que constitue notre chère U.R.S.S., patrie du Socialisme.

**Pour la Révolution mondiale**
**Camarade ANGEL.**

[Carnets intimes.

Une femme passe sous ma fenêtre avec une robe de taffetas. J'écarquille les yeux. Non ce n'est pas Anna-Lydia et l'avenue Jean Jaurès n'est pas la calle Amerigo Vespucci. Une radio joue à tue-tête une mazurka créole. Je me surprends à battre la mesure sur mes persiennes. Il faudra que j'aille danser un de ces soirs. Peut-être au « Manoir ».

Ai fait la connaissance d'un jeune original : Cicéron. Il rêve de l'Afrique perdue et cite à tout propos des vers d'Aimé Césaire. Quand il a la tête bien échauffée, il crie :

« Je ne suis pas césairiste, je suis césairien ! »

Manière de dire qu'il ne quémande rien, ni feuilles de tôle ni sac de ciment ni bons d'Aide médicale gratuite à la municipalité foyalaise comme tout un chacun aux Terres-Sainvilles. Il veut sauver la race noire, « la race de Cham » comme il l'écrit sur les pancartes en carton qu'il promène parfois dans les rues de la ville. Il me reproche gentillement d'être mulâtre. Il se dit fier de ses cheveux crépus et de son nez épaté. Problème : comment intégrer à la lutte les êtres naturellement révoltés de son genre ?

Je ne reconnais plus mon pays. Il n'y a pas de logique dans le comportement de ceux que je côtoie. Ils n'ont plus de repères, on ne sait plus qui est qui. Impression d'un bouillonnement désordonné de vies disparates et surtout cloisonnées. Chacun ici, monsieur Jean, Ziguinote, Eugène Lamour ou Cicéron, poursuit son propre délire sans égard pour autrui. Si je devais définir la société martiniquaise, il ne me viendrait qu'un seul mot : déboussolement.

J'adore le court-bouillon tel que le prépare cette madame Villormin qui exerce la double profession de pâtissière et de tenancière de boxon. Elle m'invite selon son humeur à partager ses repas du samedi midi en compagnie de monsieur Jean dont on la dit amoureuse. Elle est pourtant très fière des enfants au teint clair que lui a faits le Syrien de l'avenue Jean Jaurès. Curieux : un nègre-indien gigantesque, jeune et beau, surnommé Malaba, vit dans sa cour aux côtés d'un cochon attaché à un tamarinier-des-Indes. Il ne parle jamais. Ne regarde personne.

Me sens enferré dans une solitude sans mesure.]

**Mai 1959**

L'économie martiniquaise est entrée dans une crise durable.

La plupart des grandes habitations cannières ferment les unes après les autres et sont laissées en friche ou transformées en plantations de bananiers qui emploient cinq fois moins de personnel. L'exode rural est impressionnant. De nouveaux quartiers champignonnent à la périphérie sud de Fort-de-France sur des terrains municipaux envahis par une population interlope. En l'espace d'une nuit, vingt ou trente cases surgissent de terre. Les tentatives de rasage se sont avérées soit infructueuses soit dangereuses politiquement pour la petite bourgeoisie de couleur qui dirige la municipalité de la capitale.

Quant à la classe ouvrière proprement dite, elle est frappée de plein fouet. Des dizaines d'ouvriers du port viennent d'être licenciés et le Bassin de Radoub, jusqu'alors si actif, risque de fermer définitivement, si la baisse de ses activités continue. Déjà la plupart des bateaux qui y faisaient leurs réparations se dirigent maintenant sur Porto Rico où les installations sont plus modernes et les tarifs moins élevés. L'importante mobilisation de la C.G.T. depuis quatre mois n'a pu empêcher les patrons de désinvestir dans ce secteur pourtant vital pour les échanges économiques de l'île. De source sûre, il apparaît que d'importants capitaux sont transférés en ce moment dans certaines banques de Miami où existe déjà une colonie non négligeable de Blancs créoles martiniquais. Envisageraient-ils un repli progressif aux U.S.A. ?

J'ai recruté quatre personnes afin de constituer le noyau de la cellule Kamenev. Nous nous réunissons chez le seul qui ait quelques connaissances militaires, le camarade Justin Villormin qui a obtenu le grade d'adjudant-chef dans l'armée française en Algérie. Pour l'instant, il est plus guidé par la haine de la France et des Blancs en général que par l'amour de la Révolution prolétarienne mais je crois qu'il peut être gagné à nos idéaux. Les trois autres auxquels j'ai alloué la somme de sept mille francs chacun, sont les suivants :

— Thélus Armel, gabarier-chef aux établissements Plissoneau.

— Gustave Marcasset, cuiseur à l'usine du François.

— Ginette Saint-Hilaire, lavandière chez les Laguarrande au Plateau Didier.

Aucun d'entre eux n'a jamais été initié au marxisme mais ils sont mûrs pour participer à des actions violentes contre un système qui ne leur a pas fait de cadeaux.

Le camarade Miguel Hernandez du consulat du

Venezuela m'informe de sa mutation prochaine en Belgique. J'espère que l'agent qui lui succédera aura les mêmes qualités de discrétion et d'efficacité.

**Pour la Révolution mondiale**
**Camarade ANGEL.**

[Carnets intimes.

Sidney Bechet est mort. Sa clarinette m'érafle les sens par-delà le ressac de la mer des Caraïbes. On ne le connaissait pas ici. Le jazz n'est pas reconnu comme une musique nègre ; même pas comme une musique tout court. Eugène Lamour préfère les sonorités latines : merengue, guaganco, rumba. Pour lui, le jazz n'est qu'une cacophonie. Question : à quelle note Bechet a-t-il songé à l'instant qui a précédé sa mort ?

Je promène ma tristesse sur la jetée où des amoureux s'étreignent avec nervosité au passage des autos. Hier, Cicéron m'a rappelé une pensée d'Aimé Césaire datant de 1944 et publiée dans la revue *Tropiques* : « La révolution martiniquaise se fera au nom du pain, bien sûr, mais aussi au nom de l'air et de la poésie (ce qui revient au même). »

De l'air, voilà ce qui me manque le plus. J'étouffe aux Terres-Sainvilles entre leur avenue Jean Jaurès et leur demi-douzaine de ruelles tracées au cordeau. J'ai parfois l'impression d'être un prisonnier volontaire. Pourtant, Ho-Chen-Sang, le bistrotier, madame Villormin ou Eugène Lamour peuvent passer des semaines entières sans éprouver le besoin de sortir du quartier. Ils s'y sentent bien, ils rient, ils mangent, ils font l'amour. Le monde est pour eux réduit à l'échelle de cette langue de terre plate où les bourgeois craignent de mettre les pieds. Au XVIII^e^ siècle, m'apprend Jacquou Chartier, passionné d'histoire locale, les Terres-Sainvilles n'étaient qu'un vaste marécage où pullulaient les moustiques de la fièvre jaune. Cela s'appelait « le Marais du Misérable ». Les nègres libres y étaient parqués dans d'infâmes cahutes de branchages. Toute la ville y dévidait ses pots de chambre.

Signe des temps : dans la nuit du 17 au 18, une main, une ou plusieurs mains anonymes, ont peint en noir la statue de l'épouse de Napoléon Bonaparte sur la place de La Savane. Je me réjouis à l'avance de l'éditorial vengeur du sieur Romule Casoar. Ma logeuse, qui se prétend descendante des Amérindiens caraïbes, me brandit le numéro dès qu'elle me voit pointer sur le pas de la porte :

« Des barbares ! Des barbares, je vous dis, ces nègres-là ! Vraiment y a rien à faire pour civiliser le nègre, foutre ! »

Le plumitif est une nouvelle fois égal à lui-même :

*« Une main encore inconnue, une main stupide de vandale a osé se porter jusqu'aux parties supérieures de la statue de l'Impératrice Joséphine de Beauharnais dont le visage a été, sur un côté, barbouillé de noir. Le fait a été, en effet, remarqué mercredi matin, à la grande indignation de tous. Non mais faut-il que l'on soit idiot, que l'on ait des mœurs de primitif ou l'esprit formé au pan-béotisme le plus épais, pour imaginer ça. Et le faire. Quelle idée ! Elle ne flatte ni celui qui l'a eue, ni le pays où on l'a mise à exécution. Elle procède en tout cas de conceptions barbares, à moins quelle ne soit simplement sortie d'une cervelle d'oiseau, d'une caboche d'ivrogne, d'avarié mental quelconque. »*

Je soupçonne cet Alexis-grand-mouvement de Cicéron. Madame Villormin prétend qu'il est toujours fort agité lorsque la lune est montante. Il tient des discours enflammés aux abords de la caserne Gallieni sous l'œil goguenard de la sentinelle, un tirailleur sénégalais à chéchia rouge. Je le sais malheureux de n'avoir jamais pu convaincre un seul de ses « frères africains » comme il dit. L'autre soir, il s'est fait proprement ridiculiser par Eugène Lamour et Jojo Coiffeur. Ce dernier, qui écoute la T.S.F. du matin au soir dans son salon, lui avait cloué le bec en affirmant :

« Comment peux-tu dire que la France est raciste, petit bonhomme ? On a annoncé ce matin que Gaston Monnerville a été réélu président du Sénat. Ouais, monsieur ! Ça veut dire qu'un bougre de chez nous est le deuxième personnage de l'Etat. Si Papa de Gaulle meurt — Dieu préserve-le pour moi, s'il te plaît ! — eh ben c'est Monnerville qui sera président de la République. Si je mens, que monsieur Jean me contredise, lui qui a étudié dans les livres ! »

Au boxon Marie Curie, je croise parfois ce curieux zouave d'Eugène Lamour. Sans doute est-il au service de la police car il me couve toujours d'un regard lourdement inquisiteur. Je sens qu'il veut me questionner pour en savoir un peu plus que ce que tout un chacun lui a déjà révélé. Il n'a pas l'air de croire que je suis le fils d'une négresse partie faire le commerce de l'or à Bénézuèle et qui y est morte, me laissant à mon père, un Espagnol qui travaillait dans la marine marchande de son pays. Ou alors il doit se demander : qu'est-il venu chercher dans cette Martinique qu'il ne connaît pas ? Chaque fois qu'il est dans les parages, j'exagère mon accent hispanique et feins d'être pressé. Il faudra que je me contrôle davantage. Il ne m'est pas permis d'échouer dans ma mission même si les doutes m'assaillent de toutes parts.

Je suis ému chaque fois que je vois ma logeuse s'asseoir sur sa véranda et mouliner du café entre ses cuisses. Cela me remémore une vieille servante qui demeura trente ans à notre service et remplaça ma mère lorsqu'elle décéda en couches à l'orée de la quarantaine. J'en veux toujours à mon père qui lui serinait toute la sainte journée : « Il faut une sœur à Gérard et à Frédéric. » Je prends conscience que le regard vitreux de ma mère ne m'a jamais quitté même si je l'avais enfoui au plus profond de ma mémoire. Une petite souffrance lancinante qui a dû façonner chacun de mes gestes sans que je m'en rende compte.

Demain, je mettrai une fleur sur sa tombe, au cimetière des riches.]

**Juin 1959**

La cellule Kamenev a décidé de frapper au cœur du système capitaliste colonial : abattre le chef de la pseudo-noblesse, Henri Salin du Bercy. Justin Villormin assure qu'il peut l'atteindre à l'aide d'un revolver à cent mètres de distance malgré son infirmité. Nous nous sommes procuré des armes, fort chères, auprès d'une pacotilleuse des Terres-Sainvilles en qui nous avons entière confiance. Une servante du quartier Didier a pu observer les allées et venues du féodal pendant quinze jours. Il n'a aucun horaire fixe, aucune habitude intangible. Il est totalement imprévisible. Georges Mérancier est très circonspect devant notre projet. Il craint que les forces coloniales ne prennent prétexte de cette exécution pour démanteler le Parti. Il m'a permis d'en discuter avec les « Négrovitch » avant d'adopter une position définitive à ce sujet. Je trouve nos communistes bien tièdes pour des disciples de Lénine et de Staline. Peut-être est-ce dû au fait qu'ils n'ont pas eu mon expérience haïtienne et cubaine. A trop cantonner la lutte révolutionnaire sur le terrain syndical, on risque de s'enliser peu à peu dans le démocratisme petit-bourgeois.

Je me permets de suggérer une série d'actions offensives à travers toute la capitale dès que l'exécution aura été menée à bien. L'essentiel de l'armée et de la gendarmerie est concentré à Fort-de-France, laquelle ne compte que trois sorties réellement praticables. On pourrait tout bloquer à l'ouest en coupant le pont de l'abattoir qui enjambe le canal Levassor, au nord et au sud en déversant des camions de pierres sur les routes menant à Saint-Joseph et au Lamentin. J'ai approché deux camionneurs-livreurs de denrées alimentaires dans les communes qui ont longtemps travaillé avec les établissements Chenier de Reynaud. A la suite d'un différend avec le béké, ils se retrouvent sans la moindre course depuis le début de l'année.

A ce moment-là, les troupes du Parti prendraient le relais en investissant l'immeuble de la radio et en encerclant les différentes casernes. Le fort Desaix peut être aisément coupé de l'extérieur par les gens de Trénelle qui en connaissent les douves comme leurs poches. La cellule Zinoviev de ce quartier est composée de travailleurs du port qui n'ont pas froid aux yeux. Il faudrait dans un troisième temps envisager une descente massive sur Fort-de-France des travailleurs agricoles des principales communes du nord et du centre de l'île comme cela s'est fait en 1935. Evidemment tout cela nécessite une préparation minutieuse et surtout une coordination sans arrière-pensée entre notre groupe et la fraction la plus évoluée du Parti.

Il faudrait aussi que le secrétaire général proclame la République Socialiste Indépendante de Martinique dans les deux jours qui suivront ces différentes opérations. Je suis persuadé que Cuba, la Guinée et le Viêtnam nous reconnaîtront immédiatement. Après cela, les pays frères du pacte de Varsovie suivraient. J'attends donc vos instructions.

**Pour la Révolution mondiale**
**Camarade ANGEL.**

[Carnets intimes.

Je nourris de profonds doutes sur notre capacité, à nous, Martiniquais, d'accéder un jour à la souveraineté nationale. N'avons-nous pas toujours réclamé, dès l'abolition de l'esclavage, l'assimilation à la France ? Chaque fois que je discute avec Georges Mérancier, je suis effrayé de voir à quel point il est français et pas « russe » du tout ni martiniquais. Les socialistes et communistes antillais n'ont eu cesse, sans doute pour contrer l'oligarchie békée, d'exiger l'application des mêmes lois que dans la métropole et c'est Jules Monnerot, notre idéologue marxiste le plus brillant, qui écrivait en 1920, dans le tout premier numéro de *Justice,* que « l'assimilation de la Martinique à un département français » était une nécessité.

Mérancier, en fin dialecticien qu'il est, prétend que l'assimilation réclamée par les Communistes n'avait rien à voir avec ce qui se déroule présentement sous nos yeux. Selon lui, Jules Monnerot réclamait la fin des décrets coloniaux et de l'arbitraire métropolitain, et leur remplacement par les lois démocratiques françaises, toutes bourgeoises qu'elles étaient. Autrement dit la simple application d'un cadre juridique, pas l'imposition d'une culture et d'un mode de vie étrangers. Mais n'est-ce pas de la naïveté que de croire qu'on peut instaurer l'intégralité du système départemental français en Martinique sans du même coup provoquer la lente mais inexorable pénétration de la francité ?

Je crois de plus en plus que la seule et unique façon de rompre avec le syndrome européocentrique de nos élites est d'envoyer nos étudiants non plus à Paris (ni même à Moscou), mais plutôt à Cuba, à Trinidad, voire à Caracas. Je suis frappé de constater à quel point Sylvanise Vincent, pourtant pacotilleuse à moitié analphabète, possède une claire conscience de sa caribéanité. Pour elle, il n'existe pas de frontières entre nos îles et elle se sert avec un toupet effarant de ses faux passeports. Elle est, en un sens, plus révolutionnaire que n'importe lequel de ces bourgeois francisés ou russifiés qui dirigent le Parti.

Curiosité entomologique : il existe chez nous une variété de nègres tellement ensorbonnés qu'ils se promènent du 1er janvier au 31 décembre en costume trois-pièces sans transpirer une seule goutte de sueur. On jurerait que par une étrange modification génétique, leurs glandes sudoripares se sont définitivement asséchées. Sans leur cravate et leurs boutons de manchette en or, ils se sentent nus. Georges Mérancier, entre autres, est de ceux-là. Par contre, j'ai pu vérifier que les Blancs créoles ne supportent pas cet accoutrement. Henri Salin du Bercy était en chemise de lin lorsqu'il a reçu des mains du préfet la rosette de la Légion d'honneur au titre du commerce et de l'industrie. D'une manière générale, les Blancs créoles sont la classe sociale la moins attachée à la France. Qui oublie que le sieur du Bercy a voulu, au sortir de la guerre, que la Martinique devienne un dominion américain ?

Sylvanise doit m'apporter les armes demain soir si elle n'est pas fouillée à l'aéroport du Lamentin. Elle m'a confirmé que les douaniers, qu'elle appelle tous par leur prénom, ne l'enquiquinent pas lorsqu'elle revient de Curaçao. Justin Villormin, notre armurier, n'est pas content : il pense le plus grand mal des mitraillettes tchèques que nous devons recevoir. Il aurait préféré du matériel israélien à défaut d'autre chose.

« Si les fellaghas n'ont pas encore gagné la guerre en Algérie, me serine-t-il, c'est à cause de toute cette ferraille soviétique qu'utilise le F.L.N. »

(Note : il a la véhémence tragique de ceux qui n'ont rien à perdre.)

Le Parti est accaparé tout entier par les élections cantonales du mois prochain. Il rêve de reconquérir Fort-de-France d'où il a été délogé depuis la démission d'Aimé Césaire. Impossible de joindre les membres du bureau politique. Sont tous occupés à faire du porte-à-porte. Par bonheur, notre cellule Kamenev a grossi de sept nouveaux membres, tous dévoués à la cause de la Martinique et prêts à verser leur sang pour elle. Quoique idéologiquement ignorants, ils me comprennent à demi-mot. Je me demande pourquoi le Parti n'a jamais pu utiliser cette révolte à l'état pur qui bout dans les tripes de nombre de prolétaires tant des Terres-Sainvilles que de Trénelle ou de Volga-Plage. Quel gâchis !

Romule Casoar me paraît de plus en plus suspect. Je le soupçonne d'espionner pour le compte des Renseignements Généraux. Il est vrai qu'il a la dégaine tellement débonnaire et surtout la plume si agile qu'il force les portes de mon hostilité. Son dernier éditorial est du dernier hilarant :

« *Tous les Martiniquais ont lu l'article de notre journal où nous reprochions à madame Martine Carol de se contenter de ses succès callipyges et de ne pas avoir de hanches. Eh bien, il paraît qu'après avoir consulté le Larousse, elle aurait déclaré à l'un de ses amis : "Monsieur Romule Casoar dit que je suis mal faite. Parions que si je dégrafais mon corsage devant lui, il en deviendrait fou." Nous pouvons affirmer, à notre tour, que si nous en faisions autant devant madame Martine Carol (pas au même endroit), elle aurait les mêmes réactions.* »

Casoar, Cicéron Nestorin, Eugène Lamour, Ancinelle Bertrand, Grand Z'Ongles, monsieur Jean, Ziguinote, Bec-en-Or, Jacquou Chartier, madame Villormin, Malaba, Justin, Chine, Aboubaker : quel macaillis d'humanité, foutre !]

**Juillet 1959**

Les élections cantonales ont été une catastrophe pour la gauche martiniquaise à Fort-de-France et une déroute pour la droite. Un exemple : sur 9 000 inscrits dans le canton du Centre-Ville, il y a eu à peu près 1 000 votants soit à peine 10 % du corps électoral. Cette désaffection de la population pour le jeu des urnes témoigne de sa profonde défiance envers le système départementalo-colonial mis en place depuis la loi de 1946. Le candidat du Parti Communiste n'a récolté que 237 suffrages.

Il semble urgent d'opérer une révision de la stratégie mise en place par le Parti. Son trop grand respect de la légalité le conduit à un électoralisme tout compte fait peu payant et qui risque à terme de le discréditer aux yeux des travailleurs, qui ne voient plus en lui la grande force capable de les défendre contre les avanies du capitalisme béké et métropolitain. Les licenciements brutaux sur le port au mois de mai dernier n'ont pas été suivis d'une riposte suffisamment sévère et nos sympathisants se détournent de nous, jour après jour. A mon avis, des têtes doivent tomber au bureau politique.

La jeunesse martiniquaise sans emploi est à l'affût de propositions neuves, d'une vision exaltante du combat à mener. Les arguties politicardes, directement décalquées dans *L'Humanité*, les laissent froids. Ici, nous vivons un drame colonial au sein duquel les acteurs de théâtre classique n'ont pas leur place. Cela pour dire que je ne partage pas du tout les consignes attentistes que j'ai récemment reçues. L'objectif du Komintern est de diffuser sur toute la surface du globe les idéaux des camarades Lénine et Staline, et cela quel qu'en soit le prix. L'avenir sera radieux pour tous les peuples de la terre.

**Pour la Révolution mondiale**
**Camarade ANGEL.**

[Carnets intimes.

Ancinelle m'a présenté sa marraine. Une grande perche quarantenaire, assez belle malgré ses oreilles décollées, qui voue son existence à baptiser des enfants. Il paraît que cette Philomène en a déjà nommé vingt-neuf et qu'elle se bat pour atteindre le chiffre de cinquante à partir duquel les portes du paradis lui seront ouvertes. Elle m'a aussitôt harcelé :

« Monsieur, baillez-moi un prénom, s'il vous plaît. Les gens d'aujourd'hui ne veulent plus des miens. Si vous les écoutez, c'est Sylvie, Caroline, Mylène ou Martine qui est à la mode, c'est ça qui est civilisé. Hon ! »

Ici le désarroi tourne vite au délire. Ce en quoi, nous les nègres francisés, sommes très différents des autres caribéens. A Saint-Domingue, l'homme déchu sombre dans la prostration tandis qu'en Haïti ou à la Martinique, il se met à fabriquer des discours grandiloquents qui ne sont en fait adressés à personne en particulier. Cicéron, avec qui je tentais de comprendre ce phénomène, m'a rétorqué avec le plus grand sérieux du monde :

« Mon cher, le nègre est un être naturellement infatué et pompeux, c'est pourquoi il use de mots plus longs que ceux des Blancs. Là où ceux-ci disent "brigandage", nous disons "brigandagerie" ; quand ils clament leur "dégoût", nous parlons de notre "dégoûtation". C'est notre revanche sur eux. Ha-Ha-Ha ! Ils n'avaient qu'à ne pas nous enseigner leur langue, on ne leur avait rien demandé, tonnerre du sort ! Nous nous foutons royalement de leur Académie française, de leur dictionnaire Littré et de leurs dix commandements grammaticaux. »

Même le Vendéen Jacquou Chartier semble avoir perdu la raison. Alors qu'il était universellement admis qu'il aimait l'Indienne Julianise d'amour fou, voilà qu'il a glissé un petit mot dans le sac d'Ancinelle. Cette dernière me le tend d'un air minaudier :

« J'ai fait dater l'amour que je te voue au carbone 14 : il remonte à huit milliards d'années. »

Pour moi, la chabine n'est qu'une camarade de lutte, rien de plus. Elle ne m'émeut que lorsque, aux réunions de notre groupe, elle s'enflamme contre l'injustice et fait taire les hésitations des autres. Elle s'est proposée d'autorité pour tirer le coup de feu qui doit abattre le chef de la Caste à la sortie du boxon Marie Curie. Ce vieux roquentin de monsieur Jean ne soupçonne pas une miette de temps quel volcan irruptionne parfois en ce corps frêle. Elle a même proposé d'attirer Salin du Bercy dans un guet-apens puisque le bougre ne cesse de la sommer de lui ouvrir ses cuisses comme s'il avait affaire à une de ces négresses d'habitation façonnées dans la simplesse. Mais nous avons tous jugé que c'était trop dangereux.

Bizarre : cela fait près d'une charge de temps qu'Anna-Lydia n'est pas venue hanter mes rêves. Flaubert, dont je suis en train de redécouvrir *L'Education sentimentale*, a raison : « Les passions s'étiolent quand on les dépayse. » Par contre, je ressens le poids d'une solitude immense et je traîne chez Chine jusqu'à la fermeture pour ne pas retrouver les murs jaune sale de ma chambrette. Je n'ai jamais autant ressenti le besoin de ma famille. Mon père déblatère régulièrement à la radio contre ce qu'il nomme les « moscoutaires ». Mon jeune frère mène notre négoce d'une main de maître à ce qu'on m'apprend. Il vient même d'être élu président du Cercle Martiniquais, dignité à laquelle on n'élève pas souvent les jeunots. Il a été la vedette du cocktail organisé par le consul Hopkins des U.S.A. à l'occasion de l'Independence Day.

Suis allé voir au Bataclan *Le Pont de la rivière Kwaï*. La salle identifiait chaque soldat tortionnaire japonais à l'un de nos Chinois des Terres-Sainvilles, se promettant à haute voix de leur faire la peau une fois la séance terminée. A cet instant, je comprends que pour la majorité des spectateurs, les films sont tout aussi réels que leur vie à eux. Décidément, chaque jour me fourgue son lot de surprises.]

**Août 1959**

Les camarades de la cellule Kamenev ne comprennent plus rien à vos directives. Certes, nous admettons que la situation de Fidel Castro est encore fragile mais ne fallait-il pas profiter de son entrée à La Havane pour ouvrir un deuxième foyer d'insurrection dans la Caraïbe ? Les Etats-Unis ne seraient pas dans un premier temps forcément hostiles à une décolonisation qui leur permettrait de réduire à moindres frais la présence européenne dans la région.

Le Parti n'est plus à la hauteur de la situation. Il n'a plus aucun projet révolutionnaire et se complaît dans un attentisme suicidaire. Pendant ce temps, les masses populaires, exaspérées, ne savent plus à quel saint se vouer. Le mouvement adventiste, en provenance des impérialistes américains, est en train de s'implanter avec un étonnant succès.

Nous vous adjurons de nous épauler dans nos actions ou sinon nous considérerions ne plus faire partie du Komintern. Attendons réponse rapide.

**Pour la Révolution mondiale**
**Camarade ANGEL.**

[Carnets intimes.

Sylvia Menendez y Carvajal alias Shirley Vindgrave n'a pas menti. Elle nous a bien rapporté les armes que nous lui avions commandées et j'ai même été surpris de la modicité de la somme qu'elle nous a réclamée. Et dire que les camarades du bureau politique la considèrent comme une ennemie de classe ! Sans doute parce que sa profession de pacotilleuse n'est pas répertoriée dans *Le Capital*. J'en ai assez de ces « répétasseurs de bibles abrégées », selon une expression que j'ai relevée dans je ne sais plus quel ouvrage.

Justin entraîne Ancinelle chaque après-midi dans une ravine de Godissard où il lui enseigne le maniement d'un gros revolver d'un noir brillant. Elle n'est nullement impressionnée et assure faire des progrès constants. Une toute nouvelle recrue, Yvon, ancien tonnelier à l'usine du Galion, fait le guet jour et nuit à Didier aux abords de la villa d'Henri Salin du Bercy. Nous nous apercevons qu'en réalité, le chef de la Caste a des habitudes beaucoup plus fixes que nous ne nous l'imaginions. Il ne devient fantasque que lorsqu'il a trop abusé du tafia avec ses compères békés.

Le plus souvent, il se rend au boxon Marie Curie le vendredi après-midi vers cinq heures, après la réunion du conseil d'administration du Crédit Martiniquais dont il est membre. Après avoir digéré des dévalées de chiffres, notre homme aime bien fretinfretailler (avec des petites négresses noires à en croire la rumeur publique). Nous avons fixé l'opération au dernier vendredi du mois prochain car la nuit tombe en cette période de l'année ni trop vite ni pas assez vite. Il s'agit de viser du Bercy dans l'intervalle du court crépuscule du début de la saison d'hivernage.

« Pourvu que Grand Z'Ongles ne sorte pas juste à cet instant-là », a plaisanté Justin.

L'avant-veille, le quimboiseur venait d'être accusé d'un nouveau crime à distance : celui d'un clerc de notaire qui avait porté plainte contre lui pour escroquerie et qui s'en était vanté dans la presse. Tout le groupe, y compris Ancinelle, y croit dur comme fer. J'ai rarement eu l'occasion de croiser Grand Z'Ongles et chaque fois je n'ai vu qu'un type efflanqué, avec une pomme d'Adam proéminente, qui avançait avec sa canne d'un pas saccadé. De quel côté se placerait-il en cas de révolution ?

J'ai un peu repris goût à l'existence. Je me suis trop apitoyé sur mon sort ces derniers temps.]

**Septembre 1959**

[Carnets intimes.

Le Komintern a refusé tout net l'opération Henri Salin du Bercy. J'ai donc décidé, sans en référer aux autres, de rompre avec lui. D'ailleurs, cela ne change rien à l'affaire vu qu'ils n'avaient qu'une image très floue de ce que cet organisme pouvait bien représenter. Un simple bailleur de fonds à leurs yeux. Tout est fin prêt. Une fois le chef de la Caste abattu, trois d'entre nous doivent incendier la préfecture tandis que deux autres sont chargés d'attaquer à la mitraillette le Fort Saint-Louis pour faire un carnage maximal puis de se réfugier au Morne Pichevin chez un cousin d'Yvon. Si le Parti ne bouge pas dans la journée du lendemain, la cellule Kamenev doit se disperser pendant une semaine puis se ressouder dans la ville du Lamentin, au quartier Roches Carrées, où Justin Villormin a acheté un lopin de terre avec ses indemnités de grand blessé de la guerre d'Algérie.

J'ai demandé à Ancinelle Bertrand d'espacer ses rencontres avec monsieur Jean tout en continuant à suivre normalement ses cours d'adultes. Si l'action réussit, elle a pour consigne de prétexter des maux de ventre et de s'aliter chez sa marraine à Volga-Plage. Je ne l'ai jamais vue aussi radieuse et aussi ensorcelante qu'à l'approche du grand jour. Je crois que je commence à éprouver un petit faible pour sa silhouette de charmeresse. A aucun moment, je ne doute de sa détermination alors qu'il m'arrive de trembler devant tel ou tel propos d'un de nos membres.

Georges Mérancier m'a fait parvenir une convocation du Parti à laquelle je ne répondrai bien sûr point. De quel droit se permettent-ils de me faire passer devant un tribunal ? Les jeux sont désormais faits. A eux d'assumer leurs responsabilités ou de disparaître.

Etrange : Grand Z'Ongles m'a invité dans son antre de la rue Marat. J'y suis allé en rigolant dans mon for intérieur des simagrées qu'il ferait pour me convaincre de son pouvoir. Dès que je me suis assis en face de lui, il a pris un crayon noir et a commencé à tracer de façon frénétique des inscriptions en caractères inconnus de moi sur de grandes feuilles de papier rose. Deux bougies éclairaient ses traits hâves d'où émergeaient ses yeux couleur de sang. Sa salle de séances était un cabinet surchauffé à cause de lourds rideaux qui couvraient les murs. Des statuettes grossières en bois de fougère sculpté contribuaient à appesantir l'atmosphère diabolique qui émanait du lieu.

« *Ou lé konnèt zafè'w ?* s'enquit-il. (Tu veux savoir où tu en es ?)

— *Si ou lé...* » (Si vous voulez...)

— La personne qui est doudou-chérie de votre cœur, vous la reverrez bientôt. C'est une étrangère, elle vous espère et pleure votre absence dans une misère noire... Rejoignez-la maintenant même, car tous vos projets sont troués comme du fil d'araignée. Rien de ce que vous avez projeté ne se réalisera... rien... Un proche parent à vous décédera dans les deux mois qui viennent, courez l'embrasser avant qu'il ne soit trop tard... je ne vois que des faibles autour de vous... des gens sans aplomb... et surtout un ennemi mortel, un Blanc-pays... écartez-vous de son passage... »

Puis Grand Z'Ongles se dressa brusquement, juste au moment où j'allais éclater de rire, et m'ordonna de le suivre. Il ouvrit la petite porte du fond de son cagibi et je découvris qu'elle débouchait sur un escalier abrupt. Le quimboiseur alluma une lampe de poche et m'entraîna dans une descente qui me parut interminable. Des chauves-souris voletaient au-dessus de nos têtes en proie à une terrifiante excitation. Je m'aperçus que tous les poils de mes bras étaient debout. Mes lèvres s'étaient soudainement desséchées. Je voulus interroger Grand Z'Ongles mais j'étais incapable d'articuler un seul mot. L'escalier continuait à plonger dans le ventre de la terre, en colimaçon cette fois-ci. Parfois, nous rencontrions des squelettes entiers, parfaitement conservés dans des postures naturelles : assis les jambes repliées sous le menton ou à genoux comme s'ils priaient. Un effroi sans bornes s'empara de moi. Je voulus rebrousser chemin mais une force, un ballant irrésistible me charroyait à la suite du quimboiseur qui accélérait sans cesse le pas.

Au bout d'une heure de marche, nous parvînmes à une sorte de grotte pourvue de tentures dorées, étonnamment claire, alors qu'on ne distinguait pas la moindre source de lumière. Quand Grand Z'Ongles se retourna vers moi pour me lancer « *Vréyaj nou bout, konpè !* » (Notre voyage est achevé, ami !) je vis que son corps était déformé par des hoquets gigantesques qui faisaient presque jaillir de leur enveloppe de chair les os de ses mâchoires et de ses épaules. Il se saisit d'un fouet si long qu'il s'enroulait sur lui-même et me désigna un coin plus sombre de la grotte. Je découvris un énorme livre, plus énorme que ceux du Moyen Age, amarré par des chaînes à bœufs à même le roc. Le quimboiseur le fouetta avec rage plusieurs fois, provoquant des soubresauts rageurs chez l'ouvrage. On aurait juré que des rugissements de bête traquée sortaient du dedans de ses pages emprisonnées. Les chaînes craquaient de toutes parts, menaçant de se briser. Une fumée grisâtre et méphitique embuait sa couverture et masquait son titre pourtant écrit en lettres démesurées. A chaque coup de fouet, le quimboiseur hurlait :

« *Réponn, non ! Réponn !* » (Réponds ! Allez, réponds !)

Soudain, le livre s'apaisa et je pus lire : *Livre de la Connaissance et du Mal.* Mon rêve prit également fin à cet instant-là. Ma couche était baignée de sueur et ma logeuse tambourinait à ma porte en suppliant :

« Angel O ! Angel, ouvre pour moi, cher. Si tu es malade, je vais te faire un thé-cannelle. Ça coupe la fièvre net. »

La raison de ce cauchemar : ce bougre de Grand Z'Ongles s'était assis la veille, chez Chine, à une table qui faisait face à la mienne et m'avait regardé avec fixité pendant toute la soirée.

Péripétie que tout ça. Le grand jour approche...]

**Octobre 1959**

[Carnets intimes.

Septembre pourvoyeur de cyclones a tout renversé. Les vents ont entrepris de balayer les rues sales de la ville, happant au passage les abat-vent mal fermés et éteignant les lampes à pétrole. Des communiqués radiophoniques alarmistes cloîtraient les habitants à l'intérieur de leurs maisons. Ma logeuse a fait venir une armada de menuisiers pour lui clouer des planches de soutènement un peu partout dans sa vieille bâtisse datant du début du siècle.

Ancinelle, comme travaillée dans son corps par la fureur des éléments, chantonnait sans arrêt telle une femme folle. Nous ne la reconnaissions plus. Elle semblait ne plus nous voir et déparlait sans discontinuer dès que nous entamions une réunion. Yvon a proposé de prendre sa place mais l'adjudant-chef Justin s'y est opposé. Motif : le tonnelier tirait trop mal.

Les Terres-Sainvilles vivent dans l'angoisse. L'avenue Jean Jaurès se vide dès trois heures de l'après-midi et Chine, le Syrien Aboubaker ainsi que Marie Curie se retrouvent complètement désachalandés. Une seule parole court dans toutes les bouches :

« *Siklôn-la anlè nou !* » (Le cyclone arrive !)

A quelques heures du désastre, il m'est impossible de contacter les autres membres du groupe, or l'opération est prévue pour le surlendemain. Certains sont remontés en commune ou à la campagne afin de consolider leurs cases ou rentrer leur bétail. Je tue le temps en relisant par morceaux Césaire et Saint-John Perse. *Cahier d'un retour au pays natal* dans l'édition de Présence Africaine et « Eloges ». A travers les lignes, j'entrevois la ferveur de Cicéron et de monsieur Jean. Je comprends alors que j'ai trop longtemps déserté la poésie au profit de Marx et de Lénine. La passion de Che Guevara pour Goethe m'avait toujours laissé perplexe.

De ma fenêtre, j'aperçois Eugène Lamour qui tente, désespéré, de couvrir son antique Plymouth décapotable d'un prélart. La rue est un vaste tourment de vents humides. Ziguinote, le fossoyeur couli du cimetière des riches, sort de chez Chine en trébuchant. Il s'arrête à hauteur du Don Juan et, les mains fourrées dans ses poches, il pète de rire. Ma logeuse m'appelle pour déjeuner. A table, les mines sont défaites. Monsieur Jean engloutit son repas, les yeux rivés à son assiette. Malaba, qui a dû trouver quelques jobs fructueux ces jours derniers, dépose un billet froissé devant la Caraïbesse d'un geste dédaigneux et prend place à mes côtés. Je suis sûr qu'il feint l'impassibilité.

A mesure que les vents se font furieux, nous nous mettons tous à couver une attente lancinante. Je me surprends à frissonner à chaque craquement de la tôle du toit. Tout le monde prie autour de moi.]

**Novembre 1959**

[Carnets intimes.

Ils renoncent. Henri Salin du Bercy ne mourra pas sous nos balles. Pourtant le cyclone a finalement dévié sa route à l'approche de la Martinique et nous n'avons reçu que des trombes d'eau tourbillonnantes. Ancinelle y voit la main du Seigneur. Je ne l'ai jamais entendue prononcer ce mot auparavant. Elle semble s'enticher de plus en plus de monsieur Jean. Elle évite mon regard et ne répond pas à mes questions. Les autres ne viennent plus aux réunions du groupe.

J'ai envie de me retrouver au Royaume des

Brouillards en Patagonie et de marcher droit devant moi. Là où se trouve le néant...]

## 20

Après avoir failli se faire lyncher au Pont Démosthène par une horde de manifestants conduits par Malaba en personne, le Blanc-France Jacquou Chartier ressentit l'irrépressible envie de retrouver monsieur Jean que d'aucuns affirmaient planqué dès le début des émeutes. Chartier voulait se délivrer de l'espèce d'exaltation qui s'était emparée de lui dès que les premiers incendies eurent commencé à semer la panique dans le cœur des honorables habitants du Centre-Ville. Se faisant l'interprète fidèle de ces derniers, le journaliste Romule Casoar avait voué aux gémonies ce qu'il désignait comme « la brigandagerie naturelle du nègre martiniquais auquel il reste de grands pas à faire sur la voie royale de la Civilisation ». Les qualificatifs les plus dénigrants avaient fourmillé sous sa plume : « apaches », « fellaghas », « truandaille », « marouflerie », « chiennaille », « cabaleux » et autres « foutards ». Chartier avait souri à la lecture dudit éditorial qui prouvait bien que Casoar était plus nègre dans l'âme qu'il ne voulait l'admettre étant donné son goût immodéré pour les termes sonores.

Il toqua en vain à la porte de cette dame Villormin qui tenait boutique et marchandise de ribaudes. Il demeura perplexe devant le Trouve ton Bonheur dont la propriétaire avait fait brocanter l'enseigne : le magasin de pacotille s'appelait à présent « La Felicidad ». Le salon de Jojo Coiffeur était demeuré grand ouvert mais il était vide de toute présence humaine.

Craquant une allumette, Chartier examina son visage tailladé par un coup de roche vicieux et essuya la rigole de sang qui lui décorait le cou. Une patrouille de gardes mobiles passa en jeep, à vive allure, en braillant :

« Respectez le couvre-feu ! Ordre du préfet ! Couvre-feu ! »

L'avenue Jean Jaurès était plongée dans une noirceur fantomatique. Chartier s'assit à même le trottoir se demandant s'il ne ferait pas mieux de regagner son appartement du Séminaire-Collège pour attendre des jours meilleurs. D'énormes rats sarabandaient dans les dalots, certains s'adonnant même à d'étranges parades nuptiales qui le déridèrent. Il aurait bien aimé connaître les règles de vie de cette société-là. Tout dégoûtants qu'ils fussent, les rats de Fort-de-France lui avaient toujours semblé moins fous que les trois autres espèces animales qui y régnaient, à savoir celle des hommes, celle des chiens qui tenaient, eux aussi, assemblée nocturne et celle des cochons sans maîtres lesquels étaient mus par une drive sans fin. Le cochon mastodonte monsieur Untel avait toujours ému Chartier bien que sa chère Julianise ainsi que sa parentèle le détestèrent quand il fut évident que la bête avait choisi le quartier indien d'Au Béraud comme lieu de prédilection. Le Blanc-France s'était pourtant escrimé à expliquer à son futur beau-père, prêtre du Bondieu-Couli de son état, qu'au regard de sa religion, il ne devrait pas trop malmener monsieur Untel.

« Dans une autre vie, il était peut-être une aussi charmante créature que votre fille », avait-il plaidé sans succès.

En fait, l'idée de réincarnation n'avait pas réussi à traverser les mers et demeurait inconnue de l'hindouisme martiniquais. Ici-là, comme disait monsieur Jean, chaque race n'avait conservé que des bribes, souvent mal recollées et mélangées à d'autres croyances, de leur terre originelle. Chartier finit par se diriger vers le meublé où le quinquagénaire louait une chambre qu'il s'était toujours refusé à faire visiter à qui que ce soit. Il évoquait comme prétexte l'acrimonie permanente de sa logeuse contre les nègres et ceux qui, à l'instar de Chartier, leur vouaient trop de sympathie. Chaque jour que Dieu faisait, elle s'écriait en balayant la devanture de son petit immeuble :

« Messieurs-dames de la compagnie, entendez-moi bien : je n'ai pas une seule goutte de sang nègre qui coule dans mes veines. Pas une demi-goutte ! Ma famille descend en ligne droite des Caraïbes alors je ne veux pas de vos macaqueries chez moi, non ! »

Elle rabroua vertement Chartier quand ce dernier lui demanda des nouvelles de son locataire du dernier étage.

« *I pa la ! I dwèt an garony épi ti masoukwèl Ansinèl la. Sa ou lé mwen di'w ?* » (Il n'est pas là. Il doit être parti mener la vie avec cette putaine d'Ancinelle. Qu'est-ce que j'en sais moi ?)

Au désespoir, le bougre se mit à errer dans les Terres-Sainvilles. A la rue de la Pétition des Ouvriers de Paris, même la case en fibro-ciment de Fils-du-Diable-en-Personne était close. Une planche avait été clouée en travers de son unique porte comme si le brigand l'avait désertée définitivement. Pourtant, Chartier entendit un chuchotis à l'intérieur fait de protestations étouffées, de petits rires nerveux et de « hon ! » dont il était malaisé de déterminer la signification. La porte était vermoulue et percée de nombreux trous dus à des coups de coutelas ou de jambette vengeurs que des gens, sans doute humiliés par Fils-du-Diable-en-Personne, infligeaient de manière rituelle à son antre. Chartier se risqua à y jeter un œil et en dépit de l'obscurité, il reconnut la puissante membrature du major qui s'agitait face à deux créatures plus fluettes sur lesquelles le professeur du Séminaire-Collège fut incapable de mettre des noms. Collant alors une oreille contre la porte, il distingua nettement les propos suivants :

« *Misyé Jan konnèt Marigo-Bèlvi kon pôch li, sé li ki pé mennen nou koté-a.* (Monsieur Jean connaît Marigot-Bellevue comme sa poche, lui seul peut nous conduire à cet endroit.)

— Vous savez où le trouver ?

— *Pa pè ! Man sav ola i séré.* (N'ayez crainte ! Je sais où il se cache.)

— Vous avez averti les habitants du quartier ? Ça risque d'être une formidable explosion, camarades. Même le Bord de Canal risque d'être touché.

— *Man pasé yè tout lajounen ka vèti moun men ni sa ki ni tèt rèd.* » (Hier, j'ai passé la journée à avertir chacun mais il y a toujours des entêtés.)

Jacquou Chartier fut pris d'un tremblement qui le poussa à s'éloigner de la case de Fils-du-Diable-en-Personne. Ainsi, le camarade Angel et le bandit de grand chemin s'étaient décidés à mettre l'idée diabolique du second à exécution. Le troisième homme, celui qui n'avait pas parlé, était probablement Bec-en-Or et avec lui, il n'y avait aucune chance que la raison l'emportât. Il était aussi pousseur-de-feu que les deux autres, sinon davantage. Cette idée, Fils-du-Diable-en-Personne l'avait souvent émise sur le ton de la pure gloriole à la case-à-rhum de Chine. Peu de gens la prenaient au sérieux :

« Les hommes, il y a un moyen de foutre en l'air cette ville-là, un moyen simple comme bonjour. Vous voyez tous ces tuyaux de la compagnie Texaco qui charroient du kérosène dans les cuves de Marigot-Bellevue, eh ben, il n'y a qu'à péter l'un d'eux et craquer une allumette. Et boum ! Ha-Ha-Ha ! »

Au vu des énormes cuves qui exploseraient si pareille chose se produisait, songeait Chartier, c'est presque la moitié de Fort-de-France qui disparaîtrait, et la ville ayant été construite dans une cuvette, le vent pourrait fort bien à son tour propager les flammes dans l'autre moitié. Une apocalypse, quoi ! Chartier eut la tentation de fuir loin de ce lieu de folie dans lequel des êtres dont il avait pu mesurer l'humanité et l'intelligence semblaient ne pas hésiter une seconde à envisager le sacrifice de milliers des leurs. Ce camarade Angel lui paraissait maintenant bien plus anarchiste que bolchevique. Un dangereux anarchiste qu'il devait empêcher à tout prix de contacter monsieur Jean. Chartier pressa le pas, mû par une soudaine intuition. Il fonça chez Chine qui respectait le couvre-feu mais à l'étage duquel on percevait la faible lueur d'une bougie. Il héla :

« Chine, dis à monsieur Jean que je l'attends. Qu'il descende tout de suite !

— Chutt ! Tu es fou, Blanc-France ! Ça patrouille partout, ça tire dans tous les sens. Tu veux mourir ce soir ou bien quoi ?

— Cesse tes jérémiades, s'il te plaît. Je n'ai plus de temps à perdre. Je sais que monsieur Jean a cherché aide et protection chez toi alors transmets-lui ma commission. »

Des rafales de fusil mitrailleur obligèrent Chartier à s'allonger à même le trottoir et à demeurer une dizaine de minutes dans cette position. Au loin, il voyait le ciel illuminé de bouteilles incendiaires et des hurlements lui parvenaient depuis la Croix-Mission. Quand il se redressa, il se retrouva entouré du camarade Angel, de Fils-du-Diable-en-Personne et de Bec-en-Or. Bien qu'ils se fussent camouflés la figure à l'aide de haillons-cabane, il lisait une détermination farouche dans leur regard. Bec-en-Or tenait une grosse hache à la main qu'il moulinait en rigolant dans sa barbe, sans doute déjà un peu ivre. Il attrapa Chartier par le collet et lui demanda :

« *Ou sav ola kanmarad Jan yé ?* (Tu sais où se trouve le camarade Jean ?)

— Non... non-non...

— Quelles sont tes dernières volontés ? fit le camarade Angel en lui posant le canon d'un revolver sur la tempe, tu veux fumer une cigarette ? Fils-du-Diable-en-Personne, baille-lui une Mélia ! »

Le bandit n'en fit rien. Il s'avança sur Chartier comme s'il s'apprêtait à lui voltiger un de ces redoutables coups de tête qui avaient établi sa réputation non seulement à travers la Martinique entière mais aussi dans les îles circumvoisines et, au dernier moment, il empoigna les graines de l'Européen. Ce dernier ne put s'empêcher de pousser un hurlement que le bandit étouffa de son autre main, plaquant le bougre contre la boutique de Chine. Bec-en-Or et le camarade Angel s'esclaffaient, inconscients du danger qu'ils encouraient dans cette ville où les autorités avaient interdit toute circulation dès six heures du soir.

« *Koté i yé ?* (Où est-il ?) insistait le major des Terres-Sainvilles sans lâcher le sexe de Chartier.

— *Mi mwen !* (Me voici !) chuchota une voix qui émanait du balcon de Chine. Fichez-lui la paix ! »

Avec une agilité digne d'un adolescent, monsieur Jean se laissa glisser le long de la gouttière et rejoignit la petite troupe. Il arborait un chapeau de feutre noir et une cravate qu'il avait attachée à la va-vite. Sa canne à pommeau d'argent, sur laquelle il s'appuyait à deux mains, contribuait à renforcer son allure de vieux beau. Il semblait d'humeur joviale.

« Alors, camarades, prêts pour la mise à sac du Palais d'hiver ? plaisanta-t-il.

— Prêts ! répondit Fils-du-Diable-en-Personne en brandissant sa hache.

— Ha-Ha-Ha ! Vous croyez que vous parviendrez à éventrer les tuyaux de la Texaco avec ça ? Mais bon sang, ils ont au moins vingt centimètres d'épaisseur. Impossible, je vous l'assure ! »

Le camarade Angel sembla désorienté un court instant puis il se ressaisit et déclara :

« On ne s'attaquera pas aux tuyaux mais aux robinets. En général, ils sont plus fragiles.

— Suis prêt à guillotiner tous les robinets que tu voudras, camarade », s'exclama Fils-du-Diable.

Rasant les murs, le groupe longea le cinéma Bataclan en direction du quartier Au Béraud, à l'endroit où la race indienne avait élu domicile. Des brisures de lune éclairaient faiblement la surface du canal Levassor. Quelques gommiers se balançaient avec une douceur surprenante à l'en-bas du Pont Gueydon. Sa courbe, si pure, avait le don d'émouvoir Chartier qui, d'instinct, ralentit son allure.

« Qu'est-ce qui t'arrive ? grogna Bec-en-Or. T'as peur, Blanc-France ?

— Hon ! Monsieur est un poète comme son compère Jean », fit Fils-du-Diable-en-Personne.

Le quartier de Bord de Canal semblait muré dans une redoutable impassibilité. Aucune escouade de gendarmes ou de C.R.S. n'avait encore osé y pénétrer, même si l'on savait pertinemment en haut lieu que certains chefs des émeutiers y résidaient, à commencer par Bec-en-Or. Il les conduisit à la case de sa concubine, une marchande de poissons dont la formidable stéatopygie faisait saliver tous les mâles de l'endroit. Une mazurka créole emplissait les ruelles boueuses, incongrue à cause de l'atmosphère pesante qui y régnait. Bec-en-Or réprima un sursaut de surprise et de colère mêlées.

« *Sa ka rivé mwen a ?* » (Qu'est-ce qui se passe ?) maugréa-t-il.

Le spectacle que le groupe découvrit les stupéfia tout bonnement. Un couple était enlacé avec la dernière des indécences et se trémoussait au mitan de l'étroite véranda d'une case sur pilotis. D'abord, on ne voyait que l'impressionnante croupière de la marchande de poissons qui chaloupait tantôt avec grâce tantôt avec une lourdeur désopilante. Le pire, messieurs-dames de la compagnie, c'est qu'elle s'était vêtue d'un short kaki appartenant à son concubin, un de ces célèbres shorts dans lesquels, par provocation, Bec-en-Or avait découpé avec soin une rondelle à hauteur de la fesse gauche ! Même le camarade Angel était impressionné par cette cathédrale fessière qui déclencha une bande chez tous les membres du commando sauf, évidemment, celui dont l'honneur et le respect étaient en train d'être bafoués. La figure du cavalier était si-tellement enfouie dans la chevelure de la dame qu'aucun d'eux n'avait encore pu déterminer son identité. Le couple ne s'était pas aperçu qu'il était observé et continuait son frotti-frotta sans vergogne. La main du bougre caressait avec passion le bombement de chair ferme et appétissante, remontait le long du dos avant de plonger vers les seins. La concubine de Bec-en-Or lui suçotait la bouche, plus goulue qu'un veau qui vient de naître.

« *Sa sa yé sa !* (Saperlipopette !) dit Fils-du-Diable-en-Personne.

— Allons-nous-en, camarades, intervint le camarade Angel, le temps presse. Bec-en-Or, tu régleras ce manger-cochon une autre fois. Après tout, ce n'est qu'une petite affaire. »

Le major du Bord de Canal était statufié. Un rictus effrayant s'était dessiné sur ses lèvres qui bavaient. Il tenait sa hache avec fermeté des deux mains comme un bûcheron qui s'apprête à bailler le premier coup à un arbre au tronc plus gros qu'à l'ordinaire. Soudain, il fonça tête baissée sur la case qu'il se mit à démantibuler avec une rage froide. La grosse marchande tomba sur le plancher de la véranda, frappée par quelque mal-caduc. Le cavalier, en qui chacun put reconnaître — ce ne sont pas des menteries, non ! — le sieur Romule Casoar en personne, le grand pourfendeur de la plèbe et de la négraille, le donneur de belles leçons de civilité et de civilisation, le magnificateur des mœurs françaises et européennes, l'exaltateur enfiévré de la décence, de la courtoisie et de l'honorabilité, poussa des cris de terreur. Oui, Romule Casoar en chair et en os, messieurs-dames de la compagnie ! Les cases des alentours s'ouvrirent aussitôt et une meute de nègres surexcités, s'éclairant qui à la bougie, qui à la lampe Coleman, vint soutenir son fier-à-bras. Les femmes, sans doute jalouses de toute éternité des attributs fessiers de leur voisine, se mirent de la partie, arrachant ici un pan de fenêtre, boutant là une chaise contre les fragiles cloisons de la case. Les hommes, plutôt rigolards, les encourageaient en scandant :

« *I salé ! I salé !* » (Cognez ! Allez-y, cognez !)

Le Bord de Canal était en émoi. Des commentaires vengeurs ou égrillards fusaient de partout. Romule Casoar, toute honte bue, pleurnichait :

« Ce n'est pas de ma faute, monsieur Bec-en-Or. C'est ta bougresse qui m'a attiré ici. Elle m'a prise dans une attrape, je te le jure ! »

Fils-du-Diable-en-Personne n'était pas en reste. Il massacrait consciencieusement la rambarde de la véranda en criant :

« *Man té za di'w sa, Békannô, fanm fèt pou lapidé !* » (J'te l'avais dis, Bec-en-Or, la femme est faite pour être lapidée !)

De temps à autre, le major cessait son travail d'Attila

et fessait un coup de poing dans les côtes de Romule Casoar. Il soulevait aussi sa concubine, qu'on aurait jurée morte-décédée-enterrée et tout, avant de la couvrir de baisers sur le cou, les joues, les bras, les seins et les cheveux.

« *Man kontan'w dann ! Man kontan'w pasé kô mwen menm, wi !* » (Je t'aime, tu entends ! Je t'aime plus que ma propre personne, oui !)

Un incendie se déclara dans l'une des deux pièces de la case dont presque aucune cloison ne demeurait debout. Les meubles étaient déjà en poudre depuis longtemps et des débris de verres et de carafe en argile parsemaient le plancher. Deux femmes avaient entrepris d'arracher les vêtements du journaleux qui se retrouva en caleçons plus vite qu'un battement d'yeux. Une crise de fou rire s'empara de la foule : monsieur portait des sous-vêtements roses ! Ainsi donc, comme d'aucuns le soupçonnaient, Romule Casoar n'était qu'un vulgaire ma-commère, un homme qui aimait les hommes et voilà pourquoi il demeurait avec obstination célibataire. Pour bailler le change, Casoar se proclamait « célibertin » afin qu'on s'imaginât qu'il était aussi coureur de donzelles qu'Eugène Lamour mais la preuve venait d'être faite. Bec-en-Or en fut à nouveau statufié. Des braillards le dérisionnaient avec une méchanceté revancharde :

« Ta concubine te cocufie avec un ma-commère ! Ouaille, manman, foutre que c'est triste pour toi ! »

Une sirène de police interrompit net ce scandale, chose qui provoqua une fuite éperdue dans le dédale des ruelles tortueuses du Bord de Canal. Le camarade Angel se réveilla de son hébétude et s'écria :

« Camarades, l'opération est reportée. Que chacun se sépare ! »

Tandis qu'il se jetait dans l'eau pleine de cochonneries du canal Levassor, Chartier eut la présence d'esprit d'attraper monsieur Jean par une aile de gilet et de l'entraîner dans un petit escalier conduisant à l'Ermitage. De là, ils pourraient facilement gagner le Séminaire-Collège. Le quinquagénaire se laissa faire comme un gamin. Lui aussi semblait plongé dans une profonde stupeur. Les bottes des C.R.S. claquaient déjà sur le Pont Gueydon et des coups de feu étaient tirés au jugé. Un enfant appela sa mère d'une voix déchirante qui glaça le sang des deux fuyards.

« Alors, on veut toujours écrire de la poésie ? ironisa Chartier en courant à toutes jambes. On tient toujours à célébrer la forêt primordiale ? »

Monsieur Jean était bien en peine de rétorquer quoi que ce soit. Il y avait si longtemps que son cœur n'avait été mis à contribution qu'il étouffait. Le sang battait avec violence à ses tempes et des crampes menaçaient de lui immobiliser les mollets.

« Hé ! mais tu es en train de changer de couleur, mon vieux », fit Chartier, peu rassuré.

Parvenus à l'en-haut de l'Ermitage, ils ralentirent le pas et s'appuyèrent sur une balustrade. Le Bord de Canal était la proie d'un trafalgar épouvantable. Plusieurs cases étaient en flammes et des renforts de C.R.S., amenés par camions, déboulaient de partout. Des larmes embuaient le regard de monsieur Jean, larmes qu'il essuyait de revers de manche fébriles.

« Ancinelle doit sûrement m'attendre à l'Allée des Soupirs. Pauvre petite ! lâcha-t-il.

— Vous vous aimez donc tant que ça ?

— C'est quelqu'un d'exceptionnel mais... elle l'ignore...

— Eh bien, mon vieux, écrivez-nous un roman d'amour ! » s'exclama Chartier.

Cette phrase eut pour effet de rasséréner le quinquagénaire. Ils descendirent jusqu'au Séminaire-Collège sans échanger un seul mot de plus. Il n'y avait pas âme qui vive devant la sévère bâtisse tout en béton. Chartier s'esclaffa :

« Mes collègues se sont tous réfugiés à l'Archevêché. Ces soutaniers ont encore plus peur de se retrouver aux côtés de Dieu le Père que le commun des mortels. Ha-Ha-Ha ! Vous n'allez pas rentrer aux Terres-Sainvilles, mon cher, c'est trop risqué. Quelle heure est-il ?

— Presque deux heures du matin...

— Raison de plus, camarade Jean. Il y a de la place pour une famille entière dans mon appartement. Et puis j'imagine que tout comme moi, vous n'avez plus sommeil. Venez donc ! On discutera de nos lubies... »

Le logis du Blanc-France était un capharnaüm de livres, d'oiseaux empaillés que le précédent locataire des lieux, le père Pichon, naturaliste de haut vol, y avait oubliés, de vêtements sales et de boîtes de conserve. Il déboucha une bouteille de bordeaux et s'envoya une rasade au goulot.

« Je sais que vous préférez le rhum. Vous avez bien raison. Choisissez vous-mêmes : j'ai du Clément, du Saint-James, du Neisson, de La Mauny, bref le haut de gamme. »

Monsieur Jean s'attabla près d'une fenêtre d'où l'on distinguait à la perfection les contreforts du Morne de Trénelle. Le bidonville était piqué çà et là de lueurs chétives, semblables à des lucioles. Les cases, hautes sur pattes car périlleusement construites à flanc de coteau, étaient tout le portrait d'araignées figées dans la mort subite.

« La négraille non plus ne dort pas... fit Chartier en s'approchant.

— La négraille ne dort jamais.

— Qu'est-ce à dire ?

— Voyez-vous, mon cher Chartier, j'ai longuement réfléchi à notre fameux grotesque... Ici-là, il n'y a pas d'intimité possible et c'est là notre drame et... peut-être notre grandeur. Chez vous, en Europe, on peut réclamer une vie privée, mener une existence individuelle, hors du regard et du propos d'autrui. Chez nous, c'est chose impossible. L'étroitesse des lieux fait que nous vivons des vies emmêlées, inextricablement nouées. Rien ne peut être caché ou secret. Même nos rêves sont livrés à la curiosité publique, alors... alors, la poésie est nécessaire. Absolument nécessaire pour fuir cet étouffement de tous les instants. Qui ne comprend pas cela ne comprend pas grand-chose à la poésie de Césaire. Quand il réclame un autre oxygène, ce n'est pas seulement par penchant surréaliste...

— Camarade Jean, je persiste et signe : votre poésie à tous n'est que fuite devant... comment dirais-je, devant cette cacophonie du réel. »

Le quinquagénaire se frotta les mains.

« Cacophonie, c'est là le mot exact. Décidément, Chartier, rien ne vaut un œil extérieur...

— Oui, monsieur. Le roman créole sera cacophonique ou il ne sera pas ! »

Jacquou Chartier était soudain très excité. Il se saisit du *Cahier d'un retour au pays natal* de Césaire, en lut un passage au hasard et déclara :

« Nulle cacophonie dans tout cela ! C'est très enlevé, superbe même mais trop cartésien, trop marxien, trop...

— Assez, Chartier ! s'énerva le Martiniquais. Vous n'avez aucune leçon à nous donner !... excusez-moi, cher ami, j'ai les nerfs à vif depuis toutes ces émeutes. A votre santé !... au fait, pourquoi pas "polyphonique" au lieu de ce "cacophonique" qui résonne un peu péjorativement ?

— Non ! Le terme qui convient est bel et bien cacophonique car dans polyphonique, il y a de l'ordre, de l'harmonie. La polyphonie n'est qu'une juxtaposition de voix ou alors un entremêlement fixé à l'avance. On est toujours dans le cartésianisme, il n'y a pas de dérapage possible, de folie, de démesure. »

Monsieur Jean réfléchissait, le front barré de mille plis, comme s'il cherchait une réponse qui réduirait à néant les explications de son ami européen. Il repoussa la bouteille de rhum qui lui faisait face, se saisit de son verre qu'il se mit à tourner entre ses doigts avec une nervosité agacée.

« Mais si d'aventure, quelqu'un écrit ce roman cacophonique que vous appelez de vos vœux, qui le comprendra en dehors de nous autres, insulaires ? Qui ?

— Parce que vous croyez qu'un Chinois se pose de telles questions ? Un romancier chinois ne se demande pas s'il va être compris à Paris, à Londres ou à New York, mon cher Jean. C'est le cadet de ses soucis. Il écrit pour ses lecteurs chinois, enfin... je veux dire qu'il écrit d'abord pour eux. Tant mieux si le reste du monde réussit à pénétrer les arcanes de l'imaginaire chinois. Rassurez-vous, la plupart du temps, chinois, turc ou patagon, l'authentique romancier, celui qui ne triche pas avec son propre réel, qui ne le fuit pas, est assez bien compris en dehors de chez lui. Bon ! Pas entièrement, je vous l'accorde, mais pourquoi ce désir de transparence totale chez vous autres Antillais ? J'y vois une séquelle du colonialisme européen, rien d'autre.

— Certes-certes... mais Turcs ou Chinois écrivent dans leur propre langue et l'on sait que toute traduction est toujours lacunaire donc le lecteur s'attend, dès les premières pages, à pénétrer dans un univers qui ne lui sera pas totalement compréhensible tandis que notre malheur à nous autres, Antillais, qui n'utilisons pas notre idiome maternel, le créole, mais le français, c'est qu'on ne nous accorde aucune... on ne vous accorde pas ce droit à l'opacité. Comme nous écrivons directement en français, on ne nous pardonne pas d'être différents. Si bien que votre roman cacophonique, si séduisante en soit l'idée, risquerait de finir aux oubliettes... »

Chartier se mit à caresser le plumage rigidifié d'un mensfenil qui avait dû être magnifique lorsqu'il tournoyait au plus altier des mornes.

« J'admire beaucoup cet oiseau, dit le Vendéen, il vole toujours en solitaire, loin des habitations, mais il sait quand il faut rôder près des basses-cours ou des troupeaux de moutons. Il le fait des jours durant, inlassable, insoucieux d'un coup de fusil ou d'arbalète et puis il n'hésite pas à faire un piqué vertigineux pour se saisir de sa proie. Quand, par extraordinaire, il la rate, on le voit marcher à même le sol, courir, se réfugier dans les halliers où, à ce que m'a révélé le père Pichon, il peut demeurer caché un bon paquet de temps. On a tort de l'appeler l'aigle des Antilles. Un aigle ne se commet pas avec les créatures terre à terre. Vous autres, poètes antillais, vous vous voulez des aigles alors que vos pays ont besoin de mensfenils. Le romancier créole sera un mensfenil ou il ne sera pas. Ha-Ha-Ha ! »

Monsieur Jean s'était assoupi sur sa chaise. Sans doute n'avait-il pas entendu cette ultime tirade de Chartier. Au-dehors, le ciel était irisé des premières flammèches du soleil et ces empreintes orangées sur l'armure du jour nouveau insufflèrent un sentiment de bonheur sans partage au professeur du Séminaire-Collège.

De bonheur intense et fragile...

## Cinquième cercle

Ruée de songes au seuil de nos cases
La vie vécue décachète les tôles sur lesquelles une pluie-fifine tamise
depuis un siècle de temps
l'irritant de nos rires

## 21

A la veillée d'Eugène Lamour, une grosse dondon, plus jacassière qu'une crécelle du vendredi-saint, affirma que le complimenteur lui avait dérobé sa « virginalité » et exigea qu'il la lui restitue sur-le-champ.

« Je ne possédais que cet unique bien et c'est Dieu lui-même qui me l'avait baillé, oui. Qu'est-ce que je vais faire à présent ? Quel nègre voudra de ma carcasse boudinée, hein ? »

Le père du Don Juan essayait de la retenir par les bras mais elle réussit à arracher le pan de drap noir accroché à une poutre de la véranda qui signalait la case du deuil. Dans la chambre du mort, la mère et les deux sœurs se tenaient debout droites, chapelets courant entre leurs doigts, insensibles à tout ce scandale. Quelques veilleurs occupaient déjà les lieux, savourant des chopines de tafia et cognant des dominos avec une violence démonstrative.

« *Kilès moun ésa ki konnèt ki kalté boug défen Lamou té yé, mésyé-zé-danm ?* » (Qui d'entre vous connaissait la personnalité de défunt Lamour, messieurs et dames ?) lança rituellement quelqu'un mais avec si peu de conviction que personne ne jugea bon d'enchaîner sur ses propos.

Au-dehors, l'imposante négresse hurlait :

« *Mwen ! Mwen konnèt li ! Sé mwen ki pé ba zôt*

*kamo anlè misyé Lamou, poutji zôt pa lé kité mwen antré, non ?* » (Moi ! Je le connais moi ! Pourquoi ne voulez-vous pas me laisser entrer alors que je peux vous révéler des tas de choses sur Lamour ?)

Les veilleurs pétèrent de rire sans cesser leur partie de dominos. Un vieux-corps alluma son cachimbot et bientôt la petite pièce fut envahie par une fumée noirâtre à l'odeur difficilement supportable. Personne ne pouvait exiger qu'il couse sa bouche puisqu'il s'agissait de Solibo, maître-conteur qui faisait la tristesse ainsi que sa cousine la mort prendre leur envol sous les coups de boutoir de ses mots. Non qu'ils eussent une véritable belleté à l'image des récits d'un Jandré ou d'un Audibert mais dès que la voix rauque de Magnifique tressautait au fond de sa gorge pour tiger sur ses lèvres cannies par les âges, même les étoiles se mettaient à l'écoute (disait-on).

Or, ne voilà-t-il pas que Solibo fit un croche-patte à la tradition en conviant la grosse dondon à participer à notre bamboche funèbre. D'abord et pour un, qui était mamzelle, hein ? Quel titre portait ce tas de chair dont les pommes-de-fesses ballottaient à droite et à gauche à chaque pas comme si elle voulait proposer sa marchandise au plus offrant ? Ce n'était pas une natale des Terres-Sainvilles en tout cas. Ni du Pont de Chaînes, ni de Trénelle, ni du Calvaire. Hon ! Où donc ce niaiseux de coqueur d'Eugène Lamour allait-il satisfaire sa soif inextinguible de coucounes odorantes ? Ne prétendait-il pas, quand on l'interrogeait sur le nombre de ses conquêtes, avec une fierté de coq-game :

« J'ai cessé de les compter il y a trois ans de ça lorsque je suis arrivé au chiffre de sept cent cinquante-trois... »

Ha ! Monsieur disposait de belles paroles sous son bonnet, foutre ! A côté de lui, le bâtard-Syrien Zozor

Alcide-Victor n'était qu'un petit bonhomme au nez duquel le lait maternel n'avait pas fini de couler. D'ailleurs, la preuve : chaque année, la reine du carnaval se trouvait être comme par hasard la donzelle qu'il était justement en train de « tourner » selon sa drôle d'expression. Comme il évitait, à-quoi-dire la peste, de tourner les noires-bleues, les noires-noires et les coulies, les gagnantes des concours avaient toujours une petite couleur-wayayaye, café au lait, sapotille ou mangue-zéphirine. C'est pourquoi personne ne crut la grosse dondon. Quelle prétention exorbitante elle étalait celle-là !

« Qu'on lui baille la parole ! intima Solibo Magnifique et ce qui fut dit fut fait. De discussion, pièce, messieurs et dames !

— Veilleurs qui veillez les yeux secs sur le corps d'Eugène Lamour, commença-t-elle d'un ton emphatique, vous ne connaissez point l'être qui se cachait derrière cet allant de fainéantiseur et de grand détrousseur de négresses devant l'Eternel...

— *Fout i ka vréyé bèl pawôl !* » (Qu'est-ce qu'elle prononce de belles paroles !) s'exclama-t-on ici et là.

D'un geste définitif Solibo rétablit le silence. D'autres habitants du quartier arrivaient, la bouche enfarinée de condoléances hypocrites. Ils écarquillaient les yeux devant le spectacle insolite de cette femme qui tenait la place des conteurs, dressée dans la lumière, et qui tournoyait sur son grand corps inappétissant. Quelqu'un demanda si elle n'était pas folle mais ne put terminer sa question : Solibo l'avait fait jeter dehors. Le Blanc-France Jacquou Chartier arriva sur la pointe des orteils, la mine défaite, et s'accroupit prestement parmi la compagnie des veilleurs. Aujourd'hui, personne n'avait besoin de lui coudre la bouche, sa faconde s'était éteinte d'elle-même.

« Que ceux qui s'imaginent que je ne suis qu'un zéro

devant un chiffre se détrompent, continua la dondon, car je suis une négresse de haut parage...

— Ouaille ! Ouaille ! Ouaille ! applaudit l'assistance sous le regard réprobateur de Solibo.

— Oui, une négresse de haut parage car mon nom est Artémise N'Zounda et mon père vint dans ce pays longtemps après l'abolition de l'esclavage. Quand vos pères furent désenchaînés, les Blancs firent appel à la race Congo pour les suppléer et chaque travailleur qui arriva ici avait son contrat dûment signé, messieurs et dames. Chaque semaine, il recevait sa paye et si un jour le chagrin du pays natal le prenait, il pouvait demander son rapatriement. Voilà ! Vous, les nègres créoles, vous vous vantez de vos noms français et de la clairеté de votre teint mais la vergogne souille à jamais les rebords de vos yeux... Je sais : on va me demander d'où je hale tout ce lot de paroles incomprenables, on va vouloir voir des preuves, eh ben la voilà, la preuve ! Ceci est le contrat de mon père. Ah ! Le papier a jauni, il s'est effiloché d'un côté, c'est vrai, mais que ceux qui savent déchiffrer du noir sur du blanc s'avancent ici et qu'ils voient !... J'ai dit : qu'ils voient !... »

Ziguinote, le fossoyeur couli, fut saisi d'une secouade de rires métalliques. On aurait juré le pont-arrière d'une limousine en train de se déglinguer dans un cahot. Les propres parents du mort désertèrent la chambre funéraire et vinrent contempler cet événement inouï.

« Dans deux jours, le Christ va naître, murmura l'une des sœurs d'Eugène Lamour. Peut-être qu'en cette année 1959, on va voir toutes sortes de miracles surgir de la terre et du ciel, oui.

— Madame Villormin, vous savez lire ? demanda la dondon.

— Du tout pas, mentit la marchande de bonbons d'une voix basse.

— Et toi Julianise dont l'homme est un grand-grec ?

— Deux petits mots, pas plus...

— Ah ! Cicéron, tu ne vas pas me dire que tu baignes dans l'ignorance, comme toute cette négraille aux pieds mangés par les chiques, non ! »

Cicéron imita Ziguinote puis se dandinant, il avança vers la dondon, lui fit une révérence qui dérida d'un seul coup les veilleurs et lui prit le papier des mains. Il dirigea la feuille vers la lumière de la lampe tempête et lut :

« Code Noir. Article 125. Toute relation fornicatoire est désormais interdite entre les Blancs et les femelles négresses. En cas d'infraction, les premiers seront astreints à payer une amende équivalente à trois louis d'or tandis que les secondes recevront trente coups de fouet si elles ont déjà enfanté pour leur maître, cinquante si tel n'est pas le cas. »

L'explication de cette incongruité est fort simple, ô lecteur. La dondon travaillait chez un professeur d'histoire du quartier Petit-Paradis, un mulâtre donc, et comme monsieur était à la fois un original et un célibataire endurci, il trompait l'ennui des soirs d'hivernage en lui racontant les hauts faits de Gengis Khan ou de Napoléon. Ainsi un jour lui bailla-t-elle l'explication de son étrange patronyme de N'Zounda. Madame, pour se rendre intéressante, arracha au hasard l'une des pages d'un livre de l'impressionnante bibliothèque de son patron, s'inventant ainsi des quartiers de noblesse. (Mais comme chez nous, les nègres, une histoire possède toujours plusieurs portes d'entrée et de sortie, contrairement aux Blancs pour lesquels la droite est le plus court chemin entre deux points, d'autres versions de cet épisode sont également dignes d'écoutance.) Selon d'autres bouches, on put lire sur le papier en question :

*« Déclaration universelle des droits de l'homme. I — brumaire an II. Tous les citoyens naissent libres et égaux... »*

Ou plus prosaïquement :

*Eugène Lamour*

*12, rue Marat*
*Terres-Sainvilles*
*Fort-de-France*

*Le 21 décembre 1959*

*Chère mademoiselle,*

*Ce n'est pas parce que tu es noire comme du charbon et grosse comme une barrique de viande salée que moi, Eugène Lamour, maître-pièce en séduction et en balivernages, je ne vais pas prendre ta hauteur.*

*Quand j'ai vu la colère traverser tes yeux lorsque le Blanc a levé la main sur moi, j'ai compris que je t'aimais. Tu as bien vu que c'est lui qui a fait marche arrière blo ! et qui a voltigé ma Vespa dans le dalot.*

*Tu as hélé « Blanc, tu as tort ! C'est toi qui es l'auteur de cet accident, oui ! » et une foultitude de nègres s'est tout-de-suitement rassemblée sur le trottoir de la rue Victor Hugo et le Blanc a eu comme qui dirait la cacarelle sur lui. Ses yeux tournaient tout partout comme un crabe-touloulou qui a aperçu un ombrage.*

*Quand je lui ai envoyé une égorgette de major du Morne Pichevin, tu as gueulé* « I salé ! I salé ! » *(Vas-y, cogne !) pour m'encourager et si le trafalgar s'est bien terminé pour ma carcasse, c'est grâce à toi. Le Blanc a gragé par terre avec ses genoux et m'a demandé pardon, oui. Pardon !*

*Madame, c'est la première fois de ma vie que mes yeux tombent sur toi mais sache que ce n'est pas la dernière.*

*Ils ont fouillé sous ta robe et ils ont vu la manière que ta mandoline est en forme. Manman, foutre que j'aimerais en jouer ! Si tu as un petit morceau de temps après-demain, aux approchants de quatre heures de l'après-midi, viens me voir dans ma case. Je suis prêt pour toi.*

*Celui qui t'aime plus que lui-même.*
*Eugène Lamour.*

La confusion envahit la figure de la dondon qui courut cacher sa vergogne dans un coin de la véranda où des rhumiers ruminaient leur habituelle tristesse de nègres sans raisons de vivre. La veillée reprit aussitôt un ordonnancement plus conforme à ce que tout un chacun connaissait depuis des siècles de temps. Solibo se dressa, vieux raisinier courbé par le vent atlantique, déposa son cachimbot brûlant sur une table qui lochait et, levant les bras, entama une parole si-tellement émerveillable qu'on l'écouta jusqu'au devant-jour bouche quasiment bée. Il évoqua les origines du titre de Lamour pour dire qu'Eugène en faisait un usage exagéré parce que la race des nègres, déportés dans cette île minuscule, avait toujours été privée du sentiment qu'il désigne. Le nègre hait le nègre, dit-il. Complot de nègres égale complot de chiens. Ote la chique des pieds du nègre et le voilà à te défier à la course. Le nègre n'a pas de sentiments. Le nègre a de mauvaises manières. Le nègre est la dernière des races après les crapauds ladres. Le nègre est plus couillon que ses deux pieds. Le nègre n'était pas arrivé quand le Bondieu distribuait l'intelligence. Le nègre est fainéant comme cela s'écrit. Le nègre est plus capon qu'un mannicou. Et nous, de baisser la tête, d'approuver de temps à autre, ou de lancer un « yééé-krak » retentissant pour faire disparaître le sommeil. La nuit, au-dehors, était grosse de rafales de fusils et d'éclats de voix mais nous y étions désormais habitués. Même les aboiements d'une meute de C.R.S. (« Couvre-feu ! Couvre-feu ! ») ne parvinrent pas à suspendre la raconterie de Solibo.

« Messieurs, ce n'a pas pris fin. Réveillez vos yeux, oui, secouez vos oreilles, j'ai tout un lot de paroles à parler encore. Vous m'avez laissé cracher sur le nègre sans rien dire, sans vous émouvoir. Rigobert Charles-Francis, toi qui as terrorisé le Morne Pichevin avec tes mœurs de major, au temps de l'Amiral Robert, tu es prêt à soutenir cou coupé que ta race vaut moins que du caca de chien ?

— Le nègre n'est pas bon, non, messieurs et dames ! lâcha-t-il, sentencieux.

— Il a raison, lança quelqu'un. Pourquoi la ville est à feu et à sang si c'était pas les nègres qui allument des incendies toute la nuit ? On avait commencé à oublier un peu la misère bleue et voilà qu'en un battement d'yeux, on ne peut plus marcher au soleil la tête haute et acheter son manger. »

Deux jeunes filles servirent du café et du chaudeau dans des pots en fer-blanc. Dans la chambre mortuaire, l'une des sœurs d'Eugène Lamour gémissait tout en égrenant bruyamment un chapelet-rosaire. Les veilleurs qui devaient profiter d'une embellie pour regagner à la hâte leur domicile faisaient un signe de croix sur le cadavre à l'aide d'une branche de persil qu'ils trempaient dans un verre d'eau bénite posé au pied du lit. A chacun d'eux, la sœur qui avait conservé son calme demandait :

« Fermez ses yeux pour lui, pauvre bougre... »

Le Don Juan des Terres-Sainvilles était mort les yeux grands ouverts, un sourire d'extase aux lèvres. Les veilleurs passaient rapidement leur main sur sa figure mais les couvercles de ses yeux ne se fermaient qu'une miette de temps. Eugène Lamour observait avec obstination l'armoire dont on avait recouvert le miroir à l'aide d'un drap immaculé.

« Il doit attendre quelqu'un, conclut en final de compte madame Villormin.

— *Sa ki moun-taa ?* » (Qui est ce quelqu'un ?) s'enquit comme pour elle-même la sœur en tentant une nouvelle fois de fermer les yeux d'Eugène.

Bientôt on ne conserva qu'une unique bougie sur une petite table de nuit qui se trouvait dans la chambre mortuaire. On éteignit toutes les lampes à cause des gendarmes blancs qui avaient pris la désagréable habitude de tirer aux façades des maisons trop violemment éclairées. Solibo devint alors une grande ombre mystérieuse d'où jaillissait une parole cristalline et si peu sibylline que chacun prêta l'oreille, conscient que le conteur avait cessé de fantasier.

« Mesdames et messieurs de la compagnie, j'ai l'honneur de vous annoncer que l'an prochain nous rendra visite un Grand Nègre, le plus grand nègre que nous ayons connu par ici depuis Toussaint Louverture. Vous connaissez son nom même si vous n'avez jamais vu sa figure et vous savez que grâce à sa vaillantise, la France, notre mère, les Antilles et l'Afrique ont été arrachées au joug de ce monsieur Hitler qui faisait l'intéressant alors qu'il n'avait qu'une seule génitoire à lui pendre entre les jambes.

— Wééé ! Vive de Gaulle ! Vive Papa de Gaulle ! hurlèrent les veilleurs.

— Paix là ! s'écria le père d'Eugène Lamour, les kakis rôdaillent encore aux Terres-Sainvilles, oui. »

Un silence forcé s'instaura dans la case surchargée de monde. La veillée cessa d'être un bateau en dérade. Chacun soupesait la joie qui venait de la pénétrer sans crier gare et la savourait de toute son âme. Nul ne s'avisa qu'il était indécent d'abandonner ainsi Eugène Lamour dans la plus vaste solitude qu'il eût jamais expériencée dans sa vie. Quelques lapements éloquents indiquaient que les bouteilles de tafia circulaient sans discontinuer. Ce bougre sans sentiments de Romule Casoar fit son apparition soi-disant pour présenter ses plus sincères condoléances alors que le matin même, il avait publié, dans *Le Rénovateur*, un éditorial douteux dans lequel il s'en était pris aux révoltés. C'est madame Villormin qui l'avait lu à tout le monde tandis que la laveuse de morts accaparait le cadavre d'Eugène :

« *Des blousons noirs à Fort-de-France.*

« *Comme Paris, New York, Pointe-à-Pitre, Fort-de-France a ses blousons noirs qui n'ont rien à envier à ceux des capitales européennes. N'ont-ils pas saccagé le commissariat central, des hôtels, des magasins, des kiosques et le cimetière des riches, puis renversé des voitures dont une est couchée dans le lit moelleux de la rivière Madame. Trois jeunes étudiants sont morts, victimes des policiers. Cette explosion populaire ne se serait pas produite si le Métropolitain qui avait involontairement heurté la Vespa d'un Martiniquais s'était excusé au lieu d'envoyer faire foutre ce dernier et si les C.R.S. n'étaient intervenus inopportunément. C'est cette petite étincelle qui fit exploser la barrique de poudre. De toute façon, la populace n'aurait pas dû fourrer son nez dans ce banal accident de la circulation. Chacun en a donc pris pour son grade.* »

Les deux sœurs se mirent à pleurer de concert dans la chambre mortuaire. Non point qu'elles regrettassent les exploits de leur frère, tout au contraire ! Chacune de leurs larmes avait vocation à le laver de ses péchés, d'enlever les salissures qui imprégnaient les mensongères coulées amoureuses auxquelles il avait coutume de s'adonner auprès des jeunes filles de bonne famille et des négresses fraîchement descendues de leurs campagnes. Avant que le devant-jour n'éclabousse la véranda et les rues avoisinantes, la grosse dondon sembla retrouver sa verdeur de la veille.

« Qui va me rendre ma virginalité ? Hé, la famille Lamour, dites-moi un peu ?

— Ta virginalité ? ricana Cicéron. On s'en fout pas mal ! Va rejoindre la ribaudaille à la Cour Fruit-à-Pain et fais-toi prendre pour cent francs couchée-cinquante francs debout par les marins de la Transat, tu gagneras mieux ta vie qu'à gaspiller ton temps à essuyer le parquet des békés de Didier.

— Moi une ribaude ? explosa en sanglots la dondon. Vous oubliez que je me suis fait renvoyer de chez les Duplan de Machombert parce que j'ai refusé de recevoir dans mon lit leur fils débile. »

Les veilleurs, comme saisis de remords, lui glissaient un mot gentil en passant à côté d'elle puis prenaient congé de maître Lamour. Le vieux-corps semblait torturé par une calculation qui n'avait rien à voir avec le chagrin de deuil. Il réfléchissait aux obsèques de son fils lequel n'avait bien évidemment jamais songé à préparer sa mort, trop occupé qu'il était à courtiser les femmes. La solution la plus simple serait de lui acheter un cercueil en bois de caisse et de lui payer un enterrement de troisième classe mais c'était un Lamour, pas un Séverin, un Monssamy ou un meurt-la-faim de cette sorte. Une voix européenne le héla sur le pas de la porte. C'était un gendarme.

« Vous avez l'autorisation de faire les obsèques entre seize heures et seize heures trente. Itinéraire : avenue Jean Jaurès, quartier Au Béraud, cimetière des pauvres. D'accord ?

— C'est court.

— C'est ça ou rien, mon vieux. J'ai des ordres, moi.

Et surtout pas de fanfare ! Allez signez-moi ça là, s'il vous plaît. »

La journée annonçait un Noël éclatant, malgré le vide surprenant des rues. Une rumeur d'allégresse montait des manguiers et des quénettiers, comme portée par la douceur du vent de décembre. Maître Lamour soupira, encore indécis, et alluma une cigarette Mélia qu'il avait gardée dans la fente de son oreille, habitude qu'il avait conservée de l'époque où son atelier de menuiserie faisait l'admiration non seulement des nègres de céans mais aussi des mulâtres du centre-ville et des Blancs créoles. Il aurait pu devenir riche si le temps de l'Amiral Robert ne l'avait pas débanqué nettement-et-proprement. L'essentiel de sa fortune avait passé à soudoyer des patrons pêcheurs qui faisaient traverser le canal de la Dominique à de jeunes mâles nègres pleins de braveté. Et quand la paix fut rétablie, que récolta-t-il ? Une accolade de la part d'un officier devant le monument aux morts de La Savane et une médaille militaire qu'il avait accrochée dans son salon, sous un cadre de verre, et devant laquelle, hélas, plus personne ne songeait à s'émerveiller de nos jours. Par bonheur, il avait toujours réglé vaille que vaille sa part à la tontine que dirigeait d'une main de fer madame Villormin. Chaque mois, il venait lui-même lui remettre les trente francs qui lui assureraient une tombe décente et un bel enterrement avec sermon et corbillard mauve accompagné d'une fanfare à pied. Mais que faire pour l'imprévoyant Eugène ? Certes, les circonstances actuelles ne permettraient pas d'obsèques fastueuses à qui que ce soit puisque le Blanc créole Aurélien de Bois-Marchoux lui-même avait dû être inhumé à la sauvette le troisième jour du soulèvement populaire, mais Eugène était le seul enfant qui lui restait (le seul en tout cas, avec ses deux sœurs, qui consentît à lui bailler le titre de « papa ») car la tiaulée de ses enfants-dehors le regardait avec de gros yeux dans la rue ou changeait carrément de trottoir à sa vue.

Quant huit heures du matin s'annoncèrent dans un sonnis de cloches faussement gaies, il ne restait plus autour du corps de l'enjôleur que ses deux sœurs, son père et cette incroyable grosse dondon animée de son lot de prétentions immodérées.

« *Ou té enmen yich mwen an ?* » (Vous aimiez mon fils ?) lui demanda maître Lamour.

Elle hocha la tête sans qu'on pût savoir si elle répondait par la négative ou la positive. Pour la première fois, un fifinement de larmes irisait sa peau superbe de négresse bleue et soulignait la paradoxale fragilité de sa personne. Alors maître Lamour eut une inspiration subite : il lui suggéra de tenter de fermer les yeux du mort, chose qu'elle accomplit aussitôt d'un geste presque somnambulique. A la grande stupéfaction de tous, Eugène Lamour cessa de sourire et de juger la dérisoireté de notre existence de ses grains de cocos-yeux insolents. Il mourut pour de bon.

« *Wou i té ka espéré...* » (C'est vous qu'il attendait...) murmura l'une des sœurs.

Retrouvant une soudaine fierté, la dondon s'arrangea le madras gris et blanc qui retenait ses cheveux et passa la porte des Lamour sans le moindre salut. Le maître de maison décida à cet instant de céder son tour d'enterrement à son fils mais il eut la certitude qu'il ne lui survivrait pas assez longtemps pour retrouver une place honorable dans la tontine de Man Villormin...

## 22

Romule Casoar arpentait de son grand pas nerveux le Bord de Mer, époussetant de temps à autre les bords de son éternel costume bleu pétrole. L'avant-veille, ce couillon de Frédéric Saint-Amand, le fils cadet du négociant mulâtre qui avait longtemps prétendu arracher le fief municipal de Fort-de-France des mains des Autonomistes, l'avait provoqué en duel. Tout bonnement ! Monsieur se croyait donc en 1920, à l'époque où pour un coup d'œil de travers, le premier quidam venu vous demandait en public de produire vos témoins. Ou peut-être s'imaginait-il vivre à Chicago où personne n'avait le droit de critiquer personne dans la presse sous peine de recevoir une décharge de Colt 36 dans le bas-ventre au détour d'une rue sombre.

« On vit en démocratie ! bougonna Casoar. Nous sommes devenus citoyens français, c'est pas pour les prunes, tonnerre de Brest ! »

Il allongea son regard jusqu'au Fort Saint-Louis dont la pointe avancée pénétrait les eaux étales de la Baie des Flamands. Sur le quai de La Française, des négrillons s'amusaient à plonger-léquette à la recherche de piécettes d'argent que leur jetaient des touristes américains. Quelques taxis roulaient au ralenti en quête de clients. Romule Casoar se sentit un formidable appétit de vivre.

« En tout cas, je ne veux pas mourir maintenant alors que j'ai échappé à toutes les échauffourées de décembre dernier. Ça serait bête, vraiment trop bête... »

Il attendait Jacquou Chartier qui devait négocier pour lui ce qui lui semblait être l'entrevue de la dernière chance. Car il avait tout essayé. Tout ! En premier lieu, il avait retracé la lignée des Saint-Amand d'aussi loin qu'on pouvait remonter dans ce foutoir qu'est la généalogie coloniale. Il avait trouvé un brillant ancêtre en la personne du sieur Martin Saint-Amand, débarqué aux isles en 1732, originaire de la Charente, qui était un expert en charpenterie de marine. Ce dernier fit fortune en construisant des cases qui semblaient chalouper au moindre coup de vent mais ne se rompaient pas. Il eut trois enfants de sa servante, une négresse Ibo dont le nom s'est perdu. Deux périrent lors d'une attaque traîtreuse de la marine britannique. Le rescapé fonda la dynastie mulâtre et commerçante des Saint-Amand qui se poursuivait avec un égal talent jusqu'au jour d'aujourd'hui, malgré la fin tragique de l'habitué du boxon Marie Curie.

Ensuite, Casoar avait encensé les hauts faits d'armes d'un cousin des Saint-Amand qui guerroyait, avec le grade de capitaine, en Algérie. Il avait multiplié les titres les plus sanguinolents pour mieux mettre en valeur le courage du bougre. Comme :

« EN ALGÉRIE, LES HORS-LA-LOI S'AMUSENT
À DÉPECER LES MAMANS ET À INTRODUIRE LEURS BÉBÉS
DANS LA BLESSURE BÉANTE.
QUANT AUX JEUNES FILLES, ILS LES VIOLENT
AVANT DE LES ÉVENTRER
À L'AIDE DE HACHES,
DE SERPES ET DE COUTELAS. »

Peine perdue puisque la mulâtraille lui avait désormais interdit les portes du Cercle Martiniquais et qu'il ne trouvait plus aussi aisément une table où faire bombance chaque soir. Deux entreprises avaient brutalement interrompu leurs réclames dans *Le Rénovateur* et un paquet d'avocats, de docteurs et consorts n'avaient pas renouvelé leur abonnement. Pour la première fois de sa vie, Romule Casoar s'était senti seul, voire même en danger. Comble d'infortune, il se rendait compte à présent qu'il ne possédait aucune oreille amie disposée à l'entendre. Que leur avait-il fait ? Il ne le savait fichtre pas, d'autant qu'il ne conservait aucune archive de son journal, non point par négligence mais par manque de place. Son appartement du 72, rue Victor Hugo, suffisait déjà à peine à caser ses vêtements, ses livres, son frigidaire à pétrole et son énorme machine à écrire. Lorsque le commissionnaire avait cogné à sa porte pour lui remettre le faire-part de duel, Casoar était en train de mettre la dernière main à son éditorial. Il l'avait relu quatre fois sans cesser d'être ébahi par la plasticité de son style et la profondeur de son humour. Aussi n'ouvrit-il pas tout de suite la missive et sortit-il boire un décollage à L'Impératrice, le cœur en fête. Il y rencontra Cicéron qui y avait pris racine depuis le début de la nouvelle année comme pour effacer de sa mémoire les événements de décembre 1959. Il s'assit d'autorité à ses côtés et se mit à lui déclamer son éditorial :

« *L'Horloge de l'Hôtel des Postes est arrêtée depuis quelque temps et on n'essaie même pas de la réparer. Oublie-t-on que c'est la plus grosse, la plus utile, la plus centrale des horloges martiniquaises et que c'est elle qui nous donne l'heure légale ? Si, dans nos campagnes, le soleil remplace l'horloge, il n'en est pas de même en ville où l'on n'a point le temps de s'occuper de Phébus.* »

Il scruta la figure de Cicéron qui demeura muré dans une farouche impassibilité. A cette heure, il devait avoir déjà ingurgité au bas mot cinq verres de tafia et ne reconnaissait plus personne. Casoar haussa les épaules et commanda un gin pour changer. Il se rengorgea en voyant que des clients européens qui n'avaient pas pu ne pas entendre son texte l'observaient avec ce qu'il crut être de l'admiration. Il ôta un ancien numéro de son journal de sa sacoche et le leur offrit en disant :

« Mesdames-messieurs, je vous souhaite un agréable séjour dans notre beau pays. Je suis le directeur du *Rénovateur,* le seul journal local qui voit tout, sait tout et dit tout. »

Les Européens le remercièrent d'un sourire mais ne semblaient pas désireux d'engager la conversation. Il se rassit donc de mauvaise grâce à la table de ce pauvre toqué de Cicéron quoique au contraire de la plupart des gens, il ne le méprisât pas vraiment. Le médecin raté était, en effet, le seul à lui faire des observations intelligentes sur ses écrits, lui signalant même qu'il commettait une faute en employant le subjonctif après la locution « après que ». Il sursauta lorsque le jeune homme posa sa main sur la sienne. Elle était étonnamment froide alors que l'endroit suffoquait de chaleur.

« *Kon sa yé a, bonda'w miné* (Alors comme ça, vous êtes foutu), lâcha-t-il.

— Mais pourquoi donc, mon pauvre Cicéron ?

— *Sé sa man di'w'la.* (Je sais ce que je dis.)

— Ha ! Ha ! Ha !... Serveuse, deux rhums vieux, s'il vous plaît, avec des glaçons. Allez, on va boire un punch à la barbadienne, ça va te remettre les idées en place. Tu vois, Cicéron, j'ai tellement d'ennemis à travers cette ville que pas un n'aura le courage de s'en prendre à moi le premier. Chacun compte sur son voisin. Ha ! Ha ! Ha !... Bon, j'ai encore de l'ouvrage. Salut ! »

Romule Casoar eut envie de faire quelques pas sur La Savane où des footballeurs du Club Colonial s'entraînaient. Il se découvrit en passant devant la statue de Joséphine de Beauharnais et murmura :

« Belle salope que tu es ! »

Il assimilait l'épouse de Napoléon à cette pimbêche de Nicaise de Laguarrande à qui il tentait de faire la cour depuis plusieurs mois lorsqu'elle allait prendre ses cours particuliers de piano chez une certaine dame de la rue Perrinon. Il croyait que son air de prince hindou en goguette lui ferait oublier son teint sombre et l'attendait tous les mardis après-midi, à trois heures, caché dans l'embrasure d'une porte ou faisant mine de lire un journal sur le trottoir. Ce manège, qui avait été brièvement interrompu par la révolte de décembre de l'année précédente, ne suscita la suspicion de personne vu qu'on savait que Romule Casoar pouvait passer une nuit entière à fouiner autour de chez quelqu'un juste pour recueillir un potin dont il ferait quatre misérables lignes dans *Le Rénovateur*. La jeune békée ne semblait pas le voir non plus. Elle descendait, majestueuse, de sa Dodge dont le chauffeur lui tenait la portière et s'engouffrait chez son professeur de musique dans un grand volettement de jupons et de parfums qui avait le don de clouer notre soupirant sur place. Casoar songea d'abord à soudoyer le chauffeur en lui proposant de feindre quelque malaise qui nécessiterait l'aide d'une tierce personne, mais l'homme avait une tête de nègre-Guinée peu engageante. Il tenta en vain de se remémorer les différents stratagèmes que mettait en œuvre feu Eugène Lamour pour parvenir à ses fins mais n'en dénicha aucun qui pût convenir au cas si particulier qui l'occupait présentement. Il allait se décourager et abandonner quand le plus pur des hasards lui permit de baiser la main de porcelaine de Nicaise de Laguarrande : le déjeuner champêtre qu'Henri Salin du Bercy, chef de la Caste, offrait chaque année à l'élite de couleur (du moins à celle qui ne tarabustait pas les Blancs-pays dans la presse et sur les tréteaux électoraux). D'ordinaire, ces messieurs de la race supérieure n'y emmenaient pas leurs épouses ni leurs filles, hormis deux ou trois qui avaient dépassé depuis longtemps l'âge des assauts charnels. D'aucuns parmi les avocats mulâtres, docteurs noirs ou chabins, plus un bon nombre de maîtres d'école, presque tous détenteurs de quelque mandat électif, considéraient ce rituel comme une occasion de reconfirmer la validité du fameux « bout de chemin avec l'Usine » dont le député mulâtre, de tendance socialiste, Lagrosillière, avait été le promoteur. Ainsi donc rien d'important ne s'y disait, ni ne s'y brocantait. On y faisait acte de présence pour maintenir un statu quo, rien de plus, et personne ne se laissait aller à des excès de zèle ou d'amabilité. L'atmosphère était détendue sans être cordiale, solennelle sans être guindée.

Romule Casoar n'y était jamais invité, non point que les Blancs-pays craignissent son esprit mordant mais bien parce que quelque cocu mulâtre ou escroc nègre, ayant déjà subi ses coups de griffes, lui faisait barrage. Ce dangereux individu n'avait-il pas, en 1955 ou 56, allez savoir ! mis à mal l'honneur d'un honnête couple de notaires de Fort-de-France en ces termes :

« *Tout un chacun sait que la plus belle femme de notre bonne ville s'appelle Christiane Valmont et qu'elle fane sa beauté dans un obscur cabinet de la rue Gallieni. Ses innombrables admirateurs (dont chacun sait que je fais partie) ne peuvent profiter de son charme qu'à l'heure où elle se rend à la messe de neuf heures, le dimanche matin. Un miracle s'est toutefois produit mardi dernier, à la somptueuse réception offerte par le vénérable monsieur du Bercy, dont tout ce que notre île compte de gens sensés a toujours apprécié la générosité. En effet, alors que nos jambes se dégourdissaient au son d'un fox-trot, un couple s'esquiva discrètement, sur un pas de valse langoureux, derrière la haie de coquelicots qui borde le jardin de la sublime demeure de monsieur du Bercy. Seul un œil aussi exercé que le mien remarqua que l'absence des valseurs (la belle Christiane Valmont et le non moins fringant Lionel Saint-Yves, de dix ans plus jeune qu'elle) dura plus longtemps que ne l'autorise en général ce genre d'apartés.* »

Or, miracle ! en cette année de grâce 1960, Henri Salin du Bercy, soucieux d'apaiser les esprits, invita quasiment toute la mulâtraille, y compris ses ennemis intimes du Parti Communiste. Le patriarche était à tu et à toi avec tout le monde et dès qu'il aperçut la fine moustache et les cheveux gominés de Romule Casoar, il s'empressa de le prendre par le bras afin de le présenter à certaines dames blanches créoles qui avaient, ô nouveau miracle ! été conviées à la garden-party. C'est ainsi qu'il fut présenté à Nicaise de Laguarrande par l'usinier le plus puissant de l'île. Qui l'eût cru, mes amis ? La donzelle ne parut pas reconnaître en Casoar l'individu qui faisait un sempiternel pied de grue aux abords du domicile de son professeur de piano. Pour elle, tous les nègres se ressemblaient alors qu'à bien regarder, comme avait coutume de le dire Jacquou Chartier, c'était plutôt l'inverse qui était vrai : c'était la caste békée où se multipliaient les alliances consanguines qui produisait des faciès uniformes et non point l'immense masse des gens de couleur où les sangs nègre, indien, chinois, syrien et blanc se mélangeaient à qui mieux mieux, produisant au sein d'une même famille des gens de types complètement différents.

Nicaise de Laguarrande n'en démordait pas : chaque fois qu'elle était contrainte de serrer la main d'un homme de couleur, elle s'empressait de l'essuyer avec discrétion à l'aide d'un mouchoir dissimulé dans sa manche. Si elle n'avait encore trouvé personne pour la marier, c'est qu'elle était d'une vigilance féroce sur les origines de ses prétendants. Alors que les jeunes Blancs-pays de son âge haussaient les épaules devant les préjugés de leurs parents, Nicaise maintenait une stricte distinction d'une part entre les Blancs d'authentique noblesse, tels que les Laguarrande ou les du Bercy, et les anoblis par les deux Napoléons ; d'autre part entre les Blancs pur-sang et ceux dont il y avait gros à parier qu'une ou deux gouttes de sang noir leur couraient dans les veines. Inutile de dire que le nombre de jeunes Blancs-pays en âge de se marier et convenant à ces conditions draconiennes était des plus restreints. Quatre ou cinq tout au plus, dont deux étaient déjà fiancés. Aussi le père de Nicaise, un grossier personnage comme on n'en fait plus, avait coutume de lancer à la cantonade lors des repas familiaux :

« *Nikèz, si ou pa fè débouya chaché an nonm, man ké blijé chaché an nèg ba'w. Ha ! Ha ! Ha !* » (Nicaise, si tu ne te démerdes pas pour dégoter un mari, je serai forcé de te trouver un nègre. Ha ! Ha ! Ha !)

La jeune fille ripostait en quittant la table avec fracas sous le regard penaud de sa mère et les sourires moqueurs de ses frères et ses cousins. Elle ignorait que son père avait remis l'affaire entres les mains du chef de la Caste, seul habilité en final de compte à prendre les mesures radicales qui s'imposaient dès lors que l'avenir de la race supérieure était en jeu. Le patriarche avait sa petite idée concernant la solution de ce problème mais attendait de voir quel tournant prendraient les choses en 1960 et 61 avant de la mettre en œuvre. Il envisageait, en effet, de faire rentrer un sien cousin, qui avait émigré en Louisiane au début des années 20 et qui, en dépit de ses cinquante-trois ans, portait toujours beau. Il lui confierait la direction de la sucrerie de Rivière-Salée qui commençait à battre sérieusement de l'aile. Aussi ne mit-il aucune malice à présenter Nicaise à tous les hommes de couleur qui lui avaient fait en quelque sorte allégeance en prenant part à son déjeuner. Cet olibrius de Casoar l'amusait d'autant qu'il réservait l'essentiel de ses piques à la négraille et à la mulâtraille, épargnant autant que faire se peut la békaille. On l'avait même vu fulminer à maintes reprises contre ceux qu'il appelait « les blancophobes », surnom qui allait comme un gant, pensait du Bercy, aux communistes et autres autonomistes.

« Tenez, vous qui vous ennuyez d'habitude dans nos réunions mondaines, fit-il à l'adresse de Nicaise de Laguarrande, voici un charmant gentleman qui saura vous dérider, ma petite. N'est-ce pas vrai, Casoar, que vous êtes l'homme le plus fin d'esprit de toute la colonie, hein ?

— Pardonnez-moi mais je crois qu'on dit "département" de nos jours...

— Ha ! Ha ! Ha ! Que vous disais-je, chère Nicaise ? Casoar a toujours le mot pour rire... Ben, moi, vous savez, qu'on dise colonie, département, province ou diable sait quoi, Henri Salin du Bercy s'en fout tout bonnement. Du moment que nos apprentis castristes ne me nationalisent pas mes terres et mes usines, ils peuvent appeler la Martinique comme ça leur chante ! »

Puis il les planta là, se dirigeant vers d'autres invités. Le rêve de Romule Casoar venait tout soudain de se réaliser : il était seul à seule avec la blanche et pure Nicaise, héritière des établissements de Laguarrande, spécialisés dans l'import de morue salée, pois rouges, beurre rouge, saindoux, fil de fer, coutelas et scies, et dans l'export de sucre et de rhum. Une maison qui avait pignon sur rue au Bord de Mer depuis au moins deux siècles et demi s'il vous plaît. Le journaliste qui avait tout prévu sauf cette rencontre inopinée ne sut articuler le moindre mot. Le grain de ses yeux, plus brillant que les lampadaires du cimetière de la Jossaud, était planté dans celui de la jeune femme. Il crut y lire une lueur d'amusement et se pensa autorisé à placer quelques pions. Il courut lui chercher un daïquiri et lui proposa de marcher dans le parc où des buissons de bougainvillées et de jacarandas favorisaient les tête-à-tête discrets. Ils aperçurent le roi de la banane, Lucien de Médrac, en train de babiller avec le maire, mulâtre, de Sainte-Marie. Assin de Belleville, qui possédait plus de sept cents têtes de bétail au Vauclin, donnait de grandes tapes dans le dos du docteur Bertrand Mauville qui ne bronchait pas. Nicaise de Laguarrande souriait, saluant d'un signe de tête appuyé les Grands Blancs, lesquels lui tiraient leur révérence de loin. Arrivés au finissement du parc, ils s'assirent sur un banc, à l'ombre d'un tamarinier, Casoar cherchant toujours de manière désespérée une phrase intelligente ou enjôleuse. Le jeune fille ne faisait strictement rien pour l'aider et se contentait de lui offrir sa seule présence comme un cadeau royal. Casoar voulut prononcer la phrase fatidique qui faisait éclater de rire les nègres au cinéma Gaumont : « Je vous aime. »

Sa langue pesa dix tonnes dans sa bouche. Il eut beau rassembler toutes ses forces, il ne parvint pas à effacer le sentiment de profond ridicule attaché à une telle déclaration. Les nègres d'ici-là disent « Je suis content de toi » et non « Je t'aime », manière de signifier d'emblée que la belleté, la prestance, le charme, tout ça c'est bien joli mais qu'une vraie femme a besoin de plus que ça, notamment un cœur ferme pour pouvoir supporter les embûches de la déveine qui guette les descendants de Cham au détour du moindre hallier. Casoar prit donc conscience pour la première fois de sa vie (à quarante-huit ans passés) qu'il était plus nègre que gaulois et cette pensée le plongea dans un abîme de calculation. Il essaya à nouveau de dire « Je vous aime », contracta sa langue, allongeant sa bouche et se gonflant légèrement la poitrine, mais aucun son ne jaillit de sa gorge. Nicaise de Laguarrande n'avait pas l'air de s'ennuyer. Elle observait le frétillement vert bleuté d'un colibri autour d'une fleur de coquelicot avec un émerveillement presque enfantin. Pris d'une inspiration subite, Casoar lui tint les mains et lui passa une « langue ». Il s'aperçut aussitôt que les hommes de couleur n'étaient pas non plus doués pour ce genre de caresse et ne réussit qu'à semer de la salive sur le menton de sa dulcinée. Il n'eut pas le temps de s'excuser puisqu'une calotte retentissante faillit le voltiger sur le gazon. Rouge comme un piment bonda-Man-Jacques, la jeune békée s'était redressée et hurlait les bras au ciel :

« Au viol ! Au secours, il me viole ! »

En un battement d'yeux, tous les mâles de la race supérieure se précipitèrent au fond du jardin, bousculant les tables qui regorgeaient de boudin créole, d'acras, de tranches d'avocat et de langoustes. Les serveurs en profitèrent pour s'empiffrer ou se remplir les poches de victuailles. Nicaise s'était déchiré elle-même le corsage et l'un de ses seins menaçait d'échapper à l'emprise de son bustier rose. Entouré d'une meute de Blancs-pays enragés, Romule Casoar faisait caca sur lui. Le roi de la banane, cloîtré onze mois sur douze sur son habitation de Moulin-L'Etang, à l'extrême nord du pays, n'était guère au courant des changements subtils qui s'étaient produits dans la manière de traiter les gens de couleur. Il se croyait toujours au XIX$^{e}$ siècle et n'hésita pas à foutre au journaliste un magistral coup de pied au troufignon, en gueulant :

« *Mi, sakré isenbôt ki ou yé ! Mi ! Man za las di zôt sa : dépi zôt ba nèg an ti wouspèl, yo ka chaché pété fwa'w.* (Attrape, mon salaud ! Attrape ! Je vous l'ai toujours dit : dès qu'on laisse la bride aux nègres, ça cherche à vous mordre.)

— Allons, du calme ! Voyons, messieurs... s'interposa, d'un geste timide, le maire mulâtre de Rivière-Salée.

— *Pé djôl ou ! Sé fanm nou zôt lé ! Zôt lé mété gwo pat nwè zôt la anlè ti lapo blan yo a.* » (La ferme ! Vous voulez nous prendre nos femmes ! Vous voulez mettre vos grosses pattes noires sur leur peau blanche.)

C'est l'éclat de rire d'Henri Salin du Bercy qui sauva le journaliste du lynchage puisque, au même moment, Assin de Belleville lui balançait un coup de poing dans les côtes tandis qu'un des frères de Nicaise lui rebottait les fesses. Tous les invités de couleur s'étaient éclipsés sans demander leur reste, certains se réjouissant même qu'on fermât définitivement sa caquetière à cet inutile de Romule Casoar qui avait la dent plus dure pour eux, dans *Le Rénovateur,* que pour la Caste. Le patriarche repoussa les agresseurs d'une bourrade et prit Casoar d'un geste amical par l'épaule. Ce dernier tremblotait comme un gamin qui vient de croiser un zombi sur sa route.

« Messieurs, cet homme est mon invité et s'il l'est, sachez que je lui baille honneur et respect, foutre !... Lequel d'entre nous ici n'a pas trois ou quatre maîtresses de couleur, hein ? Moi-même, j'ai renoncé à compter le nombre de petits mulâtres qui m'appellent papa.

— Ça n'autorise pas ce macaque à la violer ! fulmina le roi de la banane.

— Hon ! Violer-violer, faudrait voir... c'est vous qui le dites, mon vieux. En êtes-vous si sûr ? Hé,

Laguarrande, dis-nous un peu s'il faut croire ta fille. Je me suis laissé dire qu'elle était vierge — Ha ! Ha ! Ha — et qu'elle cherche un mari depuis l'époque du marquis d'Antin. Pas vrai ? »

Une crise s'empara de la jeune fille qui se vautra par terre sous l'œil atterré des invités et amusé des serveurs. Quant à Romule Casoar, il semblait avoir pris racine et ne bougeait pas plus que le pied de mandarines qui se trouvait derrière son dos. Le père de Nicaise, qui était fin saoul depuis longtemps, roula de gros yeux vitreux sur sa fille et tourna les talons. Un à un, les mâles le suivirent tandis que la gent féminine se pressait au chevet de Nicaise, noyée dans un déchaînement de sanglots. Les tables redressées et à nouveau fournies furent prises d'assaut et chacun se remit à discuter de choses sérieuses. Le roi de la banane recommença à se chamailler avec le maire du Saint-Esprit, lequel avait été au chalet de nécessité pendant tout ce carnaval et n'avait rien vu ni entendu, au sujet d'un vote négatif de ce dernier au Conseil Général pour une subvention à la profession bananière. L'éleveur du Vauclin, Assin de Belleville, se remit à évoquer la possibilité de construire des villas de location sur ses pâturages en dépit de la moue sceptique du frère de Nicaise de Laguarrande. Casoar but coup sur coup deux pétards et salua son hôte d'un air penaud.

« *Ou té dwèt tjenbé'y !* (Tu aurais dû la forcer) s'esclaffa du Bercy en le raccompagnant.

— Oh, je n'ai pas votre... comment dirais-je... votre tempérament caligulesque...

— Ha ! Ha ! Ha ! Voilà un homme ! Après avoir été à deux doigts de l'étripement, le voilà qui trouve assez de ressources pour rigoler. »

Le directeur du *Rénovateur* se remémorait cet épisode peu glorieux de son existence au moment où il abordait l'Allée des Soupirs sur la place de La Savane.

Il aimait y flâner pour épier d'un œil discret les couples enlacés dans les sous-bois et trouvait à l'endroit un charme vénitien, du moins aux heures où il n'était pas envahi par les péripatéticiennes du Morne Pichevin et les filles à marins du quartier Sainte-Thérèse. Il y avait fait jadis la connaissance de deux bougres d'indiscutable valeur quoiqu'ils fissent partie de la plèbe : le major Rigobert qui régnait avec son rasoir effilé sur les destinées de la Cour Fruit-à-Pain et des environs, et ce Don Juan d'Eugène Lamour dont le corps reposait (croyait-il à tort) dans le charnier du cimetière des riches. En vingt-cinq ans de journalisme, il avait rencontré les zouaves les plus excentriques, les politiciens les plus véreux, les hommes de lettres les plus fats, les dames les plus maquerelleuses mais aucun d'eux n'arrivait à la cheville de Rigobert et de Lamour. Il était bien forcé de le reconnaître aujourd'hui.

« Peut-être que je me fais vieux... » songea-t-il.

En cherchant son mouchoir dans l'une des poches de sa veste, il tomba sur le pli d'huissier qu'il avait négligé d'ouvrir et machinalement s'éventa avec lui. Des râles caractéristiques du point culminant de l'étreinte amoureuse montaient de l'ombrage d'un pied de flamboyant en pleine floraison. Casoar sourit puis finit par ouvrir cette enveloppe bleue qu'il traînait depuis le matin. Ce qu'il découvrit le laissa le bec coué :

« Honneur vous demander réparation pour propos désobligeants à l'égard famille Saint-Amand dans *Le Rénovateur* du 12 février dernier — Vous laisse le choix des armes, pistolet me semble plus pratique — Mes témoins et moi-même vous attendrons ce samedi après-midi à seize heures sur la plage de la baie des Tourelles.

Frédéric Saint-Amand. »

Casoar blêmit. Le pli lui tomba des mains. Un couple d'amoureux le gouailla gentiment, croyant à quelque lettre de rupture d'une chérie-doudou. Casoar ne les vit même pas. Il enjamba la place de La Savane et chercha Cicéron parmi les clients de L'Impératrice. L'ancien étudiant en médecine avait déjà retiré ses pieds. Personne ne put le renseigner sur sa destination car Cicéron allait et venait un peu partout à travers Fort-de-France sans avoir de comptes à rendre à qui que ce soit. Au salut sec et bref d'un employé du Crédit Martiniquais avec lequel il avait coutume de prendre la blague, Casoar comprit que Radio-bois-patate avait déjà semaillé la nouvelle du duel qui l'opposerait au cadet des Saint-Amand. On s'écartait donc de lui car il sentait la mort, pauvre diable. Qui aurait imaginé qu'un homme d'âge mûr comme lui saurait contrer la flamboyante jeunesse de Frédéric Saint-Amand ? De plus, chacun savait ce dernier dur en affaires et inapte à toute forme de sensibilité, lui qui évoquait Gérard Saint-Amand à l'aide de la cruelle expression « mon ex-frère ». Une racine de cassier, voilà comment on le présentait, et le directeur du *Rénovateur* était bien évidemment le premier à connaître la réputation de son adversaire et à savoir qu'elle n'était hélas pas usurpée. Il erra près du marché aux légumes, manquant de se faire écrabouiller par la charrette à bras d'un djobeur qui fonçait tête baissée en lançant des « Pin-pon ! Pin-pon ! » dignes d'une corne d'ambulance. Il s'arrêta au « Ne cherchez plus d'amis », bar à billard de la Croix-Mission où l'on servait un excellent mabi. Un gramophone jouait une biguine de Stellio à côté de la caisse où le patron, un rondouillard hiératique, arborait d'énormes lunettes fumées. Il grommela un vague bonjour à Casoar et se retrancha dans son for intérieur.

« *Sa man ka sèvi'w ?* (Qu'est-ce que je vous sers ?) lui demanda une serveuse.

— Rien... merci... vous n'auriez pas vu monsieur Chartier par hasard ?

— *Chatié ? Sa ki taa ?* (Cha'tier ? C'est qui ça ?)

— *Bétjé-Fwans-lan ka fè lékôl Séminè Kolèj la, an boug ka palé bèl kréyôl, ou sav ?* (Un Européen qui enseigne au Séminaire-Collège, un type qui parle sacrément bien le créole, vous ne voyez pas ?)

— *Tjip ! Jakou ou la ka palé a ! Misyé dwèt nan tjè koko épi Jilyaniz, ay gadé-wè pabô Obéwo, non.* » (Ah ! Vous parlez de Jacquou ! Il doit être en train de conter fleurette à Julianise, allez donc voir du côté d'Au Béraud.)

Casoar longea le cimetière des riches d'un pas hésitant. Il s'était toujours fait un honneur d'éviter ce quartier afin qu'on ne le catégorisât pas comme indien. Les réputations se font si rapidement dans cette ville où il est difficile de se cacher à la vue d'autrui puisque, comme par un fait exprès, la plupart des rues y ont été tracées au cordeau. Cette fois il devrait surmonter ses préjugés car sa propre vie était en jeu. Seul le professeur de philosophie que l'on disait bien introduit chez les Saint-Amand pourrait le tirer de ce guêpier. A hauteur du canal Levassor, il aperçut un cochon mastodonte qui avançait vers lui avec un air de profonde dignité : c'était le fameux monsieur Untel contre lequel il avait rédigé moult articles (en pure perte !) pour exiger que les services d'hygiène de la municipalité missent un terme à ses insolentes pérégrinations.

« *Un étrange patricien déambule sur nos trottoirs déjà en si piteux état,* se souvenait-il d'avoir écrit. *On jurerait qu'il revient d'une séance du Palais-Bourbon tellement sa posture en impose au vulgum pecus. Hélas ! Ce n'est qu'un spécimen particulièrement monstrueux de la gent porcine qui se nourrit dans nos poubelles et fraternise avec notre marmaille. Que doivent penser les touristes américains... »*

Romule Casoar voulut changer de trottoir mais eut un sursaut de dignité. C'était à l'animal de descendre sur la chaussée, tonnerre du sort ! Il se rappela tout d'un coup que même le quimboiseur Grand Z'Ongles, tout doué du pouvoir de pétrifier les gens qu'il était, n'avait pas une attitude m'en-fous-ben face à monsieur Untel. L'animal l'observait avec des yeux qu'on aurait juré rieurs et agitait ses larges oreilles en tous sens. Il ne montrait aucune disposition à lui céder le passage. Arrivés l'un droit devant l'autre, ils s'observèrent puis monsieur Untel grogna :

« Casoar, ôte ton cul de là ! Ne joue pas au fort en gueule, toute la ville sait que Frédéric Saint-Amand va te faire sauter la cervelle dans trois jours. Allez, disparais comme l'éther ! »

Effectivement, le journaliste s'escampa sans demander son reste et maints badauds lui trouvèrent une agilité de coq-game. Une tralée d'enfants couverts de boue se mit à le poursuivre en chantant :

> « *Womil Pat-Fin, chapé chapé'w,*
> *Mi misyé Entel an bonda'w !* »
>
> (Romule Patte Fine, file, file
> Monsieur Untel est à tes trousses.)

En réalité, le cochon mastodonte continua, bien tranquille, sa promenade quotidienne mais, de ce jour, sa renommée s'en trouva grandie. Chine, qui d'ordinaire lui refusait ses restes, lui ouvrit toute grande l'arrière-cour de sa boutique. Madame Villormin, qui avait dû se résoudre à tuer le cochon de Noël que Malaba avait élevé avec tant d'amour, prit monsieur Untel en bonne passion et lui épluchait, avant le chant matineux de l'oiseau-pipiri, des fruits-à-pain bleus qu'elle achetait trois francs au grand marché. Justin, l'éclopé de la guerre d'Algérie, chassa ses compères les chiens à l'orée de l'année 1960 et s'entretint désormais avec l'animal sous sa véranda. Ziguinote, qui avait sombré dans la folie pure, l'autorisa à venir profonder son groin dans le charnier où reposait mamzelle La Mangouste. Bref, à ces multiples gestes, Romule Casoar comprit quelques mois plus tard qu'il était sans doute l'homme le plus haï de la colonie (ou du département, si l'on préfère). Pour l'heure, il courait, courait, courait. La marmaille négrillonne s'arrêta à la frontière de La Levée mais quelques garçonnets mulâtres prirent leur relais et Casoar traversa la rue des Syriens sous les quolibets des chalands. Il eut la surprise de trouver Chartier qui l'espérait, assis sur le pas de sa porte, la pipe au bec et l'air moqueur.

« Pas la peine ! fit le Blanc-France, on m'a tout rapporté. Vous savez ce que je pense de votre prose. Je vous avais amplement mis en garde contre les débordements de...

— *Le Rénovateur* est le seul journal satirique des Antilles Françaises, s'énerva Casoar qui avait retrouvé son sang-froid après qu'il eut fermé la porte de son appartement. Et de toute l'Amérique centrale et latine, cher monsieur ! Vous croyez qu'à Cuba que vous louez si fort, on peut se gausser des clowneries du Barbudo en chef ? Savez-vous que je suis régulièrement cité dans la presse parisienne, surtout dans *Le Canard enchaîné* ?

— Certes mais tout ça n'arrange pas pour autant vos affaires. Frédéric Saint-Amand est officier de réserve, ne l'oubliez pas, et à ce titre il va s'entraîner régulièrement au camp de Balata.

— Un soudard ! Voilà ce qu'il est, ce petit merdeux

de Frédéric Saint-Machin. Je pisse sur lui si vous voulez le savoir.

— Très bien ! Alors pourquoi m'avoir sollicité ? » demanda Chartier d'un ton grave.

Romule Casoar se laissa choir avec lourdeur dans un fauteuil encombré de revues. Il avait l'air soudainement très fatigué. Chartier eut pitié de lui et se proposa de lui servir un verre d'eau glacée. Il constata que le frigidaire était vide, hormis un saucisson entamé, et qu'en final de compte, ce grand escogriffe de journaliste, qui passait son temps à égratigner les travers de son prochain, ne possédait pas un sou vaillant. Il n'avait qu'une façade de personne de bien mais devait tirer le diable par la queue à la fin du mois. C'était en soi une forme de courage comme une autre. Chartier n'oubliait pas qu'il en fallait une bonne dose dans cette île si complexe et que lui-même avait failli périr lapidé, au cours des émeutes de décembre, par les mains de ses propres amis des Terres-Sainvilles. Il songeait depuis peu à partir alors que, paradoxe des paradoxes, les parents de ses élèves se montraient de plus en plus satisfaits de sa façon d'enseigner. Le vicaire supérieur lui faisait montre d'une révérence inconnue depuis treize ans. Avec un peu de chance, sans doute obtiendrait-il sa mutation dans sa Vendée natale. Pourtant ce n'était qu'un vague projet car il ne savait que faire de Julianise qu'il avait dans la peau et pour qui il était un demi-dieu.

« Vous me proposez quoi ? ronchonna Casoar.

— Un démenti... hé oui, mon vieux, y a des moments dans la vie où il faut savoir se déjuger. Au fait, je parie que vous ne vous souvenez même pas de ce que vous avez écrit sur Frédéric Saint-Amand.

— Heu... vous savez, j'écris tellement de choses... »

Le Vendéen s'esclaffa sans retenue et ressentit une espèce de tendresse virile pour ce bougre de journaliste s'emparer de lui. Il se souvint que Casoar était vieux garçon et se demanda s'il fréquentait le boxon Marie Curie, l'Allée des Soupirs ou carrément la Cour Fruit-à-Pain où l'on pouvait s'offrir une femme pour deux francs et quatre sous. Lui aussi, à sa manière, était célibataire puisqu'il avait toujours rechigné à s'établir avec Julianise. Il sourit intérieurement du qualificatif d'« emberlificoteur » que lui avait baillé feu Eugène Lamour, après que les bougres des Terres-Sainvilles se furent épuisé l'esprit à lui en dénicher un, qualificatif que l'enjôleur avait offert à madame Villormin contre une brassée de caresses siroteuses. Il ne voulait pas fournir de faux espoirs au journaliste sans pour autant le laisser seul face à une échéance qu'il savait être décisive. Une illumination se profila dans son esprit. Comment n'y avait-il pas pensé avant ? Il déglutit le gin de mauvaise qualité qu'il s'était servi avant de murmurer :

« Ça peut s'arranger, Casoar...

— Je vous écoute... je suis prêt à accepter toute proposition qui me sortirait de ce démêlé-sans-comprendre...

— Frédéric Saint-Amand a un frère, un nommé Gérard, vous le connaissez ?

— Je ne vois vraiment pas le rapport avec ce type-là. Je l'ai connu il y a quinze ans de cela, je crois. Il est parti ensuite en République dominicaine ou à Cuba à ce que l'on raconte. Il doit être trafiquant de quelque chose. En tout cas, on n'a guère eu de nouvelles de lui depuis lors.

— Gérard se trouve en Martinique, fit Chartier d'un ton appuyé.

— Quoi ! Vous voulez rigoler ?

— Oh non ! Mais au fait, Casoar, que faisiez-vous au cours des événements de décembre dernier, hein ?

La rumeur publique prétend que vous êtes resté terré sous votre lit huit jours d'affilée, c'est vrai ça ?

— Ecoutez, j'ai pas le temps...

— Je vous dis que Gérard est ici, Bondieu de bon sang ! Il croupit dans un bouge des Terres-Sainvilles et, mieux, vous le connaissez... oui-oui, faites pas ces grands yeux... Gérard n'est autre que le camarade Angel. »

Casoar sauta au cou de Chartier et se mit à danser la calenda avec frénésie. Puis, il bondit sur son téléphone et appela chez la famille Saint-Amand. Il attendit-attendit-attendit en vain. Puis, il entraîna le Blanc-France dans l'escalier, laissant la porte de l'appartement ouverte, et tous deux se ruèrent chez la logeuse du camarade Angel. Ils rencontrèrent Bec-en-Or à l'avenue Jean Jaurès qui injuriait des gendarmes imaginaires. Cicéron rédigeait un graffiti sur le trottoir :

« PAPA DE GAULLE, ON A TUÉ CINQ JEUNES NÈGRES
EN TON NOM, CONDAMNE VITE CES ASSASSINS
OU SINON
QUAND TU VIENS ICI : BO ! BO ! BO ! »

Sur la place de l'Abbé Grégoire, trois vieilles femmes attendaient l'ouverture de l'église pour leur prière vespérale. Romule Casoar était très excité, il tirait son ami par la manche, le remerciant sans arrêt et répétant à mi-voix, incrédule :

« Tu te rends compte ? Le camarade Angel c'est Gérard Saint-Amand ! »

Il s'arrêta net devant chez la logeuse à la vue de la 203 Peugeot grise de Frédéric Saint-Amand. Aucune erreur possible : il n'y en avait qu'une de cette couleur dans l'île. Un petit attroupement occupait le seuil de la grande bâtisse en bois. Les deux compères s'avancèrent avec circonspection. Ils virent des larmes sur la figure de Julianise, l'Indienne d'Au Béraud. Ils entendirent les sanglots contenus de madame Villormin et le regard sombre de monsieur Jean les accora net. Ziguinote, le fossoyeur, chantonnait sur un seul pied une chanson sibylline. Quand il les aperçut, il dit :

« Angel s'est tué ce matin. Dans sa chambre... avec un pistolet...

— Pourtant, nul ne lui connaissait de détresse, hein ? demanda madame Villormin.

— Qui aurait deviné qu'il était l'aîné des Saint-Amand ? » fit monsieur Jean.

Une grappe de policiers sortit en emmenant le cadavre sur un brancard, suivi de Frédéric dont les yeux butèrent sur ceux de Casoar sans qu'ils reflétassent la moindre hostilité. Immédiatement, le journaliste comprit qu'il était sauvé. Frédéric ne pouvait pas honorer sa demande de duel sans dérespecter la mémoire de son frère. D'ailleurs pourrait-il désormais supporter la seule vue d'un pistolet ? Ziguinote eut un sourire étrange avant de déclarer à la cantonade :

« Si Angel avait attendu quinze jours, il aurait pu voir Papa de Gaulle. La radio a annoncé tout à l'heure la date de sa venue. La seule chose que je demande à Dieu c'est de ne pas me fermer les yeux avant ça. »

D'instinct, Romule Casoar et Jacquou Chartier se dirigèrent vers le boxon Marie Curie qui portait encore les stigmates de l'incendie qui s'y était déclaré au cours du décembre sanglant qui avait clôturé l'année 1959. En poussant la porte, Casoar lâcha :

« La vie c'est vraiment de la couillonnade quand même !

— Non... non, la vie est comment dirais-je... est un miracle précaire... » rectifia son compagnon.

## 23

Monsieur Jean : Ancinelle, je vous remercie d'exister. Sans l'émoi bienfaisant que me procure votre présence, je crois que je m'opiniâtrerais à ressasser mes rancœurs à l'égard du monde. On prétend que j'ai trahi, que je me suis rangé du côté de l'Amiral Robert et donc des pétainistes mais qui, en cette époque, ne fut pas imprécautionneux ? Qui ? On me reproche d'avoir défilé en tête des Volontaires de la Révolution Nationale alors qu'il s'agissait, pour moi, d'un simple geste d'allégeance envers la mère-patrie. J'ai crié « Amiral, nous voilà ! » comme des centaines d'autres jeunes nègres et c'est sur ma tête qu'est tombée la sanction, pourquoi ? Parce que je suis instituteur et que ces gens-là ne veulent à aucun prix voir la race nègre monter en haut de l'échelle. C'est cela...

Ancinelle : Je veux être franche avec toi. J'ai reçu hier une lettre de Justin Villormin. Elle vient d'Algérie. Il a été blessé au bras droit et à la figure. C'est un certain Dany Bérard qui a tenu la plume à sa place mais j'ai tout de suite reconnu son souffle : cet homme-là a transporté son amour pour moi jusqu'au-delà des mers. Je suis abasourdie...

Monsieur Jean : L'autre jour, je suis passé aux abords de l'école primaire de la caserne Rochambeau. Soudain, la voix d'un élève que son maître interrogeait m'a cloué sur le trottoir. J'ai entendu le bruit des règles que l'on pose sur les tables, celui des taille-crayons, j'ai senti l'odeur exaltante de l'encre violette, je me suis hissé sur la pointe des pieds et j'ai vu par la fenêtre le maître qui écrivait au tableau :

« Jeudi 12 avril 1959
Leçon de grammaire française
Les verbes du premier groupe. »

Sa main courait sur le tableau comme une caresse précise et précieuse à la fois. Heureusement que je vous ai, Ancinelle, pour effacer un tel besoin.

Ancinelle : Il faut que je te lise la lettre de Justin car je n'ai pas coutume de te cacher quoi que ce soit. Mon âme est claire comme une nuit de carême et je tiens à ce qu'elle demeure ainsi à jamais. Voici ce qu'il me confie :

« Ma seigneuresse,

« Je ne sais pas si mes lettres te parviennent puisque je ne reçois aucune réponse de toi. J'aime à penser que tu les presses sur ton cœur et que tu pries pour que la mort s'écarte de mon chemin. Figure-toi que c'est dans ce pays-là que j'ai pour la première fois eu la sensation que Dieu existait vraiment. Je ne parle pas du spectacle des morts qui jonchent les rues — à ça, on finit hélas, par s'habituer — mais du cri de leur prêtre, le muezzin, lorsqu'il les appelle à la prière du soir. Un cri tellement lancinant, tellement profond qu'il te laboure les entrailles et te soulève de terre. Alors tu ne peux plus penser à rien dans ta tête, tu deviens une statue de marbre et lentement, très lentement, tu laisses la parole divine couler en toi. C'est à la fois délicieux et terrifiant.

« Dany, mon seul compagnon de régiment martiniquais, se moque de moi. Il songe à des choses plus sérieuses : rejoindre l'ennemi et son armée secrète, le F.L.N. Il dit que nous, les nègres, n'avons rien à faire dans cette sale guerre, que tuer des Arabes, pour nous, descendants d'esclaves, est une pure indignité. Il veut m'entraîner dans sa fuite mais je ne peux me résoudre à trahir la France. J'aime trop ce pays. Pourtant, autour de moi, il n'y a que du sang et du feu. Nous brûlons des villages en Kabylie, nous exécutons des suspects devant leurs maisons sous les yeux de leurs familles. Nous sommes en passe de devenir des bêtes sauvages.

« Et toi, comment te portes-tu ? J'imagine qu'ils sont encore tous à tes trousses : Jojo Coiffeur avec ses manières de vieux vicieux, Eugène Lamour qui a échappé à la conscription je ne sais pas comment, ce monsieur Jean qui t'a presque forcée à t'inscrire au cours d'adultes. Sans compter tous ceux que j'ignore puisque voilà bientôt trois ans que cette guerre me tient éloigné de la Martinique. Peut-être qu'avec cette fichue blessure dont je t'ai parlé la dernière fois, ils mettront un terme à mon épreuve. Peut-être...

« Ici, le ciel est certains jours d'un bleu effrayant et totalement dépourvu de nuages. Si tu te trouves dans une plaine, ton œil se perd à l'horizon et tu trembles d'effroi sans savoir pourquoi. Même la terre jaune de ce pays-là contribue à donner le sentiment de l'infini. J'ai eu très peur de mourir loin de toi et l'infirmière m'a dit que j'ai déparlé un bon nombre de jours en demandant une certaine "Cinelle" qu'elle supposait être ma mère ou ma femme. Maintenant, ça va mieux. Mon bras recommence à remuer un peu. Je pense être totalement rétabli d'ici le mois de mars.

« Bientôt, je serai à nouveau parmi vous. Avec le titre d'adjudant-chef s'il te plaît. Tu peux annoncer déjà nos fiançailles.

« Je n'ai que toi dans mes songes,

« JUSTIN. »

Monsieur Jean : Vous avez failli vous perdre en suivant ce personnage trouble qui se fait appeler camarade Angel. Je suis membre du Parti Communiste et je puis vous assurer que personne ne l'y connaît. Son grand plaisir est de nous traiter de révolutionnaires empantouflés. Il n'a jamais éprouvé une once d'amour pour vous — je l'ai bien observé — vous n'étiez qu'un appât avec lequel il comptait attirer sa proie. Quelle proie, je n'en sais trop rien. En tout cas, il a tenté d'entraîner nos camarades dans une aventure qui aurait pu permettre aux réactionnaires de trouver le prétexte rêvé pour nous éliminer de la scène politique martiniquaise. Et voilà qu'avant-hier, il a carrément injurié notre leader Gaston Gratien lors d'une réunion au Morne Pichevin au deuxième jour de l'émeute. Pour lui, on était au bord de la révolution, il fallait prendre les armes, marcher sur la ville et encercler les forces colonialistes. Un provocateur trotskiste, voilà ce qu'est Angel ! Ancinelle, il faut que tu me jures de ne plus jamais suivre pareil individu.

Ancinelle : Personne ne m'aime vraiment, pas même toi. Si tu m'aimais, tu te serais efforcé de satisfaire le désir que j'ai émis devant chacun d'entre vous. Or, même toi, tu l'as pris pour une gaminerie, une fantaisie de femme-fleur en mal de romantisme. Ce n'est pas du tout ça : il me faut cette fleur de bambou pour pouvoir accepter de vivre dans cette île d'inespoir. Il me la faut...

Monsieur Jean : Nous n'avions pas prévu la fureur de décembre, c'est vrai. Les cœurs des nègres ont flambé comme des pièces de canne en carême et nous n'avons pu que suivre l'incendie à la trace. Savez-vous que c'est notre rire qui nous a une fois de plus sauvés ? J'ai vu Grand Z'Ongles, oui, le manieur d'herbes maléfiques, affronter une bande de C.R.S. déchaînés et les tourner en dérision :

« Où la Seine prend-elle sa source ? » a-t-il demandé et aucun des soudards n'a pu répondre.

« Au plateau de Langres, sacrés couillons ! Et à quelle date Jeanne d'Arc a-t-elle été brûlée vive, hein ?... En l'an 1431 ! Ha-Ha-Ha ! Voyez-moi ça, n'êtes-vous pas de bons Français ? Des Français bien français ? »

Et tout y a passé : la ville où s'est rendu Vercingétorix, la couleur du manteau royal de Napoléon au cours de son sacre, la taille exacte de monsieur Thiers, etc. Ces messieurs-là étaient tout bonnement interloqués, ne sachant que faire des gros fusils qui pendouillaient entre leurs mains. Alors, ils ont fait demi-tour, enragés et impuissants, et ont abandonné le contrevenant au couvre-feu à une patrouille moins encline à admettre son ignorance.

Je ne vois pas ta figure se dérider assez souvent. Tu portes un étrange masque de gravité. J'ai peur que cela ne cache une profonde inappétence pour la vie. Oublions le Noël brisé de l'an passé et regardons droit devant nous. L'avenir appartient au communisme et il sera radieux.

Ancinelle : Aucun d'entre vous n'est le genre d'homme dont je rêve. Je hais au plus profond de moi cette habitude que vous avez de contrefaçonner vos élans. Ou de les empreindre d'une légèreté ostentatoire. Je suis d'accord avec Cicéron, tout fou qu'il est : votre existence ressemble à une tragédie grecque qui serait jouée par des clowns, des Pierrots et des Mariannes-la-peau-figue. Ce pays-là tourne à l'envers. Comme dans le sens inverse de la rotation du globe. Ne ris pas de ma science toute neuve, c'est toi et toi seul qui m'a suppliée de m'inscrire aux cours d'adultes des Terres-Sainvilles. J'ai failli sombrer dans cette vénération du livre qui vous dessèche tous la cervelle. Sache que je n'ai pas lu une ligne de ce recueil de Saint-John Perse que tu m'avais offert pour mon anniversaire. Je ne cherche pas à m'émotionner par procuration. Je tente de défricher ma vie sans paravent ni esbroufe et c'est pourquoi, quand je quitterai les Terres-Sainvilles, tu n'apercevras plus jamais mon ombre.

Monsieur Jean : Vous n'êtes plus la même personne.

On dirait que décembre a métamorphosé le dedans de vous-même. Quand je prends votre main, je ne ressens plus la tiédeur suave qui irradiait mon corps tout entier et me rendait lyrique. Au contraire, je vous sens lointaine, froide comme une Savane des Pétrifications. Vous vous écartez de moi sans même vous en rendre compte. Que vous ai-je fait ?

Ancinelle : Ils n'étaient pas des voyous ! Bec-en-Or recèle des trésors d'humanité en lui malgré l'extrême rudeur de son créole vieux-nègre. Sur La Savane, il intervient au mitan des matches de football lorsqu'il voit une profitation se faire et rétablit les lois de l'équité. Tu le vois, traînant du Bois de Boulogne où il règne en maître sur les jeux de quine et de sèrbi jusqu'à la Croix-Mission où il lave des voitures pour deux francs et quatre sous. Quand il est assis tout seul au pied du plus gros tamarinier de l'Allée des Soupirs, c'est vrai qu'il impressionne le monde et que la marmaille a peur d'aborder à cet endroit-là, mais les Sénateurs lui baillent honneur et respectation. S'ils ne s'adressent jamais à lui directement — enchaînés qu'ils sont à leur français cravaté et laineté — ils savent lui faire comprendre qu'ils ont besoin de ses services. Pour le lendemain. Pour dans un mois. Peu importe. Non ! Le nègre qui hurlait en décembre dernier : « Vive les Noirs ! » n'est pas du caca de chien, tu souilles ta langue si tu profères une telle chose. Quant à Fils-du-Diable-en-Personne, tu sais fort bien qu'il a été abandonné par sa mère au bord d'une route coloniale, à Desmarinières, le jour même de sa naissance. Il n'a jamais eu de nom, aucune porteuse ne l'a emmené sur les fonts baptismaux, la peau de ses fesses n'a jamais traîné sur un banc d'école et quand on ouvre un journal devant lui, il n'y voit que du noir sur du blanc. Les femmes se sont toujours détournées de lui car il n'a pas appris à modeler ses désirs dans des paroles de douce coulée. Il crie : « *Man lé koké épi'w !* » (Je veux faire l'amour avec toi !) et attrape celles qui se laissent faire par une aile, les renverse par terre quel que soit le lieu et les enfourche le temps de compter jusqu'à six. Puis il se lève, se reboutonne et s'en va boire un sec dans un débit de la Régie, près de La Transat. Lui, il n'a pas réclamé le pouvoir pour notre race, il a agi : je l'ai vu mettre le feu au commissariat du Pont Démosthène et barrer les voitures de tous les Blancs-France qui passaient pour leur foutre une raclée. Je l'ai vu voltiger des bouteilles incendiaires sur les C.R.S. depuis le cimetière des riches, falle au vent, sans peur et sans reproche. Tout le temps, il répétait « *Man pa ni papa, man pa ni manman !* » (Je n'ai ni père ni mère !) et défiait ainsi la mort. Et toi, monsieur Jean, où te terrais-tu ? Où étiez-vous, les grands défenseurs du peuple lorsque les Blancs tiraient sur nous au jugé ?

Monsieur Jean : Jeune fille, vous n'avez pas encore mesuré l'illusoireté de la vie humaine. Il y a d'une part les grands rêves généreux que nous tissons jour après jour pour nous fixer un horizon d'espérance et d'autre part les compromissions, les lâchetés, les évitements, les errements qui dressent devant nous leurs fourches caudines. Quand nous faisons un bilan, nous nous rendons cruellement compte que nous avons passé notre vie à vétiller. Voilà la franche vérité, ma négresse adorée ! C'est pourquoi il faut construire un amour tout en patience pour se sentir fort au cours des saisons orageuses de l'existence. Ancinelle, vous avez été cela pour moi. Un rempart, un bouclier...

Ancinelle : Non ! Non ! Non ! Si les mulâtres ne s'étaient pas cachés sous leur lit comme des mangoustes quand la révolte a éclaté, aujourd'hui la Martinique ressemblerait à un autre pays. Si nos politiciens n'avaient pas tergiversé-tergiversé-tergiversé, s'ils n'avaient pas concocté une Sainte-Alliance, je t'aurais fait un enfant en toute fierté, je n'aurais pas honte des ombres furtives qui glissent sur ton regard. Nous nous attellerions à ériger un pays neuf au lieu de perdre notre temps à brocanter des propos oiseux. Non, monsieur Jean ! Tu ne me convaincras pas que le peuple martiniquais n'a pas été une fois de plus trahi par vous, nos grands-grecs. Une rancœur sourde palpite au cœur de la négraille qui aux Terres-Sainvilles qui au Morne Pichevin qui à Sainte-Thérèse et si vous saviez interpréter certains de nos gestes, vous comprendriez qu'un jour viendra où vous paierez votre traîtrise. Ne sais-tu pas qu'hier Fils-du-Diable-en-Personne s'est assis sur le banc des Sénateurs ? Eh oui ! Aux côtés de toute une tralée de négociants emberluqués, de notaires et d'avocats prêts à s'emmaladir à cause des gredineries que Fils-du-Diable-en-Personne ne manquerait pas de commettre sous leurs yeux. Des criailleries effarouchées ont jailli du banc des Chaperonnes et on les a vues rassembler avec précipitation leurs jouvencelles et s'escamper vers l'Hôtel des Postes. Seul le banc des Syriens est demeuré hiératique (mais la stupeur se lisait sur la paume fébrile de leurs mains puisque cette race de nègres-là ne peut s'empêcher, même quand elle ne parle pas, de les bouger). Mais le bougre a dérouté leur attente. Sais-tu ce qui a tigé de sa bouche édentée ? Un hommage funèbre à Eugène Lamour, le baliverneur. Ecoute :

« J'ai vu des moustiques électriques dans la boutique de madame Monique qui fornique à la frénétique avec monsieur Pique à la tête conique toute en brique. Yé-é-é-é-Krik ! J'ai vu Eugène Lamour dans la cour de mademoiselle Beaujour aux beaux atours qui disait : pour toujours ! pour toujours ! Yé-é-é-é-Krak ! J'ai vu Césaire avec ses faux airs pressé de faire taire la colère des protestataires thuriféraires des sicaires qui nous arrachèrent à notre terre-mère il y a un millénaire. Yé-é-é-é mistikrik !...... »

Et il fit durer ainsi son lamento toute une après-midi en citant les noms de tous les politiciens de droite ou de gauche de notre pays. Un vénérable voulut appeler la police contre lui pour outrage à la pudeur publique (mais Fils-du-Diable-en-Personne était assis et on ne voyait pas le trou qu'il avait à l'endroit de ses pommes de fesses). Une autre personnalité de la mulâtraille évoqua l'infraction à l'ordre public sans conviction dans la voix. Les supporters du Club Colonial applaudirent leur compatriote des Terres-Sainvilles tandis que ceux du Golden Star tentaient de le huer. Non, décidément, monsieur Jean, les meneurs de décembre dernier avaient cent fois plus d'épaisseur que vous autres. Conclusion : je te quitte !

Monsieur Jean : Je refuse d'admettre une telle volte d'âme chez quelqu'un comme vous. Vous parlez presque comme cet énergumène d'Angel. Que vous arrive-t-il ? Le poison qu'il a tenté d'instiller en tous ceux qu'il approchait vous a-t-il atteinte vous aussi ? Cicéron ne me serre plus la main, Justin Villormin crache sur mon passage et Bec-en-Or, auquel j'ai appris à signer son nom, me traîne dans la boue dans tous les bistrots de Fort-de-France. Auriez-vous voulu que je monte en tête des barricades, coutelas haut levé, pour qu'aujourd'hui je sois à six pieds sous terre au cimetière des pauvres sans même une inscription sur ma tombe ? Car, messieurs et dames, j'appartiens moi aussi à la gueusaille. Ma mère m'a élevé dans une cahute à Marigot-Bellevue tout instituteur que je suis devenu plus tard. Vous ne savez pas attendre, vous vous imaginez que le nègre peut se libérer en un jour. Prenez exemple sur nos ancêtres esclaves : ils y ont mis deux siècles et demi ! Ancinelle, je vous en prie, acceptez de m'épouser.

Ancinelle : Moi ? Je réserve ma réponse. D'ailleurs, j'ai un rendez-vous très important mardi qui vient là. Tu ne me verras pas de sitôt par ici...

## 24

La paix revint au tournant de l'an 1960, plus vite qu'un battement d'aile d'oiseau-mouche. Seuls quelques regards de biais, receleurs de douleurs inavouées ou indicibles, témoignaient encore de la flambée de colère de Noël. Monsieur Jean s'inquiétait fort du brusque changement de domicile de sa très chère Ancinelle Bertrand : sans crier gare, elle avait regagné, à Volga-Plage, la case de Marraine Philomène, cette baptiseuse folle à lier dont mêmes les abbés se méfiaient. Madame Villormin était inconsolable :

« Vous vous rendez compte, mes amis, cette petite chabine-là était devenue comme qui dirait ma fille, oui. Elle agissait à sa guise chez moi et il n'y avait personne pour la commander. Pourquoi m'avoir abandonnée, hein ? »

En réalité, la marchande de bonbons se réjouissait en son for intérieur du départ de sa rivale qu'elle espérait définitif. Elle avait toujours pensé qu'un homme de bien se devait d'épouser quelqu'un d'à peu près le même âge que lui et non une jeunesse dont il aurait pu être le père. Monsieur Jean était quinquagénaire et elle-même n'était pas loin d'avoir atteint le mitan de sa vie.

« Je partage votre tristesse », feignait-elle de compatir au désarroi du poète.

Car désormais, tout le monde aux Terres-Sainvilles le désignait de la sorte à son grand étonnement jusqu'au jour où il découvrit qu'on lui avait dérobé le carnet bleu sur lequel il rédigeait ses poèmes. Pourtant nul ne pénétrait jamais dans sa chambre, au troisième étage de ce meublé faussement bourgeois qui faisait la fierté de tout le quartier.

« Tu as dû l'oublier chez Chine... » lui avait dit Jacquou Chartier, qui se permettait des privautés avec le premier venu depuis qu'il avait pris la décision de rentrer en métropole.

« C'est Cicéron qui l'a retrouvé, confirma Ismène, la fille de Chine, il s'amuse à lire à haute voix tout ce que vous avez marqué dedans pour faire rire les boissonniers. »

Le médecin raté refusa de confirmer le fait et monsieur Jean se perdit en vaines conjectures sur l'identité de celui qui divulguait le plus intime de lui-même aux Sainvilliens. Bec-en-Or ou Fils-du-Diable-en-Personne récitaient par cœur et donc sans en comprendre un traître mot :

« *Promesse d'eau*
*La carte indéchiffrée des fromagers déroule*
*l'impassible*
*dedans le roulis vert des grives*
*dessus le ramage rarissime du carouge...* »

Ou encore :

« *Pitons, je vous sacre sentinelle de nos emphases.*
*N'ayez donc jamais cesse d'offrir aux méritants votre*
*belleté vaginale.* »

Aux sourires moqueurs du professeur du Séminaire-Collège, il était parfois tenté d'en déduire que c'était lui l'auteur d'un tel forfait mais le Blanc-France se tirait vite d'affaire :

« Perdrais-je mon temps à divulguer ton lyrisme de pacotille, mon cher ? Allons, un peu de sérieux ! J'estime que vous autres poètes vous avez bien trop de mépris pour Charleville et pour les Terres-Sainvilles. Ha-Ha-Ha...

— J'habite ce quartier, Chartier, j'ai choisi d'y habiter et nul ne saurait m'accuser de...

— Ttt ! Pas de ça avec moi, Jean. Finie la comédie ! Tu loges aux Terres-Sainvilles parce que c'est moins cher qu'ailleurs mais tu es incapable de comprendre, que dis-je, de saisir ce qui en fait la grandeur. Car il y a une grandeur dans le grotesque créole, dans la démesure de chaque existence, dans l'enflure de la parole, dans l'apparente déraison des actes et des projets de tout un chacun. Je te le répète une dernière fois : tu devrais essayer le roman. Tiens ! Evoque-nous les émeutes de l'an passé, toute cette immense cacophonie de révolte, de rires, de sang, de sueur, de délires, de folie !

— Et toi ? Quand te décideras-tu à me montrer tes écrits ? Chartier, le premier et plus éminent romancier créole de ce siècle, natif de Vendée et blond comme les blés. Ha-Ha-Ha ! »

Le Blanc-France ne se démonta point. Les Sainvilliens avaient beau le qualifier de jargonneur, de jacoteur ou de bla-blateur, jamais il ne se laissa clouer le bec au cours des treize années pendant lesquelles il fréquenta avec assiduité le bar de Chine et, plus épisodiquement, la couche de l'Indienne Julianise. A présent, il ressentait toute l'affection que ces gens, qualifiés de simples par les bourgeois mais plus compliqués qu'une équation au second degré, mettaient dans leurs sarcasmes. Les Sainvilliens, pas plus que les Charlevillois, ne méritaient tant d'opprobre mais bien au contraire une attention de tous les instants, pétrie dans le moule de l'humilité (chose qui n'est pas le fort des poètes !) et d'humaine compassion.

« Je ne compatis pas, mon cher Jean, insistait-il souvent. Pas le moins du monde ! Je compassionne. Ce n'est pas la même chose. Compatir revient à faire preuve de supériorité, de condescendance, tandis que compassionner n'est que partager les élans, les sentiments, les peurs ou les joies d'autrui. Vous autres, poètes, il vous arrive, au détour d'un vers, de compatir mais vous êtes incapables de compassionner à force de vous croire tellement uniques, tellement messianiques et que sais-je encore... »

Puis, plantant son regard clair dans celui du quinquagénaire, il lui demandait d'un ton inquisitorial :

« Monsieur Jean Symphorien : avez-vous compassionné avec les révoltés de l'an 59 ? »

Et devant le mutisme embarrassé de ce dernier, Chartier s'embarquait dans un récit époustouflant, sans point ni virgule, dépourvu de respiration mais bourré d'inspiration, dans lequel la fureur guerrière de Fils-du-Diable-en-Personne, le calme olympien de Ziguinote, le fossoyeur du cimetière des riches, l'ingénuité d'Ancinelle Bertrand et ses audaces parfois, au beau mitan des flammes et des balles, la froide détermination de Justin Villormin, héros de la guerre d'Algérie, la démence tout en frénésie joyeuse du sieur Cicéron Nestorin que l'abus des livres de médecine avait décérébré, et tout un lot d'autres mouvements du corps et de l'âme chez le plus insignifiant des nègres de Fort-de-France, contrastaient formidablement avec la tiédeur et la caponnerie du quinquagénaire. Pointant un doigt accusateur sur lui, le Blanc-France lui intimait l'ordre de rattraper par l'écrit ce à quoi il avait, avec obstination, refusé de faire don de sa personne :

« Tu disposes de tous les éléments te permettant de retracer tout cela. Tu en as même un trop-plein. Ici-là, la réalité déborde, elle est trop généreuse et ton travail à toi sera simplement d'essayer de la domestiquer, mieux de la dompter. Dompter la cacophonie créole par la magie du roman : voilà qui rehaussera l'éclat de ta vie, Jean Symphorien. Bien entendu, tu n'y parviendras jamais parfaitement. Elle caracolera toujours en dessous de ta plume, tel un cheval fou, mais au moins pourras-tu lui bailler quelques bons coups de bride. Regardez-le, mesdames et messieurs de la compagnie, ce bougre-là ouvre la bouche grande comme un O comme s'il voulait faire un repas de maringouins. Ha-Ha-Ha ! »

Les habitués des joutes verbales entre les deux hommes, tous grands adorateurs du tafia devant l'Eternel, n'en crurent pas leurs yeux devant la réaction ô combien brutale du quinquagénaire. Lui si calme, si posé. Un nègre qui jamais n'élevait la voix ni ne gesticulait sans raison. Un être respectable dont la seule présence était, elle aussi, un motif de fierté pour un quartier aussi décrié que les Terres-Sainvilles. Surtout qu'on ne discernait pas avec clarté ce qui, dans les bavarderies de Jacquou Chartier, avait bien pu pousser notre homme hors de ses gonds. N'étaient-ils pas tous deux accoutumés à brocanter des phrases emphatiques et sibyllines qui passaient très haut par-dessus la tête des fréquentateurs du bar de monsieur Chine ? Car l'explosion de Jean Symphorien estomaqua plus qu'un, rameuta une grappe de chiens qui drivaillaient aux abords de la place de l'Abbé Grégoire, dérangea même la maréchaussée et provoqua (au dire de Radio-bois-patate) une pluie subite qui ne suffit pas à apaiser le monde. Hon ! Et dire qu'au même moment le quimboiseur Grand Z'Ongles, conscient qu'il avait accompli l'essentiel de son séjour terrestre, se dirigea chez le

Syrien Aboubaker où il commanda sept cravates de sept couleurs et de sept tissus différents !

« Une en soie verte pour les crimes à distance, ricana-t-il, une en lin jaune pour les jalousies provoquées, une en flanelle blanche pour les mariages avortés, une en coton rouge pour les empoisonnements, une en toile kaki pour les envoûtements, une en madras pour le couillonnage en affaires et en final de compte, une toute bleue, dans ce nouveau tissu... comment ça s'appelle ? Le nylon, voilà ! Débrouillez-vous pour me dénicher tout ça dans la minute qui suit sinon je maudis à jamais la race syrienne, foutre ! »

A ce qu'il paraît, Aboubaker, avec toute sa finauderie levantine, tenta de lui fourguer une cravate en serge noire en lieu et place de la dernière que le quimboiseur avait requise.

« Tu es fou, Syrien ? Le noir est une couleur sacrée. Oui monsieur, sacrée. Je l'ai reniée tout au long de ma vie mais à l'orée de la mort, je me dois d'être honnête. C'est le bleu qui est une couleur de deuil, pas le noir. Apprends-le une bonne fois pour toutes ! »

Apeuré face à l'ongle démesuré qui pointait en direction de son nez qu'il avait lui-même fort démesuré en comparaison de celui des nègres, Aboubaker prit peur et découpa vitement-pressé une cravate dans une chemise en nylon bleue. Qu'il fit le sacrifice d'un tel vêtement démontrait à quel point, lui, pourtant zélateur d'Allah, croyait au pouvoir maléfique de Grand Z'Ongles. Satisfait, ce dernier noua les cravates une à une avec une jubilation qui ne présageait rien de bon. L'histoire prétend que les deux vendeuses négresses du magasin d'Aboubaker s'évanouirent sur-le-champ, croyant qu'elles étaient sur le point d'être soit étranglées soit encordées pour être halées jusqu'à l'antre du maniganceur de choses démoniaques. Le Syrien Aboubaker s'agenouilla et le supplia :

« Epargne-moi, s'il te plaît ! Fais-le pour la jeune femme que je viens d'épouser et qui ne connaît pas encore suffisamment les mœurs de ce pays pour pouvoir se débrouiller toute seule. »

Grand Z'Ongles eut un rire mauvais. Il se passa la main dans les cheveux, l'air de quelqu'un qui est perdu dans une profonde réflexion, avant de lâcher :

« N'ayez aucune crainte, vous tous ! Aujourd'hui, Grand Z'Ongles a décidé de pendre son corps. Retenez la date de ce jour, oui ! Retenez-la ! »

Puis il sortit du magasin très digne, sans avoir payé les cravates, et arriva à hauteur du bar de monsieur Chine à l'instant exact où Jean Symphorien perdit, pour la première fois de sa vie, le contrôle de lui-même. On prétend que même le quimboiseur en fut stupéfait et qu'il se mêla à l'attroupement qui se forma sur le trottoir sans attirer l'attention de qui que ce soit. D'ordinaire, on s'écartait de lui le plus vite possible, on refermait portes et fenêtres malgré la fournaise des journées de carême, on se signait trois fois ou récitait le « Notre Père qui êtes aux cieux » ou, pour les plus courageux, on voltigeait de l'alcali sur les empreintes de ses pas. Or, ce jour mémorable-là, Grand Z'Ongles fut réduit à l'état de caca de chien dans l'esprit des Sainvilliens. D'aucuns affirmèrent que c'est à cause de cette soudaine indignité qu'il se pendit quelques heures plus tard. Certains évoquèrent le chagrin qu'avait provoqué en lui le décès brutal de La Mangouste, la petite vendeuse du Trouve ton Bonheur, au cours des événements de décembre... Mais ils mentent sur la vérité : le quimboiseur le plus illustre de l'En-Ville avait goûté à tous les vices terrestres et se trouvait simplement fatigué de vivre. S'il semblait en pleine possession de ses moyens lors de la bagarre entre Jean Symphorien et Jacquou Chartier, c'est parce qu'il assistait à quelque chose d'inouï, d'incongru, d'inimaginable même, et que ce seul fait lui redonna un peu de souffle de vie.

En effet, l'ancien instituteur moulinait avec une rage effrayante sa canne à pommeau d'argent, brisant les bouteilles de rhum et les verres qui trônaient sur les tables. Il poursuivait Chartier qui cherchait à se réfugier du mieux qu'il pouvait derrière le comptoir, sous le tréteau où Ismène Chine avait disposé les ingrédients indispensables à la fabrication du punch (les échafaudages de citrons verts roulèrent en tous sens tels des quilles), dans l'angle formé par l'énorme et bruyant frigidaire à pétrole et la porte conduisant à l'arrière-boutique. A chaque fois le quinquagénaire délogeait son adversaire et l'abreuvait d'injuriées et de coups de poings. Il hurlait :

« Vous n'avez aucune leçon à me bailler, monsieur ! Aucun Européen n'a le droit, après les forfaits qu'a commis sa race contre la nôtre, de gouverner notre vie. Oui, monsieur Chartier, trois siècles d'esclavage ! La décimation des villages africains, l'embarquement forcé à bord des bateaux négriers, l'enchaînement à fond de cale dans la salissure et la pourriture, le viol permanent des négresses par vos marins, la mise en esclavage dans les plantations de canne à sucre, les tortures, les coups de fouets, les crachats, le mépris, la haine, la douleur, la condescendance. Trop, c'est trop ! »

Chartier recevait les coups sans réagir, presque stoïque. Il se contentait de protéger sa figure, les deux bras haut levés, et esquissait un pauvre sourire qu'il voulait sans doute compatissant, ou plus exactement « compassionnant » comme il eût dit lui-même. Chine, qui avait tenté de s'interposer avant que Jean Symphorien ne lui démantibule tout son mobilier, reçut un uppercut qui le fit chuter raide-mort sur un débris de table.

Le quinquagénaire n'en continua pas moins à vociférer en dépit des supplications d'Ismène :

« Quand on regarde la terre entière, on est obligé de se poser une question, Chartier : qu'a fait le nègre au Blanc pour qu'il le traite de la sorte ? Hein, qu'est-ce qu'on vous a fait ? Partout vous nous opprimez, en Australie, en Afrique du Sud, aux Etats-Unis, en Mauritanie, à Saint-Domingue même. Partout ! Quel que soit le pays du monde, dès que coexistent deux populations, l'une claire, l'autre foncée, vous pouvez être certains que les clairs écrasent les foncés. Pourquoi ? En Inde, les Aryens méprisent les Dravidiens alors que ces derniers sont les vrais autochtones et...

— Bravo, monsieur Jean ! s'exclama Cicéron Nestorin par la fenêtre en acclamant l'ancien instituteur. Enfin ! Enfin, vous avez retrouvé le chemin de votre peuple, de notre peuple de Cham ! »

L'attroupement qui occupait le trottoir du bar de Chine demeurait, lui, étrangement muet. Pas une voix qui encourageât l'un ou l'autre protagoniste ou qui essayât de mettre de l'huile sur le feu afin d'assister à un cinéma-sans-payer. La brutale métamorphose de Jean Symphorien tétanisait ces forts en gueule de Fils-du-Diable-en-Personne et de Bec-en-Or, rendait insignifiante la personne du quimboiseur Grand Z'Ongles, clouait leur langue sale aux maquerelleuses du quartier, faisait couler de la bave au coin de la bouche des négrillons qui se haussaient sur la pointe des pieds pour ne pas perdre une miette de ce spectacle.

« Je suis un poète, oui, monsieur Chartier, un poète, ne vous en déplaise ! continuait-il, implacable. J'aspire à un autre oxygène que celui si colonial, si asphyxiant, qui nous est imposé dans cette île. Air vicié, suffocation, miasmes, nauséabonderies, voilà ce qui émane de ce monde créole que vous vénérez tant ! Ha-Ha ! Monsieur aime le grotesque, la cacophonie, le délire, l'irrationnel. Monsieur y trouve même quelque grandeur. Eh bien, non ! Non, monsieur le Vendéen, je me refuse à accepter cette agitation désordonnée d'arlequins, de... »

Par bonheur, au moment où Jean Symphorien s'apprêtait à achever le Blanc-France, à le tuer pour tout dire, d'un coup de couteau de cuisine ou de pic à glace (la rumeur diverge sur ce point), un miracle se produisit. Encore que ce mot n'ait point tout à fait le même sens aux Terres-Sainvilles qu'à Lourdes. D'abord parce que dans ce quartier mal famé de Fort-de-France, il s'en produit au moins un par jour et ensuite parce que personne ne considère qu'il s'agit d'un bouleversement miraculeux du cours normal des choses. Ici-là, le miracle est presque un mode d'exister. Or donc, nos deux compères, à savoir Fils-du-Diable-en-Personne et Bec-en-Or, n'avaient pas eu le temps de procéder à leur défécation publique matinale, surpris qu'ils avaient été, après avoir avalé leur punch-décollage de cinq heures et demie du matin chez Chine, par l'altercation entre les deux meilleurs amis du monde, Jacquou Chartier et Jean Symphorien. Au beau mitan du gourmage, les majors ressentirent un bouillonnement dans les intestins et d'instinct, ils s'accroupirent sur la chaussée, baissèrent leurs shorts troués et se mirent à discuter d'un ton grave afin de faciliter le passage des impressionnants étrons qu'ils lâchaient d'habitude.

« La vie est une drôle de chose quand même, grognassait Bec-en-Or.

— Hon ! Drôle, la vie ? Pour moi, c'est le nègre qui est drôle, pas la vie, compère, rétorquait Fils-du-Diable-en-Personne.

— On a brûlé des cases, on a voltigé des roches, on

a volé des magasins et ça a servi à quoi, tu veux me dire ?

— Fallait montrer au Blanc qu'on n'est pas des zéros devant un chiffre ! Ils vont nous respecter à présent... »

Déjà, les gamins s'étaient jetés au sol et lançaient des paris sur celui des deux majors qui réussirait à évacuer son étron le premier. Un moignon de caca s'échappait déjà des fesses de Bec-en-Or tandis que celles de son concurrent demeuraient désespérément vides. Les adultes se mirent à s'esclaffer, à encourager tantôt l'homme aux trente-deux dents aurifères tantôt le rejeton du Démon, et se détournèrent du même coup du massacre qui se déroulait à l'intérieur du bar de monsieur Chine.

« Hé, Fils-du-Diable, t'es constipé ou quoi ? lança quelqu'un, goguenard.

— Il a dû mettre trop de piment hier soir dans son blaff de poissons », expliqua un autre.

Imperturbables, les deux majors continuaient à philosopher sur les émeutes du décembre passé. Ils reconnurent que pas un poil n'avait changé dans leur existence quotidienne, même si les gendarmes blancs se montraient désormais moins arrogants. Pendant que tout un chacun était attentif à cette joute fécale, nul ne vit à quel moment Chartier et Symphorien sortirent de chez Chine bras dessus bras dessous, devisant à nouveau avec amicalité et allégresse. Seule une vieille femme eut le temps d'exubérer son étonnement :

« Eh ben Bondieu-Seigneur-La Vierge Marie ! »

Par contre, tout le monde entendit l'ultime phrase terrestre du quimboiseur Grand Z'Ongles. Elle fut, assure-t-on, prononcée sur un ton de parfait mépris :

*« Kon sa yé a, i za lè pou man ay pann kô mwen. »* (Bon, il est grand temps que j'aille me pendre.)

Puis ce qui fut dit fut fait. Amen...

## 25

Pour la première fois depuis son retour au pays, Gérard Saint-Amand songea à requiller sa vie. Après sa défaite de décembre (car il y voyait une défaite personnelle autant qu'un échec populaire), il avait commencé à comprendre que son existence n'avait été jusqu'à ce jour qu'un bateau ivre. Tous les jeunes gens que son père dénommait dans sa parlure pompeuse, « ceux de ta promotion », étaient maintenant installés. Untel était médecin à la Maternité de Redoute, tel autre avait un cabinet d'avocat florissant au centre-ville ou avait repris avec succès l'entreprise familiale. A son retour de Cuba, il n'avait cherché à revoir aucun d'entre eux, même pas Firmin Harmel avec qui il avait fait les quatre cents coups au lycée Schœlcher. Il avait tout misé pendant deux années entières sur une révolution qui avorta de manière lamentable dans les bamboches du Nouvel An. Il se rappelait la belle figure pâle de Che Guevara, ses yeux fiévreux de passion et sa voix légèrement rauque lorsqu'il les avait réunis, lui et une poignée d'autres camarades sud-américains et antillais, à la caserne centrale de Santiago.

« Camarades, la fête est finie, leur avait-il lancé en tirant sur un de ces énormes cigares dont Gérard n'avait jamais pu supporter l'odeur ; à présent, vous devez rentrer dans vos pays respectifs pour y porter la flamme que Fidel a allumée avec l'attaque de Moncada. Toi, Miguel, tu pars pour Mexico après-demain, un bateau te conduira ensuite à Tegucigalpa... »

Chacun d'eux avait donc reçu sa nouvelle mission, les larmes aux yeux. Ils avaient passé trois jours à se saouler et à faire l'amour à des mulâtresses torrides qui hurlaient « Viva la revolución ! » au moment suprême. A chacun le Che avait offert un cadeau d'adieu. Celui de Gérard était le plus curieux : une édition madrilène en latin de *De la tranquillité de l'âme* de Sénèque. Le Martiniquais aurait préféré le *Werther* de Goethe que le Che portait toujours sur lui tel un talisman mais il n'osa lui en faire la demande. Du reste, l'exemplaire était si abîmé et tellement bourré d'annotations personnelles qu'il aurait été inutilisable par quelqu'un d'autre que son propriétaire. Gérard avait enseveli dans sa mémoire ce qui s'était passé après. Seule une certaine diaphanité de l'air, au moment où il débarqua, après seize années d'absence, à l'aérodrome du Lamentin, s'était définitivement incrustée sous sa peau. Il la retrouvait à chaque instant décisif, véritable élixir qui l'aidait à prendre des décisions à la fois rapides et conformes à la logique léniniste. Personne n'était venu l'accueillir pour la bonne raison qu'il n'avait averti personne. Sans doute le croyait-on mort puisque la dernière fois qu'il avait écrit à son frère Frédéric (après deux lettres de son père, transmises par la pacotilleuse Sidonise Vincent, le sommant de rentrer au pays sous peine de se voir déshériter), il se trouvait encore à Jacmel en train de traficoter du whisky avec la Jamaïque. Ce devait être en 1957. Il ne reconnut pas son pays. On aurait dit qu'un cyclone capitaliste l'avait ravagé mais le plus déroutant, voire le plus inquiétant pour l'avenir, lui semblait être qu'il s'agissait d'un capitalisme propre, très différent en tout cas de celui qu'il avait connu sous Batista, sans casinos ni putains à tous les coins de rue, sans mendiants ni gangsters. Il vécut en secret pendant deux semaines dans un hôtel borgne des Terres-

Sainvilles où on n'était pas regardant sur les papiers d'identité et se fit passer pour un commerçant de Bénézuèle en voyage d'affaires. Pendant le jour, le chef couvert d'un vaste chapeau-bakoua il parcourait les rues de Fort-de-France à la recherche des odeurs et des bruits de son enfance, et finit par se lier d'amicalité avec le djobeur Pin-Pon à qui il baillait des cigarettes mentholées et quelques piécettes. Au Bord de Mer, il passa et repassa devant le magasin familial, « Saint-Amand et Cie, Import de matériel d'usinage », tentant d'apercevoir la silhouette courbée de son frère cadet, le si ombrageux Frédéric. Ce dernier tenait de sa mère qui était une chabine colérique comme tous ceux de cette race-là.

Un matin, il ne put pas reculer. Son père, les mains dans les poches, observait le tohu-bohu de la rue sur le seuil de l'entreprise. Il n'avait pas tellement vieilli, hormis ses favoris qui avaient blanchi. Gérard sourit lorsqu'il le vit ôter sa montre à gousset et balbutier l'heure avant de se gratter l'arrière du crâne. Des gestes qu'il avait vu son père accomplir de toute éternité. En arrivant à sa hauteur, le jeune homme fixa le sol, tremblant d'être reconnu, mais le négociant avait visiblement l'esprit ailleurs.

Le soir, Gérard se rendait chez Chine où il s'asseyait dans un coin d'où il pouvait observer les entrées et sorties des clients. Les vantardises d'Eugène Lamour lui rappelaient celles de Pedro Alvarez y Pena que la révolution dut faire fusiller, malgré son dévouement à la cause du peuple, parce que monsieur ne pouvait pas voir un jupon. Sa main trop leste lui avait valu maintes réprimandes jusqu'à ce que — le jour du malheur, inutile de dire « Prends garde ! » — il s'en prît à une « commandante » que rien ne distinguait des autres muchachas puisque les épaulettes avaient été abolies. Très vite, les habitués de chez Chine vinrent aider

Gérard à terminer la bouteille de rhum Courville qu'il commandait en exagérant son accent hispanique. Ziguinote le tisonnait au sujet d'un coq de combat qu'il désirait acheter pour améliorer la race créole, trop nerveuse et fragile.

« *Ha, gason, ba mwen yon sèl kôk panyôl, man ka ba'w dis kôk kréyôl, wi !* (Ah, mon vieux, je t'échangerais dix coqs créoles contre un seul coq espagnol !)

— *Sé pa kon sa ou ké sôti an mizè a éti ou yé a* (C'est pas comme ça que tu te sortiras de la misère), rétorquait Gérard que tous nommaient à son instigation le camarade Angel.

— *Ki moun ki di'w man an mizè ? Man fè kay mwen Marigo-Bélvi, man ni pôs fonséyè mwen, lajan mwen ka rivé chak mwa, sa man ni bizwen ankô ?* » (Qui a dit que je suis dans la misère ? J'ai bâti ma case à Marigot-Bellevue, j'ai mon poste de fossoyeur, mon salaire arrive chaque mois, de quoi aurais-je besoin encore ?)

Le causer était moins décevant avec ceux qui étaient employés à la Margarinerie Martiniquaise ou à la Brasserie Lorraine. Ils étaient en général syndiqués à la C.G.T.M. et votaient communiste, mais ils n'avaient guère le temps de traînailler dans les débits de la Régie. Aussi Gérard dut-il se contenter de la faune habituelle des Terres-Sainvilles. Monsieur Jean et lui s'étaient plusieurs fois jaugés du regard sans oser l'un ni l'autre faire le premier pas. D'emblée, Gérard avait deviné qu'il était différent des autres, même s'il s'embarquait avec eux dans des rigoladeries interminables et mangeait avec les doigts les stupéfiantes préparations du Chinois. C'est pourquoi le jeune révolutionnaire sursauta quand le quinquagénaire s'approcha de lui un soir, presque à l'heure de la fermeture, et lui fit à voix basse :

« Venez chez moi tout à l'heure. C'est au 10, rue

Marat, second étage. Faites attention, ils vous suivent ! »

Il sortit avec Ancinelle au bras comme si de rien n'était. Un trafalgar menaçait de péter entre Eugène Lamour qui avait trop bu et Cicéron qui tournait froidement en dérision ses conquêtes du cinéma Bataclan.

« Messieurs et dames de la compagnie, pardon, messieurs, puisque y'a pas de dames parmi nous, je vous affirme que Lamour n'aguiche que des bourelles, pas des Greta Garbo. Ha ! Ha ! Ha !

— Sacré petit insignifiant que tu es ! Ton père t'a envoyé en France pour devenir docteur et tu es revenu plus couillon que tes deux pieds. Tu ne sais même pas reconnaître une demoiselle d'une bourelle. A savoir si tu n'es pas toujours jeune-garçon !

— *Ay koké manman'w !* (Va baiser ta mère !)

— *Landjèt manman'w lonng pasé ta an fimèl bèf !* » (Le clitoris de ta mère est plus long que celui d'une vache !)

Chine se démenait comme un beau diable pour apaiser les belligérants et les pousser dehors. Voyant qu'il n'y parviendrait pas tout seul et sachant que les derniers clients restants étaient plus chargés de rhum que des mulets bâtés, il fit appel au digne monsieur de Bénézuèle. Il avait un air si suppliant que Gérard se plia, de mauvaise grâce, à sa requête, et c'est cela qui le sauva d'une mort atroce. Il supporta le corps empuanti de sueur, de parfum bon marché et de tafia d'Eugène Lamour jusqu'à sa case, s'arrêtant tous les trois pas pour lui permettre de vomir. Les sbires d'Henri Salin du Bercy jugèrent bon de reporter sine die leur projet d'enlèvement. La concubine du Don Juan qui veillait auprès d'une bougie, les yeux posés distraitement sur un journal d'amour, ne parut pas s'inquiéter de l'état de son homme. Elle détailla au contraire Gérard avec une curiosité avide, lui proposant d'entrer boire quelque chose. L'intérieur était d'une pauvreté insoupçonnable de la rue : une seule pièce séparée en deux par un rideau ; deux chaises qui avaient perdu leur vernis et une table rudimentaire ; un vaste matelas où cinq ou six enfants étaient pelotonnés. La femme sourit de l'étonnement de Gérard et, ouvrant l'unique fenêtre, lui montra une voiture garée sur le trottoir.

« Sa Plymouth compte plus pour lui que la mère de sa marmaille. »

Gérard fila le plus vite possible au rendez-vous que lui avait fixé monsieur Jean. Les rues des Terres-Sainvilles étaient désertes et les ébouriffures du vent dans la tête des manguiers dessinaient des figures fantomatiques sur l'asphalte. Soudain, il sentit une odeur tellement puissante qu'il dut s'arrêter pour respirer. Une odeur de femme mêlée à des effluves d'ylang-ylang et de cannelle. Il tourna la tête et n'aperçut que la fuite d'un chien-fer vers La Trénelle. Il recommença à avancer, plus lentement cette fois-ci, et porta la main à son cœur qui lui labourait la poitrine. Ce n'était pas une sensation de peur ni d'étonnement mais quelque chose dont il n'avait jamais fait l'expérience auparavant. Il s'arrêta place de l'Abbé Grégoire, devant l'église, et se surprit à crier :

« Anna-Lydia, c'est toi ?... est-ce toi ?... »

La créature devait n'être qu'à quelques pas de lui car il sentit tous les poils de son corps se hérisser en même temps. Elle était là ! Droite dans une longue robe créole noir, gris et blanc, un madras rouge noué dans ses cheveux. Elle souriait d'un air énigmatique en agitant son parapluie d'un geste discret dans la direction de Gérard. Une force irrésistible l'attira vers elle et le vert de ses yeux le cloua sur place. Un halo de froidure entourait la femme, emprisonnant les velléités de fuite du jeune homme. Puis, elle sourit de ses dents totalement noires et lui dit :

« Suivez-moi ! »

Gérard serra les mâchoires et s'efforça de ricaner. Il songea au camarade Romulo Rodriguez, originaire de Panama, qui croyait aux sirènes et que les barbudos chahutaient chaque fois qu'il les évoquait. Il décida de résister au sortilège qui se présentait là devant lui, sans crier gare, en lisant à haute voix les noms des rues. Il voyait « rue Emile Zola » mais ses lèvres battaient pour dire :

« Tu es plus délicieuse que le miquelon de la mer... »

Il se vit brocanter de route et, toujours sous l'emprise du regard de la Diablesse, rebrousser chemin. Elle avançait à dix mètres devant lui, d'un pas rapide, la tête tournée en arrière. Son odeur s'était amplifiée et avait fini par emplir Gérard d'un bien-être sans mesure. Il se sentait léger, débarrassé de ses angoisses et surtout de l'amertume de ses souvenirs. Au Pont de Chaînes, il remarqua non sans émoi que les eaux de la rivière Madame avaient pris une teinte mauve parcourue de brusques fils d'or. Il leva la tête au ciel et vit la lune qui courait entre les étoiles comme une bougresse folle. La Diablesse lui saisit le poignet et l'attira contre elle avec une violence désarmante. Ses lèvres étaient figées comme la mort quoique enivrantes. Gérard reçut sa belleté comme un coup de poing au menton et resta abasourdi un siècle de temps. Elle se dégagea avec brusquerie et courut en montant le Morne de Balata. Cette fois-ci, elle n'avait plus besoin de l'appeler, c'est lui qui tentait de ne pas se laisser distancer. Sa taille s'était démesurément allongée et son ombre était devenue tellement gigantesque qu'elle touchait la lune qui continuait de fuir.

Une auto déboucha à vive allure dans un virage, éclairant les traits blafards d'Ancinelle Bertrand.

Gérard s'agrippa à un arbre et ferma les yeux. Il chercha dans sa mémoire les recommandations que lui avait faites Grand Z'Ongles pour le cas où il serait la proie de l'une de ces femelles maléfiques. Ses pensées dérapaient sur une terre lisse, presque savonneuse, et semblaient s'écouler, informes et gluantes, par tous les orifices de son corps. Il enfonça ses ongles dans le tronc et se mordit le dos de sa main gauche. Alors il se souvint :

« Pour briser le charme, avait dit le quimboiseur, tu dois enlever prestement ta chemise et la remettre à l'envers. La Diablesse te lâchera en nasillant "Tu as de la chance !" et il ne faudra pas soutenir son regard mais au contraire t'échapper droit devant toi en récitant quatre Notre Père. »

Gérard palpa sa poitrine. Il était buste nu, foutre ! Déjà, Ancinelle le halait-le halait-le halait et les Pitons du Carbet dressaient leurs cônes majestueux en travers de leur en-allée. Ses yeux verts brillaient à présent comme des bêtes-à-feu, agrémentant sa belleté d'un halo de mystère. Le madras de ses cheveux s'était défait pour libérer de longues lianes frisées qui virevoltaient dans le vent. Quand ils atteignirent le Col des Nuages, la nuit noire s'effaça et le monde ne fut plus qu'une boule bleue au sein de laquelle ciel, montagnes, forêts et rivières se migannaient en pâte à modeler. Gérard piaffa d'effroi car la Diablesse Ancinelle Bertrand l'attendait au bord d'un gouffre. Il se casserait le cou du haut du Piton Boucher et le grand rire démoniaque de la femme le poursuivrait tout au long de sa descente dans les bras de la mort. Il cria très fort :

« Ancinelle, moi aussi je t'ai aimée ! Si je n'ai pas fait assaut de courtisaneries auprès de toi, ce n'est aucunement parce que ta splendeur m'indifférait. Ne crois pas ça ! Je lui suis aussi sensible à elle que monsieur Jean, qu'Eugène Lamour, que Justin Villormin, que

Cicéron et tous les autres mais j'ai cru — ô présomptueux ! — que je pouvais aider à réveiller notre peuple de son sommeil séculaire. J'ai espéré dans la folie de Noël dernier lorsque les rues s'étaient embrasées de la colère des nègres. Ne m'en veux pas de t'avoir un peu négligée ! J'ai cru en toute sincérité que tu avais adhéré à l'idéal de la Révolution. »

La femme ouvrit ses bras de manière démesurée et sourit, prête à l'envelopper de sa feinte tendresse quand le canon froid d'un revolver posé sur la tempe de Gérard brouilla la scène. Sa tête le faisait horriblement souffrir et il eut un léger goût de sang aux lèvres. Des hommes discutaient autour de lui sans qu'il puisse distinguer à qui il avait affaire. A un moment, il crut reconnaître la voix autoritaire d'Henri Salin du Bercy ou de Georges Mérancier, chef du clan des « Russes » au sein du Parti Communiste Martiniquais. Le premier disait :

« Ne m'oblige pas à te réserver le sort d'André Aliker ! Tu sais comment cet emmerdeur de journaliste a fini à la mer ligoté à un tronc d'arbre. Ce pays, hein ? Ce pays-là a besoin de tranquillité, de travail, et les agitateurs révolutionnaires de ton acabit, vous n'avez qu'à aller à Moscou ou à La Havane, foutre ! »

Georges Mérancier ajoutait :

« La flambée de décembre n'était pas les prémices d'une révolution, tu as rêvé, camarade Angel. Ce n'était qu'une simple révolte menée par des voyous, des repris de justice, des péripatéticiennes et des quimboiseurs. Rien de préparé, rien de scientifique là-dedans, seulement du spontané et de l'illogique. Ceux qui voulaient piéger le Parti comme toi pour l'entraîner dans l'aventure auraient pu causer notre perte à tous. Le pouvoir colonial n'attendait qu'une occasion pour démanteler le camp autonomiste. Donc, camarade Angel, je t'en prie, va-t'en et ne reviens que quand tu auras appris l'art de la prudence. Prudence-prudence-prudence, mon cher, nous ne sommes plus en 1917. »

C'est l'ardeur du soleil naissant qui réveilla complètement Gérard. Il était allongé dans l'impasse qui jouxtait l'église au mitan de gravats de toutes sortes et de la carcasse rouillée d'une Dodge d'avant-guerre. L'ombre d'un pied de pomme-cannelle le dissimulait aux regards des passants. Il s'assit avec peine et écouta monter en lui la rumeur des Terres-Sainvilles. Un djobeur poussait une charrette à bras grinçante en chantant :

« Allons z'enfants de la patrie-ie-e ! »

Des marchandes de légumes apostrophaient les passants tout en gloussant comme une tralée de coqs d'Inde. La voix de l'une d'entre elles, familière et chaleureuse, acheva de le ramener à la réalité :

« Pistaches pour les nègres ! Cacahuètes pour les métropolitains ! Trois francs le cornet ! »

Gérard se redressa en s'appuyant contre le mur de l'église. Il avait mal partout, en particulier au dos. On avait dû l'éreinter avec un gourdin de la meilleure qualité. L'avenue Jean Jaurès le frappa par son allure d'interminable trouée de lumière où s'engouffraient automobiles, charrettes à bras et bougres désœuvrés. Une joie de vivre irraisonnée en émanait en dépit des blessures, encore visibles sur certaines façades, héritées du décembre de l'an passé. Il voulut acheter un sandwich à la morue frite à l'étal d'une grosse dondon qui n'était autre que celle qui avait prétendu qu'Eugène Lamour lui avait dérobé sa virginalité. Elle sourit, étonnée de le voir :

« Hé-hé ! Qu'est-ce qui t'arrive, mon nègre ? Tu as passé la nuit dans un parc à cochon ou bien quoi ?

— J'ai fait rencontre d'une diablesse, plaisanta Gérard.

— Ah ! Ancinelle Bertrand, elle t'a attrapé dans ses rets en final de compte celle-là ! Sais-tu quelle chiennerie elle a faite à son vieil amoureux de monsieur Jean ? Ha-Ha-Ha !... Bien qu'il soit maître d'école, elle l'a couillonné ce qui s'appelle couillonner, oui. Dès qu'il lui a acheté une case, à Renéville à ce qu'on dit, madame l'a envoyé promener. Maintenant, il ne sort plus de chez lui. Mais comment, tu étais où, toi, depuis tout ce temps ?

— Je voyageais... je voyageais avec Sidonise Vincent... à la Jamaïque. »

Alors la grosse dondon se mit à pleurer à la grande stupéfaction de ses clients qu'elle n'en continuait pas moins de servir et raconta à Gérard sa propre version de décembre 1959 : les Blancs-pays avaient décidé d'éliminer la race des nègres de la surface de la Martinique pour les remplacer par des Pieds-Noirs, des bougres venus d'une contrée lointaine — de derrière le dos du Bondieu en fait ! — d'où ils avaient été chassés on ne sait trop pourquoi. L'Algérie, ça s'appelait ! Tu sais, là où compère Justin Villormin a perdu, pauvre diable, l'usage de son bras droit et de ses génitoires. Ils ont commencé à débarquer par grappes l'année même où Papa de Gaulle est devenu président de la République. Arrogants, violents, braillards et parfois d'une gentillesse désarmante, voilà comment on les a vus d'emblée ! Ils ouvraient des magasins de linge et de chaussures et faisaient nos Syriens presque perdre leurs cheveux, oui. Quant aux mulâtres, ces messieurs-là étaient tout bonnement dévorés par l'envieuseté et interdisaient à leurs filles de parler aux Pieds-Noirs. Ils allaient voir Ziguinote, le fossoyeur du cimetière des riches, et Lapeau Légume, celui du cimetière des pauvres, pour qu'ils jettent des sorts aux nouveaux débarqués mais ça n'avait aucun résultat. Et puis, à partir de 1959, les choses sont devenues plus raides. Pas une semaine sans qu'une bagarre ne pète entre un Pied-Noir et un Martiniquais. Pas un jour sans qu'une cavalcade d'injures ne dévale la rue Schoelcher ou Victor Hugo. Moi, j'habitais le Morne Abélard, près du lycée Schœlcher, et je peux témoigner qu'ils accompagnaient leurs enfants en voiture jusqu'à la porte de l'école et venaient les y chercher le soir pour qu'ils n'aillent pas traînailler avec les petits nègres. Mon concubin d'alors, qui avait été chaudronnier à l'usine du Robert, maugréait sans arrêt :

« Je ne comprends pas ce qui roule dans ce pays-là. Les Blancs créoles abolissent les sucreries et laissent la friche envahir les champs de canne. D'où ils vont tirer leurs richesses maintenant ? Le nègre n'a plus un sou vaillant devant lui et ne peut même plus s'acheter une chemise correcte. A savoir si ces salopes-là n'ont pas établi un complot quelconque avec les Pieds-Noirs pour nous jeter à nouveau en esclavage ! »

Quand j'ai commencé à fréquenter Eugène Lamour, une guerre venait de péter entre des militaires noirs et des C.R.S. pendant une course cycliste. Il fallait faire six fois le tour de La Savane et chacun encourageait son champion. Quelques nègres en uniforme gueulaient plus fort que tout le monde :

« Allez Anthénor ! Anthénor est plus fort que tout le monde, même Fausto Coppi plierait les genoux devant lui ! »

Nous autres, on ripostait :

« Firmin, écrase-le ! Pédale, mon bougre, pédale ! Anthénor n'est qu'un zéro devant un chiffre. »

A l'approche de la fin de la course, comme ils ont vu que cet ingrédient d'Anthénor mollissait et qu'il allait perdre, ils ont essayé de faire tomber Firmin en provoquant une bousculade à son passage. Nous, on a essayé de les repousser et ça a fait un sacré trafalgar. Or, voilà que les C.R.S. ont foncé sur tout le monde à coups de crosses et de matraques. Ils avaient peur qu'on ne renverse l'estrade où les officiels s'apprêtaient à remettre la coupe au vainqueur. Ils ont semé du bâton, je te dis, du bâton et puis du bâton. Ils n'ont fait aucune distinction entre les soldats et nous. On était tous une bande de nègres en émoi qu'il fallait calmer en un battement d'yeux. Malheur pour eux, il y avait des Guadeloupéens au sein des militaires, ce qui veut dire des bougres qui ne se laissent pas malmener par les Blancs comme nous, les Martiniquais. Ils ont commencé à cogner les C.R.S. qui ont dû fuir dans leur caserne du Fort Saint-Louis. Comment, on n'en a pas parlé en Jamaïque ? Ça s'est passé en mai ou en avril, je crois. Les journaux de la métropole ont relaté les faits pendant plusieurs jours.

Les Pieds-Noirs se montraient de plus en plus hautains et nous, on avait de plus en plus de mal à supporter leur hautaineté. Cicéron drivaillait dans les rues avec une pancarte marquée :

« LA MARTINIQUE FUT RATTACHÉE
AU ROYAUME DE FRANCE
AVANT LA FRANCHE-COMTÉ
ALORS MESSIEURS LES FRANÇAIS ALGÉRIENS
QUI AVEZ CONNU NI LOUIS XIV NI NAPOLÉON I^er^
ALLEZ VOUS FAIRE COQUER PAR UN OURS ! »

On ployait sous la rigoladerie et ces couillons-là n'ont rien trouvé de mieux que de se gausser de notre façon de parler le français. Tu sais combien nous, les Martiniquais, sommes chatouilleux sur ce point, vu qu'on le parle depuis trois siècles et eux les Blancs algériens depuis hier matin seulement. Chaque fois qu'ils adressaient la parole à un nègre, fût-il un nègre grand-grec de la Sorbonne, ils supprimaient les « r » pour nous tourner en bourrique et quand ils avaient un secret à diffuser entre eux, ils usaient de mots inconnus — « fatma », « macache », « bled » et consorts — dont nous savions pertinemment, tout sauvages que nous étions censés être, qu'ils n'avaient rien de français. Un jour, même Romule Casoar, le journaliste prétentieux, avait dû leur rabattre le caquet bien qu'il fût le bon zigue de certains d'entre eux. « Messieurs, avait-il écrit, sachez que ces mots qui soi-disant écorchent vos douces oreilles : "couillon", "capon", "se gourmer", "bréhaigne", eh bien proviennent du pur terroir français. De Normandie, de l'Anjou, du Poitou... » En fait, tout ça, c'est le Blanc-France Jacquou Chartier qui le lui avait révélé car Casoar est un blagueur ignorant. Puisqu'il fréquente les grands de ce monde de passage à Fort-de-France, il se prend pour le cousin du grand-duc de Russie !...

« Peut-être que je gêne votre commerce, balbutia Gérard encore tout endolori.

— Mais non ! Mais non ! fit la grosse dondon en continuant à emplir de morue les miches de pain auxquelles elle avait au préalable enlevé la mie. Laisse-moi tout te raconter puisque tu étais loin du pays. »

Mais Gérard se sentit défaillir et, éprouvant le besoin de se reposer, prit congé de la bavarde. Quand il voulut la payer, il s'aperçut que son portefeuille avait disparu. Il avait donc été agressé la veille au soir par tous ces voleurs qui recommençaient à hanter de plus belle les Terres-Sainvilles. Il esquissa un sourire et sentit les os de ses mâchoires craquer. Avec lourdeur, il se traîna au bistrot de Chine où les fainéantiseurs habituels faisaient un sort à l'absinthe et au tafia. Une grande nouvelle courait de bouche en bouche :

« Papa de Gaulle va venir nous rendre visite en mars ! »

Gérard s'assit seul à une table sur laquelle traînait

un exemplaire de *L'Information.* Il le parcourut distraitement et vit qu'on parlait encore, deux mois après, de décembre :

*« Ce n'était pas une manifestation anti-française. Nous sommes tous attachés à la France qui a introduit ici la notion des Droits de l'homme et le respect de la personne humaine. Que certains méconnaissent ou tentent de bafouer ces valeurs, voilà ce qui nous exaspère. Nous n'attendons pas de tous les Métropolitains sympathie ou amitié mais nous voulons qu'on nous témoigne de la considération, que l'attitude de tous soit compatible avec notre dignité. Ce n'était pas non plus une manifestation de passion raciale puisque des hommes de couleur se sont opposés à d'autres hommes de couleur. Cette soudaine explosion a vite pris un caractère social. Elle a révélé l'intense fermentation des esprits dans la masse et surtout dans la jeunesse. Elle est nombreuse cette jeunesse qui, entrée sur le marché du travail, ne trouve pas d'emploi et végète dans l'oisiveté et la sous-alimentation. Elle n'a rien à faire sur place et peu de possibilités d'exode.*

*« Comme pour l'Algérie, la France a promis une assimilation qu'elle n'a pas réalisée. Les Antillais attendaient l'assimilation des niveaux de vie et ils sont déçus...*

*Frédéric Saint-Amand.* »

Gérard eut un brusque haut-le-cœur quand il découvrit la signature de son frère cadet. Il ignorait que ce dernier travaillait à reprendre le flambeau que son père (décédé au boxon de madame Villormin en pleine éjaculation et non au cours des émeutes comme des malveillants en avaient fait courir le bruit) avait porté si haut pendant deux décennies. Il commanda une bière Lorraine et aperçut Bec-en-Or qui l'observait d'un air ironique au comptoir. Il lui fit un bref signe de tête et affecta de se replonger dans son journal. Il n'avait envie de parler à personne aujourd'hui. Il se sentait si vide qu'il aurait passé le restant de la journée à songeailler au bistrot de Chine. Le vagabond s'approcha de sa table et dit :

« Tes affaires roulent, compère ?

— Comme ci, comme ça...

— Tu m'offres un pétard ? J'ai des courants d'air dans les poches depuis trois semaines. La vie est devenue encore plus raide par ici. Heureusement que Papa de Gaulle arrive bientôt.

— Chine, Ho ! Apporte-lui du 55°... Tu as des nouvelles de Fils-du-Diable-en-Personne ?

— Ah ! C'est monsieur qui est bien. Il a ses trois repas d'office là où il est aubergé. Hon ! ricana Bec-en-Or.

— Comment ça ?

— Eh ben, monsieur est à la geôle ! Depuis quelque temps, il surveillait les gens qui se promenaient la nuit et les attaquait. La maréchaussée a retrouvé ce matin même toute une provision de portefeuilles dans son sac. »

Gérard se remémora sa désagréable aventure de la veille et ne put réprimer un sourire. Pour la première fois depuis bien longtemps, il fut habité par la figure d'infante d'Anna- Lydia. Un besoin irrépressible de sa chair brune s'empara de lui, diffusant tout un lot d'odeurs dominguoises autour de sa personne et le rendant indifférent à ce pays-ci, cette Martinique qu'il avait cru pouvoir chambouler et qui continuait à vaquer tranquillement à ses affaires. Il eut le sentiment de n'être plus lié à elle, de ne lui devoir plus rien en tout cas. Alors il prit deux décisions capitales : revoir sa famille et repartir à Santo-Domingo. Un soulagement profond lui bailla un bien-être physique inattendu au vu des blessures que Fils-du-Diable-en-

Personne lui avait infligées. Il rentra chez sa logeuse et fut accueilli sur le seuil par son fils en grand deuil depuis l'assassinat de la Caraïbesse.

« Monsieur Jean ne veut plus ouvrir sa porte, fit le bougre, vous qui étiez son ami, vous ne pouvez pas le raisonner ?

— Son ami ? Monsieur Jean avait donc des amis ? Je croyais qu'à part Ancinelle Bertrand, personne au monde n'existait à ses yeux.

— Justement, il s'agit de cette mamzelle-là. Elle l'a lâché comme un vieux paquet de hardes sales. Et vous savez comment elle s'y est prise ? ha-ha-ha !... elle lui a rédigé sa lettre de rupture sur du papier-fesses. Ha-ha-ha !

— Pourquoi a-t-elle fait ça ? demanda Gérard, on les voyait toujours baigner dans une douceur de cœur de coco, non ? »

Le fils de la logeuse le prit par le bras et l'entraîna dans son salon où trônaient les portraits de deux générations de parents. Gérard, qui l'avait considéré jusqu'à ce jour comme l'insignifiance même (il travaillait aux écritures à l'Hôtel des Impôts), fut surpris par son assurance et la claireté de ses propos. Son air arrogant détonnait avec le noir général de ses vêtements.

« Ancinelle et moi, on se marie le samedi qui suivra la venue du général de Gaulle. Vous êtes notre invité bien sûr... Je compte vendre cette maison et m'installer au Petit-Paradis à partir du mois de mai. Les Terres-Sainvilles, j'y suis né, c'est vrai, j'y ai grandi, mais il y a trop de voyous par ici, de traîne-savates et de nègres sans foi ni loi. Je ne veux pas que mes enfants fréquentent la gueusaille. Si j'ai un fils, il ne finira pas comme Cicéron Nestorin, croyez-moi, il deviendra médecin pour de bon. »

Il expliqua qu'il avait conquis le cœur de la chabine

dorée aux yeux verts dix-sept carats, comme disait feu Eugène Lamour, en lui apportant une fleur de bambou. Eh oui, une fleur de bambou ! Cet arbre qui n'en est pas vraiment un ne fleurit que tous les soixante-dix ans. Non, ce n'était pas encore une croyance idiote de nègre de Guinée mais une vérité scientifique qu'il avait vérifiée dans un traité de botanique coloniale à la bibliothèque Schœlcher. Personne n'avait prêté attention au vœu qu'Ancinelle avait formulé dès sa première apparition dans le quartier. Il est vrai qu'elle adoptait toujours le ton de la rigoladerie légère :

« Je baillerai le royaume de mon cœur au premier nègre qui me rapportera une fleur de bambou. »

Monsieur Jean lui avait offert les cours d'adulte, Justin Villormin des lettres enflammées lorsqu'il faisait la guerre en Algérie, Eugène Lamour une tonne d'argent et des bagues à n'en plus finir et des baisers volés au creux du cou, Malaba son regard sombre dévoré par une muette passion, Cicéron des pancartes clamant urbi et orbi « ANCINELLE BERTRAND EST PLUS BELLE QU'HÉLÈNE DE TROIE » et le Blanc-pays Henri Salin du Bercy de brèves missives péremptoires. Pourtant elle n'avait cédé à personne (contrairement aux ragots des maquerelleuses des Terres-Sainvilles). Elle était un rêve, une flambée de féminité pure, chose si rare dans nos contrées dominées par le stupre et la dévergondation. Elle attendait l'heure où un nègre prendrait son vœu au sérieux car seul celui qui se dévoue pour vous trouver une fleur de bambou — nègre plein de braveté, oui ! — vous aimera sans tromperie jusqu'à votre lit de mort. Mais, peut-être que le fils de la logeuse ne faisait que vantardiser et qu'il devait sa conquête de la forteresse qu'était Ancinelle à son beau mandat de fonctionnaire et à lui seul.

Puis, le temps céda la place au temps et le grand jour finit par arriver. Ils débarquaient par camions entiers, par taxi-pays, à bicyclette, à dos de mulet, à pied, de toutes les ravines sombres de l'île. Des lieux les plus désertés. Des mornes les plus altiers où l'on pouvait contempler la naissance du soleil. Femmes aux pieds enceints d'éléphantiasis, charroyant une marmaille geigneuse et dépenaillée, vieux nègres en costume de laine et casque colonial, jeunes prétentieux arborant du linge en tergal, Indiens de l'extrême nord insoucieux des quolibets grafignant leur maigreur, mulâtres blêmes de la Montagne du Vauclin cachant leur dénantissement derrière des attitudes cassantes lorsqu'ils commandaient un rhum sec, nègres-Congo noirs comme des péchés mortels en shorts troués de toutes parts. La ville fut investie au devant-jour en son mitan : la place de La Savane. Les bourgeois mulâtres, vaguement effrayés, se terraient au second étage de leurs demeures où on les devinait massés derrière leurs persiennes. Une immense estrade drapée d'oriflammes bleu-blanc-rouge avait été installée non loin de l'Allée des Soupirs et une cinquantaine de gendarmes montaient la garde à son entour. La statue de l'impératrice Joséphine de Beauharnais avait été fraîchement repeinte. Des grappes de petits mouscouillons y avaient grimpé et leurs figures étaient tiquetées de taches blanches qui leur donnaient l'air de masques de carnaval. Un grand dadais, en proie à la plus totale pochardise, braillait :

« De Gaulle est immortel, messieurs et dames ! Qui le touche gagnera une place au ciel ! »

La négraille des Terres-Sainvilles avait pris position au pied de l'estrade dès trois heures du matin et certains bougres d'autres bas quartiers de la ville pétaient la guerre avec des campagnards afin que ces derniers leur cèdent les meilleures places. On entendait crier ici et là « la terre rapportée, on n'en veut pas chez nous » ou « les nègres de la ville sont des bandits » mais la maréchaussée ramenait rapidement le calme. Gérard Saint-Amand, son billet pour Saint-Domingue en poche depuis etcétéra de jours, s'étonna de la soudaine ondée de soleil qui couvrit La Savane au moment même où la DS 19 noire du général de Gaulle déboucha à vive allure au bas de l'avenue de la Liberté. Une chaleur insouffrable taraudait les corps en transe. Il vit Bec-en-Or, agrippé aux grilles de la préfecture, qui hurlait en agitant un petit drapeau :

« Papa de Gaulle, nous sommes avec toi, foutre ! »

Un piétinement inouï de femmes et d'enfants qui pleuraient, priaient, gueulaient, battaient des mains, se vautraient dans la poussière, tentaient d'enfoncer le service d'ordre, se produisit quand de Gaulle escalada les courtes marches menant à l'estrade. Les officiels (parmi lesquels il reconnut son frère Frédéric, entre monseigneur Varin de la Brunelière et le général Némo) ressemblaient à des nains engoncés dans des vêtements trop amples. Gérard Saint-Amand se frotta les yeux en vain : il voyait, comme tous ceux qui l'entouraient, un géant, un dieu vivant, tout de blanc vêtu, auréolé de deux étoiles dorées. L'être surnaturel s'avança vers le micro et leva ses mains dans un geste d'une noblesse extraordinaire. Aussitôt, cinquante mille nègres clôturèrent leurs bouches et un silence vaste comme la mer fit une étreinte au jour. Une femme d'âge mûr tremblait près de Gérard. Il reconnut madame Villormin, la marchande de bonbons créoles (alias Marie Curie, tenancière de boxon). Elle égrenait un chapelet de nacre entre ses doigts fanés. Il voulut crier, briser net le charme qui flottait sur La Savane et sentit sa langue plus lourde qu'une roche au fond de sa bouche. Les nains s'étaient mis au garde-à-vous quand la musique militaire commença à jouer « La Marseillaise ». Les lèvres de De Gaulle battirent pour entonner les premiers mots de l'hymne lorsqu'une bousculade de chants jaillit des poitrines des nègres, mangeant les mots, estropiant les « r ». Puis le géant parla. Il parla ce qui suit de sa voix d'outre-terre :

« Mon Dieu !... Mon Dieu, que vous êtes français ! »

Madame Villormin s'évanouit bouf ! Une tralée d'autres bougresses l'imitèrent tandis que les hommes, exaltés, déchiraient leurs chemises kaki ou s'époumonaient en « Papa de Gaulle ! Papa de Gaulle ! » Des enfants dansaient en rond autour de leurs mères étalées sur l'herbe, empêchant la maréchaussée de les évacuer. Plus personne n'écoutait le discours du géant, lequel, imperturbable, continuait à délivrer son message. Gérard était tout bonnement figé. Une main se posa sur son épaule. Il se retourna et se trouva nez à nez avec Ancinelle Bertrand et le fils de sa logeuse, tendrement enlacés. Il simula un sourire à dix francs en évitant le regard de la Diablesse. (Et celui de la camarade Solitude, son nom de guerre, par la même occasion.) Ils se frayèrent un passage jusqu'au cordon de gendarmes qui contenait la foule près du kiosque, sûrs et certains de leur fait. Lorsque le Général se mit à serrer des mains, ils tendirent les leurs jointes qu'il emprisonna triomphalement dans les siennes une éternité de temps. Chacun voulait toucher ces ailes blanches qui virevoltaient au-dessus des têtes des nègres avec une adresse consommée ou à défaut un pan de sa tunique ou le rebord de ses souliers. Une femme lui présenta son bébé qu'il embrassa sur le front et celle-ci de s'écrier survoltée :

« *Ladévenn pa anlè'y ankô ! Yich mwen an pé ké ni dévenn ankô !* » (La malchance ne frappera plus ! Mon fils n'aura plus de malchance !)

Gérard reconnut Julianise, la maîtresse indienne de Jacquou Chartier que ce dernier avait abandonnée pour s'en retourner dans sa Vendée natale. Il eut envie de pleurer, de laisser les larmes raviner son menton et sa poitrine, sans extravagance, en toute conscience de la déchéance de ce peuple qui était le sien bien qu'il eût décidé de le fuir à tout jamais. Il tituba dans la foule qui se dispersait dans de grandes clameurs d'allégresse. Soudain, un grondement de colère monta du côté de la Préfecture. Des bougres lançaient des bouteilles vides sur les gendarmes et la maréchaussée, menés par Bec-en-Or. Gérard crut rêver : n'était-ce pas une scène qu'il avait déjà vue en décembre de l'an dernier ? Il s'approcha à grand-peine et entendit l'homme aux trente-deux dents en or haranguer ses suiveurs :

« La compagnie, mussieu de Gaulle se fout de notre gueule ! Il a osé nous injurier en face, nous ne pouvons pas accepter ça. Il faut démolir ce pays-là car il est dirigé par des esclaves... Ecoutez-moi, je répète que de Gaulle vient de déclarer : "Mon Dieu ! Mon Dieu que vous êtes foncés !" Oui, foncés !

— *Lè i té bizwen nou an tan ladjè-a, i pa té wè nou té fonsé pyès, isenbôt-la !* » (Quand il a eu besoin de nous pendant la guerre, notre couleur foncée ne l'a pas gêné, le salopard !) renchérit quelqu'un.

Madame Villormin murmurait d'un ton incrédule :

« Mon Dieu ! Mon Dieu, que vous êtes foncés ! »

Cicéron s'accroupit sur le grand trottoir qui bordait la Préfecture et écrivit à la craie rouge :

*« Nous, Fils de Cham, soi-disant maudits*
*Depuis le commencement des temps*
*Nous affirmons au beau mitan de l'An 1960*
*Que Dieu est noir foncé !*
*(Merde pour toi, de Gaulle !)* »

Ceux qui savaient lire déchiffraient l'inscription pour les autres et leurs gestes se paraient d'une rage difficilement contenue. Bec-en-Or proposa de mettre le feu à la Préfecture. L'adjudant-chef Justin Villormin, qui pourtant venait d'être décoré des propres mains du Général, avec une dizaine d'autres anciens combattants de la guerre d'Algérie, se redressa, fier sur sa béquille et, arrachant ses médailles, les voltigea dans un dalot, en lançant un tonitruant :

« Ils nous ont assez balivernés comme ça ! »

En un virement de main, la place de La Savane fut bouclée par les gardes mobiles, cette race de gendarmes qui avaient remplacé les C.R.S., et des grenades furent tirées en l'air. Gérard était désemparé : tous les efforts qu'il avait déployés en vain dans la clandestinité trouvaient ce jour-là leur raison d'être et pourtant il était incapable de prendre la tête du mouvement de révolte. D'ailleurs, tout un chacun y allait de son couplet vengeur mais aucune action sérieuse n'était envisagée. A mesure que le soir tombait, l'excitation se dissipait et seuls de petits groupes d'irréductibles continuaient à hâbler autour de Bec-en-Or et Cicéron. En final de compte, à minuit, Gérard se retrouva seul avec ces deux bougres-là sous le palmier royal qui ombrageait l'impératrice Joséphine. Il avait perdu la parole. Ses compagnons de détresse réglaient son compte à une misérable roquille de rhum en se la disputant comme deux grandgousiers. Il décida de regagner les Terres-Sainvilles où il passerait sa dernière nuit dans l'île. Les deux bougres lui voltigèrent, goguenards :

« Au plaisir ! »

Au matin, alors qu'il se proposait de héler un taxi pour transporter ses bagages au port, il entendit Ancinelle et son fiancé s'esbaudir au rez-de-chaussée. Il descendit à pas comptés l'escalier de bois et vit qu'ils écoutaient la radio en buvant de l'eau de café.

L'homme lui fit signe de s'asseoir avec eux. Gérard reconnut la voix de Frédéric :

« Chers compatriotes, un quiproquo s'est produit hier à propos du discours de notre très cher général de Gaulle, provoquant des troubles indignes d'une nation civilisée telle que la nôtre. Le chef de l'Etat n'a pas prononcé le mot "foncés" mais bien "français". Il aime la Martinique car elle est la plus vieille colonie de la France et ne se serait jamais moqué de la couleur de notre teint. Cette mauvaise compréhension de ses propos prouve à quel point nous avons encore besoin d'apprendre le bon français. Le général de Gaulle nous a promis, au Conseil Général, que la Martinique demeurerait jusqu'à l'éternité un "lambeau de la France palpitant sous d'autres cieux", selon le mot de Jean Jaurès. N'écoutez pas le chant des sirènes des autonomistes, communistes et autres séparatistes ! S'ils ne se sentent pas à l'aise dans notre démocratie, qu'ils aillent vivre à Moscou ou à La Havane !... »

Gérard remonta chercher ses bagages et prit congé de ses hôtes. Il ne serra pas la main qu'Ancinelle lui tendit et préféra lui faire un signe de tête. Il décida de partir sans saluer son jeune frère. Par la portière du taxi, il cria à madame Villormin :

« Adieu !

— Adieu pourquoi ? s'écria-t-elle, tu n'as pas entendu la bonne nouvelle à la radio ? Ha ! Moi-même, de Gaulle a serré ma main et je ne vais pas la laver pendant un mois afin que la chance reste sur ma tête. Ce matin, monsieur Jean est venu me demander est-ce qu'il pouvait habiter chez moi, oui. Il a fini par comprendre que je l'aime. »

Au port, le *Santa Esperanza* bramait déjà tandis que des dockers achevaient de le charger sur le pont arrière. Un homme élégant en gants blancs faisait les cent pas sur les quais : c'était Romule Casoar qui attendait l'arrivée de Gina Lollobrigida. Cicéron Nestorin, l'apprenti docteur, brandissait une gigantesque pancarte :

LETTRE D'UN FILS DE CHAM A SON HOMOLOGUE BLANC

***Cher frère blanc,***

*Quand je suis né j'étais noir*
*Quand j'ai grandi j'étais noir*
*Quand je vais au soleil je suis noir*
*Quand je suis malade je suis noir*
*Quand je mourrai je serai noir*

***Tandis que toi homme blanc,***

*Quand tu es né tu étais rose*
*Quand tu as grandi tu étais blanc*
*Quand tu vas au soleil tu es rouge*
*Quand tu as froid tu es bleu*
*Quand tu as peur tu es vert*
*Quand tu es malade tu es jaune*
*Quand tu mourras tu seras gris.*

*Et après ça ! tu as le toupet de m'appeler*

*« HOMME DE COULEUR. »*

Bec-en-Or, qui traînaillait à la recherche d'un petit djob à deux francs et quatre sous, lança à Gérard en rigolant :

« Foutre que la fente des fesses des femmes de Fort-de-France est fendue au fond ! »

*La Carrière Vauclin (1991-1994).*

*Du même auteur :*

*En langue créole :*

JIK DÈYÈ DO BONDIÉ, nouvelles, Ed. Grif An Tè, 1979.
JOU BARÉ, poèmes, Ed. Grif An Tè, 1981.
BITAKO-A, roman, Ed. Gérec, 1985.
KÒD YANM, roman, Ed. KDP, 1986.
MARISOSÉ, roman, Ed. Presses Universitaires Créoles, 1987.

*En langue française :*

LE NÈGRE ET L'AMIRAL, roman, Grasset, 1988 (Prix Antigone).
ÉLOGE DE LA CRÉOLITÉ, essai, en collaboration, Gallimard, 1989.
LETTRES CRÉOLES, essai, en collaboration, Hatier, 1991.
EAU DE CAFÉ, roman, Grasset, 1991 (Prix Novembre).
RAVINES DU DEVANT-JOUR, récit, Gallimard, 1993 (Prix Casa de las Americas/Prix Jet Tours).
AIMÉ CÉSAIRE, UNE TRAVERSÉE PARADOXALE DU SIÈCLE, essai, Stock, 1993.
LA VIERGE DU GRAND RETOUR, roman, Grasset, 1996.

*Traduction :*

UN VOLEUR DANS LE VILLAGE, de James Berry, récits, Gallimard-Jeunesse, 1993. Traduit de l'anglais (Jamaïque).

# Le Livre de Poche Biblio

*Extrait du catalogue*

**Sherwood ANDERSON**
Pauvre Blanc

**Guillaume APOLLINAIRE**
L'Hérésiarque et Cie

**Miguel Angel ASTURIAS**
Le Pape vert

**Djuna BARNES**
La Passion

**Andrei BIELY**
La Colombe d'argent

**Adolfo BIOY CASARES**
Journal de la guerre au cochon

**Karen BLIXEN**
Sept contes gothiques

**Mikhail BOULGAKOV**
J'ai tué
Les Œufs fatidiques
Récits d'un jeune médecin

**Ivan BOUNINE**
Les Allées sombres

**André BRETON**
Anthologie de l'humour noir
Arcane 17

**Erskine CALDWELL**
Les Braves Gens du Tennessee

**Italo CALVINO**
Le Vicomte pourfendu

**Elias CANETTI**
Histoire d'une jeunesse (1905-1921) - *La langue sauvée*
Histoire d'une vie (1921-1931) - *Le flambeau dans l'oreille*
Histoire d'une vie (1931-1937) - *Jeux de regard*
Les Voix de Marrakech

**Raymond CARVER**
Les Vitamines du bonheur
Parlez-moi d'amour
Tais-toi, je t'en prie

**Camillo José CELA**
Le Joli Crime du carabinier

**Blaise CENDRARS**
Rhum

**Varlam CHALAMOV**
Quai de l'enfer

**Jacques CHARDONNE**
Les Destinées sentimentales
L'Amour c'est beaucoup plus que l'amour

**Jerome CHARYN**
Frog

**Bruce CHATWIN**
Le Chant des pistes

**Hugo CLAUS**
Honte

**Carlo COCCIOLI**
Le Ciel et la Terre
Le Caillou blanc
La Ville et le Sang

**Jean COCTEAU**
La Difficulté d'être
Clair-obscur

**Cyril CONNOLLY**
Le Tombeau de Palinure
Ce qu'il faut faire pour ne plus être écrivain
100 Livres clés de la littérature moderne

**Joseph CONRAD**
Sextuor

**Joseph CONRAD et Ford MADOX FORD**
L'Aventure

**René CREVEL**
Mon corps et moi

**Alfred DÖBLIN**
Le Tigre bleu
L'Empoisonnement

**Lawrence DURRELL**
Cefalù
Vénus et la mer
L'Ile de Prospero
Citrons acides
La Papesse Jeanne

**Friedrich DÜRRENMATT**
La Panne
La Visite de la vieille dame
Grec cherche Grecque
La Promesse
Le Juge et son bourreau

**Shûsaku ENDÔ**
Douleurs exquises

**J.G. FARRELL**
Le Siège de Krishnapur

**John FOWLES**
La Tour d'ébène

**Paula FOX**
Pauvre Georges !
Personnages désespérés

**Jean GIONO**
Le Serpent d'étoiles
Triomphe de la vie

**Jean GIRAUDOUX**
Combat avec l'ange
Choix des élues
Les Aventures de Jérôme Bardini
Les Cinq Tentations de La Fontaine

**Vassili GROSSMAN**
Tout passe

**Knut HAMSUN**
La Faim
Esclaves de l'amour
Mystères
Victoria
Sous l'étoile d'automne
Un vagabond joue en sourdine
Auguste le marin
La Ville de Segelfoss

**Hermann HESSE**
Rosshalde
L'Enfance d'un magicien
Le Dernier Été de Klingsor
Peter Camenzind
Le Poète chinois
Souvenirs d'un Européen
Le Voyage d'Orient
La Conversion de Casanova
Les Frères du soleil
Knulp

**Bohumil HRABAL**
Moi qui ai servi le roi d'Angleterre
Les Palabreurs
Tendre Barbare

**Yasushi INOUÉ**
Le Fusil de chasse
Le Faussaire

**Henry JAMES**
Roderick Hudson
La Coupe d'or
Le Tour d'écrou
La Muse tragique
Confiance

**Ernst JÜNGER**
Orages d'acier
Jardins et routes
*(Journal I, 1939-1940)*
*(Journal II, 1941-1943)*
*(Journal III, 1943-1945)*
La Cabane dans la vigne
*(Journal IV, 1945-1948)*
Héliopolis
Abeilles de verre

**Ismail KADARÉ**
Avril brisé
Qui a ramené Doruntine ?
Le Général de l'armée morte
Invitation à un concert officiel
La Niche de la honte
L'Année noire
Le Palais des rêves
Clair de lune
Le Printemps albanais

**Franz KAFKA**
Journal

**Yasunari KAWABATA**
Les Belles Endormies
Pays de neige
La Danseuse d'Izu
Le Lac
Kyôto
Le Grondement de la montagne
Le Maître ou le tournoi de go
Chronique d'Asakusa
Les Servantes d'auberge
L'Adolescent
Tristesse et Beauté

**Abé KÔBÔ**
La Femme des sables
Le Plan déchiqueté
Mort anonyme

**Andrzeij KUSNIEWICZ**
L'État d'apesanteur

**LAO SHE**
Le Pousse-pousse
Un fils tombé du ciel

**D.H. LAWRENCE**
Le Serpent à plumes

**Primo LEVI**
Lilith
Le Fabricant de miroirs
Le Système périodique

**Sinclair LEWIS**
Babbitt

**LUXUN**
Histoire d'AQ : Véridique biographie

**Carson McCULLERS**
Le cœur est un chasseur solitaire
Reflets dans un œil d'or
La Ballade du café triste
L'Horloge sans aiguilles
Frankie Addams
Le Cœur hypothéqué

**Naguib MAHFOUZ**
Impasse des deux palais
Le Palais du désir
Le Jardin du passé

**Klaus MANN**
La Danse pieuse

**Thomas MANN**
Le Docteur Faustus
Les Buddenbrook
Les Confessions du chevalier d'industrie Félix Krull
Déception
L'Elu

**Katherine MANSFIELD**
La Journée de Mr. Reginald Peacock

**Somerset MAUGHAM**
Mrs Craddock
Liza de Lambeth

**Henry MILLER**
Le Colosse de Maroussi
Max et les phagocytes

**Paul MORAND**
Bains de mer
East India and Company

**Vladimir NABOKOV**
Ada ou l'ardeur

**Anaïs NIN**
Journal 1 - *1931-1934*
Journal 2 - *1934-1939*
Journal 3 - *1939-1944*
Journal 4 - *1944-1947*

**Joyce Carol OATES**
Le Pays des merveilles
Amours profanes
Haute enfance

**Edna O'BRIEN**
Un cœur fanatique
Une rose dans le cœur
Les Victimes de la paix

**Flann O'BRIEN**
Le Troisième Policier

**PA KIN**
Famille

**Mervyn PEAKE**
Titus d'Enfer

**Leo PERUTZ**
La Neige de saint Pierre
La Troisième Balle
Turlupin
Le Maître du jugement dernier
Où roules-tu, petite pomme ?
Le Marquis de Bolibar

**Luigi PIRANDELLO**
La Dernière Séquence
Feu Mathias Pascal

**Augusto ROA BASTOS**
Moi, le Suprême

**Joseph ROTH**
Le Poids de la grâce

**Raymond ROUSSEL**
Impressions d'Afrique

**Salman RUSHDIE**
Les Enfants de minuit

**Arthur SCHNITZLER**
Vienne au crépuscule
Une jeunesse viennoise
Le Lieutenant Gustel
Thérèse
Les Dernières Cartes
Mademoiselle Else

**Leonardo SCIASCIA**
Œil de chèvre
La Sorcière et le Capitaine
Monsieur le Député
Petites Chroniques
Le Chevalier et la Mort
Portes ouvertes
En future mémoire

**Isaac Bashevis SINGER**
Le Domaine

**André SINIAVSKI**
Bonne nuit !

**Muriel SPARK**
Le Banquet
Les Belles Années de Mademoiselle Brodie
Une serre sur l'East River
L'Ingénieur culturel

**George STEINER**
Le Transport de A. H.

**Andrzej SZCZYPIORSKI**
La Jolie Madame Seidenman

**Milos TSERNIANSKI**
Migrations

**Maria TSVÉTAEVA**
Le Diable et autres récits

**Tarjei VESAAS**
Le Germe

**Alexandre VIALATTE**
La Dame du Job
La Maison du joueur de flûte

**Ernst WEISS**
L'Aristocrate

**Franz WERFEL**
Le Passé ressuscité
Une écriture bleu pâle

**Thornton WILDER**
Le Pont du roi Saint-Louis
Mr. North

**Virginia WOOLF**
Orlando
Les Vagues
Mrs. Dalloway
La Promenade au phare
La Chambre de Jacob
Entre les actes
Flush
Instants de vie

Composition réalisée par JOUVE

IMPRIMÉ EN FRANCE PAR BRODARD ET TAUPIN
Usine de La Flèche (Sarthe).
LIBRAIRIE GÉNÉRALE FRANÇAISE - 43, quai de Grenelle - 75015 Paris.
ISBN : 2 - 253 - 14069 - 4

31/4069/6